宋代文学国际研讨会论文集

诸葛忆兵
苏碧铨 编

北方文艺出版社

图书在版编目（CIP）数据

第十届宋代文学国际研讨会论文集/诸葛忆兵，苏
碧铨编 . —— 哈尔滨：北方文艺出版社，2019.6
  ISBN 978-7-5317-4509-9

  Ⅰ . ①第… Ⅱ . ①诸… ②苏… Ⅲ . ①中国文学 – 古
典文学研究 – 宋代 – 国际学术会议 – 文集 Ⅳ .
① I206.2-53

中国版本图书馆 CIP 数据核字 (2019) 第 071651 号

第 十 届 宋 代 文 学 国 际 研 讨 会 论 文 集
DISHIJIE SONGDAIWENXUE GUOJIYANTAOHUI LUNWENJI

作　者 / 诸葛忆兵　苏碧铨
责任编辑 / 宋玉成　曲丹丹　　　　　　　封面设计 / 张　爽

出版发行 / 北方文艺出版社　　　　　　　邮　编 / 150080
发行电话 / (0451) 85951921 85951915　经　销 / 新华书店
地　址 / 哈尔滨市南岗区林兴街 3 号　　　网　址 / www.bfwy.com

印　刷 / 廊坊市海涛印刷有限公司　　　　开　本 / 710mm×1000mm　1/16
字　数 / 563 千　　　　　　　　　　　　印　张 / 34.5
版　次 / 2019 年 6 月第 1 版　　　　　　 印　次 / 2019 年 6 月第 1 次印刷

书　号 / ISBN 978-7-5317-4509-9　　　　 定　价 / 98.00 元

目　录

东亚汉文化圈的文本旅行：黄庭坚《演雅》在东亚汉文学中的拟效与创新[*]

南京大学　卞东波

一、问题的提出

人类文明的进步很大程度上表现为物质文明的发达，物品的流动也带来了文化的交流。丝绸之路将中原文明与中亚文明，甚至欧洲文明连接起来，中亚的物产源源不断地进入到中国腹地，诗人们马上就为来自异域的文明所吸引，刺激了他们的创作灵感。近年来，学者开始关注东亚汉文化圈的所谓"书籍之路"[①]。前近代的东亚社会持续了几百年的书籍交流史，或通过赐书，或通过民间贸易，或通过外交使臣的购买，或通过商人僧侣的携回，东亚汉文化圈上演了一幕幕精彩程度不亚于丝绸之路的文化交流的华章。但除了物品流动、书籍流动这些有形的流动之外，笔者认为还有一种文化史上更有意义的流动，即文本流动。一个文学文本创作出来后，原作者就失去了对其的控制权，它的意义不再仅仅由作者来赋予，而更多是由读者或接受者来决定的。文学文本或湮没于众多的文本之中，或持续地流动，最终成为文学经典（canon）。文本的流动并不只是时间上的流动，如唐诗在宋元明清诸代发生影响；还反映在空间上，如中国古典文学作品在同属汉文化圈的日本、朝鲜、越南、琉球的"旅行"。时间上的流动，显示了一个文本持续的影响力；

---

[*]　本书为国家社会科学基金一般项目"唐宋诗日本古注本与唐宋文学研究"（项目号：14BZW060）阶段性成果。

[①]　关于"书籍之路"，参见王勇：《中日"书籍之路"研究》，北京图书馆出版社2003年版；《书籍之路与文化交流》，上海辞书出版社2009年版；《东亚坐标中的书籍之路研究》，中国书籍出版社2013年版。

而文本在不同空间的旅行，则显示了这个文本是具有国际影响的"世界文学"。前者构成的是中国文学的经典，而后者反响最大，昭示出其是超越单一国界的世界文学的经典。

"文本旅行"借鉴了美国文学理论家赛义德（Edward Said）提出的"理论旅行"（traveling theory）的概念。赛义德认为，任何理论或观念旅行都有四个阶段："第一，有一个起点，或类似起点的一个发轫环境，使观念得以生发或进入话语。第二，有一段得以穿行的距离，一个穿越各种文本压力的通道，使观念从前面的时空点移向后面的时空点，重新凸显出来。第三，有些条件，不妨称之为接纳条件或作为接纳不可避免之一部分的抵抗条件，正是这些条件才使被移植的理论或观念无论显得多么异样，也能得到引进或容忍。第四，完全（或部分）地被容纳（或吸收）的观念因其新时空中的新位置和新用法而受到一定程度的改造。"①如果借鉴赛义德的理论研究"文本旅行"的话，那么东亚汉文化圈就是旅行的起点和出发点，汉字与汉文化给东亚诸国提供了一个极好的文化平台和巨大的场域空间，能够让汉文学以一种"零翻译"的形式旅行到其他国家。当然，这种文本旅行不是文化的简单移植，在旅行的过程中必然产生"异样"。作为经典性的存在，中国古典文学在汉文化圈的"旅行"必然给东亚汉文学带来一定的"影响的焦虑"，东亚诸国对中国文学在"容纳（或吸收）"的同时，定然会进行"一定程度的改造"，也肯定会产生文学上的变异，这也是文本旅行的意义所在。

学者已经对宋人的著述在域外的流传做过研究，让我们知道具体有哪些典籍流传到域外。②但笔者更关心的是，宋代文学文本在域外旅行过程中是如何被接受或被改造的。笔者发现，作为宋诗经典的黄庭坚《演雅》在日本、朝鲜半岛都产生了较大的影响，在日本出现了数部注释、图解《演雅》的专书，同时日、韩汉文学中亦有很多模仿《演雅》的作品，形成了不同的文学景观。本文以《演雅》在东亚特别是韩国汉文学的流传为例，来展现宋代文学文本在东亚旅行过程中产生的文化反响与文学接受，以此来显现中国古典文学文本的经典性以及其在东亚汉文化圈流传的多元面貌。

---

① 爱德华·W. 赛义德：《理论旅行》，载《赛义德自选集》，谢少波、韩刚等译，中国社会科学出版社1999年版，第138—139页。

② 参见巩本栋：《宋人撰述流传高丽、朝鲜两朝考略》，载《宋集传播考论》，中华书局2009年版。

二　拟效：东亚汉文学中的《演雅》仿作

在黄庭坚存世的一千多首诗歌中，《演雅》可谓一篇别具一格的作品，用宋人的话说就是"体致新巧，自作格辙次"[①]。黄诗以"奇"著称，如宋人徐积说山谷诗"极奇古可畏"[②]，而《演雅》则是奇中之奇。《演雅》全诗四十多句，每句写一种禽鸟或昆虫，铺陈这些动物的习性，演绎成诗。《演雅》是呈现宋诗"以学问为诗""以赋为诗"之特色的典型。黄庭坚晚年将《演雅》从其文集中删除，但在宋代其已成为文学经典，在诗坛上也引起较大的反响，宋人就有很多模仿、拟效之作[③]，如杨万里有《演雅六言》、方岳有《效演雅》、张至龙有《演雅十章》、汪韶有《演雅》、陈著有《次韵演雅》等，但这些仿诗除方岳的《效演雅》可与黄诗比肩外，其余篇幅皆较短，在体量和形制上无法与黄诗相比，艺术成就自然也达不到黄诗的水平。

宋代以降，《演雅》在中国的影响力依旧持续，元明清皆有《演雅》效仿之作，如元方景山有《小演雅十首》（《皇元风雅》卷二十九）、白珽有《续演雅十诗》（《元诗选》二集卷二）。宋元人的仿作在体制上俱比山谷原作要短，这可能与这些诗人的学力不如山谷有关。但到了清代，又出现了长度和容量几乎同于山谷原作的仿诗，如汪如洋《夏虫篇戏仿山谷演雅体》（《湖海诗传》卷三十六），毕沅《演雅》（《灵岩山人诗集》卷八），方浚颐《演雅》（《二知轩诗钞》卷十一），蒋心余《续演雅戏效山谷用筠轩韵》（《忠雅堂文集》卷十七），等等。这些续仿之作皆发展了山谷原诗，这与清代朴学兴起之后，清人学问大涨，特别是小学功夫超越宋人有关，故而出现了这么多需要丰厚学殖支撑的《演雅》续诗仿诗。甚至还有人对《演雅》体裁加以发挥和引申，对《庄子》也大加演绎，形成所谓"演庄"之作，清程晋芳《勉行堂诗集》卷一有《演庄》十首，序云："山谷有《演雅》诗，余读《南华》，偶有所会，仿其意，作《演庄》。"如其一云："藐姑射之山，神人实处此。乘云吸风露，淖约若处子。淡泊靡所营，谷丰物不疵。我来叩玄机，粲然启玉齿。金丹与

---

① 魏庆之：《诗人玉屑》卷八"陵阳论山谷"条引范季随《室中语》，上海古籍出版社1978年版，第181页。

② 徐积撰、江端礼：《节孝语录》，明万历四十四年（1616）刻本。

③ 参见周裕锴：《宋代〈演雅〉诗研究》，载《文学遗产》2005年第3期。

宝箓，世俗妄言耳。如彼鲲鹏游，水击三千里。如彼大瓠樽，飘浮江湖里。无为栖一枝，么么工笑诋。"所谓"演庄"就是对《庄子》的演绎，上诗就是对《庄子·逍遥游》的演绎，此诗几乎每一句所用的词汇皆来自于《逍遥游》，与《演雅》相似。此诗可谓清人对《演雅》的突破与创新。

将眼光扩大到东亚汉文化圈，我们可以发现，《演雅》在日本、韩国汉籍史上也有很大的影响，如在日本就有《山谷演雅诗和抄》《演雅诗图解》《黄山谷演雅诗绘抄》等注本对《演雅》进行阐释。日本的《演雅》阐释以"讽寓解释"（allegorsis）为特色，如《山谷演雅诗图解》跋称："黄山谷之所著《演雅》之诗，依托昆虫比况谀佞。读之能使人感激，而敦节义、励操履也。"可见，日本的《演雅》注本注重对《演雅》诗句背后隐含意的发挥。日本汉诗中亦有一些《演雅》仿作，笔者在五山文学中已发现《演雅》影响之痕迹："一垱埲中何间隙，檀罗槐国梦相征。鸥边风月吾横占，鸥鸟不嗔人不争。"[1]这首七言绝句在体制与体量上无法与黄庭坚原作相比，不过诗中出现的"鸥鸟"意象却也响应了山谷原诗。

到了江户时代，虽然黄庭坚已不再是诗坛追捧的对象，不过笔者发现《演雅》在江户汉文学中亦有一定的影响。江户学者对《演雅》的解释依然保持着讽寓阐释的传统，认为《演雅》诗中有寓意。比较有代表性的是荻生徂徕（1666—1728）的看法，他认为："所截黄太史语者，《演雅》邪？太史之为《演雅》，乃以不得志于时，而托此以遣怀者也。"[2]稍微不同于《山谷演雅诗图解》将《演雅》解释为"依托昆虫比况谀佞"，徂徕则将《演雅》诠释为山谷"不得志于时"，托以"遣怀"的诗。其实两者的思维方式是一致的，关键词都是一个"托"字，都认为《演雅》并非一首单纯写动物的诗，而是充满言外之意或微言大义。不过一者的讽寓是社会性的，一者是个人化的。

江户诗人效仿《演雅》的作品不多，赖杏坪（1756—1834）的《演雅效山谷体》是其中较有代表性者：

---

① 梦岩禅师：《旱霖集·演雅》，《五山文学全集》第一卷，日本思文阁1973年版，第813页。关于日本室町时代和歌与《演雅》之关系，参见小山顺子：《室町时代の句题と和歌—黄山谷「演雅」と『竹内僧正家句题歌』》，载《国语国文》第76卷第1号，中央图书出版社，2007年1月，第1—20页。又参见蔦清行：《中世文化人たちの蘇東坡と黄山谷》，《日本語·日本文化》第44号，2017年3月，第107—136页。

② 《徂徕集》卷二十八《复安澹泊》其二，宽政三年（1791）日本大阪文金堂、心斋桥盘唐物町南刊本，叶4b。

鼠巢太仓肥孳息，雀穿茅屋饥啾唧。齐女饮露如矜高，秦民吮血似待拍。蚕免齿牙在见几，蝇投酒浆缘贪得。廉蚓食壤恣屈伸，饕虱处裈终搜索。脯膈脯膈戒晨兴，架犁架犁劝春穑。竹鸡呼泥频报雨，芦虎剖苇勇求食。啄木千啄获亡几，淘河一淘欲巨测。设机害物憎蜘蛛，含沙射人畏虺蜮。怪鸺乘夜察秋毫，痴蟆升天致月蚀。鹪鹩志甘一枝栖，鹰鹯气展千里翼。鸿鹄宁为稻粱留，鸥鸢辄逢腐鼠吓。钩辀难行常怀南，杜宇催归每叫北。放鹤只应伴鸥鹭，仪凤焉能食蝥蟹。郎君子宜辞糟蟹，慈老人奈虐玉鲫。雄雉被躬藉文彩，雌蝉无捕以瘖默。天牛名大不驮金，河豚味美翻为贼。可笑鳌剑与螳斧，肯数蚬量且螺识。独怜丹萤片心明，不问乌鲗满腹墨。①

　　虽然此诗并非《演雅》的次韵诗，但是一首典型的"演雅体"诗，几乎每句诗都出现了动物之名，不少动物也不见于《演雅》。与《演雅》相比，此诗所写的动物大都比较丑陋，如鼠、蚕、蝇、虱、蜘蛛、虺蜮、鸺、蟆、鸥鸢等，用以形容这些动物的也是矜高、吮血、饕、怪、痴这样的词，从中也可以看出作者有意"以丑为诗"，从而营造出一种怪异的效果。如果说《演雅》原诗中的讽寓还是比较委婉的话，赖杏坪此诗则比较明显，有的诗句明显反映出作者对某些动物的不喜，如"设机害物憎蜘蛛，含沙射人畏虺蜮"。诗句用了倒装句法，将这些昆虫的特性前置而加以突出。赖诗整体上对这些动物的描写比较负面，但诗的最后则露出些许亮色，这种写法也与山谷原诗类似。不过，山谷表彰的是"白鸥"，而赖氏则"独怜丹萤"。"独怜"二字看出作者对"丹萤"在一片污浊世界保持"片心明"的好感。在写法上，此诗亦有一定的特色。如"脯膈脯膈戒晨兴，架犁架犁劝春穑"，借用了陆游《禽声》"布谷布谷天未明，架犁架犁人起耕"的句法。"脯膈"原指鸡连续拍翅的声音，"架犁"则指鸟声。赖杏坪巧妙地用了两个象声词来借代两种常见的动物。总之，赖诗既保持了山谷原诗的特色，又继承了日本《演雅》阐释的讽寓传统，同时也有所创新。

　　中日韩三国效仿、模拟《演雅》最多的是韩国，其数量远超中日两国，目前笔

---

① 　赖杏坪《春草堂诗钞》卷六，富士川英郎、松下忠、佐野正巳：《诗集日本汉诗》第十卷，日本东京汲古书院1986年版，第263—264页。

者收集到几十首题为《演雅》的韩国汉诗。周裕锴先生在《宋代〈演雅〉诗研究》中将宋代的《演雅》诗分为拟人戏谑型、博物类书型、格物观理型、寓言讽谕型、咏物题画型、主题综合型六种类型，韩国的《演雅》诗也都可以找到这六种类型，而且韩国诗人还将效仿《演雅》的诗明确界定为"演雅体"，张混（1759—1828）《骚坛广乐凡例》中就专门列出"演雅体"一类①，韩国诗人的文集中也有众多题为"演雅体"的诗。韩国评论家还认为，《演雅》与佛教的"诸趣"说有关：

> 佛经以蚊、螨小虫之属名曰"诸趣"。傅大士《诸趣》诗云："若欲见佛看三郡，田宅园林处处停。或飞虚空中扰扰，或掷山水口轰轰。或身腰上有灯火，或羽翼上有篆箏。或钻水孔为乡贯，或编草木作窠罗，或罥罗网为村巷，或卧土石作阶庭。诸佛菩萨悉如是，只个名为舍卫城。"余秋日有诗曰："蔓槎楼橹蜻蜓客，砖砾闾阎蟋蟀民"，盖用傅大士诗意。不知者以余诗为无前怪品，余笑而任之耳。白香山《禽虫》诗："蚕老茧成不庇身，蜂饥蜜熟属他人。须知年老忧家者，恐是二虫虚苦辛。""蟭螟杀敌蚊巢上，蛮触交争蜗角中。应是诸天观下界，一微尘内斗英雄。""螮蝀网上胃蜉蝣，反覆相持死始休。何异浮生临老日，一弹指顷报恩仇。""蚁王化饭为臣妾，螺母偷虫作子孙。彼此假名非本物，其间何怨复何恩？""一鼠得仙生羽翼，众鼠相看有羡色。岂知飞上未半空，已作乌鸢口中食。"此亦诸趣诗，而宋人"演雅体"亦此流也。②

这段评论是东亚汉籍中唯一将《演雅》与佛教"诸趣"联系在一起的史料。所谓"诸趣"就是蚊、螨之类的小虫。但从傅大士所作的《诸趣》来看，似乎与《演雅》在体性上并不一致，虽然皆写到动植物，但并没有每句都出现动物之名，亦未将其特性有机地融入到诗中。不过，白居易所写的《禽虫》七绝前两句可视为《演雅》的先声，但整首诗并不属于典型的《演雅》体诗。

韩国诗人中最早写《演雅》的诗人可能是高丽诗人李穀（1298—1351），其诗比较简单，仅是七言绝句："螗欲捕蝉宁顾后，鹰如逐雀要当前。一声师子百兽废，

---

① 张混：《而已广集》卷十四，《韩国文集丛刊》第270册，韩国景仁文化社2001年版，第586页。
② 李德懋：《清脾录》，见蔡美花、赵季：《韩国诗话全编校注》，人民文学出版社2012年版，第3997页。此条文献承安生博士惠示，特此感谢。

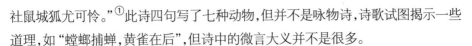

社鼠城狐尤可怜。"①此诗四句写了七种动物，但并不是咏物诗，诗歌试图揭示一些道理，如"螳螂捕蝉，黄雀在后"，但诗中的微言大义并不是很多。

高丽诗人中有不少人写了多首仿《演雅》的诗，如高丽著名诗人李穑（1328—1396）就撰有五组《演雅》诗，总计8首，基本上都是五七言绝句或律诗，其中一首云：

> 驴背吟诗望鹄峰，欲追飞猱入云松。
>
> 忽闻胡塞霜前雁，更想祇园月下蛩。
>
> 雀噪岂容知鹄志，象行难更觅狐踪。
>
> 鲤庭久已忘书礼，且向鸯庐听鼓钟。②

李穑是高丽时代末期的理学家，也是理学在韩国流传的重要人物，其弟子权近称其"尤邃于性理之书"，"孳孳不倦，博览群书，尤深于理学"，其掌管高丽最高学府成均馆之后，"东方性理之学大兴……儒风学术焕然一新"③。所以这首诗也渗透了一定的理学意味。诗的前四句其实是写人的心性，其人一会儿望峰，一会儿入云松，一会儿听霜前雁，一会儿又去想月下蛩，其思不能止息，心性更得不到提升。诗人在第三联中提出，人要立鸿鹄之志，要走象行正途。如何实现这一点呢？必须修习儒家的"书礼"，"鼓钟"正是儒家礼仪的象征。权近又言："自吾东方文学以来，未有盛于先生者也。"④此语道出了李穑在文学史上的地位，虽不无夸张，不过就此诗而言用了大量动物意象阐发理学的道理，文字也不滞涩，比李毂之诗在艺术上更见功力。

黄庭坚《演雅》长达四十句，写到了四十余种动物，写作这种诗体必须有极高的文学才华和学问修养才行，在宋代诗歌中很少有形式与内容上完全与《演雅》一致的作品，基本上都是短章，而在朝鲜汉诗中却有多首《演雅》的次韵之作。如

---

① 李毂：《稼亭集》卷十九《演雅》，《韩国文集丛刊》第3册，韩国景仁文化社1996年版，第218页。

② 李穑：《牧隐诗稿》卷九《演雅》，《韩国文集丛刊》第4册，韩国景仁文化社1996年版，第75页。

③ 权近：《阳村先生文集》卷十四《牧隐先生李文靖公行状》，《韩国文集丛刊》第7册，韩国景仁文化社1996年版，第346、349、347页。

④ 权近：《阳村先生文集》卷二十《恩门牧隐先生文集序》，《韩国文集丛刊》第7册，第200—201页。

金止男（1559—1631）《禁中得酒因次山谷演雅》：

　　不堪章服饥虱裹，饫闻禁城熊虎逻。生涯鸠拙计易违，世故猬起愁
难破。鸡人催漏报晓筹，鹤发盈梳供日课。春阳迥发金雀高，乍向乌几甘
欹卧。不学转凤烧丹鼎，岂要鹰爪碾玉磨。惟怜春瓮虾蟆陵，满酌鸬鹚还
自贺。人间万事蜗两角，眼前二豪蜗与蠃。灵均独醒鱼腹葬，袁盎醉免鲸
鲵祸。三杯浮蛆作气力，一斗鹅黄洗寒饿。鸡窗断杯真恶客，马围乞郡风
流过。鹤长凫短天所赋，虫臂鼠肝无不可。蓼虫事业且休道，乌狗文章还
自浣。燕巢幕上岂知危，梦鹿隍中恐传播。亡羊虽异乃一道，失马之翁惟
喜跛。井蛙自多江海小，夔足有余秋毫大。蚁穴功名梁一炊，驹隙光阴石
上火。龙章蜂目俱朽骨，但见麒麟卧蓬颗。况今佳节属莺花，身作笼禽掩
青琐。醒如痴蝇醉如泥，蜩甲枯枝吾丧我。①

　　本诗诗句长度与韵脚用字与《演雅》完全相同，四十句都出现了动物之名，甚
至比《演雅》还要密集。不同的是，《演雅》中写到的动物是实指，而此诗很多诗句
中的动物并非实指，而是借用，如"世故猬起愁难破"中的"猬起"，并非是为了写
刺猬，而是用"猬起"（纷然而起）来形容愁绪之多。同样"鹤发盈梳供日课"也不
是写鹤，而是用鹤的颜色来形容白发。本诗诗题中有"禁中得酒"之语，故诗中多
处写到饮酒之事，如"三杯浮蛆作气力，一斗鹅黄洗寒饿"，这也是与《演雅》不同
之处，即本诗在铺陈动物之外，还有与酒有关的主题。"浮蛆"又称"浮蚁"，指的是
新酿之酒上的泡沫，宋人之诗中经常出现，如苏轼诗云："冰盘荐文鲔，玉斝倾浮
蛆。"（《苏轼诗集》卷十五《答任师中家汉公》）黄庭坚诗云："兵厨欲磬浮蛆瓮，
馈妇初供醒酒冰。"（陈永正、何泽棠《山谷诗补注》卷十四《饮韩三家醉后始知
夜雨》）"鹅黄"也是酒之意，同样也多见于宋人之诗中，苏轼诗云："小舟浮鸭绿，
大杓泻鹅黄。"（《苏轼诗集》卷十九《乘舟过贾收水阁》其二）张元幹《临江仙·赵
端礼重阳后一日置酒坐上赋》云："判却为花今夜醉，大家且泛鹅黄。"从这两个词
的使用可以看出，金止男对中国文学的典故颇为熟悉，甚至诗句中还直接使用了
唐诗的句子，如"鸡人催漏报晓筹"，化用了王维"绛帻鸡人报晓筹"（《和贾至舍

① 金止男：《龙溪遗稿》卷二，《韩国文集丛刊》续编第 11 册，韩国古典翻译院 2006 年版，第
56 页。

人早朝大明宫之作》）、李商隐"无复鸡人报晓筹"（《马嵬二首》其二）之句。此诗虽是《演雅》的次韵诗，但却没有用"以物为人"的手法，而是别有寄托。从诗中可以看出，诗人对人生的体悟，对功名的淡漠，体现出浓厚的庄学思想，"人间万事蜗两角，眼前二豪螟与蠃"，明显是用《庄子·则阳》中的典故："有国于蜗之左角者，曰触氏；有国于蜗之右角者，曰蛮氏，时相与争地而战，伏尸数万，逐北旬有五日而后反。"蛮、触所争不过蜗之两角，就像眼前的小虫"螟与蠃"，实在不值一提，如果为此"伏尸数万"，更是可笑之极。同时作者也认识到"蚁穴功名梁一炊，驹隙光阴石上火"，人的生命就像白驹过隙，又如石上之火，极其短暂，而功名富贵不过是黄粱一梦，这也是一番彻悟之言。"龙章蜂目俱朽骨"亦体现了《庄子》齐物论的影响，"龙章"指的是圣主之姿，如《汉书·高祖本纪》记载汉高祖"隆准而龙颜"；而"蜂目"则指恶主之相，如《史记》中记载秦始皇是"蜂准，长目"（《汉书·高祖本纪》颜师古注引《史记·秦始皇本纪》作"蜂目，长准"）。此句的意思是，如汉高祖这样的圣主，秦始皇这样的暴君，虽然历史有不同的评价，但两人的最终命运都是成为"朽骨"一堆，本质上没有什么不同。这其实也是在消解心中的富贵之念。最后一句"蜩甲枯枝吾丧我"[①]中的"吾丧我"亦出于《庄子·齐物论》，用蜩甲依附在枯枝之上来形容精神脱离肉体的束缚，达到与道同体的境界。总之，此诗虽然诗句中也出现了禽鸟昆虫，但并没有讽寓意，而是借此来抒怀。

再如金万基（1633—1687）的《次韵效黄山谷演雅体》：

壁蜗入壳漫自裹，野雉贪媒仍被逐。衔木精卫望海枯，啼红蜀魄怜国破。鸣鹊只能占阴雨，寒虫强解催岁课。窃脂宁分黄雀粟，毛群偏欺老驼卧。侧目层空鹰系绦，踏迹终朝驴曳磨。雁奴传书沙塞寒，蟢子骨衣女伴贺。忧兄远行叫钩辀，诲儿类我劳螺蠃。尺蠖惟自志求伸，翠鹬何曾能避祸。鹍鸣夜长未渠央，啄木嘴穿恒苦饿。孔雀饮泉逢觝触，科斗有尾成罪过。郭索横行旋束缚，反舌多言谁许可。风高轻鹞讵能进，水浊浴凫宁禁浣。盘天莫夸鸱嬉游，薰穴还看鼠遁播。翾飞斥鷃笑鹤病，趹行蜥蜴嘲骡跛。雄鸠为媒竟不耦，土蚡求壻翻自大。蠮室何知夏屋渠，鹪枝且免吴宫火。鹅颈剩欲学笔势，鹦歌似矜联珠颗。痴绝山鸡水底影，愁思白鹇笼

---

① "蜩甲枯枝"用的是山谷诗之典，黄庭坚《弈棋二首呈任渐》其二云："身如蜩甲化枯枝。"

里锁。野鸭家鹜孰贵贱，白鸟玄驹纷细琐。濠梁独有儵鱼乐，此乐应知同物我。①

　　本诗在形式上与《演雅》完全相同，韵脚也相同，全诗四十句，有三十九句每一句都写到一种禽鸟昆虫，有的地方表面上没有写到动物，如"忧兄远行叫钩辀"，但"钩辀"是鹧鸪的叫声，其实也是通过其叫声来暗示禽类本身。此诗继承了《演雅》"以物为人"的特色。其中有些诗句，如"野雉贪媒仍被逻""翠鹄何曾能避祸"都有一定的批判意味。与《演雅》相似的是，此诗最后两句同样做一逆折，曲终奏雅，写出诗人自我的心志。山谷心中的自我体认是自由自在在水边嬉戏的"白鸥"，而金万基的则是游于濠梁间、自得其乐的"儵鱼"，同样都是出自道家的典故。此诗也可以称为《演雅》的续作，诗中写的三十多种禽鸟昆虫都是《演雅》未写到的，这也是对《演雅》的发展。

　　同样写《演雅》未写之物的诗，还有赵纬韩（1567—1649）的《演雅体长律二十韵寄梁郑二友》（并引）：

　　　演雅者，演出《尔雅》也。《尔雅》记虫鱼禽兽之名，而犹有阙失，故古人作诗，以遗落虫鸟之名，缀以为辞，命之曰演雅体。而古今诗人多以牛马龟龙字，苟充成篇，此则屋上架屋也，安在演出之义乎。余考《山海经》及他书，提出不载《尔雅》之名目若不似虫鸟者，遂成一篇，以继山谷焉。

　　　半生奔走厌尘嚣（嚣似猴），小筑溪边（溪边，兽名）管寂寥。地僻断无亲客（亲客，小蜘蛛）到，山深宁有十朋（十朋，龟）招。心灰王爵（王爵，桃虫）宜休野，政昧蒲芦（蒲芦，蠮螉）耻入朝。斫木（斫木，鸴）为农学炎帝，淘河（淘河，鸟名）作器避唐尧。材如樗栎（栎，鸟名）难为用，节似夷由（夷由，鼯）讵见调。酒特（特，牛）忘忧非取醉，琴犹（犹似犬）解愠不关韶。晨风（晨风，鸇）乍起金梧陨，宵烛（宵烛，萤）微明翠幕摇。墙菊继英（继英，鸟名）当晚节，邻姬促织（促织，沙鸡）坐通宵。连钱（连钱，脊令）满壁苍苔厚，玉珧（玉珧，蜃）穿阶锦鬣骄。灯为窃脂（窃脂，布谷）资夜读，腹将搏

　① 金万基：《瑞石集》卷二，《韩国文集丛刊》第144册，韩国景仁文化社1997年版，第369页。

黍（搏黍，莺）免朝枵。雄图落落谁能（能，兽名）会，羁恨绵绵久未（未，羔）销。宦味饱更酸与（酸与，似蛇）苦，危机蹈尽竦斯（竦斯，雉属）翘。诗篇渐似夔（夔，一足兽）州后，世路难于蜀（蜀，虫名）道崚。喜子（喜子，青蛛）襟期多韵格，穷奇（穷奇，似牛）山水共招邀。狂（狂，猩属）歌寡和人谁爱，蛮（蛮比翼）俗难谐路转遥。左海文章推巨擘（巨擘，蚓），临邛宵梦感招潮（招潮，蟹）。孤村晚雨森长脚（长脚，蛛），别浦垂杨舞细腰（细腰，蜂属）。剖苇（剖苇，鹏鹍）庶从河上恃，守瓜（守瓜，蠜）将学故侯饶。时闻朱厌（朱厌，猿）临风啸，每爱离留（离留，莺）向晓娇。金紫虽（虽，虫名）荣吾不愿，端居非为（为，兽名）事渔樵。①

赵纬韩此篇不是《演雅》的次韵之作，但诗人明确标明此诗是"演雅体"，而且表明是"继"山谷之作，实际是对山谷原诗的发挥。此篇比《演雅》更进一步，四十句诗不但每句都出现动物之名，而且这些动物之名都比较生僻，据作者说出自《山海经》及其他书。将这么多生僻的动物之名串成一诗，可以看出作者的学问功底。郑斗卿《玄谷集序》称："玄谷赵公以倜傥奇伟之资，贯穿百家语，发为文章。"②恐非虚语。此诗诗句中的讽寓意义并不是很强，但作者还是通过物象的堆积营造了一个特殊的诗意空间。此诗一开始说："半生奔走厌尘嚣，小筑溪边管寂寥。"似乎是说，诗人在厌倦了尘嚣之后，选择了溪边隐居。诗人可能遭遇了官场上的挫折（从下面"宦味饱更酸与苦"一句可以看出），所以"心灰王爵宜休野"，看淡了功名，选择躬耕垄亩，"斫木为农学炎帝"。"材如樗栎难为用，节似夷由讵见调"，这是诗人对自我心性的描述，前一句表面为自谦之语，其实也有其不为官家所用的不满；"夷由"即伯夷、许由，都是上古的隐士，诗人似乎想表明其隐居完全是自己的节操使然。诗人似乎又不甘心老于垄亩，所以又说："雄图落落谁能会，羁恨绵绵久未销。"似有隐恨在其中。但诗人认为，这次仕途挫折并不是人生的负资产，就像杜甫遭遇安史之乱，到夔州之后，诗艺达到炉火纯青的境界。诗的末尾，诗人说："金紫虽荣吾不愿，端居非为事渔樵。"一方面表现出对富贵（"金紫"）的不屑，另一方面又说闲居（"端居"）并非是无所事事地"事渔樵"，还有更高的追求。诗中流露出的感情可能与赵纬韩的个人遭遇有关。郑斗卿《玄谷集序》

---

① 赵纬韩：《玄谷集》卷十，《韩国文集丛刊》第73册，韩国景仁文化社1997年版，第268页。
② 赵纬韩：《玄谷集》卷首，《韩国文集丛刊》第73册，韩国景仁文化社1997年版，第183页。

云："及登第,时际昏虐,伦纪灭绝,奸佞满朝,公横罹罪网,屏处于湖南之带方郡十有余年。"①这指的是光海君五年(1613),赵纬韩因"癸丑狱事"被牵连入狱,后被流放。光海君十年,他在流放期间创作了著名的《次归去来辞》。辞中说:"归去来兮,世不我知可以归。自古不遇者非一,吾何为乎伤悲。"又云:"归去来兮,聊卒岁而优游。卧一壑之烟霞,竟何慕而何求。当梁肉于晚食,替荣华于无忧。"文中反映的思想有与《演雅体长律二十韵寄梁郑二友》相印证的地方。此诗在艺术上最大的特色就是使用了双关,即如此诗首联"半生奔走厌尘嚚(嚚似猴),小筑溪边(溪边,兽名)管寂寥"而言,"尘嚚""溪边"既是一个固定的搭配,同时也是动物之名,全诗基本都用了这种手法,诗人比较巧妙地将两者融合在一起。

赵显命(1691—1752)《次山谷集演雅体韵与锡汝联句凡物名毋犯原韵令也》是对《演雅》的进一步创新,将"演雅体"与联句诗合而为一:

乌贼喷墨能自裹,锡汝。雁奴不眠勤相逻。蟊眉定栖足生活,时晦。蜗角开国纷攻破。北平宅里猫相乳,锡汝。董生帷下狐讲课。麒麟仁不生草踏,时晦。骊龙睡贪深水卧。黄能驮仙三足疾,锡汝。猰㺄噬人双牙磨。揭唇狒笑缘何喜,时晦。攒手獒抃有底贺。扶桑国人身是虾,锡汝。荆溪女子名为嬴。文犀有通还招灾,时晦。雄雉断尾解避祸。鹿性喜跪知礼节,锡汝。狼食均分同饱饿。我死我死尔何冤,时晦。姑恶姑恶妇乃过。鲤鱼出冰应有感,锡汝。鹳雀为祥恐不可。舐踏山熊以充饥,时晦。曳尾泥龟未免浣。夔乐成时凤来仪,锡汝。舜坟起处象耕播。流血鬼车九头凶,时晦。垂翅商羊一脚跛。海蜃幻无能为有,锡汝。桃虫变小还成大。林鹤为子门报客,时晦。魏猿作婢灶爨火。类为雌雄元一身,锡汝。狙赋朝暮均七颗。精卫海深独可填,时晦。楚魂秦弭犹未锁。鹏搏羊角无天阏,锡汝。鸥吓鹓雏何鄙琐。老夫不过物之一,时晦。何妨世人牛马我。锡汝。

【妇乃过,一作妇实过。夫不,鸟名也。】②

本诗是赵显命(字锡汝)与其弟赵龟命(字时晦)的联句诗,亦见于赵龟命的《东溪集》卷十二,题作《次山谷集演雅体韵与稚晦联句》。赵显命在诗题中说"凡

---

① 赵纬韩:《玄谷集》卷首,《韩国文集丛刊》第73册,韩国景仁文化社1997年版,第183页。

② 赵显命:《归鹿集》卷一,《韩国文集丛刊》第212册,韩国景仁文化社1997年版,第7页。

物名毋犯原韵令也"，意思是说，《演雅》诗中出现的动物，他们的次韵诗就不再出现，确实该诗没有出现《演雅》中的禽鸟昆虫。此诗中的讽寓成分比较淡，但个别句子可以看出作者有一些反讽的意味，如"曳尾泥龟未免涴""鸥吓鹓雏何鄙琐"。该诗展现得更多的是文字游戏的一面，有的地方让人感觉是为了凑韵而写上的，如"我死我死尔何冤，姑恶姑恶妇乃过"，并没有多少实质的意义。此诗用"以赋为诗"的方式铺陈诗句，其实是借"演雅体"来展现兄弟两人的学问，并以此来"斗诗"。有一些诗句也体现了联句者的思想，如"蜗眉定栖足生活，蜗角开国纷攻破"，前者是老子"知止"的思想，而后者则是借《庄子》中的典故来笑话为蝇头小利而争斗不已的事。最后两句"老夫不过物之一，何妨世人牛马我"别有意蕴，也是临终显志，表达了作者写作全诗的中心思想。两位作者似乎都认同，人也不是"物之一"，并没有比上述禽鸟昆虫高贵多少，所以即使"世人牛马我"，即以我为牛马，或像对牛马一样对待我，我也不会因此觉得受到贬抑，这亦是庄子"齐物论"思想的体现。

韩国是东亚汉文化圈中《演雅》拟作最多的国家，而且出现了大量与黄诗形制与体量相同的诗作，这些仿作所写多是《演雅》中未写到的动物，体现了韩国"演雅体"的特色。写作"演雅体"诗，除了需要高超的文学技巧之外，深厚的学养也非常重要，没有大量的知识储备根本无法完成诗歌的创作。韩国之所以有这么多"演雅体"的诗，笔者同样认为可能与朱子学有关。朱子学讲究格物致知、穷理究物，朱子尝言："上而无极、太极，下而至于一草、一木、一昆虫之微，亦各有理。一书不读，则阙了一书道理；一事不穷，则阙了一事道理；一物不格，则阙了一物道理。须着逐一件与他理会过。"①朱子特别讲到"昆虫之微"，这与《演雅》主题是写禽鸟昆虫重合。朝鲜时代，朱子学在朝鲜占有统治地位，朱子的格物思想也必然影响到当时的士人，以上写作"演雅体"的诗人很多就是朱子学者。

三　新变：文本旅行中的诗体创新

朝鲜文人拟效《演雅》时很注意创新，书写了黄诗中未写的动物。他们更多的创新表现为将《演雅》与其他诗类、诗体结合，形成"演雅体"的各种变体，体现了

---

① 黎靖德：《朱子语类》卷十五，中华书局1986年版，第295页。

赛义德所说的理论旅行中的"地方性"。有的朝鲜诗人是将"演雅体"与回文诗、六言诗相结合,如徐居正(1420—1488)的《演雅回文六言赠李次公》:

> 貂蝉家世赫赫,鹓鹭声名隆隆。
> 霄腾逸骥掣电,浪簸抟鹏快风。
> 毫挥鷁凤翔鸾,词吐腾蛟起龙。
> 豪情酒杯吞鲸,壮气笑谈蟠虹。
> 皋夔载赓都吁,班马齐驱深雄。
> 高议君多荐鹗,薄才我愧雕虫。[1]

徐居正是朝鲜初期的文坛领袖,编有韩国历史上著名的文学总集《东文选》,撰写了韩国历史上第一部诗话《东人诗话》,还曾领衔笺注南宋遗民于济、蔡正孙所编的诗歌总集《唐宋千家联珠诗格》。从《东人诗话》的撰作与《联珠诗格》的笺注都可以看出他对宋代诗学有较深的研究。他可能是韩国汉文学史上写作"演雅体"最多的诗人,其文集中有十二首"演雅体"诗,上面一首是比较有特色的,即用回文和六言诗来写《演雅》。在宋代诗史上,杨万里、方岳、汪韶都写过六言的《演雅》,但没有人将其与回文诗结合起来,徐居正之作可谓创举,如果将此诗倒过来读,也是一首妙绝的诗:

> 虫雕愧我才薄,鹗荐多君议高。
> 雄深驱齐马班,吁都赓载夔皋。
> 虹蟠谈笑气壮,鲸吞杯酒情豪。
> 龙起蛟腾吐词,鸾翔凤鷁挥毫。
> 风快鹏抟簸浪,电掣骥逸腾霄。
> 隆隆名声鹭鹓,赫赫世家蝉貂。

徐居正给本诗诗题中的李次公写过好几首《演雅》,除此诗外,尚有《李次公用演雅贺拜宪长依韵奉寄》《演雅又用前韵》两首。《演雅回文六言赠李次公》有

---

① 徐居正:《四佳集》卷十四,《韩国文集丛刊》第10册,韩国景仁文化社1996年版,第417页。

明显的文章游戏的意味，与杨万里、方岳、汪韶等人所写的六言《演雅》相似，不同的是，宋人的六言《演雅》"把动物比拟成经典中赞美或讽刺的人物形象；每句句法结构是，二字动物名加上四字成语"①。徐居正的诗并没有用比拟手法，动物名也不在句首。本诗也用了借字，如"班马"中的"马"并不是动物，而是人名，本诗则是借其意而用之。我们从上面的韩国《演雅》诗拟效中多可看到这一点。

有的是用咏怀诗写"演雅体"，如李湜（1458—1488）有《自咏作演雅别体》：

> 十载乌巾老欲颠，膏车抹马赋归田。
>
> 钓名役役蚕成茧，为口匆匆蚁慕膻。
>
> 门外蛙喧多绿草，炉中麝炷袅青烟。
>
> 有怀挥翰蛟蛇走，醉墨翻鸦气浩然。②

所谓"自咏诗"也是一种咏怀诗，此诗将"咏怀诗"与"演雅体"结合在一起，用"演雅"的方式来咏怀。此诗的意脉非常清晰，主要写了诗人在官场沉浮十年后，毅然归田栖隐，对从前求名（"钓名役役"）与谋食（"为口匆匆"）的生活多有痛省。归隐后的生活，虽然门可罗雀，无人问津，但也赢得半生清闲。隐居之中，摆脱名利的束缚，故书法的境界与人格的境界都得到了提升。此诗八句，句句都出现了动物之名，有的也见于《演雅》之中。最后一联其实是借动物之名来比喻书法的线条艺术，也非常形象。末句中的"气浩然"既指书法，亦指人的精神。

朝鲜士人不但用"演雅体"来自咏，而且用"演雅"来批判社会，最有代表性的是郭说（1548—1630）的两篇作品，其《效演雅体》云：

> 世间名利鱼争饵，身后文章虎有皮。
>
> 黄口贪铺不知足，蜗牛上壁竟忘瘦。
>
> 蜉蝣楚楚衣裳薄，燕雀呴呴子母嬉。
>
> 亭上空悲闻唳鹤，泥中谁识有蟠龟。③

---

① 周裕锴：《宋代〈演雅〉诗研究》，载《文学遗产》2005年第3期。

② 李湜：《四雨亭集》卷上，《韩国文集丛刊》第16册，韩国景仁文化社1998年版，第524页。

③ 郭说：《西浦集》卷五，《韩国文集丛刊》续编第6册，韩国古典翻译院2005年版，第127页。

此诗是对世间风气与世人的批判。世间之人就如水中之鱼，看到名利就像看到鱼饵一样，竞相奔趋，不知不觉上了名利之"钩"，最后不能自拔。与之相似的是黄口之雀的"贪铺不知足"，最后的命运也只会是悲剧性的。"蜉蝣楚楚衣裳薄"用的是《诗经·曹风·蜉蝣》"蜉蝣之羽，衣裳楚楚"之典，也是讽刺蜉蝣这样的昆虫，虽然衣裳鲜明漂亮，但也是徒有其表。诗歌末联用了两个典故，《世说新语·尤悔篇》载："陆平原河桥败，为卢志所谮，被诛。临刑叹曰：'欲闻华亭鹤唳，可复得乎！'"所谓"空悲闻唳鹤"，暗指其人已被诛，故仅闻鹤唳。末句用《庄子·秋水》中龟"曳尾于涂中"的典故，意指世人已经忘记蟠龟曳尾于泥中的自由，都去追崇"王巾笥而藏之庙堂之上"但毫无自由的神龟。此诗借"演雅"来批判诗中所写的动物及其背后的世人。

还有将"演雅体"与邵雍的"首尾吟体"相结合的，如郑经世（1563—1633）《演雅效康节首尾吟体》：

> 吟诗非欲效尧夫，万物冥观各智愚。
> 野雉近林常畏尾，山鸡照水竟亡躯。
> 天寒大泽龙蛇蛰，日暖平洲凫雁呼。
> 欹枕偶然成一莞，吟诗非欲效尧夫。[1]

所谓"首尾吟体"就是诗歌的首句与尾句完全相同，形成一个闭合的结构，如邵雍文集中有一组《首尾吟》的七言律诗，首句和尾句都是"尧夫非是爱吟诗"，本诗略有改变，易为"吟诗非欲效尧夫"。本诗的主旨之句是第二句"万物冥观各智愚"，下面四句用"演雅体"连写四种动物来印证这一点。邵雍的诗被称为"邵康节体"，其诗从积极的方面说就是以理趣见胜，从消极的方面而言就是以理言诗，而堕入理障。郑经世本诗因为导入了"演雅体"，铺排动物，故而并没有显得太理胜其辞。第七句也是点睛之笔，透露出作者的心态，所谓"欹枕偶然成一莞"让人想到杜甫《缚鸡行》末二句"鸡虫得失无了时，注目寒江倚山阁"，都是大彻大悟之言。

朴泰汉（1664—1697）的《戏作演雅体记地名》则是"演雅体"与"地名诗"

---

① 郑经世：《愚伏集》卷二，《韩国文集丛刊》第68册，韩国景仁文化社1996年版，第37页。

之类杂体诗的结合：

> 邦畿形胜古骊州，一片流牛拥上流。
>
> 塔庙云霞明凤尾，园陵日月霁龙头。
>
> 危岩马去江声静，古岛羊来草色浮。
>
> 家在京师鹭梁北，十年重上燕滩舟。①

此诗也是朝鲜诗人的创新之作，《演雅》本是句句出现动物，而用"演雅体"记地名后，不但要出现动物之名，还要出现地名，如上诗中既出现了骊、牛、凤、龙、马、羊、鹭、燕等动物，又出现了"骊州""京师""梁""燕"等地名，所以这首诗融合了"演雅体"与地名诗两种诗体的元素。"地名诗"或"郡名诗"，早在中国梁代就已经出现，如《艺文类聚》卷五十六就收录了范云的《奉和齐竟陵王郡县名诗》。"演雅体"与"地名诗"的结合也加强了这首诗的游戏性。

从上文可见，《演雅》在朝鲜半岛的流传非常深广。朝鲜半岛诗人创了大量的"演雅体"诗，有的是对山谷《演雅》的次韵，更多的拟诗是对原诗的突破与超越。有的诗写了山谷原作未写到的动物之名，有的用联句诗、回文诗、杂体诗的方式写《演雅》，或以《演雅》来自咏抒怀，或以之来批判社会，或以之为文章游戏，或以为自逞才学。总之，朝鲜半岛诗人拟效的《演雅》诗体现了韩国汉诗对中国文学的新变。

四　结语

英国批评家克里斯·罗杰克（Chris Rojek）和约翰·厄里（John Urry）尝言："人类、文化与文化产品都在流动……显而易见，人在不同文化中旅行，与此同时，文化和文化产品自己也在旅行。"② 文本的流动比货品的流传更具有文化史的意味，它切实反映了文学文本的生命力与影响力。特别是文本在不同地域的流传，更能

---

① 朴泰汉：《朴正字遗稿》卷十，《韩国文集丛刊》续编第55册，韩国古典翻译院2008年版，第368页。

② 《理论与旅行的转换》，转引自胡安江：《寒山诗：文本旅行与经典建构》第一章《绪论》，清华大学出版社2011年版，第30页。

显示出文本的世界性特征。美国比较文学家戴维·达姆罗什（David Damrosch）认为，所谓"世界文学"，就是"一切以译本或原著形式流传到其本土文化以外的文学作品……唯有当一部作品频繁出现在其本土文化之外的文学体系里，这部作品才真正拥有了作为世界文学的有效生命"①。《演雅》在东亚汉文化圈的文本旅行，被不同国度的文人欣赏、阐释和效仿，不但"频繁出现在其本土文化之外的文学体系里"，而且在文本旅行过程中还产生了别样的风景和意义，使之呈现出明显的"世界文学"的特征。《演雅》的文本旅行不是以译本的形式流传的，而是直接以零翻译的原著形式为日本、朝鲜半岛的文人所欣赏，这就避免了因为翻译而造成的意义与信息流失；而日韩文人对其的欣赏和接受不但不同于中国文人，而且两国的接受亦呈现各自不同的地域色彩。

货品通过流动之后，才能增加附加值，从而成为商品；作家的文本经过流动之后，才能成为文学经典。文本的旅行或流动也是一种意义生产和增殖的过程，文本也只有在旅行过程中才能产生别样的意义。人的旅行，是人在观察世界，人在旅行的过程中欣赏沿途不同的风景；而义本的旅行则是文本被当作风景，被不同的人观看。由于观看的角度不同以及欣赏的态度不同，必然会产生新的视域，以之投射到原文本上，最终可能又会凝结为不同的文本。《演雅》作为黄庭坚的文学实验，用"以赋为诗""以物为人"的方式写诗，在东亚汉文化圈经过文本旅行之后，在日本被附加了许多讽寓之意，而在朝鲜半岛则催生出新的文本，产生了众多"演雅体"的作品。这都显示了《演雅》作为"世界文学"的开放性与超越性。

文本旅行是文本"经典化"（canonization）的基本要素之一，文学经典的形成离不开文本的流动。《演雅》正是在其东亚的旅行中，奠定了其作为东亚汉文学经典的地位。

---

① David Damrosch. *What is World Literature*? Princeton: Princeton University Press, 2003, p. 4.

遗民之外：诗歌史上的月泉吟社

浙江师范大学　慈波

至元二十三年（1286），江南正式纳入元朝疆土已经十年。作为元廷"参用南人"[①]的标志性事件，此年三月程钜夫"将旨江南蒐罗遗逸"[②]。同年十月，吴渭在浦江"【征】赋《春日田园杂兴诗》，限五七言律体。以岁前十月分题，次岁上元收卷，凡收二千七百三十五卷。延致方凤、谢翱、吴思齐评其甲乙，凡选二百八十人，以三月三日揭榜"[③]，这就是文学史上有名的月泉吟社征诗活动。吟社参与人数之多、活动范围之广，委实令人惊叹。[④]

关于吟社的活动形式、成员组成、诗歌特色等，学界已有深入研究。[⑤]由于发起人、评诗者的宋遗民身份，吟社诗在接受视野中往往带有"抗节季宋"[⑥]的鲜明政治色彩，"月泉吟社的征诗活动，主要表现为对杜诗爱国精神的发扬光大，尤其对陶渊明不事二姓之气节的大力高扬，所以它的意义不仅仅在于有力地推动了此

---

① 《元史》卷一四《世祖本纪》十一，至元二十三年三月己巳，第2册，中华书局2008年版，第287页。

② 程钜夫：《故建昌路儒学教授蒋君墓志铭》，《全元文》卷五三八，第16册，江苏古籍出版社2000年版，第404页。

③ 《月泉吟社诗》提要，《钦定四库全书总目》卷一八七，中华书局1997年版，第2625页。

④ 杨镰先生即指出："一个有两三千人实际参与的任何文化活动，特别是完全处于自发状态，起自民间，这在信息并不发达的宋元之间都是奇迹。"（《元诗史》，人民文学出版社2003年版，第632页）

⑤ 吟社成员考订诸方面，参见欧阳光《宋元诗社研究丛稿》（广东高等教育出版社2011年版）、方勇《南宋遗民诗人群体研究》（人民出版社2000年版）。专题的诗社研究有邹艳《月泉吟社研究》（人民出版社2013年版）。

⑥ 全祖望：《跋月泉吟社后》，《全祖望集汇校集注》（中），上海古籍出版社2000年版，第1439页。

后诗社的蓬勃发展,更主要的还在于标榜民族气节上"①,不失为代表性的观点。

吟社的遗民色彩,自然不容否认,后人对吟社诗的肯定也主要是着眼于此。不过毕竟诗社首先不是作为一个政治组织而存在,征诗活动的核心价值更在于诗歌。如果过于突出道德评价,容易遮蔽诗社的文学特质。实际上元人一般以为,在文学方面"南北混一之初,犹或守其故习"②,"国初学士大夫,祖述金人、江左余风"③,似乎吟社只能是江湖习气的延续。人们往往卑视江湖诗风为"末流",对吟社诗人则强调其忠义气节,所用标准并不相同。这一认识上的悖论提醒我们关注,在宋末江南江湖诗风盛行的背景下,仅仅十余年之后的吟社诗人们,在身份构成上是否与江湖诗人形成了本质差异?他们的活动是否促成了"诗道反振"的格局?或者说,对于宋季诗风而言,月泉吟社诗的出现具有何种意义,究竟是沿袭旧局面还是逗引了新气象的产生?

一　易代之变下的吟社诗人

南宋覆亡之后,江南地区并未立即安定。就在吴渭征诗之前,浦江邻境的永康还发生了县民起义事件。④由于元廷的"内北人而外南人"⑤的治理策略,南人在社会层级中地位低下,士气悒而不舒,黍离麦秀之悲与个人身世浮沉之感相互交织,构成了文人心态的重要方面。因此当吟社以"春日田园杂兴"命题征诗,虽然"借题于石湖",却很难说是约请诗人们吟咏平静安宁的田园生活。诗作的具体内容,"使人诵之如游辋川,如遇桃源,如共柴桑墟里,抚荣木,观流泉,种东皋之苗,摘中园之蔬,与义熙人相尔汝也;如入豳风国,耜者桑者,竞载阳之光景,而仓庚之载好其音也;如梦寐时雍之世,出而作,入而息,优游乎耕凿食饮,而壤歌之起吾后先也"⑥。表面上看,吴渭称颂的不外乎隐逸之趣、农事之乐与太平之适,但是三者无一例外的是对古代的追慕,而且世外桃源、梦寐时雍,不免影射了现实的惨淡。至

---

① 方勇:《我却为春愁——月泉吟社的文化情怀》,《光明日报》2015年2月26日。
② 欧阳玄:《此山先生集序》,《此山先生诗集》卷首,择是居丛书本。
③ 王理:《国朝文类序》,《全元文》卷一六四六,第54册,凤凰出版社2004年版,第6页。
④ 毕沅:《续资治通鉴》卷一八七:"八月辛酉,婺州永康县民陈选四等谋反,伏诛。"(中华书局1979年版,第11册,第5118页)
⑤ 叶子奇:《草木子》卷三《克谨篇》,乾隆五十一年刻本。
⑥ 吴渭:《诗评》,《月泉吟社》卷一,金华丛书本。

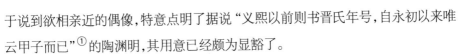

于说到欲相亲近的偶像,特意点明了据说"义熙以前则书晋氏年号,自永初以来唯云甲子而已"①的陶渊明,其用意已经颇为显豁了。

和这位前宋义乌县令吴渭一样,三位评诗者也都是坚定的宋遗民。方凤曾游太学,后来以特恩授容州文学,尽管并未实际到任②,他却在临终时"属其子樗题其旌曰容州,示不忘也"③,足见其心志。谢翱宋末追随文天祥,其名作《登西台恸哭记》被后人认为是"恸乎宋之三百年"④的沥血之作。吴思齐曾任嘉兴县丞,后代摄县事,宋亡后坚处不仕,属于"知事君不以存亡贰其心者"。这三人关系莫逆,"剧谈每至夜"⑤,又同时客寓吴渭家中,同声相应的切劘无疑更会强化彼此本来就强烈的家国意识。以他们作为领袖人物的征诗活动,带有遗民色彩并不让人意外。那么,参加吟社的诗人们是否真的如四库馆臣所认知的那样,"其人大抵宋之遗老"⑥呢?

当时应征的诗作多达二千七百多卷,虽然选中了280名,但是现在仅依赖《月泉吟社》一书存留前60名共74首诗,除去一人数卷而导致的重复,实际上只有53人。由于诸人采用寓名,实际生平仕履情况很难考实,另外附录的摘句图收录了32联,作者情况更难确考。如果要了解宋元易代对于诗人们的冲击与影响,进而体会他们参与诗社的心态,他们生平仕履的资料当然非常重要。综合目前学界的研究成果,除了声名稍著的仇远之外,欧阳光考述了连文凤、梁相、刘应龟、魏新之、杨本然、杨舜举、全璧、刘汝钧、林子明、白珽、周暕、黄景昌、陈希声、陈尧道、陈舜道、许元发、陈君用、陈养直等简况;方勇考述出连文凤、梁相、刘应龟、魏新之、陈尧道、陈舜道、陈希声、刘汝钧、何鸣凤、林子明、白珽、周暕、黄景昌、

① 沈约:《宋书》卷九三《陶潜传》,第8册,中华书局2015年版,第2289页。

② 宋濂《跋胡方柳黄四公遗墨》称方凤"后以特恩授容州文学,未上而宋篆已记。终身思宋,一饭不能忘,每语及之,辄涕泗交颐,世称为节义之士"(《宋濂全集》,人民文学出版社2014年版,第962页)。

③ 宋濂:《浦阳人物记》卷下《方凤传》,《宋濂全集》,第2265页。

④ 张孟兼:《释登西台恸哭记》,《全元文》卷一七六二,第58册,凤凰出版社2004年版,第11页。

⑤ 宋濂:《吴思齐传》,《宋濂全集》,第311—312页。

⑥ 《月泉吟社诗》提要,《钦定四库全书总目》卷一八七,第2625页。这一认识大抵反映了后人的认知,如明人田汝耔《刻月泉吟社诗叙》认为"今考吴溪社士,皆故宋人也"(《月泉吟社》卷首);稍早于馆臣的赵信也以为"其间或有名或无名,大抵皆宋末遗老也"(《南宋杂事诗》卷七,浙江古籍出版社1987年版,第298页)。

陈公凯（君用）、刘边等人生平；邹艳则提出邓草径与田起东实为同一人，即刘汝钧。

　　根据新发现的资料，仍然可以对已有的考证成果略加补缀。第十一名方赏，名下原注"桐江，徙居新城。方德麟，号藏六"。据此可知方赏真名为方德麟，桐江（今桐庐）人，后移居新城（今富阳）。《全宋诗》录其诗二首，《全宋文》录文一篇，《全元诗》录诗一首，《全元文》录文八篇。去除重复后，知其存诗二首，文章则还可依据《永乐大典》补入《问农桑水利》《巢乌说》《资圣寺重建山门记》《禹鼎赋》《清明望祭先墓文》，以及《月泉吟社》卷三收录的回送诗赏劄，共存十四篇。《资圣寺重建山门记》作于泰定三年（1326），文称"余儿时谒午庵日尊师于是"，后又称"今五十年"，以"儿时"为十岁计算，方氏约生于1267年。《自有馀斋记》称"延祐丁巳（1317）八月丁酉裁，会余倚席钱塘，时又方与江浙俊秀较艺场屋"，从"倚席"一语来看，他当时应当在杭州从事教职，而"较艺场屋"说明他参加了元代举行的江浙行省第二次乡试。① 根据《新登县志》卷一八的记载，他撰有"东岳行庙碑"，卜记"元至元五年（1339）松江府儒学教授致仕白云方德麟撰记"，可知他仕至松江府儒学教授。如果他正好是此年致仕的话，则约生于1270年，与此前的推测没有太大的矛盾；但参与诗社活动时则尚未成年，似乎有违常理，因而方氏此前也许就已致仕。他可知作年的文章，最晚为《三皇庙记》，作于至正元年（1341），此时已经年逾七旬了。

　　第二十名赵必范（学古翁），号古一，"太宗十世孙"②，咸淳四年（1268）进士。③ 第四十一名蔡潭，方回《桐江续集》卷二九有《熙山箴》，称"武林蔡君潭浚父"，"其居无山而榜曰熙山"，知其为杭州人，字浚父，斋名熙山。第五十五名九山人，小注"寓杭"。此人实即当时有名的诗僧宓古，"字太初，号竹深。族姓钱氏，邑之仪凤里大族也。以诗名，有集曰《白云谣》。壮岁弃妻妾出家，馆于小蒸曹氏数十年，竟守戒行以终"④。戴表元有《吴僧宓古师诗序》，称之"生华亭钱氏世家"，二十年后的大德戊戌（1298）两人重见时已出家为僧，"壮年歌游处所，一一无复

---

① 方德麟作有《禹鼎赋》，为此年江西乡试古赋题。如果他参加江浙乡试的自述没有问题的话，则《禹鼎赋》当为拟作。

② 厉鹗：《宋诗纪事》卷八五《赵必范》，上海古籍出版社2013年版，第2066页。

③ 《（雍正）浙江通志》卷一二九"咸淳四年戊辰陈文龙榜"，华文书局1967年版，第2150页。

④ 《（万历）青浦县志》卷五《僧宓古》，万历刊本。宓古所馆曹氏为曹知白贞素（1272—1355），见贡师泰《玩斋集》（嘉靖刻本）卷一〇《贞素先生墓志铭》。

故物"①，则其壮岁出家之举应与宋亡之变有关。窑古曾为赵孟頫《枯树图》作跋："木生天地间，为风霜之所夭折，不能竟其天年，不幸甚矣。而骚人名士形诸赋咏，著之翰墨，精彩百倍，垂于无穷，实枯中之荣也。余老且衰，抚卷为重一慨。九山人窑古。"②赵氏此图作于大德三年（1299），窑古跋后又有龚璛至大二年（1309）跋，跋文应作于两者之间。第五十九名君瑞，或即丁君瑞。吟社第一名连文凤有《学鲁斋记》，称"钱塘丁君强父，文章士也，乡之人咸誉之。初余游杭頖，君居前庑，与之识，且尝与之争功名于场屋间""有子曰君瑞，读父书，世其业，心术气质不为习尚所变化。谦于己，恭以待人，言语动作、容止进退，无一不于鲁之学得之。君瑞年方壮，籍籍有诗名"③。被吟社取中的"君瑞"也许就是这位诗名籍籍的年轻人吧。

以这些材料为基础，我们可以简单认识吟社诗人们在宋末的大致情况。有些是曾经出仕的，比如连文凤曾入太学，后来"仕籍姓名除"；魏新之为咸淳辛未（1271）进士，初授庆元府学教授；全璧"宋时尝官侍从"；林子明"咸淳九年癸酉（1273），两浙漕解第三人"，曾"摄浙西安抚司干官"；高镕为婺州教官。有些可知曾入太学，如刘应龟咸淳间游太学，为博士弟子员；刘汝钧咸淳间为太学生；白珽"十三受经太学"。有些人身份较为特殊，如赵必范是宋宗室，且中进士；第三十名赵必㭬，"太宗十世孙"④；全璧则是度宗全皇后族人，属于后戚。有些可以确定一直未仕，如杨本然、杨舜举父子，陈希声与陈尧道、陈舜道父子，黄景昌，以及摘句图中的刘边。还有僧人，如第三十五名即为宝觉寺僧了慧岳重，不过他是否宋末就已出家难以考证。至于其他人，要么在宋季年齿尚少，要么文献乏徵，从他们的樵逸山人、避世翁、吟隐之类寓名来看，在参与吟社活动之际，他们大约只是属于地方中下层文人，或者是自我认同这一类生活。

然而即使是这有限的可知诗人们，他们在"生逢千劫后"⑤的巨大时代动荡中，个人的出处选择仍呈现出多元特点，"遗民"这一道德色彩浓郁的词语尚难涵盖。就在征诗当年，林子明就受到地方荐举，"初，朝旨命翰林寻访人才，冯提学梦龟举君堪知制诰"，其结果是"至元中摄桐庐簿，寻为分水教谕"⑥。这一年白珽更

---

① 《全元文》卷四一八，第12册，江苏古籍出版社1999年版，第132页。
② 汪珂玉：《珊瑚网》卷一《褚河南枯树赋真迹》，商务印书馆1936年版，第19页。
③ 连文凤：《百正集》卷下，知不足斋丛书本。
④ 《宋诗纪事》卷八五《赵必㭬》，第2067页。
⑤ 连文凤：《病后》，《百正集》卷上。
⑥ 方回：《林东冈用晦墓志铭》，《桐江集》卷八，宛委别藏本。

受到程钜夫的直接推荐,"程文宪公钜夫、刘中丞伯宣前后交荐之"①。虽然他这一次以疾辞免,但此后终于出任太平路儒学正,转常州路儒学教授,又升江浙等处儒学提举司副提举等职,官终兰溪州判官。实际上如果考察诗人们入元之后的选择,我们会惊讶地发现很多人选择了与元廷合作。梁相大德年间任镇江路教授,后为婺州知事;刘应龟任义乌教谕,调月泉山长,杭州路学正;周暕至元二十四年(1287)已任余姚学官;姜霖元贞元年(1295)任兰溪州教谕;陈公举至元末任浦江教谕,累迁江浙儒学副提举,后为应奉翰林文字;陈公凯大德年间任月泉书院山长;何鸣凤任分水教官;仇远大德年间任溧阳教授;方德麟不但参加了元代的科举考试②,后来还出任松江府儒学教授。

不难看出诗人中仕元的比例已经较高。当然,像周暕那样"以诗文游诸公间""日汲汲道途"③的热衷功名之士也许并不多见。特别是他们中不少人流转于学职之间,与直接莅民治事的行政官员有较大不同。这些人或是迫于生活压力,或是出于"亡天下"的忧虑,而选择振起斯文的学官一途。④由于元代重视根脚,南人获得出仕的机会本来就少,而从士人的心理出发,虽然由儒入吏不失为更便捷可行的入仕方式,其接受认可程度却不高。因而"年来儒官赴选部如水赴壑"⑤的社会现象,实际上反映了文人仕元进路的逼仄,或者说出任学官是他们无奈之下的最佳选择。如果从严格的"遗民"界定来说,出为学官仍应视作仕元行为,像赵文、

---

① 宋濂:《元故湛渊先生白公墓铭》,《宋濂全集》,第1522页。

② 连文凤《有感》云:"年来懒作少年狂,一枕功名属梦乡。举世相夸唐字学,几人曾识汉文章。自怜晚岁桑榆景,敢入春风桃李场。到此相逢莫相笑,谁知臧谷两亡羊。"王次澄以为"是指参与科举未实施以前的吏进选拔,或元仁宗延祐二年回复开科取士的科举考试"(参见《宋遗民诗人连文凤及其诗析论》,《宋元逸民诗论丛》,大安出版社2001年版,第132页)。此书中另有两文论述方凤及月泉吟社诗,注重从诗歌本身讨论,深具启发性。不过此处理解似不确。"敢入"用于诗歌,取其轻度反问语气,实即"不敢",也就是感慨年纪老大,不能再去参加科考,所以有"功名属梦乡"之语。末句用《庄子》典故,略谓年轻时刻意功名,未能斩获;而今已缺乏进取之意。虽然原因不同,"亡羊"的结果却是一样。

③ 张伯淳:《送周方山序》,《全元文》卷三七七,第11册,江苏古籍出版社1999年版,第186页。

④ 关于这一问题,参见周祖谟《宋亡后仕元之儒学教授》(《周祖谟学术论著自选集》,北京师范学院出版社1993年版)、陈高华《元代的地方官学》(《元史研究新论》,上海社会科学院出版社2005年版)。实际上,甚至连方凤之子后来都出任学官。如方樗即任浦江学正,方梓则任义乌训导。

⑤ 张伯淳:《送白廷玉赴常州教授序》,《全元文》卷三七八,第11册,第194页。

刘壎等人，四库馆臣对之并无恕词。[①] 按照统一的标准，吟社诗人们"大抵宋之遗老"的说法，其实尚需斟酌。[②] 既然吟社的遗民色彩没有以往所认识的那样浓郁，那么分析吸引诗人们广泛参与征诗活动的原因，也许就不应局限于家国意识。

实际上诗人已经自道心声。被拔萃为第一名的连文凤，在答谢的启劄中明确点明："抚景兴思，慨唐科之不复；以诗为试，觊同雅之可追"[③]，提示了诗社兴盛与科举废止的关联。大概没有人甘愿承受家国覆亡的悲痛而成为遗民，吟社诗人中的多数只是被宋元易代的时代巨变所裹挟。当时局渐渐安定下来，作为文人进身之阶的科举却未能兴复，他们在寄慨于科考停废的同时，只得将过去花费在举业的精力，转移到作诗吟咏之上。元人文集中多见对这一现象的描述，如欧阳玄指出，"宋讫，科举废，士多学诗"[④]；刘辰翁发现"士无不为诗"，"科举废，士无一人不为诗，于是废科举十二年矣，而诗愈昌"[⑤]。如果考察征诗的具体形式，也会发现这是民间对科举的一次戏仿。诗社十月命题、正月收卷、三月揭赏，和宋代科举"秋取解，冬集礼部，春考试。合格及第者，列名放榜于尚书省"[⑥]的时序略无二致；给赏的五十名分为五等，和宋代进士五甲类似；诗体主张"律五七言四韵，馀体不取"，借鉴了省题诗律体的要求；至于题意中强调要敷绎题旨，评语中对起、承、转、结的屡屡提示，也都不离科场评文习气。颇有意味的是，"场屋科举之弊俱革，诗始大出"[⑦]，而当诗人们竞入吟社时，科举仍显示了巨大的吸引力。这也提醒我们，在已经给予"遗民"足够多的关注之后，不妨将眼光投向他们的诗歌。

---

① 如《青山集》提要批评赵文"沧桑以后独不能深自晦匿，以迟暮余年重餐元禄，出处之际实不能无愧于诸人"（《钦定四库全书总目》卷一六六，第2206页）。

② 如果执着于至元二十三年这一时间点，那么也许吟社诗人中绝大部分都尚未出仕新朝。但一方面此时入元时间还较短暂，另一方面，从静止的视角考察诗人们的出处选择，其实缺乏实际意义。

③ 《回送诗赏劄·罗公福》，《月泉吟社》卷三。第十二名刘汝钧诗中"年来梦断百花场，安分农桑万虑降"、摘句图中"田农夫"的起句"桃李场中已免参，只将农圃系头衔"，表现的大约也是科举不复之后寄迹农圃的无奈。

④ 欧阳玄：《李宏谟诗序》，《全元文》卷一〇九二，第34册，凤凰出版社2004年版，第443页。

⑤ 刘辰翁：《程楚翁诗序》，《全元文》卷二七〇，第8册，江苏古籍出版社1998年版，第552页。

⑥ 《宋史》卷一五五《选举》一，第11册，中华书局1985年版，第3604页。

⑦ 戴表元：《陈晦父诗序》，《全元文》卷四一八，第12册，第122页。

二 "杂兴"与诗学追求

吟社征诗活动的前夜，正是江湖诗风大行于诗坛的时机。时人以为"自四灵后，天下皆诗人"①，大抵可见当时诗歌流行的状态，而"诗人"一词在晚宋特定的环境下，约略等于"江湖诗人"的转语。②四灵力效姚、贾，专攻近体；嗣接而起的诗人们虽然将学习对象推扩到晚唐诗人，但也往往造语雷同，意象近似，诗境浅狭，"诗至晚唐已厌，至近年［江］湖又厌，谓其和易如流，殆于不可庄语，而学问为无用也"③，形成了泛滥无归的局面。作为"因诗取友"④的吟社，将如何因应这一诗学困境？

由于现存吟社诗是方凤诸人评选之后的结集，这可以看作是领袖诗人们诗学观点的体现，不妨先考察一下他们的诗学见解。据说方凤就对宋末的文学风气很是不满，"宋季文弊，凤颇厌之"⑤，但是王次澄考察的结果则是"方凤诗虽近江西，但晚唐江湖诗风仍然依稀可辨"⑥。方凤诗歌散佚严重，今人大力搜集也仅存90首而已。这其中五律17首、七律20首，所占比例之高即已暗示了他的关注体裁，而这与江湖诗人的偏好并无太大差异。至于诗歌的语言风格、意象选择与联语运用等，也多是晚唐家数。不过他五古存有11首，七古存20首，体现出开拓诗境的努力，是值得注意的现象。像《题郑氏义门》密集用典，语句劲直；《三洞》结构阔阖，移步换形；《故宫怨》凄惨哀怨，用语艰险；《送吴立夫》俊爽洒脱，一气直下，虽然仅窥一斑，但比起江湖之作，在风格、才力方面都杰然自异。在他身上，江湖诗风底色犹存，而变异之处也不难发现。

谢翱诗歌主要见于《晞发集》，存诗290馀首，近体近80首，显示出重古体的倾向。不过他的近体诗，早就受到严厉的批评："附《晞发道人近集》一卷，诗四十八首，刻画晚唐，酸涩无足录。唯'山带去年雪，春来何处峰'一联差佳，岂才尽耶？

---

① 刘克庄：《跋何谦诗》，曾枣庄、刘琳：《全宋文》卷七五八二，第329册，上海辞书出版社、安徽教育出版社2006年版，第365页。其《毛振龙诗稿》中"诗料满天地，诗人满江湖。人人为诗，人人有集"，是江湖诗风盛行的更生动描述。

② 史伟：《中国古代文论中的"诗人"》，载《古代文学理论研究》2014年第2期。

③ 刘辰翁：《序》，《陈与义集》，中华书局2007年版，第3页。

④ 粟里（杨本然）：《回送诗赏割》，《月泉吟社》卷三。

⑤ 宋濂：《浦阳人物记》卷下《方凤传》，《宋濂全集》，第2265页。

⑥ 《宋遗民诗歌与江湖诗风——以连文凤及方凤诗作为例》，《宋元逸民诗论丛》，第30页。

抑删去之诗,而后人摭拾之者耶?"①王士禛所不满的,显然是谢翱规摹晚唐的江湖近体。不过其集中大量古体诗却展现了不同的风貌,鼓吹曲、琴操等刻意拟古之作固不待言,就是写景咏物的平常题目,也都不乏奇奥气象。如《冬青树引别玉潜》奇幻沉痛,语词扑朔,暗喻了杨琏真伽发陵事件对当时文人心理的强烈冲击;《文房四友叹》以寓言体寄慨乱世文人流落不偶,出语恢诡,恻怛激越;其他追迹楚辞、孟郊、李贺的诗作,也多开阔动荡,一洗破碎浅近之弊。从其诗歌渊源来看,大抵得力于李贺为多。以致杨慎曾激赏,"谢翱《晞发集》诗皆精致奇峭,有唐人风,未可例于宋视之也。予尤爱其《鸿门谶》一篇","此诗虽使李贺复生,亦当心服。李贺集中亦有《鸿门谶》一篇,不及此远甚,可谓青出于蓝矣。元杨廉夫乐府力追李贺,亦有此篇,愈不及翱矣"②。而这些力追唐人之作,基本属于江湖诗人较少涉足的乐府歌行。

有别集存世的吟社诗人们诗作取径如何?连文凤有《百正集》三卷存世,四库馆臣以为"大抵清切流丽,自抒性灵,无宋末江湖诸人纤琐粗犷之习。虽上不及尤杨范陆,下不及范揭虞杨,而位置于诸人之间,亦未遽为白茅之藉。则当时首屈一指,亦有由矣"③。王次澄虽然不认同"流丽"之说,认为当改作"流利",但实际上也承认连氏深受江湖体影响,而在五律之外复工七律,诗作内容繁富,故而能够"沾濡江湖而另辟蹊径"④。

再看存诗600多首的仇远,他曾经明确提出"近体吾主于唐,古体吾主于《选》"⑤,这一口号在后来多被视为元诗的整体创作取向,在他的创作中也颇有体现。他的近体诗多达近五百首,足见心力所在。诗作风格以平易闲远为主,有取法郊、岛,重视锤炼的一面,"诗格高雅,往往颉颃古人,无宋末粗犷之习";不过他与江西殿军方回游从颇密,在诗学观念上也有相近之处⑥,对束书不观、讳言用典多

---

① 王士禛:《带经堂诗话》卷六题识类,人民文学出版社1963年版,第142页。

② 杨慎:《升庵诗话》卷一二《谢翱诗》,商务印书馆1939年版,第178—179页。

③ 《百正集》提要,《钦定四库全书总目》卷一六五,第2194页。

④ 见前揭《宋遗民诗人连文凤及其诗析论》,《宋元逸民诗论丛》,第168页。

⑤ 方凤:《仇仁父诗序》,《方凤集》,浙江古籍出版社1993年版,第64页。

⑥ 如仇远以为"近世习唐诗者以不用事为第一格,少陵无一字无来处,众人固不识也。若不用事云者,正以文不读书之过耳",参见《山村遗稿》卷一末所附仇远与盛元仁书(1278),清钞本。

有不满,四库馆臣以为"其言颇中江湖、四灵二派之病,今观所作,不愧所言"①。合而观之,仇远浸染江湖诗风,却能不流入纤仄;不废江西,但也不失于粗豪。

与仇远齐名的白珽有《湛渊遗稿》三卷,《全元诗》整理后共录诗76首。他的诗作绝大部分是近体,有晚唐体清新工致的优长,又能"不为雕刻苟碎,苍然者不惟极尘外之趣,兼有云山韶濩之音"②。而在22首古体中,竟有十首《续演雅》,属于明显的山谷体;《题惠山》七律中颈联"雨前茶有如此水,月里树岂寻常花",也是典型的以文为诗笔法。

从诗社领袖人物与代表诗人的作品来看,似乎能发现一个共同的现象:他们大都受到了其时流行的晚唐诗风影响,晚唐近体在其作品中所占比重明显为多;但在创作与认识上他们也往往对"南渡自四灵以下,皆模拟姚合、贾岛之流,纤薄可厌"③的江湖诗风有所警醒,力求突破其局限,故能与"但工近体,大抵以清隽雕琢为事,颇近四灵、江湖之派,终不脱宋人窠臼"④这一类的指摘保持距离;更有诗人在作品中流露出江西诗风的痕迹。由于他们的作品尚未细致编年,尚难判断这一倾向发生的具体时段。但是从整个创作轨迹来看,大约可见这一出入江湖的趋势。那么,这一进路与月泉吟社诗是否表现出一致性?

如果仔细研读吟社的诗题和《诗评》,就会发现这次大型同题诗歌竞赛的组织者最关心的,其实是如何"就春日田园上做出杂兴",因而虽然"凡是田园间景物皆可用","却不是要将杂兴二字体贴"。⑤脱离田园而直接遣兴当然是离题,拘泥田园而仅咏风物则缺乏诗趣。于是《题意》中特意以《归去来辞》为例,说明何为赋体、何为兴体。吴渭提出:"有因春日田园间景物感动性情,意与景融,辞与意会,一吟讽顷,悠然自见其为杂兴者,此真杂兴也。不明此义而为此诗,他未暇悉论,往往叙实者多入于赋,称美者多近于颂,甚者将杂兴二字体贴,而相去益远矣。"⑥组织者如此强调"杂兴",其着力点究竟在于什么?

其实以田园景物为歌咏对象的诗歌,在江湖诗人的作品中可谓俯拾皆是,这样一个平常的题目该如何写作,本不应成为切切丁宁的主题。组织者突出"杂

① 《金渊集》提要,《钦定四库全书总目》卷一六六,第2211页。
② 宋濂:《元故湛渊先生白公墓铭》,《宋濂全集》,第1524页。
③ 翁方纲:《石洲诗话》卷四,人民文学出版社1981年版,第149页。
④ 《谷响集》提要,《钦定四库全书总目》卷一六六,第2209页。
⑤ 《春日田园题意》,《月泉吟社》卷首。
⑥ 《诗评》,《月泉吟社》卷首。

兴"，让我们想起宋末严羽反对宋诗的有名论断："诗有词理意兴。南朝人尚词而病于理；本朝人尚理而病于意兴；唐人尚意兴而理在其中；汉魏之诗，词理意兴，无迹可求。"①这一标揭唐诗、推崇汉魏的态度，在元诗中多有践行。吟社领袖们是否类似于严羽，有惩于宋诗的重理倾向，而用"杂兴"加以补救？

不过这一推想有明显的难解之处。江西诗风虽然在宋末仍有影响，但显然已非主流，"近时东南诗学，问其所宗，不曰晚唐，必曰四灵；不曰四灵，必曰江湖"②，因而吟社诗人们恐怕不必再为此而苦费心神。笔者屡读吟社诗作与评语，对这一问题颇感困惑；后重读连文凤诗评语，似有所悟。此诗被推为魁选，必然是最符合组织者标准的作品。评语称："众杰作中求其粹然无疵、极整齐而不窘边幅者，此为冠。"用"边幅"来评定诗歌，似首见于张说对张九龄诗的评价："张九龄如轻缣素练，实济时用而窘边幅。"③诗作"窘边幅"，实即宽广不足、境象狭仄，而这恰恰是四灵而下的众多晚唐诗作的流弊。

实际上刘克庄早就指责"姚贾缚律，俱窘边幅"④，把根源推溯到四灵的祖师那里。四库馆臣则指出："四灵名为晚唐，其所宗实止姚合一家，所谓武功体者是也。其法以新切为宗，而写景细琐，边幅太狭，遂为宋末江湖之滥觞。"⑤认为四灵、江湖都不免"边幅太狭"。对于薛师石诗，又以为"边幅太窄，兴象太近，则与四灵同一门径"。⑥在评述南渡之际陈棣诗作时，更点明了这一诗弊产生的原因："棣诗乃于南渡之初，已先导宋季江湖之派。盖其足迹游历不过数郡，无名山大川以豁荡心胸；所与唱和者，不过同官丞簿数人，相与怨老嗟卑；又鲜耆宿硕儒以开拓学识。其诗边幅稍狭，比兴稍浅，固势使之然。"⑦所说的游历、唱和、师友诸方面的局限，江湖诗人的情况也大致相差不多。需要注意的是，与"边幅稍狭，已近江湖一派"⑧相关联的，往往是"边幅少狭，兴象未深，数首以外，词旨略同"⑨。联系到晚宋流行

---

① 严羽：《沧浪诗话·诗评》，见《沧浪诗话校释》，人民文学出版社1983年版，第148页。

② 张之翰：《跋王吉甫直溪诗稿》，《全元文》卷三八四，第11册，第301页。

③ 《新唐书》卷二〇一《王勃传》后，第18册，中华书局1975年版，第5743页。

④ 《跋程垣诗》，《全宋文》卷七五七六，第329册，第247页。

⑤ 《云泉诗》提要，《钦定四库全书总目》卷一六五，第2185页。

⑥ 《瓜庐诗》提要，《钦定四库全书总目》卷一六二，第2157页。

⑦ 《蒙隐集》提要，《钦定四库全书总目》卷一五九，第2131页。

⑧ 《竹轩杂著》提要，《钦定四库全书总目》卷一五八，第2121页。

⑨ 《云松巢集》提要，《钦定四库全书总目》卷一六八，第2257页。

模山范水、烟云月露的大量作品,应该不难体会诗人缺乏深衷,而仅仅执著于景物锤炼所导致的兴象浅近的缺失。方回曾厉言批评晚唐体的弊病:"九僧以前,四灵而后,专尚晚唐。五言古调、七言长句,皆不能不彼此相效。许浑水、郑谷僧、林逋梅、魏野鹤,雪月风花,烟雪竹树,无此字不能成四十字。四十字之中,前联耳闻目见,后联或全是闻,或全是见。"①语词重叠,物象堆垛,层次单调,想达到情、景、意、词相融会的"兴"的境界,当然不大可能。"杂兴"的提出,其针对性或在于此。

不妨以具体作品为例。诗作被陈起刊入《江湖后集》的胡仲弓,斥退后浪迹江湖以终,他写有《春日杂兴》七律十五首,与吟社征诗题目切近,正好可以用作比较。随意挑选一首来看:"高下云藏野老家,纵横水漱竹篱斜。勤将春去许多雨,流出山来都是花。白首风烟三径草,清时鼓吹一池蛙。身闲不耐闲双手,洗甑吹香夜作茶。"前六句映带本题"春日",后两句为"杂兴";颔联流利,颈联工致;结语也带有变俗为雅的趣旨,并不是下乘的江湖之作。然而意象选择不离云、水、烟、雨,敷演景物无外耳目闻见,兴会所至无非野老之闲,更不用说疏于点检而导致的"闲"字重出了。再看被列为第五十九名的吟社作品:"白粉墙头红杏花,竹枪篱下种丝瓜。厨烟乍熟抽心菜,篝火新干卷叶茶。草地雨长应易垦,秧田水足不须车。白头翁姬闲无事,对坐花阴到日斜。"此作结构上与前诗相似,意象选择也涉及草、篱、花、雨,"杂兴"同样落笔于"闲",联句的推敲方面似乎还不及前诗讲究。然而厨烟、篝火、垦地、车水的出现,使诗作一下子变得鲜活而充满田园生气;白墙红杏的对比鲜明、竹枪的语词生新,都不见刻意痕迹;如此才使得对花对日的翁姬之"闲",与前部歌咏的田园生活密切融会,从而兴味盎然。尽管排名已经靠后,但本色生动,真气淋漓,评语所评价的"此真'杂兴诗',起头便见作手",确然不虚。再回转过来看前诗,就会发现诗境难脱浅近,其中的"闲",也恐怕与自述的"野老"身份尚隔一间。若联系到评语中不断出现的"说田园的而杂兴寓其中""末借言杂兴,的是老手""馀见杂兴""结有悠扬不尽之兴""前四句咏题,后乃述意,末二句亦不离春兴,格韵甚高""结句所引与兴字相关,尤有深味""全篇是杂兴本色""末感兴深""以雅健语写高洁操,悠然之兴见于篇末"等等评述,则吟社征诗强调"杂兴"的用意也就可以体会了。

由于现存吟社诗都是中选之作,是作为激赏对象而推出并供吟友观摩的,因而这些作品在克服比兴浅狭、窘于边幅方面成就不俗,其实不难理解。这也可以

---

① 《跋仇仁近诗集》,《桐江集》卷四。

被视为吟社组织者振救江湖末派诗弊努力的一次集中展现。不过这些优选之作虽然在力去末俗上带有共同追求，但对于江湖晚唐诗风其实熏染依然很深。在诗歌体制上，虽然选择余地很小，但74首诗中五律仅有11首，远远低于七律的比重。四灵偏重五律，赵师秀"一篇幸止有四十字"①的说法为众所知，江湖诗人则有所展拓而转向专攻七律，吟社诗人的选择依循了这一好尚。江湖诗风有以摹写风物来纠正江西诗派尚理而乏意兴的倾向，吟社诗人同样也避免了仅去体贴"杂兴"的时文习气。江湖诗风强调锤炼字句，对仗精工，吟社诗则特意设立"摘句图"一项，而且起句、结句均仅录四句，而以联句独重。②评选者特意选入了第五十名的两首回文诗，表现出对文字技巧的重视。与此同调，吟社诗也并未完全排斥江西风味。诗作中不乏用典之处；避世翁的七律"全效坡体"，却并不妨碍成为第三十五名；摘句图中"蚕一二眠催出伏，秧三四叶尚忧风"则是明显的江西句法。甚至带有理学气息的诗歌也不在摒弃之列，第三十一名陈舜道的诗歌，各篇首尾均以"春来非是爱吟诗"成句，这是明显的尧翁击壤体，但也因为"摹写各尽其妙"而得到欣赏，并成为一人入选十首的特例。

这些较为复杂的面相说明，吟社诗作为一个整体，在艺术手法的基本面上其实仍有宋末江湖诗风的深刻影响在。江湖诗人本来就是一个成员庞杂的群体，在诗歌取径上也不尽相同。江湖诗风在主体上呈现出重晚唐的倾向，但仍有部分江湖诗人沾染江西风气。从钱锺书先生《容安馆札记》中对江湖小家风格的细致分析，不难看出江湖诗人出入江西、晚唐的倾向。"宋之末年，江西一派与四灵一派并合而为江湖派，猥杂细碎，如出一辙，诗以大弊"③，这是吟社诗人所面临的宋末诗坛格局，他们标举"杂兴"的意图，也不妨归入到这一背景中去推求。

三 后吟社时代的元初诗坛

征诗活动之后，关于月泉吟社其他大型活动的记载，在文献中就再难发见。这也许与主要组织者及经济赞助人吴渭在此后不久即谢世有关，相隔不到十年谢翱

---

① 刘克庄：《野谷集序》，《全宋文》卷七五六六，第329册，第86页。
② 摘句与偏重近体具有一致性，正像严羽《沧浪诗话·诗评》所说："汉魏古诗气象混沌，难以句摘。"（《沧浪诗话校释》，第151页）
③ 《唐诗品汇》提要，《钦定四库全书总目》卷一八九，第2639页。

又在杭州病逝,吟社主盟相继零落,活动想必大受影响吧。不过经由诗社而传递倡导的诗学精神,在后辈诗人那里却并未消散。诗社中中坚力量实属谢、方。谢翱诗奇丽恢诡,参入中唐,后人以为"元诗所以一变乎宋者,谢翱之功也"①,所注重的是其力矫诗弊的新变意识。方凤"尝与闽人谢翱、括人吴思齐为友。思齐则陈亮外曾孙,翱则文天祥客也,皆工诗,皆客浦阳,浦阳之诗为之一变"②,可见吟社主盟俨然已成为地域诗坛宗主。实际上"为之一变"的也不仅仅局限于浦阳。自方氏"开风雅之宗"后,"由是而黄晋卿、柳道传皆出其门,吴渊颖又其孙女夫,宋潜溪、戴九灵交相倚重,此金华诗学极盛之一会也"③,而这一脉络更已由元及明,蔚为大观了。

方凤弟子黄溍曾述及婺州诗学渊源。就浦江邻县义乌而言,黄溍以为"吾里中前辈以诗名家者,推山南先生为巨擘。傅君景文、陈君景传,其流亚也"④。山南先生即刘应龟,高中吟社第五名,评语还特别引录了他另外两联,以为"律细韵高""复未易及"。而景传为陈尧道字,其诗入选第八名。可以说,吟社诗人实际构成了义乌诗坛的核心。至于年辈稍后的诗人,黄溍称:"始予弱冠时学为诗,同郡柳道传、王申伯、陈茂卿、方子践、子发皆以能诗称者也。柳初效粤谢翱,后自成一家。方受学尊父存雅先生,而杂出于谢。陈与谢不相识,乃酷似之。"⑤方枵、方梓传承方凤家学,同时旁参谢翱。元蒋易所编《皇元风雅》卷三〇录陈茂卿《花石行》一篇,全从李贺《金铜仙人辞汉歌》与《将进酒》出,黄溍称之与谢翱暗合,不为无据。

黄溍本人是刘应龟的中表子侄,早年多受刘氏教益;弱冠以后又从方凤学诗,有转益多师的长处,受吟社诗风浸染也更深。他前期作品中五律较多,与元人的习惯颇有差异。⑥这些作品大多是与吟社成员的唱和之作,表现出好尚的趋同性。他的古体作品学习晋宋,有大小谢幽峭之趣。在诗学主张上,他曾诲示王祎,提出

---

① 谢肇淛:《小草斋诗话》卷二外篇上,收入张健辑校《珍本明诗话五种》,北京大学出版社2008年版,第370页。

② 宋濂:《浦阳人物记》卷下《方凤传》,《宋濂全集》,第2266页。

③ 朱琰:《金华诗录序例》,《金华诗录》卷首,乾隆癸巳刻本。

④ 黄溍:《绣川二妙集序》,《全元文》卷九四〇,第29册,凤凰出版社2004年版,第94页。

⑤ 黄溍:《书王申伯诗卷后》,《全元文》卷九四三,第29册,第131页。

⑥ 胡应麟即指出:"元人力矫宋弊,故五言律多草草无复深造。"(《诗薮》外编六"元",上海古籍出版社1979年版,第231页)

"诗贵乎平实而流丽"①,平实即内容的中和平正,流丽即语言的流畅清美,这与方凤的看法近似,更符合元诗的时代主潮。

柳贯也是吟社诗风熏染的重要后学,"执弟子礼于同里方先生凤、括吴先生思齐、粤谢先生翱。三先生隐者,以风节行义相高。间出为古文、歌诗,皆忧深思远,慷慨激烈,卓然绝出于流俗。清标雅韵,人所瞻慕。公左右周旋,日渐月渍,不自知其与之俱化也"②。柳贯所存六卷诗歌中,前三卷都是古体,可见他并不拘泥于晚唐近体。七古中他对李、杜、韩都有汲取,阔大与奇崛并存;五古多得力于魏晋。他不认同宋调以才学为诗的倾向,"诗成置我江西社,兔苑梁园隔几尘"③,充满了对堆垛典故习气的不满。但是对于宋诗劲健的句法也不全然排斥,"老不废诗,视少作尤古硬奇逸而意味渊永"④。

至于吴莱,因为是方凤孙婿,所承诗教更为真切。他的作品以乐府歌行体为多,才气纵横,以杜、韩为宗,故而胡应麟称"吴立夫学杜大篇,气骨可观,而多奇僻字"。不过他壮岁早逝,诗境未及淬炼,负气逞才处也不免粗豪之失,但在元诗中已称鹤立,"元诗靡弱,自虞伯生而外,唯吴立夫长句瑰玮有奇气。虽疏宕或逊前人,视杨廉夫之学飞卿、长吉,区以别矣"⑤。吴莱重视古体也与吟社诗人互相交流有关。吴莱自称:"始予弱冠,时从黄隐君游。隐君讳景昌,字明远,世为婺之浦江人。自幼敦朴而开悟,及长益通五经、诸子、诗赋、百家之言。岩南公尝一再携予诣隐君质《春秋》。"⑥这位由方凤带领吴莱前去受教的黄景昌,就是征诗活动中的第二十五名"槐窗居士"。黄景昌"长从方凤、吴思齐、谢翱游""以古人论诗主于声,今人论诗主于辞,声则动合律吕,可以被之金石管弦,辞则文而已矣。乃集汉魏以来诸诗,各论其时代而甄别之,作《古诗考》"⑦。吴莱曾去信与黄氏专门讨论此

---

① 王袆:《练伯上诗序》,《王忠文公集》卷二,商务印书馆1936年版,第51页。

② 黄溍:《翰林待制柳公墓表》,《全元文》卷九六五,第30册,凤凰出版社2004年版,第108页。

③ 柳贯:《春尽日雨中宴坐次刘士幹宪史见贻之作》其二,《全元诗》第25册,中华书局2013年版,第181页。

④ 黄溍:《翰林待制柳公墓表》,《全元文》卷九六五,第30册,第110页。

⑤ 《带经堂诗话》卷四纂辑类,第96页。

⑥ 吴莱:《田居子黄隐君哀颂辞》,《全元文》卷一三七二,第44册,凤凰出版社2004年版,第174页。吴莱《古诗考录后序》则明确说"予尝从黄子学诗",见《全元文》卷一三六七,第44册,第72页。

⑦ 宋濂:《浦阳人物记》卷下《黄景昌传》,《宋濂全集》,第2266页。

书,又为之作后序。他们之间的切磋影响,较然易见。

当黄溍、柳贯、吴莱等活跃于文坛时,元诗主体风貌已然形成,"虞杨范揭"四家称名于时,宗唐崇古的诗学观点渐次获得时代认同。从仇远提出甚获方凤认同的"近体吾主于唐,古体吾主于《选》"[①],到杨载主张"诗当取材于汉魏,而音节以唐为宗"[②],大约也正是吟社活跃到元诗兴盛这一时段。从元诗发展的时序来看,元初的南方诗坛,基本处在江湖诗风的笼罩之下,"宋元之际的诗人,大多早年都受到江湖诗派的影响""如果不是元一统天下,可以预见南宋诗坛上江湖派必将'一统江湖',成为人数众多、压倒一切的主流派"[③]。南宋与金南北分峙,造成了翁方纲所称的"程学盛南苏学北"的不同文化景观。元初的北方诗坛大抵沿袭金源一脉,"诗人多学坡、谷"[④]。但是即使如此,其时的北人代表如王恽就已主张金诗"直以唐人为指归"[⑤]。正如邓绍基先生所指出的那样,"南渡后的金诗以唐人为归,那么与金代斯文一脉相承的蒙古王朝和元初诗坛,也就归于唐音了",或者说"元初诗坛出现了宗唐呼声"。与南方宗唐的趋向类似,"从王恽传递的消息到卢挚、刘因的创作实践,诗歌宗汉魏晋唐的风气就在北方文坛上出现并形成了"[⑥]。尽管南北诗风的发展具有不完全同步性,但是至延祐时期元诗南北融合的进程基本完成,以元诗四家为主体的宗唐诗风成为时代主流。从一代有一代之文学的角度而言,元诗体现了元人力图在唐音、宋调之外,别辟蹊径的诗学努力方向。近体宗唐、古体崇《选》的"宗唐得古"之风,是为元诗主体风貌。而吟社诗人们标举兴象,振刷江湖末学的纤薄浮浅,并通过后吟社时代诸人传递这一诗学精神,不正代表了元诗初音的形成吗?

如果我们不反对元人自我认同、以元诗有别于唐诗与宋调、而能自成一代文

① 方凤:《仇仁父诗序》,《方凤集》,第64页。
② 王袆:《练伯上诗序》,《王忠文公集》卷二,第51页。
③ 《元诗史》,第334、337页。
④ 元好问:《赵闲闲书拟和韦苏州诗跋》,《金文最》卷二五,光绪乙未江苏书局重刻本。
⑤ 王恽:《西岩赵君文集序》,《全元文》卷一七六,第6册,江苏古籍出版社1999年版,第205页。
⑥ 邓绍基:《元代文学史》第十七章第一节《元诗宗唐得古风气的形成及其特点》,人民文学出版社2006年版,第343页。

学的"元音"的话[①]，那么月泉吟社诗"虽不逮唐制，若曰元初夫自为一代，有唐之遗风"[②]。在元音形成的进程中，吟社诗人与有力焉。翁方纲曾说，"元初之诗，亦宋一二遗民开之"[③]，用意就在于此吧。

---

① 从一代文学之角度对元代诗歌特点进行归纳与体认，在元末明初的文献中即已较为普遍。坚定的元代遗民戴良在《皇元风雅序》中就提出："唐诗主性情，故于风雅为犹近；宋诗主议论，则其去风雅远矣。然能得夫风雅之正声，以一扫宋人之积弊，其惟我朝乎？"（《九灵山房集》卷二十九，四部丛刊景明正统刊本）这是对元诗艺术成就的高度肯定，撇开其间的强烈文化归属意识不论，从对性情与议论的离合而言，实际上也可以看作对元诗宗唐整体风格趋向的追认。明初孙原理遴选元人诗作，纂成被四库馆臣称作"于去取之间颇具持择"的《元音》，其命名在诗歌认同上正不无与唐诗、宋调相颉颃之意。尽管诗人境遇不同，情怀各异，但是"其音节调度则未始有不同焉者，其可不类而辑之，以备乎一代之典也哉"（乌斯道《元音序》，《元音》卷首，《景印文渊阁四库全书》第1370册，台湾商务印书馆1986年版，第404页），也体现了对作为"一代之典"的"元音"的整体认同。元人近体宗唐、古体崇《选》的诗学主张，藉手于一代诗作，以"元音"形式呈现出时代样貌。学界早前所论，"如果就局部而言，元代的作家中，也有继续坚持江西诗派的创作之风的，也有主张兼学宋唐的，但就整体而言，宗唐得古成为支配有元一代诗坛的潮流，因此元末人有'举世宗唐'之说"（邓绍基：《元代文学史》第十七章第一节，第345页）正是对作为一代文学的元诗之整体艺术特征的高度概括。

② 田汝耔：《刻月泉吟社诗叙》，《月泉吟社》卷首。

③ 《石洲诗话》卷四，第150页。

"作为诗文，寓物托讽，庶几流传上达"

——"东坡乌台诗案"新论

南京大学　巩本栋

对于发生在北宋神宗元丰二年（1079）的那桩著名的"东坡乌台诗案"，学界已有较多的研究积累。[1] 然今日重勘此案，细味其诗，似仍有问题值得进一步思考和认识。以苏轼这样的大文学家而遭受如此严酷的文字狱，历来论者多为其鸣不平，这当然可以理解，因为人们热爱东坡。然而，平心而论，在这些被作为东坡讽刺新法证据的诗歌中，虽有一些是无中生有、捕风捉影，以此加罪于东坡，不免冤屈。但其中多数的作品意在讽谏却也是事实，而且东坡自己对此也并不讳言。多年以后（元祐三年，1088），东坡回忆起此事，就说道："昔先帝召臣上殿，访问古今，勅臣今后遇事即言。其后臣屡论事，未蒙施行，乃复作为诗文，寓物托讽，庶几流传上达，感悟圣意。而李定、舒亶、何正臣三人因此言臣诽谤，臣遂得罪。然犹有近

---

[1]　近三四十年以来，研究成果颇多，像王水照先生的《苏轼的政治态度和政治诗》（文载《文学评论》1978年第3期，又收入其《苏轼研究》，河北教育出版社1999版）、陶道恕先生的《"乌台诗案"新勘》（文载《文学遗产增刊》第14辑，1982年）、刘德重先生的《关于苏轼"乌台诗案"的几种刊本》（载《上海大学学报》2002年第6期）、内山精也先生的《东坡乌台诗案流传考——围绕北宋末至南宋初士大夫间的苏轼文艺作品收集热》《"东坡乌台诗案"考——北宋后期士大夫社会中的文学与传媒》（载其所撰《传媒与真相——苏轼及其周围士大夫的文学》，上海古籍出版社2005年版）、莫砺锋先生的《漫话东坡》第七章《乌台诗案》（凤凰出版社2008年版）、李裕民先生的《乌台诗案新探》（载《宋代文化研究》第17辑，2009年）、美国学者蔡涵墨教授的《1079年的诗歌与政治：苏轼乌台诗案新论》《乌台诗案的审讯：宋代法律施行之个案》（载《中国古典文学研究的新视镜——晚近北美汉学论文选译》，卞东波编译，安徽教育出版社2016年版）等，从不同角度对"乌台诗案"事件及作品作了论述，皆可参阅。

似者,以讽谏为诽谤也。"① 意思很明白,他是在相关政见未得到朝廷重视的情况下,才又创作诗文,用比兴寄托的方式来讽谏朝政,希望能得到皇帝的关注的。李定、舒亶、何正臣等人认为他诽谤朝政,并以此追究罪责,虽然是把"讽谏"诬蔑为"诽谤",也并不是完全无中生有。如果我们要全面考察"乌台诗案",那么东坡的这个话,不应忽略。它是我们认识这些作品的出发点。

一 "吾穷本坐诗":"东坡乌台诗案"的来龙去脉

东坡"乌台诗案"的始末虽大致清楚,然有些细节似还应补充。

宋仁宗嘉祐二年(1057),东坡考取进士,嘉祐六年(1061),又通过贤良方正能言极谏科的考试,授官大理评事、签书凤翔府通判。在进入仕途后的最初几年中,应该说东坡还是很顺利的。然而从熙宁二年(1069)始,情况有所变化。宋神宗是一个很想有所作为的皇帝,他继位后任用王安石为相,主持变法革新。东坡与王安石政见不合。道不同不相为谋,便要求到外地去做官,先后在杭州、密州、徐州和湖州任通判或知州。他每到一处,都十分关心百姓疾苦,多方兴利除弊,希望有所作为。在杭州,他率领军民疏浚西湖,兴修水利。在徐州,开采煤矿,抗洪救灾。在密州,抗旱灭虫,救民于厄难。他的这种身先士卒、敢于任事的精神和作风,深受百姓爱戴。在地方官任上,东坡既能体察民情,对王安石变法实行过程中出现的问题,也就看得比较清楚。像涉嫌朝廷放贷的青苗法、与民争利的食盐专卖法、鼓励人告密的手实法等等,东坡都极为反感,于是便作诗对新法实行过程中存在的弊端进行批评和讽谏。

最先把东坡作诗讽刺新法举报给朝廷的,是他的朋友沈括。② 沈括在中国历史上是著名的科学家。他是杭州人,晚年寓居镇江,他的《梦溪笔谈》是一部很了不起的科学著作。但是,他的为人太过严苛。熙宁六年(1073),沈括以检正中书刑房公事的身份到浙江巡查新法实行的情况。沈括去了以后,问到东坡最近有何诗作,东坡就把一些诗作誊录了送给沈括。沈括回去将东坡的诗稿细看了一遍,便随手把里面批评新法的诗句——挑出来,贴上标签,上交神宗,说这都是诽谤朝政的,

---

① 张志烈、马德富、周裕锴:《苏轼全集校注·苏轼文集校注》(以下再引简称《苏轼文集校注》《苏轼诗集校注》等)卷二十九《乞郡札子》,河北人民出版社2010年版,第3216页。

② 李裕民先生认为此事不可能是沈括所为(参其《乌台诗案新探》),然我们仍认为事出有因。

应严加处理。这就为东坡后来的被捕遭查，埋下了祸根。① 沈括是个书呆子，他曾笑话杜甫的《古柏行》诗"霜皮溜雨四十围，黛色参天二千尺"两句，说"四十围，乃是径七尺，无乃太细长乎"②。可见是不太懂诗的。

元丰二年（1079）七月初，负责监察百官的御史台的官员李定、何正臣、舒亶等人，迎合神宗之意③，接连上章弹劾东坡。弹劾的导火索是他们对东坡四月上任湖州知州时上表中的两句话"愚不适时，难以追陪新进；老不生事，或能牧养小民"极不满意。认为东坡是攻击朝政，反对新法。个中最刺痛神宗和新党一派神经的，是"愚不适时，难以追陪新进"一句。"愚不适时"是不满新法，不满朝廷，宋神宗即位后最大的新政就是变法，东坡现在却把自己放到了与其对立的位置上，神宗自然不悦。而"难以追陪新进"，又与在位的朝廷大臣构成了尖锐的对立。自熙宁二年（1069）宋神宗任用王安石为参知政事，设三司条例司，推行新法，到元丰二年，时间已过去了十年，反对新法的虽非东坡一人，但像东坡这样，始终明确反对新法、与新派对立而且还忍不住要说的则并不多见。④ 这让神宗及新派人物都大为恼火。故李定等人认为要严加惩处。加之李定等人为政作风原就近于酷吏，于是，一场政治厄难的发生势在难免了。为了达到其目的，李定等人事先搜集东坡的诗集，四处网罗东坡与他人往来的诗文和证据，只要与东坡有过文字交往的，几乎都不放过，更不用说与东坡有着多方面来往的王诜、王巩等人了。他们确乎不仅仅是要惩罚东坡，而且是想借此机会对所有不满新法的人作一次严厉的清算。⑤

党争的色彩导致了事件处理的偏激，也影响了后来的整个审查过程。一得到神宗的许可，他们就派遣悍吏星夜赶赴湖州，抓捕东坡。当时情景极为可怕，据当时在场的代理知州祖无颇对东坡被捕时情景的回忆，是"顷刻之间拉一太守如驱

---

① 李焘：《续资治通鉴长编》卷三百一，元丰二年十二月庚申引王铚《元祐补录》。

② 沈括：《梦溪笔谈》卷二十三，《景印文渊阁四库全书》第862册，台湾商务印书馆1986年版，第833页。

③ 李裕民：《乌台诗案新探》。

④ 司马光是始终反对新法的，但退居洛阳后便不再发声，故东坡寄诗有"抚掌笑先生，年来效喑哑"（《寄题司马君实独乐园》）之句。

⑤ 有学者认为，此案的动机"还有一种可能，这个案子在某种意义上是想通过敲打王诜，最终指向宣仁圣烈皇后"，"她赞同旧党的政治态度是众所周知的"（蔡涵墨：《1079年的诗歌与政治：苏轼乌台诗案新论》，载《中国古典文学研究的新视镜——晚近北美汉学论文选译》，卞东波编译，第163页）。可以参考。

犬鸡"①。东坡自己后来也写道,当时李定等"选差悍吏皇甫遵将带吏卒就湖州追摄,如捕盗贼。臣即与妻子诀别,留书与弟辙处置后事。自期必死。过扬子江便欲自投江中,而吏卒监守不果。到狱即欲不食求死,而先帝遣使就狱,有所约敕,故狱吏不敢别加非横"②。他们抓住东坡的一些诗文,大作文章,断章取义,无限上纲,说他反对新政,对抗朝廷,说他对皇帝不恭不敬,必欲置之死地而后快。在狱中的连续数月的严词逼供,使东坡的身心受到极大的摧残。③

一位才华横溢、坦诚正直、积极有为、享誉朝野的士大夫,竟然因为作诗而被杀害,无论从哪个角度说都难以令人接受。以言治罪,既不符合自古以来儒家传统的诗教,也不符合宋朝立国以仁义治天下的祖宗家法,更不符合人之常情常理。所以,与东坡被捕同时,朝野上下的一些敢言之士站出来为东坡说话的不在少数,其中既有范镇、张方平这些旧党中的人士,也有像吴充、王安礼、章惇等这样的新党人物,东坡的弟弟苏子由上书表示愿削职为民以保兄长的性命,已退居金陵的王安石也出来替东坡说情,说:"岂有圣世而杀才士者乎?"④太皇太后曹氏也建议神宗放了东坡。几经周折,东坡遂以"谤讪朝政及中外臣僚"之罪结案,降两官,贬检校水部员外郎、黄州团练副使,本州岛安置,不得签书公事,以戴罪之身,即日押出国门。其他凡与东坡有往来诗文者,也受到不同的处分。闹得沸沸扬扬的"乌台诗案",到此了结。

然而,对"乌台诗案"中所涉的作品究应如何认识和解读,却历来论说纷纭。问题的焦点不在于这些作品中是否有讥讽,而在于怎样看待这种讥讽,即是"讽谏"还是"诽谤"?其实,讽谏与诽谤也只在善、恶一念之间。若是出于对国家社稷的前途与命运的忧心,自是讽谏;若出于个人或少数人的私利,则可视为诽谤。

---

① 孔平仲:《谈苑》卷一,《景印文渊阁四库全书》第1037册,第122页。

② 《苏轼文集校注》卷三十二《杭州召还乞郡状》,第3375页。

③ 苏颂:《苏魏公集》卷十《元丰己未三院东阁作》十四首其五"却怜比户吴兴守,诟辱通宵不忍闻"句下自注:"时苏子瞻自湖守追赴台劾,尝为歌诗,有非所宜言。颇闻镌诘之语。"在这种情况下,东坡自觉难以逃过此劫,曾写下了两首绝命之诗。诗曰:"圣主如天万物春,小臣愚暗自忘身。百年未满先偿债,十口无归更累人。是处青山可埋骨,他年夜雨独伤神。与君世世为兄弟,更结来生未了因。"(《狱中寄子由二首》其一)"柏台霜气夜凄凄,风动琅珰月向低。梦绕云山心似鹿,魂飞汤火命如鸡。眼中犀角真吾子,身后牛衣愧老妻。百岁神游定何处,桐乡知葬浙江西。"(《狱中寄子由二首》其二)与苏辙和妻儿告别,令人不忍卒读。

④ 周紫芝:《太仓稊米集》卷四十九《读〈诗谳〉》,《景印文渊阁四库全书》第1141册,第346—347页。

东坡自然属于前者。

二 "坐观不救亦何心"：《乌台诗案》所反映的对百姓疾苦的同情

曾给东坡带来祸患的诗文，却引起了当时和后来许多士人的兴趣，流传很广，包括当时御史们搜罗上交的《元丰续添苏学士钱塘集》中的作品和狱中审讯东坡的卷宗，都基本保存下来了。南宋胡仔《苕溪渔隐丛话》卷四十二至四十五收了《乌台诗案》中的许多作品，算是节录本。周紫芝见过一种名为《诗谳》的刻本。他说："予前后所见数本，虽大概相类，而首尾详略多不同。今日赵居士携当涂储大夫家所藏以示予，比昔所见加详，盖善本也。"① 周必大《二老堂诗话》中也记载有"当时所供诗案，今已印行，所谓《乌台诗案》是也"②。陈振孙《直斋书录解题》卷十一"小说家类"则著录有："《乌台诗话》十三卷，蜀人朋九万录东坡下御史狱公案，附以初举发章疏及谪官后表章、书启、诗词等。"③ 蔡正孙《诗林广记》后集卷四亦有所载。至清，又有李调元《函海》本《乌台诗案》。张鉴的《眉山诗案广证》④，搜罗材料更为丰富。另，《乌台诗案》亦有《丛书集成》初编本等。这都为我们今天研究"乌台诗案"提供了最基本的文献。

东坡因作诗系狱冤枉不冤枉呢？确有被冤枉的一面。

熙宁五年（1072），东坡在杭州作过两首咏桧诗，即《王复秀才所居双桧二首》。第二首写道："凛然相对敢相欺，直干凌空未要奇。根到九泉无曲处，世间惟有蛰龙知。"此诗《乌台诗案》未录，然据胡仔《苕溪渔隐丛话》后集卷三十记载："东坡在御史狱。狱吏问曰：'根到九泉云云，有无讥讽？'答曰：'王安石诗：天下苍生待霖雨，不知龙向此中蟠。'（即其《龙泉寺石井》诗）此龙是也。狱吏为之一笑。"后来东坡被贬黄州后，仍有人以此诗句诬陷他。王巩《闻见近录》载："王和甫尝言，苏子瞻在黄州，上数欲用之。王禹玉辄曰：'轼尝有此心。'惟有蛰龙知'之句。陛下龙飞在天，而不敬，乃反欲求蛰龙乎？'（略）上曰：'自古称龙者多矣，

---

① 《太仓稊米集》卷四十九《读〈诗谳〉》，第347页。
② 周必大：《二老堂诗话》，何文焕《历代诗话》本，中华书局1981年版，第667页。
③ 陈振孙：《直斋书录解题》，上海古籍出版社1987年版，第330页。
④ 清光绪十年（1884）江苏书局刊本。

如荀氏八龙,孔明卧龙,岂人君也?'"① 连宋神宗都不以为然的事,居然仍有大臣把它作为东坡对皇帝不敬的把柄,岂不冤枉。

熙宁六年八月,东坡在杭州观潮,写下了一组绝句,其中第四首写道:"吴儿生长狎涛渊,冒利轻生不自怜。东海若知明主意,应教斥卤变桑田。"诗后有东坡的自注:"是时新有旨禁弄潮。"因为当时屡有邀一时之名,或贪图奖赏的年轻人因弄潮而淹死的事情发生,所以皇帝有旨禁止弄潮。东坡的这后两句诗正是为此而发的。他用《神仙传》中麻姑自"接待以来,已见东海三为桑田"的话,意思是说,东海若知朝廷有此旨意,可能就把东海变为桑田了,弄潮之风俗方能根除。这与皇帝的旨意是完全一致的。然监察御史里行舒亶却说这两句是讽刺农田水利法的(在审查中,这种对诗意的理解是"再勘方招",可见非东坡本意)。传说农田水利法实行之后,便有人向王安石建议,梁山水泊,方圆数百里,若能将泊中水放掉,便可得良田数千亩。安石问,哪里能容得下这么多水呢。刘贡父说,此事容易,只需在梁山泊之旁开凿一个同样大小的水池即可。安石大笑。② 这当然是讽刺王安石的。舒亶可能是联想到了此事,于是认为东坡的诗也是讽刺新法的,这也是冤枉。

这一年初冬,大概杭州的天气较暖,一寺院中有数朵牡丹花开放。知州陈襄作四绝句,东坡亦和作四首。第一首说:"一朵妖红翠欲流,春光回照雪霜羞。化工只欲呈新巧,不放闲花得少休。"③ 审查中御史认为,"化工"是指朝廷大臣,此诗便是讽刺大臣屡变新法,令小民不得安闲。其实第二首诗中就有"漏泄春光私一物,此心未信出天工"的句子,意思是说,这几朵牡丹花的开放,不过是偶然现象,不太可能是天工造化的结果。否定了上一首"化工只欲呈新巧"的联想,哪里是讽刺朝廷大臣呢?

然不必讳言,除去上述几首诗,其余则多含讽刺。据宋人朋九万所编的《乌台诗案》,自熙宁二年至元丰二年,东坡诗文中被御史们列为攻击朝政直接罪证的作品,大约诗歌五十首,文十馀篇。就其主要内容看,所涉无非两类:一是批评新法,二是讽刺朝臣。对于御史们的指责,前面已谈到,东坡并不完全否认,他所不能认同者,"以讽谏为诽谤"也。所以,我们既不必纠结于东坡是否曾批评新法、讽刺朝臣,也无须刻意为东坡辩护。但东坡的批评既然是出于善意,那么,这些作品中虽

---

① 王巩:《闻见近录》,《景印文渊阁四库全书》第1037册,第207页。
② 参王辟之《渑水燕谈录》卷十等。
③ 《苏轼诗集校注》卷五《和述古冬日牡丹四首》其一。

有对新法、对朝中臣僚尖锐的批评和辛辣的讽刺，然从中我们可以更多地感受到的，却是他对下层百姓的同情和对国家社稷的命运与前途的那份责任感与忧患意识，是他对儒家士大夫志节的坚守和自我心态的调整，以及对谄佞、矫激等不良士风的纠正。这也许是我们今天重新审视东坡《乌台诗案》所尤应关注的吧。

最初，苏轼在诗中所表达的，只是一种对朝廷新政的不满，是忠言直谏却不被采纳的牢骚和愤懑，并无具体的批评和指责。像他在《送钱藻出守婺州得英字》所写："吾君方急贤，日旰坐迟英。黄金招乐毅，白璧赐虞卿。子不少自贬，陈义空峥嵘。古称为郡乐，渐恐烦敲搒。临分敢不尽，醉语醒还惊。"①意谓方今正是用人之际，你为何要出守外任呢？何况既是远出为郡，那就将不免鞭笞催督百姓，哪有什么乐趣可言。这里当然对新法有微辞，然也只是在表达一种隐隐的担忧而已。他对新派的批评，也并不具体。比如他说："但苦世论隘，聒耳如蜩蝉。"②说："异趣不两立，譬如王孙猿。"③说："士方在田里，自比渭与莘。出试乃大谬，刍狗难重陈。"④主要还是一种对新进之士的反感。

待到熙宁四年（1071）到任杭州之后，苏轼开始触及新法实行过程中存在的一些具体问题，他的批评也变得具体、尖锐起来。虽然他在赴杭任的路上刚说过："我诗虽云拙，心平声韵和。年来烦恼尽，古井无由波。"⑤"作诗聊遣意，老大慵讥讽。"⑥然以苏轼之性格，"我褊类中散，子通真巨源"⑦，面对新法实行中出现的弊端和给百姓带来的痛苦，他是不会视而不见的。比如他在初至杭州所作的《李杞寺丞见和前篇复用元韵答之》中便说道：

> 兽在薮，鱼在湖，一入池槛归期无。误随弓旌落尘土，坐使鞭棰环呻
> 呼。追胥连保罪及孥（自注：近屡获盐贼，皆坐同保徒其家），百日愁叹一
> 日娱。白云旧有终老约，朱绶岂合山人纡。人生何者非蘧庐，故山鹤怨秋

---

① 《苏轼诗集校注》卷六，第494页。
② 《苏轼诗集校注》卷六《送曾子固倅越得燕字》，第498页。
③ 《苏轼诗集校注》卷六《广陵会三同舍各以其字为韵仍邀同赋·孙巨源》，第601页。
④ 《苏轼诗集校注》卷六《广陵会三同舍各以其字为韵仍邀同赋·刘莘老》，第604页。
⑤ 《苏轼诗集校注》卷六《出都来陈所乘船上有题小诗八首不知何人有感于余心者聊为和之》其八，第541页。
⑥ 《苏轼诗集校注》卷六《广陵会三同舍各以其字为韵仍邀同赋·刘贡父》，第598页。
⑦ 《苏轼诗集校注》卷六《广陵会三同舍各以其字为韵仍邀同赋·孙巨源》，第601页。

猿孤。何时自驾尘车去，扫除白发烦菖蒲。麻鞋短后随猎夫，射弋狐兔供朝晡。陶潜自作五柳传，潘阆画入三峰图。吾年凛凛今几余，知非不去惭卫蘧。岁荒无术归亡逋，鹄则易画虎难摹。①

这里当然有对盐法、保甲等新政的不满，但诗人不肯鞭棰督责，追捕盐贩，收坐同保，甚至想弃官归去，他所"愁叹"的，还在下层百姓的疾苦。

再如《山村五绝》：

> 竹篱茅屋趁溪斜，春入山村处处花。无象太平还有象，孤烟起处是人家。
> 细雨蒙蒙鸡犬声，有生何处不安生。但令黄犊无人佩，布谷何劳也劝耕。
> 老翁七十自腰镰，惭愧春山笋蕨甜。岂是闻韶解忘味，迩来三月食无盐。
> 杖藜裹饭去匆匆，过眼青钱转手空。赢得儿童语音好，一年强半在城中。
> 窃禄忘归我自羞，丰年底事汝忧愁。不须更待飞鸢堕，方念平生马少游。②

这是一首组诗，五首诗是一个整体，自不应断章取义。第一首反用唐牛僧孺"太平无象"的话，写出山村平安宁静的自然和生活景象。期盼天下太平，是诗人的美好愿望，也是整首组诗情感抒发的基调和前提。第二、三两首诗都被指为讽刺盐法。北宋盐业专营，本就是朝廷的一大宗进项。为了保持官营的绝对垄断性，官府禁止私盐，贩盐者有时便武装押运，以抵抗官府。而食盐官卖，销售层层加码，价格上涨，且流通渠道不畅，反使偏远地方的百姓无盐可食。故前一首用西汉龚遂事，说但能盐法宽平，令人不至于带刀带枪地去贩私盐，而是卖刀买犊，从事农耕，哪里还需要派人劝农呢。后一首中"岂是闻韶解忘味，迩来三月食无盐"两句，是更直接地批评盐法。东坡说，哪里是百姓听高雅的音乐听得入迷，连吃东西都分不出什

---

① 《苏轼诗集校注》卷七，第631—632页。
② 《苏轼诗集校注》卷九，第867—870页。

么味道来了呢，分明是几个月没盐吃了。诗中所表现的，是东坡对山村百姓贫困生活的同情，他希望朝廷能改变目前的做法。第四首中"赢得儿童语音好，一年强半在城中"两句，当然也是对青苗法的批评。因为青苗法的施行，虽本意或能给农民提供一些小额贷款，帮助生产，但实行过程中官府却只想着赚钱，在一些农家子弟到城里借贷或交税的时候，故意搞些娱乐活动，吸引农民消费，把钱花掉，根本起不到帮助生产的作用，等到秋天还得再连本加利地还给官府。所以东坡在诗中讽刺青苗法的实行，不过是让常常在城里游逛的农家子弟落一个说话口音也像城里人罢了。这也是希望朝廷能纠正新法实行中的弊端。至于第五首诗，虽然有些牢骚，但诗人所忧心的，决不只是一己的进退，而是国家能否真正太平，农民能否安居乐业，与第一首诗正相照应。

又如，熙宁十年（1077），东坡时在徐州知州任，京东提点刑狱李清臣因天旱去沂山求雨有应，作诗送与东坡，东坡和作一首，题曰《和李邦直沂山祈雨有应》：

> 高田生黄埃，下田生苍耳，苍耳亦已无，更问麦有几。蛟龙睡足亦解惭，二麦枯时雨如洗。不知雨从何处来，但闻吕梁百步声如雷。试上城南望城北，际天菽粟青成堆。饥火烧肠作牛吼，不知待得秋成否？半年不雨坐龙慵，共怨天公不怨龙。今朝一雨聊自赎，龙神社鬼各言功。无功日盗太仓谷，嗟我与龙同此责。劝农使者不汝容，因君作诗先自劾。①

在这首诗中，龙神被御史们指为大臣，"半年不雨坐龙慵"，是责备朝臣不作为。其实，诗人忧心的是"高田生黄埃""更问麦有几"和"饥火烧肠作牛吼，不知待得秋成否"，他要责备的是自己无能为力。

还比如《次韵刘贡父李公择见寄二首》：

> 白发相望两故人，眼看时事几番新。曲无和者应思郢，论少卑之且借秦。岁恶诗人无好语（自注：公择来诗皆道吴中饥苦之事），夜长鳏守向谁亲（自注：贡父近丧妻）。少思多睡无如我，鼻息雷鸣撼四邻。
>
> 何人劝我此间来，弦管生衣甑有埃。绿蚁濡唇无百斛，蝗虫扑面巳

---

① 《苏轼诗集校注》卷十五，第1503页。

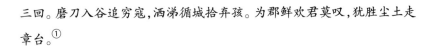

三回。磨刀入谷追穷寇，洒涕循城拾弃孩。为郡鲜欢君莫叹，犹胜尘土走章台。①

这里虽也有对花样翻新的变法的讽刺，但诗人更关注的还是朋友诗中所写到的"吴中饥苦之事"；虽也有对朝廷削减公使钱过度的不满，然令诗人痛心的还是蝗灾、干旱和弃婴随处可见的凄惨景象。这不能不令人想到诗人此前和贾收的那首《吴中田妇叹》："今年粳稻熟苦迟，庶见霜风来几时。霜风来时雨如泻，杷头出菌镰生衣。眼枯泪尽雨不尽，忍见黄穗卧青泥。茅苫一月陇上宿，天晴获稻随车归。汗流肩赪载入市，价贱乞与如糠粞。卖牛纳税拆屋炊，虑浅不及明年饥。官今要钱不要米，西北万里招羌儿。龚黄满朝人更苦，不如却作河伯妇。"②两首诗对读，无疑更能见出东坡的悲悯情怀。其忧虑之深、讽刺之辛辣、笔触之尖锐，更甚于他作。这首诗竟然逃过了御史们的审查，我们真应当替东坡庆幸。

即使并非写农村题材的作品，东坡也总是时时表现出对下层百姓的同情。比如东坡的那首《戏子由》：

宛丘先生长如丘，宛丘学舍小如舟。常时低头诵经史，忽然欠伸屋打头。斜风吹帷雨注面，先生不愧旁人羞。任从饱死笑方朔，肯为雨立求秦优。眼前勃蹊何足道，处置六凿须天游。读书万卷不读律，致君尧舜知无术。劝农冠盖闹如云，送老齑盐甘似蜜。门前万事不挂眼，头虽长低气不屈。余杭别驾无功劳，画堂五丈容旗旄。重楼跨空雨声远，屋多人少风骚骚。平生所惭今不耻，坐对疲氓更鞭棰。道逢阳虎呼与言，心知其非口诺唯。居高志下真何益，气节消缩今无几。文章小伎安足程，先生别驾旧齐名。如今衰老俱无用，付与时人分重轻。③

这首诗被御史们指责颇多。首先是对科举试律令的批评。北宋与唐代一样，进士科举考试是考诗赋。王安石变法，改以经义、策论取士，不擅经义策论的，考律令、《刑统》、判案也可以入仕。举子们读书的范围越来越小，越来越功利，当然不好，所

---

① 《苏轼诗集校注》卷十三，第 1304—1306 页。

② 《苏轼诗集校注》卷八，第 804 页。

③ 《苏轼诗集校注》卷七，第 642—643 页。

以东坡作诗讽刺，慨叹不读书就能做官，读书多的反不如读书少的仕途得意。其次是对朝中新进的鄙视。因为无论是对志"气不屈"的子由的称扬，还是对自己"气节消缩"的自嘲，都是以侏儒、优游或阳虎等为参照的。然这里值得我们注意的是，诗中对朝廷派遣官员四处察访的讥讽，是以不忍"坐对疲氓更鞭棰"为前提的，在字里行间流露出的，仍是对下层百姓的同情。其他像"疲民尚作鱼尾赤，数罟未除吾颡泚。"①"居官不任事，萧散羡长卿。胡不归去来，滞留愧渊明。盐事星火急，谁能恤农耕。薨薨晓鼓动，万指罗沟坑。天雨助官政，泫然淋衣缨。人如鸭与猪，投泥相溅惊。下马荒堤上，四顾但湖泓。线路不容足，又与牛羊争。归田虽贱辱，岂失泥中行。寄语故山友，慎毋厌藜羹。"②虽然是"督役"者的身份，但当诗人完全混迹于泥泞中的劳役人群的时候，早已是"人如鸭与猪"，诗人的感情与百姓似乎更接近了，他的反对开凿运盐河耽误农事，与其说是从政治上所作的判断，倒不如说是从其切身的体验出发为百姓做出的呼喊。

三 "不可与合，又不可以容"：《乌台诗案》所反映的苏轼心态

中国古代社会的政治制度历来都是以人治为特色的，所以，每一时代的人们总是期盼着圣贤的出现，而当社会政治矛盾比较尖锐的时候，人们的目光自然也会集中到人事问题上。苏轼不满新法，也不满朝廷新进之人。他既不愿依附权臣新贵，也不肯屈己从人，那种矛盾复杂的心态，最是能反映出党争背景下士人进退维谷的尴尬状况。他在诗歌中对新党之士进行讽刺，实际上也正是他自己内心矛盾的自我开释与宽慰。只是这些讽刺有时过于辛辣，便不免得罪者多，这也成了他之所以被御史们特别嫉恨的重要原因之一。

熙宁六年（1073），东坡在杭州任上时曾作《次韵答章传道见赠》一首。诗曰：

> 并生天地宇，同阅古今宙。视下则有高，无前孰为后。达人千钧弩，一弛难再彀。下士沐猴冠，已系犹跳骤。欲将驹过隙，坐待石穿溜。君看汉唐主，宫殿悲麦秀。而况彼区区，何异壹醉富。鹪鹩非所养，俯仰眩金奏。髑髅有余乐，不博南面后。嗟我昔少年，守道贫非疚。自从出求仕，

---

① 《苏轼诗集校注》卷十七《次韵潜师放鱼》，第1837页。
② 《苏轼诗集校注》卷八《汤村开运盐河雨中督役》，第766—767页。

役物恐见圄。马融既依梁，班固亦事窦。效颦岂不欲，顽质谢镌镂。仄闻长者言，婞直非养寿。唾面慎勿拭，出胯当俯就。居然成懒废，敢复齿豪右。子如照海珠，网目疏见漏。宏材乏近用，巧舞困短袖。坐令倾国容，临老见邂逅。吾衰信久矣，书绝十年旧。门前可罗雀，感子烦屡叩。愿言歌缁衣，子粲还予授。①

诗中"马融既依梁，班固亦事窦。效颦岂不欲，顽质谢镌镂"数句，是被御史们拈出作为东坡攻击大臣的重点证据的材料。东坡在供状中解释道："所引梁冀、窦宪，并是后汉时人，因时君不明，遂跻显位，骄暴窃威福用事，而马融、班固二人皆儒者，并依托之。轼诋毁当时执政大臣，我不能效班固、马融苟容依附也。"②这里当然有牢骚，有不平，但同时又是诗人自我心态的调整和袒露，不完全是要去诋毁别人。诗中先以老庄泯高下、混智愚、齐生死、一古今的思想为说，然后谈到自己出仕前尚能守此自然之道，而出仕后就不免为外物所役了。在现实生活中，诗人的应对方式是既不欲随波逐流，依附权贵，也不愿婞直强项，触其逆鳞。所以，也就只剩忍辱退避的"懒废"一途了。这种情形正反映了北宋党争背景之下士人的可悲心态。

《乌台诗案》中还有一首被御史们作为重要证据的诗，即《径山道中次韵答周长官兼赠苏寺丞》：

年来战纷华，渐觉夫子胜。欲求五亩宅，洒扫乐清净。学道恨日浅，问禅惭听莹。聊为山水行，遂此麋鹿性。独游吾未果，觅伴谁复听。吾宗古遗直，穷达付前定。铺糟醉方熟，洒面呼不醒。奈何效燕蝠，屡欲争晨暝。不如从我游，高论发犀柄。溪南渡横木，山寺称小径（自注：太平寺俗号小径山）。幽寻自兹始，归路微月映。南望功臣山，云外盘飞磴。三更渡锦水，再宿留石镜。缅怀周与李，能作洛生咏。明朝三子至，诗律严号令。篮舆置纸笔，得句轻千乘。玲珑苦奇秀，名实巧相称。九仙更幽绝，笑语千山应。空岩侧破瓮，飞溜洒浮磬。山前见虎迹，候吏锐鼓竞。我生本艰奇，尘土满釜甑。山禽与野兽，知我久蹭蹬。笑谓候吏还，遇虎我有命。径山虽云远，行李稍可并。颇访王子猷，忽起山阴兴。但报菊花

① 《苏轼诗集校注》卷九，第833—834页。
② 朋九万：《东坡乌台诗案》"次韵章傅"条，《丛书集成》初编本，商务印书馆1939年版。

开,吾当理归榜。①

这首诗也写于熙宁六年。诗中"奈何效燕蝠,屡欲争晨暝"两句,原有本事。东坡此年曾到杭州所辖诸县例行巡查,快到临安县时,县令苏舜举前来迎接。苏舜举本是与东坡同年的进士,十分熟悉。一见面自然无话不说。苏舜举便与东坡讲了自己前些天去州府却被"猫头鹰"押回的事。东坡笑问其故,苏舜举说,我草拟了一个不同人户免役钱交纳的计算条例,上呈州府,结果大家都不以为然,转运副使王庭老反倒着人将我赶出城来。东坡又问这"猫头鹰"的称呼从何而来。舜举说,我听过一个小故事。燕子以日出为早晨,日落为夜晚,蝙蝠则相反,以日落为早晨,以日出为夜晚。二鸟争执不下,便去找凤凰评理。半路遇到一鸟,此鸟告诉燕子说,你们不用去了,今天凤凰休假了,都是猫头鹰代理事务。苏舜举用这个故事讽刺王庭老等不辨事理,东坡也就把它写到了诗里。御史们因此便认为东坡是讽刺朝廷大臣,甚而上纲至"指斥乘舆",则远离事实了。诗中固有对奉行新法者的不满,然诗人选择的仍是退避。在这首招游诗中,他起笔就说自己近年安贫乐道之心渐渐胜过了驰逐名利之欲,所以才会有此山水之行。众人皆醉,你苏舜举又何必去与他们争竞个晨昏呢,倒不如随我去作山林之游的好。其心态的低沉消极令人可悲。

《乌台诗案》中对新进之士的讽刺,常是通过比兴寄托的方式进行的。如《次韵黄鲁直见赠古风二首》:

> 嘉谷卧风雨,稂莠登我场。陈前漫方丈,玉食惨无光。大哉天宇间,美恶更臭香。君看五六月,飞蚊殷回廊。兹时不少假,俯仰霜叶黄。期君蟠桃枝,千岁终一尝。顾我如苦李,全生依路傍。纷纷不足愠,悄悄徒自伤。②

此诗"以讥今之小人胜君子,如莨莠之夺嘉谷也",又"言君子小人进退有时,如夏月蚊虻纵横,至秋月息。比庭坚于蟠桃,进必迟;自比苦李,以无用全生"。③ 虽不免过于坐实,然御史们的解读倒也能切中要害,道出其比兴之义。诗末说:"顾我如

---

① 《苏轼诗集校注》卷十,第992—993页。
② 《苏轼诗集校注》卷十六,第1773页。
③ 《东坡乌台诗案》"和黄庭坚古韵"条。

苦李,全生依路傍。纷纷不足愠,悄悄徒自伤。"心态抑郁、低沉,可以想见。

再如《和钱安道寄惠建茶》:

> 我官于南今几时,尝尽溪茶与山茗。胸中似记故人面,口不能言心
> 自省。为君细说我未暇,试评其略差可听。建溪所产虽不同,一一天与君
> 子性。森然可爱不可慢,骨清肉腻和且正。雪花雨脚何足道,啜过始知真
> 味永。纵复苦硬终可录,汲黯少戆宽饶猛。草茶无赖空有名,高者妖邪次
> 顽犷。体轻虽复强浮泛,性滞偏工呕酸冷。其间绝品岂不佳,张禹纵贤非
> 骨鲠。葵花玉銙不易致,道路幽险隔云岭。谁知使者来自西,开缄磊落收
> 百饼。嗅香嚼味本非别,透纸自觉光炯炯。秕糠团凤友小龙,奴隶日注臣
> 双井。收藏爱惜待佳客,不敢包裹钻权倖。此诗有味君勿传,空使时人怒
> 生瘿。①

建茶以比君子,草茶则是小人。君子"森然可爱",小人则"体轻浮而性滞泥","乍
得权用,不知上下之分,若不谄媚妖邪,即须顽犷狠劣"。②虽用比兴,却界限清楚,
一扬一抑,褒贬分明,讽刺辛辣。所以他也有些担心,"此诗有味君勿传,空使时人
怒生瘿"。忍不了要说,又不欲人传,在党争情势下的矛盾心态是真实的。

《乌台诗案》中也有较直接地抨击那些道貌岸然的利禄之徒的,像《和刘道原
寄张师民》所写的:"仁义大捷经,诗书一旅亭。相夸绶若若,犹诵麦青青。腐鼠
何劳吓,高鸿本自冥。颠狂不用唤,酒尽渐须醒。"③自然属之。然东坡对此所表达
的,也不过是不愿与之为伍,待其酒尽而醒罢了。而《乌台诗案》中更常见的,还是
"独鹤不须惊夜旦","敢向清时怨不容"式的自洁自怨④(《和刘道原见寄》),是"君
不见阮嗣宗臧否不挂口。莫夸舌在齿牙牢,是中惟可饮醇酒。读书不用多,作诗不
须工,海边无事日日醉,梦魂不到蓬莱宫"式的自嘲、自毁和自解。⑤幽怨、无奈,
其心态也十分复杂。

---

① 《苏轼诗集校注》卷十一,第1051—1052页。
② 《东坡乌台诗案》"谢钱顗送茶"条。
③ 《苏轼诗集校注》卷七,第662页。
④ 《苏轼诗集校注》卷七,第657页。
⑤ 《苏轼诗集校注》卷六《送刘攽倅海陵》,第505页。

熙丰年间,当大多数诗人的创作都尽量避开新法、新政等敏感话题的时候,东坡却选择了勇敢地面对。唐人杜甫"逢禄山之乱,流离陇蜀,毕陈于诗,推见至隐,殆无遗事,故当时号为'诗史'"。①东坡以其对国家社稷的责任感和忧患感、以其坦诚正直的品格和辛辣的诗笔,真实地反映了熙丰变法这一重大的政治和社会题材,反映了熙丰新法实行的实际状况和实行过程中存在的弊端,取得了独特的成就,因而也同样具有"诗史"的意味。熙、丰时期,是东坡诗歌创作发展的重要阶段,《乌台诗案》中的作品,是苏诗的重要组成部分,在宋诗史上占有重要的地位。

四 "人间便觉无清气":"乌台诗案"的政治影响和文学接受

如果说《乌台诗案》中的诗作有重要的文学史意义的话,那么,作为政治事件的"乌台诗案",则几乎少有可取。

"乌台诗案"是一个政治事件,是北宋党争背景下的产物。孔子曰:"小子何莫学夫《诗》。《诗》,可以兴,可以观,叫以群,可以怨。迩之事父,远之事君,多识于鸟兽草木之名。"②在诗歌中讽刺社会政治生活中的丑恶现象,反映现实,以补察时政,原是诗歌创作的重要政治功能,是自《诗经》以来的中国古代诗歌创作的优良传统,是很正常的。然而,在北宋新旧两派的思想政治斗争中,东坡在诗歌中对新法的一些正常的批评,却被上纲上线,深文周纳,成了他反对新法、攻击朝廷大臣的罪证。围绕新法的争竞与以新法为界限的政治派别的对立,二者纠缠在一起,不但险些将东坡置于死地,而且株连了一大批与东坡有交往的士大夫。王诜被追两官、勒停。苏辙贬监筠州(今江西高安)盐酒税,王巩贬监宾州盐酒务,张方平、司马光等以下二十二人分别罚铜三十或二十斤,章傅等四十七人则免予处分。自宋初太祖即立碑太庙,立约盟誓,"不得杀士大夫及上书言事人"③。然东坡竟因作诗批评新法而被拘禁审查,几乎丧命,且连累多人。"祖宗家法"从此被破坏,因政治态度不同引发出政治派别的对立,新旧两党的界限由此而分明,两党之间的恩怨也愈发加深,宋神宗与李定、舒亶、何正臣等人皆难辞其咎。元丰八年(1085),随着神宗皇帝的去世,宣仁皇后高氏垂帘听政,司马光等旧派执政,尽废新法,章惇

① 孟棨:《本事诗·高逸》,丁福保:《历代诗话续编》,中华书局1983年版,第15页。

② 《论语·阳货》,朱熹《四书章句集注》本,中华书局1983年版,第178页。

③ 陆游:《避暑漫抄》,陶宗仪:《说郛》卷三十九上,《四库全书》本。

等新党中人也一一被排斥外任。观元祐初旧党人士频频上书抨击新党，亦绝不留情，必欲尽逐之可知。待到哲宗绍圣亲政，新党重又上台，倡言绍述，政治翻覆，变本加厉，新党以更加严厉的手段打击旧党，新旧党争终不可解。

"乌台诗案"的出现，也不只是在政治上产生了很多负面的影响，在文学史上也开启了一个诗歌讽谕传统被践踏、文学创作可以被横加干涉、无端打击的先例。"乌台诗案"过去仅十年，在北宋政坛上就出现了第二次"乌台诗案"——"车盖亭诗案"，只是这次的主角换成了新党中的蔡确。元祐四年（1089）四月，知汉阳军吴处厚笺释邓州知州蔡确诗《夏中登车盖亭绝句十首》上呈，以为其中有五篇词涉讥讪，"而二篇讥讪尤甚，上及君亲，非所宜言，实大不恭"①。紧接着谏官吴安诗、刘安世、梁焘等亦接连上疏，要求严惩蔡确。这简直与东坡"乌台诗案"时的情形完全相同。且看吴处厚的两篇笺疏：

> 矫矫名臣郝甑山，忠言直节上元间。钓台芜没知何处，叹息思公俯碧湾。（蔡确《夏中登车盖亭绝句十首》其七）
>
> "右此一篇讥谤朝廷，情理切害，臣今笺释之。按唐郝处俊封甑山公，上元初曾仕高宗。时高宗多疾，欲逊位武后。处俊谏曰：'天子治阳道，后治阴德。然帝与后犹日之与月，阴之与阳，各有所主，不相夺也。若失其序，上谪见于天，下降灾于人。昔魏文帝著令，不许皇后临朝，今陛下奈何欲身传位天后乎？天下者，高祖、太宗之天下，非陛下之天下。正应谨守宗庙，传之子孙，不宜持国与人，以丧厥家。'由是事沮。臣窃以太皇太后垂帘听政，尽用仁宗朝章献明肃皇太后故事。而主上奉事太母，莫非尽极孝道；太母保圣躬，莫非尽极慈爱，不似前朝荒乱之政。而蔡确谪守安州，便怀怨恨，公肆讥谤，形于篇什。处今之世，思古之人，不思于它，而思处俊，此其意何也？借曰处俊安陆人，故思之，然《安陆图经》，更有古迹可思，而独思处俊。又寻访处俊钓台，再三叹息，此其情可见也。臣尝读《诗·邶风·绿衣》，卫庄姜媵州吁之母上僭，其卒章曰：'我思古人，实获我心。'释者谓此思古之圣人制礼者，使妻妾贵贱有序，故得我之心也。今确之思处俊，微意如此。"

---

① 李焘：《续资治通鉴长编》卷四百二十五，元祐四年四月壬子，中华书局2004年版，第10270页。

喧豗六月浩无津，行见沙洲束两滨。如带溪流何足道，沉沉沧海会
扬尘。(《夏中登车盖亭绝句十首》其十)

"今闻得安州城下有涢河，每六七月大雨，即河水暴涨，若无津涯；
不数日晴明，即涸而成洲。故确因此托意，言此小河之涨溢能得几时，
沧海会有扬尘时。又'沧海扬尘'，事出葛洪《神仙传》。此乃时运之大
变，寻常诗中多不敢即使，不知确在迁谪中，因观涢河暴涨暴涸，吟诗
托意如何？"①

其捕风捉影，曲意比附，上纲上线，与"东坡乌台诗案"中御史们的做法相比，真是
有过之而无不及。

"车盖亭诗案"过去两年，东坡再次遭到诬陷。早在元丰八年（1085），东坡
被批准退居常州，曾作七绝一首，本意在歌吟丰年，而对朝政绝无恶意。诗曰：
"此生已觉都无事，今岁仍逢人有年。山寺归来闻好语，野花啼鸟亦欣然。"不料
六年以后，却被御史中丞赵君锡、殿中待御史贾易拈出，作为神宗皇帝去世不
久，东坡暗自庆幸的罪证，加以弹劾。其做法与"车盖亭诗案"如出一辙，牵合比
附，令人齿冷。②

不过，作为政治事件的"乌台诗案"和这一事件的特殊产物《乌台诗案》，在
文学史上也有其特别的意义。作为政治事件，它深刻影响了东坡的人生道路和文
学创作发展（关于这一方面，学界多有论述，此处且略）；作为记录这一事件的"诗
案"，其中虽有穿凿附会，无限上纲的成分，但毕竟"犹有近似者"。这就在某种程
度上为我们了解这些作品提供了一些基本的背景材料，客观上有助于我们理解东
坡诗歌创作的内容和发展。东坡的状词，在后人看来，似乎就同东坡诗中的自
注，甚至等同于东坡自撰的一部自道创作"本事"和解读诗意的"诗话"，于是其文
学和文献价值大为上升，至于这部"诗话"产生的御史们严辞逼供的背景，却逐渐
淡化了。

南宋初赵次公的《东坡先生诗注》便时称"先生诗话"，施元之、顾禧《注东坡
先生诗》引《乌台诗案》，更是径作《乌台诗话》。陈振孙《直斋书录解题》卷十一
"小说家类"著录此书，亦作《乌台诗话》。既是诗话，为注家所引就很正常了。南

① 《续资治通鉴长编》卷四百二十五，元祐四年四月壬子，第10270—10273页。
② 参《续资治通鉴长编》卷四百六十三元祐六年八月、叶梦得《避暑录话》卷上所载。

宋的苏诗注本、选本，像赵次公《东坡先生诗注》、王十朋《集百家注分类东坡先生诗》、施元之、顾禧《注东坡先生诗》等注本，凡注东坡熙丰年间的相关诗作，便多引《乌台诗案》。① 胡仔《苕溪渔隐丛话》前集卷四十二论苏诗，就中即节选《乌台诗案》。蔡正孙《诗林广记》后集卷四选苏诗，亦节录《乌台诗案》。更不用说后世的各种苏诗注本、选本了（如《唐宋诗醇》《宋诗纪事》等）。他们几乎都不约而同地接受了《东坡乌台诗案》中对苏诗的解读，因为他们认为这是诗人的夫子自道。

有些作品，若非《乌台诗案》客观上为后人解读苏诗提供了重要的"本事"和文献数据，则后人难解。如《送杭州杜戚陈三掾罢官归乡》：

> 秋风掫掫鸣枯蓼，船阁荒村夜悄悄。正当逐客断肠时，君独歌呼醉连晓。老夫平生齐得丧，尚恋微官失轻矫。君今憔悴归无食，五斗未可秋毫小。君今失意能几时，月唼虾蟆行复皎。杀人无验中不快，此恨终身恐难了。徇时所得无几何，随手已遭忧患绕。期君正似种宿麦，忍饥待食明年麦。②

《乌台诗案》详载此诗创作缘由。熙宁五年（1073），杭州裴姓家女孩坠井而亡，时裴家女佣夏沉香在井旁洗衣，裴家告至官府。州曹掾杜子房等三人判夏氏杖二十。次年，本路提刑陈睦以为不当，命秀州通判张若济重审此案。张杀夏氏，三曹掾被罢官。东坡以为张若济判案过于严苛，因作此诗。诗中"杀人无验中不快，此恨终身恐难了"两句下，赵次公注就说得很明白。他说："平时读此诗未痛解，及观先生《诗案》而后释然。盖杭州录事参军杜子房、司户陈珪、司理戚秉道，各为承受勘夏香事，本路提刑陈睦举驳，差张若济重勘上件，三员官因此冲替。'月唼虾蟆行复皎'，言陈睦、张若济蒙蔽朝廷。'杀人无验中不快'，《诗案》作'终不决'。意者欲致夏香以死罪，而杜、陈、戚三掾不敢以死处之，则杀人为无凭验，终不决也。"③ 不但

---

① 施、顾注苏诗引《乌台诗案》的篇目、数量、异同等具体情况，可参见李晓黎：《百家注和施顾注中的〈乌台诗案〉》，载《西南交通大学学报》2016年第2期。

② 《苏轼诗集校注》卷十，第1017页。

③ 王十朋：《增刊校正王状元集注分类东坡先生诗》卷二十，《四部丛刊初编》影印潘氏藏宋务本堂刊本。

以诗案中材料得解诗意，且以诗案校订了原文。若非有夫子自道，则终是难解。

其他如《次韵周开祖长官见寄》中写道：

> 俯仰东西阅数州，老于岐路岂伶优。初闻父老推谢令，旋见儿童迎细侯。政拙年年祈水旱，民劳处处避嘲讴。河吞巨野那容塞，盗入蒙山不易搜。仕道固应惭孔孟，扶颠未可责由求。渐谋田舍犹怀禄，未脱风涛且傍洲。惘惘可怜真丧狗，时时相触是虚舟。竭来震泽都如梦，只有苕溪可倚楼。（略）①

《东坡乌台诗案》东坡供状曰：" '政拙年年祈水旱，民劳处处避嘲讴。河吞巨野那容塞，盗入蒙山不易搜。事道固应惭孔孟，扶颠未可责由求。'此诗自言迁徙数州，未蒙朝廷擢用，老于道路，并所至遇水旱、盗贼，夫役数起，民蒙其害。以讥讽朝廷政事阙失，并新法不便之所致也。'事道固因惭孔孟，扶颠未可责由求'，以言已仕而道不行，则非事道也。故有惭于孔孟。孔子责由求云：'危而不持，颠而不扶，则将焉用彼相矣。'颠谓颠仆也。意以讥讽朝廷大臣不能扶正其颠仆。"②若无《乌台诗案》所存案卷，诗意亦恐终嫌模糊不清。

另如《和刘道原寄张师民》《次韵答邦直、子由》《送钱藻知婺州》《送蔡冠卿知饶州》等等，没有《乌台诗案》提供的材料，其诗意亦未必易解，也是很显然的。

总之，东坡因作诗批评新法，讥刺新党，至被纠弹抓捕，虽有冤枉，但也事出有因，所谓"以讽谏为诽谤也"。我们今天重读这些诗作，重要的不是要为东坡辩护，而是应客观分析，既指出其讽谏朝政、不满新党的一面，更应看到在上述讽谏、抨击背后所蕴含和反映的，一位正直的儒家士大夫对下层百姓的同情和党争背景之下其自身矛盾复杂的心态。《东坡乌台诗案》在东坡诗歌的创作历程和宋诗史上占有重要地位，同时也在客观上为后人解读东坡诗歌提供了相关的"本事"，具有重要的文献价值和文学意义。

---

① 《苏轼诗集校注》卷十九，第2050页。

② 《东坡乌台诗案》"寄周邠诸诗"条。

翁方纲宋诗批评的历史意义

华南师范大学 蒋寅

翁方纲（1733—1818）才学博赡，诗、文、书、画兼长，又精于金石鉴赏，今人张舜徽《学林脞录》将他与姚鼐、章学诚并称为三通儒。他的著述虽然多涉及经学或金石学，但这并不妨碍他在乾隆朝名列诗学著作数量第一，堪称是乾、嘉时期在诗学上用功最深的人。他在诗学方面的著述之多、形式之多样，在乾隆诗坛罕有俦比。除了撰有传统的诗话、诗选、笔记之外，校订、笺评前贤的诗学著述是他开的先例，文集中数量丰富的专题论文更是他论诗的独到之处。

翁方纲虽然科举成名甚早，但诗学活动要到乾隆三十年（1765）出任广东学政才开始活跃，是年他在广州度岁，与选拔诸生在药洲亭论诗，撰有《药洲诗话》若干则。乾隆三十二年（1767）八月，在雷州看《全唐诗录》，钱、刘之后，随手取五古；李杜以前，以《唐贤三昧集》《唐诗选十种》相印证。十二月，又读黄庭坚诗，自觉"今年才于各家各体略见真径路，是以所得较往年稍多"。这一认识上的飞跃很可能是由黄庭坚与唐诗的对比中获得的，两种截然不同的诗风让他感受到唐宋两大诗学传统的差异，同时体会到两者的异量之美。翌年他将视学粤东以来巡试诸州与幕中诸子论诗语加以整理，编成《石洲诗话》六卷，后又增入两卷元好问、王渔洋《论诗绝句》的评析，刊刻行世。这八卷诗话内容虽很丰富，但也有一个缺陷，那就是多系研究某些专书的札记，而非广泛阅读、研讨的心得。前两卷论唐人，可能是研读王渔洋唐诗选本的札记；三、四两卷论宋人，像是读吴之振《宋诗钞》所记；卷五论金、元人诗，又像是读元好问《中州集》、顾嗣立《元诗选》所记；卷六为渔洋评杜摘记，系据海盐张宗柟辑《带经堂诗话》摘录；卷七为元好问《论诗绝句三十首》中十八首笺说；卷八为王渔洋《戏仿元遗山论诗绝句三十五首》中十六首笺说。全书既没有先唐诗歌评论，也没有明代（高叔嗣、徐祯卿是例外）及本朝诗歌批评，说明他的诗歌批评更接近学者式的钻研而非诗论家的批评。学者式的钻研给他的诗话带来浓厚的专业色彩，而非诗论家的批评则又造成讨论问题的非系统性和偶然性。尽管如此，书中还是留下了他诗学嬗变的轨迹——逐渐由独尊唐诗转向唐宋兼师①，从而以杜为宗确立起杜、韩、苏、黄、元的宗法谱系。翁方纲的诗歌批评，虽不像他的诗歌理论那么受到关注，但关于正面实作、逆笔、伧等问题已有一些研究②，我在其他论文中也曾略有触及。不过从清代中叶诗学的流变来看，其中蕴含的诗学史意义还有待于进一步揭示。

一　重塑以杜为宗的观念

生当唐人之后，如何创新是每个时代都不能不面对的问题。宋以后人学唐诗的得失及其与唐诗的异同一直是南宋以来诗家热议的话题。翁方纲的看法是，"宋人精诣，全在刻抉入里，而皆从各自读书学古中来，所以不蹈袭唐人也。然此外亦更无留与后人再刻抉者，以故元人只剩得一段丰致而已，明人则直从格调为之。然而元人之丰致，非复唐人之丰致也；明人之格调，依然唐人之格调也。孰是孰非，自有能辨之者，又不消痛贬何、李始见真际矣"③。如此说来，宋以后学唐者分为三路，一为宋人之深刻，二为金元之丰致，三为明人之格调。其中明人的格调是他极力排斥的——他评价诗人通常就按是否模拟格调来褒贬进退；宋人的深刻则为他所宗尚；金元的丰致他也有所取法，盖丰致又可称风调："大约自元遗山而降，才气化为风调，逮乎杨廉夫、顾仲瑛之属，一唱百和，残膏剩馥，一撇一拂，几于人人集中有之。即后来西泠、云间诸派风调所沿，其源何尝不出自唐贤，讵可以相承相似而废之耶？"④ 此后可取者只有国初前辈中由唐人入手而出入于宋元的王渔洋

---

① 韩胜：《清代唐诗选本研究》，中国社会科学出版社2010年版，第127页。

② 有关翁方纲的宋诗批评，可参见吴淑钿：《近代宋诗派诗论研究》，台湾文津出版社1996年版，第41—48页；陈伟文：《清代前中期黄庭坚诗接受史研究》，中国人民大学出版社2012年版，第104—108页；张高评：《翁方纲〈石洲诗话〉论宋诗宋调——以苏轼、黄庭坚诗为核心》，载《文与哲》第22期，第403—440页；张然《说"伧"气——从一个角度谈翁方纲的诗论与创作》，载《江汉论坛》2006年第10期；唐芸芸：《逆笔：翁方纲论黄庭坚学杜》，载《云梦学刊》2011年第1期；吴中胜：《翁方纲与近代宋诗派：以陈衍为中心的讨论》，载《中国文学研究》2012年第4期。

③ 翁方纲：《石洲诗话》卷四，《清诗话续编》第3册，上海古籍出版社1983年版，第1427页。

④ 翁方纲：《石洲诗话》卷五，《清诗话续编》第3册，第1468页。

和朱竹垞,这两家也是他心目中最能独辟蹊径的诗人。王渔洋讲神韵,尤系"合丰致、格调为一而浑化之"。但这样一来,一个尖锐的问题就摆在包括他自己在内的乾隆诗人面前:"渔洋先生则超明人而入唐者也,竹垞先生则由元人而入宋而入唐者也。然则二先生之路,今当奚从?"他的答案是:"吾敢议其甲乙耶?然而由竹垞之路稳实耳!"①王渔洋的超明人而入唐,即仍走学唐的道路,只不过绝非停留在明人那种字句摹仿的表面,而是要深度体得唐诗的美学精神;朱彝尊的由元人而入宋而入唐则是改由宋、元入手,由宋、元上溯唐人的境界。翁方纲权衡斟酌的结果是朱彝尊更值得取法,或者说在今日走朱彝尊的路更容易成功,而这就不可避免地又触及融合唐宋的问题,必须考虑如何在唐宋之间找到一些沟通点。

到乾隆时代,经过从叶燮迄袁枚的有力论辩,唐宋诗的艺术价值之争已被超越,剩下的问题是从师法策略得出的对唐宋诗典范性的不同判断。清初钱谦益、王士禛之提倡宋诗,曾使唐诗的典范性受到很大冲击,尤其是杜甫有些被冷落,这是沈德潜和翁方纲都深切感觉到的问题。如何使唐宋诗的艺术精神得以沟通,如何维护杜甫的典范性不至失坠,成为翁方纲诗学的一个基本出发点。问题的复杂性就在于,生当诗歌传统的接受视野已极大丰富的乾隆时代,究竟该如何确认杜诗的典范性及师法途径呢?就像翁方纲在《苏斋笔记》中说的:

> 诗必以杜为万法归原处,诗必以杜为千古一辙处,学者皆知此义也。而无如博稽古今,见《选》体以上,若似乎五言必力追杜以前矣;又见宋元以后诸家格调之变、家数之不同,若似乎未能专以杜为定程者。是以诗道纷歧,无又率循也。②

针对这两个使人犹豫不定的疑惑,翁方纲举出"杜以叙述乱离为长"和"杜不长于绝句"两个最经典的评价,说明学诗不可貌取而必须从精神上领会。"惟不以貌取,而后知上而风雅颂之典则,即皆杜诗也;下而宋元明之流别,即皆杜诗也。于是乎真诗学出焉矣!"③不只是杜甫,继杜甫开宗立派的苏东坡,也只有如此理解,才能

① 翁方纲:《石洲诗话》卷四,《清诗话续编》第3册,第1427页。
② 翁方纲:《苏斋笔记》卷九,《复初斋文稿》,《清代稿本百种汇刊》,台湾文海出版社影印本,第8657页。
③ 翁方纲:《苏斋笔记》卷九,第8658页。

透悉他和杜甫的血脉相通之处："宋之有苏诗，犹唐之有杜诗，一代精华气脉全泄于此。苏亦初不学杜也，然开卷荆州五律何尝不从杜来？其后演迤宏肆，令人不能识其诣所至耳。"① 为此他不无自得地启发后学说："窃尝为喜读苏诗者进一辞，曰：能知杜法，则苏诗皆真诗矣，皆无一处之滋弊矣。持此说以读苏、黄，皆此义也；持此说以上下千古，该遍百家，皆此义也。"② 这样，他就为建立杜、韩、苏、黄、元这一祖四宗的宗法谱系奠定了理论基础。

二 正面实作：沟通杜甫与苏东坡

将苏东坡与杜甫相比拟，乃是翁方纲很独特的看法。这基于他对唐宋两大诗歌传统的基本体认。翁方纲清楚地看到，诗坛对唐宋两大诗歌传统的认识明显存在着偏差："今论者不察，而或以铺写实境者为唐诗，吟咏性灵、掉弄虚机者为宋诗。"③ 这样的区分当然是不靠谱的，甚至恰好说反了唐宋诗的特征。应该说写实境才是宋诗所长，只不过这种长处恰是由李白、杜甫诗歌中的正面铺写倾向发展出来的。翁方纲在《与友论太白诗》一文中曾特别推崇李、杜两家正面铺写的能力，说："大约古今诗家，皆不敢直播鼓心，惟李、杜二家能从题之正面实作，所以义山云：'李杜操持事略齐，三才万象共端倪。'盖非具此胸次者，亦无由而知也。"④ 这种能力在他看来又与魄力之大分不开："杜之魄力声音，皆万古所不再有。其魄力既大，故能于正位卓立铺写，而愈觉其超出；其声音既大，故能于寻常言语，皆作金钟大镛之响。"⑤ 韩愈与苏轼正是在这一点上有了高下之分。两家同作有《石鼓歌》，翁方纲认为："苏诗此歌，魄力雄大，不让韩公，然至描写正面处，以'古器''众星''缺月''嘉禾'错列于后，以'郁律蛟蛇''指肚''箝口'浑举于前，尤较韩为斟酌动宕矣。而韩则'快剑斫蛟'一连五句，撑空而出，其气魄横绝万古，固非苏所能及。方信铺张实际，非易事也。"⑥ 陆游在摹写正面一点上相比苏轼又不免逊色："竹垞尝摘放翁七律语作比体者，至三四十联。然

① 翁方纲：《苏斋笔记》卷十，第8687页。
② 翁方纲：《苏斋笔记》卷十，第8690页。
③ 翁方纲：《石洲诗话》卷四，《清诗话续编》第3册，第1429页。
④ 翁方纲：《复初斋文集》卷十一，《清代诗文集汇编》第382册，第117页。
⑤ 翁方纲：《石洲诗话》卷一，《清诗话续编》第3册，第1375页。
⑥ 翁方纲：《石洲诗话》卷三，《清诗话续编》第3册，第1407页。

亦不仅七律为然，放翁每遇摹写正面，常用此以舒其笔势，五古尤多。盖才力到正面最难出神彩耳，读此方知苏之大也。"① 翁方纲看出，陆游无论在内容上、在艺术表现上都学杜甫，只不过生活在南宋那个诗歌语境中，气运所被，终究不能摆脱当时流行的平熟之风，但相比明人之尺摹寸拟，他毕竟有自己的面目。② 由此可见，与其学唐而流于模拟，还不如学宋而自成面目，这就是他认同朱彝尊而放弃王渔洋的理由。

对于翁方纲这样崇尚以学问为诗的人来说，作诗的要害当然不在于妙悟，而在于铺陈、排比，更难的则是铺排而后能化。化是与"大"相联系的概念，也是区分天工和人巧的境界，所谓"大，可为也；化，不可为也，其李（白）之谓也"③。在他心目中，李白五律是"自然入化"的代表，此外还有苏东坡《夜泛西湖五绝》"以真境大而能化，在绝句中，固已空绝古人矣"④。以善写真境而达到化的境地，苏东坡所以成就其超越古今的大家地位，也成为翁方纲终极的理想。事实上，能不能超越时代，的确是大家、名家所以成立的重要标志。⑤ 翁方纲谈到宋人不祖苏而祖黄的现象，曾指出："宋诗之大家无过东坡，而转祧苏祖黄者，正以苏之大处，不当以南北宋风会论之。舍元祐诸贤外，宋人盖莫能望其肩背，其何从而祖之乎？"⑥ 他不仅看出苏东坡在宋代正像杜甫在唐代一样，有着难以位置的超越性，而且更认定这样的大家必有难以效法的独绝之处，不得已只能退而求其次，仿效王渔洋之取道于黄庭坚。

---

① 翁方纲：《石洲诗话》卷四，《清诗话续编》第3册，第1438页。

② 翁方纲《石洲诗话》卷四："自后山、简斋抗怀师杜，所以未造其域者，气力不均耳。降至范石湖、杨诚斋，而平熟之迳，同辈一律，操牛耳者，则放翁也。平熟则气力易均，故万篇酣肆，迥非后山、简斋可望。而又平生心力，全注国是，不觉暗以杜公之心为心，于是乎言中有物，又迥出诚斋、石湖上矣。然在放翁，则自作放翁之诗，初非希杜作前身者，此岂后之空同、沧溟辈但取杜貌者，所可同日而语！"《清诗话续编》第3册，第1439页。

③ 翁方纲：《石洲诗话》卷一，《清诗话续编》第3册，第1373页。

④ 翁方纲：《石洲诗话》卷三，《清诗话续编》第3册，第1408页。

⑤ 这个问题我曾在《家数·名家·大家——有关古代诗歌品第的一个考察》（《东华汉学》15辑，2012年6月）一文中略有阐述，可参看。

⑥ 翁方纲：《石洲诗话》卷四，《清诗话续编》第3册，第1426页。

三 逆笔:沟通杜甫与黄庭坚

在翁方纲重定的典范谱系中,元好问是他夙所心仪、一再推崇的七古大家,韩愈则是被叶燮与杜甫、苏东坡相提并论的古今三大家之一, 惹人注目的只有黄庭坚的入围。[1]郭绍虞先生曾说:"渔洋虽不废宋诗,却不宗宋诗中之江西诗派,而覃溪所得则于山谷为多。"[2]这里指出翁方纲多得力于黄庭坚,大体不错;但要说王渔洋不宗江西派,却又不尽然。王渔洋恰恰是清代最早力挺黄庭坚诗的重要人物,门人查慎行更是使黄诗流行于世的重要推手,曾宣称:"涪翁生拗锤炼,自成一家,值得下拜。江西派中无第二手也!"[3]其难弟嗣琜也有诗响应:"后五百年谁再到,香留一瓣待涪翁。"[4]黄庭坚的声价由此扶摇日上,稳踞宋诗的代表诗人之位。

自清初以来,黄庭坚诗尽管已获得较高评价,但要说典范性在哪里,或他与杜诗的渊源在哪里,其实并不清楚。翁方纲对黄庭坚的研究和推崇,不仅阐明和提升了黄庭坚诗的典范性,还在文本的具体层面揭示了他与杜甫的共同特征,以"逆笔"说沟通了两者的渊源。翁方纲首先指出,黄庭坚藉逆笔求新,以突破东坡藩篱的创新,体现在逆笔和用事两方面:

> 诗至坡公,才力之雄肆,风格之深厚,殆无可以复变矣。是以山谷用逆笔矫变出之,实即坡诗之小变,遂以苏黄并称。又,其使事工于运用,无□鞴之迹而肌理所从出,则实仍杜法也。[5]

现在看来,翁方纲之倾倒于黄诗,似乎不是由钻研王渔洋诗学而窥入山谷境界,倒像是受到钱载的启迪,从而体会到黄庭坚逆笔的魅力。前人论文章向有用逆之说,清初文章批评家吕留良曾说:"文之一气呵成者,必用逆不用顺。盖用逆

---

① 有关翁方纲对黄庭坚诗歌的接受,可参见邱美琼:《由求同到证异:翁方纲对黄庭坚诗歌的接受》,载《江西社会科学》2007年第10期。

② 郭绍虞:《中国文学批评史》第七十三节"翁方纲肌理说",上海古籍出版社1978年版,第592页。

③ 查慎行:《初白庵诗评》卷下,乾隆四十二年张氏涉园观乐堂刊本。

④ 查嗣琜:《送同年陈秋田之官长宁三首》其二,《查浦诗钞》卷十,乾隆刊本。

⑤ 翁方纲:《苏斋笔记》卷十,第8693页。

势,则一句磬一句,一层剥一层,涧翻云涌,势不可遏,读至终篇,恰如一句方佳。"①
钱载论诗,最忌顺滑而重视逆笔,就是要严防笔轻滑之弊。他批翁方纲《七榕行》
"此珠当已历百年,百年前事凭谁溯"一联曰:"此句放手即不入调,软而俗、轻
而滑矣。"批《春日药洲杂咏十首》其一又曰:"此首顺而滑,删之。"② 参照批《题
朱竹幛子》"少逆笔,则轻滑不免"③ 之说可见,顺滑之弊是缘于无筋骨,因此他批
《王右丞画江南初冬欲雪时歌》有"熟极而清泻,无钩勒之筋骨"④ 的说法。翁方纲
《七言诗歌行钞》曾引钱载说"山谷纯用逆笔"⑤,他很可能就是由此受到启迪,而
专门写作了《黄诗逆笔说》,将逆笔解释为李后主的拨镫法:

> 逆者意未起而先迎之,势将伸而反蓄之。右军之书势似欹而反正,
> 岂其果欹乎? 非欹无以得其正也。逆笔者,戒其滑下也。滑下者顺势也,
> 故逆笔以制之。长澜抒泻中时时有节制焉,则无所用其逆矣。事事言情,
> 处处见提掇焉,则无所庸其逆矣。然而胸所欲陈,事所欲详,其不能自为
> 检摄者,亦势也。定以山谷之书卷典故,非矍积为工也。比兴寄托,非借
> 境为饰也。要亦不外乎虚实乘承、阴阳翕闢之义而已矣。⑥

陈伟文研究清代前中期黄庭坚诗接受史,曾论及逆笔,就其节制笔势的作用做了
很好的阐发,唐芸芸也续有阐发。⑦ 但张健指出逆笔的节制意在蓄势,也是很值得
重视的见解。⑧ 翁方纲曾经在《与友论太白诗》中,以李白《圮桥》为例阐明逆笔
"势蓄而不泻"的原理。在翁方纲看来,黄庭坚的逆笔源于学杜。他认为历来学杜
"不必与杜合而不容不合"者,只有李商隐和黄庭坚两人,而两人得力处又各有不

---

① 曹锑辑:《吕晚村先生论文汇钞》,俞国林:《吕留良全集》第2册,中华书局2015年版,第
597页。
② 潘中华、杨年丰:《〈钱载批点翁方纲诗〉整理》,《古代文学理论研究》第36辑,第276页。
③ 潘中华、杨年丰:《〈钱载批点翁方纲诗〉整理》,《古代文学理论研究》第36辑,第277页。
④ 潘中华、杨年丰:《〈钱载批点翁方纲诗〉整理》,《古代文学理论研究》第36辑,第282页。
⑤ 翁方纲:《七言诗歌行钞》卷十,苏斋丛书本。
⑥ 翁方纲:《复初斋文集》卷十,第105页。
⑦ 陈伟文:《清代前中期黄庭坚诗接受史研究》,中国人民大学出版社2012年版,第105—108
页;唐芸芸:《逆笔:翁方纲论黄庭坚学杜》,载《云梦学刊》2011年第1期。
⑧ 张健:《清代诗学研究》,北京大学出版社1999年版,第707—708页。

同:"义山以移宫换羽为学杜,是真杜也;山谷以逆笔为学杜,是真杜也。"①关于逆笔,他除了在评论山谷诗时提到之外,还曾与法式善交流过自己琢磨黄庭坚诗用逆法的心得,见于法式善《陶庐杂录》记载:

> 覃溪先生告余云:"山谷学杜所以必用逆法者,正因本领不能敌古人,故不得已而用逆也。若李义山学杜,则不必用逆,又在山谷之上矣。"此皆诗家秘妙真诀也。今我辈又万万不及山谷之本领,并用逆亦不能。然则如之何而可?则且先咬着牙忍性,不许用平下,不许直下,不许连下,此方可以入手。不然,则未有能成者也。②

在此,翁方纲不仅注意到黄庭坚喜用逆法,而且试图揭示其背后的动机,经与李商隐对照,他颇有说服力地阐明了前人技巧上师法承传的复杂情形。这的确是心得之谈,对认识、比较杜甫、李商隐、黄庭坚诗歌艺术的异同很有启发。值得注意的是,他说李商隐学杜不必用逆的看法后人并不认同。姚莹曾指出:

> 七言律诗,五、六两句最难工,以上四句雄骏直下,至此力竭,气难转运故也。昔人论此,推义山《马嵬》一首,其五、六云:"此日六军同驻马,当时七夕笑牵牛。"盖用逆挽法也。然此法亦本少陵。《诸将》第一首云:"见愁汗马西戎逼,曾闪朱旗北斗殷。"第二首云:"胡来不觉潼关隘,龙起犹闻晋水清。"义山实本于此。盖以锁上斗转,更开收结,章局既变化,而气骨益见开拓。③

这并不是姚莹一个人的看法,其他诗论家也有类似的见解。许印芳评杜甫《奉济驿重送严公》"几时杯重把,昨夜月同行"一联,即指出:"第四句乃逆挽法,老杜惯用此法,学杜者亦多用之,不独温、李二家。"④这里的逆挽法就是逆笔。虽然无论怎么说,逆笔只是章句调运的一种模式,尽管能营造独特的艺术魅力,与大家之

---

① 翁方纲:《同学一首送别吴谷人》,《复初斋文集》卷十五,第158页。

② 法式善:《陶庐杂录》卷二,中华书局1959年版,第31页。

③ 姚莹:《识小录》卷五,黄山书社1991年版,第143—144页。

④ 李庆甲辑:《瀛奎律髓汇评》卷二十四,中册,上海古籍出版社1986年版,第1028—1029页。

"大"尚无必然联系。翁方纲再三推崇黄庭坚的逆笔，无非是寻觅可觅的路径，借鉴可鉴的艺术手法，可以视为现实的取法策略。但他这一论说客观上起到通过黄庭坚沟通唐宋两代诗学的作用，坐实了黄庭坚作为杜甫正宗传人的地位。

事实上，王渔洋提倡黄庭坚诗虽有助于其地位的提升，但还不足以赋予黄诗以典范的品位，可与杜、韩、苏相提并论。乾隆前期秦武域称边连宝"以杜为主，韩、苏为辅，斯道未坠，必有英绝领袖之，舍先生其谁与？"① 黄庭坚还没有进入宗师行列中。要经过翁方纲的具体阐发、剔抉，乃至在不同场合的一再表彰，他才得与杜、韩、苏共享俎豆。前引翁方纲《粤东三子诗序》告诫后学"吾学侣宜博精经史，而后其诗大醇。诗必精研杜、韩、苏、黄以厚根柢，而后其词不囿于一偏"②，虽然宗旨仍不离质厚二字，但已填充了具体的典范谱系和取法路径，与蒋士铨、姚鼐对黄庭坚的推崇相呼应，最终奠定乾隆中叶以后诗歌取法的基本走向。③ 这到乾隆末年，在崇尚性灵抒发的袁枚眼中已是很无奈的现实："今之士大夫，已竭精神于时文八股矣；宦成后，慕诗名而强为之，又慕大家之名而挟取之。于是所读者，在宋非苏即黄，在唐非韩则杜，此外付之不观。"④ 不光是他不理解，至今我也觉得很难说清，究竟是一股什么样的力量，将清代诗歌的趣味和艺术取向推到了这一方向。

四　揭示宋元诗的负面特征——"伧"

我们知道，相对清奇雅正的唐诗美学主流，日益走向日常化、生活化、口语化的宋诗仿佛天生带有粗鄙的原罪。自从钱谦益倡导宋元诗风，就不断招致诗坛的抵斥。时人断言："诗必袭唐，非也。然离唐必伧。"⑤ 伧也就是粗野，在内容上意味着与文雅相对的鄙俗，在风格上意味着与细腻相对的粗糙。事实表明，学宋元诗的确难免流于伧即鄙俗粗糙的结果。但问题是，谁也无法否认，这些"伧"的苗头都是在杜诗中萌生的，翁方纲也注意到杜诗以绍古之绪"杂入随常酬酢布置中"，首

---

① 边连宝：《病余长语》卷七，齐鲁书社2013年版，第256页。

② 《岭海楼黄氏家集》卷首，广州富文斋刊本。

③ 这一点陈伟文已指出，见《清代前中期黄庭坚诗接受史研究》，第104—105页。关于翁方纲对苏、黄的具体评价，可参见张高评：《翁方纲〈石洲诗话〉论宋诗宋调——以苏轼、黄庭坚诗为核心》，载《文与哲》第22期，第403—440页。

④ 袁枚：《随园诗话》卷四，江苏古籍出版社2000年版，第93页。

⑤ 孙廷铨：《梁苍岩蕉林近稿序》，《沚亭文集》卷下，康熙刊本。

开日常应酬之风的趣向,但出于尊杜的价值观,纵然注意到杜诗这种世俗色彩,也没影响他对杜甫这部分诗作的评价,反而是宋元诗人一再被他目为"伧"①。从苏舜钦"尚不免于屠气伧气"②,到元代玉山唱和中杨维桢原唱与诸公和作"纵集妍丽,皆不免伧俗气耳"③,"伧"仿佛是一个时期诗歌的通病:

张耒:气骨在少游之上,而不称着色,一着浓绚,则反带伧气,故知苏诗之体大也。④

唐庚:其诗有"满引一杯齐物论"之句,然新而带伧气矣。⑤

陈与义:盖同一未得杜神,而后山尚有朴气,简斋则不免有伧气矣。⑥

周必大:未能免于伧俚,已入杨诚斋法门矣。⑦

范成大:《巫山图》一篇,辨后世蝶语之诬,而语不工。且云"玉色额颜元不嫁",此更伧父面目矣。⑧

杨万里:(咏秦桧诗)篇末用杜语,亦带伧父气。⑨

杨万里:(进退格寄张功甫姜尧章)叫嚣伧俚之声,令人掩耳不欲闻。⑩

陈唐卿:亦有打浑处,然伧俚矣。打浑最要精雅。⑪

王彧:《和二宋落花诗》,颇伧劣。⑫

刘因:纯是遗山架局,而不及遗山之雅正,似觉加意酣放,而转有伧

① 有关翁方纲诗论中的"伧",张然《说"伧"气——从一个角度谈翁方纲的诗论与创作》(《江汉论坛》2006年第10期)一文曾有专门讨论,可参阅。
② 翁方纲:《石洲诗话》卷三,《清诗话续编》第3册,第1403页。
③ 翁方纲:《石洲诗话》卷五,《清诗话续编》第3册,第1472页。
④ 翁方纲:《石洲诗话》卷三,《清诗话续编》第3册,第1422页。
⑤ 翁方纲:《石洲诗话》卷四,《清诗话续编》第3册,第1431页。
⑥ 翁方纲:《石洲诗话》卷四,《清诗话续编》第3册,第1432页。
⑦ 翁方纲:《石洲诗话》卷四,《清诗话续编》第3册,第1434页。
⑧ 翁方纲:《石洲诗话》卷四,《清诗话续编》第3册,第1435页。
⑨ 翁方纲:《石洲诗话》卷四,《清诗话续编》第3册,第1436页。
⑩ 翁方纲:《石洲诗话》卷四,《清诗话续编》第3册,第1437页。
⑪ 翁方纲:《石洲诗话》卷四,《清诗话续编》第3册,第1440页。
⑫ 翁方纲:《石洲诗话》卷五,《清诗话续编》第3册,第1445页。

气处。

伧既然意味着内容的鄙俗、风格的粗糙，那么翁方纲目为粗的评价，也等于是伧的另一种说法。如《石洲诗话》卷四云：

> 清江三孔，盖皆学内充而才外肆者，然不能化其粗。正恐学为此种，其弊必流于真率一路也。言诗于宋，可不择诸！②

清江三孔博学多才，自然不会有鄙俗之气，所不能消除的粗只能是肌理之粗，联系《诗话》同卷所举王令"肌理亦粗"、唐庚"肌理粗疏"、周密"肌理颇粗"之类的批评③，可信他所感觉到的宋元诗之"伧"很大程度是和肌理之粗相联系的。这其实是宋元诗的通病，而且很大程度上与学杜不当有关，清初冯班即已断言："今人学杜甫者，只欠细润。"④到乾隆间纪晓岚评《瀛奎律髓》中宋诗，更不离粗、野、鄙、俚、滑、俗等字，就是苏、黄两家也未能幸免，质言之仍不出一个"伧"字。翁方纲出于为尊者讳，矛头避开了两人——既然要树他们为典范，又岂能不维护典范的尊严？但对宋元诗整体的评价却不容宽假，因为这同时意味着师法的界限。不划清这一界限，随意学宋元诗的粗率之风，最后必将流于伧的结局。翁方纲上文用"真率一路"指伧，或许矛头指向主率意言情的袁枚性灵派。众所周知，袁枚性灵说的直接源头是南宋杨万里，《随园诗话》开篇第二则就举杨万里的说法，表示深爱其言："从来天分低拙之人，好谈格调，而不解风趣，何也？格调是空架子，有腔口易描；风趣专写性灵，非天才不办。"⑤而上举两则诗话表明，杨万里在翁方纲眼中恰恰是不脱伧父俚气的作者。这样看来，他提醒学宋诗者留意宋元诗之粗，实际上也就是要将南宋、元诗排除在诗史传统的视野之外，以免学者沾染其"伧"气，重蹈宋元诗的流弊。

---

① 翁方纲：《石洲诗话》卷五，《清诗话续编》第3册，第1448页。
② 翁方纲：《石洲诗话》卷三，《清诗话续编》第3册，第1421页。
③ 翁方纲：《石洲诗话》卷四，《清诗话续编》第3册，第1443页。
④ 冯班评方回评张祜《金山寺》，《瀛奎律髓》卷一，方回选评，李庆甲集评校点，上海古籍出版社2005年版，第14页。
⑤ 袁枚：《随园诗话》卷一，第1—2页。

翁方纲论诗惯于在诗歌史的大背景下把握具体诗人、具体作品的得失和意义，这是他诗歌批评的一个重要特点。凭藉博学和透彻的历史眼光，他论宋诗也不乏精彩见解，但从诗学史的意义来说，还是这三点最为重要：（一）巩固了苏东坡的宋诗宗师地位。苏东坡在诗歌史上虽拥有远比黄庭坚更具有说服力的大家地位，但除了骋才使气和熔铸雅俗这两种让人佩服却未必欣赏的能力外，似乎也没有更多强硬的优点。继王渔洋发掘苏东坡七古声律的典范性之后，翁方纲更由正面实作沟通了苏诗与杜甫的关系，就使得苏东坡作为大家的内涵有很大充实。（二）提升了黄庭坚诗歌的典范性。通过逆笔之说，实现了黄庭坚与杜甫的沟通，从而使黄庭坚顺理成章地与杜甫、韩愈并列为清代后期诗坛的不祧之宗，同时也扩大了宋诗在嘉道以后诗风中所占的份额。（三）以"伧"的评价限制了南宋、元诗的典范值，甚至将其排除在典范序列之外，一定程度上遏制了袁枚性灵诗学对杨万里的推崇，使宋诗传统的影响源仅限于北宋，并以杜、韩、苏、黄、元的典范谱系对嘉、道以后诗歌以杜、韩、黄为宗主的师法路径有所启迪。当然，我还没看到这些见解在嘉、道以降的诗论中被祖述和称引，但能感觉到它们溶解在当时的诗学主流中。我想这很大程度上是伴随着宋诗的普及，与桐城派的文法观念融汇交织在一起，随着桐城派文学教育的强大影响普及和渗透到诗学中去的。将翁方纲的逆笔说与方东树的顿挫说联系起来看，很容易看出其中的消息潜通之处。

二苏"夜雨对床"考述*

牡丹江师范学院　连国义

苏轼与苏辙兄弟之间感情深挚，正如《宋史·苏辙传》所说："辙与兄进退出处无不相同，患难之中，友爱弥笃，无少怨尤，近古罕见。"[1]夜雨对床是展现二苏手足情深的著名典故。苏辙《逍遥堂会宿二首并引》云："辙幼从子瞻读书，未尝一日相舍。既壮，将游宦四方，读韦苏州诗，至'安知风雨夜，复此对床眠'，恻然感之，乃相约早退，为闲居之乐。"[2]韦应物的这二句诗表达出亲人意外相逢、同床而眠的欣喜、快慰，风雨交加的外部环境使得这份亲情显得弥足珍贵、分外温馨。这引起了苏轼兄弟的强烈共鸣，二人对此诗、此约念念不忘，在诗文之中反复提及。苏轼在乌台诗案期间所作的《予以事系御史台狱，狱吏稍见侵，自度不能堪死狱中，不得一别子由，故作二诗授狱卒梁成，以遗子由》一诗中，他不以生死为意"是处青山可埋骨"，但深感遗憾的却是自己不能兑现夜雨对床之约，而使弟弟"他年夜雨独伤神"。苏辙在《再祭亡兄端明文》中凄然感怀的也是："昔始宦游，诵韦氏诗。夜雨对床，后勿有违。"[3]韦应物原诗句在二苏之前几乎寂寂无闻，而一经二苏化用，由于二人的巨大影响，夜雨对床遂成表现兄弟情深的著名典故，为后人津津乐道，频频化用，成为一个颇有影响的文学现象。然据笔者检索，目前尚未有论著对这一问题进行深入的研究。本文拟在对夜雨对床与韦诗原文文字差异进行考辨的基础上，细致考察后世对这一典故的群体认同与化用方式，尤其是对它在建筑物命名及绘画艺术中的呈现情况，进行较为系统的梳理，力图较为清晰地勾勒出

---

* 本文为黑龙江省哲学社会科学研究规划项目"宋代笔记与宋代文人生活"（16ZWE02）成果。

[1] 脱脱等：《宋史》卷三百三十九，中华书局1977年版，第10837页。

[2] 苏辙：《栾城集》，曾枣庄、马德富校点，上海古籍出版社1987年版，第158页。

[3] 苏辙：《栾城集》，第1390页。

后世对夜雨对床的接受情况。

一 "雪"缘何变为"雨"——对韦诗异文的推测

如上所言，夜雨对床并非二苏的原创，而是源于韦应物《示全真元常》一诗。韦应物别集今人整理本有两种，一是孙望《韦应物诗集系年校笺》，一是陶敏、王友胜《韦应物集校注》。但是，我们翻检二书却发现，这两句诗皆作："宁知风雪夜，复此对床眠。"①是"雪"，而非"雨"，且皆没有出校记。孙望校笺本以《四部丛刊》影印明嘉靖间华云刻《韦江州集》为工作底本，参校宋刊书棚本、元刊麻沙本、清项纲玉渊堂刻本、《全唐诗》本、涵芬楼影印明崇祯汲古阁刻本《唐六名家集》、清汪立名刻《唐四家诗》本、《万有文库》影印明凌濛初刊套色印本、日本明治嵩山堂刊本。②陶敏、王友胜校注本"以北京图书馆藏南宋刻书棚本《韦苏州集》十卷、补遗一卷为底本，以乾道递修本、北图藏宋刻元修本、明刊铜活字本、《四部丛刊》影印明华云太华书院刻本、《全唐诗》为校本，并参校《文苑英华》、《乐府诗集》《唐诗纪事》、《万首唐人绝句》诸书"③。二书参校多种版本，于此处都没有出校记，由此可以判断此处不存在异文，另如宋真德秀《文章正宗》卷二十三、明曹学佺《石仓历代诗选》卷四十九选录此诗，该字皆作"雪"。

而由于二苏的巨大影响，夜雨对床早已深入人心，古人在诗话、笔记中提及夜雨对床及韦应物原诗时，该字皆作"雨"。古人在分韵赋诗时也使用过这一诗句，这也为我们提供了佐证。黄庭坚作有《庭坚得邕太和六舅按节出同安避近于皖公溪口风雨阻留十日对榻夜语因咏谁知风雨夜复此对床眠别后更觉斯言可念列置十字字为八句寄呈十首》；另苏门六君子之一的李廌有《同诸公饯望元因宿谷隐以何当风雨夜复此对床眠为韵分得对此二字》；江西诗派的李彭有《予与谢幼盘董瞿老诸人往在临川甚昵幼盘已在鬼录后五年复与瞿老会宿于星渚是夕大风雨因诵苏州谁知风雨夜复此对床眠之句归赋十章以寄》；明代江源有《吉守顾天锡乃兄会于吉贰守柳邦用以宁知风雨夜复此对床眠一联为题送之余亦赋十绝以见

① 韦应物：《韦应物集校注》，陶敏、王友胜校注，上海古籍出版社1998年版，第183页；孙望：《韦应物诗集系年校笺》，中华书局2002年版，第373页。

② 孙望：《韦应物诗集系年校笺》，凡例，第1页。

③ 韦应物：《韦应物集校注》，前言，第12—13页。

意》；清代张英有《子由寄怀子瞻每讽韦苏州何时风雨夜复此对床眠之句甲子秋赋古诗五章寄吴门学博三兄以复此对床眠为韵》，可见古人多认同该字为"雨"。尤为典型的是宋元之际的徐瑞所作的《庚寅正月十六携家入山大雪弥旬止既月叔祖东绿翁以那知风雨夜复此对床眠分韵瑞得那眠字》，由诗题可以看出，当时写作背景是大雪天气，采用"雪"更顺理成章，但他们认定的仍是"雨"，由此可见，风雨对床已成为人们的共识。

于是就出现了一个有意思的现象：一方面是韦集中没有异文的"雪"，一方面则是流传于文人之中的"雨"。其实古人已发现这一问题，宋佚名《北山诗话》即云："'那知风雨夜，复此对床眠'，今多作'宁知风雪夜'，何也？"①这则材料说明两点：一是在当时的韦诗别集中该字确实是"雪"；二是诗话作者认为韦诗该字应当是"雨"，这种质疑说明该字为"雨"已是当时的流行看法。不过古人对这一问题似乎并不在意，除了此处的质疑之外，几乎未见他人对这一问题有所讨论，任凭韦诗别集中该字为"雪"确定无异，人们依然热衷于使用夜雨对床。

之所以韦诗中的"雪"到了二苏笔下及后世接受中变成了"雨"，有可能是二苏误记，也有可能是他们的"径改"，如果推究这背后的原因，盖有如下几点：

首先，雪主要出现在冬季，受到特定季节气候的限制，较为少见，尤其对于南方而言，更是如此。同时，不同地域雪的形态维持也不一样，北方苦寒之地，雪多以固态方式存留；而在南方，雪常常是落下之后即化为水，与下雨较为近似，如陆游《招邻父啜菜羹》云："茅檐听雪滴，瓦鼎爇松肪。"②葛天民《雪后》其二云："雪滴晴檐雨，松翻夜壑涛。"③所描绘的皆是雪化为水后如下雨般从房檐滴下的场景。二苏为四川眉山人，早年皆在家乡度过，眉山当地下雪的情况就较为少见，而下雨则较为常见；同时，当地雪落下不久即化为水，所以他们对于北方那种风雪交加的景象很难有切身的感受，而对风雨交加则体会得更为真切。

其次，人们身处室内时，对于雨雪的感知主要通过视觉和听觉。受到夜晚光线的限制，我们通过视觉来感知的难度较大。同时，既然要看，必定要打开门窗，消除视觉阻隔，起身瞭望，我们熟知的雪夜访戴的故事中，王子猷在雪夜中即"眠觉，开室，命酌酒，四望皎然"。而在"对床眠"的场景下，考虑到雪天室内气温，门窗多是

---

① 张伯伟编校：《稀见宋人诗话四种》，江苏古籍出版社2002年版，第420页。
② 钱仲联校注：《剑南诗稿校注》卷八十，上海古籍出版社1985年版，第4330页。
③ 北京大学古文献研究所：《全宋诗》第51册，北京大学出版社1991年版，第32071页。

关闭的，而人又卧于床上，要想观看到室外飘雪，自然更不容易。这样，人们就主要依赖听觉来感知了。而雪本身飘落的声音，包括积雪从树木枝干上滑落的声音都极其细微，正如元代谢应芳《听雪轩记》云："夫雪声之微，若有若无，听之者必方寸之间一无扰攘，两耳之听不为物夺，然后可得而闻也。"①古人写雪多会点明雪的这一特点，如陶渊明《癸卯岁十二月中作与从弟敬远》所谓"倾耳无希声"，赵秉文《听雪轩》所谓"夜久沉无声，风枝堕残屑"②，即是对于雪声细微的形象描述。古人也时有写听雪者，如元顾瑛编《玉山名胜集》卷五就记载了规模较大的听雪斋题咏，但是总体而言，古人这类作品的数量不大。而雨则不同，它在下落过程中，与室外景物如屋檐、石阶、梧桐、芭蕉等碰撞所带来的听觉效果十分明显，即使窗户紧闭，在室内依然可以听得较为清楚，观云、听雨是古人常写的风雅之事。相较而言，古人写观雨者也有，但是数量不大，后文我们会论及古人多以听雨来命名轩、斋、堂、楼等，而几乎没有以"观雨"来命名者。雨声缠绵持久，往往与凄清、萧疏等情绪勾连在一起，加之夜色笼罩，情绪郁结得更为浓重，于是雨与夜色结合，成为典型的抒情场景，李商隐的"巴山夜雨"，温庭筠的"梧桐树、三更雨"，李清照的"点滴霖霪，愁损北人、不惯起来听"，陆游的"小楼一夜听春雨"，蒋捷的"一任阶前、点滴到天明"，都是典型的夜雨场景。相较于风雪所带来的气温之冷与亲情之暖形成对比的较为单一的抒情范式，风雨夜的内涵无疑更为丰厚深沉。

再次，这很可能与二苏感怀韦应物诗歌的具体情境有关。从上文所引苏辙《逍遥堂会宿二首并引》可知，二苏恻然有感于韦应物诗并相约早休是在"既壮，将游宦四方"之时，那么这个时间节点到底是指何时呢？苏轼《辛丑十一月十九日既与子由别于郑州西门之外马上赋诗一篇寄之》诗末有自注云："尝有夜雨对床之言，故云尔。"可见二人夜雨对床之约肯定早于此时。赵次公注释该诗时认为兄弟夜雨对床之约即是在怀远驿时之事。嘉祐五年（1060），二苏为准备制举考试，曾寓居汴京怀远驿。宋叶大庆《考古质疑》卷四云："坡诗注子由与坡在怀远驿，读韦苏州诗，至'宁知风雨夜，复此对床眠'，恻然感之，乃相约早退，为闲居之乐。"③金代赵秉文《三苏帖》其一云："他年鸿雁各分飞，风雨萧萧有所思。犹记读

①　谢应芳：《龟巢稿》卷六，《景印文渊阁四库全书》第1218册，台湾商务印书馆1986年版，第152页。

②　赵秉文：《滏水集》卷三，《景印文渊阁四库全书》第1190册，第105页。

③　叶大庆：《考古质疑》卷四，李伟国校点，上海古籍出版社1985年版，第39页。

书怀远驿,夜深灯火对床时。"清代潘奕隽《弟畏堂听雨楼诗稿序》云:"昔东坡与子由在怀远驿读韦诗,至对床风雨之句,恻然感之,相期早退,为闲居之乐。"① 翁方纲《冶亭阆峰二学士联床对雨图》自注:"坡与子由对床夜雨之约,始于嘉祐辛丑。"② 可见后人对于赵次公这一说法都予以认可。如果赵次公此说不差,那么我们可以具体看一看当时二苏寓居怀远驿的实际情况。苏轼《初秋寄子由》云:"忆在怀远驿,闭门秋暑中。"其《感旧》引云:"嘉祐中予与子由同举制策,寓居怀远驿,时年二十六,而子由年二十三耳。一日秋风起,雨作,中夜翛然,始有感慨离合之意。自尔宦游四方,不相见者十常七八。每夏秋之交,风雨作,木落草衰,辄凄然有此感,盖三十年矣。"由此可知,二苏身处怀远驿时是在秋天,风雨之中,感慨人生,很容易就会将"风雪"活用作"风雨"。

在现实使用中,也有部分诗人使用风雪对床,这往往与实际的风雪天气相关。如清董元度《奉檄贡院校书赋呈同事诸君得六绝句》其六:"打窗风雪对床眠,被拥青绫怯晓寒。"③ 邵长蘅《送宋山言入都二首》其一:"若到保州应小住,对床风雪话三更。"④ 吴嵩梁《梁茝邻仪部以覃溪师诗意作灯窗梧竹图属题》其四:"祇余风雪夜,怅触对床眠。"⑤ 当然,也有作家是有意用韦应物诗意,如清谢启昆《韦石一首为李松圃赋》:"苏州臭味交淡泊,对床风雪似西池。"⑥ 但这种化用的情况极少。

同时,诗句中的"宁知"二字在韦应物别集中也未出校记,盖未有异文,而在流传过程中也出现了不同的异文,有谁知、那知、安知、何当、何时等,其中"谁知"所用比例较高。当然,这些异文于诗句理解的影响不大,故而不作辨析。

二 对床与手足情深的勾连

后人推重二苏之间笃于友爱的兄弟之情,对夜雨对床之事十分歆美与向往。宋项安世《送李公衡从其弟赴涪州教授》云:"对床夜雨副深情,去续眉山万古

---

① 潘奕隽:《三松堂集》文集卷二,《清代诗文集汇编》第399册,上海古籍出版社2010年版,第309页。

② 翁方纲:《复初斋诗集》卷三十二,《清代诗文集汇编》第381册,第294页。

③ 董元度:《旧雨草堂诗》卷六,《清代诗文集汇编》第316册,第48页。

④ 邵长蘅:《邵子湘全集·青门剩稿》卷二,《清代诗文集汇编》第145册,第450页。

⑤ 吴嵩梁:《香苏山馆诗集·今体诗钞》卷十三,《清代诗文集汇编》第482册,第460页。

⑥ 谢启昆:《树经堂诗续集》卷六,《清代诗文集汇编》第392册,第431页。

名。"①清陈瑚《和师周有仲送别六首》其六云："却忆苏家兄弟好，对床风雨咏哦亲。"②同时人们也对二人最终未能践约而深以为憾。《王直方诗话》曾感慨："相约退休，可谓无日忘之，然竟不能成其约。"洪迈《容斋随笔》卷一在论及此诗时云："至今观之，尚能使人凄然也。"姜特立在《赋汪先辈昆仲听雨轩》中感伤二苏："始感韦郎诗，对床寻旧约。篇章屡致意，念此友于乐。生死竟乖违，归来已非昨。"刘克庄《听雨堂》充满惋惜地分析道："夫近世言友爱者推苏氏，其听雨之约，千载而下闻之者犹凄然也。抑苏氏能为此言也，非能践此言也。余尝次其出处而有感焉。方老泉无恙，二子虞侍，家庭讲贯，自为师友，窃意其平生，听雨莫乐于斯时也。既中制举，各仕四方，忧患龃龉，契阔离合，于是闻雨声而感慨矣。中年宦达，宴寐早朝，长乐之钟、禁门之钥方属于耳，而雨声不暇听矣。岁晚流落，白首北归，一返阳羡，一居颍滨，听雨之约终身不复谐矣。故曰非能践此言也。"③于是，古人也常以二苏未能实现对床之约的遗憾来自我告诫，如孙应时在《端午侍母氏饮有怀二兄偶阅二苏是日高安唱和慨然用韵》中提醒自己："对床负归约，枕流惭乃祖……莫作两苏公，空言终龃龉。"明陶安《听雨轩记》也期望着："听雨之乐相传于百世，而无苏氏之遗憾也。"④

二苏在夜雨对床中所包含的浓浓兄弟之情引发了后人的强烈回响，人们在笔记中屡屡提及，在文学创作中不断化用，如李纲《循梅道中遣人如江南走笔寄诸季十首》其四："风雨对床夜，诗书开帐晨。"⑤周必大《夜直怀永和兄弟》："玉堂清冷夜初长，风雨萧萧忆对床。"⑥后世此类化用非常之多，无需赘举，以至于在上梁文这类的实用通俗文体中也有呈现，如宋孙觌《西徐上梁文》："闾里缓急，皆春秋同社之人；兄弟团栾，共风雨对床之夜。"⑦遂使夜雨对床成为表现兄弟手足之情的熟典。

"对床"本是表明感情亲近的一种方式，亲人、友朋之间皆可用，韦应物原诗即是写给自己外甥的，另唐白居易《雨中招张司业宿》、韦庄《寄江南逐客》、王建

① 《全宋诗》第44册，第27291页。
② 陈瑚：《确庵文稿》卷五，《四库禁毁书丛刊》集部第184册，北京出版社2000年版，第272页。
③ 刘克庄：《刘克庄集笺校》卷八八，辛更儒笺校，中华书局2011年版，第3744—3755页。
④ 陶安：《陶学士集》卷十七，《景印文渊阁四库全书》第1225册，第777页。
⑤ 李纲：《李纲全集》卷二十七，王瑞明点校，岳麓书社2004年版，第356页。
⑥ 《全宋诗》第43册，第26723页。
⑦ 孙觌：《鸿庆居士集》，《景印文渊阁四库全书》第1135册，第279页。

《寄杜侍御》等诗中皆用到对床，都不是表现兄弟之情的。然自二苏反复化用之后，后世诗人便有意将对床与兄弟之情勾连并固化下来，大有成为特定表述之势，这引起了人们的注意。宋王楙《野客丛书》卷十"夜雨对床"条的辨析较有代表性：

> 人多以"夜雨对床"为兄弟事用，如东坡与子由诗引此。盖祖韦苏州《示元真元常诗》"宁知风雨夜，复此对床眠"之句也。然韦又有诗《赠令狐士曹》曰"秋檐滴滴对床寝，山路迢迢联骑行"，则是当时对床夜雨不特兄弟为然，于朋友亦然。异时白乐天《招张司业诗》云："能来同宿否，听雨对床眠。"此善用韦意不胶于兄弟也。仆又观郑谷《访元秀上人诗》曰："且共高僧对榻眠"，《思圆昉上人诗》曰"每思闻净话，夜雨对绳床"，夜雨对床施于僧，亦不为无自。然则听雨对床不止一事，今人但知为兄弟事，而莫知其它。盖此诗因东坡拈出故尔。乐天非不拈出别章之意，然已灰埃矣。大抵人之文章，不论是否，得当代名贤提拂，虽轻亦重；不然，虽重亦轻。韦诗固佳，重以东坡引以为用，此其所以显然，著在耳目，为兄弟故事。[①]

这段文字点明因为二苏的名人效应，才使得韦应物诗句为人所重视，也因为二苏的关系，人们多将夜雨对床用于表现兄弟之情，同时它也强调夜雨对床仍可表达诸如友情等其他亲近的情感。此外，叶大庆《考古质疑》卷四在列举二苏用夜雨对床的多首诗歌论证"故后人多以为兄弟事"后，又列举《野客丛书》所举例证，说明"以是观之，非独兄弟可用也"。这种辨析本身即说明夜雨对床用以表现兄弟之情是当时的一个常用方式。我们统观古人运用夜雨对床的情况会发现，即使在二苏之后，以夜雨对床来表现亲情、友情者仍复不少，此处无需赘列，较为特殊者如陈与义《谨次十七叔去郑诗韵二章以寄家叔一章以自咏》其一"对床夜雨平生约，话旧应惊岁月迁"[②] 即是写给长辈的；清代樊增祥《枕上闻雨再赋》其二"补贴平生花萼恨，对床闲话有山妻"[③] 则是运用于夫妻之间。所以不妨这样讲：夜

---

① 王楙：《野客丛书》，郑明、王义耀点校，上海古籍出版社1991年版，第145—146页。

② 陈与义：《陈与义集》，吴书荫、金德厚点校，中华书局2007年版，第100页。

③ 樊增祥：《樊山集》卷二十八，《清代诗文集汇编》第762册，第506页。

雨对床在二苏之后，成为表现兄弟之情的重要典故，同时表现其他友爱亲近之情也可用之。

作为表现兄弟情深的熟典，古人在化用时也常将它与其他表现兄弟之情的典故共用，如刘克庄《送赴省诸友·方善夫昆仲》云："肄业机云同屋住，论文坡颍对床眠。"将其与陆机、陆云兄弟并举。再如明程嘉燧《喜仲扶弟高邮过访阿防亦至》："难值江城风雨夜，醉重姜被对床眠。"[1]将其与同床共被的姜肱三兄弟并举。其中并举数量最多的是谢灵运、谢惠连兄弟池塘春草的典故。如宋史浩《范干招兄显道》："梦草池塘如有得，对床风雨亦非艰。"[2]明夏良胜《病中遣怀十二首其七》："小谢频惊池草梦，大苏方忆对床吟。"[3]王士禛《哭兄东亭先生四首》其二："荆树花皆悴，池塘草不生。可怜今夜雨，犹是对床声。"[4]朱熹在《汪端彦听雨轩》更表示："诗问池堂春草梦，何如风雨对床诗。"[5]认为二苏夜雨对床相较于二谢的池塘春草更胜一筹。人们之所以更乐于将二苏与二谢并举，很可能是因为二者都是文人兄弟组合，并且这两个典故都与诗歌创作发生关联，更富于文人情致。

三　听雨与兄弟情谊的绾和以及以听雨名轩斋的命意

听雨是文人风雅之事，古人亦惯以"听雨"来为轩、堂、斋、楼等建筑物命名，数量颇多，苏州拙政园中即有听雨轩。宋吴聿《观林诗话》云："予家有听雨轩，尝集古今人句。杜牧之云'可惜和风夜来雨，醉中虚度打窗声'。贾岛云'宿客不来过半夜，独闻山雨到来时'。欧阳文忠公'芳丛绿叶聊须种，犹得萧萧听雨声'。王荆公'深炷炉香闭斋阁，卧闻檐雨泻高秋'。东坡'一听南堂新瓦响，似闻东坞小荷香'。陈无己云：'一枕雨窗深闭阁，卧听丛竹雨来时。'赵德麟云：'卧听檐雨作宫商'，尤为工也。"[6]以听雨名轩，并与古人描写听雨情状的诗文联系起来这很常见，而由于二苏夜雨对床的流行，听雨更被赋予了兄弟亲情的深意，人们在以听雨命名建筑物时，有时也包含并有意强调这一层深意。

① 程嘉燧：《松圆浪淘集》卷十四，《四库禁毁书丛刊》集部第163册，第114页。

② 《全宋诗》第35册，第22145页。

③ 夏良胜：《东洲初稿》卷十二，《景印文渊阁四库全书》第1269册，第964页。

④ 王士禛：《带经堂集》卷三十六，《清代诗文集汇编》第134册，第282页。

⑤ 《全宋诗》第44册，第27667页。

⑥ 吴聿：《观林诗话》，中华书局1985年版，第17页。

明代陶安《听雨轩记》云："物有自然之音，众人闻而以为常，知者闻而以为乐。雨之有声，莫不闻也，惟兄弟共处，则听之而适其心。盖雨之声出于天，兄弟之乐亦出于天，不有此乐者，不知此声也。韦苏州有风雨对床之句，眉山苏氏兄弟读而感怀，为听雨之约。既而游宦异途，离阔忧沮，晚年飘泊，艰于会合，雨声不复共听，遗憾终身。"① 他有感于二苏兄弟听雨之事，有意将雨声与兄弟之情联系到一起，认为雨声与兄弟之情皆是出于天性，因而只有知兄弟之乐者方能听懂雨声之玄妙。元欧阳玄《听雨堂记》也云："见弟友爱，一日而远别，则听夜雨而思同气。近代眉山苏长公送弟子由之官，有'夜雨何时听萧瑟'之句，后世弟昆之在宦游者，往往讽咏而致思焉。"② 他认为夜间听雨自然会联想到兄弟之情。

宋人即有取二苏夜雨对床之意而以听雨名轩者。《浙江通志》卷四十八"听雨轩"条记载："《弘治衢州府志》，在开化县北，汪观国字廷元，于所居作逍遥堂，翼之以轩，扁曰'听雨'，与其弟端斋燕息以终老，复遣其子浤从游东莱之门。时晦庵自建安来，过张南轩、陆象山、吕祖俭，各赋听雨轩诗以美之。"后附有朱熹、吕祖谦二人诗歌各一首。从现存诗歌而言，尚有江溥《汪端斋听雨轩》、姜特立《赋汪先辈昆仲听雨轩》、曾丰《题三衢汪学士听雨轩》等。江溥《汪端斋听雨轩》云："二苏当日相思句，故揭名轩意可知。"明确指出轩名来源于二苏夜雨对床之典。《咸淳临安志》卷五十二也记载有"听雨轩"："在中和堂后，景定五年，刘安抚良贵建。为屋八楹，取东坡'中和堂后石楠树，与君对床听夜雨'之句为扁。"③ 元赵汸《听雨轩记》记载："韩君仲廉……有感于眉山三苏公京师驿舍之约，题其室曰'听雨轩'。"④ 宋人有因二苏夜雨对床而以听雨名堂者，前引刘克庄《听雨堂》即是如此。明徐一夔《听雨堂诗序》云："因念苏长公与次公会彭城，时长公《送次公之官》，有'夜雨何时听萧飒'之句。龙南与南丰言曰：'吾二人者，今日之情亦犹二苏之在彭城也。'因名其所居堂曰'听雨'。"⑤ 晚清湖南古文大家吴敏树曾在其家中建有听雨楼，亦取二苏夜雨对床之意，其《听雨楼记》云："昔眉山苏氏兄弟少时诵唐人诗语，而有风雨对床之约，其后各宦游四方，终身吟想其语，以相叹息。二苏

---

① 陶安：《陶学士集》卷十七，《景印文渊阁四库全书》第1225册，第776页。

② 欧阳玄：《欧阳玄全集》，汤锐校点整理，四川大学出版社2010年版，第121页。

③ 潜说友：《咸淳临安志》卷五十二，《景印文渊阁四库全书》第490册，第553页。

④ 赵汸：《东山存稿》卷四，《景印文渊阁四库全书》第1221册，第279页。

⑤ 徐一夔：《始丰稿校注》卷十一，徐永恩校注，浙江古籍出版社2008年版，第299页。

公之贤,非余兄弟所敢妄拟,而其欲常聚处之意则同也。顾今方从事科举,其或得之,将亦不能无为四方之人,故以二公之不获如志私以为戒,而名楼以为之志,他年或敢忘诸谓此楼何?"①

古人在题咏以听雨所名的建筑时也常运用夜雨对床之典,如明黄哲《王彦举听雨轩》:"绿蓑青箬重来访,莫厌连床终夜眠。"②元吴当《听雨堂》:"兄弟多情有别离,昔年惆怅大苏诗。"③清吴省钦《次鉴南韵夜坐毕修撰秋帆沅听雨楼》其二:"与君更发联床慨,北泖南湖底样宽。"④清吴锡麒《题查映山给谏莹听雨楼图并序》:"晨昏无事视膳毕,喜有子由来对床。"⑤较有意思的是宋刘克庄《题真继翁司令新居二首·听雨楼》,他在自注中已言明该楼的命名"取放翁诗中话",同时期的林希逸《和后村韵二首奉寄府判真司令·听雨楼》即云:"取放翁诗扁此楼,知君心企古名流。苏吟韦句虽欣慕,樗记曾云不是由。"⑥但刘克庄还是在诗中强调:"追攀应物并和仲,友爱全真与子由……文忠百世之标准,更向韦苏以上求。"⑦乐于将听雨联系到二苏身上。

我们在梳理古人以听雨命名建筑物时会发现,古人以听雨名厅者极少,以听雨名廊、亭者有之,但很少提及二苏与夜雨对床之典故。听雨楼虽多,但也多不与二苏夜雨对床发生关联。而以听雨名轩、斋数量较大,且其中包含对兄弟之情的感念者也较为多见,这很可能是因为轩、斋本是读书、休憩之所,与二苏夜雨对床的情境更为契合。

四 风雨对床图:兄弟亲情的主题绘画

由于二苏夜雨对床典故的巨大影响,后世出现了以此为题材的绘画,其名称有夜雨对床图、风雨对床图、对床听雨图、联床风雨图等。这种绘画大体是在清代开始出现的,且数量不少。这些对床图主要有两类:

---

① 吴敏树:《柈湖文集》卷十一,《清代诗文集汇编》第620册,第412页。
② 曹学佺:《石仓历代诗选》卷三百三,《景印文渊阁四库全书》第1391册,第296页。
③ 吴当:《学言稿》卷五,《景印文渊阁四库全书》第1217册,第297页。
④ 吴省钦:《白华前稿》卷三十七,《清代诗文集汇编》第371册,第528页。
⑤ 吴锡麒:《有正味斋集·诗集》卷十,《清代诗文集汇编》第415册,第89页。
⑥ 《全宋诗》第59册,第37309页。
⑦ 《全宋诗》第58册,第36687页。

一类是以二苏为表现对象，如清代沈学渊《桂留山房诗集》卷十二有《二月二十日为苏文定公生辰，李兰屏比部、兰卿太守招同叶小庚、陆莱臧两司马、高雨农舍人、翁惠农明府集小雪浪斋，拜〈风雨对床图〉，时兰屏、兰卿即将入都，而小庚以明日先发，分赋各体，得七古》，由诗题可知，众人在苏辙生日之时礼拜《风雨对床图》，其图中所绘人物当是二苏兄弟。清张大受有《刘西谷侍御示〈夜雨对床图〉，与天农各题五首，用那知风雨夜复此对床眠为韵，仍用上句》，其二云：“少读坡老作，情至百世师。回首忆子由，四海真相知。漂泊寻旧约，中宵有余悲。千载写此意，想见彭城时。”①由诗意推断，其所见对床图当也是以二苏为描绘对象的。

另一类是以此为构图形式、用以绘制兄弟两人或多人的写真，类似于今天的主题摄影。清郭麐《灵芬馆诗话》卷七记载：“甲寅之冬，余与家弟丹叔合貌一帧，曰《风雨对床图》，蒋伯生云：‘坐听潇潇夜不眠，苏家兄弟话从前。算寻旧日彭城约，已过迢迢八百年。’”②清赵怀玉《为栋鄂少宗伯铁保、少宰玉保题联床对雨图》云：“古有对床约，东坡与子由。今看两学士，复继此风流。”③可见这些风雨对床图都是有意模仿二苏来的，是以兄弟为主题的绘画。

从清人的诗文记载来看，当时这类的画像数量不少。如钱大昕、钱大昭兄弟即绘有对床风雨图，《钱辛楣先生年谱》记载七十四岁时：“四月游虞山。是年长兴令邢公澍延公及可庐先生总修县志，可庐先生留馆。邢署公于课士之暇，泛舟苕溪，商榷条例，联床笑语，至夜分不寐，老年兄弟姜被重温，为天伦乐事，乃取眉山故事，绘对床风雨图。”④钱大昕有《题可庐对床风雨图》，顾广圻《思适斋集》卷二有《对床风雨图赋为钱竹汀可庐两先生作》。王培荀《乡园忆旧录》卷三载：“吴江陆公朗夫……与弟阆峰皆有诗名，有《风雨对床图》，多题之者。”⑤张埙（号瘦铜）《竹叶庵文集》卷十七有《自题风雨对床图二首》，翁方纲有《瘦铜风雨对床图二首》。袁枚《随园诗话》卷十四曾载：“平湖张香谷，与其兄教坡最友爱。”张香谷兄弟亦有对床图，沈初有《题耜洲先公教坡偕弟香谷对床图和卷中钱文端太傅诗

---

① 张大受：《匠门书屋文集》卷四，《清代诗文集汇编》第205册，第253—254页。

② 郭麐：《灵芬馆诗话》诗话卷七，《续修四库全书》第1705册，上海古籍出版社2002年版，第382页。

③ 赵怀玉：《亦有生斋集》卷十四，《清代诗文集汇编》第419册，第242页。

④ 钱大昕：《嘉定钱大昕全集·钱辛楣先生年谱》，陈文和点校，江苏古籍出版社2006年版，第43页。

⑤ 王培荀：《乡园忆旧录》卷三，蒲泽点校，严薇青审订，齐鲁书社1993年版，第170页。

韵》，顾光旭有《婿张诚以其尊人教坡叔香谷两君对床遗照索题集苏文忠句》。清阮葵生《雨夜怀紫坪用苏子由韵》其二："对床空有图中约，苦爱深宵听此声。"自注："少时与弟合绘风雨对床小照。"[1] 汪沆（号槐塘）亦有风雨对床图，清沈大成《学福斋集》诗集卷十有《题汪槐塘对床风雨图》。

据《中国古代书画目录（第二册）》著录，现存《夜雨对床图》即有两幅，均藏于故宫博物院，一为禹之鼎康熙四十年（1701）所绘《夜雨对床图》，一为王宸乾隆二十六年（1761）所绘《对床风雨图》。笔者未能亲见存世的风雨对床图，深以为憾。不过从前人的对床图题诗中我们可以大体得知这类绘画的基本构图要素，他日得见画图时可以相互参证。这类对床图构图大体有三个特点：

首先，轩、斋是对床图描绘的主要场所，轩、斋外部自然景物是构图的重要内容。清陈樽《再题张兰墅宗本东谷柯昆季对床风雨图》所包含的图画信息较为丰富，其诗云："秋色结层阴，蕉叶发清响。景物飒以凄，萧斋益虚敞。寒灯出空林，清飔动疏幌。澄怀澹近虑，望古集遥想。温温图中人，如玉相竞爽。幪被睡未浓，危坐意弥广。"[2] 从这首诗我们可以看出，在对床图中，主要的场景是轩、斋，"萧斋益虚敞"，床已被弱化。因是夜间对床，故而"寒灯出空林"，灯是室内重要的构图部件，清赵怀玉《为韩氏兄弟题同年马郎中履泰所画听雨图》云："仿佛茅堂中，共此烛影孤。"[3] 钱大昕《题可庐对床风雨图》："白发惊相似，青灯话旧游。"[4] 也点出灯烛。轩、斋外部环境整体呈现出清疏萧散的意境，在构图上，竹子、梧桐、芭蕉等植物常出现。本诗所谓"蕉叶发清响"，另如清沈叔埏《题张兰墅兄弟对床风雨图》其二："老柳枝疏风力紧，丛蕉叶大雨声粗。"[5] 清赵怀玉《为栋鄂少宗伯铁保、少宰玉保题联床对雨图，作图时两人方为学士》其一："萧萧梧竹雨，同听最宜秋。"[6] 赵翼《题邑侯周石云暨令弟鲁源联床风雨图》其一："竹木清无暑，轩窗静不尘。"[7]

其次，画中人物当以坐姿为主，如前诗所讲"危坐意弥广"。再如清谢启昆《奉

---

① 阮葵生：《七录斋诗抄》卷八，《清代诗文集汇编》第360册，第231页。

② 陈樽：《古衡山房诗集》卷十二，《四库未收书辑刊》第24册，北京出版社1997年版，第489页。

③ 《亦有生斋集》诗卷十六，《清代诗文集汇编》第419册，第260页。

④ 钱大昕：《潜研堂集》诗续集卷十，吕友仁点校，上海古籍出版社1989年版，第1321页。

⑤ 沈叔埏：《颐彩堂诗钞》卷六，《清代诗文集汇编》第419册，第242页。

⑥ 赵怀玉：《亦有生斋集》卷十四，《清代诗文集汇编》第544册，第220页。

⑦ 赵翼：《瓯北集》卷四十五，《清代诗文集汇编》第362册，第456页。

和覃溪师对床听雨图元韵六首》其三云："雪里程门曾独立,雨中坐对更成图。"①
另如清李中简《南塍草堂记》云:"余与伯兄同官京师二十年,乙酉秋,索画师为花
墅对床图,海棠听事,貌余兄弟联坐其间,而系以诗。"②可见图中人物是坐姿,这也
与轩、斋这一场所相适应。

　　三是注意描摹人物的面部特征。从上文所列举的对床图可知,这些对床图的
创作是以具体人物为对象的,所以在绘图时应该注意到对各自面部特征的刻画,
具备识别度。顾广圻《对床风雨图赋为钱竹汀可庐两先生作》云:"征兹画师,选
于众史。运灵模真,撼巧追似。色分浮垢,影映华斑,笑俨或莞,语恍相然。"③所表
达的即是这个意思。清陈大章《汪石仓、邓霞素为余画风雨对床图,盖追忆十五年
前事也。时五弟西岳下世九年,大兄令浙西,季超牧蜀,子京谒选京邸,其居家者
独余与叔坚耳。览卷潸然,不胜昔梦前尘之感,丁亥十二月朔日》:"空将颜面写生
绡,渐觉情怀随落叶。他年谁拾画图看,知是松湖居士宅。"④查慎行《题刘若千前
辈夜雨对床图小照》:"长公秀骨仙之臞,次公白皙丰而腴。"⑤清张琦《陈司徒与弟
对床图》:"雨风苏鬓浑相似,白者长公斑次公。"⑥翁方纲《书固原新乐府后》云:
"予昔题君兄弟对床风雨之图,其凭窗而顾瞻者吏目君也,梧竹映蔚,眉宇蔼然。"⑦
从以上这些例子可以看出,这类绘画作品都具备写真的特色,要顾及对人物具体
面部特征的描绘。

　　当然,不同的对床图会有各自不同的特点,不过以上几点当是具有共性的要
素。同时,正如风雨对床不限于兄弟之间,风雨对床图也不仅仅限于兄弟之间,友
朋之间亦可,如清谢堃《春草堂诗话》卷三记载:"莆田袁篆生明府,苏州人也,
与郭频伽最相友善……又送频伽入都云:'……珍重对床图一幅,天涯风雨不堪
闻。'"⑧这里的对床图,应当是友朋之间的。翁方纲乾隆五十一年(1786)与得意门
生谢启昆曾绘《对床风雨图》,翁方纲《夏莒隈文学〈竹里读书图〉用前韵》自注:

---

① 谢启昆:《树经堂诗初集》卷五,《清代诗文集汇编》第392册,第255页。
② 李中简:《嘉树山房集》文集卷二,《清代诗文集汇编》第348册,第390页。
③ 顾广圻:《顾千里集》,中华书局2007年版,第25页。
④ 陈大章:《玉照亭诗钞》卷九,《清代诗文集汇编》第202册,第257页。
⑤ 查慎行:《敬业堂诗集》卷三十六,周劭标点,上海古籍出版社2015年版,第982页。
⑥ 胡文学:《甬上耆旧诗》卷七,宁波出版社2008年版,第168页。
⑦ 翁方纲:《复初斋文集》卷十八,《清代诗文集汇编》第382册,第195页。
⑧ 谢堃:《春草堂诗话》卷三,《清代诗文集汇编》第544册,第220页。

"丙午腊八日,予与谢蕴山作《对床听雨图》,以宋本《施顾注苏诗》卷内予旧照同观。"[1]谢启昆《兰雪湖上复有诗来次韵答之是夕大风雨》"梦回旧事连床约"后自注:"旧与覃溪师有对床听雨图。"[2]覃溪即翁方纲。谢启昆有《奉和覃溪师对床听雨图元韵六首》,即是唱和翁方纲《对床听雨图二首》。

另外,有些绘画虽不以风雨对床为名,其构图方式是一样的。如上举李中简《南塍草堂记》即记载有花墅对床图,清朱珪《知足斋集》卷四有《李唐园监丞、文园学士花墅对床图》。再如清郭麐《灵芬馆诗话》记载:"稼庭痛其兄之亡,补写一图,作兄弟对床意,取子由诗'误喜对床寻旧约,不知漂泊在彭城'语,名曰《误寻旧约图》,一时题句甚伙。"[3]该图名称虽异,仍是取兄弟对床的构图方式。

附带需要加以说明的是何谓对床。对床即同床之意,宋楼钥《六老图序》云:"亦未闻以大耋之年,而全对床共被之乐,而又得燎须之爱如今日者。"[4]对床共被,此意已明。在具体运用中,诗人时常用同床、连(联)床、对榻、同榻、连榻等来替代对床,如清胡承珙《清明日乌柴看桃花久憩复至石岩山饮于圆通庵》:"香烟未灭已卅年,却忆旧雨同床眠。"[5]惠洪《次韵王安道节推过云盖》:"秋来能过我,听雨夜连床。"[6]彭孙遹《五日风雨与家兄渭臣对饮》:"弟兄客舍联床影,风雨山城五日杯。"[7]黄庭坚《和答元明黔南赠别》:"朝云往日攀天梦,夜雨何时对榻凉。"戴复古《永新彭时甫馆仆于玉峰楼龙子崇来话旧》:"听雨夜同榻,论心酒一罇。"元王恽《赠别按察王立夫二首》其一:"夜雨喜成连榻梦,秋霜尤见故人心。"[8]这些替代往往是由于音韵平仄协调之需要,而这种替代又使得人们对于对床含义的理解与最初的同床之意有了一定的偏差。同时,一个较有意思的现象是:虽然对床就是同床之意,人们也时有用同床来替代对床处,不过同床的大量使用往往还不是替代对床,其原因有以下两点:一是同床是俗词,且多用于表达男女同床共枕,经常出现在俗文学作品中,而夜雨对床无疑多与文人风雅相关;二是同床往往又与

---

① 翁方纲:《复初斋外集》诗卷第十九,《清代诗文集汇编》第382册,第552页。

② 谢启昆:《树经堂诗续集》卷一,《清代诗文集汇编》第392册,第370页。

③ 郭麐:《灵芬馆诗话》续诗话卷一,《续修四库全书》第1705册,第428页。

④ 楼钥:《楼钥集》,顾大朋点校,浙江古籍出版社2010年版,第533页。

⑤ 胡承珙:《求是堂诗集》卷十九,《清代诗文集汇编》第518册,第173页。

⑥ 《全宋诗》第23册,第15184页。

⑦ 彭孙遹:《松桂堂全集》卷九,《清代诗文集汇编》第125册,第105页。

⑧ 王恽:《秋间集》卷十五,《景印文渊阁四库全书》第1200册,第183页。

同床各梦这一禅宗话头联系到一起。释普济《五灯会元》卷十六《净慈昌禅师法嗣》："山僧虽与他同床打睡，要且各自做梦，何故。"[①]后人经常化用此语，如查慎行《吴西斋农部次前韵见贻结语云有才如此长沦弃再选韵答之》："人生去住各有志，异梦何必非同床。"[②]同床使用的这些特定语境使得它在代替对床时使用频率并不高。

通过以上考述与梳理，我们大体可以对夜雨对床这一典故及后世接受情况有了较为全面的认知：夜雨对床并非二苏的原创，而是源于二人对韦应物《示全真元常》诗中"宁知风雪夜，复此对床眠"两句的强烈认同与反复化用。二苏根据自身的生活经验与具体创作情境，无意或有意地将该诗句中的"雪"改为"雨"。对于二苏的夜雨对床之约，后世既表现出无比的向往，也时有为他们未能实现约定的感慨，并以此自警。由于二苏的名人效应，加之这一典故与传统伦理道德中对"悌"的强调相契合，故而夜雨对床得到了人们的广泛使用，成为表现兄弟之情的重要典故，同时在书写其他友爱亲近的感情时也可以使用。古人有时将听雨与兄弟亲情联系起来，并在以"听雨"为轩斋等建筑物命名时包含有这重深意。这种情况的出现也表明古人对夜雨对床典故的认识与接受是全面而深入的。在通常认识中，这一典故的核心明显是对床，夜雨只是背景。而古人不仅注意到对床这一核心行为对于表达兄弟之情的意义，更进一步将原本只是作为背景、承担烘托作用的夜雨也作为观照对象，并生发出感人的联系，赋予听雨这一行为以兄弟情深的命意，这是颇值得注意的。清代出现了大量的以夜雨对床为构图形式的兄弟写真，这种有类于今天主题摄影的绘画模式的流行充分证明了清人对这一典故的强烈认同与多形式接受。

---

① 释普济：《五灯会元》卷十六，朱俊红点校，海南出版社2011年版，第1492页。

② 《敬业堂诗集》卷二十七，第982页。

楼璹《耕织图诗》的艺术渊源及其创变

江苏省社科院　刘蔚

南宋绍兴初年,于潜县令楼璹"笃意民事,慨念农夫蚕妇之作苦,究访始末,为耕织二图。耕自浸种以至入仓,凡二十一事;织自浴蚕以至剪帛,凡二十四事。事为之图,系以五言诗一章,章八句。农桑之务,曲尽情状。虽四方习俗,间有不同,其大略不外于此"①。绍兴五年(1135),楼璹因政绩突出,受高宗召对,遂以耕织图进呈,"高宗嘉奖,宣示后宫,擢置六院"②。二十年后,绍兴帅臣汪纲"开板于郡治"③,进一步使其流传民间。此后,元明清历代均有众多摹本或仿本出现,并通过陶器、壁画、雕刻、年画等载体广泛传播,在中国历史上形成一种特有的耕织图文化现象,对中国乃至东南亚地区的耕织技术、文化生活具有重要影响。④

一直以来,学界对45幅耕织图颇有兴趣。18世纪起,就有欧洲、日本和台湾地区学者从绘画史、科学技术史、社会史、艺术创作实践等角度对耕织图进行了多元化的研究。⑤近年来,国内不少学者也逐渐涉足此研究领域,取得了丰硕成果。相较于图而言,学界对《耕织图诗》的研究则非常薄弱。⑥楼璹之孙楼洪曾评价这

---

① 楼钥:《跋扬州伯父〈耕织图〉》,《攻媿集》卷七六,《四库全书》本。

② 程珌:《缴进耕织图劄子》,《洺水集》卷二,《四库全书》本。

③ 程珌:《缴进耕织图劄子》,《洺水集》卷二,《四库全书》本。

④ 臧军:《〈耕织图〉与日本文化》,载《东南文化》1995年第6期。

⑤ 李庆:《〈耕织图〉的历程——从宋濂〈题织图卷后〉谈起》,《域外汉籍研究集刊》第一辑,中华书局2005年版,第406页。

⑥ 目前仅见侯美灵、高学德《楼璹〈耕织图诗〉与范成大〈四时田园杂兴〉比较散论》(《石河子大学学报》2007年第5期)和李红玉、侯美灵、高学德《〈耕织图诗〉散论》(《沧桑》2008年第1期)等单篇论文以及张万刚《楼璹〈耕织图诗〉研究》(兰州大学2009年硕士学位论文)以楼璹《耕织图诗》为研究对象。张晓蕾《中国古代耕织图诗研究》(南京师范大学2015年硕士学位论文)也有部分章节论及楼诗。此外,程杰、张晓蕾《耕织图诗校注》,即将由中国农业出版社出版,首次对楼诗进行了全面细致的校注。

组诗："宜与《周书·无逸》之篇、《豳风·七月》之章,并垂不朽者矣。"[①] 此语虽有过誉之嫌,但客观来看,楼璹《耕织图诗》在中国古代田园诗尤其是农事诗的发展史上的确具有举足轻重的作用。它在高宗朝即产生过轰动性效应,"一时朝野传诵几遍"[②],并影响到范成大的名作《四时田园杂兴》,在元明清时期也不断被效仿。[③]对于这样一组出现较早、影响深远的作品,的确有必要给予应有的重视,进行更为深入的探讨。本文即试图从艺术渊源与艺术创变两个角度对这组大型诗歌做一番考察。

一

法国文艺批评家朱丽娅·克里斯特娃曾指出:"任何一篇文本的写成都如同一幅语录彩图的拼成,任何一篇文本都吸收和转换了别的文本。"[④] 文本的产生不是孤立的,尤其是后出文本不可避免地会受到早期文本的影响,自觉或不自觉地效仿、参照或借鉴早期文本。这种文本的吸收和转换在楼璹《耕织图诗》中表现得尤为突出,先秦以来大量与农事相关的诗歌成为其重要的艺术渊源。

《诗经》中的《豳风·七月》是先秦时期表现耕织题材的最重要诗篇,楼璹之侄楼钥《跋扬州伯父〈耕织图〉》开篇即追本溯源至此,其跋云:"周家以农事开基,《生民》之尊祖,《思文》之配天,后稷以来世守其业。公刘之厚于民,太王之于疆于理,以致文武成康之盛,周公《无逸》之书,切切然欲君子知稼穑之艰难。至《七月》之陈王业,则又首言授衣,与夫'无衣无褐,何以卒岁',条桑载绩,又兼女工而言之,是知农桑为天下之本。"[⑤]《耕织图诗》不仅祖述了《七月》以农桑为天下之本的艺术精神,在词汇和细节上也多有踵武。例如《秒》:"迟迟春日斜,稍稍樵歌

---

① 楼洪:《〈耕织图诗〉跋》,《知不足斋丛书》第九集。

② 楼洪:《〈耕织图诗〉跋》,《知不足斋丛书》第九集。

③ 元、清的宫廷都格外重视耕织图诗创作,元赵孟頫有《题〈耕织图〉二十四首奉懿旨撰》,清康熙、雍正、乾隆、嘉庆四代皇帝均依楼璹体例亲自创作《耕织图诗》。楼璹之作在民间也有赓续,明代《便民图纂》中与务农、与女红之图相配的,即为更通俗易懂的竹枝体《耕织图诗》。参见张晓蕾:《中国古代耕织图诗研究》,南京师范大学2015年硕士学位论文。

④ 朱丽娅·克里斯特娃:《符号学,语意分析研究》,转引自蒂费纳·萨莫瓦约:《互文性研究》,邵炜译,天津人民出版社2003年版,第4页。

⑤ 楼钥:《跋扬州伯父〈耕织图〉》,《攻媿集》卷七六,《四库全书》本。

起。"即化用《豳风·七月》"春日迟迟,采蘩祁祁"之句。《二眠》:"风来麦秀寒,雨过桑沃若。"化用《卫风·氓》"桑之未落,其叶沃若"的词汇。《上簇》:"采采绿叶空,剪剪白茅短。"化用《芣苢》"采采芣苢,薄言采之"的词汇。《七月》中经典的农事劳作场景也频频出现在《耕织图诗》中,比如《耕》"东皋一犁雨,布谷初催耕"、《耙耨》"破块得甘霖,啮塍浸微澜"、《耖》"巡行遍畦畛,扶耖均泥滓"、《碌碡》"三春欲尽头,万顷平如掌"四篇,即可看作《七月》"三之日于耜,四之日举趾"的具体化表现;《收刈》"田家刈获时,腰镰竞仓卒"、《登场》"禾黍已登场,稍觉农事优"、《持穗》"持穗及此时,连枷声乱发"、《簸扬》"临风细扬簸,糠秕零风前"、《砻》"推挽人摩肩,辗转石砺齿"、《舂碓》"田家当此时,村舂响相答"、《筛》"茅檐闲杵臼,竹屋细筛簁"、《入仓》"天寒牛在牢,岁暮粟入庾"等八篇是《七月》"九月筑场圃,十月纳禾稼"两句的详细扩展。再如《二耘》中"壶浆与箪食,亭午来饷妇。要儿知稼穑,岂曰事携幼",同《豳风·七月》中"同我妇子,馌彼南亩"一样,都写到农忙阶段妇女儿童到田间送饭。最值得重视的是,《七月》所写的不同时节采桑的情景在《耕织图诗》中也有继响。《七月》有云:"春日载阳,有鸣仓庚。女执懿筐,遵彼微行,爰求柔桑。"这里写的是仲春二月的采桑:其时蚁蚕刚破壳,食量甚小,桑树也刚刚长出嫩叶,女子采摘桑树低矮处枝条上的新叶就可以满足蚕食所需。《耕织图诗》中《喂蚕》一诗:"蚕儿初饭时,桑叶如钱许。攀条摘鹅黄,藉纸观蚁聚。"亦是描写女子采摘如铜钱大小的嫩桑叶饲养蚁蚕的情景。而到了蚕月,即农历三月,蚕已三眠,食量剧增,需要进行大规模的采摘才能满足蚕食,故《七月》接下来写到"蚕月条桑,取彼斧斨。以伐远扬,猗彼女桑",养蚕人要用斧子砍下高处的桑树枝,剪叶饲蚕,主人公显然已不是女子。此种男子采桑情景也出现在《耕织图诗》中,《三眠》《分箔》二诗之后即有《采桑》诗云:"吴儿歌采桑,桑下青春深。邻里讲欢好,逊畔无欺侵。筠篮各自携,筠梯高倍寻。"诗中的吴儿登上高梯去采桑,情景与《七月》所写一脉相承。

陶渊明是田园诗的开山之祖,他的作品无疑是楼璹《耕织图诗》的重要渊薮。从诗歌体式来看,《耕织图诗》对五言古体的选择以及组诗形式的运用,都有模仿陶渊明《归园田居》等组诗的痕迹。而从化用诗意的角度看,《耕织图诗》中的《浸种》一诗"西畴将有事,耒耜随晨兴"即糅合了陶渊明《归去来兮辞》"将有事于西畴"和《归园田居》"晨兴理荒秽,带月荷锄归"的句子。《布秧》一诗"明朝望平畴,绿针刺风漪"以及《一耘》"时雨既已降,良苗日怀新",则是分别借用陶渊明《癸卯岁始春怀古田舍》"平畴交远风,良苗亦怀新"的诗句。《收刈》一诗:"霜浓手龟坼,日永身磐折。儿童行拾穗,风色凌短褐。"以霜、风渲染环境之寒冷,描摹农家收获时的勤苦之状,基本意象和情感基调均由陶渊明《庚戌岁九月中于西田获早稻》"晨出肆微勤,日入负禾还。山中饶霜露,风气亦先寒"演绎而来。再如《喂蚕》一诗"屋头草木长,窗下儿女语",描写屋外草木扶疏的景致,显然源自陶渊明《读山海经》:"孟夏草木长,绕屋树扶疏。"

盛唐的诗作也为《耕织图诗》提供了不少可资借鉴的文本。山水田园诗派的储光羲最擅长描写农家的恻隐之心,如《田家即事》:"迎晨起饭牛,双驾耕东菑。蚯蚓土中出,田乌随我飞。群合乱啄噪,嗷嗷如道饥。我心多恻隐,顾此两伤悲。拨食与田乌,日暮空筐归。"沈德潜《唐诗别裁集》评价道:"爱物之心胜于爱己,田父中不易有此人。"[1]《耕织图诗》深得储氏博爱之意,如《耕》"绿野暗春晓,乌犍苦肩颅",一个"苦"字,表达了对耕牛的体贴与同情。《耙耨》:"泥深四蹄重,日暮两股酸。谓彼牛后人,着鞭无作难。"诗人奉劝农夫不要再鞭打辛苦耕作一天的耕牛,言语间流露出深深的怜惜。《上簇》一诗"撒簇轻放手,蚕老丝肠嫩",写捉蚕上簇让其结茧一事,"轻放手"可见养蚕人之小心翼翼,饱含着对老蚕的珍爱之情。王维和杜甫的诗作也是《耕织图诗》顶礼膜拜的对象。如《灌溉》一诗中"斜阳耿衰柳,笑歌闲女郎"句,颇有王维《山居秋暝》"竹喧归浣女,莲动下渔舟"的柔美风味;《分箔》一诗"郊原过新雨,桑柘添浓绿",也综合了王维《山居秋暝》"空山新雨后"和《淇上田园即事》"日隐桑柘外"中新雨和桑柘意象。《春碓》"行闻炊玉香,会见流匙滑","流匙滑"则化用杜甫《佐还山后寄三首》"老人他日爱,正想滑流匙"。《入仓》"输官王事了,索饭儿叫怒",沿袭杜甫《百忧集行》"痴儿未知父子礼,叫怒索饭啼门东"的诗意。《浸种》"溪头夜雨足,门外春水生"、《窖茧》"门前春水生,布谷催畚锸"两句中,"春水生"词汇均出自杜甫《春水生》:"二月六夜春水生,门前小滩浑欲平。"

《耕织图诗》对中晚唐田家诗的借鉴主要体现在对比手法的使用上。中晚唐田家诗常常在表现耕夫、织女艰辛的劳动和困顿的生活之后,笔锋一转,揭露权贵、丽人的富贵安逸,以此凸显田家之苦。如中唐时期张籍《野老歌》在描写了老农"苗疏税多不得食""岁暮锄犁傍空室"的贫穷生活后,篇末云:"西江贾客珠百

---

[1] 沈德潜:《唐诗别裁集》,中华书局1975年版,第20页。

斛，船中养犬长食肉。"王建《当窗织》在描写了贫家女"水寒手涩丝脆断，续来续去心肠烂""输官上顶有零落，姑未得衣身不着"的心酸生活后，篇末云："当窗却羡青楼倡，十指不动衣盈箱。"白居易《缭绫》在描写了织女"丝细缲多女手疼，扎扎千声不盈尺"的辛劳后，篇末云："昭阳殿里歌舞人，若见织时应也惜。"章效标《织绫词》在描写了织妇"去年蚕恶绫帛贵，官急无丝织红泪"的窘迫后，篇末云："不学邻家妇慵懒，蜡揩粉饰谩官眼。"晚唐时期邵谒《寒女行》描写了寒家女"家贫人不聘，一身无所归""养蚕多苦心""织素徒苦力"的愁苦无助的心情后，写到"青楼富家女，才生便有主。终日着罗绮，何曾识机杼"。郑遨《伤农》首句云："一粒红稻饭，几滴牛颔血。"末句则写道："珊瑚枝下人，衔杯吐不歇。"《耕织图诗》也深得对比手法之精髓。例如耕诗中的《筛》"计功初不浅，饱食良自贺。西邻华屋儿，醉饱正高卧"。将劳动者终日辛劳却难得温饱与统治者的无所事事却终日醉饱高卧两相对照，揭示出社会不公。织诗中《一眠》在描写了蚕妇为了照顾幼蚕，忙碌得只能偶尔打个盹，甚至顾不上梳洗，"抱胫聊假寐，孰能事梳妆"，接下来却写到丽人的春日冶游，"水边多丽人，罗衣蹋春阳。春阳无限思，岂知问农桑"，形成鲜明对照。《大起》："春风老不知，蚕妇忙如许。呼儿刈青麦，朝饭已过午。妖歌得绫罗，不易青裙女。"也是采用这种经典的对比手法，以丽人之奢靡闲逸对照蚕妇之穷苦辛劳，诗人的悲悯情怀蕴涵其中。

北宋的诗歌中，梅尧臣的《和孙端叟寺丞农具十三首》以及《和孙端叟蚕具十五首》与《耕织图诗》有着最为直接的渊源关系。梅尧臣的这组诗不仅体式为五古，内容也以农具、蚕具为主要表现对象，结合相应的农桑劳动，按照农事和蚕事的时间顺序来安排篇章结构，包括《田庐》《扬扇》《楼种》《樵斧》《耒耜》《钱镈》《耰锄》《被襆》《台笠》《水车》《田漏》《耘鼓》《牧笛》以及《茧馆》《织室》《桑原》《高几》《科斧》《桑钩》《桑笪》《蚕女》《蚕簇》《蚕槌》《蚕薄》《缲盎》《纺车》《龙梭》《织妇》等28首，其形式与内容均为楼璹《耕织图诗》所承袭，只不过楼诗不仅仅局限于对农具和织具的摹写，更多以劳动项目为题，如耕图诗包括《浸种》《耕》《耙耨》《耖》《碌碡》《布秧》《淤荫》《拔秧》《插秧》《一耘》《二耘》《三耘》《灌溉》《收刈》《登场》《持穗》《簸扬》《砻》《舂碓》《筛》《入仓》21事；织图诗包括《浴蚕》《下蚕》《喂蚕》《一眠》《二眠》《三眠》《分箔》《采桑》《大起》《捉绩》《上簇》《炙箔》《下簇》《择茧》《窖茧》《缲丝》《蚕蛾》《祝谢》《络丝》《经》《纬》《织》《攀花》《剪帛》24事，较之梅诗更注重生产流程的完整性。

钱锺书先生曾评价范成大《四时田园杂兴》最早全面继承了诗经《豳风·七月》、陶诗以及中晚唐田家诗的艺术传统，"算得上中国古代田园诗的集大成"[①]，"仿佛把《七月》《怀古田舍》《田家词》这三条线索打成一个总结"[②]。其实，在集大成这一点上，《耕织图诗》要早于《四时田园杂兴》，只不过面对如此丰富多样的艺术渊源，《耕织图诗》尚缺少《四时田园杂兴》的熔铸之功，即未能将多方有机地融合，做到不着痕迹，浑然一体，而是留有一些艺术上的缺憾。例如有的诗篇直接从他人诗作中剪裁下相关的词句，串联成篇，给人重复、雷同之感。如《登场》一诗"黄云满高架，白水空西畴"，黄云是借用王安石《登场》"割尽黄云稻正青"的用法，比喻成熟的庄稼；白水是借用了王维《新晴晚望》"白水明田外"的词汇。接下来"太平本无象，村舍炊烟浮"一句，则是对惠洪《赠胡子显八首》"小县风光秀句传，太平无象宰君贤。虽非社日长闻鼓，不是炊时亦有烟"的稍微变换。这种简单的、随意的拼凑往往造成诗篇前后句风格不统一。例如《耕织图诗》中的《浸种》，首句"溪头夜雨足，门外春水生"，宛如杜甫《春水生》清朗晓畅；第二句"筠篮浸浅碧，嘉谷抽新萌"则追求文采，把种子比喻成浅碧，辞藻华美，颇有六朝诗歌的雕琢之痕；第三句"西畴将有事，耒耜随晨兴"又模仿陶诗平淡质朴风味；第四句"只鸡祭句芒，再拜祈秋成"则如中晚唐的赛神风俗诗粗浅直白。应该说，楼璹《耕织图诗》对艺术传统已经有了自觉的兼收并蓄的意识，尽管创作中还存在着碎锦拼合的弊端，但其集成意义毋庸置疑，实为范成大《四时田园杂兴》之先声。

二

楼璹《耕织图诗》不仅注重对艺术传统的继承，也有不少创新与变革。这种创变既体现在它的形式上，即"第一次采用诗配画的形式连续地、完整地反映耕织生产"[③]，也体现在它的内容上，"艺术地再现宋代的农业文明，把农业科技、耕织生产、农村风俗、田园风景打成一片"[④]，还体现在它所独具的双重创作旨趣，以及由此而生成的种种鲜明特色。

---

① 钱锺书：《宋诗选注》，人民文学出版社1989年版，第193页。
② 钱锺书：《宋诗选注》，第194页。
③ 张如安：《汉宋宁波文学史》，中国文联出版社2001年版，第96页。
④ 张如安：《汉宋宁波文学史》，第96页。

明人王增祐《耕织图记》曾指出《耕织图》兼具谏上和劝下的双重旨趣："使居上者观之，则知稼穑之艰难，必思节用，而不惮其财，时使而不夺其力，清俭寡欲之心油然而生，富贵奢靡之念可以因之而惩创矣！在下者观之，则知农桑为衣食之本，可以欲于身而足于家，必思尽力于所事，而不辞其劳，去其放辟邪侈之为，而安于仰事俯育之乐矣！"①这种揭橥是相当精辟的。

首先来看谏上的旨趣。楼璹进献耕织图具有很强的政治目的性，其侄楼钥曾明言当时的创作背景："高宗皇帝身济大业，绍开中兴，出入兵间，勤劳百为，栉风沐雨，备知民瘼，尤以百姓之心为心，未遑他务，下重农之诏，躬耕藉之勤。"②明人宋濂也认为高宗即位后下达劝农之诏，"郡国翕然，思有以灵承上意。四明楼璹字寿玉，时为杭之于潜令，乃绘作《耕织图》……"③由此可知，具有"强敏之才"④的楼璹正是深谙高宗兴利天下农业的心理，在高宗极为重农的时代背景下，不失时机地选择在当时不入画家法眼的耕织题材⑤，以农夫蚕妇为主人公绘制出耕织图并逐首题诗，不久后进呈御览，引起高度重视，"高宗嘉奖，宣示后宫，擢置六院"⑥。应当说，楼璹创作耕织图有让当朝执政者了解农村生产劳动的基本状况的用意，"士大夫饱食暖衣，犹有不知耕织者，而况万乘主乎？累朝仁厚，抚民最深，恐亦未必尽知幽隐。此图此诗，诚为有补于世"⑦。众所周知，图画有其艺术表现上的局限性，"图像并不是叙事的主体和主线，图像在知识生产的意义上远不如语言那样有力和直接"⑧。楼璹很有可能是在耕织图尚不足以充分阐明谏上旨趣的情况下，创作《耕织图诗》对画面做进一步的阐发与扩充："桑遭雨而叶不可食，蚕有变而坏

---

① 王增祐：《耕织图记》，日本狩野永纳刻本《耕织图》卷首。

② 楼钥：《跋扬州伯父〈耕织图〉》，《攻媿集》卷七六，《四库全书》本。

③ 宋濂：《题织图卷后》，《宋学士文集》卷一六，《四库全书》本。

④ 周麟之：《李庄除两浙运判楼璹除淮南运判》，《海陵集》卷十七，《四库全书》本。

⑤ 正如顾清《书耕织图后》所云，南宋初期绘画的选材侧重名贤列女、渔樵仙释、神鬼鸟兽等瑰玮谲怪、可喜可愕之类，"至农夫蚕妇，终岁勤勤，冲冒风雨，早作夜卧，生民之大命关焉，不可一日而无者。其功至劳，而莫可形状。被原之禾，眠簇之虫，虽饰以丹青，形之绢素，不如彼之入人目也"。（《东江家藏集》卷二四，《四库全书》本）

⑥ 程珌：《缴进耕织图劄子》，《洺水集》卷二，《四库全书》本。

⑦ 楼钥：《跋扬州伯父〈耕织图〉》，《攻媿集》卷七六，《四库全书》本。

⑧ 陈静：《数字档案化广告蜉蝣：以中国商业广告档案库（1880—1940）为例》，载《江海学刊》2017年第2期。

于垂成,此实斯民之困苦,上之人尤不可以不知此,又图之所不能述也。"① 为增强接受效果,他或许有意识地在诗中添加了一些和宫廷相关的因素,以引发当朝执政者的共鸣。例如诗中经常使用舜帝躬耕、丞相重农、后妃祭蚕献茧等典故。如《耕》诗在描写了农夫耕种的场景后写道:"我衔劝农字,杖策东郊行。永怀历山下,此事关圣情。"诗末借用舜躬耕于历山的典故,称颂帝王自古以来即关注农业生产的美德。《一耘》诗也是在描写了农夫耘田的种种辛苦后,采用了舜躬耕历山群鸟为之耘田的典故:"眷惟圣天子,倘亦思鸟耘。"《碌碡》一诗描写了农人用碌碡将水田碾压平整的场景,于诗末写道:"渐喧牛已喘,常怀丙丞相。"这里引用了"丙吉问牛"之典,据《汉书·丙吉传》记载,西汉宣帝丞相丙吉尤其重视农业生产,一次外出看见一群人斗殴,并不去制止;而看到一头牛在吃力地拉车,却停下来让人询问,《碌碡》正以此典故褒扬官员对农事的关心。《浴蚕》诗描写清明时节民间用温水清洗蚕种,"农桑将有事,时节过禁烟",诗末却联想到宫中的斋戒祭蚕活动:"深宫想斋戒,躬桑率民先。"《下簇》诗也是在描写民间"晴明开雪屋,门巷排银山。一年蚕事办,下簇春向阑。邻里两相贺,翁媪一笑欢"的丰收喜悦情景后,诗末再次用《礼记·月令》"(孟夏之月)蚕事毕,后妃献茧"之典联系到王室:"后妃应献茧,喜色开天颜。"《经》诗描写女子理清蚕丝头绪,来回在织机上牵引经线的劳动场景,诗末却跳跃到统治者善用经纶之才阐释旨意,治理天下,所谓"王言正如丝,亦付经纶才",很突兀地将耕织与宫廷关联起来,这是以往农事诗所罕见的。

值得注意的是,耕织图诗中的织诗部分格外受后宫重视。据楼钥《进东宫〈耕织图〉劄子》记载,高宗得到《耕织图》后即将其"宣示后宫"②,明宋濂《题织图卷后》云:"今观此卷,盖所谓织图也,逐段之下有宪圣慈烈皇后题字"③,可知高宗吴皇后曾逐段为之题字。那么,楼璹在创作织图诗时或许会虑及此,故织图诗的整体风格较为软媚,似有意照顾后宫的审美趣味。如第一首《浴蚕》所写的天气和场景:"轻风归燕日,小雨浴蚕天。春衫卷缣袂,盆池弄清泉。"情调何其轻柔娇美,犹如一幅宫廷仕女图。再如《三眠》"叶底虫丝繁,卧作字画短。偷闲一枕肱,梦与杨花乱",如果不看开篇的"屋里蚕三眠",仅就这几句而言,俨然描写闺阁女子春困闲情,和一般的描写织女的诗歌作品迥然有异。织图诗的辞藻也普遍比较

---

① 楼钥:《跋扬州伯父〈耕织图〉》,《攻媿集》卷七六,《四库全书》本。
② 楼钥:《进东宫〈耕织图〉劄子》,《攻媿集》卷三三,《四库全书》本。
③ 宋濂:《题织图卷后》,《宋学士文集》卷一六,《四库全书》本。

清丽。如《上簇》"山市浮晴岚，风日作妍暖"，"晴岚"和"妍暖"二词很少出现在以往的农事诗中。再如《窖茧》一诗，描写茧成之后，农家因为过于忙碌来不及缫丝，就把蚕茧放在瓮里，洒上盐铺盖上梧桐叶，并用泥封上，防止茧出蛾。诗中开篇即写"盘中水晶盐，井上梧桐叶"，以水晶喻盐与田家生活的粗朴风味并不相适宜。《纬》诗"缱绻一缕丝，成就百种花。弄水春笋寒，卷轮蟾影斜"，《织》诗"青灯映帷幕，络纬鸣井栏。札札挥素手，风露凄已寒"，把织女辛勤纺织劳碌到深夜之事写得如此诗情画意，美化了劳动，冲淡了应有的同情性主题。再如《经》诗："青鞋不动尘，缓步交去来。脉脉意欲乱，眷眷首重回。"《剪帛》诗："低眉事机杼，细意把刀尺。盈盈彼美人，剪剪其束帛。"诗中的女子深情款款，意态优雅，不类农家女本色。此外，织图诗中还常用才女之典，如《攀花》"殷勤挑锦字，曲折读回文。更将无限思，织作雁背云"，锦字用前秦苏蕙织锦为回文旋图诗寄给丈夫以及汉代苏伯玉妻子在盘中巧制回文诗的典故，寄托织女的相思之情，风格典雅庄重。清人贺裳曾对秦观《田居》诗颇有微词："篇中多杂雅言，不甚肖农夫门角，颇有驴非驴、马非马之恨。如'鸡号四邻起，结束赴中原'，此游侠少年及《从军行》中语，田叟何烦尔！"[1]在某种程度上，织图诗也存在这种问题，不甚肖织女口吻，这是它的缺点，也正是它的创变，应该说这也许正是楼璹刻意所为。

当然，楼璹创作《耕织图诗》并非仅仅为了进呈御览，"使在下者观之"是另一个重要意图，这和劝农诗旨趣相通。劝农诗多为官员劝课农桑时所创作，以农夫、村妇为接受对象，以劝勉农桑、化育民风为主要宗旨。陶渊明最早明确以《劝农》为题，写有组诗。《耕织图诗》也有着鲜明的督促生产之意，诗中屡屡强调不违农时的重要性，谆谆教导农夫、蚕妇切莫慵懒误工。如《拔秧》"清晨且拔擢，父子争提携"，《插秧》"抛掷不停手，左右无乱行"，《持穗》"持穗及此时，连枷声乱发"，《大起》"呼儿刈青麦，朝饭已过午"，《捉绩》"辛勤减眠食，颠倒着衣裳"等都写出了农忙时节农人旰食宵衣，争分夺秒，抓紧生产的紧张节奏，以告诫人们顺应天时，勤勉耕织。与其他劝农诗相类似，《耕织图诗》还有意识地强化了诗歌的教化功能，着重宣扬农村家庭的天伦之乐以及乡情的亲密醇厚。如《喂蚕》："屋头草木长，窗下儿女语。日长人颇闲，针线随缉补"，诗中写到蚁蚕刚孵化出来尚不需要吃太多桑叶，养蚕之人有不少空闲时间，一边随手做些针线活，一边听着儿女们说

---

① 贺裳：《载酒园诗话》，郭绍虞：《清诗话续编》，上海古籍出版社1983年版，第431页。

话,画面温馨。《二眠》:"吴蚕一再眠,竹屋下帘幕。拍手弄婴儿,一笑姑不恶。"也写出了在相对清闲的蚕眠阶段,老人含饴弄孙其乐融融的场景。邻里间的和睦也频频呈现在《耕织图诗》中,如《采桑》一诗描写了采桑时邻里们互相谦让,不争不抢:"吴儿歌采桑,桑下青春深。邻里讲欢好,逊畔无欺侵。"《下簇》描写蚕茧熟后,邻里之间相互庆贺的情形:"邻里两相贺,翁媪一笑欢。"《缫丝》一诗则描写了在缫丝的空闲中,女伴隔着墙说说话:"晚来得少休,女伴语隔墙。"《耕织图诗》描绘出一幅幅家庭和睦、邻里友善的和谐画面,对农村社会风气的良性发展具有很好的引导和宣传功效,以致日本人狩野永纳感叹其"可谓开世教厚风俗之术矣"[1]。

　　与一般的劝农诗有所不同的是,《耕织图诗》中又出现了许多创变。其一是有意识地向农村推广先进的生产技术,对农业生产具有切实有效的指导作用。楼璹曾用非常科学严谨的态度在农村"究访始末"[2],尽可能全面地了解、记录当时的耕织生产工具和生产环节,在图与诗中不厌其烦地逐一介绍,力求客观、准确、真实地还原、再现当时的耕织生产流程。相较于图而言,《耕织图诗》更能发挥文字的想象功能,介绍一些画面上没有的或者表现不够清晰的内容,尤其是对先进的或更科学的农业技术加以推崇。比如秧马,虽然北宋苏轼即有《秧马歌》一诗写到了这种先进的插秧工具,但是直到南宋初期尚未在农村推广,楼璹《插秧》一诗中除写到画面上已有的人工插秧的情形外,诗末还特意提到"我将教秧马,代劳民莫忘",以示极力宣传推广秧马之意。再如《灌溉》一诗:"握苗鄙宋人,抱瓮惭蒙庄。何如衔尾鸦,倒流竭池塘。耰稬舞翠浪,篝篰生昼凉。斜阳耿衰柳,笑歌闲女郎。"描写了农村用龙骨车车水的情景,尤其强调了水车的功效和对人力的节省,明确表示出对机械方法的赞同与认可。《耕织图诗》还介绍了一些比较科学的生产劳动技巧,比如《布秧》中所写"下田初播殖,却行手奋挥","却行"即倒退着走,布秧时退行撒种可以避免对落地种子的踩踏破坏,非常合理有效。《淤荫》中"杀草闻吴儿,洒灰传自祖"则介绍了吴地在秧苗成长过程中所特有的追肥环节,即将草木烧成灰后洒在田中,由于草灰质轻,不会压伤幼苗,且易于飘散,均匀分布,非常有利于秧苗生长。《登场》诗中"黄云满高架,白水空西畴"一句则介绍了雨水偏多的江南之地,人们在收获之后架竹构屋晾晒稻麦,以免郁浥减产。元代王祯《农

① 狩野永纳:《耕织图跋》,日本狩野永纳刻本《耕织图》卷末。

② 楼钥:《跋扬州伯父〈耕织图〉》,《攻媿集》卷七六,《四库全书》本。

书》卷十四对此有详尽记载："今湖湘间收禾，并用笐架悬之。以竹木构如屋状，若麦若稻等稼获，而栚（自注：音茧）之，悉倒其穗，控于其上。久雨之际，比于积垛，不致郁泡。江南上雨下水，用此甚宜。北方或遇霖潦，亦可仿此下。"① 可与诗相互参照。此外，王祯《农书》还引用了多篇《耕织图诗》作为资料，如卷十二《农器图谱》的"耒耜门""杷杴门""蓧蒉门""杵臼门""织纴门"等就曾多次引用《耕织图诗》作为资料。由此可见，《耕织图诗》的确具有重要的农业科普价值，有益于生民事功，明王增祐《耕织图记》所云"民生由是而富庶，财帛由是而蕃阜"② 并非谬赞。

其二，《耕织图诗》还着意向农村宣扬一种更为合理的生产关系，即家庭协作式的生产关系。在《耕织图诗》中，我们看到的往往不是以前文人墨客笔下常见的分工明确的男耕女织式的劳动场景，而是以家庭为单位的集体劳动场面。比如以男子为主要劳动力的耕作中，时有妇女和儿童参与。如《二耘》"壶浆与箪食，亭午来饷妇。要儿知稼穑，岂曰事携幼"，写农夫正午尚在耘田来不及回家吃饭，农妇带着孩子送饭到田间，也让孩子体会到稼穑艰辛。《收刈》一诗也有拾穗儿童的形象："儿童行拾穗，风色凌短褐。"《簸扬》一诗中"短裙箕帚妇，收拾亦已专"，写到男子在簸扬谷物，妇女则负责把落在地上的糠秕杂物扫除干净，男女分工合理，配合默契。而在以女子为主的养蚕纺织的劳动中，也不乏男子和孩子的身影。比如耕织图的上簇一图，画面中就是男子在编织、摆放蚕山，下簇一图的画面也是男子在搬动布满茧的蚕山，窖茧一图上也是男子在挖泥土、封陶器。而在《耕织图诗》中，也有多处直接描写到男性和孩子参与劳动的情景。比如《采桑》一诗"吴儿歌采桑，桑下青春深"，就写到了男子采桑的场面。③

蚕事到三眠之后大起之时最为繁忙，蚕的食量大增，桑叶供不应求，女子不仅要昼夜不停地添上新鲜桑叶，还要及时清除残叶，以保持环境的清洁，根本无暇采桑，所以男子采桑反常合道，体现出家庭劳动的合理分工。在这段蚕事最繁忙的时期，蚕妇甚至连早饭也顾不上做，到中午才匆忙喊孩子割点青麦回来煮饭，简单应付一顿，《大起》中所写"春风老不知，蚕妇忙如许。呼儿刈青麦，朝饭已过午"正是这种情况的真实写照。《采桑》和《大起》二诗反映出蚕大起之时全家忙碌的情

---

① 王祯：《农书》卷一四，《四库全书》本。

② 王增祐：《耕织图记》，日本狩野永纳刻本《耕织图》卷首。

③ 陈桂权：《〈耕织图〉中的"男子采桑"》，载《文史知识》2013 年第 9 期。

形,蚕妇在家中布叶、清理蚕室,男子负责采桑,孩子帮着做饭,大家各司其职,各尽其责。再如《炙箔》一篇,写春蚕上簇时,气温尚低,需要生火略增室温,使吐丝结茧更为顺利。诗中出现了一位老翁的形象,令人耳目一新,"老翁不胜勤,候火珠汗落。得闲儿女子,困卧呼不觉",为了让忙碌不堪的儿女们休息一会儿,老翁不辞辛劳,承担起扇火的任务。总之,在《耕织图诗》中,我们经常可以看到家庭成员集体协作劳动,这些内容既是当时农村家庭耕织劳作状况的真实反映,也体现了化育民风的新旨趣。

由上综观,《耕织图诗》汲取了先秦以来大量同类题材诗歌的艺术精华,虽然还没有做到融会贯通,浑然一体,但是这种兼收并蓄的意识是难能可贵的,并为稍后出现的名作——范成大《四时田园杂兴》提供了重要的参照。在广泛继承艺术传统的基础上,《耕织图诗》也有所创变。遵循着谏上和劝下的双重旨趣,《耕织图诗》一方面增添了宫廷诗的因素,屡用舜帝躬耕、丞相重农、后妃祭蚕献茧等典故,有些织图诗风格软媚,塑造的人物形象近于仕女,与以往的农事诗颇有差异;另一方面,《耕织图诗》又融入了劝农诗的艺术功能,有意识地向农村推介当时较为先进的生产技术,倡导更为合理的家庭协作式的生产关系。

楼璹《耕织图诗》奠定了别具一格的耕织文化传统,对后世产生了深远影响,既受到历代皇帝和官府的青睐和重视,也在民间得到广泛传播和效仿,甚至远播海外,引起古代日、韩文人的步韵与唱和,其艺术价值和社会价值不容忽视。

论宋代的日记体诗*

北京师范大学　马东瑶

　　日记在中国古代发展已久。俞樾认为日记起源于东汉，其证据是马第伯逐日记载光武帝封禅泰山之事的《封禅仪记》。[①]到了宋代，日记一体已相当繁盛。据顾宏义《宋代日记丛编》，仅传世日记便有55种（含存、残、辑佚）[②]，其中不乏《入蜀记》《吴船录》等我们耳熟能详的名作。顾氏将宋人日记分为三类：出使行游、参政、其他（个人生活与读书功课及物候等）。从日记的文体特性来说，其关键词应当是"真实"和"个人化"，但正如鲁迅对李慈铭《越缦堂日记》的评价："早给人家看，钞，自以为一部著作了。"[③]事实上，这些流传于世的日记，即使记录个人生活，往往也并无不可传诸人口的隐秘之事，这与创作者着重于"记录"而非"私密"的文体认知有关。这一特点也影响到其他相近文类。

　　两宋时期，与日记的勃兴同时，诗歌当中出现了大量标示日期的作品。陆游在《东邻筑舍与儿辈访之为小留》诗中说："年丰日有携尊兴，家乘从今不一书。"[④]

---

*　本文为中央高校基本科研基金项目"历代文学经典的传承与中华人文精神的塑造"（项目编号SKZZB2015030）阶段性成果。

① 俞樾《日本竹添井井〈栈云峡雨日记〉序》："文章家排日纪行，始于东汉马第伯《封禅仪记》。其造语之奇，状物之妙，洵柳州游记之滥觞。"（参见《春在堂杂文》，文海出版社1969年版，第280—281页）

② 顾宏义：《宋代日记丛编·前言》，上海书店出版社2013年版，第6页。

③ 鲁迅：《怎么写》（夜记之一），《鲁迅全集》第四卷《三闲集》，人民文学出版社2005年版，第24页。

④ 陆游：《剑南诗稿校注》卷二五，第4册，钱仲联校注，上海古籍出版社2005年版，第1799页。

诗后自注："黄鲁直有日记,谓之《家乘》。"① 其《老学庵笔记》也提到："黄鲁直有日记,谓之《家乘》,至宜州犹不辍书。"② 这种"日记"的观念对陆游的创作影响甚深,他的《入蜀记》便是一部行旅日记;而这一观念不仅体现在其笔记散文的写作中,也影响到诗歌创作,不仅体现在诗题上日期的标示,更带来诗歌题材和内容的新变。陆游固然是宋代日记体诗创作上里程碑式的人物,事实上,写《家乘》的黄庭坚,以及梅尧臣、司马光、苏轼、王十朋、杨万里、文天祥等,都有很多日记体诗,从而形成宋诗当中显著的诗歌类型。

　　学界对这一问题已有关注。胡传志《日课一诗论》从"日课一诗"的角度谈到陆游"每日坚持作诗"的创作方式和生活方式,以及由此带来的宋诗日常化、生活化特色的形成。③ 鲜于煌则明确以"日记体诗歌"称呼杜甫的纪行诗④,不过作者将杜甫可以逐月排列的诗都归为日记体诗,则未免过于泛化;同样,尽管多有学者关注到陆游"以写日记的方式在写诗"⑤,尽管陆游在写《入蜀记》的同时也有诗歌创作,从文体的角度进行诗文对读不失为一个有趣的视角,但并不能因此将那些可以确定写作时间的诗都视为日记体诗,因为文本本身具有时间表现上的类型特征,和读者可以判定作品的写作时间,仍然是不同的。故此,本文借鉴"日记体诗"的称呼,将之界定为诗题中标示了日期的作品。⑥ 而按照俞樾对马第伯《封禅

---

① 罗大经《鹤林玉露》乙编卷四:"山谷晚年作日录,题曰《家乘》,取《孟子》晋之《乘》之义。"(中华书局1983年版,第181页)"乘"即"史","家乘"大略与"官史"相对,是个人私史的记录,即通常所说日记。

② 陆游:《老学庵笔记》卷三,李剑雄、刘德权点校,中华书局1979年版,第33页。

③ 胡传志:《日课一诗论》,载《文学遗产》2015年第1期。

④ 鲜于煌:《杜甫日记体诗歌与日本圆仁〈入唐求法巡礼行记〉比较研究》,载《贵州文史丛刊》1999年第1期。

⑤ 吉川幸次郎:《宋元明诗概说》,中州古籍出版社1999年版,第118页;林岩:《晚年陆游的乡居身份与自我意识——兼及南宋"退居型士大夫"的提出》,载《华南师范大学学报》2016年第1期。

⑥ 题目中虽无日期,但在序或注中标示日期的,亦可看作是日记体。如梅尧臣《梦登河汉》(题注:六月二十九日)、陆游《梦中作》(序:甲子十月二日夜鸡初鸣梦宴客大楼上山河奇丽东南隅有古关尤壮酒半乐阕索笔赋诗终篇而觉不遗一字遂录之亦不复加审定也)。至于宋代数量众多的唱和诗,如果原唱标示了时间,而酬唱诗并不一定标示时间,是否都可视作日记体诗?如苏轼《武昌西山》诗,序中明确标示作于"元祐元年十一月二十九日",当时或其后次韵之作多达十数首,皆未标示时间。笔者以为,这些次韵诗固然与原唱有密切关联,但其关联主要体现在内容而非时间性上,日记体的特色已淡化,因而不再纳入我们的观照视野。

仪记》作为"日记"的界定,"逐日性"是否也当为"日记体诗"的必要条件呢? 明人贺复徵便曾定义日记为"逐日所书,随意命笔"。①事实上,即使在存诗近万首的陆游作品中,具有日期标示的连续性的诗作也并不多。从陆游的个人情况来说,其诗十不存一,删削厉害;从一般诗人的创作来说,日记体诗毕竟只是对日记的部分特色的借鉴,而"逐日性"并非不可或缺之要素。那么,什么才是日记体诗的根本特色?

一 记录意识与时间意识

尽管受到日记这一文体的影响,但日记体诗自有其内部的发展轨迹,可以说在诗史上延绵已久。较早写作这类诗的是南北朝时期的诗人。如陶渊明《己酉岁九月九日》②、谢灵运《永初三年七月十六日之郡初发都诗》、江总《庚寅年二月十二日游虎丘山精舍诗》,但总的说来魏晋时期的诗题,标明年月的不少,具体到日期的却并不多见。前人常常提及陶渊明诗题中的时间标示,但主要关注的是陶渊明的纪年方式和背后的政治寓意,而不是从日记体的角度阐发。

推动日记体诗发展的重要人物是杜甫。他既有叙事性强的长题③,如《七月三日亭午已后校热退晚加小凉稳睡有诗因论壮年乐事戏呈元二十一曹长》④,也有极短的短题,如《十月一日》《十二月一日三首》,后者正是为后世诗人所本的日记体无题诗。在杜甫近两千首诗中,标明日期的作品并不算多,但开创意义颇大,此后,其日记体特点在中唐元、白诗中得到大力发扬,这也正是影响宋人至深的日常化、生活化、琐细化特点的表现之一。白居易的诗题如《十年三月三十日别微之于沣上十四年三月十一日夜遇微之于峡中停舟夷陵三宿而别言不尽者以诗终之因赋七言十七韵以赠且欲记所遇之地与相见之时为他年会话张本也》,体现出明确的

---

① 贺复徵:《文章辨体汇选》卷六三九《日记一》,《景印文渊阁四库全书》第1409册,台湾商务印书馆1983年版,第645页。

② 本篇为感秋之作,而非重阳节的节候诗。三月三日、五月五日、七月七日、九月九日以及中秋、元夕等诗题有标示的节候诗,亦属日记体范畴,但学界从节庆的角度论述已多,故本文不作重点讨论。

③ 关于长题的叙事性,参见黄小珠:《论诗歌长题和题序在唐宋间的变化——以杜甫、白居易、苏轼为中心》,载《江海学刊》2014年第6期。

④ 杜甫:《杜甫集校注》,谢思炜校注,第3册,上海古籍出版社2015年版,第918页。

"记录"意识。张哲俊先生以白居易诗为例,提出"日记化就是历史化"①。应当说,日记体的写作确实与诗人们的历史观有一定关系。

元、白的日记体诗在晚唐并未得到积极响应,至北宋则有了迅速发展。被视为宋诗开山祖师的梅尧臣在日记体诗的写作上,亦可谓是宋人的先行者,诗题上标示有日期的作品多达近百首。他以日记体表现观花、赏景和"喜雪""雨中饮""见白髭一茎",以及交游、记梦等,清晰地表现出记录意识和时间意识。同一时期的司马光、宋祁也有众多日记体诗。相比梅尧臣较为短暂的史官经历,司马光和宋祁更以撰修史书著称于世。众所周知,司马光是《资治通鉴》的主要撰写者,宋祁是《新唐书》的主要撰写者。这种经历是否会使"诗"带上"史"的特点?司马光的诗,以三月为例,有《三月晦日登丰州故城》《三月二十五日安之以诗二绝见招作真率会光以无从者不及赴依韵和呈》《三月十五日宿魏云夫山庄》《三月三十日微雨偶成诗二十四韵书怀献留守开府太尉兼呈真率诸公》等多首日记体;宋祁的诗,如《七月二十七日》《七月二十八日》《七月六日绝句》等,更是典型的日记体。从他们的具体创作来看,所谓"史"的影响,并不体现在对于重要历史事件的记录,也不体现在诗歌叙事性的加强,而主要体现在时间意识即标题对于日期的记录上。正如苏轼《十月十六日记所见》、陆游《绍熙辛亥九月四日雨后白龙挂西北方复雨三日作长句记之》这类诗所示,前者表现一天之内连续遭遇的浓雾、大风、冰雹、惊雷,后者表现一场百年难见的大雨,皆非国家大事,诗人详录日期并"记所见",都体现了鲜明的时间意识和记录意识。这种时间记录不仅使读者在阅读诗集时,能够获得诗人更为清晰的情感和精神心态之"史",更能获得诗人藉以传达的许多深层内涵。以北宋创作日记体诗数量多、影响大的苏轼为例。

苏轼因乌台诗案贬居黄州时,作《正月二十日与潘郭二生出郊寻春忽记去年是日同至女王城作诗乃和前韵》:"东风未肯入东门,走马还寻去岁村。人似秋鸿来有信,事如春梦了无痕。江城白酒三杯酽,野老苍颜一笑温。已约年年为此会,故人不用赋招魂。"②"正月二十日"成为连接三年三首同韵七律的纽带。先是"去年"(元丰四年)此日,诗人与潘、郭二生同至女王城,作诗《正月二十日往岐亭郡人潘古郭三人送余于女王城东禅庄院》,诗中回忆起去年(元丰三年)此日正行走在京城贬来

---

① 张哲俊:《诗歌为史的模式:日记化就是历史化——以白居易的诗歌为例》,载《文化与诗学》2010年第2期。

② 苏轼:《苏轼诗集》卷二一,第4册,孔凡礼点校,中华书局1982年版,第1105页。

黄州的路上，思及当时情景，不由得生出"细雨梅花正断魂"的无限感慨；到了今年（元丰五年）此日，诗人与潘、郭二生出郊寻春，本来并无明确目的地，因了"去年是日"的指引，便"走马还寻去岁村"。诗人更由此发出关于世事人生的深沉感慨："人似秋鸿来有信，事如春梦了无痕。"相比唐人崔护"人面不知何处去，桃花依旧笑春风"（《题都城南庄》）那青春的浪漫与美丽的伤感，同样由"去年今日"和"今年今日"的对照而生发感慨的苏轼，他的"春梦"却并不浪漫。（元丰五年）正月二十日的时间指向性，其背后所联系的与苏轼有关的"事"，使作者"事如春梦了无痕"的感慨有了多重含义，既是访旧不得的怅然，也是世事一场大梦的解脱。等到再一年（元丰六年）的此日，苏轼又有《六年正月二十日复出东门仍用前韵》："乱山环合水侵门，身在淮南尽处村。五亩渐成终老计，九重新扫旧巢痕。岂惟见惯沙鸥熟，已觉来多钓石温。长与东风约今日，暗香先返玉梅魂。"虽然与潘、郭二生"年年为此会"的约定未获实现，诗人自己却在"正月二十日"的指引下"复出东门"。是要再次寻访"去岁村"吗？自然不是。诗人去年"事如春梦了无痕"的感慨并没有斩断他与政治的联系，"五亩渐成终老计，九重新扫旧巢痕"，这一联"痕"字韵诗的背后，仍然体现着关于政治的隐喻和诗人在仕隐之间的复杂心绪。

事实上，诗题中的日期对于我们考察苏轼诗歌与政治的关系有多方的引导性。《十二月二十八日蒙恩责授检校水部员外郎黄州团练副使复用前韵二首》《六月二十日夜渡海》这类诗自不必说，其中的日期直接关联着苏轼的贬谪生涯，体现着日记体的记录性；有意味的是像《元祐元年二月八日朝退独在起居院读汉书儒林传感申公故事作小诗一绝》这样的作品："寂寞申公谢客时，自言已见穆生机。缄藏下吏明堂废，又作龙钟病免归。"这个长长的诗题，如果是爱好简洁的初盛唐人来设定，大约会叫《读〈申公传〉》或《申公》，而苏轼特意点明是"元祐元年二月八日，朝退，独在起居院读"，就不仅仅是为了告知读者自己读申公故事的时间地点。从诗题可看出，此时苏轼刚刚结束漫长的黄州之贬，重回政治中心，担任起居舍人的要职，然而他咏申公不咏其成就与得意之时，却感慨申公及其弟子赵绾、王臧失败的政治命运，背后无疑有关于时局的冷静思考。

刘敞、孔平仲、苏辙、黄庭坚、张耒等也都颇多日记体创作。如孔平仲有《六月五日》《七月六日作》《七月二十六日》等；张耒有作于前后两年的《七月六日二首》共四首绝句，其中说："黄昏楼角看新月，还是去年牛女时"[1]，正是对苏轼

---

[1] 如无单独出注，本文所引宋诗皆出自傅璇琮等：《全宋诗》，北京大学出版社1991年版。

"正月二十日"诗的日记体特色的继承。有学者认为苏辙诗的纪年月是受《春秋》的影响①，这自可成为一种理解的视角，不过从诗歌史内部的发展来看，更直接的源头当是从杜甫、苏轼等而来的日记体。到了南宋，日记体诗大量增加，王十朋、陆游、杨万里、范成大、周必大、韩淲、周紫芝、岳珂、刘克庄、舒岳祥、文天祥、马廷鸾等人的创作中都随处可见，日记体已成为南宋诗坛的常见类型。其中文天祥的诗较为特别。如前所述，一般诗人的日记体既不书写重大历史事件，也不具有逐日性的特征，文天祥的诗则恰恰兼具这两点。长篇七古《二月六日海上大战国事不济孤臣天祥坐北舟中向南恸哭为之诗曰》是记录宋亡之诗史。祥兴二年（1279）二月初六，宋军与蒙元军队在崖山决战，最后张世杰带领的宋军战败，陆秀夫背负年幼的皇帝蹈海殉国。此时，与张世杰、陆秀夫并称"宋末三杰"的文天祥已在海丰被俘，正好拘禁在元军船舰上，目睹了宋军大败，写下这首血泪交加的长诗。诗中说："一朝天昏风雨恶，炮火雷飞箭星落。谁雌谁雄顷刻分，流尸漂血洋水浑。昨朝南船满崖海，今朝只有北船在。昨夜两边桴鼓鸣，今朝船船鼾睡声。北兵去家八千里，椎牛酾酒人人喜。惟有孤臣雨泪垂，冥冥不敢向人啼。"②以战场亲历者的视角表现惨烈的崖山决战和诗人惨切的心情，与一般日记体诗的日常化、琐细化大不相同。而文天祥一批逐日书写的纪行诗亦独具特色。崖山兵败后，文天祥被执北上，其诗集中从八月三十日的《发高邮（三十日）》开始，中间经淮安、桃源、邳州、徐州、沛县、鱼台、潭口，过黄河，经汶阳、郓州，过东阿、高唐，经平原、陵州（德县）到献县，渡滹沱河，至河间，直到《保涿州三诗》（题注：在保州，二十九日起三十日到），其后到达燕京，几乎是逐日书写。作者运用题后加日期的方式进行标注，比陆游的入蜀纪行诗有更为明确的时间意识。这些诗追思古之先贤，抒写楚囚南冠之痛，表达守节之志。它们固然是文天祥个人的"私史"，但这私史联系着家国破亡的巨变，因而也是国家之史。这是文天祥日记体诗的显著特色。

二　诗题与内容的张力

"日记体"的标示，主要是在诗歌题目上。宋人的日记体诗，在诗题和内容的关联度上体现出或松或紧的不同特色，而使诗歌呈现出丰富的内涵。从诗题与内

① 朱刚：《论苏辙晚年诗》，载《文学遗产》2005年第3期。
② 文天祥：《文天祥全集》卷一四，中国书店1985年版，第349页。

容的关系来看，宋人的日记体诗大体可分为三类。

第一类是内容与诗题呼应，且与诗题所示日期有关。这类诗多体现在天气节候的书写当中。对天气节候的关注，古已有之，但大多较为粗线条地以四季为区分，或表现季节的轮转，或表现不同季节中的风雨雪雾天气，像《诗经·七月》这样以月为区分的已属少见。宋人的日记体诗则将时间细化至一年中的每一日。如梅尧臣《二月五日雪》、刘敞《五月十一日早行是日风寒如八九月》、苏轼《三月二十日多叶杏盛开》、范成大《三月四日骤暖》、陆游《嘉泰辛酉八月四日雨后殊凄冷新雁已至夜复风雨不止是岁八月一日白露》等，都表现了具体到日期的季候特征和天气感受。苏轼《六月二十七日望湖楼醉书五绝》紧扣夏末江南的物候特征，表现西湖的荷花、翠翘、杜若、乌菱白芡、青菰绿盘等种种景致以及迅疾来去的暴雨，由此抒写了适意自在的生活和心情。梅尧臣《二月十四夜霜》则惊异于"欣欣东园杏，忽值春飞霜"，因此感叹"天理固难测，谁要必其常"，由春日飞霜而感慨天理之难测。

陆游以下诗作则体现出"日记体"的连续性：

> 乌藤真好友，伴我出荆扉。落叶纷如积，鸣禽暖不归。露浓松鬣长，土润术苗肥。未尽幽寻兴，还家趁夕晖。
>
> （《九月十八日至山园是日颇有春意》）
>
> 乌桕赤于枫，园林九月中。天寒山惨淡，云薄日曈昽。旋摘分猿果，宽编养鹤笼。身闲足幽事，归卧莫匆匆。
>
> （《明日又来天微阴再赋》其一）
>
> 河岸风樯远，村陂牧笛长。短篱围鹿眼，幽径缭羊肠。照水须眉见，搓橙指爪香。衣裘又关念，碪杵满斜阳。
>
> （《明日又来天微阴再赋》其二）

九月中下旬已是渐入深秋，纷纷飘落的落叶也印证了这一点，不过诗人却因在山园中感受到暖暖的春意而兴味盎然，不忍还家。尽管诗歌最后以踏着夕阳归家的充满诗意而又意境完整的咏叹结束了，也就是说，第一首诗是完全可以独立存在的，然而第二、三首诗的"明日"却不具有自足性。它们是与第一首有紧密关联的续篇。尽管天气寒冷、山色惨淡，诗人却似乎兴致不减。第二、三首中的"幽

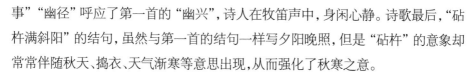

事""幽径"呼应了第一首的"幽兴",诗人在牧笛声中,身闲心静。诗歌最后,"砧杵满斜阳"的结句,虽然与第一首的结句一样写夕阳晚照,但是"砧杵"的意象却常常伴随秋天、捣衣、天气渐寒等意思出现,从而强化了秋寒之意。

除了通过季候和大自然的变化表现时间意识,诗人们还常常以"周年性"表达感慨。如陆游《予以壬戌六月十四日入都门癸亥五月十四日去国而中有闰月盖相距正一年矣慨然有赋》:"三百六十日,扶衰得出都";《十月十九日与客饮忽记去年此时自锦屏归山南道中小猎今又将去此矣》:"去年纵猎韩坛侧,玉鞭自探南山雪。今年痛饮蜀江边,金杯却吸峨嵋月。"张九成《二月八日偶成》其一:"今年春色可胜嗟,二月山中未见花。长忆去年今夜月,海棠花影到窗纱。""周年性"的表达,诗词中并不少见,如欧阳修(一说朱淑真)《生查子》:"去年元夜时,花市灯如昼""今年元夜时,月与灯依旧"。以两个元宵节的对比来写爱情,这种与节庆有关的书写在诗词中极多。宋诗"周年性"所体现的典型日记性质则在于,诗中日期往往是与作者个人生活有关、而与节庆无关的普通日期。文天祥的"周年性"则更具"诗史"的沉厚气质:

去冬阳月朔,吾始至幽燕。浩劫真千载,浮生又一年。天南照天北,山后接山前。梦里乾坤老,孤臣雪咽毡。

(《己卯十月一日予入燕城岁月冉冉忽复周星而予犹未得死也因赋八句》)

石晋旧燕赵,钟仪新楚囚。山河千古痛,风雨一年周。过雁催人老,寒花送客愁。卷帘云满座,抱膝意悠悠。

(《己卯十月五日予入燕狱今三十有六旬感兴一首》)

君不见常山太守骂羯奴,天津桥上舌尽刳。又不见睢阳将军怒切齿,三十六人同日死。去冬长至前一日,朔庭呼我弗为屈。丈夫开口即见胆,意谓生死在顷刻。赭衣冉冉生苍苔,书云时节忽复来。鬼影青灯照孤坐,梦啼死血丹心破。只今便作渭水囚,食粟已是西山羞。悔不当年跳东海,空有鲁连心独在。

(《去年十月九日余至燕城今周星不报为赋长句》)

去年今日遁崖山,望见龙身咫尺间。海上楼台俄已变,河阳车驾不须还。可怜羝乳烟横塞,空想鹃啼月掩关。人世流光忽如此,东风吹雪鬓毛班。

（《正月十三日》）

从"己卯十月一日"入燕城，到"己卯十月五日"入燕狱，从去年今日的崖山，到今年今时的楚囚，从"一年"与"千载""千古"的对照，到"三十六旬"的以旬纪日，对于作者来说，囚禁中的每一日都是漫长的，一年的"三十六旬"似乎比十二个月更加漫长；可是相比千古的民族浩劫和山河之痛，个人的不幸又算得了什么？诗人或写孤臣楚囚之沉痛，或抒烈士丈夫之义气，令人感佩。在日、旬、月、年等关于时间的一再书写当中，诗人的家国情怀历历呈现。

陆游、文天祥等还一再写到自己的生日。这既是"日记体"创作的必然结果，也往往因为个人的际遇中折射着特殊的时代风云。如陆游《十月十七日予生日也孤村风雨萧然偶得二绝句予生淮上是日平旦大风雨骇人及予堕地雨乃止》："少傅奉诏朝京师，舣船生我淮之湄。宣和七年冬十月，犹是中原无事时。"诗人由生日思及生年，其中暗含着对于宋室被迫南渡的深沉感怀。文天祥亦有多首生日诗，如《生日和聂吉甫》（题注：五月初二日）《生日山中和萧敬夫韵》《五月二日生朝》《庚辰四十五岁》《生日和谢爱山长句》《生日谢朱约山和来韵》《生日》等。早年的生日诗尚有"细味诗工部，闲评字率更"（《生日和聂吉甫》）的悠游岁月的闲适之意，随着时局的变迁，渐转深沉，作年最晚的《生日》则几可作为诗人生平史和家国巨变下的心灵史。诗歌从"忆昔"开始，回顾承平时期自己过生日时，"升堂拜亲寿，抠衣接宾荣。载酒出郊去，江花相送迎。诗歌和盈轴，铿戛金石声。"谁知风云突变，宾僚荡覆、妻子飘零，自己也身陷囹圄，虽然早已做好杀身成仁的准备，可是在这又一个生日到来之际，思及家人友朋，仍然不禁心旌摇荡，涕泗交零。生日联系的是诗人个人之"史"，但陆游、文天祥等诗人的生日书写联系了靖康之难、宋元易代的国家之"史"，由个体的生活挖掘出集体情感，较好地处理了日记体诗个人化和普泛化表达之间的关系。

第二类是诗题虽与内容呼应，日期的标示却关联不大。这类诗比第一类更为明显地体现出"日记体"特色，即日期的主要功能在于记录诗歌的写作时间。这些诗或是对重要事件的记录，或是对日常生活的书写。如梅尧臣《三月九日迎驾》、陆游《八月二十二日嘉州大阅》《十二月十一日视筑堤》相当于"工作日志"，梅尧臣《十六日会灵火》《十一日垂拱殿起居闻南捷》是时事新闻的记录，米芾《绍圣二年八月十八日观潮于浙江亭书》、毛滂《八月二十八日挈家泛舟游上渚诗》、王十朋《丁丑二月二十一日集英殿赐第》、陆游《十一月十八日蒙恩再领冲佑邻里来贺谢以长句》、刘克庄《三月二十一日泛舟十绝》则是诗人"私史"的书写。

诗人往往都有自己的"朋友圈",也多作交游之诗,但宋前的诗人一般没有明确的时间记录意识。到了宋代,日记体交游诗大量出现。如梅尧臣《十月二十一日得许昌晏相公书》《九月晦日谒韩子华遂留邀江邻几同饮是夕值其内宿不终席明日有诗予次其韵》《九月五日得姑苏谢学士寄木兰堂官酿》《乙酉六月二十一日予应辟许昌京师内外之亲则有刁氏昆弟蔡氏子予之二季友人则胥平叔宋中道裴如晦各携肴酒送我于王氏之园尽欢而去明日予作诗以寄焉》,孔文仲《四月三十日慈孝寺山亭席上口占送子敦都运待制赴河北》,王十朋《五月二十五日钱安国舍人于荐福洪右史王宗丞来会坐间用前韵》《五月晦日会知宗提舶通判纳凉云榭提舶用仙字韵即席赋诗中寓四字次韵以酬》《五月四日与同僚南楼观竞渡因成小诗四首明日同行可元章登楼又成五首》,等等。举凡收到书信、获赠礼物、聚会送别、举酒共饮、相互拜访、携手同游,都在诗题上标示时间,以示记录。如梅尧臣《四月二十七日与王正仲饮》[①]:

> 我来自楚君自吴,相遇泛波衔舳舻。时时举酒共笑乐,莫问罂盘有与无。醉忆曩同吾永叔,倒冠落佩来西都。是时豪快不顾俗,留守赠梐少尹俱。高吟持去拥鼻学,雅阁付唱纤腰姝。山东腐儒漫侧目,洛下才子争归趋。自兹离散二十载,不复更有一日娱。如今旧友已无几,岁晚得子欣为徒。

皇祐三年(1051)二月,梅尧臣父丧服除,由宣城舟行去往汴京,途中偶遇妻甥王存,杯酒谈笑间,回忆起二十年前与好友欧阳修、尹洙等在西京洛阳的快意人生,而今旧友离散凋零,世事难料,这使诗人格外珍惜每一次相聚。或许这正是作者明确记录相聚之日为"四月二十七"的原因所在。

相比短题,长题往往有着更多的叙事信息,与诗歌内容形成互动或"互助"。如梅尧臣《乙酉六月二十一日予应辟许昌京师内外之亲则有刁氏昆弟蔡氏子予之

---

① 朱东润:《梅尧臣集编年校注》,上海古籍出版社2006年版,第560页。

二季友人则胥平叔宋中道裴如晦各携看酒送我于王氏之园尽欢而去明日予作诗以寄焉》，将写此诗的时间、前因后果以及诗中所写"晚节相知人，唯有胥宋裴"，在诗题中一一道来。又如苏轼《圆通禅院先君旧游也四月二十四日晚至宿焉明日先君忌日也乃手写宝积献盖颂佛一偈以赠长老仙公仙公抚掌笑曰昨夜梦宝盖飞下着处辄出火岂此祥乎乃作是诗院有蜀僧宣逮事讠方长老识先君云》：

> 石耳峰头路接天，梵音堂下月临泉。此生初饮庐山水，他日徒参雪
> 窦禅。袖里宝书犹未出，梦中飞盖已先传。何人更识稽中散，野鹤昂藏未
> 是仙。

诗题如同一篇小品文，有着丰富的叙事内容。日期的书写涉及到作者对某次禅寺经历的记录，也涉其父苏洵的忌日。这类长题诗在体裁上往往搭配短小的近体律绝，作者可以在诗中凝练地写景抒情，由此形成抒情性和叙事性的"互助"。例如"袖里"一联，正是诗题主要叙事的诗意化表达；如果没有诗题的叙述原委，读者对于此联的意思会有理解上的困难。

第三类则更为鲜明地体现出"日记体"特色：抛弃日期加内容的题目形式，而完全以日期命名（或有夜、夜半、鸡鸣前等更具体的时间标示），如梅尧臣《十月十八日》、宋祁《七月二十七日》、苏轼《三月二十九日二首》、张耒《十一月七日五首》、王十朋《六月一日》、陆游《二月四日作》《三月二十二日作》《四月一日作》《九月十日》《十月九日》《十二月一日二首》、白玉蟾《十月十四夜》、丘葵《六月初二日作》、韩淲《三月八日》三首、刘克庄《四月八日三绝》、方岳《十二月十日》、文天祥《十二月二十日作》《二十四日》，等等。这类诗在题材内容上不受限制，田园景色、风土人情、闲情逸致、人生感触、家国情怀，无所不包。其中陆游创作尤多，但它们在写景抒情上多有相近。这既与陆游一生尤其是后期常年卜居山阴的生活状态的不变有关，也与其"日课一诗"的创作方式有关，从而进一步加重了"日记体"的程式化特征。例如在体裁选择上，他的这类"无题"之作大部分采用了近体律绝的形式，七律尤多。如：

> 不须扇障庚公尘，散地翛然学隐沦。风帽可怜成昨梦，菊花已觉是
> 陈人。昏昏但苦余酲在，草草久无佳句新。叹息吾生行已矣，老来岁月似

奔轮。

（《九月十日》）

堪笑枯肠渐畏茶，夜阑坐起听城笳。炉温自拨深培火，灯暗犹垂半结花。断梦不妨寻枕上，孤愁还似客天涯。扫尘拾得残诗稿，满纸风鸦字半斜。

（《九月二十五日鸡鸣前起待旦》）

薄晚悠然下草堂，纶巾鹤氅弄秋光。风经树杪声初紧，月入门扉影正方。一世不知谁后死，四时可爱是新凉。从今觅醉甚当勉，酒似鹅儿破壳黄。

（《八月九日晚赋》）

这自与陆游擅长七律有关，但其中是否也暗含着陆游对李商隐"无题"诗在某些方面的继承呢？吴承学先生指出，李商隐把七律诗和无题诗结合起来，自此形成古代七律无题诗创作的习惯。[1] 不过陆游自己对无题诗的写作也有明确认知，其《老学庵笔记》"唐宋无题诗"条曰："唐人诗中有曰无题者，率杯酒狎邪之语，以其不可指言，故谓之'无题'，非真无题也。"[2]可见陆游将无题诗的写作限于"杯酒狎邪之语"，而其"日记体"的写作，即使在艺术形态上对无题诗有所借鉴，但更重要的写作传统并不在此。

梅尧臣的"无题诗"便不限于七律。其《十月十八日》诗曰："霜梧叶尽枝影疏，井上青丝转辘轳。西厢舞娥艳如玉，东楯贵郎才且都。缠头谁惜万钱锦，映耳自有明月珠。一为辘轳情不已，一为梧桐心不枯。此心此情日相近，卷起飞泉注玉壶。"以七古的体裁和乐府民歌的比兴特色写爱情，又以"霜梧叶尽"切十月之时令，从而将无题爱情诗与日记体结合起来。舒岳祥、马廷鸾的"无题诗"则结合了阮籍的"咏怀"传统，在艰危的时局中表达了深沉的家国情怀。如舒岳祥《五月二十八日四绝》其一："鸟独沉啼意，萤低照去踪。艰危吾辈老，寂寞此心同。"马廷鸾《十月二十日》二首："太乙宫前戎马乡，思成门外野蒿场。山中一瓣心香在，独遣孤臣病著床"；"强提簪笏睇艑棱，再拜焚薪泪雨零。千古陈桥仁圣事，不堪重勘旧编青。"黍离之悲，充溢于字里行间。至于如"四山新笋出，一涧野花香"（韩

---

① 吴承学：《论古诗制题制序史》，载《文学遗产》1995年第5期。

② 《老学庵笔记》卷八，第108页。

漉《四月二日》五首其一）的写景，"蹭蹬容图双鬓改，苍茫乐事寸心违"（强至《二月二日作》)的抒怀,在日记体无题诗中随处可见。

三 时间观照下的日常化书写

对于诗人们来说,日记体的写作在时间意识的凸显上虽然有"史"的特色,但他们大多并非出于将诗写成"诗史"或"史诗"的目的。在创作上极具家国情怀的杜甫和陆游,他们的"诗史"类作品往往很少标明年月日,标明了日期的诗歌作品,多数是写观花、泛舟、赏月、刮风下雨、种稻收豆、季候变化等记录日常生活的平凡琐细之事。明人贺复徵认为日记"正以琐屑毕备为妙"①,"琐屑毕备"指出了日记在题材上区别于家国书写等宏大叙事的不同,但如何才能有文学之"妙"?这是日记与日记体诗都需要面对的问题。

众所周知,宋诗具有日常化、生活化、琐细化的典型特色,那么,宋代的日记体诗如何区分于一般性的宋诗?在宋诗这一典型特色的形成过程中又起到了怎样的作用?事实上,题材的日常化确实是日记体诗的重要特色,因而正是奠定宋诗日常化特色的重要基础;但数量众多的日记体诗如果只是庸凡俗事的枯燥记录和琐细题材的重复书写,其诗歌史价值也就不值一提了。韩漉在十一月的最后一天写了首诗,描写了冬日雪霜路滑、柴扉冷清的景象,最后两句说:"不知诗在否,诗亦费心思。"(《十一月晦》)颇为幽默地表现出自己对于日常之中的"诗"和"诗意"的寻找。确乎如此。对于日常生活的书写是日记体诗的题中应有之义,但如何才能体现出日记体诗的独特之"妙",这是需要诗人费思量的。

日记体诗以时间观照为根本特色,其日常化书写区别于一般宋诗之处也正在于这种时间观照,因而常常独有奇趣。如前所述,不同于诗中常见的季节性书写,日记体诗在时间的表述上是以日期为单位。诗人对于时间和季节的感受因此更加细腻,一些习见的题材便能别开生面。例如表现季节轮转。春去秋来,往往引发诗人无限感慨,或恋春,或悲秋,"送春""秋兴"一类诗不胜枚举。如"残阳寂寞东城去,惆怅春风落尽花"（武元衡《崔敷叹春物将谢恨不同览时余方为事牵束及往寻不遇题之留赠》),"荷叶生时春恨生,荷叶枯时秋恨成"（李商隐《暮秋独游曲

---

① 贺复徵:《文章辨体汇选》卷六三九《日记一》,《景印文渊阁四库全书》第1409册,第645页。

江》),大体是在季节转换时以物候变化写出伤春悲秋之情。日记体诗则细化到日,并由此生发出新意。如宋代日记体诗中颇多三月晦日诗。在传统历法中,三月结束就意味着春天结束,所以三月晦日诗也多是表达惜春伤春之意,但诗人往往从晦日作为春天最后一日的象征意义切入,便有了不一样的表达。如以下几首同题(或近似同题)诗:

> 倏忽韶光第九旬,无花何处觅残春。长绳万尺非难具,谁与天边绊日轮。
>
> （宋祁《三月晦日送春》）
>
> 春光九十更三旬,暗准三旬赚杀人。未到晓钟君莫喜,暮钟声里已无春。
>
> （杨万里《三月晦日》）
>
> 九十风光能有几,东风遽作远行人。樽前莫惜今朝醉,明日莺声不是春。
>
> （真山民《三月晦日》）

惜春恋春之意自是显而易见,而如诗题所示,这些诗的独特表现在于,都将春光细分到旬与日,在这最后一旬的最后一日,感叹春的终将离去。而这种感叹,同样由时间性表达出来。"长绳"两句以"绊日轮"的想落天外和否定式表达,抒写了留不住时间、留不住春光的怅惘;"未到"两句反用贾岛"共君今夜不须睡,未到晓钟犹是春"(《三月晦日赠刘评事》)之句,以主观感觉中已无春意的"暮钟",提前否定了代表春尽的"晓钟"。真山民之诗则用明日、今日的隐性对照,以明日的莺声虽同、春光已远,写出时光无情逝去中的恋恋惜春之情。至于王十朋的长题诗《三月晦日与同舍送春于梅溪因诵贾阆仙诗云三月更当三十日风光别我苦吟身共君今夜不须睡未到晓钟犹是春时有二十八人遂以齿序分韵》:"记得来时手自探,预知今日思难堪。树头绿暗莺如诉,地上红多蝶尚贪。此夜钟声那忍听,明朝酒盏可能酣。却因送别还惊我,老境如蚕已食三。"既是对贾岛诗意的展开表现,又因分韵赋诗,诗人以"老境如蚕已食三"的独特诗思,写出三月已尽、春光已尽之意。这种比年、季、月更加具体的"数日子"的写法在日记体诗中十分普遍。如赵蕃《二月十七日》"春今二月已强半,匆匆何方为羁绊"、李壁《六月十八日作》"三伏已过二,九夏欲宾秋"、陆游《六月晦日作》"长夏忽云过,徂年行且休"以及赵鼎《余去秋七月登舟逮此一年矣六月晦日午睡觉闻儿女辈相谓曰明朝又是秋风起推枕怅然走笔记之》"怅念征鸿一纸书,明朝江上秋风起"都以对时间的细心关注和细腻感受表达出人生之叹。

与每年都有春去夏来的季节轮转相似,风雨雷电的天象书写在日记体诗中也极为常见。陆游便有多首以"风雨大作"为题之诗,如《五月二十一日风雨大作》《十月二十八日夜风雨大作》《十一月四日风雨大作》《大风雨中作(甲寅八月二十三日夜)》《七月十九日大风雨雷电》等。如不标明日期,诗题几不可区分。当然,日期的标示意义并不在于不同时间的气象记录,而是与诗歌内容的书写和艺术表现有关。以《十一月四日风雨大作》为例:

> 风卷江湖雨暗村,四山声作海涛翻。溪柴火软蛮毡暖,我与狸奴不出门。
> 僵卧孤村不自哀,尚思为国戍轮台。夜阑卧听风吹雨,铁马冰河入梦来。

第二首为人熟知,但将它独立出来,并不能代表陆游这类风雨诗的普遍特点,而需将两首诗结合起来。首先日期的标示说明这些诗往往是对当日天气的实录,也与诗中的写景状物直接相关。如"溪柴火软蛮毡暖",明显是写冬景。其次,对于"风雨大作"的自然天象的描写是主体。如其一开篇两句便是对风雨之声的生动描写,也是其二"铁马冰河"的梦境得以形成的源头,而并非"风吹雨"这样简单的描写所能诱发。再次,作者由自然天象的描写又往往申发到个人和社会。对陆游个人来说,"我与狸奴不出门"与"铁马冰河入梦来"正代表了他晚年卜居生活的两个侧面,比我们所认知的概念化的"爱国诗人陆游"更为完整和真实。而在这些"风雨大作"诗中,陆游也常常关注社会民生:"老民愿忍须臾死,传檄方闻下百城";"南邻更可念,布被冬未赎。明朝甑复空,母子相持哭";"夫岂或使之,忧乃及躬耕。邻曲无人色,妇子泪纵横。"

这种写于同一日的组诗在日记体诗中十分普遍。相比陶渊明《饮酒》《归园田居》、阮籍《咏怀》、陈子昂《感遇》等组诗,其最大特色便是时间性的凸显以及由此而来的内容表现。如韩淲《四月二日》五首、吴芾《六月二十一日早行十六首》、许景衡《乙巳五月十八日沈元鼎招饭昭庆登白莲望湖楼泛舟过灵芝少憩孤山下七绝句》、张嵲《五月二十四日宿永睦将口香积院僧轩东望甚远满山皆松桧声三首》，等等。标题上日期的明确标示，将组诗内容的表现限定于一日之内的所见所感；同时，这类组诗最常采用的绝句体裁，也为"琐屑毕备"的日记式书写提供了恰当的形式。如吴芾《六月二十一日早行十六首》，与纪行类日记十分相似，在一日之中，从四更早行到白日所遇骄阳疏雨、蛙鸣蝉噪，再到返家后的烛下话旧，时间线索十分清晰。不过，这种联章体并非日记体组诗的典型形态，后者在内容表现上往往更为随意自由，也更能体现"日记"之特色。

如果说日常生活的书写典型地体现了宋诗的平淡风格，这一点在日记体诗中亦是如此；相较而言，以记梦诗为代表的题材类型则常常突破平淡，表现出宋人对奇幻、奇趣的某种追求，这也体现在日记体记梦诗中，而时间性的表现则同样是其独到之处。陆游一生创作记梦诗极多，远超清人赵翼所说"核计全集，共九十九首"[①]，但就算以此数论，赵翼也认为"人生安得有如许梦！此必有诗无题，遂托之于梦耳"。这种看法有其道理，但它是一个永远无法得出"终极结论"的问题，只能说，日记体记梦诗为我们理解这一题材类型提供了某种视角。综观宋人记梦诗的写作，有些标了日期，有些则没有，从内容上看，是否标示日期并未形成区分判断的强有力标准，但从读者的接受来说，日期的标示加强了"纪实"色彩，从而凸显了"实"与"幻"、"平"与"奇"之间的张力。这些日记体的记梦诗，既有对日常生活的诗意表现，更以题材之奇、笔法之奇、风格之奇，形成对庸常生活的悖反。"梦"，如同一面镜子，映照着现实生活的种种；也如桃花源的洞口，通向诗人的理想之境。

如交游是文人日常生活书写中的常见题材，自然也成为记梦诗的重要内容。梅尧臣《至和元年四月二十日夜梦蔡紫微君谟同在阁下食樱桃蔡云与君及此再食矣梦中感而有赋觉而录之》诗曰："朱樱再食双盘日，紫禁重颁四月时。滉朗天开云雾阁，依稀身在凤凰池。味兼羊酪何由敌，豉下莼羹不足宜。原庙荐来应已久，黄莺犹在最深枝。"诗中"黄莺""朱樱"以及关于"四月"的表述，都跟标题的时间直接呼应。不过，这种过于"清醒"的梦反而不像真正的梦，相比起来，陆游《十二月二日夜梦游沈氏园亭》的似实似幻更贴近一个真实的梦：

---

① 赵翼：《瓯北诗话》卷六，人民文学出版社1963年版，第80页。

路近城南已怕行，沈家园里更伤情。香穿客袖梅花在，绿蘸寺桥春水生。

　　城南小陌又逢春，只见梅花不见人。玉骨久成泉下土，墨痕犹锁壁间尘。

　　陆游此前有怀念前妻唐氏的《沈园》二首，诗中写道："伤心桥下春波绿，曾是惊鸿照影来。""梦断香消四十年，沈园柳老不吹绵。"又有《禹迹寺南有沈氏小园四十年前尝题小阕壁间偶复一到而园已易主刻小阕于石读之怅然》诗曰："坏壁醉题尘漠漠，断云幽梦事茫茫。"《禹寺》诗曰："暮春之初光景奇，湖平山远最宜诗。尚余一恨无人会，不见蝉声满寺时。"在这些一再的咏叹背后，我们可以模糊地看到这个故事：四十多年前的春天，沈园的重逢，桥下的春波，桥上的情影，以及壁上惆怅的题词。而这些记忆，在一个冬日的夜晚毫无征兆地闯入了诗人的梦乡：他又来到熟悉的沈园，见到熟悉的小桥、春波，然而，尘土覆壁，斯人长逝。所以这不是一个重逢的梦，而是在梦里清醒地表现了现实中的生离死别。对逝去爱人的深情，久已埋藏在诗人日常普通的生活之中，而十二月二日的一个梦，触发了这种深情，于是有了这两首"伤情"的悼亡诗。梅花的意象，在其他怀念唐氏的诗中并不曾出现，而是对诗题所示时间的呼应，这一混杂着今日现实投影和往昔记忆的梦境，有力地证明了此诗并非"托之于梦"。不过，陆游的许多记梦诗，如写收复的《甲午十一月十三夜梦右臂踊出一小剑长八九寸有光既觉犹微痛也》《五月十一日夜且半梦从大驾亲征尽复汉唐故地见城邑人物繁丽云西凉府也喜甚马上作长句未终篇而觉乃足成之》，写交游的《甲子岁十月二十四日夜半梦遇故人于山水间饮酒赋诗既觉仅能记一二乃追补之》《乙丑七月二十九日夜分梦一士友风度甚高一见如宿昔出诗文数纸语皆简淡可爱读未终而觉作长句记之》，内容的表现与诗题所示日期没有必然联系，但作者往往以时间、地点、人物的清晰呈现，以及绘声绘色的过程描写，煞有介事地表现出这梦的真实可信。

　　梅尧臣的《梦登河汉》（题注：六月二十九日）所示时间则别有意味。这是一首梦中游仙诗：

　　夜梦上河汉，星辰布其傍。位次稍能辨，罗列争光芒。自箕历牛女，

与斗直相当。既悟到上天，百事应可详。其中有神官，张目如电光。玄衣
乘苍虬，身佩水玉珰。丘蛇与穹鳖，盘结为纪纲。我心恐且怪，再拜忽祸
殃。臣实居下土，不意涉此方。既得接威灵，敢问固不量。有牛岂不力，
何惮使服箱？有女岂不工，何惮缝衣裳？有斗岂不柄，何惮挹酒浆？卷
舌不得言，安用施穹苍？何彼东方箕，有恶务簸扬？唯识此五者，愿言
无我忘。神官呼我前，告我无不臧。上天非汝知，何苦诘其常。岂惜尽告
汝，于汝恐不祥。至如人间疑，汝敢问于王。扣头谢神官，臣言大为狂。
骇汗忽尔觉，残灯荧空堂。

在以"平淡"著称的梅尧臣的诗作中，这首充满奇幻色彩的游仙记梦诗颇为异类。
诗人梦见自己来到星罗棋布的九天之上，银河灿烂，群星闪烁。诗人看到了东方苍
龙之一的箕星、牵牛星、织女星以及北斗七星；还看到了威严可怖的神官，他目光
如电、着黑衣、乘苍虬、左右盘结着丘蛇与穹鳖。诗歌在对河汉进行描写之后，更多
的其实是理性的议论。从"既悟到上天，百事应可详"的思虑，到面见神官之后，
"我心恐且怪，再拜忽祸殃"的心理状态，以及其后不畏神灵、坚持发问的理性与执
着，都表明梅尧臣这个"梦"的真实性颇为"可疑"。

事实上，这首作于庆历五年（1045）的诗，题注所示日期并非像一般日记体
记梦诗一样体现记录意识，而是暗示着诗歌所写内容的政治隐喻性。庆历三年
（1043），范仲淹开始实施新政，然而一年多后便告失败。庆历五年（1045）的上半
年，范仲淹、欧阳修等新政派相继被贬出朝廷。梅尧臣政治地位不显，但他与范、
欧等新政派有着千丝万缕的关系。这样一个奇异而理性的梦，正是通过日记体的
时间书写而与现实勾连起来。

结　语

日常化、生活化、琐细化作为宋诗的重要特点，已为我们所熟知。它发端于杜
甫，在元、白诗中逐渐明显，到宋代则成为典型特色。这一发展过程，与我们对日
记体诗的梳理高度契合。事实上，日记体诗正是宋诗日常化特色形成与呈现的重
要类型。它以"琐屑毕备"的内容、细致的时间观照，为诗歌的日常化书写提供了
恰切的形式。日记体诗既典型地体现着宋诗的平淡风格，又以"平"与"奇"、"实"

与"幻"的相反相成,深化了平淡的内涵。

相比唐诗,宋诗是朝着"易道易晓"的方向发展,这个特点在以欧阳修为代表的庆历时期已逐渐形成。欧阳修重视沟通作者与读者之间的关系,不再追求朦胧含蓄,而追求畅达的语言风格和明快的意思表达①。正如清人吴乔所说:"宋人作诗,欲人人知其意,故多直达。"②这种特色,对公共题材和普泛性情感来说,似能较为清晰地呈现;而对于日记体这种具有较多个人体验的诗歌类型来说,情况要更为复杂一些。从前述日记体诗标题的三种类型即可看出,当诗人用叙事性很强的长题时,往往是对个人体验的详细解释,是要将个人体验清晰地传达给读者;但当诗人只是以日期作为标题,从而以"无题"式日记体诗呈现时,则是对无题诗传统的借鉴和对个人体验的保留。尽管这类无题诗并不像李商隐的那样朦胧含蓄、晦涩难解,但标题的隐去,毕竟为主旨和内涵的多维度理解提供了更多的可能性,也为诗人的个性化表达提供了更多的可能性。

（本文发表于《文学遗产》2018年第3期）

---

① 张鸣:《宋诗选·前言》,人民文学出版社2009年版,第14页。

② 吴乔:《围炉诗话》卷一,《清诗话续编》上册,上海古籍出版社1983年版,第473页。

作为职业的诗人

——宋末元初诗坛发生了什么？

（日）早稻田大学教育与综合科学学术院　内山精也

四川大学中文系　张　洵译

一　序言

　　笔者最近几年一直以中国十三世纪（宋末元初）传统文艺发生的质变为主要课题，层层深入地进行研究。[①]私以为，中国文学以这段时期为界线，开始正式进入"近世"。为使本稿议论更加流畅，笔者在正式论述前，先从目前为止已探论过的问题中简略梳理出与本稿直接相关的论点，有如下几点：

　　（一）如何认定"近世"文化特性的问题。首先，"近世"（Early Modern）是几种时代区分论中的一种，由于四分法"古代—中世—近世—近代"的提倡，其重要性也得到强调，被定性为从"中世"（the Middle Ages）到"近代"（Modern）的过渡期。从政治社会上来说，"近代"是指"国民国家"（Nation-state）这一世界通用

[①]　本节内容在以下几篇论文中有详细论述，可供参考：a《宋代刻书业的发展与宋诗的近世化现象》（《东华汉学》第11辑，2010年，第123—168页）；b《宋诗能否表现近世？》（《国学学刊》2010年第3期，第109—121页）；c《宋末元初的文学语言——晚唐体的走向》（《融通与新变——世变下的中国知识分子与文化》，华艺学术出版社，2013年，第179—211页）；d《轉回する南宋文學—宋代文學は「近世」文學か？—》（名古屋大学中国文学研究室：《中国语学文学论集》26，2013年12月，第1—10页）；e《南宋江湖詩人研究の現在地》（《南宋江湖の詩人たち—中国近世文學の夜明け—》《アジア遊學》180》卷頭言，勉诚出版，2015年3月，第4—12页）；f《南宋中期自撰诗集的生前刊行——宋代士大夫的诗人认识及其性质演变》（《中国诗学》21，人民文学出版社2016年版，第151—164页）；g《南宋后期的诗人、编者及书肆——江湖小集编刊的意义》（《新宋学》5，复旦大学出版社2016年版，第166—185页）。

的国家体制运行下大众文化全盛的时代。以此为准绳,"近世"也被看成一定程度上孕育了这种特征的时代。如果从文化层面进行限定的话,可以定位为一个庶民们作为社会阶层中的多数派正以文化接受者和创造者的姿态发挥着愈来愈大作用的时代。因此可以说,"通俗化""世俗化"才是这个时代最重要的关键词。

(二)梳理中国近世特有的问题。根据内藤湖南、宫崎市定的观点,中国近世是从十世纪中期的北宋开始直至二十世纪初的清末为止。在这将近一千年的时间里,共同的社会基盘是科举社会。不过还可以根据科举制度的变化分为:前期=宋元(约 400 年)、后期=明清(约 550 年)。前后期的区别在于:明初创设了"举人"(孝廉)、"生员"(秀才)这种新的官方身份,举子身份得到保障,其结果使得科举的事业规模以及社会影响力都得到增加。尽管有这种区别,中国近世时期的共通点是:由于科举这一制度的存在,促进了支配阶层"士"和被支配阶层"庶"这两种阶层间身份的流动。而这意味着在一定程度上已经实现了政治权力的"通俗化"和"世俗化"。

而且从言语文化上来说,中世为止的"文言"(以及"官话")是"士"的象征,而近世时庶民也开始能够准确使用。如果将这点看成科举"投影"下的一部分便非常容易理解。每三年实施一次的科举产生的是极少数的及第者以及大量的落第者,尤其是后者,近世前期朝廷没有保障他们的身份,不得不沦落到民间。尽管落第了,但常年累月的学习使他们也具备了大体与及第者相当的文言运用能力。因此只要科举继续实施,就会最终创造出一种构造:具备"士"的言语文化素养的民间人不断增加。也就是说,科举也是一种将秦汉以来的"士"文化(传统文化)移植到"庶"身上的装置。中世为止对庶民来说本是毫无交集可言的上层言语文化,在科举以及与之相关的各种教育单位作用下,也成了与庶民们格外亲近的存在,而且实际上他们使用起来毫不逊色于士人,这部分庶民的增加明确体现出传统言语文化的"通俗化""世俗化"。

(三)梳理近世言语空间的相关问题。"近代文学=国民文学=用口语俗语创作的小说"的文学史观起源于西欧,在"国民国家"(Nation-state)产生相对滞后的亚洲诸国,它是一种先入为主的被动接受的思潮,但却仍然发挥着功能,各国的文学史都是按照这种观点进行构想和制作的。例如中国文学史中相当于近世的宋代至清代部分,代表作品是"宋词、元曲、明清小说",叙述时主要强调文体上"从文言到白话",文学样式上"从诗到小说"的"进化",为了与近代"用口语俗语创作的小说"这一既定目标达到无缝接轨而进行了一些人为操作。实际上这段期间各种样式的"文言"作品不仅没有被白话所取代，甚至直到清末为止一直处于量产状态。而且从言语阶层上的地位来说，"文言"也一直占据着顶点地位。这种实际情况与今天仍然通行的文学史描述之间显然存在明显龃龉甚至乖离。

为了解决这种矛盾我们应该持以下态度：并不是非此即彼地将中国近世的言语空间单一理解为文言或者白话，而是："文言的通俗化"和"白话的高雅化"是分头并行的，一方面按照文、白的用途分栖共存，另一方面两者的融合也逐渐明显，以至于出现了一个更为多样复杂的言语空间的时代。为此有必要对一直以来没有得到充分研究的文言系作品也予以强烈关注，将文、白都纳入视野进行总合研究。

不过在此尤其需要注意的是"文言通俗化"并不简单意味着言语现象的通俗化。文言一直占据言语阶层顶点的原因，极端而言是为了能与孔孟相接续，确保作为书面语言的权威性和传统性，因为千载不变所以才尊贵。那么"文言通俗化"又是如何实现的呢？它是随着使用人口的扩大，即不属于"士"的人们开始运用这种文体才成为一种现象的。这点从第（二）条中科举持续实施带来的变化也可以明了。

（四）这种变化究竟从何时开始显现的问题。根据史学界的判断，中国的近世是与北宋王朝的建立一起开始的，而作为传统文化核心的言语文化并没有与之相应地发生剧变，其变化更像静水流深，是一点点在暗中缓慢地进行的。作为一种显著现象突现出来是在十三世纪以后从南宋到元代这个时代。"白话高雅化"则是朱熹和他的门人强力推行的。他们频繁编纂并上梓儒家语录，使白话文体作为出版言语获得了社会地位。另一方面，"文言通俗化"的实现还鲜明体现在杭州书肆商人陈起以原则上一人一卷的小集形式陆续编刻当代小诗人的诗集。陈起策划制作的当代诗集（江湖小集）仅现存的传本就有 60 种以上，而且大多数作者都是布衣或者下级士大夫。

促成这种变化产生的因素目前已经非常清楚明了，即中国近世的象征——新媒介形式的雕版印刷的普及和出版业的繁荣。印刷出版从十一世纪的北宋以来，行业逐步正规化，并随着时代进步而发展，南宋中后期以都城杭州、福建建安、江西庐陵等地为中心，民间出版资本也急速成长起来。以这些变化为背景，陈起的出版策划才成为可能。虽然位于传统文化核心位置的士大夫们基本上对生前刊行自撰诗集持消极态度，但由布衣和下级士大夫构成的江湖诗人们却积极地刊行自撰诗集，其中甚至出现了前所未有的出版与当代诗歌紧密关连在一起的现象。这样在中国文学史上民间诗人首次作为重要诗人群体登上了舞台。笔者从这种现象中看到了文言文学通俗化的身影。也就是说，可以将这些看成是促使文言诗作为近世文学开始正式创作的标识。

　　本稿以上述四点为基础，重新审视宋末元初的"诗人"。在形势动荡的宋末元初，"诗人"是何种人物的认定发生了巨大变化。笔者倾向于将这种变化也看作近世一个重要标识。以下具体分析对"诗人"概念理解的变化。

二　"诗人"的新语相

　　今天我们提起宋代的代表诗人时，可能脑海中都会率先浮现出苏轼、黄庭坚、陆游、范成大、杨万里等人的名字。除此以外还可能有人会想起王禹偁、杨亿、欧阳修、梅尧臣、苏舜钦、王安石、陈师道、陈与义、刘克庄等人的名字，但这里列举的诗人无一例外都是士大夫。在宋代他们确实在诗坛上充当了最重要的角色，这点通过他们在《诗话总龟》《苕溪渔隐丛话》《诗人玉屑》《诗林广记》等宋元历时性、总合性的诗话总集中被言及的频度之多可以很容易得到确认。士大夫强有力地引领着宋代诗坛是古今共识。

　　然而南宋后期，宋代诗坛上"诗人＝士大夫"的牢固认识或者说关系开始呈现出变化征兆。这点如实体现在南宋后期士大夫诗人的代表刘克庄（1187 — 1269，字潜夫，号后村居士，莆田人）的言论中：

> 诗必与诗人评之。今世言某人贵名揭日月，直声塞穹壤，是名节人也。某人性理际天渊，源派传濂洛，是学问人也。某人窥姚姒，逮庄骚，摘屈宋，熏班马，是文章人也。某人万里外建侯，某人立谈取卿相，是功名人也。此数项人者，其门挥汗成雨，士群趋焉，诗人亦携诗往焉。然主人不习为诗，于诗家高下深浅，未尝涉其藩墙津涯，虽强评，要未抓着痒处。天台刘君澜抄其诗四卷示余，短篇如新戒缚律，大篇如散圣安禅，诗之体制略备。然白以贺监知名，贺以韩公定价，余未知君师友何人，序其诗者方侯蒙仲。余谓蒙仲文章人，亦非诗人也。诗非本色人不能评。贺韩皆

自能诗，故能重二李之诗。余少有此癖，所恨涉世深，为俗缘分夺，不得专心致意。项自柱史免归，入山十年，得诗二百余首，稍似本色人语。俄起家为从官词臣，终日为词头所困，诗遂绝笔，何以异于蒙仲哉？君足迹遍江湖，宜访世外本色人与之评。傥得其人飞书相报，余当从君北面而事之。①

此文是为江湖诗人天台人刘澜的四卷诗集所作的跋文。刘澜生平经历不详，但在元代方回（1227—1307，字万里，号虚谷，别号紫阳山人，徽州歙县人）《瀛奎律髓》卷十三"冬日"类中选录了他的一首五律《夜访侃直翁》，并且有如下简介：

江村刘澜，字养原，天台人。尝为道士，还俗。学唐诗，亦有所悟。然干谒无成，丙子年（景炎元年，1276）卒。予熟识之。……②

另外，元代韦居安（？—？吴兴人，景定年间进士）的《梅磵诗话》中也有一则简短记载："以诗游江湖，后村、西涧二公尝跋其吟稿。"③"西涧"可能是指叶梦鼎（？—1277，字镇之，台州宁海人）。

综合以上二则材料，刘澜是一位活跃在南宋末期、尊奉晚唐体的江湖诗人。有诗集四卷，但现已散佚不传。

刘克庄跋文中提到的"入山十年"是指他淳祐十二年（1252）得祠禄里居莆田的约八年间。即其66—73岁时。刘克庄于景定元年（1260）11月被朝廷召还，任权兵部侍郎兼中书舍人兼直学士院，翌月又兼史馆同修撰。文中"为从官词臣，终日为词头所困"即是指这次任职。大约是其74岁的时候。文中出现的爱徒方澄孙（1214—1261，字蒙仲，号乌山，莆田人）在次年（景定二年）九月罹病突然去世（时年48岁），但上面的跋文中完全没有提到这件事，说明此文可能是在这之前所作的。刘克庄还曾为刘澜的词集作序④，其中提到了这篇跋文中的内容，因此创作

---

① 《刘澜诗集》，刘克庄：《刘克庄集笺校》卷一〇九，辛更儒笺校，中华书局2011年版，第4520页。

② 方回选评，李庆甲集评校点：《瀛奎律髓汇评》上册，上海古籍出版社1986年版，第486页。

③ 丁福保：《历代诗话续编》，中华书局1983年版，第582页。

④ 《刘澜乐府》，刘克庄：《刘克庄集笺校》卷一〇九，辛更儒笺校，第4535页。

时间可能比这篇跋文晚一点。因此两篇文章的执笔时期概率最大的是在景定二年（1261）的上半年。① 当时刘克庄 75 岁，离他去世还有七年。综上，这篇跋文是刘克庄回忆自己往昔时写下的，可以看作是他晚年对人生的总结。

刘克庄在文中断言，只有"诗人"才能品评诗歌，先作序的方澄孙虽然是文章家但不是"诗人"，因此没有评诗资格。然后提到自己虽然年轻时沉迷作诗，但步入仕途后逐渐无法专心于此，"入山十年"期间曾经一度像个作诗的行家，但这次被召还朝中担任词臣，每日与文辞困斗，完全丧失了这种发展趋势，结果变成了与方澄孙一样的文章家。

如上所述，晚年的刘克庄最终认识到自己不算是"诗人"。在他的认识中"诗人"和文章家相比是截然不同的存在，是指像李白和李贺那样专门以作诗为主业的专业诗人。

如果刘克庄的这种认识反映了当时的实际情况，具有一定普遍性的话，那么就不得不得出这样的结论：拥有士大夫地位的人几乎都无法看作"诗人"。原因是士大夫都追求"官—学—文"的总合，南宋后期的实际情况是"学"比"文"、"官"比"学"更优先、更受重视，士大夫通常将作诗看成"文"的冰山一角，一般不可能将此摆在最优先位置。即便是像刘克庄这样对诗学上非常有"善相感"（sympathy）的人，也很难将"诗人"的身份维持到底。反而像刘澜这样以作诗为专业的江湖诗人才能做到。刘克庄也可能从他身上看到了自己年轻时的影子。

这篇跋文完成大约二十年以后（1281），自称"景定诗人"的郑思肖（1241—1318，字亿翁，号所南，连江人）为自编诗集《中兴集》（二卷）写了一篇自序。当时宋朝已经灭亡，他作为一介遗民回顾了理宗朝（1224—1264 在位）的盛世和度宗朝（1264—1274）的冷清。以下引用的是他赞美理宗朝人才济济的部分，其中具体列举了许多人名：

---

① 程章灿《刘克庄年谱》中将《跋刘澜诗集》的创作时间定为前一年的景定元年（贵州人民出版社1993年版，第325页）。虽然这与笔者的观点没有太大的不一致，但刘克庄就任词臣是从景定元年11月开始的，因此此年内只有两个月，发出"终日为词头所困"的感叹似乎显得为时过早。因此定为翌年景定二年春天以后比较妥当。又，欧阳守道（1209—1273，字公权，晚号巽斋，吉州庐陵人）也曾在方澄孙、刘克庄二人之后，为刘澜的诗集（《江村诗》四卷）作过跋文（《书刘养源诗集》，曾枣庄、刘琳：《全宋文》卷八〇一〇，第347册，上海辞书出版社、安徽教育出版社2006年版，第469页）。景定三年六月所作的这篇跋文中不仅提到了刘克庄的诗人观，还提及了方澄孙已经去世。

　　思肖生于理宗盛治之朝，又侍先君子结庐西湖上，与四方伟人交游，所见所闻广大高明，皆今人梦寐不到之境。中年命于涂炭，泊影鬼区。仰怀理宗时朝野之臣，中夜倒指，尝数一二名相：崔公与之、李公宗勉、游公侣、杜公范、吴公潜、董公槐。阃臣：孟公珙、彭公大雅、余公玠、赵公葵、陈公鞾、向公士璧。名臣：徐公元杰、蒋公重珍、度公正、徐公峤、潘公牥、郭公磊卿、张公端义、刘公汉弼、章公琰、李公韶、张公忠恕、王公遂、刘公宰、蔡公范、王公迈、曹公豳、杜公渊、徐公经孙、萧公山则、陈公昉、黄公自然、洪公天锡、范公丁孙、李公伯玉。道学：真公德秀、赵公汝谈、袁公肃、蔡公抗、赵公汝腾、钱公时、徐公霖。文臣：李公心传、洪公咨夔、魏公了翁、危公科、程公公许、刘公克庄、汤公汉、刘公子澄。诗人：①徐抱独逸、②戴石屏复古、③敖臞庵陶孙、④赵东阁汝回、⑤冯深居去非、⑥叶靖逸绍翁、⑦周伯敬弼、⑧卢柳南方春、⑨翁宾旸孟寅、⑩曾苍山几、⑪杜北山汝能、⑫翁石龟逢龙、⑬柴仲山望、⑭严月涧中和、⑮李雪林崶、⑯严华谷粲、⑰吴樵溪陵、⑱严沧浪羽、⑲阮宾中秀实、⑳章雪崖康、㉑孙花翁惟信。其他贤能名官、豪杰人物、老师宿儒、仁人义士，僻在遐方异县、深山穷谷，诚匪车载斗量所可尽。如斯诸君子，落落参错天下，当时气焰，何其盛哉！①

郑思肖列载了 6 位宰相、6 位外任大臣（"阃臣"）、24 位名臣、7 位道学者、8 位文臣，之后又列举了徐逸等共计 21 位理宗朝的代表"诗人"。其中 ⑩ 有可能是将曾原一误记为曾几。② 从社会身份上来说，除了 ⑫ 翁逢龙曾经历任州级知事，属于中层士大夫以外，其他人或者是下级士大夫（③~⑨⑬⑯⑰）或者是布衣（①②⑩⑪⑭⑮⑱~㉑）。③ 当中 ② 戴复古、③ 敖陶孙、④ 赵汝回、⑥ 叶绍翁、

---

① 《〈中兴集〉自序》，郑思肖：《郑思肖集》，陈福康校点，上海古籍出版社1991年版，第99页。
② 南宋后期，提起"曾苍山"，通常是指曾原一（？—？，字子实，号苍山，赣州宁都人）。曾原一曾经参加过四次科举都失败了，由他人推举除知南昌县。当时对曾原一诗歌的评价见元代韦居安《梅磵诗话》（卷上一则、卷下二则）。曾几，号茶山，是南宋前期著名的江西诗派诗人，可能是因为同姓且号也相似所以搞混淆了吧。
③ 其中⑩曾原一和⑲阮秀实二人曾短期担任过官职，并非纯粹的布衣，可能称为士大夫和布衣的中间存在比较妥当。

⑦ 周弼、⑬ 柴望、⑮ 李龏、⑯ 严粲 8 人见于张宏生《江湖诗派研究》（中华书局 1995 年版）中所列 138 位江湖诗人中。另外，②③⑥⑦⑮ 的 5 人在现存陈起书籍铺刊行的江湖小集系列中有他们的诗集。如上所示，郑思肖所认为的"诗人"主要是指活跃在江湖这个舞台上的专业诗人以及沦落在最底层的寒士诗人。顺便提及，即使用郑思肖的尺度来衡量，刘克庄也不在"诗人"的行列，而是归在"文臣"的行列。

至少到南宋中期为止，提起"诗人"自然而然首先联想起的是陆游、范成大、杨万里、尤袤、萧德藻等人。即使是曾经宣布过新"诗人"认识的刘克庄也将南宋中期的诗坛概括如下：

> 乾淳间，则范至能、陆放翁、杨廷秀、萧东夫、张安国一二十公，皆大家数也。①

这句话是刘克庄为自己编选的《中兴绝句续编》所作自序中的一段。这篇自序创作于上揭跋文的五年前，即"入山十年期间"于宝祐四年（1256）所作，因此与作跋文时的认识应当没有太大的差别。此时他想起往日代表南宋中期的诗人，结果列举的是范成大（1126—1193，字至能，号石湖居士，吴郡人）、陆游（1125—1210，字务观，号放翁，会稽山阴人）、杨万里（1124—1206，字廷秀，吉水人）、萧德藻（？ —？ ，字东夫，闽清人）、张孝祥（1132—1170，字安国，号于湖居士，历阳乌江人），五人无一例外都是士大夫。既然是士大夫，他们五人便不可能是专业诗人。因此刘克庄是用今天和过去两种不同的尺度在仔细回想"诗人"。那么为何刘克庄要用两种尺度衡量呢？ 其原因只可能是他所处的现实已经发生了巨大的变化。也就是说，当他环顾周围，发现现实是：那些打造诗歌潮流，自认为是"诗人"并且非常活跃的人大多数都已不再是士大夫了。

---

① 《刘克庄集笺校》卷九七，第 4086 页。

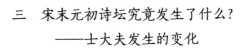

三 宋末元初诗坛究竟发生了什么?
——士大夫发生的变化

宋末元初的人们当时究竟身处怎样的诗歌潮流中呢?这里将尽可能详细地进行一些探讨。

在上节引用的刘克庄《中兴绝句续编》自序中的那句话之后,紧接着还有如下记载:

> 内放翁自有万诗,稍后如项平父、李秀(季)章诸贤以至江西一派、永嘉四灵,占毕于灯窗,鸣号于江湖,约而在下,以诗名世者,不可殚纪……①

这里举出了中期陆游、范成大、杨万里等人的第一后继者是两位士大夫:项安世(1129—1208,字平甫,号平庵,括苍人)和李壁(1159—1222,字季章,号雁湖居士,丹棱人),随后刘克庄又举出了"江西一派"和"永嘉四灵",前者指以黄庭坚为祖,在从北宋末年至南宋中期为止的很长一段时期内对士大夫产生了巨大影响的流派,相比之下,"永嘉四灵"包括浙江永嘉出身的两名下级士大夫徐玑(1162—1214,字文渊,号灵渊)、赵师秀(1170—1219,字紫芝,号灵秀),以及两名布衣翁卷(?—?,字续古,一字灵舒)、徐照(?—1211,字道晖,号灵晖)共计四人,他们在十三世纪初期忽然受到关注,成为风靡一时的群体。前者象征着传统或者传承,后者则象征着新变或者变革,一般认为后者更能鲜明地映射出南宋后期这个时代的特性。

"永嘉四灵"之所以一举成名,是因为受到了同乡的著名士大夫叶适(1150—1223,字正则,号水心居士,永嘉人)的发掘和彰显。叶适曾编撰他们的诗选,由地处都城杭州的陈起书籍铺刊行,推动了他们诗歌的流行。四灵的诗歌具有显著特征,从形式上来说偏重于近体诗,尤其是五律。从风格上来说追求中唐后期贾岛、姚合"寒瘦"的意境。同时在字句锻炼上倾注心血,经常用苦吟的方式创作。相对于江西派"以学为诗"、重视学识、多用典故,四灵则不拘泥于典故,主要用白描手

---

① 《刘克庄集笺校》卷九七,第4086页。

法。而且相对于士大夫经常以社会批判和时世讽刺为题材，四灵则以触目所及的景色为中心，擅长写景诗，脱离政治、脱离社会的倾向比较强烈。

那么叶适究竟对四灵诗歌的哪些地方表示了高度评价呢？这里引用一段叶适谈论四灵之一翁卷诗歌优点的话：

> ……若灵舒则自吐性情，靡所依傍，伸纸疾书，意尽而止。乃读者或疑其易近率，淡近浅，不知诗道之坏，每坏于伪，坏于险。伪则遁之而窃焉，险则幽之而鬼焉，故救伪以真，救险以简，理也，亦势也。能愈率则愈真，能愈浅则愈简，意在笔先，味在句外，斯以上下三百篇为无疚尔。试披吟风雅，其显明光大之气、敦厚温柔之教，诚足以津梁后人，则居今思古，作者其有忧患乎！乃知集成花萼，梦入草塘，彼各有所长，讵苟焉而已也。然则非得少陵之深，未许读松庐之什，非得三百之旨，尤未易读西岩之篇也哉。①

针对舆论认为的翁卷诗"易"近"率"、"淡"近"浅"，叶适认为诗道之坏往往是因为"伪"和"险"，而挽救"伪"的是"真"，挽救"险"的是"简"，而越"率"就越"真"，越"浅"就越"简"。

稍微解释一下的话，即他们不像江西诗派那样将前人诗歌进行换骨夺胎、模拟创作，或者多用典故，加入丰富的学识，他们不赞成故意表现晦涩，诗歌观主张用雕琢过的自我语言表现真率的意思，可以看作明末公安派性灵说的先驱。或者可以看成是清末民初陈衍将唐诗和宋诗概括为：唐诗＝"诗人之诗"、宋诗＝"学人之诗"的对比原型。对叶适来说，具体体现了"真"和"简"的是"唐诗"，更确切地来说是晚唐诗，翁卷等四灵则祖述了这种说法。②这篇序文从某种意义上来说是反江西诗派的宣言。

---

① 《西岩集序》，《全宋文》卷六四七二，第285册，第174页。
② 　不过，叶适也是士大夫中的一员，似乎不仅赞同四灵所追求的风格。叶适在《王木叔诗序》（《全宋文》卷六四七二，第285册，第167页）记载了他的同乡且是前辈的王柟（1143—1217，字木叔，号合斋，温州永嘉人）曾在晚唐体最流行的时候表达过不满，认为晚唐诗的弱点是"格卑而气弱"，虽然在修辞方面具有美感和技巧性，但在思想和心情描写方面不够理想，对此叶适认为是值得听取的意见。

叶适发出的变革信号很快引起了巨大反响，虽然招致了众多批判，但嘉定年间（1208—1224）以后，以四灵为首晚唐体开始逐渐流行，这种势头一直持续到元初。期间许多士大夫都站在反对晚唐体的立场，但是不管他们的看法如何，晚唐体席卷宋末元初诗坛已成为不可逆转的事实。以下按照时间顺序将相关的代表言论揭示如下，从中窥见流行的实际情况。

〖**宋末**〗

①【嘉定十七年（1224）】徐鹿卿（1189—1250，字德父，号泉谷，隆兴府丰城人）《跋杜子野小山诗》：

> ……若夫五谷以主之，多品以佐之，则又在吾心自为持衡。少陵，五谷也。晚唐，多品也。学诗，调味者也。评诗，知味者也。……①

②刘宰（1166—1239，字平国，号漫堂，镇江府金坛人）《书修江刘君诗后》：

> 而近世作者求工于锻炼，用力于模仿，往往句愈工而志愈失，句愈似而志愈非。②

③【淳祐二年（1242）】吕午（1179—1255，字伯可，徽州歙县人）《宋雪岩诗集叙》：

> 晚唐诗盛行于时，雪岩酷好之，至有轻轩冕之意。每诵其编，令人欲尽弃人间事，从而久吟弄于山颠水涯、烟霞缥缈之间。……③

④【淳祐十一年（1251）】陈必复（？—？，字无咎，福州长乐人，淳祐十年进士）《端隐吟稿序》：

---

① 《全宋文》卷七六七五，第333册，第252页。

② 《全宋文》卷六八三九，第300册，第36页。

③ 《全宋文》卷七二一五，第315册，第82页。

……有林君尚仁者，一日以诗来谒，……林君字润叟，自号端隐。<u>其</u>
<u>为诗专以姚合、贾岛为法，而精妥深润则过之。每来对余言，切切然惟忧</u>
<u>其诗之不行于世，贫贱困苦莫之忧也</u>。……①

⑤【宝祐三年（1255）】欧阳守道（1209—1273，字公权，号巽斋，吉州庐陵人）
《吴叔椿诗集序》：

　　近世文慕古而诗尚今，其曰古诗，学汉魏晋宋体尔，<u>馀皆唐，甚者专</u>
<u>主晚唐</u>……②

⑥【宝祐三年（1255）—咸淳五年（1269）】刘克庄（1187—1269，字潜夫，号
后村居士，莆田人）《虞德求诗》：

　　……<u>近世诗人莫盛于温、台</u>，水心叶公倡于温，四灵辈和之，竹隐徐
公倡于台，和者尤众。德求其一也。余长德求三岁，自卯角走四方，江湖
社友多所欵接。……③

⑦【宝祐四年（1256）】姚勉（1216—1262，字述之，瑞州新昌人）《赞府兄诗
稿序》：

　　<u>晚唐诗，姚秘监为最清妙</u>。迩年有雪篷姚希声，亦精悍于吟。余尝欲
集此二家诗，作唐宋二姚集……④

⑧方岳（1199—1262，字巨山，号秋崖，徽州祁门人）《跋赵兄诗卷》：

　　予非知诗人，赵公迫而与言诗，过矣。<u>然予观世之学晚唐者不必读</u>

---

① 《全宋文》卷七八七八，第299页。
② 《全宋文》卷八〇〇八，第440页。
③ 《刘克庄集笺校》卷一〇九，第4131页。
④ 《全宋文》卷八一三四，第351册，第447页。

书,但仿佛其声嗽便觉优孟似孙叔敖,掇皮皆真,予每叹恨。……①

⑨赵孟坚(1199—1264,字子固,号彝斋居士,寓海盐)《孙雪窗诗序》:

……窃怪夫今之言诗者,江西、晚唐之交相诋也。……今之习江西、晚唐者,谓拘一耳,究江西、晚唐亦未始拘也。……②

⑩释道璨(1213—1271,字无文,俗姓陶,豫章人)《莹玉涧诗集序》:

……数十年东南之言诗者皆袭唐声,而于根本之学未尝一日用其力,是故浅陋而无节,乱杂而无章,宜其所自出者有欠欤?……③

⑪【咸淳七年(1271)】谢枋得(1226—1289,字君直,号迭山,信州弋阳人)《与刘秀岩论诗》:

……某辛未年为陈月泉序诗云,……近时文章似六朝,诗又在晚唐下。……④

⑫【咸淳八年(1272)】孙德之(1197—?,字道子,号太白山人,婺州东阳人)《跋先君畸庵诗卷后》:

……近世朱文公尊江西,以其去魏晋未远。至叶文定谓句外生律,吟里剩音,风骚之上,别出意韵,乃唐人之精。先君不为唐人,而时合极玄,不为江西,而自得超凡入圣之趣,未始拘一法也。咸淳壬申,男德之百拜而书于后。⑤

---

① 《全宋文》卷七九〇七,第342册,第343页。
② 《全宋文》卷七八七六,第341册,第246页。
③ 《全宋文》卷八〇七八,第349册,第301页。
④ 《全宋文》卷八二一四,第355册,第62页。
⑤ 《全宋文》卷七六九四,第334册,第168页。

⑬【祥兴元年（1278）】舒岳祥（1219—1298，字景薛，号阆风，台州宁海人）《刘士元诗序》：

　　……初，薛沂叔泳从赵天乐游，得唐人姚贾法，晚归宁海，为人铺说，闻者心目鲜醒，而匊田闭户觅句，惟取其清声切响，至于气初之精，才外之思，元善盖自得之，而非有所授也。①

⑭陈著（1214—1297，字子微，号本堂，庆元府鄞县人）《史景正诗集序》：

　　……今之天下，皆淫于四灵，自谓晚唐体，浮漓极矣。……②

〖元初〗

⑮张之翰（1243—1296，字周卿，号西岩，邯郸人）《跋王吉甫直溪诗稿》：

　　近时东南诗学，问其所宗，不曰晚唐，必曰四灵，不曰四灵，必曰江湖。盖不知诗法之弊，始于晚唐，中于四灵，又终江湖。……③

⑯【大德六年（1302）】方回（1227—1307，字万里，号虚谷，徽州歙县人）《恢大山西山小稿序》：

　　……嘉定中忽有祖许浑、姚合为派者，五七言古体并不能为，不读书亦作诗，曰学四灵，江湖晚生皆是也。……④

⑰方回《跋胡直内诗》：

---

① 《全宋文》卷八一六一，第353册，第2页。

② 《全宋文》卷八一一〇，第351册，第14页。

③ 李修生：《全元文》卷三八四，第11册，江苏古籍出版社1999年版，第301页。

④ 《全元文》卷二一四，第7册，第136页。

……至于诗，惟章泉、南塘有乾淳之风，四灵不复五矣，刘潜夫始亦染指四灵，后宗放翁，卒自名家。今之褒博，不讲学，不论文，间一见为诗，<u>曰我晚唐也。问晚唐何自入，曰四灵也。然则非四灵也，乃近时书肆所刊江湖诗也</u>。……①

⑱【大德八年（1304）】戴表元（1244—1310，字帅初，一字曾伯，自号剡源先生，庆元奉化人）《洪潜甫诗序》：

始时汴梁诸公言诗，绝无唐风。……<u>永嘉叶正则，倡四灵之目，一变而为清圆</u>。清圆之至者，亦可唐，而凡枵中捷口之徒，皆能托于四灵而益不暇为唐。唐且不暇为，尚安得古。余自有知识以来，日夜以此自愧，见同学诗人，亦颇同愧之。头白齿摇，无所成就。……②

以上从宋末元初提示了四灵和晚唐体流行的言论中选出执笔时期非常确定的 18 则。如果将创作时期无法确定的言及例子包括在内，至少超过这个数量的一倍。

其中⑥⑫⑱明确记载了流行的始作俑者是叶适。叶适开始显彰四灵是开禧北伐失败后他退居永嘉时期，即嘉定元年（1208）以后的事情。代表南宋中期两大巨头中，杨万里开禧二年（1206）去世，陆游嘉定三年（1210）去世，因此叶适开始与四灵结下深交正是一个时代刚刚宣告终结的时候。开禧北伐失败使士大夫跌入失意的最低谷，而诗坛巨人的去世几乎与此同时发生，时代不容分说地被逼到了拐角，我们首先需要铭记的事情是叶适首先开始鼓吹四灵。将这种鼓吹变成大型旋风覆盖整个南宋诗坛的因素有两点值得指出：第一，这之前一直处于诗坛中核地位的士大夫层面的问题；第二，南宋中期为止一直隐藏在士大夫诗人发出的耀眼光芒中难以看见他们活跃的身影——非士大夫阶层的新兴诗人群的勃兴。

本节首先考察前者。杨、陆去世后的下一代中最终没有出现能与他们相匹敌的诗人。本节开头引用的刘克庄序中举出了项安世（1129—1208）和李壁（1159—1222）二人，但其中项安世与杨、陆完全属于同一时代的人，而且去世时

① 《全元文》卷二一七，第7册，第205页。
② 《全元文》卷四一八，第12册，第123页。

间也与他们差不多，为嘉定元年（1208），因此刘克庄的概述本来就是建立在错误认识的基础上。上引方回的跋文（⑱）中将赵蕃（1143—1229，字昌父，号章泉，侨居玉山）和赵汝谈（？—1237，字履常，号南塘，余杭人）列举为"乾淳之风"的继承者，但他们两人即使再加上李壁，与杨、陆相比也不过渺若尘埃。也就是说，嘉定年间以后，曾经稳坐诗坛中心宝座的士大夫的存在感已经变得相当微弱。刘淮［？—？，字叔通，号泉翁，又号溪翁，建阳人，绍熙元年（1190）进士］于嘉定十年（1217）所作的序文中提道：

> ……近世诗人零落殆尽，无可考订，前辈唯一章泉老人，近在玉山。……①

也证明了这点。"章泉老人"是指方回也举出过的赵蕃。那么士大夫诗人以嘉定年间为界突然"零落"的原因究竟是什么呢。关于这点，叶适有如下暗示性言论：

> 颇记十五六，长老诘何业，以近作献，则笑曰："此外学也。吾怜汝穷不自活，几稍进于时文尔。夫外学，乃致穷之道也。"余愧，诗即弃去，然时文亦不能精也。故自余辈行累数十百人，皆得大名，登显仕，而终不以文称。……②

从叶适十五六岁的时候，即从隆兴二年（1164）至乾道元年（1165）前后，这时开始，诗学对于立身出世来说属于"外学"，这则佚事中长老严厉地劝诫他不要走上这条贫穷的道路。年轻的叶适听取了这一劝诫，放弃了作诗的道路。而且更重要的是，这不仅是他一个人的特殊经历，从他那一代以后，从无名者升至显官地位的"数十百人"中无人能以文称。这暗示了与叶适同代以及更晚一代的科举及第者有可能在习举子业时，也因与叶适一样的理由"弃去"了学习以诗为中心的文学素养。从上文中明确提及了"自余辈行"来看，叶适也清楚地认识到自己与前辈之间存在"代沟"。

比叶适年长十三岁的楼钥（1137—1213，字大防，自号攻媿，鄞县人）也有与

---

① 《方是闲居士小稿序》，《全宋文》卷六八一九，第299册，第137页。
② 《题周简之文集》，《全宋文》卷六四七四，第285册，第199页。

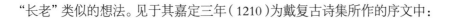

"长老"类似的想法。见于其嘉定三年（1210）为戴复古诗集所作的序文中：

> ……近时文士多而诗人少。文犹可以发身，诗虽甚工，反成屠龙之
> 技，苟非深得其趣，谁能好之！黄岩戴君敏才独能以诗自适，号东皋子，
> 不肯作举子业，终穷而不悔。……①

楼钥认为写文章的话还可以因此成名，有所裨益，但诗不管作得如何工巧，却很有可能成为过于高雅的无用之技。楼钥于隆兴二年（1164）赐同进士出身，恰好在叶适受到"长老"训诫那一年参加了科举考试。因此他这一段话也显示了十二世纪后半期以后士大夫对文体的价值观以科举为契机已经发生了巨大变化。

回顾起来，陆游、杨万里、范成大三人都参加了绍兴二十四年（1154）的礼部省试。而叶适进士及第是在淳熙五年（1178）。大概是在南宋第一代君主高宗向第二代孝宗进行朝代更替的前后时间内，科举的科目发生了较大改变，与这种改变相应的是举子业的内部情况也发生了巨大变化，而这正对士大夫内部关于文体的价值观产生了巨大影响。《宋史》"选举志"中设立了"科目"，但并没有详细记录科目变化的经过。相关记载只有三条：绍兴二十七年（1157）加强经义的记载、三十一年（1161）建议将经义与诗赋及第者的比率定为二比一（但未实施）、淳熙十四年（1187）朱熹私议废止诗赋。②不过既然生活在这个时代的叶适和楼钥有上述言论，那么至少诗赋的比重在南宋中后期的科举中明显降低应该可以是无法撼动的事实。

如果不能科举及第便无法飞黄腾达，面对这一现实，举子也完全以及第作为优先目标，肯定一心为此做准备。而作诗技巧的进步却几乎对科举及第没有任何作用，因此将此摆在次要位置甚至轻视它也是自然而然的。本节探讨的是叶适、刘淮、楼钥三人不谋而合地用各自不同的口吻指出了士大夫之间诗学的衰退，这不是在嘉定年间突然发生的，实际上可以追溯至近半个世纪以前已经埋下了种子，然后在黑暗中默默发芽生长。也就是说，随着科举的改变，诗歌创作在举子业全体中所占的重要性明显减弱，因此士大夫阶层整体的诗歌创作也变得结构性不景气。而处于这一转折点的士大夫是叶适和他同代的人们。前一代杨、陆的寿命

---

① 戴复古：《戴复古诗集》附录二"序跋"，金芝山点校，浙江古籍出版社1992年版，第323页。

② 脱脱等：《宋史》卷一五六，中华书局1985年版，第3630—3634页。

都超过了八十岁，他们晚年的活跃掩盖了士大夫整体诗学的凋落，只是没有使之表面化罢了。

以上可以总结为：士大夫阶层诗学素养基盘的下沉是从南宋中期开始在暗中进行的，开始形成一种现象并且表面化是在南宋后期，即嘉定年间以后。

四　新"诗人"——江湖诗人的崛起

诗学原本是士大夫的素养之一，当时却逐渐被边缘化，与此形成鲜明对比的是：诗学热在民间反而愈来愈高涨。不过十三世纪初（嘉定年间）以前，民间也并非完全不存在诗歌创作热。宋代还处于近世前期，民间文化现象因甚少见于文献记载而很难精确把握，不过仍然留下了片断记载。如两宋交替时期的吴可（？—？，字思道，金陵人）在《藏海诗话》中记载了北宋元祐年间（1086—1094）在金陵（江苏南京）存在平民大量参与的诗社。参加者包括很多商人，也编集了许多诗集。书中还记载了北方也有"一切人"参加的诗社，并介绍了由"屠儿"创作并获得好评的《蜘蛛》诗的一联。[1] 虽然未能找到南宋有类似记载，但既然比嘉定年间早一个世纪已存在平民参加的诗社，恐怕南宋各地应该也存在相同性质的诗社。只是直至嘉定年间为止，这些民间诗人的活动几乎从来没有在诗话笔记类著作里出现过，可能是因为他们的作诗活动还没有形成足以动摇诗坛的巨大潮流。这里面最重要的原因是：在诗坛中心仍有大量士大夫诗人，而他们具有强大的向心力。

但是如上节中已确认的那样，嘉定年间以后，诗坛士大夫的向心力开始显现出令人不安的迹象。这点成为之后各种变化的大前提。笔者曾另稿[2] 论述了士大夫视为理想的诗歌观。他们的理想一言以蔽之就是要创作在形式和内容上都与他们政治家或者"士"的传统文化体现者相符的诗歌。具体而言，首先在形式层面上没有古体诗、今体诗之别，力求所有的诗型都长足发展，不过理论上却尤其重视从

---

① 《历代诗话续编》上册，第341页。

② 可参照笔者以下两稿：a《宋代士大夫的诗歌观——从苏黄到江西派》（沈松勤：《第四届宋代文学国际研讨会论文集》，浙江大学出版社2006年版，第226—242页）；b《宋代士大夫的诗歌观——从江西派到江湖派》［张高评编：《宋代文学之会通与流变》（近世文学国际学术研讨会论文集之一），台湾新文丰出版公司2007年版，第29—55页］。

《诗经》传统延续下来的古体诗。从内容层面上来说,看重能够曝光社会不公、批判时世的讽谕诗,以及在诗歌中大量使用能体现学问素养的典故。当士大夫诗人的存在感变得薄弱,也意味着这种诗歌观的规范力亦随之弱化。

另一方面,叶适鼓吹晚唐体,四灵则以实际创作宣传其魅力,其实这种诗体本身已远远偏离了士大夫的诗歌观。如前所述,他们的创作在形式上偏向于使用五律、七绝等近体,题材上显示出较强的脱离政治、脱离社会倾向,不喜欢多用典故,即便使用也以平易者为主。总而言之,明显倾向于将写诗作为表现真实自我的手段或者抒发个人情感的工具。他们原则上没有政治家那种要对全社会负责的志向和气概,而这些是一直以来士大夫注定要承担的。个中缘故其实已无需多说。就是因为支持晚唐体流行的是布衣和下层的士大夫。对他们而言最重要的是满足自己的表现欲,以他们的社会身份要延续古代传统、胸怀天下国家,这本来就有一点越俎代庖,也是一个缺乏现实可行性的命题。他们之所以倾向使用近体诗也是出于同样的缘由。即使是当今社会,学习作诗的快捷方式也是从七绝开始,然后按照五律、七律的顺序渐进,熟练掌握了这三体以后再开始练习古体和五绝。近体诗字数较少又有韵律束缚,更适合初学者入门。因此晚唐体对初学者来说才是最容易接触的诗型。也就是说,晚唐体显示的定向性(directivity),与其说是以高居诗学殿堂的士大夫文化为目标的高雅化,不如说更多地倾向于非士大夫阶层的通俗化。这里面隐藏着晚唐体流行的最大秘密。

更为重要的是,这种远远偏离士大夫传统诗歌观的诗型受到了当时的士大夫代表叶适的推崇和认可。晚唐体对宋代士大夫而言,是一种与他们政治和文化领袖身份不符的微瑕诗型。因此即便实际创作了与晚唐体类似的作品,在评价时还是会表现出冷漠态度,许多士大夫会选择站在批评立场。[①] 在这种环境下,大儒叶适偏偏从正面向对当时士大夫产生巨大影响且被普遍接受的江西派揭起反对旗帜,高声鼓吹晚唐体,其意义是非常重大的。此时正当诗坛上士大夫的向心力减弱之时,他推崇偏离士大夫传统诗歌观的晚唐体,这在双重意义上给予了那些在江湖上呻吟、置身于士大夫文化边缘的人们以强大的勇气和自信。

而民间出版业也使永嘉兴起的这场变革的烽火燃得更旺,为它能更远、更迅速地传播至全国各地起到了巨大作用,促进了晚唐体的流行,这些体现了宋末浓

---

① 南宋中期诗坛上,杨万里是唯一的例外,他直言不讳地对晚唐诗予以了高度评价。因此严格来说,在叶适以前,杨万里才是引导晚唐体流行的先驱者。

厚的时代性。从嘉定年间至宋朝灭亡期间，在都城杭州拥有店铺的陈宅书籍铺主人陈起（及其子陈续芸）所开展的与诗学有关的出版事业在当中发挥了最重要的作用。如前所述，他从刊行叶适编《四灵诗选》及四灵之一赵师秀选《二妙集》和《众妙集》① 开始，陆续刊行了以中晚唐为主的唐人小集和当代江湖诗人的小集。即使仅计算现存的数量也各有 60 种以上。而且陈起编刻的《江湖诗集》七卷（它与"江湖小集"为一、二卷的个人别集不同，是选集）还因其中收录了批判时政的诗歌而受到御史台弹劾，被判以禁止发卖的处分（"江湖诗祸"），见于当时文献记载，曾引起过轰动。陈起的相关情况之前笔者曾经屡次论及 ②，不再赘述，这里只再强调一下晚唐体流行的背景与民间书肆有密切关系。

陈起策划出版了大量布衣及下级士大夫的诗集，形成了席卷江湖的风潮。现存有刻本流传的就达 60 人以上，张宏生《江湖诗派研究》的统计为 138 人以上。③当然，当时自认是诗人的人数可能远超这个统计数字。本稿第二节提及的天台刘澜，其诗集就没有被收录在陈起的江湖小集中，也不包括在张宏生的名单里。但是借用刘克庄的话，刘澜毫无疑问是"本色"诗人，也是游历江湖的"诗人"。此外郑思肖曾经列举理宗朝的"诗人"，其中有 13 人不包括在张宏生的名单中，其实也是可以加上去的。这 13 人分别是：① 徐逸、⑤ 冯去非、⑧ 卢方春、⑨ 翁孟寅、⑩ 曾原一、⑪ 杜汝能、⑫ 翁逢龙、⑭ 严中和、⑰ 吴陵、⑱ 严羽、⑲ 阮秀实、⑳ 章康、㉑ 孙惟信，如前所述，这 13 人中除了翁逢龙曾经担任过州级的知事、属于中层士大夫以外，其他人或者只有县官级别的官历，属于下层士大夫（⑤⑧⑨⑰）或者是布衣（①⑩⑪⑭⑱～㉑），无一人像杨、陆那样属于上层士大夫。

　　　　石屏戴复古，字式之，天台人。早年不甚读书，中年以诗游诸公间，颇有声，寿至八十余。以诗为生涯而成家。盖"江湖"游士，多星命相卜，挟中朝尺书，奔走闽台郡县糊口耳。庆元、嘉定以来，乃有诗人为谒客者，龙洲刘过改之之徒不一人，石屏亦其一也。相率成风，至不务举子业，干求一二要路之书为介，谓之"阔匾"，副以诗篇，动获数千缗，以

---

① 《二妙集》《众妙集》的南宋刊书棚本现已不存，不过赵师秀晚年与陈起交往密切，这二种选本在陈起书籍铺刊行的可能性最大。

② 本稿开篇注 1 中列出的 a、b、c、g 四篇论述了相关的问题。

③ 篇末附录的一览表将张宏生列出的 138 人按照社会阶层进行了重新分类，可供参考。

至万缗。如壶山宋谦父自逊，一谒贾似道，获楮币二十万缗，以造华居是也。钱塘、湖山，此曹什伯为群，阮梅峰秀实、林可山洪、孙花翁季蕃（孙惟信）、高菊磵九万（高翥），往往雌黄士大夫，口吻可畏，至于望门倒屣。石屏为人则否，每于广座中，口不谈世事，搢绅多之。然其诗苦于轻俗，高处颇亦清健，不至如高九万之纯乎俗。如刘江村澜，最晚辈，本天台道士，能诗，还俗，磨莹工密，自谓晚唐。予及识其人，今亦归九泉，而处士诗名遂绝响矣。故因取石屏此诗，而详记之于此。①

这段话是方回在《瀛奎律髓》卷二十"梅花类"所录戴复古七律《寄寻梅》后的评语。刘过（1154—1206，字改之，号龙洲道人，庐陵人）殁于开禧二年（1206），将他记为"庆元、嘉定以来"的诗人显然是违背事实的，他和姜夔（1155？—1221？，字尧章，号白石道人，鄱阳人）是早期江湖诗人，不过的确是早叩权贵门的"谒客"。这段话中还记载了戴复古等当时江湖诗人的代表，从中可窥见他们生活方式之一斑（"谒客""阔匾"等）以及"什伯为群"的江湖诗人云集都城杭州，当中就有刘澜的名字。

以上虽是粗略估计，亦可以轻松举出大约150位有名有姓的"诗人"活跃在宋末。从社会身份上来说，他们几乎都是位于士大夫边缘的人。而对如此庞大的数量以及他们一心一意从事诗歌创作的状态，曾经自我标榜为诗人的刘克庄到了晚年也只能宣告自己已经没有资格自称"诗人"了。

五　元初的发展

上两节中论及的是南宋嘉定年间以后至宋朝灭亡为止的情况。走上"诗人"道路的人，很多或者曾经在举子业中受挫，不得不放弃了由科举进入仕途的念头，或者即使运气好及第，也因沉沦下僚而将写诗作为表现自我的手段而走上了作诗的道路。

然而宋代灭亡、进入元代后，情况逐渐发生了变化。前面已经提到南宋中期以后的科举使举子远离诗学。但是，最后一次科举是在咸淳十年（1274）举行的，

① 《瀛奎律髓汇评》中册，第840页。

直至元延祐二年（1315）约四十年的时间内都没有实施过。结果以科举及第为目标而习举子业的年轻人完全失去了方向。而且那些原本在宋朝有官职的士大夫也大多失业，完全丧失了发挥行政手腕的机会。对宋代士大夫来说是失去了最重要的命脉，他们究竟该何去何从呢？这可以让实际经历过这场时世变迁的元初诗人们来提供证词。

首先，牟巘（1227—1311，字献之，湖州人）在《唐月心诗序》中曾提到"场屋既废，为诗者乃更加多"①，科举虽然废止，作诗者反而增加了②。舒岳祥（1219—1298，字景薛，号阆风，台州宁海人）则在《跋王榘孙诗》中有更详细的记载：

> 自京国倾覆，笔墨道绝，举子无所用其巧，往往于极海之涯，穷山之巅，用其素所对偶声韵者，变为诗歌，聊以写悲辛、叙危苦耳，非其志也……噫，方科举盛行之时，士之资质秀敏者，皆自力于时文，幸取一第，则为身荣，为时用，自负远甚。惟窘于笔下无以争万人之长者，乃自附于诗人之列，举子盖鄙之也。今科举既废，而前日所自负者反求工于其所鄙，斯又可叹也已。叔范于举业甚工，今当弃其所已工，得不痛惜之乎！丁丑十一月十六日。③

此文为景炎二年（1277）所作。科举每三年举行一次，宋朝最后一次是在咸淳十年（1274），因此按理来说这年春天应该实施礼部省试。然而如文中开头"京国倾覆"所言，前一年春二月时，伯颜率领的蒙古军队让都城杭州无血开城，恭帝被俘北上，宋朝实质上已经灭亡了，根本不可能实施科举。这段话描绘了这一时期举子们发生的剧变。在科举实施的时候，举子对将自己归为诗人行列是很轻蔑的，但科举停止时，曾经轻蔑诗人的人却开始追求诗业长进。

戴表元（1244—1310，字帅初，一字曾伯，自号剡源先生，庆元奉化人）也在《陈晦父诗序》中记载了同样的变化。文中的"天台阆风舒东野"即上面提到过的

---

① 《全宋文》卷八二二八，第356册，第285页。
② 奥野新太郎：《举子业における诗——元初の科举废止と江南における作诗热の勃兴》（九州岛大学中国文学会：《中国文学论集》第39号，2010年，第58—72页）中曾论及元初作诗热的高涨。
③ 《全宋文》卷八一六二，第353册，第16页。

舒岳祥：

> ……余犹记与陈晦父昆弟为儿童时，持笔橐出里门，所见名卿大夫，十有八九出于场屋科举。其得之之道，非明经则词赋，固无有以诗进者。间有一二以诗进，谓之杂流，人不齿录。惟天台阆风舒东野，及余数人辈，而成进士早，得以闲暇习之。然亦自以不切之务，每遇情思感动，吟哦成章，即私藏箱笥，不敢以传诸人。譬之方士烧丹炼气，单门秘诀，虽甚珍惜，往往非人间所通爱。久之科举场屋之弊俱革，诗始大出。……大德丙午孟冬三日叙。①

此文作于大德十年（1306），因此是后来回顾时写下的，在科举施行的时代，那些飞黄腾达的士大夫十之八九是进士及第者，为了进士及第，他们不是"明经"便是工于"词赋"者，没有人是因"诗"及第的。虽然也有极少数工"诗"者及第，但都被人称为"杂流"，为人所不齿。在这种环境下，戴表元和舒岳祥却在进士及第后偷偷发愤，尽管没有办法向他人展示，但感时触景之时仍然保持着诗歌的创作。这段话中"久之科举场屋之弊俱革，诗始大出"言明了诗学复兴的原因，随后又明确将科举的废止与诗学发生的突变联系在一起：

> 异时搢绅先生无所事诗，见有攒眉拥鼻而吟者，辄靳之曰："是唐声也，是不足为吾学也。吾学大出之可以咏歌唐虞，小出之不失为孔氏之徒，而何用是喁喁为哉。其为唐诗者，泪然无所与于世则已耳，吾不屑往与之议也。"铨改举废，诗事渐出。而昔之所靳者，骤而精焉则不能，因亦浸为之。为之异于唐，则又曰："是终唐声不足为吾诗也。吾诗惧不达于古，不惧不达于唐。"其为唐诗者方起而抗曰："古固在我，而君安得古？"于是性情理义之具，哗为讼媒，而人始骇矣。杭于东南为诗国，之二说者，余犹闻焉。……②

这是《张仲实诗序》中的一段话。其中记载了有些人在科举实施时认为"攒眉拥

---

① 《全元文》卷四一八，第12册，第122页。
② 《全元文》卷四一七，第12册，第118页。

鼻而吟"晚唐体诗的人是傻子,科举废止后开始作诗,却因无法马上精通只能写出不像晚唐体的诗歌,不甘失败的情况下他们声称所追求的是古,晚唐不足为法。这段话与前文不同,记载了因科举废止导致"搢绅先生"即读书人的文体价值观也发生了巨大变化。

之后黄庚(1260—1328?,字星甫,台州天台人)的《月屋漫稿序》中也针对科举和文体的盛衰表达了自己的看法,接着提道:

> ……仆自龆龀时读父书,承师训,惟知习举子业,何暇为推敲之诗,作闲散之文哉。自科目不行,始得脱屣场屋,放浪湖海,凡平生豪放之气,尽发而为诗文。且历考古人沿袭之流弊,脱然若醢鸡之出瓮,天坎蛙之出蹄涔,而游江湖也,遂得率意为之。惟吟咏情性,讲明理义,辞达而已,工拙何暇计也。于是裒集所作诗文,缮写成编,命之漫稿,以为他日覆瓿之资。若曰复古道,起文弊,则有今之韩杜在。天台山人黄庚星甫氏序,时泰定丁卯孟夏作。①

宋朝实施最后一次科举那年黄庚只有十五岁,但他从七八岁时便听从父亲之命,一心一意习举子业,无暇顾及作诗。而科举废止后他便转而投身作诗行列了。

以上四人的说法证实了本稿第三节、第四节中论及的宋末诗学的情况。叶适年轻时受到长老训戒时表露的观点经过约一个世纪后,成为更为彻底浸透举子思想的观念。但这是在科举停止这一现实面前举子不得不做的改变。在元朝统治下,南宋出身的人士被看作"南人",很长时间内不允许参与国政。科举所考的经义方面的才能追根究底是与国政相关的基本理念和哲学。科举被停止后,学习经义的手段也好、目的也罢,已经完全丧失了现实性。

南宋每次实施科举都有足足超过 10 万举子参加。② 习举子业的学生人数估计不会少于 100 万人。这些人口随着科举的废止骤然失去了目标。当然,不是所有人都会走上作诗这条道路,毕竟在此之前作诗是件很冷门的事。但即使只有一成,也有一万人。可以想象,由于他们的加入,元初的作诗人口与宋末实施科举时相比至

---

① 《全元文》卷六一〇,第19册,第566—567页。

② 笔者前文中推算了应举者的人数,不过当时推算宋代应举人数的平均值为四五万左右,而有几位宋史研究者曾指出南宋的人口超过十万。

少膨涨了数倍至数十倍。

具体数值因为缺乏相关资料，在这里没有办法展示，不过从活跃于元初的诗人的别集中可以找到一些明确的迹象，多少能证明这种变化。那就是诗集序跋比宋代平均别集中的比起来显著增加了，而且卷帙比较丰富的诗人别集中这种迹象愈发明显。如陈著（1214—1297）、舒岳祥（1219—1298）、方回（1227—1307）、牟巘（1227—1311）、何梦桂（1229—？，字严叟，号潜斋，淳安人）、刘辰翁（1232—1297，字会孟，号须溪，吉州庐陵人）、戴表元（1244—1310）等人的别集。大多数时候是同时代的诗人带着自己的诗集请求他们作序跋的。如果诗人增加，诗集数也会增加，而且拜托当代名人作序跋的件数自然也会增加。而这些都以序跋增加的形式体现出来。

那么元初诗人生活的实际情况是怎样的呢？南宋故地已经不存在宋末那样的权贵了。笔者搜得的相关记载也没有多少，但戴表元所记载的方回周围发生的以下现象给予了提示：

闻翁为州日，江湖诗客群扣其门，倾箱倒橐赠施之，无吝色。……①

如同嘉定以来众多江湖诗人所做的那样，进入元代后江湖诗人仍然继续叩谒名士之门。他们拜访严州知事方回，呈上自己得意的作品，希冀得到他的认可。虽然不像理宗朝的贾似道和阉臣那样肆意施舍，方回也尽可能地赠与他们金银之物，以作为对他们平素辛苦艰难的回报。

元初似乎没有了像陈起那样能够大规模策划推出江湖诗人的书商，但即便如此，诗人们仍然想尽办法上梓自撰的诗集。例如当时杭州出身、也是最多产的诗人仇远（1247—1326，字仁近，号近村，又号山村民，钱塘人）就曾在生前刊行过诗集，这从戴表元的《仇仁近诗序》中有"赠余锓成一巨编"②句可知。编刻时期可能在入元以后。与仇远并称的白珽（1248—1328，字廷玉，号湛渊，钱塘人）似乎也在生前刊行过自撰诗集。陈著《钱塘白珽诗序》中有"好事者将取而锓诸梓"③可证。陈著序文作于至元二十六年（1289）。仇远和白珽是宋末元初时诗名甚著的诗人，

① 戴表元：《桐江诗集序》，《全元文》卷四一七，第12册，第109页。
② 《全元文》卷四一七，第12册，第107页。
③ 《全宋文》卷八一一〇，第351册，第10页。

对于无名诗人来说，要刊行自己的诗集则是难以实现的愿望。其中就有余好问这样的人，心怀同样的愿望，将诗稿交给方回，请他甄选佳作，同时拜托他作序跋。方回却意外地写了一篇内容严厉的序文：

> 作诗当有自得意处，亦当自知之，不待决于他人之目。好问诗不雕刻，可喜，然多信笔，不必皆工而近乎率。……盖年方四十，精锻细敲，未见其止也。不知何人欲为板行流传，毋乃太急乎？予勉为批点，去取恐不能得君自得之意。寻常泛然称赏，则从恕，将欲刊板，则选择岂可不严。且望雍容于仕，而沉潜于学。今之后生，吟三五十首，刊置书房，无人肯买，而平生聚辨，止于此矣。……然则枣梓之工，五十而后，未为晚也。[1]

题中的"丙申丁酉"指元贞二年（1296）和大德元年（1297）。方回认为他的诗歌还不够成熟，不必如此着急刊刻，其中隐藏着他对到底是谁要刊行的疑问。他认为现在的年轻人凡是积得几首诗便立马刊刻，将诗集摆在书房里，但谁也不会买。从方回这篇跋文可以窥知宋朝灭亡近二十年后，诗人积极上梓自撰诗集的踪迹仍然没有断绝。

六　结语：作为职业的诗人

从以上各节可知，南宋后期嘉定年间以后的诗坛已经发生了巨大变化，这之前一直由上层士大夫引领，而此时士大夫的向心力急速衰减，取而代之的是以布衣和下层士大夫为中心的江湖诗人开始席卷诗坛。与此同时，在"诗人"的社会认定这点上，嘉定以前和以后也存在巨大的断裂。嘉定以后的"诗人"已经完全摆脱了与士大夫的关系，开始成为专业诗人的代称。虽然元初与宋末在诗歌的文体价值观上存在巨大差异，但元初的"诗人"大体也是指"专业诗人"。

那么，在"诗人"一词意味着"专业诗人"的宋末元初，诗人是否能够专靠作诗来维持生计呢。结论是：即使有能够纯粹只靠诗歌生活"诗人"可能也是极少数

---

[1] 《跋余好问丙申丁酉诗稿》，《全元文》卷二一七，第7册，第221—222页。

的。以南宋江湖诗人为例，戴复古可能是专门依靠诗歌生活的代表诗人，但仍然很难想象他以"谒客"的那点临时收入就能悠然自适地过完一生。他应该在故乡黄岩有一定家产才能够长期离家游历各地，仅靠诗为收入来源可能连维持旅行都做不到。

应该充分考虑到：江湖诗人中能够举出名字的诗人实际上很多都擅长诗歌以外的词和书法。江湖诗人的先锋人物姜夔精通雅乐，是雅词的创始者，当时的权贵和著名士大夫都对他心悦诚服，他还精通书法。刘过也擅长作词。孙惟信也工于词和书法。如果能够精通书法艺术，那么便可以为诗歌这一商品增加附加价值。但是如果没有这些特殊才能，为了证明自己的价值，就必须依靠前头冠有当代名人序跋的诗集，尤其是上梓了的诗集。上节末尾引用的方回跋文中提到当时刊行诗集的潮流便是诞生于这样的背景下。

如此这般，宋末元初以诗人为职业是很难单独成立的，具有非常不安定的要素。而且从社会阶层的侧面来看，专业诗人也不像士大夫那样是很明确的上流人士，而是一种浮游不定的存在。这种特性在近世后期的明清时期也被继承下来。本稿最后想以吴敬梓（1701—1754，字敏轩，号粒民，又自号秦淮寓客，安徽全椒人）的《儒林外史》为线索对这个问题稍加考察。

在第十七回中，有一位在杭州经营头巾屋、名叫景兰江的诗人登场。他称杭州有很多对八股文不屑一顾的名士。对景兰江来说，那些为举子的科举考试参考书（时文的答案集）写评点而赚钱的"选书"家都是与自己格格不入的俗物。另一方面，对于"选书"家们来说，景兰江等自认为诗人的人在他们眼中不过是不通世故，脱离现实的闲人。而精通世故的贪吏潘三则评价他们："这一班人是有名的呆子。这姓景的开头巾店，本来有两千银子的本钱，一顿诗做得精光。他每日在店里，手里拿着一个刷子刷头巾，口里还哼的是'清明时节雨纷纷'，把那买头巾的和店邻看了都笑。而今折了本钱，只借这做诗为由，遇着人就借银子，人听见他都怕。那一个姓支的是盐务里一个巡商，我来家在衙门里听见说，不多几日，他吃醉了，在街上吟诗，被府里二太爷一条链子锁去，把巡商都革了，将来只好穷得淌屎！二相公，你在客边要做些有想头的事，这样人同他混缠做什么？"（第十九回）将他们都毫不留情地严批了一通。

此外书中还有牛布衣以及他死后假冒他的牛浦郎、举人杜慎卿、杜少卿等人登场，但诗人大体上不过止于举人，过半数是在民间经营买卖的商人或者道士。还有沈琼枝这样的"卖诗女士",而这可能是明清才有的现象。

总而言之,《儒林外史》中登场的诗人们比起宋末元初的江湖诗人来说,属于下层市民阶层的人士更多,而这正是诗歌更进一步通俗化的结果。他们与举子业划清界线这点上是与宋末的情况相似的。而且诗人是专业诗人的称谓也是相同的。这样一来,《儒林外史》所描绘的明末清初的情况也基本上与宋末元初没有多大的差异。诗人这一职业从士大夫中分化出来,与举子业也划清了界线,这种逐渐分工的现象从《儒林外史》中也可以得到认证。

至于这到底应该看作诗学的衰退还是进化,根据树立的基准的不同,会产生巨大差异。不过,将这看成是通俗化的现象之一,应该是没有异议的。笔者自然也是站在承认南宋嘉定年间以后的发展是诗学"近世"化的立场的。

（附表）江湖诗派的成员

士大夫阶层 （75）	上	（福建）2 刘克庄、林希逸 （2）	
	中	（浙江）5 王同祖、卢祖皋、史文卿、姚镛、高似孙 （江西）5 刘子澄、危稹、赵汝鐩、赵善扛、裘万顷 （福建）3 朱复之、刘克逊、黄简 （安徽）1 方岳 （14）	
	下	（浙江）20 王琮、刘植、巩丰、杜旞、宋庆之、宋伯仁、沈说、张良臣、陈允平、邵桂子、周师成、郑克己、赵汝回、赵汝迕、赵师秀、徐玑、俞桂、柴望、薛嵎、戴埴 （江西）14 邓林、李泳、利登、罗椅、赵与时、赵崇鉘、赵崇嶓、徐文卿、黄大受、黄文雷、萧立之、萧澜、章采、曾极 （福建）13 叶绍翁、朱继芳、严粲、陈翊、陈必复、陈鉴之、林同、林昉、赵庚夫、胡仲弓、敖陶孙、徐集孙、曾由基 （江苏）11 王志道、朱南杰、周弼、张矩、张蕴、张端义、陈造、周端臣、赵汝淳、赵希棋、施枢 （湖南）1 乐雷发 （59）	

非士大夫阶层（63）	（浙江）17 翁卷、毛珝、史卫卿、许棐、吴仲方、何应龙、宋自逊、张炜、陈起、林表民、徐照、高翥、盛烈、葛天民、赵汝绩、薛师石、戴复古
	（江西）16 邓允端、刘过、刘仙伦、李涛、李自中、吴汝弍、余观复、邹登龙、罗与之、姜夔、高吉、黄敏求、萧元之、章粲、董杞、释绍嵩
	（江苏）8 王谌、叶茵、李龏、吴惟信、葛起文、葛起耕、张绍文、储泳
	（福建）7 刘翼、张至龙、林洪、林尚仁、胡仲参、盛世忠、释圆悟
	（河南）3 张弋、武衍（寄寓于浙江杭州）、赵希林
	（安徽）2 程垣、程炎子
	（湖北）1 万俟绍之（寄寓于江苏常熟）
	（湖南）1 刘翰
	（山东）1 周文璞
	（未详）7 李时可、来梓、陈宗远、徐从善、郭从范、释永颐、释斯植

　　此表根据张宏生《江湖诗派研究》附录一"江湖诗派成员考"中揭示的共计138人名单，按照"士大夫阶层"（再细分为上、中、下）和"非士大夫阶层"进行分类，并按照出身地进行了重新排列。"士大夫阶层"的上中下区分是按照所任官职的高低来分的。"上"指曾在中央担任显官者；"中"指曾任知府、知州或者州级通判者；"下"指曾任这以外的属官、学官等职者，或者只有进士及第记录而官历未详者。出身地（根据现在的省份划分）原则上不是按照祖籍，而是居住地区分。

简论"宋调"的体性特质及其成因

杭州师范大学　沈松勤

一　问题的提出

作为我国古典诗歌史上的两大类型,"唐音"与"宋调"标志了两种审美范式与体性特质,但针对两者孰优孰劣引起的争论,自南宋至今,从未间断,也未获得一致的认识,堪称聚讼纷繁的一大公案。而其争论主要是围绕严羽提出的诗歌特质展开的。严羽说:

> 夫诗有别材,非关书也;诗有别趣,非关理也。然非多读书,多穷理,则不能极其至。所谓不涉理路,不落言筌者,上也。诗者,吟咏情性也。盛唐诸人惟在兴趣,羚羊挂角,无迹可求。故其妙处透彻玲珑,不可凑泊,如空中之音,相中之色,水中之月,镜中之象,言有尽而意无穷。近代诸公乃作奇特解会,遂以文字为诗,以才学为诗,以议论为诗。夫岂不工,终非古人之诗也。盖于一唱三叹之音,有所歉焉。[①]

所谓"近代之公",即指"宋调"的主要作家欧阳修、王安石、苏轼、黄庭坚及"江西诗人"等。在严羽看来,他们的诗歌议论说理,用今天的话来说缺乏形象思维,与唐诗吟咏性情,注重形象思维不同,故虽工却"终非古人之诗"。严羽的这个界定为后世唐宋诗之争奠定了基调,特别是其中所总结的"以文字为诗,以才学为诗,以议论为诗",不仅成为古今绌宋诗者的众矢之的,而且成了古今申宋诗者进行辩

---

① 严羽:《沧浪诗话校释·诗辨》,郭绍虞校释,人民文学出版社1983年版,第26页。

护的出发点。其辩护主要有两方面。一如叶燮所说："有谓'唐人以诗为诗，主性情，于《三百篇》为近；宋人以文为诗，主议论，于《三百篇》为远'。何言之谬也！唐人诗有议论者，杜甫是也，杜五言古，议论尤多。长篇如《赴奉先县咏怀》《北征》及《八哀》等作，何首无议论！而以议论归宋人，何欤？彼先不知何者是议论，何者为非议论，而妄分时代邪？且《三百篇》中，二《雅》为议论者，正自不少。彼先不知《三百篇》，安能知后人之诗也！如言宋人以文为诗，则李白乐府长短句，何尝非文！杜甫前、后《出塞》及《潼关吏》等篇，其中岂无似文之句！为此言者，不但未见宋诗，并未见唐诗。村学究道听耳食，窃一言以诧新奇，此等之论是也。"①一如翁方纲所云，"唐诗妙境在虚处，宋诗妙境在实处"；宋诗的"实处"则根植于"宋人之学，全在研理日精，观书日富，因而论事日密"；故"宋人精诣，全在刻抉入里。而皆从各自读书学古中来，所以不蹈袭唐人也。然此外亦更无留与后人再刻抉者。以故元人只剩得一段丰致而已。明人则直从格调为之。"②认为"刻抉入里"的议论说理是宋诗特有的表现；也因为如此，"宋调"能在"唐音"以后自创一格，在史诗上树立了又一里程碑。

类似叶燮、翁方纲的辩说为当代申"宋调"者所认同。在他们看来，以议论为诗和以文为诗，是《诗经》以来的一种传统，吟咏性情与议论说理，是中国诗歌史上常见的两种表现方式与特质，并非宋诗所独专；具体到"唐音"与"宋调"，则具有不同的特质。如缪钺先生作于1940年的《论宋诗》说："唐诗以韵胜，故浑雅，而贵蕴藉空灵；宋诗以意胜，故精能，而贵深析透辟。唐诗之美在情辞，故丰腴；宋诗之美在气骨，故瘦劲。唐诗如芍药海棠，秾华繁采；宋诗如寒梅秋菊，幽韵冷香。"③钱锺书先生在总结"唐诗多以丰神情韵擅长，宋诗多以筋骨思理见胜"的同时又指出："夫人禀性，各有偏至。发为声诗，高明者近唐，沉潜者近宋，有不期而然者。故自宋以来，历元、明、清，人才辈出，而所作不能出唐宋之范围，皆可分唐宋之畛域。"④则揭示了"唐音"与"宋调"赖以生成的不同的主体性情，并认为这两种特质构成了唐宋以来诗歌的两大畛域。

缪钺、钱锺书两位先生不作"唐宋优劣论"，而在前人的基础上，对"唐

---

① 叶燮：《原诗·外篇下》，霍松林校注，人民文学出版社1979年版，第70—71页。

② 翁方纲：《石洲诗话》卷四，人民文学出版社1981年版，第120—123页。

③ 缪钺：《诗词散论》，上海古籍出版社1982年版，第36页。

④ 钱锺书：《谈艺录》，中华书局1984年版，第2—3页。

音""宋调"不同的体性特质作了进一步提炼,当代诸多申"宋调"者对"唐音""宋调"的总体认识基本上未出其右。不过,从今天看来,所谓"以丰神情韵擅长""以筋骨思理见胜",以及"高明者近唐,沉潜者近宋"等等,均属概念性的表述。概念固然是对相应事物的本质的一种提炼,但任何事物的本质都是在自身多元复杂的运动过程中形成的。如"宋调"作者的"沉潜"秉性是如何形成的?它具有何种时代内涵?又怎样作用于诗歌创作?既然议论说理是中国古代诗歌的一种传统,那么"宋调"中的"理"有何内涵特征?它与作者的"沉潜"秉性有何关系?又如何反映到诗歌中来的?笔者认为,"宋调"的体性特质就是在这些多种因素相互作用的运动过程中形成的。揭示这个过程及其关键环节所起的作用,不仅是考察"宋调"的应有之义,而且还会丰富或深化现有概念的内涵,修正人们对"宋调"的既有认识。本文试从以下三个方面,探讨"宋调"的体性特质及其成因,以期得到应有的结论。

二 "为己之学":"宋调"的体性特质及其成因之一

钱锺书先生说:"唐诗、宋诗,亦非仅朝代之别,乃体格性分之殊……严仪卿首倡断代言诗,《沧浪诗话》即谓'本朝人尚理,唐人尚意兴'云云。曰唐曰宋,特举大概而言,为称谓之便。非曰唐诗必出唐人,宋诗必出宋人也。故唐之少陵、昌黎、香山、东野,实唐人之开宋调者;宋之柯山、白石、九僧、四灵,则宋人之有唐音者。"而在开"宋调"的唐人中,"韩昌黎之在北宋,可谓千秋万岁,名不寂寞者矣",因为韩愈的诗歌不仅在"体格性分"上开启了"宋调",而且在作法上广为"宋调"作者所汲取,如"荆公五七古善用语助,有以文为诗、浑灏古茂之致,此秘尤得昌黎之传。"[①] 然而作为"宋调"的风格内涵,"体格性分"的形成首先取决于诗人的性情,即所谓"高明者近唐,沉潜者近宋";其性情同时也决定了立身处世的"体格性分"。宋代诗人立身处世的"体格性分",则基于在"为己之学"中形成的以"内圣"为取向的秉性与品格。

欧阳修指出:"前世有名人,当论事时,感激不避诛死,真若知义者,及到贬所,则戚戚怨嗟,有不堪之穷愁,形于文字,其心欢戚,无异庸人,虽韩文公不免此

---

① 钱锺书:《谈艺录》,第2、62、70页。

累。"①类似这种批评，在宋代屡有所见。如蔡居厚评柳宗元诗歌时说："子厚之贬，其忧悲憔悴之叹，发于诗者，特为酸楚。闵己伤志，故君子所不免，然亦何至是，卒以愤死，未达理也。"②朱熹评杜甫《同谷歌》亦云："杜陵此章，豪宕奇崛，诗流少及之者。至其卒章，叹老嗟卑，则志亦陋矣。人可以不闻道哉？"③认为柳宗元"未达理"、杜甫"不闻道"，与欧阳修视韩愈为"庸人"同出一辙。实际上，表现患得患失、悲喜随物、叹老嗟卑、闵己伤志等欢戚无常的情感内容是唐诗的普遍现象，不啻杜、韩、柳三家诗，为大多数宋人所不取。究其原因，随着新型"宋士大夫之学"的兴起，诗人面对人生实践中的穷通荣辱、得丧祸福时，有了与唐人不同的秉性与"体格性分"。

南宋陈傅良在论及本朝"士大夫之学"的形成及其内涵时指出："宋兴，士大夫之学亡虑三变：起建隆至天圣、明道间，一洗五季之陋，知乡方矣，而守故蹈常之习未化。范子（仲淹）始与其徒抗之名节，天下靡然从之，人人耻无以自见也。欧阳子（修）出，而议论、文章粹然尔雅，轶乎魏晋之上。久而周子（敦颐）出，又落其华，一本于六艺，学者经术庶几于三代，何其盛哉！"④王水照先生总结说：陈傅良"表彰范仲淹的'名节'、欧阳修的'议论、文章'，周敦颐的'经术'，其实，政治家、文章家、经术家三位一体，是宋代'士大夫之学'的有机构成"⑤。这一新型的"士大夫之学"具有多个层面的内涵，从制度层面而言，昭示了"与士大夫治天下"的新政制的诞生，从参政者层面而言，宣告了士人群体多元复合型社会角色的确立；从文学层面而言，昭示了创作主体多维知识与才学的形成，从思想层面而言，标志了儒学的复兴。这诸多层面的有机构成，使"宋士大夫之学"具有了丰富的内涵与时代特征。

需要说明的是，儒学的复兴并非始于北宋。陈寅恪先生考察韩愈的道统思想

---

① 欧阳修：《与尹师鲁第一书》，《欧阳修全集》卷六九，中华书局2001年版，第999页。

② 郭绍虞辑：《宋诗话辑佚·蔡宽夫诗话》，中华书局1980年版，第393页。

③ 蔡正孙：《诗林广记·前集》卷二，中华书局1982年版，第20页。按杜甫《同谷歌》卒章云："男儿生不成名身已老，十年饥走荒山道。长安卿相多少年，富贵应须致身早。山中儒生旧相识，但话宿昔伤怀抱。呜呼七歌兮悄终曲，仰视皇天白日速。"

④ 陈傅良：《温州淹补学田记》，《止斋先生文集》卷三九，《四部丛刊初编》，上海商务印书馆1936年版，第9页。

⑤ 王水照：《宋代文学通论》，河南大学出版社1997年版，第27页。

时指出："退之于此以奠定后来宋代新儒学的基础。"① 不过，韩愈倡导的儒学虽为宋代新儒学奠定了基础，但在内涵上与宋代新儒学不可同一而语；与此同时，其道统思想也没有得到中晚唐士人社会的普遍认同。在中晚唐，类似李商隐"'夫所谓道，岂古所谓周公、孔子者独能邪？盖愚与周、孔俱身之耳。'以是有行道不系今古，直挥笔为文，不爱攘取经史，讳忌时世。百经万书，异品殊流，又岂能意分出其下哉"② 之声，时有所闻。其原因之一，在于践行儒学所必需具备的主体基石尚未真正确立。宋代新儒学之所以能在范仲淹时代开始全面复兴，则与实践主体自觉恪守"为己之学"息息相关。周行己说：

> 何谓为己之学？以吾有孝悌也则学，以吾有忠信也则学。学乎内者也，养其德者也。故为己而学者，必有为人之仕矣。何谓为人之学，人以我为多闻也则学，人以我为多能也则学，学乎外者也，利其闻者也。故为人而学者，必有为己之仕矣。③

朱熹亦云：

> 盖为学而求名者，自非为己之学。④

陈文蔚又指出：

> 笃志力行，有意于古人为己之学，不与世俗浮沉于富贵贫贱、得丧祸福之中……以洗其凡俗之陋。⑤

诸如此类的表述，屡屡见诸宋代载籍，昭示了宋代士人对"为己之学"的普遍重

---

① 陈寅恪：《论韩愈》，《金明馆丛稿初编》，三联书店2001年版，第322页。

② 李商隐：《上崔华州书》，《樊南文集》卷八，上海古籍出版社1988年版，第441页。

③ 周行己：《从弟成己审己直己存己用己字说》，《浮沚集》卷六，丛书集成初编本，商务印书馆1935年版，第59页。

④ 朱熹：《养生主说》，《晦庵集》卷六七，《景印文渊阁四库全书》第1145册，台湾商务印书馆1986年版，第327页。

⑤ 陈文蔚：《答徐子融师尧说》，《克斋集》卷二，《景印文渊阁四库全书》第1171册，第9页。

视。而作为士人的立身之道，"为己之学"原本是儒学强调个体心性修养的重要思想。《论语·宪问》载孔子语："古之学者为己，今之学者为人。"《正义》云："此章言古今学者不同也。古人之学，则履而行之，是为己也。今人之学，空能为人言说之，己不能行，是为人也。范晔云：'为人者冯誉以显物，为己者因心以会道也。'"①指出了"为己之学"与"为人之学"的不同秉性与品格；而儒家肯定与张扬"为己之学"的思想，昭然若揭。在唐代，尽管不乏自觉履行孝悌忠信之人，在具体的立身处世中，却很少像宋人那样重视"为己之学"。尽管韩愈立志恢复长期失坠的儒家学说，建立了儒家道统，并以道统的继承者自居②，但一方面由于其建立道统的主要目的是为了"排斥佛老，匡救政俗之弊害"③，故无意强调关乎自我修养的"为己之学"；另一方面在欧阳修看来，韩愈与其他唐人一样患得患失，欢戚无常，"无异庸人"，遑论"为己之学"。随着范仲淹时代儒学的复兴，强调"为己之学"成了宋代士人社会的一种思潮。而无论"因心以会道"，心怀忠信孝悌，履而行之，抑或心不为富贵贫贱所萦、穷通祸福所累，"洗其凡俗之陋"，"为己之学"的任务在于修炼主体心性，使之进入"内圣"之境。宋人"内圣"的目的在于"为人之仕"即"外王"；也就是说，"为己之学"是宋代士人建构"内圣外王之学"的一个不可或缺的基石。

"内圣"与"外王"是宋代新儒学两大互为倚重的支架。余英时先生认为，它虽始于仁宗年间的古文运动，但古文运动"偏重'外王'而少涉'内圣'"，欧阳修又"对'内圣'之学采取了相当消极的态度""他还提出了一个非常著名的论断：'性非学者之所急，而圣人之所罕言。'这便是他拒绝开拓'内圣'领域的确证"；至神宗朝，王安石、二程才开始共同围绕人之"性"却以不同的路径与内涵，在学理上建构起"内圣之学"④。不过，仁宗时期的古文运动，虽然未能从"性"这个形上的学理层面开拓"内圣之学"的领域，但从"怎么做"这个形下的实践层面观之，士人群体已开始在"为己之学"中，行"内圣"之实。范仲淹《岳阳楼记》中的名言、也是作者在立身处世中所恪守不渝的"先天下之忧而忧，后天下之乐而

---

① 《十三经注疏·论语注疏》卷十四，何晏注、邢昺疏，北京大学出版社1999年版，第195—196页。
② 详见韩愈：《与孟简尚书书》，《韩愈文集》，刘真伦等汇校笺注，中华书局2010年版，第888页。
③ 陈寅恪：《论韩愈》，《金明馆丛稿初编》，第319—332页。
④ 余英时：《朱熹的历史世界》，三联书店2011年版，第36—64页。

乐","不以物喜,不以己悲"①,就是"内圣"的一个突出标志。范仲淹"以言事凡三黜",被人誉为"三光","士论壮之"②,则又体现了士人群体对待穷通荣辱、得丧祸福的一种态度与秉持,其所秉持的就是石介所说"达也,以孔子之道也;穷也,以孔子之道","穷达之间",皆"卓然有余裕"③的"内圣"。景祐年间,欧阳修因言事迁谪夷陵,至贬所,致书尹洙云:"路中来,颇有人以罪出不测见吊者,此皆不知修心也。"并勉励被贬的同党"甚勿作戚戚之文"④。与欧阳修同时"待罪去朝"的曾必疑,在贬所作之诗"皆讽咏前贤遗懿,当代绝境,未尝一言及于身世",原因就是他"不以时之用舍累其心"⑤,在面对得丧祸福的人生际遇及其诗歌创作中,践行了"不以物喜,不以己悲"的"为己之学",具体呈现了"内圣"心境,与唐人诗歌所表现的"戚戚怨嗟,有不堪之穷愁",适成鲜明对照。

应该说,在仁宗时期的古文运动期间,士人群体于"为己之学"中的"内圣"实践,为神宗年间"内圣之学"的学理建构奠定了坚实的现实基础。事实也表明,在"为己之学"中深化"内圣"心境,是融"政治家、文章家、经术家三位一体"的宋代士人夫安身立命与经世济民的基本保障。而宋代士人"为己之学"又是多面向的,既面向日常生活的领域,又面向仕途生活的领域,尤其是后者,最能凸显"内圣"心境。这从下列李光给胡铨的一封书札中所叙述的内容可见一斑:

> 某启:相望不远,而风涛汹然,久不承问动止。此心倾仰,何可胜言。仲夏酷暑,起居佳胜。某老病如故,日夕汛扫此心,时至即行,非如吾友盛壮之年,前程万里。惟祝乘此闲放,尽为己之学。至处忧患之际,则当安之若命,胸中浩然之气,未尝不自若也。邦衡岂俟鄙言,仲尼作《易》,亦专论此事。困,刚揜也,险以说,困而不失其所亨,其惟君子乎。剥必有复,否终则倾。邦衡素明此道,需之时,则当以饮食燕乐。仆之顽鄙,又垂尽之年,惟知生死事大,无常迅速,故汲汲耳。⑥

---

① 范仲淹:《范仲淹全集》卷八,李勇先、王蓉贵校点,四川大学出版社2007年版,第195页。
② 文莹:《湘山野录·续录》,中华书局1984年版,第77—78页。
③ 石介:《送张绩李常序》,《徂徕石先生文集》卷一八,中华书局1984年版,第216页。
④ 欧阳修:《与尹师鲁第一书》,《欧阳修全集》卷六九,第998页。
⑤ 余靖:《曾太傅临川十二诗序》,《武溪集》卷三,《景印文渊阁四库全书》第1189册,第26页。
⑥ 李光:《与胡邦衡书》(其九),《庄简集》卷一五,《景印文渊阁四库全书》第1128册,第600页。

李光与胡铨因反对和议，被流放海南，长达十余年之久。十余年间，两人书邮不断，上列就是其中之一。书中以现身说法口吻，自叙在"尽为己之学"中所形成的"内圣"心境。据载，海南环境异常恶劣，尤其是"夏秋之交，物无不坏者。人非金石，其何能久"①。故贬居海南，仕宦与生命均"至处忧患之际"。身当此际，李光通过"尽为己之学"，修炼心性，不为忧患所累，真定心志，养就浩然之气，将孟子所倡导的"我善养吾浩然之气……至大至刚，以直养而无害，则塞于天地之间。其为气也，配义与道。无是，馁也。是集义所生者，非义袭而取之也"②的"内圣"理想，具体转化成了一个实在的生命意境，从而抑制了眼前政治上的仕途之悲与生命上的生死之忧，"安之若命"，呈现了道义与生命的双重价值和意义。当主体的这一生命意境作用于诗文创作时，也就是清四库馆臣所总结的：李光"以争论和议，为权相所排，垂老投荒，其节概凛然，宜不可犯，而其诗乃志谐音雅，婉丽多姿"；其文"乃皆醇实和平，绝无幽忧牢落之意"。③与李光一样，胡铨在"至处忧患之际"，也能通过"尽为己之学"，临危不惧，"安之若命"。他自雷州赴儋州时所作《次雷州和朱彧秀才韵时欲渡海》诗云："何人着眼觑征骖，赖有新诗作指南。螺髻层层明晚照，蜃楼隐隐倚晴岚。仲连蹈海齐虚语，鲁叟乘槎亦漫谈。争似澹庵乘兴往，银山千叠酒微酣。"④方回评曰："澹庵此诗，不少屈挠，真铁汉！"⑤一派至大至刚的浩然之气与"内圣"意境。

宋代新儒学之所以能全面复兴与践行，首先有赖其实践主体的"为己之学"；而整个"宋士大夫之学"得以建构与运行，则同样需要士人群体在"尽为己之学"中，营造"内圣"心境，为"外王"实践奠定坚实的主体基石；与此同时，类似李光、胡铨的贬居生活，也极大地促进了士人"尽为己之学"。自仁宗景祐、庆历党议，中经神宗、哲宗、徽宗三朝新旧党争、高宗绍兴党锢，再到宁宗庆元党禁，士大夫之间的朋党之争几乎从未间断，表演了一出出你方唱罢我上场的闹剧，宋代政治的运行出现了周期性反复动荡的怪圈。在这个怪圈中，大量士人深陷其中，并屡遭贬

---

① 苏轼：《书海南风土》，《苏轼文集》卷七一，孔凡礼点校，中华书局1986年版，第2275页。
② 《十三经注疏·孟子注疏》卷三，赵岐注、孙奭疏，北京大学出版社1999年版，第75页。
③ 永瑢等：《四库全书总目》卷一五六《〈庄简集〉提要》，中华书局1965年版，第1347页。
④ 《全宋诗》卷一九三二，第34册，北京大学出版社1998年版，第21574页。
⑤ 《瀛奎律髓汇评》卷三四，方回选评、李庆甲集评校点，上海古籍出版社1986年版，第1571页。

谪，甚至像司马光等不少已故官员，也被蔡京列入"元祐奸党碑"，遭贬被禁，"宋调"的代表作者苏轼、黄庭坚等，或病死于贬所，或屡遭贬谪，贬居成了宋代士人仕途生涯中的一种常态。因此，"尽为己之学"，不以时之用舍、得丧祸福所累，营造"卓然有余裕"的"内圣"心境，也成了宋代士人在立身处世的过程中的一种常态。

当然，自北宋古文运动以后，以"内圣"为取向的"为己之学"，并非为每位士人所遵循，但它作为宋代士人社会的主流实践形态或立身之道，却无疑成了新儒学或"宋士大夫之学"赖以形成与运作的主体基础；而"宋士大夫之学"则又赋予了士人"为己之学"的价值取向与实践内涵。两者互为因果，互为作用，孕育了不同于唐代诗人的以"内圣"为取向的秉性与品格。这决定了他们立身处世的"体格性分"，也成了"宋调"体性特质的基本元素及其特质得以形成的首要环节。

三 理性自觉："宋调"的体性特质及其成因之二

钱锺书先生指出导致"唐音"与"宋调"的不同体性特质在于"高明"与"沉潜"的不同主体性情的同时，又强调："一生之中，少年才气发扬，遂为唐体，晚节思虑深沉，乃染宋调。"①此非专指唐宋两代，而是就中国古代诗人的两大不同性情类型，以及在此基础上形成的两种不同诗歌特质而言，并且同一朝代也不乏"高明""沉潜"并存的现象，如在以"沉潜"为主流的宋代，陆游"高明之性，不耐沉潜"②，故发而为诗，"遂为唐体"，赢得"小李白"之誉。③从总体观之，这两大不同性情在唐宋两代诗人之间十分明显，且具有典型性。不过，宋代诗人的"思虑深沉"，并非凭空而来。如果说，上述"为己之学"是其"思虑深沉"的性情得以形成的温床；那么，诗人的理性自觉则既保证了"为己之学"的展开，又成了孵化其"思虑深沉"的性情的必要条件，也是"宋调"的体性特质赖以形成的一个重要环节。

在绌宋诗者的眼里，宋人"以才学为诗，以议论为诗"严重地戕害了诗歌的

---

① 钱锺书：《谈艺录》，第4页。

② 钱锺书：《谈艺录》，第130页。

③ 据载，当宋孝宗问当世哪位诗人最像李白时，周必大举荐了陆游（见毛晋《剑南诗稿跋》，陆游《剑南诗稿》，汲古阁本）。从语源学的角度观之，这是后世称陆游为"小李白"的由来。

形象美,读来"味同嚼蜡"①。宋人的才学源于严羽所说的"多读书,多穷理";并在"多读书,多穷理"中,通达于理,体现了高度的理性自觉,呈现出鲜明的理性精神。前述李光在"至处忧患之际",能"尽为己之学",便在"多读书"中穷《易经》关于身处"困"境之理,自觉用作化解忧患情累的精神力量,保证了心性的修炼和"内圣"心境的营造。然而,"多读书"并不一定就具备了才学;有了才学并非就拥有了理性;拥有了理性也不一定就左右诗歌的抒情。如杜甫、韩愈、柳宗元,不可谓无才学,但在面对具体的人生际遇时,因"未达理"而被宋人视为"庸人";认为"行道不系古今",并质疑"孔氏于道德仁义外有何物"②的李商隐"五年诵经书,七年弄笔砚"③,也不可谓无才学,但他"直挥笔为文",抒写性情,与杜甫、韩愈、柳宗元一样,其才学与理性、学理与诗情往往处于分离状态。宋代诗人的理性自觉则不仅保证了才学与理性、学理与诗情的高度融合,而且实现了学人与诗人的有机统一。在这个统一体内呈现出来的性情,也就不是青少年般"才气发扬",激情四溢,而是中老年式"思虑深沉",理性冷静;当它作用于诗歌创作时,虽然不乏因过于理性化而走向教条,出现戕害诗歌形象美的弊病,但就主流方面而言,在以理性为主导的审美过程中,确立了不同于"唐音"的以理性精神为内核的体性特质。不妨以王安石《明妃曲》为例:

> 明妃初出汉宫时,泪湿春风鬓脚垂。低徊顾影无颜色,尚得君王不自持。归来却怪丹青手,入眼平生几曾有。意态由来画不成,当时枉杀毛延寿。一去心知更不归,可怜着尽汉宫衣。寄声欲问塞南事,只有年年鸿雁飞。家人万里传消息,好在毡城莫相忆。君不见咫尺长门闭阿娇,人生失意无南北。④

王安石《明妃曲》凡二首,作于仁宗嘉祐四年(1059),上例为其中之一;当时欧阳修、刘敞、司马光等前辈看后,叹服不已,均有和作。写"怜昭君远嫁"的诗歌在汉代就已出现,自晋石崇作《王明君词》后,作者遂盛。唐代李白、王维、杜甫、白居易

---

① 毛泽东:《致陈毅》,《毛泽东书信选集》,人民出版社1983年版,第608页。
② 李商隐:《容州经略使圆结文集后序》,《樊南文集》卷七,第434页。
③ 李商隐:《上崔华州书》,《樊南文集》卷八,第441页。
④ 王安石:《明妃曲》,《全宋诗》卷五四〇,第10册,第6503页。

等都有咏昭君的名篇。曹雪芹借薛宝钗之口说:"做诗不论何题,只要善翻古人之意。若要随人脚踪走去,纵使字句精工,已落第二义,究竟算不得好诗。即如前人所咏昭君之诗甚多,有悲挽昭君的,有怨恨延寿的,又有讥汉帝不能使画工图貌贤臣而画美人的,纷纷不一。后来王荆公复有'意态由来画不成,当时枉杀毛延寿',永叔有'耳目所及尚如此,万里安能制夷狄',二诗俱能各出己见,不与人同。"[1] 王安石、欧阳修之所以能"善翻古人之意",就是因为得力于理性洞察,而非感性认知。王安石认为,造成昭君万里远嫁之不幸的根源,并不在于像前人普遍认为的"何乃明妃命,独悬画工手。丹青一诖误,白黑相纷纠"[2]—— 为宫廷画师毛延寿的丹青所诖误;"君不见咫尺长门闭阿娇,人生失意无南北",也不在于地域的远近,而在于是否真正相知,即其第二首所说的"人生乐在相知心",在成功地翻了旧案的同时,揭示了一个古今不二的至理。欧阳修和诗在和其意的基础上,又以"纤纤女手生洞房,学得琵琶不下堂。不识黄云出塞路,岂知此声能断肠"的笔调作反衬,进一步写出昭君不获知音的遗恨之深;同时又出于"耳目所及尚如此,万里安能制夷狄"[3] 的议论,责斥汉元帝刘奭无知人之明,连近在咫尺之人都不辨忠奸美恶,又谈何制敌于千里之外。事实上,刘奭听信佞臣,导致西汉由盛入衰。这又从昭君之不幸指向了国家之不幸的根源所在,与原唱一样体现了前引翁方纲语所谓"宋人之学,全在研理日精,观书日富,因而论事日密"。诚然,其"论事""研理"不乏情感内涵,嘉祐三年(1058),王安石给仁宗上万言书,主张变更法度,仁宗却无意进取,王安石的变法倡议被搁置,内心不免失落,"人生失意无南北",正寄托着自己不得志的情感;尤其是欧阳修,至嘉祐四年已多次被放逐,昭君的不被知遇自然引起他在情感上的共鸣。但在《明妃曲》中,他们的情感却成了说理的一种助力,呈现出唐人诸多咏昭君之作所不具有的理性及其以理性精神为内核的体性特质。

当然,这并非说唐代诗人在创作中无理性可言。事实上,诸如李白"乃知兵者是凶器,圣人不得已而用之""吾观自古贤达人,功成不退皆陨身"[4]之类富有理性的诗句,在唐诗中并非绝无仅有。不过,这些诗句通常是为了强化全诗的抒情力

---

① 曹雪芹:《红楼梦》第六四回,中华书局2001年版,第561页。

② 白居易:《青冢》,《全唐诗》卷四二五,中华书局1960年版,第4688页。

③ 欧阳修:《明妃曲和王介甫作》《再和明妃曲》,《全宋诗》卷二八九,第6册,第3656页。

④ 李白:《战城南》《行路难》其三,《全唐诗》卷十七、卷二五,第166、344页。

度，即便是有些通篇存在议论说理之作如杜甫《自京赴奉先县咏怀五百字》，其说理明显助长了诗人内心海底潜流般的情感，最终也是为了强化其"忧端齐终南，澒洞不可掇"①的情感抒发。不妨说，在处理情与理的关系上，"唐音"作者以情感为主导，时而以理性为辅助，目的在于强化抒情的力度，所张扬的是情感价值；"宋调"作者则以理性为主导，时而以情感为辅助，目的是为了强化说理的深度，所注重的是理性意义。

欧阳修《镇阳读书》说："平生事笔砚，自可娱文章。开口揽时事，论议争煌煌。"②这是欧阳修一生的自我写照，也是一幅自仁宗朝以后融参政、学术、文学三大主体于一炉的士人群体画像；进而言之，以诗歌的形式议论社会时事，而且"论事日密""研理日精"是宋代士大夫普遍拥有的一种习性与特长。这一习性与特长的形成和在"与士大夫治天下"的新制下诗人成为参政主体息息相关，而关键却在于同时兼备学术主体的诗人在理性上的高度自觉。因此，即使是身居贬所的待罪之人，有时也难免"开口揽时事，论议争煌煌"之习。如苏轼作于惠州贬所的《荔支叹》：

> 十里一置飞尘灰，五里一堠兵火催。颠阮仆谷相枕藉，知是荔支龙眼来。飞车跨山鹘横海，风枝露叶如新采。宫中美人一破颜，惊尘溅血流千载。永元荔支来交州，天宝岁贡取之涪。至今欲食林甫肉，无人举觞酹伯游。（自注：汉永元中，交州进荔支龙眼，十里一置，五里一堠，奔腾死亡，罹猛兽毒虫之害者无数。唐羌，字伯游，为临武长，上书言状，和帝罢之。唐天宝中，盖取涪州荔支，自子午谷路进入。）我愿天公怜赤子，莫生尤物为疮痏。雨顺风调百谷登，民不饥寒为上瑞。君不见武夷溪边粟粒芽，前丁后蔡相笼加。（自注：大小龙茶，始于丁晋公，而成于蔡君谟。欧阳永叔闻君谟进小龙团，惊叹曰："君谟士人也，何至作此事！"）争新买宠各出意，今年斗品充官茶。（自注：今年闽中监司，乞进斗茶，许之。）吾君所乏岂此物，致养口体何陋耶。洛阳相君忠孝家，可怜亦进姚黄花。（自注：洛阳贡花，自钱惟演始。）③

---

① 杜甫：《自京赴奉先县咏怀五百字》，《全唐诗》卷二一六，第2266页。

② 欧阳修：《镇阳读书》，《全宋诗》卷二八三，第6册，第3600页。

③ 苏轼：《荔支叹》，《苏轼诗集》卷三九，第2126—2127页。

进贡荔枝是唐代的一项弊政。杜牧《过华清宫》："长安回望绣成堆，山顶千门次第开。一骑红尘妃子笑，无人知是荔枝来。"①所言即此。然而，杜诗所写的是瞬间，隐含其中的感情凝聚而极具张力，苏轼的《荔支叹》虽然也有"飞车跨山鹘横海，风枝露叶如新采。宫中美人一破颜，惊尘溅血流千载"的凝聚情感且又沉重的笔调，但更为突出的却是从参政主体的立场与理念、学术主体的视野与学理，将历史与现实结合起来，纵论历史上的进贡荔枝之政与当世的贡茶、贡花之事，"我愿天公"四句，并非否定自然界的"尤物"，而是通过"尤物误人"之理，揭示进贡荔枝、茶、花的弊政给黎民带来的深重灾难；换言之，其凝聚情感的"飞车跨山"四句强化了"尤物误人"之理，使其议论更为"刻抉入里"。全诗的议论对象与说理内容虽不同于上述王安石、欧阳修的《明妃曲》，但在"研理日精""论事日密"及其审美范式与体性特质上，并无二致。

宋代诗人的理性自觉固然体现在"研理日精""论事日密"上，但更重要的是它作为立身之道与诗歌审美的一种精神向导而存在，引导诗人对社会人生的观察与体认，以及诗歌创作的审美趣味与价值取向。这既体现在大量类如前述王安石、欧阳修《明妃曲》、苏轼《荔支叹》所论历史人物事件或现实时事政治中，又体现在包括如前述李光、胡铨贬谪生活与诗人的日常生活领域里。

杨万里《跋淳溪汪立义大学致知图》云："此事元无浅与深，着衣吃饭过光阴。"②诗题中的"致知"就是道学家反复强调的"格物致知"——穷尽事物的"天理"之意。杨万里认为，事物的"天理"不在高深莫测处，而在"着衣吃饭过光阴"的日常生活中；又据杨万里说："内而正心诚意，外而开物成务，不待富贵而欣，不因贫贱而悲者。"③"修辞者，立诚之宅里也。"④则知他用以修炼心性的学理主要来自程、朱道学；其以日常生活为题材内容的"诚斋体"所表现的理性精神，也主要基于此。这就是说，杨万里在将日常生活诗化、"天理"化的同时，又将诗"天理"化、日常生活化了，其"着衣吃饭过光阴"的日常生活因活泼流动的诗意与理性变得更加枝繁叶茂，反过来又赋予了其诗以理性精神为核心的体性特质。古今学者

---

① 杜牧：《过华清宫绝句》三首其一，《全唐诗》卷五二一，第5954页。

② 《杨万里集校笺》卷二二，辛更儒笺校，中华书局2007年版，第1113页。

③ 杨万里：《上张子韶书》，《杨万里集校笺》卷六三，第2714页。

④ 杨万里：《秀溪书院记》，《杨万里集校笺》卷七六，第3152页。

多认为"诚斋体"在内容上"浅俗"①"琐屑"②，就是指杨万里诗歌反映日常生活琐事。实际上，"诚斋体"浅俗琐屑其表，深雅其质。张浚称誉其人其诗"透脱"，犹如光风霁月，指的就是在以"天理"为主导的审美范式中形成的诗歌意境。③而日常生活的诗化与诗的日常生活化、理性化，非杨万里所独专，而是宋人普遍拥有的一种生活样式。

诚然，在唐代诗人笔下，不乏反映日常生活的作品，尤其是杜甫、韩愈、孟郊等人的诗歌，哀叹个人日常生活中的困苦贫病，是出了名的。与唐人一样，困苦贫病也是绝大部分宋代士大夫"着衣吃饭过光阴"中的常态④，但反映在诗中，却如黄庭坚《寄黄几复》所说：

> 我居北海君南海，寄雁传书谢不能。桃李春风一杯酒，江湖夜雨十年灯。持家但有四立壁，治病不蕲三折肱。想得读书头已白，隔溪猿哭瘴溪藤。⑤

题下有注："乙丑年（元丰八年）德平镇作。"该诗是"宋调"中近体"以才学为诗"或"资书为诗"的一个典型，在格律上取法杜诗，颈联用拗律⑥，其创作宗旨又与杜甫名作《赠广文馆博士郑虔》（又题《醉时歌》）相同，在抒写好友黄几复的家境

---

① 详见王昶：《舟中无事偶作论诗绝句》，《春融堂集》卷二二，《清代诗文集汇编》第358册，上海古籍出版社2010年版，第250页。

② 钱锺书：《宋诗选注》，人民文学出版社1989年版，第162页。

③ 详见笔者《杨万里"诚斋体"新解》一文，载《文学遗产》2006年第3期。

④ 何忠礼经过具体考察后指出：清代赵翼所谓"恩逮于百官者惟恐其不足，财取于万民者不留其有余，此宋制之不可为法者也"，属夸大之辞。其实，在宋代，除了少数高官外，广大官员尤其是官阶不高的官员的俸禄并不优渥，甚至存在"曾糊口之不及""贫不自给"的现象，"以部分选人（包括县令、录事参军、判司簿尉）为例，他们仅有月俸12贯至15贯（其中1分现钱，2分折支），粟禄2石至4石，按规定虽还有2顷至6顷职田，但岁租收入多寡不均，有些地方则根本无职田可言"（《宋代官员的俸禄》，《历史研究》1994年第3期）。

⑤ 《黄庭坚诗集注》卷二，任渊、史容、史季温注，中华书局2003年版，第90页。

⑥ 首句用《左传·僖公四年》楚成王传给齐桓公的话："君处北海，寡人处南海，惟是风马牛不相及也。""寄雁传书"用《汉书·苏武传》事，"谢不能"用《汉书·项羽传》语；"持家"句用《汉书·司马相如传》"家徒四壁立"。在"资书为诗"中，以经史中的事典与语典入诗，使律诗具有了古朴的意味。又五、六两句用拗律，"但有四立壁"连用五个仄声字，并不在下句补救，"治病"句也顺中带拗。用拗体写七律创自杜甫，黄庭坚学而用之，也是他以古拙救圆熟的诗法之一。

中，寄寓自身的生活感受。然而，杜甫在抒写郑虔与自己的共同遭遇时，直言"饭不足"，"饿死填沟壑"的穷愁，进而发出"儒术于我何有哉，孔丘盗跖俱尘埃"①的心情愤激之语；黄庭坚则在"持家但有四立壁，治病不蕲三折肱"的瘦硬奇峭的句法之中，表现了黄几复、也是自己虽贫却守正不阿、不苟于俗的性格，在兀傲奇崛之响中，淡化了在日常生活中"家徒四壁立"的穷困带来的愁苦。由此可见，杜甫注重情感价值，故其诗"以丰神情韵见长"，黄庭坚虽不乏情感，却更强调理性精神，故其诗"以筋骨思理见胜"。值得注意的是，对于类似杜甫《醉时歌》抒发这种情感内涵，苏辙还视之为一种"诗病"，其《诗病五事》说：

> 唐人工于为诗，而陋于闻道。孟郊尝有诗曰："食荠肠亦苦，强歌声无欢。出门如有碍，谁谓天地宽？"郊耿介之士，虽天地之大，无以安其身，起居饮食，有戚戚之忧，是以卒穷以死。而李翱称之，以为郊诗"高处在古无上，平处犹下顾、沈、谢"，至韩退之亦谈不容口。甚矣，唐人之不闻道也。孔子称颜子："在陋巷，人不堪其忧，回也不改其乐。"回虽穷困早卒，而非其处身之非可以言命，与孟郊异矣。②

所引孟郊诗句，为其古体《赠崔纯亮》的开篇四句，以充沛的激情写出了个人与社会的矛盾，以及内心因日常生活贫穷困苦而产生的极度悲愤，在情感上与杜甫《醉时歌》一样极具感染力。苏辙却认为这有失儒家之道，韩愈、李翱却称誉之，同样是"陋于闻道"的表现，进而得出"唐人之不闻道"的结论。所谓"不闻道"，与上述朱熹称杜甫"不闻道"同义，并非指唐人不知儒家倡导的"君子固穷"之道，而是蔡居厚批评柳宗元诗时所说的"未达理"的意思，即在立身之道中缺乏理性自觉而为情所困。苏辙的这段评论既反映了宋人在理性自觉后对待贫穷生活的一种态度，也从一个侧面昭示了"唐音"与"宋调"不同的审美趣味与价值取向。蔡绦说："人之好恶，固自不同。子美在蜀，作《闷》诗云：'卷帘唯白水，隐几亦青山。'若使余居此，应从王逸少语：吾当以乐死，岂复更有闷耶？"③杜诗尾联云："无钱

---

① 杜甫：《醉时歌》，《全唐诗》卷二一六，第2257页。
② 苏辙：《栾城三集》卷八，《苏辙集》，中华书局1990年版，第1229页。
③ 蔡绦：《西清诗话》卷上，《宋诗话全编》第3册，江苏古籍出版社1998年版，第2491页。

从滞客,有镜巧催颜。"①则知该诗抒发贫穷体衰之情,故诗题曰《闷》。蔡绦的这一评论绝非"饱汉不知饥者苦",而是对苏辙"诗病说"的生动注解,也是对宋人在反映日常生活时以理性主导诗歌审美的形象化说明。吕本中《冬日杂诗》其一云:

> 白日供多病,青山且旧居。柴门临水静,风叶舞霜余。老练时情熟,
> 贫穷家计疏。墙东端可望,炙背饱翻书。②

虽贫穷且多病,但在青山绿水中,饱读诗书,并无愁闷之感,反觉别有其趣。诸如此类,屡屡见诸宋代诗人笔下。如:毕仲游《自怜》:"自怜贫病也为儒,灯火相亲十岁余。昔作儿童今已老,案头犹有未看书。"③王十朋《至乐斋读书》:"权门迹不到,颜巷自安贫。独与圣贤对,更于灯火亲。夜观常及子,昼讽直从寅。莫恨成名晚,诗书不负人。"④均表达了虽贫病却在"多读书,多穷理"中的理性自觉及其坦然安贫的心境,一派理性平和之趣。又如:郑刚中《闲兴》:"阴阴修竹小茅庐,足可安闲置老夫。懒不观书蟫得计,贫唯煮菜鼠无图。吏今更肯来桥外,鹏亦相疏远坐隅。阅遍华严方灌顶,焚香千古问毗卢。"⑤周紫芝《五月二十九日对雨怀旧》其二:"贫共闲身味转长,雨随农事不相妨。莫嫌旅枕喧朝梦,要与书檠作夜凉。黄犊催耕思莽苍,短蓑垂钓念沧浪。开门更待西南月,无客来分上下床。"⑥楼钥《次适斋韵十首》其六:"从来忧道不忧贫,晚向闲中得此身。直把宦途如梦过,任他世事似棋新。坐间可说旧时话,眼底幸多同社人。赓唱本求闲燕乐,莫夸末路费精神。"⑦如此等等,则又在描写虽贫却悠闲自得的日常生活的况味中,呈现了理性自觉后形成的平和通达之境。所有这些表明,较诸唐代诗人,宋人更习惯、也更善于在日常生活中,通过以理性为主导的审美活动,发现诗意,营造富有理性精神的诗歌意境。

日本学者吉川幸次郎说:宋诗具有重视叙述、好谈义理、关切日常生活及定

---

① 杜甫:《闷》,《全唐诗》卷二三一,第2539页。
② 《全宋诗》卷一六二五,第28册,第18234页。
③ 《全宋诗》卷一〇四二,第18册,第11939页。
④ 《全宋诗》卷二〇一六,第36册,第22604页。
⑤ 《全宋诗》卷一六九八,第30册,第19151页。
⑥ 《全宋诗》卷一五一一,第26册,第17216页。
⑦ 《全宋诗》卷二五四九,第47册,第29555页。

于社会意识的倾向与特点；并认为唐代"诗人作诗只能抓住贵重的瞬间，加以凝视而注入感情，使感情凝聚、喷出、爆发，诗人所凝视的只是对象的顶点"；宋代诗人则"以人生为长久的延续，而且对长久的人生具有多方面的兴趣，具有广阔的视野。诗人的眼睛不只盯住在诗的瞬间，也不只凝视着对象的顶点。他们的视线广泛地环望四周,因此显得冷静而从容不迫"①。进而言之，宋代诗人因以高度自觉的理性体认社会人生，主导诗歌审美，所以其诗能从"对象的顶点"转向"以人生为长久的延续"。在"延续"中，固然缺乏"唐音"在情感上的那种力度与高度，但通过理性拓展了诗歌意境的宽度与长度，确立了"宋调"以理性精神为内核的体性特质。

四　以理驭情："宋调"的体性特质及其成因之三

欧阳修在总结自我如何立身处世的经验时指出："知道之明者，固能达于进退穷通之理。能达于此而无累于心，然后山林泉石可以乐。"②其实，这是理性自觉后，宋代士人在观察与体认社会人生中所普遍具有的一种精神活动。这一活动反映在他们的立身处世中，便成功地驾驭了因进退穷通、得丧祸福所产生的情累；作用于他们的诗歌创作，就是以理驭情，寓情于理，成了以"内圣"为元素、理性精神为内核的一种表现途径与形态，是"宋调"的体性特质赖以形成的又一重要环节。

严羽《沧浪诗话》在"以时而论"时，认为宋代有"本朝体，通前后而言之；元祐体，黄、苏、陈诸公；江西宗派体，山谷为之宗"③。在"以人而论"时，则有"东坡体""山谷体""后山体""王荆公体""邵康节体""陈简斋体""杨诚斋体"④。从"时"与"人"两个方面，揭橥"宋调"代表性的作者与作品，也勾勒了其演进历程。郭绍虞先生说："沧浪于宋诗谓：'国初之诗尚沿袭唐人……至东坡、山谷始自出己意以为诗……近世赵紫芝、翁灵舒辈，独喜贾岛、姚合之诗，稍稍复就清苦之风。'则知其所谓'通前后而言之'者，当兼指此三种不同阶段之诗。若就其特点而言，又当以元祐体为宋诗之代表。"⑤而综观以上诸家之"体"，虽有各自不同的

---

① 吉川幸次郎：《宋诗概说》，台湾联经出版公司1976年版，第18页。
② 欧阳修：《答李大林学士书》，《欧阳修全集》卷七〇，第1016页。
③ 严羽：《沧浪诗话校释·诗体》，郭绍虞校释，第53页。
④ 严羽：《沧浪诗话校释·诗体》，郭绍虞校释，第59页。
⑤ 严羽：《沧浪诗话校释·诗体》，郭绍虞校释，第57页。

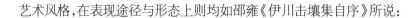

艺术风格,在表现途径与形态上则均如邵雍《伊川击壤集自序》所说:

> 《击壤集》,伊川翁自乐之诗也。非唯自乐,又能乐时与万物之自得
> 也。……所作不限声律,不沿爱恶,不立固必,不希名誉,如鉴之应形,如
> 钟之应声,其或经道之余,因闲观时,因静照物,因时起志,因物寓言,因
> 志发咏,因言成诗,因咏成声,因诗成音,是故哀而未尝伤,乐而未尝淫,
> 虽曰吟咏情性,曾何累于性情哉。①

在"经道之余",虽也作诗"吟咏情性",却"曾何累于情",便是邵雍对自我诗歌创作中所遵循的以"道"(理)驭情的表现途径,以及寓情于理的表现形态的总结。综观整个"宋调",也概不例外,只是不同诗人用以驭情的"理"不尽相同罢了。

人非草木,孰能无情;但凡有情,无论喜怒哀乐,均为心累。事实表明,"唐音"作者忠实于内心情感,不惮心累,有时虽不乏理性,却以情驭理,寓理于情,而且往往以"抓住贵重的瞬间",直奔"顶点"的途径,抒发情感,一派"喷出、爆发"之势,给人予情感上的震撼;"宋调"作者也同样富有情感,上文所论及的诸家之作,无一不是"情动于衷"的产物,但在具体的表现中,却以理驭情,寓情于理,淡化了因情而产生的心累,一派平和通达之境,给人予智慧上的启迪。"宋调"中最具代表性的"荆公体""东坡体""山谷体",便集中体现了这一点。吴振之说:

> 所得而论者,谓其有工致,无悲壮,读之久则令人笔拘而格退。余以
> 为不然,安石遣情世外,其悲壮即寓闲淡之中。②

王安石诗歌创作前后有一个重要的变化,前期"以意气自许,故诗语惟其所向,不复更为涵蓄"③;"晚年诗律尤精严,造语用字,间不容发。然意与言会,言随意遣,浑然天成"。④ 其晚年诗被称为"荆公体"。吴振之所言,即指其晚年创作,但在以理驭情,寓情于理上,前后并无二致。如前文所述其《明妃曲》,在"人生失意无南北""人生乐在相知心"的"不复更为含蓄"的说理中,寄寓自身不得志的情怀;另

---

① 邵雍:《击壤集》卷首,《景印文渊阁四库全书》第1101册,第3—4页。
② 《宋诗钞·临川诗钞序》,中华书局1986年版,第564页。
③ 叶梦得:《石林诗话》卷中,《宋诗话全编》第3册,第2698页。
④ 叶梦得:《石林诗话》卷上,《宋诗话全编》第3册,第2688页。

如前期所作《桃源行》《河北民》《兼并》等一系列反应社会时事的诗歌中，作者的现实情怀，也出诸客观的"论事"与精密的"研理"。王安石晚岁的"悲壮"之情却寓于"闲淡"之理。如《岁晚怀古》：

> 先生岁晚事田园，鲁叟遗书废讨论。问讯桑麻怜已长，按行松菊喜犹存。农人调笑追寻壑，稚子欢呼出候门。遥谢载醪祛惑者，吾今欲辩已忘言。①

熙宁初，王安石因力排众议，其变法主张终于得到了新君神宗的大力支持，但在长达近十年的变法过程中，遭政敌"诋毁百端"，故"自念行不足以悦众，而怨怒实积于亲贵之尤。智不足以知人，而险诐常出于交游之厚。且据势重而任事久，有盈满之忧"②。《岁晚怀古》借陶渊明的晚年生活，叙述自己摆脱政治漩涡后，寄迹山水田园的心境，表达了自足自适的生命意识，以及对人生的感悟。其感悟的一个重要内涵，便是他体物写志之作《北陂杏花》所谓"一陂春水绕花身，花影妖娆各占春。纵被春风吹作雪，绝胜南陌碾成尘"③——在摆脱碾为南陌尘的命运后，深感冰雪洁白的情操、义不可辱的品格之可贵。而在这一感悟中，则显然伴随着往昔遭"诋毁百端"而"盈满之忧"的余悸。因此，所谓"吾今欲辩已忘言"，并非真正"忘言"。同作于晚岁的《即事十五首》其九说：

> 杖藜随水转东岗，兴罢还来赴一床。尧桀是非时入梦，固知余习未全忘。④

这里的"余习未全忘"，就是指主持朝政时与政敌的是非之争、变法理想的破灭，以及由此带来的悲剧人生。由此可见，在其晚年怀有浓烈的悲情。对此，王安石并没有以"喷出、爆发"的形态予以表达，而是以理驭情，寓悲情于人生的理性感悟中，即所谓"遣情世外，其悲壮即寓闲淡之中"。这种表现途径及其形态，是"荆公体"赖以形成的一个重要环节；而其用以驭情之"理"的养料，则主要来自佛

---

① 《全宋诗》卷五五四，第10册，第6603页。
② 王安石：《与参政王禹玉书》其二，《临川先生文集》卷七三，中华书局1959年版，第778页。
③ 《全宋诗》卷五六五，第10册，第6693页。
④ 《全宋诗》卷五五四，第10册，第6686页。

家的学理。

众所周知，耽佛习禅是王安石退居金陵后的重要生活方式和精神活动。关于这一点，宋代文献多有记载①；与此同时，王安石将自己在江宁府上宁县的3427亩良田施舍佛寺，成为佛产②；他的《读维摩经有感》诗则又呈现了对佛理的体认与汲取："身如泡沫亦如风，刀割香涂共一空。宴坐世间观此理，维摩虽病有神通。"③王安石晚年诗歌的"闲淡"，便是佛家的这一空寂透彻之理孕育而成；或者说，他就是运用这一空寂透彻的"闲淡"之理，驾驭与调控了积淀在内心的"悲壮"之情，在静观山水田园之景中，获得了禅定之乐与澄明之境，构成了"荆公体"的体性特质。

较诸"荆公体"，"东坡体"的内涵更为丰富。郭绍虞先生在释"东坡体"时引《诚斋诗话》云："明月易低人易散，归来呼酒更重看；又，当其下笔风雨快，笔所未到气已吞；又，醉中不觉度千山，夜闻梅香失醉眠；又李白画像，西望太白横峨岷，眼高四海空无人，大儿汾阳中令君，小儿天台坐忘身，平生不识高将军，手涴吾足乃敢嗔：此东坡诗体也。"④如果说，这是对"东坡体"的一种感性体悟，那么，"如行云流水，初无定质，但常行于所当行，常止于所不可不止。文理自然，姿态横生"⑤，"其境界皆开辟古今之所未有，天地万物，嬉笑怒骂，无不鼓舞于笔端，而适如其意之所欲出"⑥，则是对"东坡体"的一种理性认知。就其演进历程而言，苏轼元丰二年的黄州之贬，可以说是个转折点，在此之前，多纵横恣肆，在此以后，多外枯内膏；从其"论事""研理"的内容观之，主要有时事政治与现实人生两类。前者集中体现在通判杭州时期所作的《钱塘集》二卷中。熙宁期间，苏轼通判杭州，时值新法全面推行之际。作为一个地方官员，苏轼虽反对新法却又必须执行新法，内心的苦恼不言而喻，但又难以抑制对新法的议论与对新法实施过程中出现的弊端的批判。因此，议论新法、揭露新法之弊，成了《钱塘集》的一项主要内容。其中如

---

① 据《释氏稽古录》卷四引《梅溪集》，禅宗的重要心印"拈花微笑"的出处，就是王安石在阅览《大梵王问佛决疑经》时找到的。又《续传灯录》卷一五，祖心禅师至金陵，王安石与之"剧谈终日"，并"施其第为宝坊，延师为开山第一祖"。

② 王曾瑜：《简论王安石变法》，载《中国社会科学》1980年第3期。

③ 《全宋诗》卷五七一，第10册，第6742页。

④ 严羽：《沧浪诗话校释·诗体》，郭绍虞校释，第65页。

⑤ 苏轼：《与谢民师推官书》，《苏轼文集》卷四九，第1418页。

⑥ 叶燮：《原诗·内篇上》，霍松林校注，第9页。

《戏子由》，从朝廷在推行新法时用人不当到推行某些新法如盐法过程中的害民之弊，一一议论。① 其议论不乏情感色彩，却被寓于"论事""研理"中；或者说，其情感推进了"论事""研理"的深入。苏轼对现实人生议论，则体现了特有的人生哲学。其《祭龙井辨才文》说："孔老异门，儒释分宫"，但如"江河虽殊，其至则同"，当其为人所用，则可"遇物而应，施则无穷"②。所谓"遇物而应"，即"夫道何常之有，应物而已矣"③。道既无常，人生也就自然无常④；以无常之人生行无常之道，也就无一律可循，无常故可主了。因此，在苏轼看来，面对无常之道和无常之人生，只有委命顺物，以变应变，才能"玩物之变，以自娱也"⑤，在"玩物之变"中"优哉悠哉"。⑥ 这是苏轼融合儒、道、释诸家思想养料后形成的一种为人之道或人生哲学。这在他年轻时期就有了较为深刻的认识，并用来驾驭人生的忧患之情。其《和子由渑池怀旧》云：

> 人生到处知何似？应似飞鸿踏雪泥。泥上偶然留指爪，鸿飞那复计东西。老僧已死成新塔，坏壁无由见旧题。往日崎岖还记否，路长人困蹇驴嘶。⑦

该诗作于嘉祐六年（1061）凤翔签判任上，时年苏轼仅 26 岁。其中的譬喻"雪泥鸿爪"将人生比作悠悠长途，每到之处只不过如飞鸿千里行程中的暂时歇脚，并不是终点和目的地；而在雪泥上的斑斑爪痕，则记录着人生的一种经历，难以忘

---

① 《苏轼诗集》卷七，第324—326页。王文诰注释其中"平生所惭今不耻，坐对疲氓更鞭箠"二句云："是时犯盐（法）者，例皆徒配，得罪者岁万七千人，公执笔流涕。"一般认为，苏轼的《钱塘集》二卷成为政敌炮制"乌台诗案"的罪证，纯粹是深文周内。实际上，该集所论新法之弊，多"刻抉入里"，故引起政敌的不满，据以立案勘治，这也是其诗的价值所在。

② 《苏轼文集》卷六三，第1961页。

③ 苏轼：《道有升降政由俗革》，《苏轼文集》卷六，第173页。

④ 据王水照统计，自熙宁十年至建中靖国元年，苏轼在诗中共有九处用了"吾生如寄耳"句。"这九例作从壮（42）岁到老（66）岁，境遇有顺有逆，反复使用，只能说明他感受深刻，在他的其他诗词还有许多类似'人生如寄'的语句。"（《苏轼的人生思考与文化性格》，载《文学遗产》1989年第5期。

⑤ 苏轼：《与程正辅七十一首》其五十五，《苏轼文集》卷五四，第1615页。

⑥ 苏轼：《江郊》，《苏轼诗集》卷三八，第2083页。

⑦ 《苏轼诗集》卷三，第97页。

怀。"往日崎岖还记否,路长人困蹇驴嘶",不就是如飞鸿留在人心上一片"爪痕"而永不磨灭?面对未来,又如同"鸿飞那复计东西",在不可预计的无常人生中,应不虑穷通得失、得丧祸福,勇往直前。全诗本为忧患人生而发,但在议论过去、现在、未来的悠长人生中,呈现出因人生无常,当不主常故,以变应变的人生哲学。

综观苏轼一生,始终热恋人生,却一直忧患人生,甚至有"人生识字忧患始"[①]之叹,但在诗歌中,往往以通达的人生哲学驾驭与调控内心的忧患之情。这一点在黄州、惠州、儋州三地贬所表现尤为突出。刘克庄说:"坡公海外笔力,益老健宏放,无忧患迁谪之态。"[②]应该说,不仅是儋州之贬,前两次贬谪,苏轼均有"忧患迁谪意"[③],只因忧患迁谪之情被苏轼心中之"理"所驾驭和排遣,故其诗旷达而"老健宏放"。试看其《吾谪海南,子由雷州,被命即行,了不相知,至梧乃闻其尚在藤也,旦夕当追及,作此诗示之》:

> 九疑联绵属衡湘,苍梧独在天一方。孤城吹角烟树里,落日未落江苍茫。幽人抚枕坐叹息,我行忽至舜所藏。江边父老能说子,白须红颊如君长。莫嫌琼雷隔云海,圣恩尚许遥相望。平生学道真实意,岂与穷达俱存亡。天其以我为箕子,要使此意留要荒。他年谁作舆地志,海南万里真吾乡。[④]

该诗作于绍圣四年(1098)自惠州赴儋州贬所时,寓散文中的纪游体与论说体于一炉。前八句纪绕道梧洲途中寻访苏辙的见闻,后八句论被贬儋州的感想。较诸瘴疠交攻的惠州,儋州的环境更为恶劣凶险,面对即将身处的这一凶险之境,苏轼自然难免恐惧,但全诗除了"圣恩尚许"一句隐含怨愁之情,整个基调却以平生"学道"而得的"真实意"即"理"驾驭并淡化了内心的恐惧,波澜不惊,镇定自如。"他年谁作舆地志,海南万里真吾乡"二句,与贬居惠州期间所宣布的"日啖荔

---

① 苏轼:《石苍舒醉墨堂》,《苏轼诗集》卷六,第236页。

② 刘克庄:《后村诗话》后集卷一,中华书局1983年版,第45页。

③ 详见苏轼《到黄州谢表》《到惠州谢表》《到昌化军谢表》(《苏轼文集》卷二三,第654—655页;《苏轼文集》卷二四,第706—707页),尤其是《到昌化军谢表》,有"而孤臣老无托,瘴疠交攻。子孙恸哭于江边,已为死别;魑魅逢迎于海外,宁许生还"等饱含凄凉之语。

④ 《苏轼诗集》卷四一,第2243—2245页。

支三百颗,不辞长作岭南人"①,谪居儋州后自称"我本海南民,寄生西蜀州"②同出一辙;又作于儋州的《欧阳晦夫惠琴枕》:"中郎不眠仰看屋,得此古椽围尺竹。轮囷攲落非笛材,剖作袖琴徽轸足。流传几处到渊明,卧枕纶巾酒新漉。《孤鸾》《别鹄》谁复闻,鼻息駒駒自成曲。"③议论琴枕带来的享受。据载,苏轼在惠州作《纵笔》中有"报道先生春睡美,道人轻打五更钟"之句,执政闻之,以为"安稳",再贬儋州④。《孤鸾》二句则与《纵笔》一样,以变应变,"玩物之变以自娱"的人生哲学驾驭了身处儋州恶境的内心深处的悲愁,一派"安稳"之态。

黄庭坚《子瞻诗句妙一世,乃云效庭坚体……故次韵道之》诗云:"我诗如曹郐,浅陋不成邦。公如大国楚,吞五湖三江。"⑤郭绍虞先生说:"此语亦差说明苏黄诗格之异。"⑥即说明了"东坡体"与"山谷体"在气象格局与创作风格上的差异。不过,在以理驭情、寓情于理上,两者并无二致,不同的是,苏轼用以变应变的人生哲学驾驭情感,黄庭坚则用以不变应万变的为人之道控制情感。就思想养料而言,黄庭坚较苏轼更专注于禅学。当时"谈者谓子瞻是上夫禅,鲁直是祖师禅"⑦,就说明了这一点。人称黄庭坚因"学道休歇,故其诗闲暇"⑧。其所学之"道",主要是指禅学,对其"闲暇"诗风的形成起到重要作用。这在黄庭坚谪居时所作诗中尤为明显。

绍圣以后,黄庭坚先后被贬黔州、戎州。在此期间,他一再自称"放浪林泉间,已成寒灰槁木"⑨,"身如槁木,心如死灰"⑩,就是"学道休歇"所致。这个"道"保证了黄庭坚在处穷忧生中获取心灵的自由,也成了其诗歌中驾驭处穷忧生之情的工具。如其黔州诗:"冥怀齐远近,委顺随南北。归去诚可怜,天涯住亦得。"⑪身处

---

① 苏轼:《食荔支》二首其二,《苏轼诗集》卷四〇,第2194页。

② 苏轼:《别海南黎民表》,《苏轼诗集》卷四〇,第2363页。

③ 《苏轼诗集》卷四三,第2370页。

④ 《苏轼诗集》卷四〇引王注苏诗、《艇斋诗话》,中华书局1982年版,第2203页。

⑤ 《黄庭坚诗集注》卷五,第191页。

⑥ 严羽:《沧浪诗话校释·诗体》,郭绍虞校释,第65页。

⑦ 钱晓订:《庭帏杂录》卷下,袁衮等辑,《丛书集成初编》,商务印书馆1939年版,第11页。

⑧ 惠洪:《冷斋夜话》卷三,《宋元笔记小说大观》第2册,上海古籍出版社2001年版,第2183页。

⑨ 黄庭坚:《与彦修知府书》其二,曾枣庄、刘琳:《全宋文》卷二二八五,第105册,上海辞书出版社、安徽教育出版社2006年版,第14页。

⑩ 黄庭坚:《任运堂铭》,《全宋文》卷二三二九,第107册,第289页。

⑪ 黄庭坚:《谪居黔南》十首其五,《黄庭坚诗集注》卷一二,任渊、史容、史季温注,第444页。

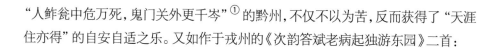
"人鲊瓮中危万死，鬼门关外更千岑"① 的黔州，不仅不以为苦，反而获得了"天涯住亦得"的自安自适之乐。又如作于戎州的《次韵答斌老病起独游东园》二首：

> 万事同一机，多虑乃禅病。排闷有新诗，忘蹄出兔径。莲花生淤泥，可见嗔喜性。小立近幽香，心与晚色静。
>
> 主人心安乐，花竹有和气。时从物外赏，自益酒中味。斸枯蚁改穴，扫箨笋迸地。万籁寂中生，乃知风雨至。②

第一首表达对病痛的态度。任渊注首联："《楞严》曰：'虽见诸根动，要以一机抽。'《传灯录》：僧亡名息心铭曰：'无多虑，无多知。多知多事，不如息意。多虑多失，不如守一。'"又注"莲花"二句："《维摩经》曰：'譬如高原陆地，不生此花。卑湿淤泥，乃生此花。'山谷此句意谓花与泥俱出于一池，非泥外有花；喜与嗔俱出于一性，非嗔外有喜。"③ 其意犹如黄庭坚先前创作的《寂住阁》所说："当处出生随意，急流水上不流。"④ 水流湍急的形象虽变化无常，其本质却根于恒静不变；病与健，喜与嗔仅仅是表象而已，其质却一，故当随缘应远，不必介怀。第二首写病起游赏，告之以心安身乐，触景娱怀，必得物外之趣，斸去枯枝而蚁为改穴，因扫落叶而见新笋迸生，万籁发于寂中而知风雨将至，一切皆因缘而至，相随而生。诗中之"病"，既是生理之病，又是贬居中的心病，是心中之悲情。黄庭坚赴黔州贬所途中作《梦李白诵〈竹枝词〉三叠》其二云："竹竿坡面蛇倒退，摩围山腰胡孙愁，杜鹃无血可续泪，何日金鸡赦九州。"⑤ 便隐含了遭际贬谪后身处险境的凄凉心情。然而，在具体表现中，黄庭坚却以释氏的"齐物论"，调节了身体的病痛，驾驭了心中的悲情，呈现出一派随缘任运的意境。释氏此理也渗透在其著名的《雨中登岳阳楼望君山》（其一）之中：

> 投荒万死鬓毛班，生出瞿塘滟滪关。未到江南先一笑，岳阳楼上对

① 黄叔达：《戏答刘文学》，《全宋诗》卷一〇二八，第 17 册，第 11747 页。

② 《黄庭坚诗集注》卷一三，任渊、史容、史季温注，第 459—460 页。

③ 《黄庭坚诗集注》卷一三，任渊、史容、史季温注，第 459 页。

④ 《黄庭坚诗集注》卷一一，任渊、史容、史季温注，第 418 页。

⑤ 《黄庭坚诗集注》卷一二，任渊、史容、史季温注，第 423 页。

君山。①

建中靖国元年（1101），黄庭坚在远谪黔州、戎州六年之后，遇赦东归，留荆南待命。"投荒万死"，无疑是人生之大悲；在表现这大悲时，却无韩愈在贬所作诗歌那样直言"戚戚怨嗟，有不堪之穷愁"，而是在叙述令人悲愁的贬谪事实后，坦然置之。遇赦生还，起死还生，自然是人生之大喜，在表现这大喜时，却无杜甫《闻官军收河南河北》"却看妻子愁何在，漫卷诗书喜欲狂"②那种狂喜，而是对于生死转折的命运，仅报之一笑，随即转眼于滔滔无言、永恒不变的大自然中。全诗以释氏之理驾驭内心的大悲大喜交集之情，将其情深深寓于"喜与嗔俱出于一性"的"齐物"之理中，变得格外冷静平和，深婉不迫。

无论王安石、苏轼、黄庭坚，抑或"宋调"其他作者，无不与唐人一样具有喜怒哀乐之情，但由于他们"达于进退穷通之理"，所以在主体的精神活动与诗歌表现中，深受理的驾驭，为理所调控。自从庆历以后，"学统四起"③，同为新儒学却持不同学理的学派林立，因而"宋人之学，全在研理日精"之"学"与"理"或驭情之"理"，在不同诗人的笔下，不尽相同，但无论基于何种学理，驾驭何种情感，均为以理驭情、寓情于理。这根植于前文所说宋人的立身之道，也基于以理性为主导的审美范式，为呈现以"内圣"为元素、理性精神为内核的特质所必需；换言之，宋人在"为己之学"中，养就了"内圣"的心境，而理性自觉在保证这一心境形成的同时，又决定了适合"宋调"特质的以理驭情、寓情于理的表现途径与形态。要之，从"为己之学"到理性自觉、再到以理驭情，三者相互作用，互为表里，铸就了"宋调"的体性特质。

五　结语

前文引钱锺书先生语所谓"唐诗、宋诗，亦非仅朝代之别，乃体格性分之殊……非曰唐诗必出唐人，宋诗必出宋人"，宋人有作"唐音"的，唐人也有作"宋调"的，而且"宋调"的"体格性分"早为杜甫、韩愈、白居易、孟郊等人所开启，

---

① 《黄庭坚诗集注》卷一六，任渊、史容、史季温注，第584页。
② 《全唐诗》卷二二七，第2460页。
③ 全祖望：《宋元儒学案序录》，《宋元学案》卷首，中华书局1986年版，第2页。

已被学界视作经典之论。倘若从具体作法或某些艺术层面观之，不无依据。前述黄庭坚《寄黄几复》所用拗律，便源自杜甫的诗歌，尤其是方回所建构的"一祖三宗"体系，全面昭示了"江西诗派"在诗艺上与杜诗的渊源关系；韩愈"以文为诗"的作法，也广为"宋调"作者所运用。不过，形成诗歌"体格性分"的要素并非仅止于此；或者说，主要不在于此，而在于创作主体的秉性，以及在秉性基础上形成的体性特质。上文表明，"唐音"与"宋调"作者的秉性属于两种不同的类型。"宋调"作者基于"为己之学"与理性自觉建构而成的以"内圣"为元素、理性精神为内核的诗歌特质，以及以理驭情表现途径，与杜、韩、白、孟诸家诗的"体格性分"适成鲜明对照，是区别于"唐音"的标志所在。再从"宋调"观之，不同作者的艺术风格原本不同，如"荆公体""东坡体""山谷体"尽管都不同程度地继承了"唐音"中的表现手段或技巧，但在艺术风格上却各具特征，并非属于同一类型，只因它们共同拥有一致的体性特质，才赋予了"宋调"的共性，"宋调"才成为中国古典诗歌史上的一种类型而存在。

诚如前引叶燮语所说，"以议论为诗"是《诗经》以来中国古典诗歌常见的一种现象而非"宋调"所专。然而，"文变染乎世情"——不同时代的政治、经济、学术、文化，以及由这些诸多因素孕育而成的不同的风尚习俗、价值取向、时代精神，对诗歌创作有着不同的影响。《诗经》以来，不同时代的诗歌议论也自然受制于相应的"世情"，而且"世情"又决定议论的程度。"唐音"作者因被打上"少年才气发扬"的时代烙印，所以有时虽不乏议论说理，但通常作为抒情的一种辅助，以推进和强化情感的抒发，铸就"以丰神情韵擅长"的体性特质；而其时代烙印则显然基于在宋人看来"陋于闻道""不达于理"的"世情"。"宋调"作者不仅"论事日密""研理日精"，而且其"论事""研理"是在仁宗朝开始形成的"宋士大夫之学"的驱使下进行的；确切地说，是对"宋士大夫之学"的具体阐释与艺术呈现，所以其议论不仅仅在程度上较"唐音"更密、更精，也更为广博、更为深邃，更重要的是在内涵上别具"闻道""达理"的宋代"世情"。从这个意义上说，前引翁方纲语所谓"宋调"作者"不袭唐人"，在中国古典诗歌史上独辟畛域，别开生面，堪称中的之论。

周敦颐诗中的孔颜之乐与林泉之趣

湖南科技大学　王友胜

作为"理学开山""道学宗主",周敦颐(1017—1073)的《太极图说》《通书》允称经典,其散文名作《爱莲说》家喻户晓,其"文以载道"的文学主张响彻文坛,而他的诗歌创作成就却长期以来被严重遮蔽、忽视,一般文学史或诗歌史著作中没有他的一席之地;除理学家诗选《濂洛风雅》及具有理学色彩的《宋诗别裁集》外,一般宋诗选本则鲜见其诗名、诗作。其实,周敦颐的诗歌创作颇丰,潘兴嗣《周敦颐墓志铭》曰:"诗十卷,今藏于家。"潘兴嗣为周敦颐生前友人,其记载当为可信,因"当时未有文集"(载《四库全书总目》卷一五三《周元公集》提要),待南宋朱熹等辑录其文集时,其诗已经所剩无多。清光绪十三年贺瑞麟《周子全书》本收其诗 27 首,今人陈克明辑《周敦颐集》(中华书局 1990 年版)以此本为底本,复据他本补录《按部至春州》《宿大林寺》《暮春即事》《读易象》诗 4 首,得诗 31 首。《全宋诗》卷四一一据清康熙间张伯行《正谊堂集·周濂溪集》本,参校他书,录其诗一卷,凡 33 首,较陈辑本多出《天池》《题清芬阁》2 首。又钱锺书《宋诗纪事补正》从《永乐大典》卷八九九辑录《永嘉薛师董同兄笈从友刘仁愿同来》《怀古四首为知己魏卒元长赋兼呈王永叔宗丞戴少望》5 首,故周敦颐诗今可得 38 首。[①]关于周敦颐诗歌的评价,学界已有专文论其入仕与归隐的矛盾、诗心与思心、诗歌与人格及在宋代理学诗派中的地位等问题,然仍有进一步全面考析与深层揭示的必要。本文拟从孔颜之乐与林泉之趣两个维度展开,具体、细致地阐释周敦颐诗中深刻的思想蕴含及其文学史意义。

---

① 按周敦颐个别诗的著作权有争议,如《暮春即事》《读易象》二诗今仅见邓显鹤本,其他各本均不载。钱锺书先生所辑五首与周敦颐诗风不合,且没有提供更多书证。今以陈辑本为据进行论证。

一

　　周敦颐存世的诗虽然数量不多，但体裁完备，凡五绝、七绝、五律、七律、五古等均有尝试；题材广泛、内容丰富，如读书悟道，友朋酬答、探幽寻胜、寻仙访道、阐释义理等，均摄入笔端，特别是诗中的孔颜之乐与林泉之趣，尤其值得重点关注。

　　首先，我们来看周敦颐诗中的孔颜之乐。所谓"孔颜乐处"，指儒家先圣孔子与其爱徒颜回对待个人生活与物质享受的一种恬淡态度，最早见载于《论语》的《述而》与《卫灵公》篇中，文中原本只微讽子路不堪困境，但在后来《墨子》《孟子》《庄子》《荀子》《吕氏春秋》《史记》《孔子家语》等典籍的反复转述中，不断添入颜回择菜、索米、进食等细节，成为后人表彰孔、颜处穷而依旧弦歌不绝的极佳素材。在北宋，被许为"乃得圣贤不传之学"（《宋史·道学传序》）的周敦颐，为官清廉、乐善好施、生活俭朴而处之泰然，堪称当时文人重修为、善涵咏，倡扬孔颜精神追求与精神境界的典型代表。周敦颐的《通书》多处提及颜子，其中《通书·颜子第二十三》曰："颜子'一箪食，一瓢饮，在陋巷，人不堪其忧，而不改其乐。'夫富贵，人所爱也。颜子不爱不求，而乐乎贫者，独何心哉？天地间有至贵至爱可求，而异乎彼者，见其大、而不忘其小焉尔！见其大则心泰，心泰则无不足。无不足则富贵贫贱处之一也。处之一则能化而齐。故颜子亚圣。"[①] 天地之间还有比富贵更珍贵、可爱，且可以求的东西存在，这个东西就是人的精神追求，它与富贵根本不在一个层面，颜子对于富贵"不爱不求，而乐乎贫"，在周敦颐看来，他是"见其大而忘其小"，追求的是最高层面上人的精神境界。

　　唯其如此，周敦颐的诗自述心迹与行止，吟咏性情而不累于性情，将人格塑造、个体道德修养与诗歌创作紧密结合，多表现其安贫乐道、澹泊处世的思想与生活状况，表达对功名与利益诉求的鄙弃与不屑。其《题濂溪书堂》[②]一诗实为周敦颐这一人格精神的诗意表达：

---

① 周敦颐：《周敦颐集》，陈克明点校，中华书局2009年版，第32—33页。下同。

② 按诗题清乾隆间董榕编辑进呈本《周子全书》、道光间邓显鹤据《道州濂溪志》原本编辑的《周子全书》均作《濂溪书堂》。

元子溪曰瀼，诗传到于今。此俗良易化，不欺顾相饮。庐山我久爱，买田山之阴。田间有流水，清洌出山心。山心无尘土，白石磷磷沉。潺湲来数里，到此始澄深。有龙不可测，岸木寒森森。书堂构其上，隐几看云岑。倚梧或欹枕，风月盈中襟。或吟或冥默，或酒或鸣琴。数十黄卷轴，贤圣谈无音。窗前即畴圃，圃外桑麻林。芋蔬可卒岁，绢布足衣衾。饱暖大富贵，康宁无价金。吾乐盖易足，名"濂"朝暮箴。元子与周子，相邀风月寻。

瀼溪源出江西瑞昌西北大瀼山、小瀼山之间，东南流入溢水。唐代元结尝居此，自称"瀼溪浪士"，写有《瀼溪铭》《喻瀼溪乡旧游》《与瀼溪邻里》等诗文。周敦颐诗中以"元子"自况"周子"，以曾在故里道州任过刺史的元结所居之"瀼溪"，比照自己在庐山莲花峰下的"濂溪"，以元结《瀼溪铭》中"瀼可谓让矣"的崇高人格寓示自己知足常乐、清廉自守的精神追求，其中"饱暖大富贵，康宁无价金"两句，深得孔、颜澹泊名利，忧道不忧贫的人格精神，实为周敦颐处理物质享受与精神趋求关系的座右铭，是其"君子以道充为贵，身安为富，故常泰无不足"（《通书·富贵》）伦理思想与价值观念的极好诠释，也是读者正确理解周敦颐精神世界的信息密码。

周敦颐在《通书·志学》中提出，"志伊尹之所志，学颜子之所学"，除了以重视外在事功的伊尹为榜样外，还强调要努力学习重内在涵咏的颜回，作为自己砥砺品格的楷模。他不仅自己在精神上积极追求孔颜之乐，认真践履，身体力行，还以此规范、教诲弟子与他人。程氏门人记二程语曰："明道先生尝曰：'昔受学于周茂叔，每令寻仲尼、颜子乐处，所乐何事？'"[1]周敦颐要二程兄弟寻找孔子与颜回为何能在艰苦的环境中保持精神的愉悦，程颢在南安问学时才十五六岁，他究竟能否回答、怎样回答，我们不得而知，但从程颐《明道先生行状》"先生为学，自十五六时，闻汝南周茂叔论道，遂厌科举之业，慨然有求道之志"[2]的记载看来，他对这位老师的话体会应该很深。

周敦颐任永州通判期间，侄子仲章前来求情，希望谋取一官半职，周敦颐断然

---

① 《周敦颐集》卷三"遗事十六条"，第81页。
② 《河南程氏文集》卷一一，程颢、程颐：《二程集》（上册），王孝鱼点校，中华书局2004年版，第638页。下同。

拒绝,并创作《任所寄乡关故旧》一诗,托其带回家乡,告诫其他亲朋故旧,自己虽然在本地做官,但依旧淡泊名利。诗曰:

> 老子生来骨性寒,宦情不改旧儒酸。停杯厌饮得醪味,举箸常餐淡菜盘。事冗不知筋力倦,官清赢得梦魂安。故人欲问吾何况,为道舂陵只一般。

常人做官追求大富大贵,周敦颐却力求勤政、"官清","停杯厌饮""常餐淡菜",不随波逐流,不追求荣华富贵,保持文人"廉于取名,而锐于求志"(《宋史·周敦颐传》)的本性,积极追求自身的精神之乐,并借此告诫家乡父老乡亲要安于本分,不能借助他的官势有非分之想。由此可见,孔颜之乐的追求不仅完善了周敦颐的道德品格,还丰富了他的诗歌内容,深化了他的诗歌思想,以致诋毁理学诗人甚巨的陈延杰也不得不说:"周敦颐只寻孔颜乐处,故诗歌能自辟哲理一境界,饶有逸趣。"[1]

关于周敦颐淡于物质享受,追求孔颜乐处的事迹,其友人潘兴嗣在《周敦颐墓志铭》中记载甚详:

> 君奉养至廉,所得俸禄,分给宗族,其余以待宾客。不知者以为好名,君处之裕如也。在南昌时,得疾暴卒,更一日一夜始苏。视其家,服御之物,止一敝箧,钱不满百,人莫不叹服。此予之亲见也。

周敦颐一次得疾病假死,复一日后方醒,潘兴嗣为其料理"后事",翻检家什,发现堂堂的南昌县令,家中竟只有一口破箱,钱数十文,还"处之裕如";妻兄蒲宗孟的《周敦颐墓碣铭》亦云:"虽至贫,不计赀,恤其宗族朋友。分司而归,妻子饘粥不给,君旷然不以为意也。"[2]周敦颐为官三十余年,辞职退守时,竟"妻子饘粥不给",还"旷然不以为意"。不慕荣华富贵,贫而能乐,对一般文人士子而言,已属不易,对一位置身仕途,手握一定权力的封建官员来说,那就更是一种养身修为,常人无法企及的崇高境界了。

---

① 陈延杰:《宋诗之派别》,《小说月报》1927年第17卷号外第6期。

② 《周敦颐集》,第81页。

周敦颐的散文名作《爱莲说》所阐发的核心思想，历来有不同说法。个人认为：主要就是"寻孔颜乐处"。这在南宋就有人论及，只不过不为今人熟知、乐道。该文表达作者本人的人生感悟和境界追求，有着特定的创作情景和历史语境。文中莲意象的营造虽与佛教有关，但"说"之为体，乃借物（事）言理，一如韩愈的《杂说》（四首）、《师说》。全文写莲只是手段，借莲明理，借莲咏怀，倡扬孔颜乐处的君子人格才是最终的目的。在中国传统文化中，莲有时被视作妖冶女子、男女情色的象征，周敦颐将莲赞为在泥不染、濯清不妖的花中君子，让莲荷有了大丈夫的躯干，这不是简单的文学创作新变，而是划时代的革命。周敦颐之爱莲，就是要像莲花那样，既不羡富贵（牡丹），又不慕隐逸（菊花），成为一个君子式的儒者。莲花"出淤泥而不染，濯清涟而不妖"讲的就是无论外在环境怎样改变，都要经得起各种挫折与磨难，在任何威逼利诱前，能够始终保持自己固有的本然状态。这和身处陋巷、粗茶淡饭，而不改内心之乐的贤者风范是一脉相承的。

唯其如此，南宋柴与之《敬题濂溪先生书堂》其二曰："一诵《爱莲说》，尘埃百不十"，称颂《爱莲说》能产生激浊扬清、荡涤尘垢的精神力量；其一又说："斯文传坠绪，太极妙循环。希圣诚何事，怀哉伊与颜。"以文学史上的《爱莲说》与哲学史上的《太极图说》相提并论，将其比作耕于莘野，乐尧舜之道，而后被商汤封官为尹（相当于宰相）的伊挚与贫而能乐的颜回。黄震《黄氏日钞》卷三十三甚至认为，《爱莲说》是对《通书·颜子》一章的补充，谓"《爱莲说》又所以使人知天下至富至贵、可爱可求者，无加于道德，而芥视轩冕、尘视珠玉者也"。在黄震看来，《爱莲说》具有无比强大的教育价值，它可使读者认识到常人所爱所求的至富至贵，于道德修养毫无作用，而轩冕、金玉等至珍至贵的东西都可以被视作极微极小的芥、尘。

怎样才能做到贫而能乐？周敦颐认为前提条件是"无欲"。如他为数不多的几篇散文之一《养心亭说》，敷衍《孟子》"养气"之说，倡扬孟子"养心莫善于寡欲"的思想，提出"圣贤非性生，必养心而至之"的观点[1]。他的孔颜之乐及其在诗文中的表现，是其"道充是贵，身安是富"人生观与价值观的生活化与具体实践，是他发圣人义理、澡雪人心的有效方式。因此，周敦颐的人生态度或生活情调没有后世某些儒者的危苦味与酸笋气，始终保持孔颜之乐的人格魅力，赢得后人的

---

[1] 《周敦颐集》，第52页。

仿效和追捧。友人潘兴嗣《赠茂叔太博》赞其："心似冰轮浸玉渊，节如金井冽寒泉。每怀颜子能希圣，犹笑梅真只隐仙。"颜子即颜回，梅真指汉代梅福，字子真，故称"梅真"。他弃官归里，传以为仙。在周敦颐看来，一个人修身的目的不是像梅真那样成仙、成佛，而是要像颜子那样成为垂范百世的圣人。周子这一人格精神在当时颇具代表性，在北宋文人所经历的由"先忧后乐"的家国情怀到追求"孔颜乐处"的君子人格之转变过程中，如果说范仲淹及其《岳阳楼记》是宋初文人淑世精神典型代表的话，那么周敦颐及其诗文中所倡扬的孔颜之乐的君子人格与慎独意识则标志着这一转型的完成。如果说，因苏轼的推崇，陶渊明在宋人中的地位渐隆，那么，也正是因周敦颐的表彰，颜子在宋人心目中超过孟子，成为仅次于孔子的亚圣，成为涵咏情性、修身悟道的楷模。程颢《秋日偶成二首》其一曰："退居陋巷颜回乐，不见长安李白愁"；后来吕大临那首为程颐所喜欢、称道的《送刘户曹》，所谓"独立孔门无一事，惟传颜氏得心斋"二句，亦是夫子自道。周敦颐追求孔颜乐处，主张人品如玉，非惟高贵，且不容玷污，他所倡导的这一高尚人格精神，乃至他开创的宋明理学，作为中国古代优秀传统文化，理应得到传承与发展。

二

与表达孔颜乐处相联系的是，周敦颐诗歌中透露出的自然林泉之趣。儒家的孔颜之乐与沂水之乐在周敦颐的诗歌中均有鲜明的表现。有学者说周敦颐置身官场，却一直期望归隐，从而导致他徘徊于仕与隐的矛盾纠葛之中，这实则是只知其表，不明就里的肤泛之论。[①]积极入仕从政，身处污浊的环境而不随波逐流，保持独立自主的政治品格是儒家传统对封建文人的基本要求，而追求孔子的沂水之乐与林泉雅趣，乐以逍遥，不以得失为怀，同样是儒家君子人格的体现，两者并不矛盾。其《经古寺》说："是处尘劳皆可息，时清终未忍辞官。"可见他对出仕与归隐有着清醒的认识。诗人秉持孔颜之乐，只求精神自适，何患之有？如果说周敦颐的《太极图》千年来第一次将老子提出的"太极"图象化，是一个创举，那么他将北宋文人普遍持有的君子人格诗化、生活化，表现出浓厚的自然林泉之趣，应该说，这也是一个巨大的贡献。

---

① 参见董甲河：《入仕还是归隐——从生命的视域看周敦颐诗歌中的困境》，载《江南大学学报》2013年第5期。

周敦颐对山水的热爱不是一般文人简单的所谓逃避现实、排遣忧愤的行为，而是将儒家的"仁者乐山，智者乐水"，道家的寻仙访胜与禅宗的超尘出世、归隐林泉熔于一炉，体现了他在思想上统合儒、道、释的汇通精神与创新意识。钱锺书《谈艺录》曾说："盖儒家性理有契于山水，道家玄虚亦有契于山水；而恣情山水者，可托儒家性理之说张门面，亦可借道家玄虚之说装铺席。一致百虑，同归殊途，人心善巧方便，斯其一端也。"①此言虽是就陶渊明作为自然诗人而立论的，但反过来亦可证明儒、道，乃至释在欣赏山水同化之乐上，其实可互通相融。因此，周敦颐行政之余，多以山水游赏作为其探寻义理、澡雪人心的行为方式。正如他在送别离虔进京的同僚赵抃时所谓"公暇频陪尘外游"（《香林别赵清献》），与友人费琦游赤水县龙多山时所谓"到官处处须寻胜"（《游赤水县龙多山书仙台观壁》）。他存世不多的三十余首诗中，探幽访胜，记游山水林泉之乐的诗竟占去大半。其所游之地，以他特别钟情的庐山为最胜。故度正《周敦颐年谱》曰：

> （周敦颐）通判虔州，道出江州，爱庐山之胜，有卜居之志。因筑书堂于其麓，堂前有溪，发源莲花峰下，洁清绀寒，下合于湓江，先生濯缨而乐之，遂寓名以濂溪。谓友人潘兴嗣曰："此濂溪者，异时与子相依其上，歌咏先王之道，足矣。"②

如其《游大林寺》诗，题一作《治平乙巳暮春十四日同宋复古游山巅至大林寺书四十字》。治平乙巳即英宗治平二年（1065），周敦颐自虔赴永，道经江州，与著名画家宋迪同游庐山大林寺，写诗云："三月山房暖，林花互照明。路盘层顶上，人在半空行。水色云含白，禽声谷应清。天风拂襟袂，缥缈觉身轻。"大林寺在庐山大林峰，相传为晋代僧人昙诜所建，为中国佛教胜地之一。诗中描写大林寺的声色动静，可谓相得益彰，画面清新明丽，历历在目。又《宿大林寺》曰："公程无暇日，暂得宿清幽。始觉空门客，不生浮世愁。温泉喧古洞，晚磬度危楼。彻晓都忘寐，心疑在沃州。"诗写夜景，故从听觉着笔，"温泉""晚磬"之声不绝于耳。沃州乃道教洞天福地，与前诗"天风拂襟袂，缥缈觉身轻"，均表达出作者的"高栖退遁之意"。

诗人为官三十余载，所游多为为官之处。如任合州判官期间，雅好林泉的费琦

---

① 钱锺书：《谈艺录》，三联书店2008年版，第582页。

② 度正：《周敦颐年谱》，《周敦颐集》，第107页。

知合州赤水县，两人同游龙多山等景，彼此唱和，留下数首山水之作。如"到官处处须寻胜，惟此合阳无胜寻。赤水有山仙甚古，跻攀聊足到官心"（《游赤水县龙多山书仙台观壁》），这是将寻山与寻仙结合；又："云树岩泉景尽奇，登临深恨访寻迟。长栖未得于何记，犹有君能雅和诗。"（《和费君乐游山之什》）"寻山寻水侣尤难，爱利爱名心少闲。此亦有君吾甚乐，不辞高远共跻攀。"（《喜同费长官游》）这是将寻山与访友结合。可见，在周敦颐看来，寻山与访友两不相误，只有舍弃了追名逐利之心，才能够真正专心致志地去寻山访水，所以诗中感叹高岩可攀，而知心游侣难觅。周敦颐嘉祐八年通判虔州，与友人钱拓、沈希颜等同游罗岩，所作《同友人游罗岩》曰："闻有山岩即去寻，亦跻云外入松阴。虽然未是洞中境，且异人间名利心。"罗岩在虔州雩都县，对游历过名山大川的周敦颐来说，可能不算什么胜景，但较之尘世，自然别有风味。

周敦颐有些诗在表达泉石之乐时，还淡淡地突露出一些企慕隐逸的思想情感。在《同石守游》一诗中，他的这一思想有极为明晰的表达。诗曰：

> 朝市谁知世外游，杉松影里入吟幽。争名逐利千绳缚，度水登山万事休。野鸟不惊如得伴，白云无语似相留。旁人莫笑凭栏久，为恋林居作退谋。

诗人厌恶"争名逐利"，向往"度水登山"，与野鸟、白云结伴而游，表现出"恋林居"的山水林泉之趣。诗中看似有出处两难的矛盾，实际上是在借尘世与自然比照，传达其游赏山水的过程中所获得的物我一体、生命自由的快乐。又如《石塘桥晚钓》："濂溪溪上钓，思归复思归。钓鱼船好睡，宠辱不相随。肯为爵禄重，白发犹羁縻。"《静思篇》："静思归旧隐，日出半山晴。醉榻云笼润，吟窗瀑泻清。闲方为达士，忙只是劳生。朝市谁头白，车轮未晓鸣。"所谓"溪上钓""船好睡"，所谓"醉榻""吟窗"等，即彰显出诗人在大自然中优游岁月、醉心林泉的雅趣。作者认为，闲者才能达到精神的自适，成为自我的主人，也才能成为江山风月的主人；而奔波于官场与尘世，只能为精神所累，过着辛苦劳碌的生活。

周敦颐观山水之美，得泉石之乐，其性情、义理消溶于山巅水涯，在临水登山、赏音吟诗中不经意地传达出对人生的感悟，对宇宙自然的思考。关于他这种独特的山水林泉之趣，蒲宗孟理解最深、称扬最多。周在合州为官，阆中人蒲宗孟自蜀江取道合州，"初见先生，相与款语连三日夜"，叹服之极，"乃议以其妹归之"①，足见两人最为知心。故周去世后，蒲受二甥之托，所撰《濂溪先生墓碣铭》感叹常人仅知周敦颐"为贫而仕，仕而有所为"，而不知其"孤风远操，寓怀于尘埃之外，常有高栖遐遁之意"。铭中对周敦颐的山水林泉之趣备加称扬：

> 生平襟怀飘洒，有高趣，常以仙翁隐者自许。尤乐佳山水，遇适意处，终日徜徉其间。

> 乘兴结客，与高僧道人跨松萝，蹑云岭，放肆于山巅水涯，弹琴吟诗，经月不返。及其以病还家，犹篮舆而往，登览忘倦。语其友曰："今日出处无累，正可与公等为逍遥社，但愧以病来耳。"②

在蒲宗孟看来，周敦颐乐于认同自己"仙翁隐者"的身份，"乐佳山水"，或"终日徜徉"，或"经月不返"，逍遥沉醉其间，以致"登览忘倦"。南宋人儒朱熹对周敦颐的人品与理学成就推崇备至，其《濂溪先生像赞》有所谓："道丧千载，圣远言湮。不有先觉，孰开后人？书不尽言，图不尽意。风月无边，庭草交翠。"但是，对其山水林泉之趣却不以为然。他整理周敦颐文集，附录蒲氏铭文时，便将以上两段文字概予删除，以为不合宋儒"游山之乐，犹不如静坐"的理趣。在宋儒看来，静坐可修身、省过、见性、悟道，还可收敛身心、澄息思虑，有助于读书观理。与周敦颐同时的另一理学先驱邵雍即颇爱静坐，如"闲行观止水，静坐观归云"（《答会计杜孝锡寺丞见赠》），"静坐澄思虑，闲吟乐性情"（《独坐吟》其二），"将养精神便静坐，调停意思喜清吟"（《旋风吟》其二）之类的诗句屡见于《击壤集》中；程珦亦雅好静坐，其子程颐的《先公太中家传》曰：

> （程珦）居常默坐，人问："静坐既久，宁无闷乎？"公笑曰："吾无闷也。"家人欲其怡悦，每劝之出游，时往亲戚之家，或园亭佛舍，然公之乐不在此也。尝从二子游寿安山，为诗曰："藏拙归来已十年，身心世事不相关。洛阳山水寻须遍，更有何人似我闲？"顾谓二子曰："游山之乐，

① 《周敦颐集》，第106页。
② 度正：《周敦颐年谱》，《周敦颐集》，第94页。

犹不如静坐。"盖亦非好也。^①

父亲"游山之乐"的教导，二程的看法并不完全相同。程颐对曾经南安问学的老师不甚恭敬，口口声声"周茂叔"，平生绝口不提《太极图说》，至称"周茂叔穷禅客"^②，而尊称邵雍及他在太学时的老师胡瑗为"先生"；程颢则不尽相同，他受周敦颐林泉之趣的影响颇深，尝谓《诗》可以兴。某自再见茂叔后，吟风弄月以归，有'吾与点也'之意"^③。认同周敦颐徜徉山水、吟风弄月之乐。这里所谓"吾与点也"之意，典出《论语·先进》，可见周氏的泉石之乐其实是与儒家至圣先师孔老夫子"吟风弄月"的沂水之乐一脉相承的：

> （曾皙）曰："莫春者，春服既成，冠者五六人，童子六七人，浴乎沂，风乎舞雩，咏而归。"夫子喟然叹曰："吾与点也。"^④

程颢好"游山之乐"，创作了不少寻幽探胜的山水之作，比如《游鄠山诗十二首》《西湖》《环翠亭》《郊行即事》《春日江上》等。朱熹对此特别称许，所谓"（明道）是时游山，许多诗甚好"^⑤，但他却特别计较蒲宗孟这几段文字。显然，朱熹更看重周敦颐理学开山的地位，更希望他是一位醇正的大儒，以承续先秦儒家以来的道统。殊不知周敦颐的山水林泉之乐正是他统合儒、释、道三家思想，援佛入儒、援道入儒，借山水之乐，发圣人义理之秘的手段与途径。

周敦颐亲近自然、走近自然，诗中的自然林泉之趣实际上是其哲学思想在其诗歌创作中的投射与反映。他足迹所至，往往临水登山、游目骋观，这既是一种人生态度与生活情调，又是诗人仰怀先贤、涵咏性情的主要方式。自然界的一草一木，均与他息息相关。程颢尝说："周茂叔窗前草不除去，问之，云：'与自家意思一般。'"^⑥表明他要与生生不息的自然融为一体。基于这样的前提，"他的诗没有无病呻吟的低唱，没有怀才不遇的忧伤，没有人生短暂（的）悲愁，没有历史沧桑

① 《河南程氏文集》卷一二，《二程集》，第652页。

② 《二程集》，第85页。

③ 《河南程氏遗书》卷三，《二程集》，第59页。

④ 杨伯峻：《论语译注》，中华书局1980年版，第119页。

⑤ 黎靖德：《朱子语类》卷九三，杨绳其、周娴君校点，岳麓书社1997年版，第2120页。

⑥ 《河南程氏遗书》卷三，《二程集》，第60页。

的慨叹"①。堪称继庄子、陶渊明之后又一位将生活与思想高度统一，将生活诗化的哲人与诗人。"青山无限好，俗客不曾来"（《题寇顺之道院壁》），其优游山水的林泉之乐凸显了他诗人的气质与品性，从而使他与一般理学家在对待山水自然的问题上分流。周敦颐这一林泉之趣得到蒲宗孟、潘兴嗣、赵抃、费琦、何平仲、任大中等友人与同僚的认可，更得到来自亲戚与朋友圈之外的苏轼、黄庭坚等文学大家的高度称扬。前者如费琦的《和签判殿丞宠示游山之作》曰："平上癖爱林泉趣，名利萦人未许闲。不是儒流霁风采，登山游骑恐难攀。"赞扬周敦颐的林泉之癖中，体现出的是高人雅士的儒家风范；何平仲《赠周茂叔》曰："竹箭生来元有节，冰壶此外更无清。几年天下闻名久，今日逢君眼倍明。"以"竹箭""冰壶"形容周敦颐的高尚气节与品格。苏轼的性情和好尚与程、朱等道学家迥乎不同，他特别不喜欢程颐，却称赏同为理学家的周敦颐。这除了周敦颐的高尚人格，还与他的山水自然之趣和诗文写作水平有关。周敦颐不是纯粹的道学家，北宋文人普遍认为，他是一位诗人气质突出的文人。从留存于世的材料来看，苏轼与周敦颐并无直接交往，而与周敦颐的次子周焘曾经同僚。②他在周氏去世后所作的《故周茂叔先生濂溪》一诗中赞曰：

> 世俗眩名实，至人疑有无。怒移水中蟹，爱及屋上乌。坐令此溪水，名与先生俱。先生本全德，廉退乃一隅。因抛彭泽米，偶似西山夫。遂即世所知，以为溪之呼。先生岂我辈，造物乃其徒。应同柳州柳，聊使愚溪愚。③

"名与先生俱""先生本全德""先生岂我辈"，一诗而三称"先生"，许以"全德"，又以不为五斗米折腰的陶渊明、不食周粟而宁可饿死首阳山的伯夷、叔齐及流贬至永州的柳宗元比况周敦颐的孔颜之乐与林泉之趣，足见其对周敦颐的推崇与钦佩。可能是这样的原因，《宋元学案·濂溪学案表》甚至将苏轼列入周敦颐的"私淑"弟子名单中。黄庭坚与周寿、周焘过从甚密，受其托而作《濂溪诗并序》，序云：

---

① 龚祖培：《周敦颐与"二程"的文学特点比较》，载《湖南城市学院学报》2012年第5期。

② 按苏轼知杭州，周焘为两浙转运判官，两人同游天竺，周焘有《游天竺观激水》，苏轼有《次周焘韵并引》。

③ 苏轼：《苏诗补注》，查慎行补注，王友胜校点，凤凰出版社2013年版，第943页。

"春陵周茂叔，人品甚高，胸中洒落，如光风霁月。好读书，雅意林壑。""茂叔虽仕宦三十年，而平生之志，终在丘壑。"表彰周敦颐"雅意林壑"、志在"丘壑"，具有澹泊名利、希企隐逸的高洁品格。其中"光风霁月"一词，南宋蜀中学者史容之孙史季温注曰："'光风'，和也，如颜子之春；'霁月'，清也，如孟子之秋。合清、和于一体，则夫子之元气可识矣。"①认为周敦颐同时具有颜子与孟子的清和之气，其品格温如春阳、润如时雨。周敦颐这种恬静安闲、豁达宽容，近乎完美的品格受到了当时与后世文人的一致赞誉与称赏，却鲜有负面的讥评与诟病，这在宋代的理学家中非常少见。

三

周敦颐的诗精粹深密，有着黄庭坚《濂溪诗并序》所谓"光风霁月"之态，诗中呈现出的孔颜之乐与林泉之趣，丰富了北宋诗歌创作的题材与内容，即除了在唐人抒写庙堂之忧、黎民之念及个人进退出处等外在事功外，又大量增加了表达诗人仰怀先贤、增进品德及在自然山水的描写中涵咏性情等内容，更参与了宋诗风格与特点，乃至缺点的建构，在某种程度上改变了宋诗发展走向，在宋代诗歌史上导夫先河，开启山林。

众所周知，作为一个专门术语，宋诗既是天水一朝诗歌的总称，同时也是作为一种时代风格与审美范式的代称。从后一个层面说，具有宋调风味的诗在宋初约七十年尚未产生，此间活跃于诗坛的是三个以模拟唐诗为主的诗歌流派。其诗风颇近唐音而鲜有宋调。严羽《沧浪诗话·诗辩》云："国初之诗，尚沿袭唐人。"方回《送罗寿可诗序》亦云："宋划五代旧习，诗有白体、昆体、晚唐体。"真正具有宋调风味的诗歌创作，是仁宗时期欧阳修、梅尧臣、苏舜钦等登上诗坛后才开始的。清代叶燮《原诗·外篇下》云："开宋诗一代之面目者，始于梅尧臣、苏舜钦二人。"吴之振《宋诗钞序》也说："宋初诗承唐余，至苏、梅、欧阳，变以大雅。"除此三人外，我们认为，与之同时而稍晚的周敦颐，包括邵雍、张载等一批理学家的诗歌创作，善于抒写理趣机锋，表达诗人内在心性，将儒家深奥的义理意蕴融于通俗平畅的表达中，这对后来宋代诗人，特别是以黄庭坚为代表的江西诗派诗人淡出忧国

---

① 诗、注均见黄庭坚：《黄庭坚诗集注》，刘尚荣校点，中华书局2003年版，第1411—1413页。

忧民的淑世精神与家国情怀，着重抒写个人的日常生活与精神世界，有着极其深远的影响。与此同时，周敦颐提出"文所以载道"说，谓"文辞，艺也；道德，实也"（《通书·文辞》），故其《题门扉》《静思篇》《题浩然阁》《题大颠壁》及《读英真君丹诀》等诗重义理而不注重文辞，惯于议论，率尔成章，无形中又为严羽《沧浪诗话》所谓宋人"以议论为诗，以说理为诗"的弊病开了个不好的头。

英国著名汉学家葛瑞汉认为，"十一世纪时周敦颐并不以哲学家著称"[①]。诚然，如上所述，在当时周敦颐的确还只是以一位诗人的面貌出现，他交游的人，称扬他的人，以诗人居多，而鲜有理学家。所以，我们可以认为：周敦颐在北宋应该还只是一位有着独特创作风格，又不乏寡淡或流于肤浅等艺术缺陷的诗人，他的"理学开山"的宗主地位是南宋后湖湘学派的开创人胡宏，特别是朱熹，还有《宋史》中的《周敦颐传》，一步步把他扶上去的。全面评价、充分肯定周敦颐的诗歌创作成就，还他北宋诗史一席之地，对我们厘清北宋诗歌发展走势，认识北宋诗歌创作特点，十分必要。

---

① 葛瑞汉：《中国的两位哲学家：二程兄弟的新儒学》，程德祥译，大象出版社2008年版，第227页。

驯化的诗境:陆游记梦诗解析

四川大学　伍晓蔓

古人常说,人生是一场大梦。陆游活到八十五岁,梦做得特别长。在这场大梦中,他不断体味和反刍着自己的梦中之梦,有意记下做梦的时间、梦的细节、自己对梦的反思和体会,留下一百多首记梦诗。[①] 这些生命体验的书写,为我们提供了观察记梦诗、观察诗人之梦、观察梦对诗人意义的宝贵资料。

对陆游记梦诗,有截然不同的两种评价。有学者评论它们 "代表着古代记梦诗的最高成就"[②]。钱锺书先生却冷冷地说:"放翁诗余所喜诵,而有二痴事:好誉儿,好说梦。儿实庸材,梦太得意,已令人生倦矣。"[③] 究竟是可喜还是可厌,是集大成还是无趣味? 不同角度切入将有不同的理解。研究者普遍认为,陆游的记梦诗是对他日常没有满足的志意的补偿。但据现代心理学的观点来看,梦主要是潜意识的舞台。而潜意识,与其说是对意识的补足,不如说是对它的纠偏或反叛。在陆游的时代没有梦的解析一说。陆游按诗言志的法则写诗,按诗言志的法则记梦,也常常按日有所思、夜有所梦的法则反观自己的梦境。我们今天解梦,不能再顺着显意识的逻辑走,要借用西方心理学,看看长期被忽视的潜意识的工作。[④]

奥地利心理学家、精神分析学派创始人弗洛伊德认为,作为一个生物体,本

---

① 本文所论记梦诗,是陆游记录其真实梦境的诗作。这些诗有些在诗题中标注出做梦的年、月、日,每首诗对梦境细节有细致的描述。它们描述陆游的梦境体验,而非托梦言志。

② 周剑之:《论陆游记梦诗的叙事实践——兼论古代诗歌记梦传统的叙事特质》,载《文学遗产》2016年第5期,第38页。

③ 钱锺书:《谈艺录》,中华书局1984年版,第132页。

④ 当前的陆游记梦诗研究不乏援用弗洛伊德、荣格理论之作。他们的结论,普遍说梦境是陆游被压抑的爱国欲望的满足。其实这样的论述不是站在潜意识,而是站在显意识立场,申言诗言志,及日有所思、夜有所梦,和本文要展开的个人无意识和集体无意识分析不一样。

能，尤其是性本能是人行为的出发点和核心动力。人社会化的过程必然伴随着对本能的压抑。在此过程中，人的"自我"在道德规范——"超我"的引导下，压抑本能亦即"本我"。被压抑的本我潜藏起来，成为潜意识，却不会消失。它会在失言、笔误、笑话中处处冒头，更会在梦中显现。梦就是潜意识的舞台，是无意识欲望和儿时欲望的伪装的满足。在这里，自我放松管制，本我粉墨登场。故而，梦一定和欲望尤其是性欲有关，和被压抑的本能有关。

瑞士心理学家荣格将精神分为意识、个体无意识、集体无意识三个层次。其中，意识指自我能意识到的思维、情感、感觉、直觉；个人无意识由那些曾经一度被意识到后来又被忘却了的心理内容所组成，可称之为"情结"，具有情绪色彩；集体无意识则是一个储藏所，储藏着所有那些被称之为"原型"的潜在意象，为我们的行为提供了预先设定的模式，却从未被个体意识到。在荣格看来，梦的基本目的不是通过伪装满足欲望，而是恢复心理平衡。梦有一种积极的功能，即引导人找到自己的"自性"——这也是一种原型，它包括了潜意识的所有方面，具有将整个人格结构加以整合并使之稳定的作用。如果说，弗洛伊德对精神分析的贡献，是将人的精神生活分为意识和无意识两个层面的话，荣格的贡献是进一步将无意识分为个人无意识和集体无意识，致力于追溯深埋于集体无意识中的强大精神力量。

借助荣格心理学观点，可以看到，陆游记梦诗中，不乏个体无意识层面的"情结"，主要是收复情结的显影，而更有意味的，是可命名为"人格面具""他者""智慧老人"的三种集体无意识层面的"原型"。三者由浅入深、由外入内，深入人类普遍意识结构。此外，陆游记梦诗的空间书写很有特色，我们可以解读其精神活动。陆游本人对梦有自己的态度和观点，这些态度和观点，将化身为书写策略影响他的记梦诗写作。从梦到诗，不是单纯的记录，而是艺术化的书写。我们既要析梦，也要析诗。本文将借助西方心理学，主要是荣格心理学理论的工具，反观中国诗人之梦、记梦之诗，理解陆游记梦诗，审视陆游人生态度对他创作的影响，评价其记梦诗的艺术成就。

一　情结：洗得平生习气无

陆游生于诗礼之家。宣和末年的东京梦华，尚未来得及给小小婴孩留下印象，即被金兵的铁蹄踏碎。衣冠南渡，一夕数惊。南宋和战之论，终在赵构、秦桧的主持下，因岳飞被杀、韩世忠等被免职而趋于平定。被秦桧打压而礼部复试除名的陆游，仕途受阻，报国无门，怀着收复山河的热望，终于在西北边境南郑的土地上找到寄托之所。短暂的军旅生涯，使他超越书生的视野，渴望着成为一位英雄。随着长官王炎入京，自己也被调离南郑，英雄之志落空，此后陆游不再有马上报国的机会，收复之志却片刻未忘，直至生命最后一刻，以"王师北定中原日，家祭无忘告乃翁"为遗言，赍志而殁。陆游主要生活在高宗、孝宗两朝，仕途不顺。作为一个热衷功业之人，他不希阿求进，而是将个人勋业追求和道德修养、收复志向结合在一起。这样一种既具理想热忱又富现世关怀的情怀，本来极具能量，但受到无情现实的打压，压抑在内心，便成为情结。

所谓情结，据荣格说，就是"心理片段"。这是一种以单一情感或者多种情感交叉为特征的关系中的内倾化矛盾，其起因通常是创伤、情感打击等类似的东西，是压抑到内部的个体无意识。[1]

陆游的记梦诗大量地书写了自己的收复情结。如著名的《五月十一日夜且半梦从大驾亲征尽复汉唐故地见城邑人物繁丽云西凉府也喜甚马上作长句未终篇而觉乃足成之》，又如《九月十六日夜梦驻军河外遣使招降诸城觉而有作》：

> 杀气昏昏横塞上，东并黄河开玉帐。昼飞羽檄下列城，夜脱貂裘抚降将。将军枥上汗血马，猛士腰间虎文帐。阶前白刃明如霜，门外长戟森相向。朔风卷地吹急雪，转盼玉花深一丈。谁言铁衣冷彻骨，感义怀恩如挟纩。腥臊窟穴一洗空，太行北岳元无恙。更呼斗酒作长歌，要遣天山健儿唱。[2]

相较于日常生活的憋屈和郁闷，梦中显然是另一番景象。此诗的天山健儿唱凯歌，及《大驾亲征》诗的凉州女儿作汉妆，是文明化及边地的表现，和沦陷地文明被野蛮征服的现实图景刚好相反。或许，这正是诗人的痛点。所以，梦中酣畅淋漓的行军打仗，指向车服衣冠，收复故地也是收复文明、保存斯文。

对失去的国土，陆游内心不能释怀。所以上诗明明提到"腥臊窟穴一洗空，

---

① 荣格：《心理结构与心理动力学》，关群德译，国际文化出版公司2011年版，第69页。

② 陆游：《剑南诗稿校注》卷四，钱仲联校注，上海古籍出版社2005年版，第344页。以下所引陆游诗歌皆据此书，不再一一出注。

太行北岳元无恙",《大驾亲征》诗也说"尽复汉唐故地"。除去这些以收复故地为主题的记梦诗,陆游还有不少诗记录他梦游已被金国占领的华夏故地,如《夜梦游骊山》《癸丑七月二十七夜梦游华岳庙》《梦至洛中观牡丹繁丽溢目觉而有赋》《十二月二日夜梦与客并马行黄河上憩于古驿》等,这也是收复情结的显影。中原既是故国,也是民族文化的发祥地,寄托着事功和精神家园两个层面的向往,情之依依,梦之屡屡。

陆游意识到自己的情结,也意识到正是这情节使自己做梦。其《记梦》诗云:

> 梦里都忘困晚途,纵横草疏论迁都。不知尽挽银河水,洗得平生习气无?

"平生习气"即是被压抑的收复之志,在这次梦中显影为草疏论迁都,在别的梦中,显影为大驾亲征、收复故土、梦游故国……这难言的苦衷、压抑的志意,在梦中甚至具象为一种特别的伤痛,如《甲午十一月十三夜梦右臂踊出一小剑长八九寸有光既觉犹微痛也》诗描述:

> 少年学剑白猿翁,曾破浮生十岁功。玉具挂颐谁复许,蒯缑弹铗老犹穷。床头忽觉蛟龙吼,天上方惊牛斗空。此梦怪奇君记取,佩刀犹得世三公。

陆游诗中屡屡出现刀、剑的意象。刀与剑,是诗人平生志向的喻托。在甲午十一月十三夜的梦中,一柄小剑,自少年佩戴到老年,被赋予无穷的寄望,已牢牢地长在具意志力量的右臂内,成为自身的一部分。这平生的志意,这无穷的寄望,在梦中犹做蛟龙之吼,醒来却无处寻觅,只留下隐隐的伤痛。这就是具象化的情结。情结,也可以称为郁结,是痛则不通、通则不痛的产物。强烈的情结已然成为陆游梦的当事人。屡屡做收复失地的梦有助于释放压抑的能量,舒缓低迷的情绪,记梦诗也因之具有沉郁顿挫之美。

二　面具：未必无人粗见知

陆游的雄心壮志之所以被压抑为情结，是因为恢复事业已内化为他自己的一种事功追求。至此，我们要引入荣格的另一个重要心理学概念：人格面具。

人格面具，即演员的面具，和阴影——我们从未向世人展示过的那张脸对立，属于人与生俱来的心理结构，"是个人适应世界的价值观念或者他用以对付世界的方式"[①]。陆游的事功追求，即是对自己社会身份的定位。那个"金戈铁马入梦来"的英雄，是陆游的人格面具——面具这个词在此并无贬义，人在这个世界生存，必须自我定位、自我塑造，显现特定的形象，戴上一张自做的面具。

除却爱国志士这一面具，陆游还有怎样的自我定位和期许？梦中显现出蛛丝马迹，如下引数诗所记。

诗一《梦中作》：

> 久向人间隐姓名，看花几到武昌城。一壶春色常供醉，万里烟波懒问程。斜日挂帆堤外影，便风击鼓驿前声。丈夫入手皆勋业，廊庙江湖未易评。

诗二《记戊午十一月二十四夜梦》：

> 街南酒楼粲丹碧，万顷湖光照山色。我来半醉蹑危梯，坐客惊顾闻飞屐。长绦短帽黄绝裘，从一山童持药笈。近传老仙尝过市，此翁或是那可识？逡巡相语或稽首，争献名樽冀馀沥。我欲自言度不听，亦复轩然为专席。高谈方纵惊四座，不觉邻鸡呼梦破。人生自欺多类此，抚枕长谣识吾过。

诗三《六月二十四日夜分梦范至能李知几尤延之同集江亭诸公请予赋诗记江湖之乐诗成而觉忘数字而已》：

---

① 荣格：《原型与集体无意识》，徐德林译，国际文化出版公司2011年版，第221页。

露箬霜筠织短蓬，飘然来往淡烟中。偶经菱市寻溪友，却拣莼汀下钓筒。白菡萏香初过雨，红蜻蜓弱不禁风。吴中近事君知否？团扇家家画放翁。

诗四《梦中作》：

　　甲子十月二日夜，鸡初鸣，梦宴客大楼上。山河奇丽，东南隅有古关尤壮。酒半乐阕，索笔赋诗，终篇而觉，不遗一字。遂录之，亦不复加审定也。

　　富贵夸人死即休，每轻庸子觅封侯。读书历见古人面，好义常先天下忧。独往何妨刀买犊，大烹却要鼎函牛。坐皆豪杰真成快，不负凌云百尺楼。

诗五《记梦》：

　　久住人间岂自期，断砧残角助凄悲。征行忽入夜来梦，意气尚如年少时。绝塞但惊天似水，流年不记鬓成丝。此身死去诗犹在，未必无人粗见知。

诗六《记梦》：

　　梦游异境不可识，翠壁苍崖立千尺。楼台缥缈出其上，挥手直登无羽翼。门楣扁榜作八分，奇劲非复人间迹。主人鹿弁紫绮裘，相见欢如在畴昔。探怀示我数纸书，妙句玄言皆造极。我即钞之杂行草，主人懊恻如甚惜。梦中亦复知是梦，意恐觉时无处觅。自量强记可不忘，鸡唱梦回空叹息。

　　以上数诗，诗一、诗二、诗三为一组，塑造了"放翁"形象。诗四、诗五为一组，塑造了"诗人"形象，诗六为一组，塑造了"书法家"形象。

　　且看"放翁"形象。"放翁"之得名，缘起于陆游游宦蜀地时言官对他"燕饮颓放"行为的弹劾。陆游本为热衷功业之人,功名之志受阻,遂生出反作用力的放浪之游,又因放浪之游的弹劾主动坐实放浪的形象,以彰显自我的主体意志。"放翁"并不真的放浪,而是一个放浪的行为艺术者。这个自我塑造,正好是对爱国志士形象的平衡和补充。诗一"看花几到武昌城"的主人翁,发出"丈夫入手皆勋业,廊庙江湖未易评"的感慨,说明放浪形象和志士形象本是一体之两面。诗二,对勋业未成的热衷之人而言,亟需建构一人格面具来满足自我认同。"长绦短帽黄绝裘,从一山童持药笈"的形象,于自己,能得到"亦复轩然为专席'的自许,于他人,能收获"近传老仙尝过市,此翁或是那可识"的崇拜,对陆游而言,是意义重大的心理建构。诗三,诗人在梦中迫不及待地告诉显宦的朋友——"吴中近事君知否?团扇家家画放翁"。在功业未遂的情况下,"放翁"这一人格面具能使他在人群中安放自己。因为,在"穷则独善其身,达则兼济天下"的文化语境中,朋友们真的可能会"请予赋诗记江湖之乐"。

再看"诗人"形象。陆游记梦诗中,有为数众多的"梦中所作"诗,有的还"不加窜定"。我们不怀疑诗人的诚实,但怀疑他的自信。在梦中作诗变成记录梦中所作诗的过程中,或许有不自觉的苏醒、显意识接过潜意识工作之后的创作。诗四即这类诗中的一例。这样一首结构完整、逻辑清晰、气脉流畅、格律谨严的七律,作者自称"索笔赋诗,终篇而觉,不遗一字,遂录之,亦不复加窜定也",在笔者看来,乃是梦醒之际,显意识回味、审查、整理潜意识的工作,二度创作的产物。这是"诗人"这一人格面具的显影。陆游非常重视自己的诗人身份,为了塑造这一形象,他的显意识接过潜意识的工作,粉饰梦境而不自知。诗五"此身死去诗犹在,未必无人粗见知"句非记梦,乃梦醒之后心灵的独白。立德、立言、立功乃儒家思想形塑下的人格期许。对陆游而言,立功已不能,立德可自期,而立言,俨然分分秒秒可以实现。陆游深知自己必将以诗人形象名世。"诗人"的人格面具已牢牢地戴在他的脸上,在梦中、在对梦进行书写的途中,处处可见痕迹。

诗六记异境之游,陆游在这个梦中见到齐劲的八分榜书,见到异人,而自己手抄行草,也得到对方的赞许。这个梦揭示着诗人对书法艺术的追求,及对自己书法的自信。显然,书家的身份令陆游感到欣慰。在梦中,诗人借他人珍惜的态度肯定了自己"书家"这一人格面具。

爱国志士、"放翁"、诗人、书家,这四张面具,让我们看到诗人对自我的认知和塑造。他用道德规范自己、事功要求自己、文学和艺术成全自己。其中,爱国志士和诗人这两个身份，陆游显然最为珍重和爱惜。梦中的恢复、梦中的作诗，显影着他的人生追求和自我认知。在相关记梦诗中，或者出现了肯定诗人人格形象的他者（"逡巡相语或稽首""团扇家家画放翁""主人懔悦如甚惜"），或者呼唤着他者的肯定（"未必无人粗见知"）。这就是人格面具的意义——满足主体社会定位的心理需求。

三 他者：夜梦有客短褐袍

如果说，人格面具是人对个体社会形象的塑造，在陆游的梦中，还有一种集体无意识的面相，比"面具"更深入腠理，这就是他者形象——经由他者显现的自我。

陆游常常会做这样一种梦，在梦中不期而遇一个或几个陌生人，与之交往，得到一种印象，内心升起认同的情感。其实，这个或这几个人不是别人，而是外化的诗人自己。

这个人，有时候是一位豪士：

夜梦有客短褐袍，示我文章杂诗骚。措辞磊落格力高，浩如怒风驾秋涛。起伏奔蹴何其豪，势尽东注浮千艘。李白杜甫生不遭，英气死岂埋蓬蒿？晚唐诸人战虽鏖，眼暗头白真徒劳！何许老将拥弓刀，遇敌可使空壁逃。肃然起敬竖发毛，伏读百过声嘈嘈。惜未终卷鸡已号，追写尚足惊儿曹。

（《记梦》）

四客联翩来，我醉久不知。倒衣出迎客，媿谢前致辞。客意极疏豁，大笑轩须眉。礼岂为我设，度外以相期。衮衮吐雄辩，泠泠诵新诗。共言携酒壶，扫地临前墀。意气相顾喜，忽如少年时。老鸡不解事，唤觉空嗟咨。涉世四十年，贤隽常追随。尔来风俗坏，动脚堕险巇。森然义府刀，谁为叔度陂？起作四客篇，捕影吾其痴。

（《十月四日夜记梦》）

梦里遇奇士，高楼酣且歌。霸图轻管乐，王道探丘轲。大指如符券，微瑕互琢磨。相知殊恨晚，所得不胜多。胜算观天定，精忠压敌和。真

当起莘渭,何止复关河。阵法参奇正,戎旃相荡摩。觉来空雨泣,壮志
已蹉跎。

(《二月一日夜梦》)

有时候,是清奇之士:

清言亹亹岸纶巾,久矣吾游无若人! 自怪梦中来往熟,抱琴携酒过
西邻。

(《三二年来夜梦每过吾庐之西一士友家
观书饮酒方梦时亦自知其为梦也》)

客中得友绝清真,盖未倾时意已亲。枕冷不知清夜梦,眼明喜见老
成人。河倾斗落三传漏,雾散云归两幻身。心亦了然知是妄,觉来未免一
酸辛。

(《乙丑七月二十九日夜分梦一士友风度甚高一见如宿昔
出诗文数纸语皆简淡可爱读未终而觉作长句记之》)

不用借助现代心理学工具我们就能辨认出,这梦中屡屡出现的陌生人就是陆游自
己。当然荣格的"主观解释"理论能给我们的诠释更有力的支撑:"梦工作本质上
是主观的,而且,梦就像是个剧院,在其中做梦者自己是场景、演员、台词提示者、
出品人、作者、观众和评论家。这个简单的真理构成了梦意义的基础,我将之称为
基于主观的解释。这个解释就像这个术语所暗含的一样,将梦中所有的形象看作
诗做梦者自己人格的象征。"[1]壮士和奇士是陆游自身的两个面相,也是原型形象。
和爱国志士、放翁两个人格面具有对应关系,但更内在,并不完全重合。细读上引
诗作,对"梦里遇奇士,高楼酣且歌。霸图轻管乐,王道探丘轲"这个面相,陆游非
常熟悉,非常认同,也明白这就是他自己,故在记梦诗的最后,直接发出"觉来空雨
泣,壮志已蹉跎"这样的嗟叹。而"清言亹亹岸纶巾"这个面相,则更多地给他带
来安慰,带来惊喜,带来企慕。这不是他的主人格,却是对他主人格重要的补充。
诗题中说,去西邻好友家观书饮酒,是数年间经常做的一个熟梦。壮士面相寄托了

---

① 《心理结构与心理动力学》,第183—184页。

陆游的志向,奇士面相则慰藉了他的情感。志向需用力追寻,而情感不请自来。出世之思是对入世之志的平衡和补充,情感是对志向的平衡和补充,诗歌是对事功的平衡和补充,梦是对日常生活的平衡和补充。如果说,"放翁"还更多的是以放浪形象示人,为放浪的行为艺术者的话,奇士形象则是一种更内在的人格建构。因为,陆游不仅在人格面具层面,更在本质上是个诗人。在他的梦中,壮士引起共鸣,而奇士勾发幽思。共鸣来自自己所有,幽思发自自己所无。"无"比"有"的空间更广大,这是来自更广阔意义世界的召唤。

四 老人:空记说法声如钟

除偶遇的陌生人,陆游记梦诗中还经常出现一类人物——老僧和老仙:

> 尘埃车马何憧憧,獐头鼠目厌妄庸。乐哉梦见德人容,巍巍堂堂人中龙。举头仰望太华峰,摄衣欲往路无从。忽然梦断难再逢,空记说法声如钟。

(《梦入禅林有老宿方升座或云通悟禅师也》)

> 西岩老宿雪垂肩,白石为粮四百年。喜我未忘山下路,殷勤握手一欣然。

(《记梦》)

> 夜漏欲尽鸡初唱,梦到神仙信非妄。泉流直春碧涧底,松根横走苍崖上。徐行林际遇飞桥,峭壁惊涛临万丈。非惟履险足蹒跚,已觉处忧神悄怆。空岩滴乳久化石,宝盖珠璎纷物象。鬼神惨淡疑欲抟,龙蜃蚖蜒谁敢傍?长眉老仙乘白云,握手授我绿玉杖。三生汝有世外缘,一念已断尘中障。虽云囊事不复忆,怜汝瞳子神犹王。何须更待熟金丹,从我归哉住昆阆。

(《五月二十三夜记梦》)

> 辽海曾从化鹤丁,百年尘土污巾瓶。万山深处遇行李,再拜起时如醉醒。绿树岩前开药笈,白驴背上指丹经。云霄平步寻常事,不用求方更解形。

(《夜梦遇老人于松石间若旧尝从其游者
再拜叙间阔老人亦酬接甚至云》)

梦中行卜居，道遇白髯叟。一面出苦言，戒我弃勿取。人之生实难，
失脚堕虎口。我深感其言，解衣奉杯酒。岂知立谈间，得此直谅友。起坐
心茫然，天阔楼挂斗。

（《二月晦日夜梦欲卜居近邑道遇老父告以不利欣然从之》）

如果说梦中的同龄朋友是做梦者人格外显的话，梦中出现的老僧、老道，则非做梦
者本人的精神境界所能企及。这就是荣格指出的原型人物——智慧老人。这是一
个处在集体无意识核心位置的形象。"老人一方面代表知识、反省、洞见、智慧、聪
明和直觉，另一方面代表善意、助人为乐等道德品质。"[1]"智慧老人出现在梦中，
伪装为魔法师、医生、牧师、老师、教授、神父，或者拥有权威的任何其他人。以人、
怪物或者动物形状出现的精神的原型总是出现在这样一种情势之中，即虽然洞察
力、理解力、好的建议、决心、计划等于其间是必要的，但是它们不可能聚集在一个
人自己的资源之上。原型借助旨在填补空缺的内容，补偿这一精神缺乏状态。"[2]
智慧老人来自集体无意识的最深处，代表着广大无边的智慧，往往在做梦者迷惘
的状态中出现，带着他突破一己视野的限制，回到精神的源头，接受原初意义的滋
养。在陆游的梦中，这样的老人偶尔出现，为他指示平日未曾梦想到，也似乎达不
到的高超、幽眇、迷离、恍惚的境界。这是另一种意义场域，更完整的人生图景。对
此，做梦者当然不能全然领会，但总会留下那么一些印象，留下震撼和向往——
"忽然梦断难再逢，空记说法声如钟"。

五　空间：清梦不知身万里

陆游记梦诗，很大一部分是记游之作。他的梦魂几乎每夜都在山川中游荡，敏
感的灵魂追求着、捕捉着属于这些地域特有的氛围。

有时，他梦回故乡：

陂水白茫茫，草烟湿霏霏。牧童一声笛，落日无馀晖，遥山已渐隐，
村巷亚竹扉。老翁延我入，苦谢柿栗微。幸逢岁有秋，一醉君勿违。念此

---

[1] 《原型与集体无意识》，第176页。

[2] 《原型与集体无意识》，第172页。

动中怀,命驾吾将归。

(《初秋梦故山觉而有作》)

有时,他回到曾游之地,尤其是寄托了梦想的南郑和自己视为第二故乡的蜀地:

栈云零乱驮铃声,驿树轮囷桦烛明。清梦不知身万里,只言今夜宿葭萌。

(《梦行小益道中》)

有时,他梦回伤心地沈园:

路近城南已怕行,沈家园里更伤情。香穿客袖梅花在,绿蘸寺桥春水生。

(《十二月二日夜梦游沈氏园亭》)

有时,他仿佛再度奔波在曾经的羁旅:

半生征袖厌风埃,又向关门把酒杯。车辙自随芳草远,岁华无奈夕阳催。驿前历历堠双只,陌上悠悠人去来。不为途穷身易老,百年回首总堪哀。

(《梦题驿壁》)

有时,他梦到不曾真正经行的中原故地:

并辔徐驱百里中,云开太华翠摩空。是间合有神灵在,七十馀年堕犬戎。

(《十二月二日夜梦与客并马行黄河上憩于古驿》)

有时,他游荡在不知名的处所:

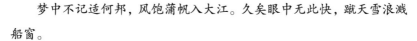

梦中不记适何邦，风饱蒲帆入大江。久矣眼中无此快，蹴天雪浪溅船窗。

（《七月二十一日午睡梦泛江风涛甚壮觉而有赋》）

有时，他游历仙境，聆听松风：

衣绅飘举发飕飕，一鹤聊为太华游。每过名山思小憩，天风浩浩不容留。（《记梦》）

不同的地域，不同的氛围，不同的心境。相同的是，梦魂在荒山野水中踽踽独行，仿佛得到凭依，得到慰藉，得到安放。他在山川间反刍着过往，寻找着归宿，或许只有在如此广阔的空间，如此悠远的时间，在大自然中，才安放得下这颗诗性的灵魂。自然，总是比我们的人生更悠远。这些诗普遍具有说不清道不明的气息，蕴藏着并不仅仅是属于个人，而是来自遥远及辽阔之地，无论曾到不曾到、熟悉不熟悉——属于集体无意识的气韵色彩。

六　观点：梦亦斋庄始见功

作为一个经常记梦的人，陆游对梦有自己的理解，并屡屡表达自己的观点。他认为，梦是人思想、情感、经验、刺激的产物。如下面三首诗所言：

丈夫无苟求，君子有素守，不能垂竹帛，正可死陇亩。邯郸枕中梦，要是念所有，持枕与农夫，亦作此梦否？今朝栎林下，取醉村市酒。未敢羞空囊，烂漫诗千首。

（《东郊饮村酒大醉后作》）

世事纷纷触眼新，何由常作梦中身。远游万里才移刻，豪饮千场不忤人。鼓吹满城壶日晚，莺花如海洞天春。是间可老君知否？莫信人言想与因。

（《记梦》）

体中小不佳，惟睡可以休。睡美自成梦，去为万里游。万里游尚可，乃复有得丧。漂摇一叶舟，掀舞千里浪。午鸡忽惊起，向梦安在哉？童子解原梦，篝火具茶杯。

（《书睡》）

"想与因"见《世说新语·文学》：

　　卫玠总角时问乐令"梦"，乐云"是想"。卫曰："形神所不接而梦，岂是想邪？"乐云："因也。未尝梦乘车入鼠穴，捣齑啖铁杵，皆无想无因故也。"①

"想"是心念，"因"是经验。人的梦或者延续日间的情感和经验，所谓"邯郸枕中梦，要是念所有"；或者受外境刺激，所谓"童子解原梦，篝火具茶杯"。这样一种梦因观并不新鲜，是当时人们的普遍观点。陆游的独特之处，是带着这种认识去分析自己的梦境。他说：

　　流落爱君心未已，梦魂犹缀紫宸班。

（《登楼》）

眼涩书难读，心摇梦易惊。

（《欲行雨未止》）

病中对酒犹思醉，梦里逢人亦说愁。

（《卧病书怀》）

残躯已向闲中老，痴梦犹寻熟处行。

（《五鼓起坐待旦》）

尚嗟馀习在，梦课吏钞书。

（《老叹》）

旧事已无人共说，征途犹与梦相关。

（《蜀汉》）

---

① 刘义庆：《世说新语笺疏》，刘孝标注，余嘉锡笺疏，上海古籍出版社1993年版，第203页。

老衰有验诗先退，勋业无心梦渐稀。

（《龟堂东窗戏弄笔墨偶得绝句》）

陆游观察到，自己的梦，是由志向、习气、情感、情绪等内在状态（所谓"想"）及见闻觉知等外在触缘（所谓"因"）所引发。作为一个经常解梦的人，他希望能从控制做梦的源头入手，驯化自己的梦境。他时常嘉许自己心气和平、梦境安稳或者不做梦的状态：

心安了无梦，一扫想与因。

（《午睡》）

心安闲梦少，病去俗医疏。

（《省事》）

散发林间万事轻，梦魂安稳气和平。

（《杂兴》）

灵台虚湛气和平，投枕逡巡梦即成。

（《早凉熟睡》）

行藏无愧怍，梦觉两逍遥。

（《解嘲》）

到了晚年，在镜湖之滨的"老学庵"中，准备活到老学到老的诗人，反复规诫自己要将慎独功夫贯彻到梦境之中：

孤学虽违俗，犹为一腐儒。家贫占力量，夜梦验工夫。正复安三径，宁忘奏六符？残年知有几，自怪尚区区。

（《孤学》）

梦里明明周孔，胸中历历唐虞。欲尽致君事业，先求养气工夫。

（《六言杂兴》）

学力艰危见，精诚梦寐知。众人虽莫察，吾道岂容欺？雷雨含元气，蓍龟决大疑。为儒能体此，端不负先师。

（《勉学》）

大学渊源不易穷，古人立志自童蒙。醉犹温克方成德，梦亦斋庄始见功。痛哭孰能悲陷溺，力行犹足变雕虫。太空云翳终当散，吾道常如日正中。

（《又明日复作长句自规》）

"梦里明明周孔"，是指要在梦中见到周公或孔子，这是向孔子本人学习。孔子曾说"甚矣吾衰也！久矣吾不复梦见周公。"[1] 日有所思，夜有所梦，精诚所至，念兹在兹。孔子把梦见周公作为自己修德精进的标准，这是把念念诚明贯彻到梦境。准乎此，陆游要求自己"梦亦斋庄始见功"，打算就梦境而验证自己的态度、境界、功夫。这样一种追求，我们可以命名为"梦境道德"。

现代心理学并不赞同"梦境道德"。就弗洛伊德观点来看，将道德贯彻到梦境，是试图将超我的管控贯彻到本我的领地，不仅做不到，而且，假如坚持用超我统帅本我，试图将本我赶尽杀绝的话，还会对人的心理健康造成伤害。就荣格观点来看，梦的最大功用是回到平时没有意识到的无意识领域，从"集体无意识"——"自性"的宝库中汲取能量，整合人格结构并加以稳定，恢复人的心理平衡。意识和潜意识，是不同的心理层次；清醒和睡梦中，人生的功课有别。

如果说，梦境虔敬庄严，觐见周公孔子，是学人老学庵的追求，诗人放翁未必甘心如此。他说："晓枕莺声带梦听，忽看淡日满窗棂。"（《晓枕》）"雨声欲与梦相入，春意不随人共衰。"（《正月二十日晨起弄笔》）"拥被却寻初断梦，掩屏重拨欲残香。"（《腊月十九日午睡觉复酣卧至晚戏作》）"淡薄相遭心已懒，修行无力梦犹狂。"（《小园花盛开》）作为理学爱好者的陆游希望驯化自己的梦境，而作为诗人的他，则在雨声、莺声中，在枕畔的残香中，在欲醒未醒的缱绻中，眷眷追逐着残梦。诗与梦彼此慰藉，相互印证。"修行无力梦犹狂"，这句暮年时期的诗句，或许可以视为诗人放翁对学人老学庵的告白。

七 评价：驯化的诗境

第一至第五节我们已经用情结、人格面具、他者、智慧老人等来自荣格的术

---

① 《论语·述而》，朱熹：《四书章句集注·论语集注》卷四，中华书局1983年版，第94页。

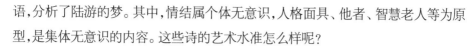

语,分析了陆游的梦。其中,情结属个体无意识,人格面具、他者、智慧老人等为原型,是集体无意识的内容。这些诗的艺术水准怎么样呢?

那些以收复情结为主角的记梦诗,主题符合道德,不需要太多的审查与妆饰,能写得情绪饱满、意象鲜明、节奏铿锵、神采飞动,出了几首名作。

那些展现志士、"放翁"、诗人、书家等人格面具形象的诗,对理解作者有一定价值。不过,作者的小我对他人没有普适意义,这些诗不能在读者心中引起深切共鸣。

壮士、奇士这两种"他者"形象寄托了作者的两种精神指向,具有一定的原型意义。但陆游的他者形象记梦诗人物具体可感度较差,没有留下成功的作品。

在和智慧老人遭逢的梦中,作者的主观情志进一步弱化。陷入困境时不是采用自己惯性的思维,而是接受来自更深邃世界的启示,这就是智慧老人出现的契机。不过,即使做了一些有启发意义的梦,受偏理性化的诗学观的限制,陆游在记梦时也很难进入神采飞扬的境地。和其他诗人的相关诗作相比,陆游诗中的智慧老人不像原型,而更像模型,具有类型化、程式化的特点。

山程水驿的图景贯穿了陆游多数记梦之作。这类诗没有奇情壮彩,也没有窠臼模型,不少作品颇耐品读。感动人的,是游荡在其中若有若无,说不清道不明的情愫。这些被志向抛在外面的闲情,平衡着人的整体大全,连同散落在各处的残山剩水一起,构形着一个小我之外大的存在,无所谓好也无所谓坏,可以说是一个集体无意识空间,始终给诗人的灵感充电。

总的来看,陆游的记梦诗主题明确,结构清晰,情节合理,叙事有序,格律标准。这和唐代几首记梦名作,如李白《梦游天姥吟留别》、杜甫《梦李白二首》、李贺《梦天》形成鲜明对照。后几首诗放浪恣肆,恍惚迷离,飘忽灵动,善用象征,突出感觉和感受,是自由联想的创作。这种诗连通了恍兮惚兮其中有象的空间,让潜意识在梦外流淌。相比而言,陆游显然不肯太纵容他的梦。他是要把不欺屋漏的慎独功夫贯彻到梦里,使"梦里明明周孔"的人。从前述对其记梦诗主题的分析来看,他"梦里明明周孔"的努力显然没有效果——梦依旧是潜意识的舞台。不过,梦醒之后,倔强的主观意识,也就是显意识不是在梦中,而是在梦外,在对梦偏理性的书写过程中取得了控制权。"梦里明明周孔",转化为"诗里明明周孔"。

合而观之,陆游记梦诗,文学性较强的,只有记恢复之举和记游的几篇。梦是一件私密的事。记录自己的梦,除可供精神科学研究外,并不具备文学意义。文学意义的记梦，是要将梦上升到文化书写、心灵书写、艺术书写的高度，对自我和他人具有平衡偏颇、弥补残缺、整合人格、赋予价值的意义。一春梦雨常飘瓦，尽日灵风不满旗。无论从弗洛伊德还是从荣格的意义上，野性而非理性，恍惚而非清晰的梦，更具精神启示作用和疗愈意义，张皇幽眇、支离破碎、奇情幻彩、晦涩荒诞，是典型的记梦诗风貌。这是"梦里明明周孔"的诗人不能理解，不能同意，也不能放任自己去追逐的吧！

　　回到钱锺书先生对陆游的评价。陆游太认真，太用力了。他本来想驯化梦境，梦境不受驯化，所以他驯化了诗境。在本来最自由狂野的表现领域，陆游以逻辑化、道德化、合理化的书写，呼应着时代的头巾气，恃一己之气力，失天地之大全，丢失了言有尽而意无穷的美感，其记梦诗是有几分"令人生倦"。这也是宋诗的尴尬。好在，作为志士、学人的他用力把控着梦境，而作为诗人的他孜孜追逐着残梦。在那些冷韵幽香，流莺晓钟的清晨，"雨声欲与梦相入，春意不随人共衰"，这样一种空灵的意境，说不清道不明，不可把控稍纵即逝的情韵，逗露出"自性"的讯息，正是诗性之召唤。

苏轼诗中的西湖镜像

浙江工业大学　肖瑞峰

苏轼一生两度仕杭:熙宁四年至七年(1071—1074)任杭州通判倅杭;元祐四年至六年(1089—1091)任杭州知州守杭。合计仕杭约五年,而前后相隔十五年。仕杭期间,他不仅忠于职守,疏浚与整治西湖,为杭州百姓留下彰显其政声的一湖好水,而且以出神入化的诗笔描画与摹写西湖,将发轫于唐代的西湖文学推向高峰。考察苏轼诗中的西湖镜像,我们既可以触摸到他的文化性格、政治品格及其身世投影,也可以领略到他熔铸万有、妙造时空的艺术功力。

一　文化性格:苏轼摄录西湖镜像的独特视角

作为列名于世界文化遗产目录的风景名胜,西湖的独特魅力也许就在于自然景观与人文景观的完美融合。"淡妆浓抹总相宜"[①]的湖光山色固然令人赏心悦目,点缀于湖光山色间的众多文化遗迹也常常使人流连忘返,而非物质形态的西湖文学则不仅让有幸亲临其境者切身体会到它那经久不衰的艺术魅力,而且,也能让暂时还无缘涉足西湖的人从中获得身心为之一快的审美感受,并不自觉地把这种感受延伸到作品以外。不知有多少人是通过文学中的西湖镜像来认知西湖,从而渴望能早日饱览它的旖旎风光的。从这一意义上说,西湖的美名是有赖于西湖文学才不胫而走,蜚声整个人类世界的。

"水光潋滟晴方好,山色空濛雨亦奇",西湖的天生丽质是不受时空限制的,而

---

① 《苏轼诗集》卷九,王文诰辑注,孔凡礼点校,中华书局1982年版,第2册,第430页。本文所引苏轼诗歌,如无特殊说明,皆据《苏轼诗集》,不再一一出注。

西湖文学同样具有穿越时空的美感效应。诚然,西湖文学是附丽于西湖的。没有了西湖,也就没有了西湖文学。但如果没有了西湖文学,西湖又该会怎样黯然失色?事实上,它们是互相依存、互相辉映的。西湖文学发轫于唐代。唐以前的西湖只是被称作"武林水",犹如一位"养在深闺人未识"[①]的小家碧玉,虽说荆钗布裙难掩国色,却只能徒自"沉鱼落雁"和"闭月羞花",不免自怜幽独。正是凭借白居易等人创作的西湖文学的揄扬,它才声誉渐著,终至成为倾国倾城、甚至艳惊异邦的大家闺秀。而苏轼《饮湖上初晴后雨》一诗中那妙绝千古的譬喻,更将它的美誉推向极致。所以,也许可以说,是西湖酿成了西湖文学,而西湖文学又反哺西湖,造就了它的百代盛名。

诚然,苏轼仕杭期间创作的诗歌并不局限于描写西湖;同时,苏轼描写西湖的作品也并不局限于诗歌。但本文则拟将论述范围锁定于苏轼的西湖诗,对苏轼诗中的西湖镜像进行多元观照。这里,有必要先说明两点:其一,对苏轼的西湖诗,前贤时彦论述已多,这对笔者不无启发与裨益,但笔者却力图在此基础上另辟蹊径,选择新的视角与理路来加以探究,限于篇幅,对研究现状不作评述。其二,本文中的"西湖"这一概念是兼整个西湖景区而言的,在我看来,作为世界文化遗产的"西湖"自然不仅仅是指一湖碧水、两岸垂柳,还应包括映带左右的白堤、苏堤,点缀侧翼的岳王庙、灵隐寺,环绕周边的六和塔、钱江潮,以及活动于其间的历史文化名人。它们都是"西湖"申遗的有机组成部分。

苏轼诗中的西湖镜像是五花八门的,也是五光十色的,却都经过诗人的筛选与过滤。熙宁八年(1075)苏轼在密州作《怀西湖寄晁美叔同年》,首四句谓:"西湖天下景,游者无愚贤。浅深随所得,谁能识其全。"既然不能"识其全",当然也不可能"记其全",只能择其最能感发己意者走笔。事实上,诗人摄录西湖镜像时主要聚焦于湖畔人物与湖上风景。湖上风景姑置不论,就湖畔人物而言,被他摄入镜头的多为清寂持守、不染俗尘的高僧大德。这正是其文化性格使然。

苏轼西湖诗的创作始于《腊日游孤山访惠勤惠思二僧》:

> 天欲雪,云满湖,楼台明灭山有无。水清石出鱼可数,林深无人鸟相
> 呼。腊日不归对妻孥,名寻道人实自娱。道人之居在何许?宝云山前路
> 盘纡。孤山孤绝谁肯庐,道人有道山不孤。纸窗竹屋深自暖,拥褐坐睡依

---

① 谢思炜:《白居易诗集校注》卷一二,第3册,中华书局2006年版,第943页。

团蒲。天寒路远愁仆夫，整驾催归及未晡。出山回望云木合，但见野鹊盘浮图。兹游淡薄欢有余，到家恍如梦蘧蘧。作诗火急追亡逋，清景一失后难摹。

二僧中的惠勤，不惟与苏轼有交，亦深得欧阳修爱赏。欧阳修《山中之乐并序》谓惠勤"少去父母，长无妻子。以衣食于佛之徒，往来京师二十年。其人聪明才智，亦尝学问于贤士大夫"①。苏轼《钱塘勤上人诗集叙》则谓："佛者惠勤，从公游三十余年，公常称之为聪明才智有学问者。尤长于诗。"②"公"，即指欧阳修。二序正可相互印证。此外，苏轼《六一泉铭》《跋文忠公送惠勤诗后》等文中也有类似记载。至若惠思，也是钱塘诗僧，苏辙在《张憕山人即昔所谓惠思师也余旧识之于京师忽来相访茫然不复省徐自言其故戏作二小诗赠之》③一诗中曾刻画其风神。在苏轼笔下，惠勤、惠思二僧卜居于世俗之人不愿筑庐的孤山深处，这本身就是高蹈尘外的一种行为。"道人有道山不孤"，既是对两位高僧的道行加以赞美，又何尝不是"吾道不孤"的自我写照？"纸窗竹屋"，点出其居所之简朴，但简朴中深蕴暖意。这也恰好吻合诗人的审美情趣。而"拥褐坐睡"这一余味曲包的细节，则表现了二僧对戒律的持守。至于此前的"水清石出""林深无人"云云，显然是渲染环境的清幽，为塑造主人公的形象预作铺垫。诗人最后强调"兹游"虽然"淡薄"，却带给自己无尽的欢乐，足见他对其境其人是何等心契！无怪他抵杭未久便来此寻访了。

在这首初试牛刀的西湖诗中，诗人取景的镜头分明是受其文化性格左右的。论者多以为其文化性格的主要特征是旷达、诙谐、圆通，这当然是不错的。但除此而外，苏轼的文化性格中似乎还有崇真、尚朴等元素，并且在经历宦海风波后，思想深处总是无法化解出处矛盾，即使在入世之际，也心存出世之想。惟其如此，在为高僧大德们传神写照时，他便更多地凸现其守真、持戒、卫道、遗世的一面。与此相应，被他摄录到笔下的湖上风景，自也不是"丽景"而是"清景"了。"清"字虽未直接现于纸面，却是贯穿全诗的一条红线。此诗在朋友圈发布后，和者甚众，但在我看来，只有苏颂的《次韵苏子瞻学士腊日游西湖》最接近其精神风貌，诗中

① 《欧阳修全集》卷一五，李逸安点校，中华书局2001年版，第2册，第261页。

② 《苏轼文集》卷一〇，孔凡礼点校，中华书局1986年版，第2册，第321页。

③ 苏辙：《栾城集》卷一四，曾枣庄、马德富校点，上册，上海古籍出版社1987年版，第334页。

多处嵌入了苏轼所激赏的"清"字,既云"腊日不饮独游湖,如此清尚他人无"①;复云"最爱灵山之僧庐,彼二惠者清名孤"②。

再看苏轼的《僧惠勤初罢僧职》一诗:

> 轩轩青田鹤,郁郁在樊笼。既为物所縻,遂与吾辈同。今来始谢去,万事一笑空。新诗如洗出,不受外垢蒙。清风入齿牙,出语如风松。霜髭苒病骨,饥坐听午钟。非诗能穷人,穷者诗乃工。此语信不妄,吾闻诸醉翁。

在诗人看来,肩负"僧职"时的惠勤,和身在官场的自己一样,都属于"为物所縻",犹如仙鹤受羁于樊笼。而今,惠勤罢去僧职,则一无羁绊,也就不再心存顾忌,所赋新诗便沈尽"外垢",显得格外清新了。诗人将自己的读后感形容为"清风入齿牙",刻意强调其"清";又以此来印证欧阳修"穷者而后工"③的论断,其中当寓有对惠勤的慰勉之意——用世俗的眼光看,不复为僧官的惠勤或难免陷入穷困潦倒的境地。"清风"这一意象在写于同时的《上元过祥符僧可久房,萧然无灯火》一诗中再度出现:"门前歌舞斗分朋,一室清风冷欲冰。"同样蒙其垂青的还有"清香""清妍"等等,如《书双竹湛师房二首》其一"羡师此室才方丈,一灶清香尽日留";《八月十七日,天竺山送桂花,分赠元素》"破衲山僧怜耿介,练裙溪女斗清妍"。

除了高僧大德外,诗人着力描写的湖畔人物就是高人隐士了。在刻画他们的形象时,诗人往往突出其清高脱俗,并把风景描绘与人物塑造结合起来,以"清景"作为"高人"的铺垫与衬托,从而形成"美美与共"、独具特色的西湖镜像。如《书林逋诗后》:

> 吴侬生长湖山曲,呼吸湖光饮山绿。不论世外隐君子,佣儿贩妇皆冰玉。先生可是绝俗人,神清骨冷无由俗。我不识君曾梦见,瞳子瞭然光可烛。遗篇妙字处处有,步绕西湖看不足。诗如东野不言寒,书似留台差

---

① 北京大学古文献研究所:《全宋诗》卷五二二,第10册,北京大学出版社1991年版,第6330页。

② 《全宋诗》卷五二二,第10册,第6330页。

③ 欧阳修:《梅圣俞诗集序》,《欧阳修全集》卷四三,第2册,第612页。

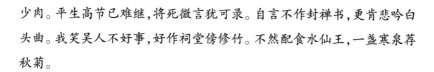

少肉。平生高节已难继,将死微言犹可录。自言不作封禅书,更肯悲吟白头曲。我笑吴人不好事,好作祠堂傍修竹。不然配食水仙王,一盏寒泉荐秋菊。

这首诗作于元丰八年(1085),并非诗人仕杭期间的作品,却是严格意义上的西湖诗。全诗从林逋的人品、气节,说到诗歌、书法,而着眼点和落墨处则是他最令诗人感佩的"绝俗"。诗人将他置于湖光山色中加以观照,先写吴人生长在湖畔山曲,呼吸湖光,啜饮山色,不止是高人隐士,即便"佣儿贩妇",也都冰清玉洁。在此背景下推出林逋,毋费一辞,其"神清骨冷"的形象已跃然纸上。"神清骨冷无由俗",点出林逋绝俗的根本原因在于"神清骨冷"。在这样的笔墨中,无疑透射出诗人文化性格的折光。

被诗人显影的湖畔人物当然也包括他自己。或者干脆说,诗人摄录的西湖镜像中,更多地活跃着的是他自己的身影。作为抒情主人公亮相的诗人总是那样真率、那样本色、那样超尘拔俗。试看《湖上夜归》:

我饮不尽器,半酣味尤长。篮舆湖上归,春风洒面凉。行到孤山西,夜色已苍苍。清吟杂梦寐,得句旋已忘。尚记梨花村,依依闻暗香。入城定何时,宾客半在亡。睡眼忽惊矍,繁灯闹河塘。市人拍手笑,状如失林獐。始悟山野姿,异趣难自强。人生安为乐,吾策殊未良。

这是熙宁六年(1073)诗人倅杭期间所作。在微醺的状态下,诗人从湖上归来,得与州民相遇,把臂言欢。"清吟杂梦寐,得句旋已忘"二句自状似醉非醉、亦梦亦醒的"半酣"之态,固然是神来之笔,"睡眼忽惊矍,繁灯闹河塘"二句写入城后骤见灯火通明而猛然惊醒、醉意顿消,也很生动传神。同时,"繁灯"云云,又不经意地暗示了其治下市井繁华、生民安乐的景象。但更耐人寻味的还是"市人拍手笑"以下四句,杭城百姓与本应高高在上的"通判"之间竟然全无拘束!目睹后者的窘态,前者不是赶紧回避,或伏地礼敬,而是放肆地拍手大笑,仿佛邻里般不计尊卑、亲密无间。这该经历怎样的磨合才能臻此境地?诗人毫不掩饰地形容此时的自己"状如失林獐",无处躲藏,也无从遮羞,或许唯有憨笑而已。这也就意味着,他对"市人"笑话自己的态度非但不以为忤,反而自惭失态,贻羞州民。这就揭示了其坦荡的胸襟和文化性格中推崇平等率真、不失童心童趣的一面。

二 淑世情怀：苏轼注入西湖镜像的民生之忧

这种平等观念、或曰平民意识，在苏轼的西湖诗中不能说触目皆是，但有心者却随处可以捕捉。它不仅表现为与杭城百姓毫无隔膜及违和之处，更衍化为注入西湖镜像中的民生之忧。诗人无论穷达都保持着的淑世情怀，驱使他一如既往地关心民生疾苦，把改善民生、造福百姓视为责无旁贷的使命。

元祐四年（1089）七月，苏轼重临杭州，西湖风光依然引人入胜，但别具只眼的诗人徜徉之际，却察见了湖水淤积、州民困顿的严峻现实。创作于下车伊始的《去杭州十五年，复游西湖，用欧阳察判韵》一诗写道：

> 我识南屏金鲫鱼，重来拊槛散斋余。还从旧社得心印，似省前生觅手书。葑合平湖久芜漫，人经丰岁尚凋疏。谁怜寂寞高常侍，老去狂歌忆孟诸。

前四句抚今思昔，或有"重临事异黄丞相"[1] 之感。但感慨更深的还是五六两句："葑合平湖久芜漫，人经丰岁尚凋疏"。阔别西湖十五年之久，本以为应当年丰时稔，百姓富足。谁知不然。"久芜漫""尚凋疏"，烘托出诗人深深的忧思，是透过画山绣水的写实之笔。汪师韩《苏诗选评笺释》分析说："芜没凋疏，人地依然如故，而俯仰已成今昔，感怆何限。轼自再至杭，值水旱迭逢，饥疫并作，于是免上供米，粜常平义仓，作馆粥，设病坊，浚二河，完六井，去葑田，筑湖堤，凡所惠养杭民者至周且备，而芜没者使之通，凋疏者令之起。此其为君子之用心，不徒寄之感叹者也。"[2] 汪氏这样说是有事实依据的：元祐五年（1090）四月二十九日苏轼上《杭州乞度牒开西湖状》，五月五日复上《申三省起请开湖六条状》。《杭州乞度牒开西湖状》中说："杭州之有西湖，如人之有眉目，盖不可废也。…… 自国初以来，稍废不治，水涸草生，渐成葑田。熙宁中，臣通判本州，则湖之葑合，盖十二三耳。至今才

---

① 刘禹锡：《再授连州至衡阳酬柳柳州赠别》，瞿蜕园笺证《刘禹锡集笺证》外集卷七，上海古籍出版社1989年版，下册，第1426页。
② 《苏文忠公诗集》卷三一，曾枣庄：《苏诗汇评》，四川文艺出版社2000年版，中册，第1313页。

十六七年之间,遂埋塞其半。父老皆言十年以来,水浅葑横,如云翳空,倏忽便满,更二十年,无西湖矣。"①从中既可体会到诗人对西湖及州民的深厚感情,更可触摸到诗人保境安民的沉甸甸的责任感和使命感。这两篇奏状或可作为苏轼此诗的注脚。重游西湖,无一字抒发寄情山水、忘怀世事的心旷神怡之感,而只是袒露了他直面现实疮痍的勇气以及油然而生的疏浚西湖、赈济州民的决心。他对西湖的大力整治正由此发端,而体现在诗中的淑世情怀也融注于他的其他许多西湖诗中。

早在熙宁年间通判杭州时,苏轼便对贫病交加的弱势群体表现出深切的同情和救济的愿望,而不惜冒"煞风景"之险,在登山临水、纵览胜境时将他们牵引入诗。如《游灵隐高峰塔》:

> 言游高峰塔,蓐食治野装。火云秋未衰,及此初旦凉。雾霏岩谷暗,日出草木香。嘉我同来人,久便云水乡。相劝小举足,前路高且长。古松攀龙蛇,怪石坐牛羊。渐闻钟磬音,飞鸟皆下翔。入门空有无,云海浩茫茫。惟见聋道人,老病时绝粮。问年笑不答,但指穴藜床。心知不复来,欲归更彷徨。赠别留匹布,今岁天早霜。

秋凉之时,与志趣相投的友人同游"灵隐高峰塔",本来有诸多奇绝的风景可以撷入笔端,事实上,诗人也出以"雾霏岩谷暗,日出草木香""古松攀龙蛇,怪石坐牛羊"等笔墨,试图摹写出其境之清幽与奇妙。但最后八句,诗人却撇开尚可继续铺陈的景物描写,将洞烛幽微的目光掠过重重叠叠的寺院,落在一位老病的僧人身上,连续给他多个特写镜头:不惟耳聋,而且生活已窘迫到"绝粮"的地步!但他却不作悲颓状和忧伤语,依然以极其友善的态度笑对来客的问询。诗人"欲归更彷徨",却非流连光景,而是因为爱心勃发,想要为他提供力所能及的帮助。仓促之际,只能留下"匹布"为他御寒。结句"今岁天早霜",与其说是"景语",莫如说是"情语"—— 其中蕴蓄着诗人对饥寒交迫的老僧的几多担心。以闲游之兴开篇,而以民生之忧结穴,如此经营结构,不正是本于诗人的淑世情怀吗?

即使在貌似更为纯粹的观景诗中,有时也会渗透进诗人对民生的忧念,见出他一刻不敢淡忘为州民祛灾造福的职守。如《八月十五日看潮五绝》其四、其五:

---

① 《苏轼文集》卷三〇,第3册,第864页。

　　吴儿生长狎涛渊，冒利轻生不自怜。东海若知明主意，应教斥卤变桑田。

　　江神河伯两醯鸡，海若东来气吐霓。安得夫差水犀手，三千强弩射潮低。

中秋观潮，是钱塘盛事之一，从宽泛的意义上说，也是西湖镜像的延伸与拓展。诗人厕身观潮人群之中，既是出于对奇景盛事的本能向往，又何尝没有与民同乐之意？但乐在其中时，仍不免忧从中来。前一首中，目睹弄潮儿与潮水相狎的壮举，诗人不是赞赏其英勇无畏、身手不凡和履险如夷，反倒生出一种悲悯之情。"冒利轻生不自怜"，这是诗人深切体察弄潮儿的生存境遇和心理状态后发出的叹惋。彼不自怜而我独怜！这不是淑世情怀又是什么？诗人当然能够想到，弄潮儿"冒利轻生"，是为生计所迫，这才生出"东海若知明主意，应教斥卤变桑田"的幻想。"斥卤"指盐碱地。《吕氏春秋·乐成》："终古斥卤，生之稻粱。"[1] 吴曾《能改斋漫录·辨误》："咸薄之地，名为斥卤。"[2] 这里则似以"斥卤"泛指薄田。诗人幻想东海边所有颗粒难收的薄田都能变成五谷丰登的良田，那样，杭城百姓就可以免却冻馁之苦，弄潮儿也就不必从事这雁险的营生了。这是观潮之际的幻想，从后续动作看，也是诗人观潮之后施政的一个方向。后一首也从想象落笔。诗人自注："吴越王尝以弓弩射潮头，与海神战，自尔水不近城。""安得"二句意谓：怎么能够召来吴王夫差当年统帅的强兵劲弩，猛射潮头，迫其低首？这实际上是以反诘的方式表达诗人阻断江潮以利生民的宏愿。诚然，在当时的历史条件下，这也许只是一种脱离现实的幻想，但这一理想愿景本身却映现出诗人志在改造自然、改善民生的淑世情怀。

三　身世投影：西湖镜像在苏轼诗中的阶段性嬗变

两度仕杭，苏轼的心境有明显的差异，或者说前后的变化有迹可循。这也反映

---

① 吕不韦：《吕氏春秋新校释》卷一六，下册，陈奇猷校释，上海古籍出版社2002年版，第1000页。

② 吴曾：《能改斋漫录》卷五，上册，上海古籍出版社1960年版，第104页。

在他的创作,包括西湖诗的创作中。

苏轼任杭州通判前两年,正值王安石在宋神宗的全力支持下开始变法。苏轼与其政见多有不合,自感难为新派所见容,便避其锋芒,自请外任,于是得以通判杭州。据叶梦得《石林诗话》记载,赴任时,文同曾赠诗劝诫说:"北客若来休问事,西湖虽好莫吟诗。"① 这是因为此前苏轼"数上书论天下事,退而与宾客言,亦多以时事为讥诮"②,文同"极以为不然,每苦口力戒之,子瞻不能听也"③。但文同的临别箴言并没有引起他的重视。倅杭期间,他总共作诗三百三十六首,其中相当大一部分属于政治诗。而这些讥评时弊、锋芒毕露的政治诗,后来成为政敌们制造"乌台诗案"的重要罪证,导致他锒铛入狱。这对他不啻是一个深刻的教训。

再仕杭州,已是在经历了有宋一代最大的文字狱并流徙黄州、汝州等地之后。在朝中新旧党争纷纭排挞的政治背景下,惊魂未定的苏轼虽被起用为翰林学士、知制诰,却"犹复畏避,不敢久居。得请江湖,如释重负"④。辞别亲友时,文彦博再三叮嘱说:"愿君至杭少作诗,恐为不相喜者诬谤。"⑤ 这一告诫他记住了,并且也遵循了。守杭期间合计作诗一百三十六首,较前数量减少了许多。而更重要的是,从结构比例看,可以定义为政治诗的作品几近销声匿迹,绝大部分作品都专注于摄录西湖镜像。黄庭坚《与王立之承奉直方》第十六简说:"翰林出牧余杭湖山清绝处,盖将解其天弢,于斯人为得其所。"⑥ 的确,杭州的清绝湖山不失为苏轼全身远祸、清心醒脑的最佳去处。不过,纵然可以在现象上与政治情势保持适度的距离,无法消弭的身世之感却不能不在他熔铸的西湖镜像中留下或清晰或模糊的投影。

自然,倅杭时的西湖诗中也有身世的投影,但与守杭时相比,不仅有浓淡之别,亦有深浅之分。正因为身影投影的差别,苏轼诗中的西湖镜像呈现出阶段性的嬗变轨迹,读者可以从中咀嚼出不同的况味。

---

① 叶少蕴:《石林诗话》卷中,何文焕:《历代诗话》,上册,中华书局1981年版,第417页。

② 叶少蕴:《石林诗话》卷中,何文焕:《历代诗话》,上册,第417页。

③ 叶少蕴:《石林诗话》卷中,何文焕:《历代诗话》,上册,第417页。

④ 苏辙:《辞翰林学士札子》,《栾城集》卷四七,中册,第1038页。

⑤ 张耒:《明道杂志》,朱易安、傅璇琮:《全宋笔记》(第二编第七册),大象出版社2006年版,第12页。

⑥ 《宋黄文节公全集·续集》卷一,刘琳、李勇先、王蓉贵校点,《黄庭坚全集》第3册,四川大学出版社2001年版,第1914页。

先看倅杭时创作的《李杞寺丞见和前篇，复用元韵答之》：

> 兽在薮，鱼在湖，一入池槛归期无。误随弓旌落尘土，坐使鞭箠环呻呼。追胥连保罪及孥，百日愁叹一日娱。白云旧有终老约，朱绶岂合山人纡。人生何者非蘧庐，故山鹤怨秋猿孤。何时自驾鹿车去，扫除白发烦菖蒲。麻鞋短后随猎夫，射弋狐兔供朝晡。陶潜自作《五柳传》，潘阆画入三峰图。吾年凛凛今几余，知非不去惭卫蘧。岁荒无术归亡逋，鹄则易画虎难摹。

这是一首唱和诗。如果说"兽在薮"是由想象起笔的话，那么，"鱼在湖"则是由眼前取景。续以"一入池槛归期无"，则变为一种比兴，自喻宦海泛梗，欲归无期了。接下来"误随"云云便申足此意，极言自己对官场的厌倦与不适。"坐使"句或用高适《封丘县》"鞭挞黎庶令人悲"[1]之意，旨在引逗出下文的辞官归隐之想。"白云旧有终老约，朱绶岂合山人纡"，意谓自己的素志本是做一位终生与白云为伴的山人，对仕途并不热衷。其后编织入诗的"蘧庐""故山""鹿车""麻鞋"等意象，无不带有隐逸色彩，负载着诗人对返璞归真生活的向往。进而又让"陶潜"与"潘阆"在诗中亮相，以进一步坐实自己向往隐逸的初衷。陶潜虽与杭州无干，却是苏轼所心仪的隐逸之宗。潘阆则曾久寓杭州，放怀湖山，诗风闲逸疏淡，所赋《酒泉子·长忆西湖》是西湖文学中的经典作品。苏轼让他与陶潜同时登场，是为了更切合眼前的西湖风光。但诗人在这里所抒写的隐逸之思，固然有其真切之处，不同于刘勰所批评的"志深轩冕，而泛咏皋壤；心缠几务，而虚述人外"[2]者流，因为与新政的乖隔不合以及日复一日的案牍劳形，确使他对自由闲散的隐逸生活充满向往。但这并不意味着他对仕途与官场已经彻底绝望，当然也并不意味着他真的要就此改变自己的人生轨迹。就像高适虽然在《封丘县》的结尾说"转忆陶潜归去来"[3]，似乎要弃官而去，结果却依然弄潮于宦海，最终成为唐代优秀诗人中仕途最为显达者之一。苏轼这里只不过借以表达他对现实

---

① 高适：《高适诗集编年笺注》，刘开扬笺注，中华书局1981年版，第230页。

② 《增订文心雕龙校注》卷七，黄叔琳注，李详补注，杨明照校注拾遗，中华书局2012年版，第419页。

③ 高适：《高适诗集编年笺注》，刘开扬笺注，第230页。

处境心有慊慊而已。其中或许也或多或少地融入了身世之感，从总体上说却淡如轻烟。

的确，这种辞官归隐的想法往往是因杂务缠身、终日碌碌而一时念起。《和蔡准郎中见邀游西湖三首》其一或可为证：

> 夏潦涨湖深更幽，西风落木芙蓉秋。飞雪闇天云拂地，新蒲出水柳映洲。湖上四时看不足，惟有人生飘若浮。解颜一笑岂易得，主人有酒君应留。君不见钱塘游宦客，朝推囚，暮决狱，不因人唤何时休。

"钱塘游宦客"显系诗人自谓。"人生飘若浮"，还只是感叹此生漂泊不定，没有上升到"人间如梦"[①]的高度清醒、高度冷峻状态。这里的身世之感同样是比较稀薄、比较浅淡的。

在感叹人生漂泊的同时，诗人抒发的另一种相近的情绪就是人生易老了。如《望海楼晚景五绝》其五：

> 沙河灯火照山红，歌鼓喧呼笑语中。为问少年心在否？角巾敧侧鬓如蓬。

在灯火璀璨、鼓声喧天、一片欢腾的氛围里，诗人却有些黯然神伤，因为他忽然发现自己已鬓发"如蓬"，转而反省"少年心"尚存与否。李贺《致酒行》有句"少年心事当拏云"[②]，"少年心"或本于此。那么，诗人在这里该是慨叹年华老大而功业未成了。这无疑是身世之感，但在未曾遭遇仕途重大挫折之前，它依然缺少厚重的内容，只是文人士大夫习用的一种泛泛的近于公式化的笔墨。类似的慨叹也流露在作于熙宁六年正月的《法惠寺横翠阁》中："雕栏能得几时好，不独凭栏人易老。"

与辞官归隐之念、人生易老之叹相偕行的则是乡关之思。如《六月二十七日望湖楼醉书五绝》其三、其四、其五：

---

① 苏轼：《念奴娇·赤壁怀古》，邹同庆、王宗堂：《苏轼词编年校注》中册，中华书局2002年版，第399页。

② 李贺：《三家评注李长吉歌诗》卷二，王琦等评注，上海古籍出版社1998年版，第87页。

> 乌菱白芡不论钱，乱系青菰裹绿盘。忽忆尝新会灵观，滞留江海得加餐。
>
> 献花游女木兰桡，细雨斜风湿翠翘。无限芳洲生杜若，吴儿不识楚辞招。
>
> 未成小隐聊中隐，可得长闲胜暂闲。我本无家更安往，故乡无此好湖山。

视野中由"乌菱""白芡""青菰"的西湖镜像，让诗人浮想联翩，忆及当年蒙圣上恩宠"尝新会灵观"的情景，而今外放出京，虽系自请，终究远离政治中心，乃不得已而为之，亦可以算作宦途失意，这才有"滞留江海"的感伤。这里的身世之感比较明显，但还算不得深哀巨痛，也没有对前途灰心绝望，努力"加餐"，还是一种励志的表现。"吴儿不识楚辞招"，有论者以为这是诗人以惨遭流放的屈原自况，哀叹无人为己招魂。这未免刻意求深，夸大了诗人此际的心灵悸痛。其实，诗人当是由"无限芳洲生杜若"的镜像，联想起"湘人"在酷似的场景中为屈原招魂的情形，感慨吴地与湘地习俗有别而已。诗人企求"长闲"而不可得，只好聊作"中隐"，暂且寄身并栖心于大好湖山之中。"我本无家更安往"，这该是无家可归的乡关之思了。而"故乡无此好湖山"，既是欲归不得的诗人的自我安慰，也是对西湖胜景的由衷赞美。

相形之下，苏轼守杭期间的西湖诗虽然就风格而言并没有太多的改变，但融注在其中的身世之感却较前有些沉重了，人生易老的寻常感叹嬗变为人生如梦的深刻感喟。如《与莫同年雨中饮湖上》：

> 到处相逢是偶然，梦中相对各华颠。还来一醉西湖雨，不见跳珠十五年。

诗人倅杭时曾作《六月二十七日望湖楼醉书五绝》，起首说："黑云翻墨未遮山，白雨跳珠乱入船。"时隔十五年，"跳珠乱入船"的景象依然如故，诗人的心境却在历尽宦海风波后非同往昔了。深潜于诗中的感慨不只是岁月倏忽，还有人生如梦。"梦中相对各华颠"，非独渲染旧友重逢时的如梦似幻之感，更是把整个人生都视同梦幻。此前，诗人在作于黄州的《念奴娇·赤壁怀古》中已发出"人间如梦"①的浩叹，此处，则是同一感悟的另一种诗意表达。而"到处相逢是偶然"，则似与"人生到处知何似？应似飞鸿踏雪泥"的名句属于同一种哲学思考：人生飘忽无定，带有极大的偶然性，因而何必执一而求？这可以说是一种彻悟后的通达，又何尝不可以说是一种因人生坎坷多难而产生的失望与悲怆呢？

与此相联系，苏轼这时摄录的西湖镜像常常会染上一层霜色，显得有点清泠、甚至清寒。如《寿星院寒碧轩》：

> 清风肃肃摇窗扉，窗前修竹一尺围。纷纷苍雪落夏簟，冉冉绿雾沾人衣。日高山蝉抱叶响，人静翠羽穿林飞。道人绝粒对寒碧，为问鹤骨何缘肥？

这是一首拗律体纪游诗。既然轩名"寒碧"，诗人便致力将"寒碧"之意铺染开来。"清风"本无太多寒意，但叠加以"苍雪"，就寒意逼人了。诗人复以"肃肃"形容"清风"、以"纷纷"修饰"苍雪"，则使得寒意弥漫于纸上。虽然"寒"字在诗中并没有直接出现，却由字里行间一气盘旋而出，直透读者脏腑。但这种"寒"不是酷寒，而是清寒，"修竹""山蝉"等意象无不呼应首句中的"清风"，具有"清"的品质。最后两句出以戏谑之语，既是调侃僧人，也是自我揶揄。《唐宋诗醇》卷三九评点说："语语兀傲自喜，拔俗千寻。"②在我看来，"兀傲"容或有之，"自喜"则何从说起？调侃与揶揄不等于"自喜"，在这种调侃与揶揄的骨子里，软埋着的正是清寒的基调。还是《纪昀评苏文忠公诗集》看得透彻："前六句有杜意，后二句是本色。"③所谓"本色"是指其幽默诙谐，所谓"杜意"则是说它近于杜甫的"沉郁顿挫"了。如果没有浓重的身世之感如淡水著盐般融化于其中，又怎么可能形成"沉郁顿挫"的美感效应呢？

值得我们特别注意的一个艺术现象是，苏轼倅杭时创作的咏花诗，所咏者除了莲花、桂花外，较多的是牡丹。如《吉祥寺赏牡丹》："人老簪花不自羞，花应羞上老人头。醉归扶路人应笑，十里珠帘半上钩。"此诗以谐趣胜，一副风流偎傥的

---

① 邹同庆、王宗堂：《苏轼词编年校注》，中册，第399页。
② 《苏文忠公诗集》卷三二，《苏诗汇评》中册，第1340页。
③ 《苏文忠公诗集》卷三二，《苏诗汇评》中册，第1340页。

名士作派。赏花之际的诗人是忘情的，并没有被盛开的牡丹撩拨起身世之感。直到守杭时，林逋所工于吟咏的梅花才出现在苏轼笔下；而一旦出现，便连篇累牍，一发而不可收了。这不能不说是很有意味的。是否可以说，在亲身体验了官场升黜、宦海沉浮的况味后，诗人开始对凌霜傲寒的梅花情有独钟，觉得它更能写照自己的品性。

苏轼笔下的梅花往往翩然现身于湖边、月下，是构成西湖镜像的重要元素之一。但诗人并不刻意突出梅花的玉骨冰肌和不畏霜寒的精神气质，机械而又生硬地比附自己。他很少对梅花作正面观照与刻画，更不屑为它贴上前人描画已久的标签。题咏梅花，这本身已昭示了一种态度。因此，他的咏梅诗多以梅花起兴，或将它作为背景，借以抒情写意——其中常常掺和着对身世的自怜自伤。如《次韵杨公济奉议梅花十首》其二、其三：

> 相逢月下是瑶台，藉草清樽连夜开。明日酒醒应满地，空令饥鹤啄莓苔。
>
> 绿发寻春湖畔回，万松岭上一枝开。而今纵老霜根在，得见刘郎又独来。

纵饮之时，却担心明日酒醒后梅花凋谢、满地落英。在宣示自己的爱花、惜花心理的同时，也透露了诗人对未来命运的某种忧惧。"而今纵老霜根在，得见刘郎又独来"，罕见地既以梅花自托，又以"刘郎"自况。"刘郎"，指久滞巴山楚水却不忘初心、永葆贞节的唐代诗豪刘禹锡。刘禹锡《元和十一年自朗州承召至京戏赠看花诸君子》有句"玄都观里桃千树，尽是刘郎去后栽"[1]；《再游玄都观绝句》复有"种桃道士归何处？前度刘郎今又来"之句。[2]"刘郎"在后代遂成为不幸而又不屈的典型。苏轼以"刘郎"自况，身世之感已呼之欲出。

苏轼还有情辞更为凄婉的咏梅之作，似为陆游的《卜算子·咏梅》开启先声。如《再和杨公济梅花十绝》其四、其六、其八：

> 人去残英满酒樽，不堪细雨湿黄昏。夜寒那得穿花蝶，知是风流楚

---

① 《刘禹锡集笺证》卷二四，中册，第702页。
② 《刘禹锡集笺证》卷二四，中册，第703—704页。

客魂。

　　莫向霜晨怨未开，白头朝夕自相催。斩新一朵含风露，恰似西厢待月来。

　　湖面初惊片片飞，樽前吹折最繁枝。何人会得春风意，怕见梅黄雨细时。

此时此际的诗人似乎情绪特别低落、心理特别脆弱，既失去了抗颜世俗的勇气，也不见了笑看人生的豁达，而表现出畏风畏雨、亦惊亦惧的非正常、非理性状态。"不堪细雨湿黄昏""莫向霜晨怨未开""怕见梅黄雨细时"，诸如此类，与陆游词中的"已是黄昏独自愁，更著风和雨"[1]何其相似乃尔！这从一个侧面表明，苏轼并不总是那样超脱、那样通达，我们应该允许并且理解他也有凡人对政治风雨的恐慌。当然，这也就说明，苏轼守杭期间创作的西湖诗，融入了更为强烈的身世之感。将他两个不同时期的作品加以比照并观，我们可以清楚地看到西湖镜像的阶段性嬗变。

四　艺术功力：苏轼摄录西湖镜像的卓绝技巧

　　苏轼的西湖诗之所以独具风韵，有时还别饶深旨，特别耐人讽咏，不仅仅是因为诗人所摄录的西湖镜像往往带有其文化性格的烙印、淑世情怀的折光以及身世之感的投影，所以内涵显得格外丰富、格外深刻，而且还因为从艺术的角度看，诗人摄录西湖镜像的技巧是出类拔萃的。可以毫不夸张地说，他的西湖诗的创作水准已达到前所未有的高度。

　　初盛唐时期仅有少量的描写西湖的作品问世，且大都落笔于西湖周边的寺庙，如宋之问的《灵隐寺》、李白的《与从侄杭州刺史良游天竺寺》、崔颢的《游天竺寺》等。对西湖作持久的全景式描写，实际上是从白居易开始的。这当然与他杭州刺史的身份有关。白居易的诗笔几乎已触及西湖的角角落落，在题材领域并没有给苏轼留下多少可以拓展的空间。苏轼只有在艺术上进行新的探索，不断丰富与提升摄录西湖镜像的技巧，才能实现对包括白居易在内的前代诗人的全

---

[1]　陆游：《卜算子·咏梅》，《放翁词编年笺注》下卷，夏承焘、吴熊和笺注，上海古籍出版社1981年版，第124页。

面超越。

　　不可否认，白居易为西湖诗史树立起了第一座丰碑，他的《钱塘湖春行》等作品气韵生动，情辞兼胜，十分脍炙人口。但撇开内容的厚薄、思想的深浅、情感的浓淡不论，仅就艺术技巧而言，白居易实在应当像欧阳修那样感叹："老夫当避路，放他出一头地也。"① 白居易在诗中显现西湖镜像时主要采用白描手法，如《孤山寺遇雨》中的"水鹭双飞起，风荷一向翻"②；《湖亭晚归》中的"松雨飘藤帽，江风透葛衣"③；《湖上夜饮》中的"郭外迎人月，湖边醒酒风"④ 等等。即便是被奉为经典之作的《钱塘湖春行》，其最受称道的颔联和颈联，技法也是白描："几处早莺争暖树，谁家新燕啄春泥？乱花渐欲迷人眼，浅草才能没马蹄。"⑤ 我们不能不佩服诗人体物之细微和状物之精当，但同时却也因其笔法的单调平实而稍感遗憾。

　　读苏轼的西湖诗，则完全没有这样的遗憾。当然，其倅杭时所作与守杭时所作，艺术水准也有高下之分。王文诰《苏文忠公诗编注集成》指出："公凡西湖诗，皆加意出色，变尽方法。然皆在《钱塘集》中。其后帅杭，劳心灾赈，已无复此种杰构，但云'不见跳珠十五年'而已。"⑥ "此种杰构"指《饮湖上初晴后雨二首》。的确，《饮湖上初晴后雨二首》其二最能体现苏轼西湖诗的艺术风貌和艺术成就：

　　　　水光潋滟晴方好，山色空濛雨亦奇。若把西湖比西子，淡妆浓抹总

相宜。

没有谁会否认这是古今西湖诗中的登顶之作。后人大多激赏后两句。南宋武衍《正元二日与菊庄汤伯起归隐陈鸿甫泛舟湖上》说："除却淡妆浓抹句，更将何语

---

① 　欧阳修：《与梅圣俞四十六通》(三十)，《欧阳修全集》卷一四九，第6册，第2459页。

② 　《白居易诗集校注》卷二〇，第4册，第1627页。

③ 　《白居易诗集校注》卷二〇，第4册，第1625页。

④ 　《白居易诗集校注》卷二〇，第4册，第1628页。

⑤ 　《白居易诗集校注》卷二〇，第4册，第1614页。

⑥ 　《苏文忠公诗集》卷九，《苏诗汇评》上册，第318页。

说西湖。"① 查慎行《初白庵诗评》说："多少西湖诗被二语扫尽。"② 陈衍《宋诗精华录》说："后二句遂成为西湖定评。"③ 这是毫无疑义的。不过，论者往往着眼于诗人的设譬新奇以及发语的自然天成，而没有充分注意到诗人对时空艺术的巧妙运用。从时空艺术的视角看，诗的前两句也颇具匠心：一写"水光潋滟"，一写"山色空濛"，着笔的空间不同；一写"晴"，一写"雨"，落墨的时间也不同。唯其如此，才曲折有致地展现出西湖不为时空所限的"天生丽质"。

苏轼西湖诗的卓绝的艺术成就，表现在许多方面，比如腾挪多变，挥洒自如；想落天外、荡人神思；幽默诙谐，蕴含理趣等等。但这种种艺术特征和艺术技巧，都离不开诗人为西湖镜像所构置的特定时空，都是在诗人精心设计的时空关系中呈现的。如《法惠寺横翠阁》首四句：

> 朝见吴山横，暮见吴山纵。吴山故多态，转折为君容。

"朝""暮"，显示了时间的变化；"横""纵"，显示了空间的变化；而吴山的多姿多态正是从时空的交错中体现出来的。即使以理趣著称的《赠刘景文》也可以见出诗人无时不存、无处不在的时间意识和空间意识：

> 荷尽已无擎雨盖，菊残犹有傲霜枝。一年好景君须记，最是橙黄橘绿时。

诗所描写的时间是秋尽冬来之际。这一时间概念是通过形神兼备的景物刻画来揭示的。"荷尽""菊残"，这是秋末冬初才会出现于西湖的景象，以之入诗，时间已不言而喻。这还不够，末句又用"橙黄橘绿时"加以强化。在凸现时间感的同时，诗人也致力营造空间感。"荷尽已无擎雨盖"，这已构成一幅画面，只是色彩有几分萧瑟和枯淡，接着叠加进"菊残犹有傲霜枝"，不仅顿见气骨，而且使画面得到了延伸，造成更加明显的空间感。最后再将"橙黄橘绿"嵌入画面，让多种物象共生共济，把画面进一步撑开，而空间的密度与广度也得以增加。

① 《全宋诗》卷三二六九，第62册，第38978页。
② 《苏文忠公诗集》卷九，《苏诗汇评》上册，第317页。
③ 《苏文忠公诗集》卷九，《苏诗汇评》上册，第318页。

时空艺术在这里以一种相对隐秘的方式发挥着营造画面并烘托理趣的作用。应该说，苏轼摄录西湖镜像时，对空间的建构更加重视。许多看似随意挥洒的空间描写，其实都有隐匿于其中的匠心可以寻绎。如《立秋日祷雨，宿灵隐寺，同周、徐二令》：

> 百重堆案掣身闲，一叶秋声对榻眠。床下雪霜侵户月，枕中琴筑落阶泉。崎岖世味尝应遍，寂寞山栖老渐便。惟有悯农心尚在，起占云汉更茫然。

从"百重堆案"到"一叶秋声"，不仅空间的位置已进行了由此及彼的转移，而且空间的容积也发生了由大到小的变化；伴随着这种空间的转移与变化的，则是作者心境的转移与变化：由公务纷繁的慨然自叹到卧听秋声的恬然自安。

更堪玩味的还是"床下雪霜侵户月，枕中琴筑落阶泉"两句：从修辞学的角度看，这是不着痕迹的譬喻——月光洒落在床前，犹如雪霜般皓洁；泉声传送到枕边，好似琴筑般悠扬。但如果仅仅是譬喻，纵然精妙到极点，也许还不足令人刮目相看，何况以"雪霜"喻月光，李白的《静夜思》早开其端："床前看月光，疑是地上霜。"[1] 作者虽已将它融化为自己的血肉，终究是拾了老祖宗的牙慧。然而，它却并不仅仅以譬喻见长，从另一角度看，它更显示了作者善于构置立体化空间的手段。就前一句而言，假使径直落笔于"床前月"，那么，诗中所具有的只是由"床"和"月"这两种物象构成的二维空间；在"月"前加上"侵户"二字，便由二维空间变成了三维空间；在"侵户"前再加上"雪霜"一词，则又成为四维空间。后一句亦复如此。这种立体化的多维空间，较之李白诗中那种平面的二维空间，自然包蕴了更多的意象因子，从而为读者的审美触角提供了更大的回旋余地。不仅如此，细予品味，"雪霜""琴筑"这两个词组在句中是作为喻体出现的，它们不是得自诗人的视觉，而是摅自诗人的感觉。这又意味着句中的多维空间是作者将物理空间与心理空间糅合为一后才构成的。

在苏轼的西湖诗中，这绝对不是上乘之作，但它已足以昭示诗人出类拔萃的艺术功力，昭示他对时空艺术的娴熟驾驭和精妙运用。毋论其他，仅此一端，苏轼

---

① 李白：《李太白全集》卷六，上册，王琦注，中华书局1977年版，第346页。

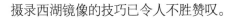

摄录西湖镜像的技巧已令人不胜赞叹。

正因为苏轼所摄录的西湖镜像不仅如淡水着盐般地融入了其文化性格、淑世情怀及身世投影，而且清极丽绝，摇曳多姿，具有沁人心脾、经久不衰的美感效应，所以，苏轼的西湖诗才格外脍炙人口，深受读者喜爱。"若把西湖比西子，淡妆浓抹总相宜。"毫不夸张地说，苏轼以他独特的艺术创造，将西湖美景永远定格在中国文学的历史长廊上，也永远定格在读者的审美记忆里。

诗到相嘲雅见知：论宋代交游文化语境中的"戏人之诗"

上海师范大学　姚华

在以诗之言志、抒情、美刺等功能为重的古典诗歌传统中，以游戏姿态而为的俳谐戏谑之作多受轻视与非议，亦较少受到研究者的重视。然而事实上，这类诗作数量众多、自成传统，是古典诗歌丰富艺术面貌中不可或缺的一种。较之前代，游戏性写作在宋朝得到了更为显著的发展。宋诗中多诙谐、风趣之语，形成与土情的唐诗不一样的审美体验，此亦唐、宋诗歌转型痕迹之一。已有学者自不同角度述及宋诗这一特征。[①] 值得注意的是：游戏性诗作事实上包含了多重主题，或为自嘲，或为咏物，或为赠人，或为记录琐事的日常书写，或面向自然嘲风戏月——写作语境既不相同，诗人所使用的话语策略及所欲实现的诗歌功能便也各异，诗中所包含的游戏因素实亦不相一致。而现有研究多为泛论，尚缺乏类型化的观察与讨论。

在宋代数量庞大的游戏性写作中[②]，占据主体的是一种较为专门的诗歌类型，本文将之称为"戏人之诗"。这类诗作有明确的酬赠对象，以打趣、戏谑他人为主要旨趣，且往往以动词性的"戏"字加上所戏对象的名字命题，如苏轼《戏子由》、

---

① 诸如韩经太《论宋诗谐趣》（《中国社会科学》1993年第5期）一文，以谐趣为宋诗发展的整体趋势。周裕锴《宋代诗学通论》（上海古籍出版社2007年版）论及宋诗具有"因难见巧的智力竞技"等特征。熊海英《北宋文人集会与诗歌》（中华书局2008年版）注意到集会诗"谐谑性与竞技性"的特点。肖瑞峰、周斌《唐宋戏题诗论略》（《浙江社会科学》2016年第7期）则就唐宋戏题诗写作的整体面貌做了勾勒。

② 据北京大学所开发的"全宋诗检索系统"统计，宋诗中题目含有"戏"字的"戏题诗"有3千余首。

陈师道《戏元弼》、孔平仲《戏张天觉》、蔡肇《小诗戏无咎》、吴处厚《戏王安国》等，或者以"戏赠""戏呈""戏简""戏答""以诗戏之"等方式在题中点出与所赠对象戏谑玩笑的写作意图，形式上非常醒目。戏人之诗的特殊之处在于拥有非常具体的对话对象，作于人际交往的背景之下，隶属区别于"独吟诗学"的"酬唱诗学"。[①] 可以说，我们对宋诗善戏谑之印象的主要来源，正是这类诗作的大量存在。[②] 换言之，宋诗谐谑风格之形成，并不仅仅是诗人个体的美学倾向，同时也相关于书写语境对语体、写作方式及诗歌功能的选择与要求。

戏人之诗的写作语境非常明确，即宋人之交游。戏人之诗既内嵌于宋代交游文化的整体背景之中，又构成了宋人交游的一种具体形态。近年来，学界对宋人交游行为及交游诗作的研究已日趋深入[③]，然而对戏谑在交游及相关文学书写中的表现及意义尚缺乏关注。然而戏语谑谈实为友人间日常交往中极常见的内容，游戏甚至被视作人与人之间"元交往的系统方式"[④]，其重要性不应忽视。本文便试图在宋代交游文化语境下对戏人之诗的发生、背景、主题、艺术及功能进行立体考察，以期为宋诗的谐谑特征、宋人的交游文化以及写作语境对诗歌艺术形态之塑成等命题带来新的认识。

一 宋代"戏人之诗"的发达

从历史上看，戏人之诗并非自古有之。唐前极少可见这类诗作。初盛唐诗人

---

① 张剑、吕肖奂在《酬唱诗学的三重维度建构》（《北京大学学报》2012年第2期）一文中提出在传统的"独吟诗学"之外，从文学、社会、文化三重维度构建独立的"酬唱诗学"之必要性。

② 如缪钺曾言："凡唐人以为不能入诗或不宜入诗之材料，宋人皆写入诗中……如朋友往还之迹，谐谑之语……在宋诗中尤恒遇之。此皆唐诗所罕见也。"（缪钺：《论宋诗》，《诗词散论》，陕西师范大学出版社2008年版，第31—32页）

③ 对宋人交游文化的研究可参梁建国《朝堂之外：北宋东京士人交游》（中国社会科学出版社2016年版）、崔延平《北宋士大夫交游研究》（山东大学博士学位论文，2011年）等；对宋人交游之诗的研究则有熊海英《北宋文人集会与诗歌》、周裕锴《诗可以群：略谈元祐体诗歌的交际性》（《社会科学研究》2001年第5期）、马东瑶《苏门酬唱与宋调的发展》（《文学遗产》2005年第1期）等。

④ 《社会科学百科全书》（纽约，1934）第十二卷，第161—162页，转引自胡伊青加：《人·游戏者》，成穷译，贵州人民出版社2007年版，中译者序第9页。

偶有为之者,然亦未成风气。杜甫集中最早可见以诗戏人的自觉兴致。[①]但这一题材的频繁出现,应始于中唐白居易。白诗以浅适、日常为特征,且喜与元稹、刘禹锡等文人密友往来酬赠,其诗"诱于一时一物,发于一笑一吟""但以亲朋合散之际,取其释恨佐欢"[②],故集中多"朋友戏投"的玩笑诗语。[③]可以说,"戏人之诗"的兴盛是伴随诗歌表现题材在中唐以后的扩容而产生的现象,同时又以稳定、亲密的文人交游群体为依托,是诗歌写作日常化、交际化转向的体现。

宋承中唐以来诗歌新变的轨迹,延承并发展了这一写作。宋代"戏人之诗"不仅数量远较前代为多,且流行于知名的诗人、诗派之间,成为宋诗风格的重要构成。北宋诗坛最为核心的两个诗人群体——欧门及苏门文人便皆多有此作。欧阳修与韩绛、王珪、范缜、梅挚、梅尧臣等人的礼部唱和诗即"时发于奇怪,杂以诙嘲笑谑"[④],并在更长的时间段中与密友如梅尧臣之间保持着以诗笑谑的习惯与不避诙嘲的友情,留下了"韩孟之戏"[⑤]等著名典故。至如苏门文人,更以雅谑擅戏著称。以苏轼、黄庭坚为例,二人各有百余首诗以"戏"名题,其中很大一部分便是戏人之作。由于这一现象非常突出,"戏人"(或表述为"戏赠""戏谑")作为一种独立的诗歌类型出现在宋人所编苏、黄诗集的分类中。[⑥] 以苏、黄为代表的苏门文人群体之间多有以诗嘲戏的行为。仅《王直方诗话》中便记载有苏轼戏顾子敦、钱穆父("顾屠"条),山谷戏俞清老("山谷和俞清老诗"条)、王炳之、夏君玉("山谷以诗嘲戏"条),陈师道、黄庭坚、秦观戏张耒("张文潜在一时中人物

---

① 杜集中有《戏简郑广文兼呈苏司业》《戏赠阌乡秦少公短歌》《戏寄崔评事表侄、苏五表弟、韦大少府诸侄》《戏赠友二首》等作。

② 白居易:《与元九书》,《白居易文集校注》卷八,谢思炜校注,中华书局2010年版,第321页。

③ 白居易诗集中多有如《戏赠李十三判官》《醉中戏赠郑使君》《编集拙诗成一十五卷因题卷末戏赠元九李二十》《戏答皇甫监》等作。

④ 欧阳修:《礼部唱和诗序》,《欧阳修诗文集校笺》卷四十三,洪本健校笺,上海古籍出版社2009年版,第1107页。

⑤ 欧阳修自述"圣俞自天圣间与余为诗友,余尝赠以蟠桃诗,有韩孟之戏",见《归田录》卷二,中华书局1981年版,第32页。

⑥ 旧题南宋王十朋编《王状元集百家注分类东坡先生诗》在"投赠""简寄""怀旧""寻访""酬答""惠贶""送别"等类别外列有专门的"戏赠"一目,录诗32首。与之类似地,南宋麻沙本黄庭坚《类编增广黄先生大全文集》也将"戏谑"与"投赠""简寄""酬答""钱送""留别""招邀""访谒"并置,收诗36首。二书的分类实际是将"戏人"之诗作为交游之诗的一种亚型予以对待。

最为魁伟"条),陈师道戏秦觏("后山嘲秦少章"条)等多个例子。元祐年间,苏门文人齐聚汴京,诗歌酬赠频繁,这一背景亦促成了戏人之诗的兴盛。"以游戏为诗"也被视为元祐体诗歌的风格特点之一①,流波深远。

南宋中兴诗人的诗作中,也常常可见友人之间的相互戏谑。以杨万里为例,其与陆游之间有《答陆务观佛祖道院之戏》《云龙歌调陆务观》等戏谑性诗歌往来。而在杨万里与尤袤之间,更有非常著名的"尤杨雅谑",二人以各自姓氏的谐音"蝣""羊"为戏。②此外,杨万里浸濡理学,与朱熹交往颇深。与一般人对理学家诚穆恭敬性格的程式化印象相异,二人之间亦常有戏语谑谈,故《诗人玉屑》载"晦庵先生与诚斋吟咏甚多,然颇好戏谑"③,今诚斋集中亦可见《戏跋朱元晦楚辞解二首》等戏语往来。

当朝名士之外,"戏人之诗"也常见于不少并不十分知名的诗人集中,例如邹浩、赵鼎臣、王洋、孙觌等,显示出这类题材在宋人写作中的普遍性。此外有一些诗,诗题中并无"戏"字,但在具体的诗句或个别用词中带有嘲戏的意味。诗话笔记作者、后世注诗评诗者往往热衷于留意这类细节,将其点出。如陈师道《和寇十一晚登白门》一诗,方回《瀛奎律髓》释称:"白门在徐州,亦曰白下,地近狭邪。寇国宝,后山乡人,屡引白下事戏之,'小市、轻衫'之句,亦所以寓戏也。"④这些带有嘲戏性质的诗歌细节也颇能见出宋人以诗酬人时"戏赠""戏谑"的写作习惯。

由上可见,戏人之诗可谓宋代交际之诗的一种特殊类型,已于宋人间构成自觉的写作意识与普遍的写作风气。

二 宋代"戏人之诗"的文化背景

宋代"戏人之诗"的盛行,有其特定的时代背景与文化成因。

首先,以诗戏人是流行于民间的嘲诮文化向诗歌这一经典文体渗透的结果,体现了宋诗汇融雅俗的特征。嘲诮(又称嘲谑、讥谑、讥诮等)及相关谐辞的写作

---

① 周裕锴:《元祐诗风的趋同性及其文化意义》,《新宋学》第一辑,上海辞书出版社2001年版,第183—193页。

② 罗大经:《鹤林玉露》丙编卷六"尤杨雅谑",中华书局1983年版,第339页。

③ 魏庆之:《诗人玉屑》卷十九"杨诚斋"条,上海古籍出版社1978年版,第420—421页。

④ 方回:《瀛奎律髓》卷一,上海古籍出版社2005年版,第40页。

历史极为悠久，早在《左传》中就有对嘲谑性歌谣的记录。隋唐之时，嘲诮之风在朝野间极为盛行。^①嘲辞多以夸张之语描述对象，充分利用谐音、隐语、离合、双关等手法渲染被嘲对象形象或性格上的缺陷，带有很强的娱乐意味。这一风气延续至宋。宋代不少笔记为士人间的"滑稽谐谑之辞"列有类目，如《渑水燕谈录》"谐谑"类、《梦溪笔谈》"讥谑"类、《诗话总龟》"讥诮门"和"诙谐门"、《宋朝事实类苑》中的"谈谐戏谑"等。"以诗戏人"之作具有一定的嘲谑特征，可以视为这一源远流长的民间文化影响经典文学的结果。而文人间打趣玩笑的形式由口头嘲辞转向诗歌这一新的载体，则又与宋人文化水平的普遍提升以及诗歌赠往成为文人社交重要形式的背景相关。

其次，戏人之诗的流行是伴随宋代士人交游活动的兴盛与交往关系的平等化而出现的写作现象。宋朝是一个"举世重交游"的时代，对交游诗作有极大的需求。而戏谑语气的选择则相关于交往双方的身份关系。"社会学认为，情感上的'亲疏'与地位上的'尊卑'是人际关系中两个最基本的维度。"^②戏谑多发生于情感亲近、尊卑差异不甚显著的人际关系之间，如此才不至于失礼冒犯。宋人的交游呈现出"关系平等化"的特点，这与科举及文官政治造就的新型士人群体性质相关。宋代科举减弱了门第之别，大量寒门士子得以通过科举入仕，甚至位及权宰，这使得身份地位上的"尊卑"并非如门阀社会中的士、庶关系那样不可跨越。此外，道学的复兴、"朋党"意识的发展及文官制度所涵养的政治责任感，塑造出一批分享了共同道德理想的"同道"之士，彼此具有更为强烈的身份认同感与更加紧密的情感联系。再有，北宋时期，出于对私自结党的防范，宋廷对为了某种目的而私下拜谒请托的"私谒"行为多有禁忌，士人交游以相亲、相近者之间的"走访"为主要形式："走访者大都为主人的至亲、密友、同道。宾主双方即使在政治、经济地位上有所差异，但在交游中则基本处于平等的地位；反映到心态上，双方都比较积极、轻松。"^③综而言之，宋人的交游呈现出"君子以同道相交"的色彩，重"德"不重"位"的观念涵养了身份平等意识。以此为基础，士人间的交往便在不失敬意的同时，不乏嘲笑、打趣等随意轻松的内容，时时流露出"座客皆故人，欢

---

① 李鹏飞：《唐人的"嘲谑"》，载《文史知识》2013年第1期。
② 张剑、吕肖奂：《酬唱诗学的三重维度建构》。
③ 梁建国：《朝堂之外：北宋东京士人走访与雅集——以苏轼为中心》，载《历史研究》2009年第2期。

笑无拘忌"（司马光《早春戏作呈范景仁》）的恣意任情。

最后，禅宗思想为宋诗中的戏谑姿态提供了思想与理论资源。宋代不少著名诗人皆通佛学。禅宗"不立文字"的思想使诗人对语言在表达真理时的不确定性有所自觉，从而开放了语言游戏的可能。此外，佛教中有"游戏三昧"的概念，如《坛经·顿渐品》所云："普见化身，不离自性，即得自在神通，游戏三昧，是名见性。"这一概念赋予了"游戏"一词以新的意义，使之不仅和表现严肃、深刻的道理并不矛盾，反而成为体悟真如后一种恰当的应世姿态，是对士人精神的赞誉。禅宗思想补充、调和了儒家思想中的理想人格形象，赋予调谐戏谑一种正面的价值。频繁出现在宋人诗中的戏语得以借此获得哲学上的合理性。

三 "戏点"的选择：道德秩序内的日常意外

"戏人之诗"以士人交游为其主要写作背景，多发生于身份相近的文人群体或熟识的亲友之间，这也影响了诗人对"戏点"[①]的选择：宋代"戏人之诗"的主题往往为无伤大雅的日常意外。这便与带有明显讽刺、批评意味的"嘲体诗"意趣大异。

宋代的戏人之诗虽受口头嘲谑传统影响，但二者的旨趣并不完全相同。嘲诮往往针对对方形象或性格品德上的某种缺陷而发，有着很强的讽刺意味，所施予者通常是陌生人而非友人，是嘲诮者意欲批评与反对的对象。如《左传》"宣公二年"记宋人嘲谑战败而逃归的主帅华元："睅其目，皤其腹，弃甲而复。于思于思，弃甲复来。"便是既嘲笑其形体（鼓眼睛、大肚子），又攻讦其道德（弃甲而归）。之后，无论是嘲谑文赋还是口头嘲辞都发展出了复杂精巧的语言艺术，但所捕捉的基本"嘲点"仍大抵不出此两类。因此，朱光潜定义"谐趣"，称其为"以游戏的态度，把人事和物态的丑拙鄙陋和乖讹当作一种有趣的意象去欣赏"，"最普通的是容貌的丑拙"，"品格方面的亏缺也常为笑柄"[②]，这些议论便是主要针对嘲谑现象及相关趣味而发。

宋代的戏人之诗却与上述嘲人之作大异其趣。宋诗之戏多发生于交游背景下，面向熟识的亲友，诗人的语气通常是善意而温煦的。他人品性的亏缺并不在

---

① 本文套用今人语言中"笑点"一词，用"戏点"的概念代指宋人以诗戏人的具体话题。

② 朱光潜：《诗与谐隐》，《诗论》，北京出版社2005年版，第26—27页。

"戏点"之内——因为道德上的缺陷足以瓦解交谊,使得赠诗不再可能。至于身体容貌的乖拙,则确实常出现在戏人之作中,但往往并非全诗主旨。这类诗的根本旨意在于以对方身体之"俗"反衬其精神之"雅",对所戏之人的人格风姿进行赞美,使所谓的"嘲点"得到诗意化的提升。

宋代"戏人之诗"的主题,往往是有异于常的生活细节或无伤大雅的日常意外。它们不会严重到有悖一般的道德秩序,之所以值得"戏",通常只是因为偏离了日常生活的惯常形态:不曾料到的情况意外地出现了,期待之事却没有发生——而这些都不是"严重的时刻",只不过是生活之流中的微小波澜。

一种意外是坠马、落水、从车上掉下等"交通事故的古典形态"。刘敞《圣俞坠马伤臂以其好言兵调之》一诗,便以坠马为戏点,在梅尧臣"上马常慷慨"的伟岸形象与"堕车宁困穷"的窘迫现实间玩弄趣味。① 苏轼《戏周正孺二首》亦以"周正孺坠马伤手"为主题,不仅以"折臂三公"之辞巧妙诠释了周正孺手伤的寓意,还用了"爱妾换马"的典故,劝周正孺鬻马解忧,是以为戏。② 坠马之外,坠车不仅也有使人"折肱"而成三公的妙用,还有可能让翩翩佳公子盈若满月的面庞发生一些天文变化——使之有如蛤蟆吞噬月亮所造成的月蚀:"孙郎少奇伟,面满若霜月。胡为忽颠隮,有物食之缺。"③……这些意外事故因为使人的身体形象发生变化而为诗人提供了"戏点",但诗人又并不仅仅聚焦于放大对方形象乖拙、可笑的部分,同时也会在诗中尝试巧妙地解释这一意外,进而开解对方的不幸。

然而生活中的意外又何止于这些物理意义上的坠落:计划出门可能会遇到风雨,在家安居则难免偶染小疾,就连去园中赏花,都会横遭被花枝弄疼眼睛的危险;此外还有落空的期待、没有成行的拜访、无法践行的诺言……④ 这些偏离了预期的事件,并不会从根本上影响生活以其惯有的节奏继续往前。因此,诗人不妨以轻松的态度面对它们,用语言玩味生活的小小不足。

---

① 刘敞:《圣俞坠马伤臂以其好言兵调之》,《全宋诗》卷四八二,第9册,第5841页。

② 苏轼:《戏周正孺二首》,《苏轼诗集》卷二十八,第1474页。

③ 汪藻:《孙益远试归堕车败面已而荐书至作诗戏之以送其行》,《全宋诗》第25册,卷一四三〇,第16509页。

④ 相关诗作如晁补之《顺之将携室行而苦雨用前韵戏之》、梅尧臣《闻曼叔腹疾走笔为戏》、王洋《德茂晨起折花花叶中眼上横冲痛楚因诗戏之》、李正民《和叔来谒穿守,值其在告,作诗戏之》、郑刚中《戏简文浩然诗成不往也》、刘敞《约谢师直出猎师直小疾不行作诗戏之》等。

　　文人集会则提供了一个写作"戏人之诗"的重要背景,供诗人们放大微小意外的娱乐性质。宋代文人集会频繁,而幽默诙谐的机辩与大笑倾情的欢乐总是知己相聚的宴席中让人回味不已的场景。与宴集的娱乐特征相应,席宴上所赋之诗,大多具有"交际、游戏和竞技的性质"①。对集会背景下的游戏性写作,学界已有集中研究,此不赘述。

　　此外,有两个集中出现的"戏点"比较特殊:其一为涉及朋友家室,表现眷念闺中人的"思归"情愫,以及纳妾、置伎、买侍儿等与男女之情相关的事件。②游戏心理依托于社会文明秩序而成,能够显示特定文化秩序中的价值结构:与道德政事相比,男女情爱是士大夫之"志"中并不重要的一面,因而被安置于"戏"的空间中对待。其二则是围绕物的赠往交换所展开的戏人之作,这些诗作不同于一般的咏物诗,它们仍属于交际之诗的范畴,诗歌的写作语气亦受交游双方相互关系的影响。此外,许物不至、物到却与预期不符等赠物过程中的有趣意外,自然也不会被诗人爱好捕捉新奇命题的笔触所轻易漏过。③

　　总体而言,宋诗戏人的主题往往是"五月二十四日晨起隔壁闻季敌营诗戏作此嘲之"(李彭)、"借诗话于应祥弟有不许点抹之约作诗戏之"(危稹)、"余同年由试院积俸给买马而归中路几逸戏作长句赠之"(喻良能)这般琐屑的生活事件。诗人们在日常细节处寻找游戏的余地,将幽默的态度渗透至生活的狭小缝隙。这些诗作,如朱光潜所言:"是沉闷世界中一种解放束缚的力量。现实世界好比一池死水,可笑的事情好比偶然皱起的微波,谐笑就是对于这种微波的欣赏。"④诗人将种种意外的细节从生活的大背景中抽取而出,如快照般记录下琐碎的瞬间。而一旦放置于诗歌的相框中,平凡的日常细节亦成永恒,供当事之人在往后的岁月中时时翻看、一再重温。

---

① 熊海英:《北宋文人集会与诗歌》,第65页。

② 如王禹偁《戏和寿州曾秘丞黄黄诗》、苏轼《张子野年八十五尚闻买妾述古令作诗》、李彭《仲豫买侍儿作小诗戏之》、孙觌《熊夫人遣介欲婿泽民小诗戏之》、姜特立《致政张教授晚而买妾有女戏赠》、赵公豫《陈元矩昭度纳姬戏赠》、林尚仁《戏友人买侍儿归》等等。

③ 如苏轼《章质夫送酒六壶,书至而酒不达,戏作小诗问之》、黄庭坚《张仲谟许送河鲤未至戏督以诗》、文同《史少讷见许江豚未得以诗戏》、饶节《双池通老以笋舆遗发之皆腐矣作颂戏之》、张扩《顾景蕃以诗乞西汉书于子公子公以奏议唐鉴遗之戏次其韵》等作。

④ 朱光潜:《诗与谐隐》,《诗论》,第30页。

四 宋诗戏人艺术的"雅谑"特征

如何围绕"戏点"展开进一步的联想与论述、形成特定的戏谑效果,构成了宋诗戏人的具体艺术。在这方面,宋诗之戏体现出"雅谑"的特征。如《诗经·卫风》中"善戏谑兮,不为虐兮"之言,宋人诉诸诗中的戏谑,往往不至为虐,反而融文字、才学、议论于诗笔,以欣赏、祝福及智慧的对话为旨归,体现出对日常娱乐趣味的文人化改换。

(一)以谐叙庄的戏人笔墨

宋代诗人好以一种庄谐相杂的笔墨书写他人,于表面的戏语中寄寓赞誉或宽解,使诗中的戏谑最终仍以雅致、崇高的用意为旨归。

例如,在口头嘲诮传统中,一种常见的嘲人手法是在所嘲对象与某个低其一等的形象之间寻找联系,以此形成打趣甚至丑化的效果。最常见的是通过谐音、联想等方式将人比作动物。相比于口头玩笑,"物化"手法进入诗中时意趣发生了变化,不仅通常不再具有丑化的意味,甚至可以用来比拟人物的卓越才华与高昂的精神风姿。杨万里《和尤延之见戏触藩之韵以寄之》一诗,便利用了人与动物之间的谐隐结构称誉尤袤:"侬爱山行君水游,尊前风味独宜秋。文戈却日玉无价,宝器罗胸金欲流。欬唾清圜谈者讪,诗章精悍古人羞。子房莫笑身三尺,会看功成自择留。"[1]尤袤原诗已佚,但可知其以"触藩"喻羊,以此戏杨;杨万里便在和诗中以"水游"之"蝤蛑"(一种小型螃蟹)回戏对方,这一戏语是二人间"尤杨雅谑"的延续。虽将尤袤比述作动物,但杨万里诗中的用意却是对尤袤人品诗才的赞美。以颔联为例,若以咏蟹视之,则此联可以理解为形容蟹双螯盈肉、流黄满胸,然而这两句同时又是赞誉尤袤无价的文笔与胸中的器识。此处,谐隐双关的游戏手法被用以婉转地表现对方的人格气识。

另一种常见的嘲戏技巧则是利用诸如"屠夫"等较为鄙俗的职业身份比拟士人。北宋人顾临,因其身形肥伟而有"顾屠"之号,并因此而多受当时文人嘲戏打趣。[2]苏轼《送顾子敦奉使河朔》一诗便承此"戏点",通篇隐含着喻顾临为"屠者"的戏意。诗中如"平生批敕手""磨刀向猪羊"等句,便"皆用屠家语也"[3]。虽

① 杨万里:《和尤延之见戏触藩之韵以寄之》,《杨万里集笺校》卷二十五,辛更儒笺校,中华书局2007年版,第1281页。

② 胡仔:《苕溪渔隐丛话》后集卷二十六,人民文学出版社1962年版,第191页。

③ 《王直方诗话》,《宋诗话辑佚》,郭绍虞辑,中华书局1980年版,第2页。

如此，苏轼写作此诗的真实意图却并不仅为拿友人的身体形象开玩笑。据《续资治通鉴长编》载，元祐二年四月，任顾临为天章阁待制、河北路都转运使，"远去朝廷，众所嗟惜"；苏轼等人以为未衬其才，请临留朝廷，皆不报。① 此诗题为"送顾子敦奉使河朔"，诗中戏语正有宽慰友人政治失意的意图，故以顾临的肥伟身形隐喻其包容、阔大的胸怀，以示"躯胆两俊伟"的宽解、劝慰之意。

赞誉、宽解之外，对他人身体形象笔涉谐谑的描绘，还可作为衬映人物精神风姿的一种手段。这一以俗衬雅的写人笔法在黄庭坚诗中体现得最为鲜明。黄诗常将他人身体形象之鄙陋与精神风姿之清朗并置，以前者衬托后者，使人物精神上的卓绝清朗更为鲜明，如其称彦和"布袋形骸增碨磊，锦囊诗句愧清新"②；又如其对张耒的赞誉"虽肥如瓠壶，胸中疏不粗"③，皆一笔调谑友人身体的肥伟，一笔赞誉对方的才华与人格，在嘲戏笔法中寄寓遗形重神的嘉许。对于黄诗的这一特点，笔者另有专文详述，可以参看。④

（二）使典为戏

宋人重才识学问、好以典故为诗的特点已是学界共识。在表达戏谑之意时，宋人亦常用繁复多样的典故叙述诗意，借此编织语言的迷宫，充分显示诗人的博学雅识与高妙的文字技巧。

历史典故与现实人物之间恰如其分的对应是使典戏人的重要技巧，其意趣之关键在于由"巧"及"妙"。利用同姓人物之典戏人便是一种常见的形式。苏轼《张子野年八十五尚闻买妾述古令作诗》、孔平仲《戏张天觉》二首，皆罗列诸多张姓典故为戏。再如黄庭坚《戏书秦少游壁》，全诗以"秦氏乌"与秦观分享了同一个姓氏为基础，将秦观及其身边之人皆用隐语喻作鸟类，同时缀合与禽鸟相关的各种历史典故以叙事⑤，博学宏雅而又不失巧妙亲切。

再如，在与僧人相戏时，宋人会有意识地使用佛学话语，使得戏语形式与所戏

① 李焘：《续资治通鉴长编》卷三百九十八，中华书局1986年版，第9703—9705页。

② 黄庭坚：《次韵戏答彦和》，《黄庭坚诗集注》外集卷一，任渊等注，中华书局2003年版，第523页。

③ 黄庭坚：《奉和文潜赠无咎篇末多见及，以"既见君子云胡不喜"为韵》，《黄庭坚诗集注》内集卷四，第91页。

④ 参见笔者《诗学变革中的"游戏"姿态——黄庭坚的戏题诗写作及其诗学意义》一文，载《中国诗歌研究》第9辑。

⑤ 具体用典可以参看《山谷诗集注》中任渊的注释。见黄庭坚：《黄庭坚诗集注》，任渊等注，第272页。

之人的身份之间有巧妙的呼应。如王洋戏僧人下棋曰"试看一路争先着,何异三乘占上机"①、李纲戏僧人新成浴堂称"普愿众生尽无垢,此身何惜汗成泥""妙体本来尘不染,何妨痒处与抓爬"②,皆通过援引禅宗文本中常见的词汇、概念、故事来叙述现实,形成"借禅以为诙"的艺术效果。

此外,对典故的原意故意误用,也是营造谐趣的一种方式。例如张纲《彦达乘小舟醉归堕水作此戏之》一诗,以"未省渴羌笑肉动,会令鼹鼠惊腹便"③形容醉酒者的落水形象,其中"渴羌"之典出自王嘉《拾遗传》:"有一羌人,姓姚名馥……常叹云:'凡人禀天地之精灵,不知饮酒者,动肉含气耳,何必木偶于心识乎?'""渴羌"笑不知饮酒之人为"动肉含气",即行尸走肉之意,张纲此诗却用了"肉动"一词的表面意思,即身体(肉)的坠落(动),来形容饮酒者的落水行为,典故的原始意义被改换了,谐趣正生于兹。

典故的巧妙使用增加了诗歌文本的文字趣味,将简单的戏谑之意建筑于复杂的语言艺术之上,体现了宋人丰富的才学与驾驭诗歌形式规则的高超能力。

(三)智慧的对话:解嘲与反戏

交游语境下的"戏人之诗"还具有对话性的特点。戏谑不是诗人单方面的行为,而是在与友人相互对话的语境中展开,有来有往。戏谑之言注重巧思与机辩,可以视作彼此智慧的展示与交锋。

一部分诗人自称为"戏"的赠人之作,其写作意图在于针对对方某一具体观点,表达与之不同的意见,如欧阳修《戏答圣俞持烛之句》中所言:"辱君赠我言虽厚,听我酬君意不同。"④欲表达"异见",又不愿显得过于严肃或自大,以"戏"题诗便具有消解对立感的自谦意味。

当然,也有以极为明显的游戏思维表达"异见"者。这类情况下,诗人的立论逻辑往往天马行空,出人意想。例如梅尧臣《嘲江翁还接篱》一诗,题下有自注:"江简云:'尝忆张籍诗有唯恐傍人偷剪样,寻常懒戴出书堂'。"梅诗称:"何言恐偷样,自是君妇懒。五日缝一巾,犹道苦未晚。"⑤接篱指一种以白鹭羽为饰的帽

---

① 王洋:《和方丞观棋诗兼戏戎琳二僧》,《全宋诗》第30册,北京大学出版社1998年版,第19013页。

② 李纲:《兴国璨老浴堂新成以伽佗见示戏成三绝句》,《李纲全集》卷二十八,王瑞明点校,岳麓书社2004年版,第371页。

③ 张纲:《彦达乘小舟醉归堕水作此戏之》,《全宋诗》卷一五七五,第27册,第17903页。

④ 《欧阳修诗文集校笺》,第383页。

⑤ 梅尧臣:《嘲江翁还接篱》,《梅尧臣集编年校注》卷二十九,第1095页。

子。江翁在书简中自称平日不戴接篱是如张籍诗中所言，害怕被他人偷学了样式去。梅尧臣却在诗中戏称"恐偷样"是借口，"君妇懒"才是真正的原因。这类纯粹打趣的反对意见有似抬杠，不同于真正的劝慰或讽谏，赠诗者并不期待诗中之言被对方接受或认同，诗句仅仅为了表达解释现实的另一种角度，一种异于常理的思维可能。

在表达了戏语之后，诗人还会期待对方以同等的机辩予以回应。对此，宋人有两种常见回应方式：或为化解对方诗中戏意的解嘲，或为反唇相讥式的反戏。二者常常结合在一起，形成一种"解嘲仍索闹"①的书写模式。

解嘲的传统起于扬雄所作《解嘲》一文，意为对他人嘲笑的自我辩解。反戏则往往以他人的某个特定立论为基础展开，以彼之矛攻彼之盾。欧阳修对汝州太守王素"汝瘿"诗的答复可谓一个典型的例子。汝地之人多患有颈部肿大之症，谓之"瘿"。在《汝瘿答仲仪》一诗中，欧阳修称尽管外人看来汝地风土甚恶，但生活在这片土地上的人民却自得其乐，因此王素不该以诗相嘲："汝瘿虽云苦，汝民居自乐。乡闾同饮食，男女相媒妁。习俗不为嫌，讥嘲岂知怍。"这是在为汝人解嘲，并以故意批评王素的方式表达不同于对方的意见。而在全诗结尾处，欧阳修突然借"汝瘿"主题反戏王素道："君官虽谪居，政可瘳民瘼。奈何不哀怜，而反恣诃谑。文辞骋新工，丑怪极名貌。汝士虽多奇，汝女少纤弱。翻愁太守宴，谁与唱清角。"②汝地风土不佳，殊无纤纤之女，汝人既患有喉颈部的瘿症，定也不善歌唱，欧阳修借此戏称王素的酒宴上恐无貌美歌女为之伴唱。这一戏语既用到了"男女之情"这一宋诗中常见的戏谑元素，同时依王素原诗的主题而发，将"汝瘿"之嘲反作用到王素自己身上，构思非常巧妙。

以幽默的思维、戏谑的语言来回对话，有如智者过招，是才识、智慧的比拼。这一特点在苏轼、黄庭坚的戏人之诗中尤为醒目。与梅、欧诗中较为散文化、口语化的议论方式不同，苏、黄的机智应变多以典故为文本支持，说理繁复巧妙。例如苏轼曾作《次韵黄鲁直赤目》一诗，首句称："诵诗得非子夏学，纽史正作丘明书。"③子夏是《诗序》的作者，《礼记》中载有子夏哭子失明一事。左丘则在失明之

---

① 语出杨万里《寄题周子中监丞万象台》诗末句："此诗解嘲仍索闹，举似先生应绝倒。"
② 《欧阳修诗文集校笺》，第77页。
③ 苏轼：《次韵黄鲁直赤目》，《苏轼诗集》卷二十七，王文诰辑注，孔凡礼点校，中华书局1982年版，第1457页。

后著有《国语》。黄庭坚此时正任职史馆，因此首二句既与黄庭坚诗人、史官的现实身份相契，又紧扣其眼疾（赤目）的现实，并依据经史之典将本是著述之阻碍的眼疾戏谑性地叙述为黄庭坚在诗、史上富于才华的原因。在之后的诗句中，苏轼更借禅学义理置换疾病的苦难性质为体味真如的方式。此诗之戏非常微妙，苏轼以一种曲折、典雅的方式表达了他对黄庭坚的钦赏、开解与祝福。作为回应，黄庭坚则以《子瞻以子夏丘明见戏聊复戏答》一诗为自己解嘲："化工见弹太早计，端为失明能著书。迩来似天会事发，泪睫见光能隙珠。"①首句典出《庄子·齐物论》"且汝亦太早计，见卵而求时夜，见弹而求鸮炙"。黄诗称，假若命运要以让人失明的方式预示一个人的著书才华，那正如《庄子》书中看见弹丸便欲得到鸟肉的人一般，恐怕是过早也过于空虚的算计，这就将苏轼"失明者善著书"理论的荒谬处巧妙点破。值得注意的是，黄庭坚并不是用严肃讲理的方式反驳苏轼，而是以典籍记载中的既有之论作为立论支撑，与苏诗之戏保持在同一语境中，因此这一应对方式本身仍是游戏性的。

这些围绕身体疾病所展开的相戏、解嘲与反戏之诗，也显出苏、黄所代表的宋人对待身体之疾的通达姿态。苏轼《跋南唐挑耳图》云："王晋卿尝暴得耳疾，意不能堪，求方于仆。仆答之曰：'君是将种，断头穴胸当无所惜，两耳堪作底用，割舍不得？限三日疾去，不去，割取我耳。'晋卿洒然而悟，三日，病良已，以颂示仆云：老坡心急频相劝，性难只得三日限。我耳已效君不割，且喜两家都平善。"②王诜是将门之后，苏轼以生死相忘砥砺，劝其不必戚戚于耳疾之症，晋卿亦"洒然而悟"。诗中"且喜两家都平善"等戏谑之语背后显露出诗人浑然忘却生死的达观。苏、黄二人诗中的戏谑不仅在诗歌艺术上具有典范性，更体现出一种面对人生困境的诗意智慧，于人格精神上泽被后世，成为后代诗人用以"解嘲"的话语资源与精神力量。

五 戏人之诗的交游功能

孔子论诗有"兴观群怨"等功能。戏人之诗以交游为语境，从多方面实践着"诗可以群"的交游功能：

---

① 黄庭坚：《子瞻以子夏丘明见戏聊复戏答》，《黄庭坚诗集注》内集卷六，第139页。
② 苏轼：《苏轼文集》卷七十，孔凡礼点校，中华书局1986年版，第2217页。

（一）排遣忧闷：情感的愉悦

作为交游之诗的一种亚型，戏人之诗以带来情感的愉悦为其最主要的目的。"投诗发公笑"（陆游《谢李平叔郎中问疾》）、"寄诗聊一噱"（欧阳修《汝瘿答仲仪》）、"想公见戏语，一笑开胸襟"（陈公辅《戏和德升赏梅因记十三日梅园之游发诸兄一笑》）……那送至朋友嘴角边的"一笑"，正是宋代戏人之诗最普遍的写作意图，也是其最为直接的交游意义。

当戏点关乎日常生活之意外时，诗人以他人之不幸为"戏"，非为取笑，而是意图以一种轻松的逻辑进行开解，从而起到排遣忧闷的交际作用。坠车虽然不幸，但也可能是成为良相的必要步骤："羊公作三公，政办一肱折"（汪藻《孙益远试归堕车败面已而荐书至作诗戏之以送其行》）；经历火灾、房屋尽毁固然糟糕，但却正好可以享受"扫除劫灰得空阔，新月恰上东墙隅"这般疏朗的自然之景，接受朋友"幕天席地正可乐，为君鼓旗助歌呼"的祝福（范成大《时叙火后意不释然作诗解之》）。现实中的诸般困境虽难以改变，但诗歌的修辞可以提供理解现实的新鲜角度，助人有意识地"解脱悲哀"，从悲剧性的处境中发掘乐观的可能，重新振奋起生活的勇气。

因此，我们能在交游背景下的戏人之诗中频繁读到这样的句子："苦无枚叔辨，试起夫子病。"（刘攽《约谢师直出猎师直小疾不行作诗戏之》）"凉月满天新雨足，试凭檄语愈头风。"（韩元吉《伏日诸君小集沈明远以小疾不预作诗戏之》）"戏成嘲语如怪颠，一读坐使沉疴瘥。"（赵鼎臣《属疾在告郡中诸公相继服药戏作病中九客歌》）……诗人的文字具有解忧祛病的力量，精神上的快乐可以舒缓现实中的困顿。

（二）同道相知：文人共同体的强化

除了以巧语奇思带来快乐之外，从更深的层面看，流溢于诗中的戏语还是对诗歌赠往双方亲密关系的印证，是对"知己"关系的指示。戏谑是对一般人际交往规范的有意违反，以此拉近人与人之间由"礼"所设的等级区分。能够从容相戏而不以为意，这样的交往方式需要建立在双方相知相好的情感基础之上。此外，宋人诗中的不少戏谑针对对方生活中较为琐碎、私密的事件而发，非十分亲近者所不能知。对私人性情感、经验的分享，亦有助于强化亲密感。

而是否认同一种戏谑性的交往之道，也能成为区分不同文人共同体的方式。在北宋洛、蜀、朔党争的政治背景下，苏门文人便曾因"轻薄虚诞""有如市井俳优之人"等名而遭弹劾。① 此语固出于党派偏见，但也与苏门文人不避戏谑的日常行事方式有关。对"戏谑"的宽容与认可使苏门文人区别于彼时的道学家群体，形成一个基于自身价值理念的文人共同体。

苏门文人理想中的君子形象并不排斥戏谑的表现形式，并因此而更接近于真实的生活，体现出对儒家之道的发展。② 这背后有佛教真、俗二谛义思想的影子。黄庭坚曾释"不俗"称："视其平居无以异于俗人，临大节而不可夺，此不俗人也。"③在严肃的问题上有所坚守，日常生活中的表现则可近于常人，苏门文人的谐谑正是以此"俗里光尘和，胸中泾渭分"④的精神姿态为基础，于无伤大雅处调笑，却并不触动基本的儒家道德规范。如黄庭坚诗中对扬雄、韩愈等人俳谐性写作的评价"子云赋逐贫，退之文送穷。二作虽类俳，颇见壮士胸"⑤，以壮士胸怀而为俳谐之文，才不至坠入庸俗无谓、无可无不可的游戏人生之态。苏门文人的戏谑之辞正是以类似"君子""壮士"之道为旨归，以有所坚守的人格为基础，在戏谑的表象下不失对崇高价值的认可。

谐谑性的交往方式体现了苏门文人对"儒家之道"的理解方式，亦构成了这一文人共同体在想象士人的理想化人格与现实应世方式上的特殊性，对促进文人共同体的亲密性与认同感具有潜在的作用。

（三）追忆的凭借：戏语的抒情性

戏谑之语的交游意义并不仅限于当时当地。在难得聚首却易于分离的人生处境中，交游过程中获得的"一笑""一欢"显得短暂而珍贵，成为诗人追忆亲友间欢然无间美好时光的凭借。宋人屡屡在诗中表达这类追怀："人生动若参与商，咫尺无论限秦粤。君闻吾语虽少留，但恐一欢成电掣。"（韩驹《至国门闻苏文饶将出都戏赠长句兼简其兄世美》）"忆与故人分此袂，倒指数年今不啻。天涯何意得相逢，一笑向君聊破涕。"（郑刚中《至豫章茂直座上戏书》）……戏语所带来的短

---

① 元祐二年监察御史赵挺之弹劾苏轼，奏语中有"苏轼专务引纳轻薄虚诞，有如市井俳优之人以在门下"等语。见《续资治通鉴长编》卷四〇七，第9915页。

② 马东瑶：《苏门六君子研究》第三章第三节《文学中的苏门之"道"》，北京大学出版社2005年版。

③ 黄庭坚：《书缯卷后》，《宋黄文节公全集》正集卷二十六，《黄庭坚全集》，刘琳、李勇先、王蓉贵校点，四川大学出版社2001年版，第675页。

④ 黄庭坚：《次韵答王眘中》，《黄庭坚诗集注》内集卷十，第256页。

⑤ 黄庭坚：《寄晁元忠》，《黄庭坚诗集注》外集卷十二，第870页。

暂欢乐，是对友谊与共同人生经历的记录，宛若投射于漫长岁月暗色背景上的一道亮光，为诗人指引通向记忆迷宫中那些精彩瞬间的道路。

也正因此，在以追忆往昔为内容的文学书写中，友人之间的日常诗戏便常在不经意中浮现，成为宋人借兹抒情的媒介。苏轼《文与可画筼筜谷偃竹记》当属体现这一写作模式的名篇。苏轼对亡友的追忆以文与可关于画竹之法的议论开篇，之后提及作者与文与可之间以筼筜谷之"竹"为主题的游戏性诗歌往来："筼筜谷在洋州，与可尝令予作洋州三十咏，《筼筜谷》其一也。予诗云：'汉川修竹贱如蓬，斤斧何曾赦箨龙。料得清贫馋太守，渭滨千亩在胸中。'与可是日与其妻游谷中，烧笋晚食，发函得诗，失笑喷饭满案。"[1]生活与诗句偶然相合的幽默铭刻在诗人的记忆中。此文对亡友的追怀并非出以悲痛的抒情，而是通过"载与可畴昔戏笑之言"的方式，"以见与可于予亲厚无间如此也"。往日诗戏中分享的生活细节意蕴着默契而亲切的友谊，构成文中追忆之情的凭依，苏轼借畴昔戏笑之言逗露出无限深情。出于同样的情感，杨万里在为"尤杨雅谑"的对象尤袤所作的祭文中称："齐歌楚些，万象为挫。瑰伟诡谲，我倡公和。放浪谐谑，尚友方朔。巧发捷出，公嘲我酢。"[2] 亦以往日谐笑欢言寄托追忆。在回忆之光的投射下，那些琐碎的日常戏谑别有一层感人意味。诗人在欢悦与悲凉、生动与沉寂、清晰的过往与涣漫的未来间形成参差的对照，让人于并无鲜明意义指向的游戏细节中，感受光阴的痕迹，体味生命之流逝其无可奈何的必然性。

戏人之诗的情感意义不是普遍的。对于语境之外的读者而言，它们也许价值有限，然而对写下这些诗句的诗人而言，当短暂而欢乐的相聚时光逝去之后，这些戏语会作为某段特定人生经历的凭证，牵动已经老去的感情，留人以无限的回味，诚如欧阳修《礼部唱和诗序》中的预言："呜呼，吾六人者，志气可谓盛矣，然壮者有时而衰，衰者有时而老。其出处离合，参差不齐。则是诗也，足以追惟平昔，握手以为笑乐。至于慨然掩卷而流涕嘘唏者，亦将有之。"[3]

---

① 苏轼：《文与可画筼筜谷偃竹记》，《苏轼文集》卷十一，第365页。
② 罗大经：《鹤林玉露》，第339页。
③ 《欧阳修诗文集校笺》，第1107页。

结　语

戏人之诗是宋代交游之诗的一种特殊类型。诗人之间的戏谑以知己之情为内核、以对儒家之道的共同理解与遵守为基础，这已然奠定了戏语的限度、趣味与情感指向。"诗到相嘲雅见知"[①]，晁说之的这句诗最好地说出了知己间以诗相戏所具有的交游意义。宋代的戏人之诗与诗歌的抒情传统看似背离，实则为重要的补充和丰富，体现了宋人寓诚敬于谐戏、寄深情于笑乐的交往方式。而其发掘日常诗意、融汇雅俗、追求智性表达等艺术特征则别具宋调，与时代文化背景相呼应，显现出宋诗区别于唐音的美学风格。

---

①　晁说之：《次韵江子我见戏长句》，《全宋诗》卷一二○七，第21册，第13766页。

苏轼眼中的杜甫

——两个伟大灵魂之间的对话

四川大学　周裕锴

一　杜甫、苏轼之间的心灵对话事件

理解与解释的本质是解释者与作者之间的对话，正如伽达默尔的观点："理解总是以对话的形式出现，传递着在其中发生的语言事件。"[1]而苏轼眼中的杜甫，可视为唐宋时期两位最伟大的诗人之间的对话，这对话虽然有关"语言事件"，但传递出的更重要的信息却是心灵的碰撞与共鸣。

所谓"对话"，在阐释学语境里当然是一种隐喻，但在苏轼那里，对话却是真真切切地存在着——杜甫曾在苏轼梦中亲口说了一些话，这在《杜工部诗集》中查不到的；而苏轼也常常对杜甫表达着自己的各种复杂的感情，有时还会调侃一下杜甫。苏轼曾经记载杜甫向自己托梦的事，这是一个典型的对话事件：

> 仆尝梦见一人，云是杜子美，谓仆："世多误解予诗。《八阵图》云：'江流石不转，遗恨失吞吴。'世人皆以谓先生、武侯欲与关羽复仇，故恨不能灭吴，非也。我意本谓吴、蜀唇齿之国，不当相图，晋之所以能取蜀者，以蜀有吞吴之意，此为恨耳。"此理甚近。然子美死近四百年，犹不忘诗，区区自明其意者，此真书生习气也。[2]

① David Couzens Hoy,*The Critical Cirde,Berkeley*:University of california Press,1982,p.63.

② 苏轼:《记子美八阵图诗》,张志烈、马德富、周裕锴:《苏轼全集校注·文集校注》卷六七,第19册,河北人民出版社2010版,第7525页。

死了近四百年的古人，在梦中穿越出来给苏轼讲诗，这与其说是杜甫的"书生习气"，不如用来评价苏轼自己更加恰当：如果这梦是真的，可说明苏轼对解释杜诗的痴迷，所谓"日有所思，夜有所梦"，以至于梦中遇到杜甫给自己解释创作意图；如果这梦是假的，则可说明苏轼为了证明自己理解的权威性，甚至抬出作者托梦之事来作后盾。尽管苏轼声称这是杜甫本人通过托梦方式传达的作品原意，然而明眼人都能看出这不过是苏轼自己"以意逆志"的结果。即使我们相信苏轼关于梦的叙述属实，那也不过是他一厢情愿的梦想而已。无论如何，这个梦不仅表明苏轼梦中犹不忘诗的书生意气，而且表明他认为自己才是杜甫真正的知音。

苏轼在阅读杜诗时，发现自己想要表现的生活，想要表达的感情，杜甫诗中都写过了。因此他直接把杜诗看作是自己人生的"实录"，并质疑杜甫的产权问题：

> "用拙成吾道，幽居近物情。桑麻深雨露，燕雀半生成。村鼓时时急，渔舟个个轻。杖藜从白首，心迹喜双清。""晚起家何事，无营地转幽。竹光团野色，山影漾江流。废学从儿懒，长贫任妇愁。百年浑得醉，一月不梳头。"子瞻云："此东坡居士之诗也。"或者曰："此杜子美《屏迹》诗也，居士安得窃之？"居士曰："夫禾麻谷麦，起于神农、后稷，今家有仓廪。不予而取辄为盗，被盗者为失主。若必从其初，则农、稷之物也。今考其诗，字字皆居士实录，是则居士诗也，子美安得禁吾有哉！①

回答"或者曰"的一段话，其实也是在回答杜甫。这是很霸道的说法，认为诗歌的产权应由读者与作者共享，杜甫的实录也是东坡居士的实录，直接将杜诗的产权据为己有。苏轼相信，在杜诗的原初视野后面还有一种如"农稷之物"那样更原初的东西，那就是作为相同类型的士大夫生活的真实存在。这里隐含的信息是，苏轼在申说共享产权时，其实是把杜甫看作自己的代言人。于是，苏轼成了杜甫的知音，杜甫成了苏轼的代言人，二人就这样穿越"时间距离"完成了隔代的对话。

在理解了阐释就是读者与作者的对话之后，那么，我们来看看，苏轼是如何理解与评价杜甫诗中的语言事件的呢？换言之，苏轼对于杜甫遗留下来的会话材料即种种实录，是如何作出回应的呢？再进一步说，这种回应对于塑造杜甫在诗坛

---

① 苏轼：《书子美屏迹诗》，《苏轼全集校注·文集校注》卷六七，第19册，第7530页。

上的形象起了哪些作用呢？

二　一饭未尝忘君——苏轼对杜甫忠诚人格的推崇

苏轼在人们的心目中，是一个旷达乐观的人物，林语堂写了本苏轼的传记，直接题为《快乐天才苏东坡》（ *The Gay Genius：The Life and Times of Su Tungpo* ）。而杜甫在人们心目中，却总是一副愁苦的形象，甚至有"许浑千首湿，杜甫一生愁"的俗语。二人的性格差别太大，似乎理当排斥。然而，有一个共同的特质却将杜、苏联系在一起，这就是杜甫坚贞忠诚的人格使苏轼产生了共鸣。苏轼在《王定国诗集叙》中提出一个著名观点：

> 太史公论《诗》，以为"《国风》好色而不淫，《小雅》怨诽而不乱"。以余观之，是特识变风、变雅耳，乌睹《诗》之正乎？昔先王之泽衰，然后变风发乎情，虽衰而未竭，是以犹止于礼义，以为贤于无所止者而已。若夫发于性止于忠孝者，其诗岂可同日而语哉？古今诗人众矣，而杜子美为首。岂非以其流落饥寒，终身不用，而一饭未尝忘君也欤？①

这种推崇"一饭未尝忘君"的观点，似乎与我们心目中的东坡相去甚远，令人大跌眼镜。但他在《与王定国》书信中也表达了同样的看法：

> 杜子美困厄中，一饮一食，未尝忘君，诗人以来，一人而已。今见定国每有书，皆有感恩念咎之语，甚得诗人之本意。仆虽不肖，亦尝庶几仿佛于此也。②

两次提及，当然不是一时兴发之语，而是有深刻的认同。这种说法被旧时代注杜者所坐实，如杨伦《杜诗镜铨》评《槐叶冷淘》诗"此所谓一饭不忘者也"。这种说法遭到当今一些学者的批判，被斥为"愚忠"，或者认为是封建士大夫为了适应其时代的政治需要对杜甫进行的曲解。苏轼的说法的确很难成立，唐人孟棨《本

---

① 《苏轼全集校注·文集校注》卷一〇，第11册，第988页。
② 《苏轼全集校注·文集校注》卷五二，第17册，第5685页。

事诗》说："杜逢禄山之难，流离陇蜀，毕陈于诗，推见至隐，殆无遗事，故当时号为诗史。"①宋人也多是如此理解。而苏轼却在"饥寒流落"的前提下，突出杜甫"一饭未尝忘君"的一面，这很令人费解。不过，仔细分析苏轼这两段话，我们可发现这样几点：其一，借批评司马迁赞扬《国风》《小雅》的说法，而推崇《大雅》的写作传统，李白《古风五十九首》第一首就说："大雅久不作，吾衰竟谁陈？"杜甫同样说过："大雅何寥阔，斯人尚典刑。"（《秦州见敕目薛三璩授司议郎》）黄庭坚也把杜甫诗看作"大雅"，并为之写过《大雅堂记》。《大雅》的特点就是"忠厚""止于忠孝"。其二，苏轼提出此看法时正贬谪黄州，而他的朋友王定国也受牵连贬谪岭南宾州，不知何时能被朝廷召回。所以评杜甫诗，不仅提到"饥寒流落"，更加上"终身不用"，因而特别要向朝廷表明"一饭未尝忘君"的忠心。其三，苏轼特别指出，自己也像杜甫、王定国一样，"尝庶几仿佛于此"，一样的"感恩念咎""止于忠孝"。苏轼离开黄州贬谪地后曾写下"老去君恩未报，空回首，弹铗悲歌②的句子，正表明愿报效朝廷的愿望。因此，苏轼对杜甫的解读，与其说是"曲解"，不如说是借杜甫之酒杯，浇自己之块垒。

苏轼这种忠君观念也在他解读杜诗中表现出来，如《辨杜子美杜鹃诗》，反复强调"尊君""造次不忘"，以为有无杜鹃应以是否尊君为标准。

总之，苏轼不仅有潇洒旷达的一面，也有忠君报国、存心忠厚的一面。所以宋孝宗在《苏轼文集序》中特别指出："故赠太师谥文忠苏轼，忠言谠论，立朝大节，一时廷臣无出其右。"③这正是杜甫人格熏陶的结果。

三　自是契稷辈人口中语——苏轼对杜甫远大志向的肯定

杜甫在《自京赴奉先县咏怀五百字》中写道："杜陵有布衣，老大意转拙。许身一何愚，窃比稷与契。"稷与契，是辅佐虞舜的大臣贤臣。杜甫一生未做过大官，有这样的自许，看起来是很迂腐的，但是苏轼对此却有同情的理解：

　　子美自比稷与契，人未必许也。然其诗云："舜举十六相，身尊道益

① 孟棨：《本事诗》，丁福保辑：《历代诗话续篇》，中华书局1983年版，第15页。
② 苏轼：《满庭芳·归去来兮》，《苏轼全集校注·词集校注》卷二，第9册，第515页。
③ 《苏轼全集校注·文集校注》附录，第20册，第8903页。

高。秦时用商鞅,法令如牛毛。"此自是契、稷辈人口中语也。又云:"知名未足称,局促商山芝。"又云:"王侯与蝼蚁,同尽随丘墟。愿闻第一义,回向心地初。"乃知子美诗外尚有事在也。①

苏轼认为,人们虽然未必认为杜甫是当稷与契的材料,但杜甫诗中体现出来的高明见识,足可说明他的远大抱负并非浮夸。《述古三首》其二"舜举十六相"四句,高阳氏有才子八人,号八恺,高辛氏有才子八人,号八元,舜以此十六人为相,天下同心同德,所以大治。秦孝公任商鞅为相,变秦法令,各种严刑峻法太多,以致刻薄少恩,与尧舜的仁政相左。《九家集注杜诗》注解认为:杜甫诗举舜任十六相和秦任商鞅两种做法,隐喻唐玄宗早期任用贤相姚崇、宋璟,后期任用奸相李林甫、杨国忠。苏轼特别欣赏这四句,则是有感于宋神宗任用王安石变法,如商鞅一样法令多如牛毛,失去宋仁宗时代宽厚爱民的祖宗法度。苏轼称杜甫"诗外尚有事在",这是赞叹杜甫不只是一个单纯的诗人,而且具有政治家的杰出眼光。赵次公注杜云:"东坡议论至此,而后能见古人之心;见古人之心,而后能说诗也。今杜公此篇,自'杜陵有布衣'之'浩歌弥激烈'六韵,则以虽抱济世之才,而无稷契之位,故不免于浩叹也。"②这正可见苏轼真是杜甫的知音。

苏轼有几句发牢骚的诗:"我材濩落本无用,虚名惊世终何益。东方先生好自誉,孟贲子路并为一。杜陵布衣老且愚,信口自比契与稷。暮年欲学柳下惠,嗜好酸咸不相入。"③称自己就像老且愚的杜甫一样,一事无成,而把自己比为稷与契。对此诗意,有的读者并不理解,以为苏轼诋毁杜甫太过分。王文诰辨别说:"公作此诗在废中。自'我材本无用'句后,为列数人,皆借以自托。时方以杜自托,寓与世不合之意,肯诋毁之乎?"④就是说,苏轼当时刚从黄州量移汝州,尚处于罪废的境况,这时借杜甫诗来寄托与世不合之意,实际上是对"虽抱济世之才,而无稷契之位"的处境表示感叹。这正是另一层次上杜甫的知音。

---

① 苏轼:《评子美诗》,《苏轼全集校注·文集校注》卷六七,第19册,第7534页。

② 《杜诗赵次公先后解辑校》甲帙卷四,林继中辑校,上海古籍出版社1994年版,第589页。

③ 苏轼:《蒜山松林中可卜居余欲僦其地地属金山故作此诗》,《苏轼全集校注·文集校注》卷二四,第4册,第2677页。

④ 曾枣庄:《苏诗汇评》卷二四,四川文艺出版社2000年版,第1068页。

四　巨笔屠龙手——苏轼对杜甫诗坛地位的评价

杜甫在苏轼眼中到底如何，这回避不了苏轼对杜甫在诗坛地位的总体评价，除了前面道德政治上"古今诗人众矣，而杜子美为首""诗人以来，一人而已"的评论，苏轼对杜甫的艺术成就也极为推崇，在不少场合将杜甫视为诗坛第一人或并列第一人。

> 予尝论书，以谓钟、王之迹，萧散简远，妙在笔画之外。至唐颜、柳，始集古今笔法而尽发之，极书之变，天下翕然以为宗师。而钟、王之法益微。至于诗亦然。苏、李之天成，曹、刘之自得，陶、谢之超然，盖亦至矣。而李太白、杜子美以英玮绝世之姿，凌跨百代，古今诗人尽废，然魏晋以来高风绝尘，亦少衰矣。①

这里将李、杜并举，认为自从李、杜出现在诗坛以后，超越百代诗人，古今诗人在他俩面前都被废掉了。这个评价是很高的。他又指出：

> 颜鲁公书雄秀独出，一变古法，如杜子美诗，格力天纵，奄有汉魏晋宋以来风流，后之作者，殆难复措手。②

用书法界的颜真卿来作类比，一段话中表达了几个意思：一是"雄秀独出"，雄伟秀拔而又独特；二是"一变古法"，富有创造性，引领了诗坛的新风气；三是"格力天纵"，有上天赋予的才能，"天纵"二字见《论语·子罕》"固天纵之将圣，又多能也"，是评论孔子的话。四是"奄有汉魏晋宋以来风流"，相当于说集大成。五是"后之作者，殆难复措手"，是说其艺术成就达到顶峰，后来的诗人很难超越。

类似的意思苏轼在《书吴道子画后》也表达过：

> 智者创物，能者述焉，非一人而成也。君子之于学，百工之于技，自三代历汉至唐而备矣。故诗至于杜子美，文至于韩退之，书至于颜鲁公，

---

① 苏轼：《书黄子思诗集后》，《苏轼全集校注·文集校注》卷六七，第19册，第7598页。
② 苏轼：《书唐氏六家书后》，《苏轼全集校注·文集校注》卷六九，第19册，第7892—7893页。

画至于吴道子，而古今之变，天下之能事毕矣。①

这是说中国古代的文学艺术经过千百年的创造积累，到唐代发展到了顶峰，杜甫在诗坛的地位，如同韩愈在文坛、颜真卿在书坛、吴道子在画坛的地位，继承了三代以来的传统，并在古法上创新，使得一切艺术技巧至此已全部具备。苏轼称赞杜甫等人有创有述，有学有技，是天才和人力的结合。

苏轼的评论非常经典，具有权威性，对杜甫、韩愈艺术成就的论述，其中已暗含当今学术界所谓"唐宋转型与变革"的因子。当然，鉴于苏轼自己的审美趣味，他在高度推崇杜甫诸人的同时，也流露出几分对"魏晋以来高风绝尘亦少衰矣"的遗憾。

五 微官似马曹——苏轼对杜甫不幸遭遇的同情

在苏轼眼里，杜甫既是一个道德高尚、艺术高超的诗人，同时也是一个生不逢时、值得同情的诗人。苏轼的恩师欧阳修喜欢李白，而不太喜欢杜甫，这令宋代士大夫感到有点意外。然而与苏轼义兼师友的张方平却是杜甫的超级崇拜者，张氏写过一首《读杜工部诗》，全面评价杜诗的伟大成就：

> 文物皇唐盛，诗家老杜豪。雅音还正始，感兴出离骚。连海张鹏翅，追风骋骥髦。三春上林苑，八月浙江涛。璀璨开蛟室，幽深闭虎牢。金晶神鼎重，玉气霁虹高。甲马屯千队，戈船下万艘。吴钩铦莫触，羿彀巧无逃。远意随孤鸟，雄筋举六鳌。曲严周庙肃，颂美孔图襃。世乱多群盗，天遥隔九皋。途穷伤白发，行在窘青袍。忧国论时事，司功去谏曹。七哀同谷寓，一曲锦川遨。妻子饥寒累，朝廷战伐劳。倦游徒右席，乐善伐干旄。旧里归无路，危城至辄遭。行吟悲楚泽，达观念庄濠。逸思乘秋水，愁肠困浊醪。耒阳三尺土，谁为翦蓬蒿。②

这是一首对仗工整、气势磅礴的五言排律，从第五句"连海张鹏翅"起到"颂美孔

---

① 《苏轼全集校注·文集校注》卷七〇，第19册，第7908—7909页。
② 《张方平集》，郑涵点校，中国古籍出版社1992年版，第15—16页。

图褒"止，一连用了十六个比喻来形容杜诗千汇万状的艺术风格和诗法技巧。并且从"世乱多群盗"到"愁肠困浊醪"写杜甫一生的生活轨迹和心路轨迹。这首诗全面代表了当时士大夫对杜诗的普遍认识。

苏轼读到恩师这首诗，随之写下一首次韵的排律，在尊重老师的同时表达了自己对杜甫的独特理解：

> 大雅初微缺，流风困暴豪。张为词客赋，变作楚臣骚。展转更崩坏，纷纶阅俊髦。地偏蓄怪产，源失乱狂涛。粉黛迷真色，鱼虾易荃牢。谁知杜陵杰，名与谪仙高。扫地收千轨，争标看两艘。诗人例穷苦，天意遣奔逃。尘暗人亡鹿，溟翻帝斩鳌。艰危思李牧，述作谢王褒。失意各千里，哀鸣闻九皋。骑鲸遁沧海，捋虎得绨袍。巨笔屠龙手，微官似马曹。迂疏无事业，醉饱死游遨。简牍仪型在，儿童篆刻劳。今谁主文字，公合抱旌旄。开卷遥相忆，知音两不遭。般斤思郢质，鲲化陋儵濠。恨我无佳句，时蒙致白醪。殷勤理黄菊，未遣没蓬蒿。①

我们注意到苏轼论杜的几个特点：其一，引入《大雅》的典型，认为《大雅》以下词赋、楚骚都是诗之变而非诗之正，楚骚以下诗坛更糟糕，而直至杜甫才恢复《大雅》的传统，这与张方平"感兴出离骚"的看法不同。其二，将李白与杜甫并举，其中"争标看两艘""失意各千里"都写两位诗人。这不同于同时代人津津乐道的"李杜优劣论"。其三，借用了欧阳修"诗穷而后工"的说法，说明上天有意成就李白、杜甫，所以照例使他们一生奔逃漂泊。其四，强调李、杜的生不逢时，特别是杜甫，因为在安史之乱中，朝廷更需要良将李牧，即郭子仪、李光弼这样的平叛将领，而不需要王褒这样歌功颂德（写过《圣主得贤臣颂》）、靠笔杆子吃饭的词臣。不幸的是，无论是"兴酣落笔摇五岳"的李白，还是"读书破万卷，下笔如有神"的杜甫，都是战乱时期无用的文人。其五，用对仗的形式写出杜甫伟大的艺术成就和低微的人生地位之间的强烈反差："巨笔屠龙手，微官似马曹。"杜甫做过右卫率府胄曹参军等微官，所以称为"马曹"，而"屠龙手"本身也带几分挖苦，因为"屠龙"既是高超之技，也是无用之技（见《庄子·列御寇》）。其六，称杜甫"简牍仪刑在"，为诗坛树立了典范，"儿童篆刻劳"意思是说后来的诗人"难复措手"，只能搞些雕

---

① 苏轼：《次韵张安道读杜诗》，《苏轼全集校注·文集校注》卷六，第1册，第545页。

虫篆刻之事。在这首诗中提到"知音两不遭"的问题，而其意则隐然自诩为杜甫的知音。苏轼并不刻意写杜诗如何伟大，而将重点放在其人生遭遇上，从"诗人例穷苦"开始，直到"醉饱死游邀"，都在描写李杜特别是杜甫的穷苦失意，对之充满同情。

六　才力富健——苏轼对杜甫艺术风格的欣赏

杜甫的主要艺术风格是什么？现在我们耳熟能详的是"沉郁顿挫"四个字，这出自杜甫《进雕赋表》，是他对自己写作风格的总结，后人以之评论杜诗。然而，苏轼似乎并未关注杜甫这方面，他喜欢杜诗的主要风格似是"才力富健"。在《书司空图诗》中，他比较司空图和杜甫诗的差异：

> 司空图表圣自论其诗，以为得味于味外。"绿树连村暗，黄花入麦稀。"此句最善。又云："棋声花院静，幡影石坛高。"吾尝游五老峰，入白鹤院，松阴满庭，不见一人，惟闻棋声，然后知此句之工也。但恨其寒俭有僧态。若杜子美云："暗飞萤自照，水宿鸟相呼。""四更山吐月，残夜水明楼。"则才力富健，去表圣之流远矣。[1]

一方面，他固然欣赏司空图的"棋声花院静，幡影石坛高"，并用自己游庐山白鹤院的亲身经历证明这联诗的妙处；但另一方面，当他把司空图诗拿来与杜甫对照时，立刻显出二者高下。所谓"寒俭有僧态"，是说其诗缺乏生命的动力，如同一般和尚的诗一样有不食人间烟火的"蔬笋气"。而同样写静中之景，杜诗中无论是萤火虫还是水鸟（《倦夜》），都充满生命的活力与人情味，甚至是写安静无人的夜晚，山和水也因为"吐"和"明"字变得富有动感（《月》）。萤、鸟、山、水的描写，透露出杜甫富足健康的内在生命律动。

苏轼非常欣赏杜甫七律中的"伟丽"，即雄伟壮丽的诗句，如："旌旗日暖龙蛇动，宫殿风微燕雀高"（《奉和贾至舍人早朝大明宫》）；"五更鼓角声悲壮，三峡星河影动摇"（《阁夜》）等句子，认为自杜甫之后，七律的伟丽便无人继承，"寂寞无闻焉"。直至欧阳修才写出"沧波万古流不尽，白鹤双飞意自闲""万马不嘶听号

---

[1] 《苏轼全集校注·文集校注》卷六七，第19册，第7580页。

令,诸蕃无事乐耕耘"这样的句子,可以与杜甫"并驱争先"。但事实上,欧阳修诗的"伟丽"根本无法与杜甫相提并论,因为"白鹤"句风格闲淡,而"诸蕃"句缺乏形象感,更像是事件概括。反倒是苏轼自己的两联诗"令严钟鼓三更月,野宿貔狳万灶烟""露布朝驰玉关塞,捷书夜到甘泉宫"更与杜甫接近,即他自己所说"亦庶几焉尔"。[①]前人评论苏轼诗,注意到苏诗学杜之处,比如前面所举《次韵张安道读杜诗》,汪师韩就认为"但觉铺张排比,辞气不减少陵耳"[②]。

七 简牍仪刑在——苏轼对杜诗意象句法的化用

苏轼对杜甫的诗非常熟悉,以至于常常看到某些景物,立即就想到杜甫诗,甚至梦中也不例外。他在颍州时做过一个奇怪的梦,后来几次提及。先是在《双石》诗序中说道:

> 至扬州,获二石。其一绿色,冈峦逶迤,有穴达于北。其一正白可鉴,渍以盆水,置几案间。忽忆在颍州日,梦人请住一官府,榜曰"仇池"。觉而诵杜子美诗曰:"万古仇池穴,潜通小有天。"乃戏作小诗,为僚友一笑。[③]

他获得两块有洞穴的怪石,想起了自己的梦,梦中的官府"仇池",其实是来自杜甫《秦州杂诗》的描写。我们很难设想,若是不熟悉杜诗,知道"仇池"这个地名,他怎会梦见榜曰"仇池"的官府。后来在《和陶桃花源》诗引中他再次提到"仇池":

> 予在颍州,梦至一官府,人物与俗间无异,而山川清远,有足乐者。顾视堂上,榜曰仇池。觉而念之,仇池,武都氐故地,杨难当所保,余何为居之?明日以问客,客有赵令畤德麟者,曰:"公何问此?此乃福地,小有洞天之附庸也。杜子美盖云:'万古仇池穴,潜通小有天。'"他日,工部侍郎王钦臣仲至谓余曰:"吾尝奉使过仇池,有九十九泉,万山环之。

---

① 苏轼:《评七言丽句》,《苏轼全集校注·文集校注》卷六八,第19册,第7665页。

② 《苏诗汇评》卷六,第196页。

③ 苏轼:《双石》诗叙,《苏轼全集校注·文集校注》卷三五,第6册,第3971页。

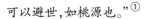

可以避世,如桃源也。"①

至此我们才明白,"仇池"原来是苏轼梦中避世的桃花源,问题在于苏轼不是梦到桃花源,而是梦到仇池,他后来不仅把自己珍爱的怪石命名为"仇池",而且将自己晚年的笔记命名为《仇池笔记》。这足以说明杜甫诗句对他的重要影响。

杜甫《月》诗中的"四更山吐月"两句,更为苏轼所喜爱,他不仅称这两句"才力富健",而且誉之为"古今绝唱",如《江月五首》序曰:

> 杜子美云:"四更山吐月,残夜水明楼。"此殆古今绝唱也。因其句作五首,仍以"残夜水明楼"为韵。②

他仿效杜诗,从"一更山吐月"直写到"五更山吐月",实在是过于痴迷。在苏轼诗歌中,随时都可看到化用杜诗的痕迹,比如《次韵吴传正枯木歌》"能使龙池飞霹雳"来自杜诗《韦讽录事宅观曹将军画马图》"龙池十日飞霹雳","或自与君拈秃笔"来自杜诗《题壁上韦偃画马歌》"戏拈秃笔扫骅骝",至于"不独画肉兼画骨"则来自杜诗《丹青引赠曹将军霸》"幹惟画肉不画骨"。又如咏海棠的名作《寓居定惠院之东杂花满山有海棠一株土人不知贵也》:"江城地瘴蕃草木,只有名花苦幽独。嫣然一笑竹篱间,桃李漫山总粗俗。也知造物有深意,故遣佳人在空谷。"③当然很容易让我们想起杜甫的"绝代有佳人,幽居在空谷"。(《佳人》)据查慎行评论:"此种诗境,从少陵《乐游园歌》得来,遇其神理而化其畦畛,斯为千古绝作。"④

苏轼还会就杜甫诗的原意进行翻案,杨万里《诚斋诗话》说:"杜诗云'忽忆往时秋井塌,古人白骨生苍苔,如何不饮令心哀'。东坡云'何须更待秋井塌,见人白骨方衔杯'。此皆翻案法也。"⑤

前面讨论过苏轼分享杜甫"实录"的观点,这种公共产权的意识更体现在"集

---

① 《苏轼全集校注·文集校注》卷四〇,第7册,第4751页。

② 《苏轼全集校注·文集校注》卷三九,第7册,第4610页。

③ 《苏轼全集校注·文集校注》卷二〇,第4册,第2162页。

④ 《苏诗汇评》卷二十,第855页。

⑤ 杨万里:《诚斋诗话》,《历代诗话续编》,第141页。

句诗"上。黄庭坚曾把集句诗称为"百家衣体",但如果是集同一诗人的句子,则更像拼七巧板,难度很大,前提是必须做到对该诗人全集滚瓜烂熟,而且能够进行巧妙的重新排列组合。苏轼的朋友孔平仲曾作过多首集杜诗,仅今存的就有三十多首。他曾赠给苏轼五首集句诗,其中一首就是集杜甫诗。苏轼赞叹道:

> 天下几人学杜甫,谁得其皮与其骨?划如太华当我前,跛羊欲上惊崦崿。名章俊语纷交衡,无人巧会当时情。前生子美只君是,信手拈得俱天成。①

集句诗表面看来是百分之百的盗窃,所有的句子都是来自前人,但实际上这是一种再创造,前人的文字只是语言材料,黄庭坚说"虽取古人之陈言入于翰墨,如灵丹一粒,点铁成金也"②。集句诗就是"点铁成金"推向极端的产物。在苏轼看来,孔平仲学杜甫,可以说是得骨得髓,拾取了杜诗的精华,仿佛是杜甫转生再世,信手写出来的诗句都能恰如其分地表现自己的感情。宋末文天祥在燕京监狱中,读杜诗,并集了二百首五言绝句,他认为"凡吾意所欲言者,子美先为代言之。日玩之不置,但觉为吾诗,忘其为子美诗也。乃知子美非自能为诗,诗句自是人情性中语,烦子美道耳"③。把杜诗的产权据为己有,正是继承了苏轼的观点。

八 杜陵饥客眼长寒——苏轼对杜甫诗歌和人生的调侃

苏轼的性格一贯风趣幽默,爱开玩笑,黄庭坚说他"嬉笑怒骂,皆成文章"。杜甫这样一个后世被尊为"诗圣"的大家,在苏轼眼里却更像一个隔世的朋友,一个"尚友"。朋友之间不仅可以共同分享"实录"的诗句,而且不妨开开玩笑,调侃一下。杜甫写作《丽人行》,讽刺杨贵妃兄弟姐妹骄奢淫逸的生活,本是个严肃的题材。苏轼借杜甫的诗题写了《续丽人行》,却有几分戏谑的意味,诗序里说"李仲谋

---

① 苏轼:《次韵孔毅父集古人句间赠五首》其三,《苏轼全集校注·文集校注》卷二二,第4册,第2419页。

② 黄庭坚:《答洪驹父书》,《黄庭坚全集》正集卷一八,刘琳等校点,四川大学出版社2001年版,第475页。

③ 文天祥:《〈集杜诗〉自序》,《文天祥全集》卷十六,中国书店出版社1985年版,第397页。

家有周昉画背面欠伸内人,极精,戏作此诗":

> 深宫无人春日长,沉香亭北百花香。美人睡起薄梳洗,燕舞莺啼空
> 断肠。画工欲画无穷意,背立东风初破睡。若教回首却嫣然,阳城下蔡俱
> 风靡。杜陵饥客眼长寒,蹇驴破帽随金鞍。隔花临水时一见,只许腰肢背
> 后看。心醉归来茅屋底,方信人间有西子。君不见孟光举案与眉齐,何曾
> 背面伤春啼。①

根据诗序提供的信息,这是一首题画诗,画是美人图。诗的前八句写美人睡起欠伸
的画面,"沉香亭北"四字令人想起杨贵妃,虽然周昉的原作画的是内人(宫女),
未必是贵妃。同时也写周昉故意画美人背影,以给人无限的联想,使画面含蓄,具
有无穷的意味。但后面六句却完全离开画面,完全拿寒酸的杜甫来打趣,想象杜甫
当年写《丽人行》时的处境,饥寒交迫,骑着蹇驴,戴着破帽,只能隔着曲江远远地
从背后看一眼美人的腰肢,就这样已看得心醉,回到茅屋还在回味,人间原来真有
这样的美人,简直不可思议。这里描写的杜甫形象显得穷酸而且眼馋,不过好些意
象都来自杜甫自己的诗句,算不上诽谤,杜诗"骑驴十三载,旅食京华春。朝扣富
儿门,暮随肥马尘"(《奉赠韦左丞丈二十二韵》)"背后何所见,珠压腰衱稳称身"
(《丽人行》)便都可视为自供状。当然,在诗的最后,苏轼表达了对美女的同情,反
不如丑女孟光嫁个好丈夫,举案齐眉,暗示杜甫夫妻之间的情感大概就是这样的
吧。这就是《诗经·卫风·淇澳》所说:"善戏谑兮,不为虐兮。"

　　还有个现象值得注意,苏轼虽然从总体上强调杜甫"一饭未尝忘君""窃比稷
与契"的高尚道德及政治理想,但在具体品评杜甫作品时,他似乎更欣赏那些表现
日常生活的篇章,即使这些作品在艺术上并不高明。如前面所举《屏迹》诗之类,
又如下面这条评论:

> 子美诗云:"黄四娘家花满蹊,千朵万朵压枝低。留连戏蝶时时舞,
> 自在娇莺恰恰啼。"东坡云:此诗虽不甚佳,可以见子美清狂野逸之态,
> 故仆喜书之。昔齐鲁有大臣,史失其名,黄四娘独何人哉?而讬此诗以

---

① 《苏轼全集校注·文集校注》卷十六,第3册,第1680页。

不朽,可以使览者一笑。①

杜甫的《江畔独步寻花》写成都春天赏花的情况,非重大题材,但苏轼欣赏的是杜甫的"清狂野逸"之态,其实这个态度也是东坡自己的写照,苏轼赏花时也同样"清狂野逸",比如"只恐夜深花睡去,高烧银烛照红妆"之类,一点也不亚于杜甫。但这里苏轼把齐鲁大臣与黄四娘相比,却颇有意味,曾经不可一世的政治人物却"史失其名",而再也平常不过的村妇黄四娘,却因杜诗而得以不朽。这的确是很有趣的事,但其中包含着这样的意味:诗歌等文艺作品可以超越一时一世而价值永存。所以"可以使览者一笑"的调侃,其中却饱含深意。

有时苏轼也借杜诗来调侃自己,如《次韵秦太虚见戏耳聋》诗,他说自己"晚年更似杜陵翁,右臂虽存耳先聩",化用杜甫《清明》诗"右臂偏枯左耳聋"之句。苏轼借杜诗来说明自己的身体状况,但是从诗题中我们就可看出这是戏谑之作。将人生的痛苦用调侃的方式来进行排解,这就是幽默的美学价值。由此,苏轼扬弃了杜诗中的悲愁,使之变为乐观,使"杜甫一生愁"变为"东坡千首达"。而这种悲哀的扬弃,正是宋人的一代风气。

九　此论不公吾不凭——苏诗对杜甫评艺和杜诗陋句的质疑

由于生活背景和人生道路的不同,苏轼和杜甫之间的艺术趣味也有差异。相对而言,杜甫后半生生活艰难,在艺术趣味上倾向于喜欢"瘦劲""骨立"的风格,马喜欢瘦马,字喜欢瘦字,与唐人尚肥的社会审美风尚不相投合。相反,苏轼作为宋人,却喜欢相对丰肥的趣味,如写字喜欢肥字,马喜欢肥马。所以,当苏轼评价书法艺术时,其观点便与杜甫针锋相对。如《孙莘老求墨妙亭诗》:

兰亭茧纸入昭陵,世间遗迹犹龙腾。颜公变法出新意,细筋入骨如秋鹰。徐家父子亦秀绝,字外出力中藏棱。峄山传刻典刑在,千载笔法留阳冰。杜陵评书贵瘦硬,此论未公吾不凭。短长肥瘠各有态,玉环飞燕谁敢憎?②

① 《苏轼全集校注·文集校注》卷六七,第19册,第7529页。
② 《苏轼全集校注·文集校注》卷八,第2册,第738页。

杜甫在《李潮八分小篆歌》中提出："峄山之碑野火焚，枣木传刻肥失真。苦县光和尚骨立，书贵瘦硬方通神。"批评肥字为失真，主张"尚骨立""瘦硬通神"。而苏轼则认为书法艺术应该包含各种风格，不能以肥瘦为判断标准。汪师韩评苏诗说："论书大旨不外前和子由作所云"端庄杂流丽，刚健含婀娜"一语，故每不取少陵'瘦硬通神'之说。"①

又比如评画马，杜甫在《丹青引赠曹将军霸》中写道："弟子韩幹早入室，亦能画马穷殊相。幹惟画肉不画骨，忍使骅骝气凋丧。"推崇曹霸而贬低韩幹。但苏轼在题韩幹画马图诗中，却暗地里反驳杜甫的观点，如《书韩幹牧马图》说："先生曹霸弟子韩，厩马多肉尻脽圆，肉中画骨夸尤难。"显然是称赞韩幹强过老师，理由是能做到"肉中画骨"，表面肥圆，其实含有骨力，这当然是不同意"画肉不画骨"的责难。另一首《次韵吴传正枯木歌》所说"龙眠胸中有千驷，不独画肉兼画骨"，其实也是在纠正杜甫的说法。总之，苏轼对韩幹画的肥马是深有好感的，在《韩幹马十四匹》诗中他把自己与韩幹联系起来："韩生画马真是马，苏子作诗如见画。世无伯乐亦无韩，此诗此画谁当看？"如果说杜甫是曹霸的知音，那么苏轼就是韩幹的拥趸。这里面传达出来的信息是颇能令人玩味的，我们可以将其理解为苏轼对杜甫的挑战，在论书和题画方面，他不想蜷伏在杜甫的阴影之下，而是想通过这种质疑表达出超越的愿望。

从这点来说，苏轼不是杜甫无条件的崇拜者，更像是一个值得信赖的诤友。所以，他读到自己不喜欢的杜诗时，也会毫不客气地指出来：

> "减米散同舟，路难思共济。向来云涛盘，众力亦不细。呀帆忽遇眠，飞橹本无蒂。得失瞬息间，致远疑恐泥。百虑视安危，分明囊贤计。兹理庶可广，拳拳期勿替。"杜甫诗固无敌，然自"致远"以下句，真村陋也。此取其瑕疵，世人雷同，不复讥评，过矣。然亦不能掩其善也。②

赵次公注认为："然公之意亦以藉众力而济险，犹资百虑而持危者矣，故曰理可广

---

① 《苏诗汇评》卷八，第271页。
② 《苏轼全集校注·文集校注》卷六七，第19册，第7531页。

也。"① 尽管我们未必赞同苏轼的评论，但不得不承认这是一种非常可取的实事求是的态度，这才是真正意义上的对话。当今我们研究杜甫或苏轼的学者，往往会回避诗人的不足，崇敬中加以有意回护。苏轼这样的评论可以说为我们树立了良好的榜样。

结　语

苏轼对杜甫的评价，受到北宋诗坛风气的一定影响，但更重要的是他从自己独有的个性气质、生活道路、艺术趣味、美学眼光等多种角度出发来看待杜甫，因而他不在意时人论杜的"诗史"之称，也不太理会杜诗神圣的光环，而是看重杜诗在自己心中引起的共鸣，贬谪生涯中"一饭未尝忘君"的忠贞、不合时宜"窃比稷与契"的迂腐，"用拙存吾道"的幽居情怀，甚至会对杜甫进行善意调侃。他不仅把杜甫誉作"天下能事毕矣"的艺术高峰，同时也对"魏晋以来高风绝尘"的丧失感到遗憾。杜诗已化作苏轼生命中的一部分，以至于他在登临、游览、赏花、玩石、观月、饮酒、论书、评画都会想起化用杜甫的诗句。苏轼认为自己是杜甫的知音，而杜甫则是自己的代言人。他在题跋中常不由自主解释杜诗，而宋人也把他的言论看作权威，不断称引发挥。"伪苏注"的流行正是宋代注杜者借苏轼之权威来作注的一个曲折投影。

---

① 《杜诗赵次公先后解辑校》己帙卷四，第1379页。

《宋人词话》与《两宋词人小传》

——兼论与《历代词人考略》的关联

江苏第二师范学院　邓子勉

一

《宋人词话》,浙江图书馆藏书,凡七册,毛装。清稿本,红方格,左右双边,半页十行,行二十一字,每位词人均是另起页,不连抄,每册封面墨笔题曰"况蕙风撰宋人词话"。原书不分卷,每册前有词人目录,七册共著录词人一百八十家又附二家,虽然题云"宋人词话",所载已涉元代作家,如郑禧、吴镇、袁士元、张可久、释明本、释梵琦,六家为元人。

《两宋词人小传》,上海图书馆藏书,凡九册,毛装。清稿本,红方格,左右双边,半页十行,行二十一字,每位词人均是另起页,不连抄。原书不分卷,每册有目录。原书未见所题书名,也未见编著者名姓。上图书签著录书名为"两宋词人小传残存稿",每册前有词人目录,九册共著录词人一百七十七家,其中有重见者(如葛胜仲)和有目无文者(如江纬)各一,实为词人一百七十五家,其中张翥、陈思济二家为元人。

浙图藏《宋人词话》和上图藏《两宋词人小传》实属同一套书,理由如下:其一,两书的纸张格式、装订情状、抄写笔迹、编写体例等方面,均是相同的。其二,两书收录的词人不重复,《两宋词人小传》著录的江纬一人有目无文,而江纬却见载于《宋人词话》中。两书共存十六册,合计收录宋元词人三百五十七家,可知两书是出于相同批次的人员抄写编录而成的。

浙图所藏封面题作"况蕙风撰宋人词话"，知原稿为况周颐编写，而上图所藏检索卡著录为"朱庆云撰"，朱庆云或为誉录重编者之一，其人俟考。①

南京图书馆藏有《历代词人考略》，蓝格线，左右双边，单鱼尾，黑口。半页十一行，行二十一字，小字双行同。每页左边框外侧印有"吴兴刘氏嘉业堂钞本"的字样，每卷卷端上题"历代词人考略"，下题"乌程刘承干翰怡辑录"。前有总目，据总目，是书凡五十七卷，现存前三十七卷，分装成十二册，另附有《删订历代词人考略条例》和《第二次删订条例》，均为散页。就现存书总目来看，全书五十七卷收唐、五代九十四家，两宋一千零十三家（含无名氏），共计一千一百又七家。现存书前三十七卷共收唐、五代、两宋词人凡六百三十三家，每卷收录多寡不一，多者三四十人，少者二三人，以十数至二十馀人居多。

况周颐（1859—1926），字夔笙，晚号蕙风，临桂（今广西桂林）人，清光绪举人，为晚清四大词人之一。《历代词人考略》是在况氏编撰书稿的基础上重新删订而成的，现存书每位词人后均有按语，多数是据况氏原撰的，也有搀入删订者的一些东西，删订者是一人？抑或是数人？不能确知，就现存书字体来看，达五六种之多，知不是出自一人之手。《嘉业老人八十自叙》云：

> 余自愧学殖荒落，然于朝章国故，为平时诵习所及。本生考之纂《皇朝续文献通考》也，每命余甄采故实，尝为《南唐书补注》，与吴绚斋侍读鉴合注《晋书》，此外则有《明史例案》，重编《宋会要》五百卷，补辑南宋宁宗后四朝以成完书，及《京师坊巷志考证》《希古楼金石萃编》《词人考略》诸书。②

《词人考略》即《历代词人考略》，刘承干认为此书为自己所编。赵尊岳在《惜阴堂汇刻明词记略》一文中称癸亥间况氏辑有《历代词人考鉴》③，癸亥即民国十二年（1923）。况周颐自辛亥革命后避地上海，直至去世。时由刘氏出资，况氏主笔，编撰此书。《删订历代词人考略条例》之五云：

① 按：民国时有朱庆云（1888—1949），浙江上虞人。曾参加上虞农民运动和抗日救亡活动，上虞解放后，任上虞县农会筹委会副主任。不知是此人否？
② 《嘉业堂藏书志》，吴格整理，复旦大学出版社1997年版，第1410页。
③ 赵尊岳：《明词汇编》，上海古籍出版社1992年影印本，以下同。

原来书名未定，或作《历朝词林考鉴》，或作《历代词人考略》，因"词林"与"翰院"作混，且作词亦无取乎鉴戒，故用"考略"之名。

知《历代词人考鉴》完稿于民国癸亥，亦即民国十二年，而删订成书的时间也是随后不久的事。据《第二次删订条例》之十一云：

> 词人有专集者，此书必注明有某种刻本，俾读者易于探索，其例甚善。但彊村刻词中所有之词未全注出，盖蕙风辑此书时彊村词尚未刻全也，今为补注。又近年海宁赵氏万里又继朱氏辑刻词若干家，为蕙风所未见也，今亦为补注。

知况氏编辑此书时，《彊村丛书》尚未刻全，现存书卷二十二于"朱雍"条按语后补云："《潜山诗馀》，有朱彊村刻本。"又天头批云："编此书时，《彊村丛书》尚未刻全，故多遗漏，今为补之。"按：朱祖谋《彊村丛书》是陆续刻印成的，一般著录为民国十一年归安朱氏第三次校补印本，也有民国十三年、十四年刻的，则删订成书的时间当在民国十三年左右。

赵氏《惜阴堂汇刻明词记略》又云《历代词人考鉴》："已至元季，将欲赓续，亦苦于明词之不多，则督余搜箧以应之。"据南图现存书，总目凡五十七卷，唐五代共六卷，其馀五十一卷均为两宋，其中卷五十二以前两宋词家大体依词人年代先后编排，卷五十二为遗民，卷五十三为释道，卷五十四至卷五十七依次为闺秀、妇女、妓女、女鬼等，止于宋，未及元明。而《宋人词话》及《两宋词人小传》所收已至元人，《宋人词话》所载不见于《历代词人考略》者有八十八家附二家，即：

> 韦骧、吕本中、吴益、沈会宗、朱淑真、琴操、唐琬、陆放翁妾、蒋兴祖女（以上为一册），徐逸、楼扶、楼盘、史简之史卫卿、邬文伯、陆叡、曹良史、仇远、黄中（以上为一册），朱屏孙、赵孟坚、章谦亨、唐珏、岳珂、杨舜举、牟巘、吴大有、钱选、叶闾、龚大明、吴仲方（以上为一册），戴复古妻、吴文英、杨缵、江纬、张枢（以上为一册），张炎、黄机、宋伯仁、薛梦桂、陈景沂、徐俨夫、王同祖、李彭老、李莱老、陈允平（以上为

一册），马天骥、许棐、何梦桂、翁梦寅、胡汲古、范晞文、王沂孙、汪元量、徐霖、柴望、周容、薛泳、薛师石（以上为一册），董嗣杲、陈又新、赵汝迕、方君遇、赵希彭、韦居安、潘希白、陈恕可、张玉、莫仑、王易简、张幼谦闺秀罗惜惜、释净端、张淑芳、章丽真、袁正真、金德淑、哑女、陈策、贾云华、王玉贞、卫芳华、杨妹子、郑禧、吴镇、袁士元、张可久、刘元、释明本、释梵琦（以上为一册）。

《两宋词人小传》不见载于《历代词人考略》中的凡六十二家，即：

赵企、杨亿、曾纡、释仲殊、释惠洪、释仲皎、陈郁、曾宏正、赵彦端、尤袤、朱子（以上为一册），雷应春、危复之、徐经孙、徐冲渊、虞允文、卫宗武、梁栋、杨伯嵒、文天祥、葛长庚、陈从古（以上为一册），潘牥、李昴英、许将、黄师参、牟子才、周密、冯去非、邓剡、翁元龙、文及翁、壶嵎、赵崇嶓（以上为一册），李霜涯、赵时奚、赵时行、胡仲弓、钱继卓、施枢、叶隆礼、萧泰来、徐元杰、方岳、谢枋得、阮秀实、余玠、郭居安、吴儆（以上为一册），汪梦斗、易袚妻、李曾伯、马光祖、刘辰翁、孙氏、王清惠、刘震孙、廖莹中、家铉翁、姚勉、张矞、陈思济（以上为一册）。

两书合计词人凡一百五十家附二家，为南图藏本《历代词人考略》所不载。

据《历代词人考略》凡例，现存书与况周颐原稿是有差异的，现存书对况氏原稿至少进行过两次的删定，第一次删定《条例》云：

原来唐五代六卷，宋三十三卷，有二卷共一本者，今视其页数少者并之，共成三十七卷。（之十）

南图藏书存三十七卷，当是第一次删定的结果。知第一次删订时，所据书稿为未完成之书，第一次删定《条例》后附有两节批语，录如下：

此书原收之本数如下：唐五代，六本。宋，卅一本。三十三卷内有两卷

一本者二册,馀每卷一册。又宋重复九本七至十四。

今交之本数如下:唐五代底稿卅七本,又删去底稿卅七本,又重复及补遗二本,同在一函。重复宋九本,删订清稿十二本。

知原稿共三十七本三十七卷,重见者九本(据注当为八本),经删订为清稿本成十二本,与现存书同。现存书稿前三十七卷就是第一次删订后的结果。至于后二十卷是否完稿,无从得知。由总目来看,虽然五十七卷目录俱全,但目录自三十八卷起,字体却与前不同。

《历代词人考略》卷三十八至卷五十七有目无文,凡四百五十一家又附十二家,《宋人词话》及《两宋词人小传》两书中为《历代词人考略》所不载的一百五十家附二家中,有三十二家并不见载于《历代词人考略》之有目无文这部分的人名目录中,其中《宋人词话》有十九家,列于下:

> 韦骧、吕本中、吴益、沈会宗、仇远、吴仲方、江纬、胡汲古、范晞文、王沂孙、陈恕可、张玉、郑禧、吴镇、袁士元、张可久、刘元、释明本、释梵琦。

《两宋词人小传》有十三家,列于下:

> 赵企、杨亿、曾纡、赵彦端、尤袤、朱子、徐冲渊、虞允文、许将、吴儆、汪梦斗、张翥、陈思济。

除去郑禧、吴镇、袁士元、张可久、释明本、释梵琦和张翥、陈思济八家为元人外,其他二十四家为两宋词人。

这就存在着一个问题,《历代词人考略》的两次删改,应该不是以《宋人词话》和《两宋词人小传》这一套清稿本为据的,第一次删定《条例》云:

> 原稿宋尚未完,既曰"历代",必须完全,王忠悫公尝欲作《词录》,谓可至元而止,因词迄明而衰也,今可从之。(之十四)

知南图所据原稿是不全的，即使含存目所载，也仅止于宋，未及元明。然据赵尊岳《惜阴堂汇刻明词记略》一文云《历代词人考鉴》"已至元季"，知况氏编撰的是至元季，这从清稿本《宋人词话》及《两宋词人小传》所载可以得到印证。

据《第二次删订条例》，第二次删订主要集中在对原稿词人时代次第的重新调整排列、词人的类别归属、作品混误的更改等。其一云：

> 此次续来之二十卷，与前十二本接续，宋代已全。但此二十卷词人时代次序混乱，合前十二本观之，须重新排列。今另订目录，接抄前目之后，十二本目中亦加删补，前次宋代已全，故不能合全局而改订也。

第二次删订后，成书二十卷，亦即卷三十八至卷五十七，此二十卷今不见，唐圭璋《历代词学研究述略》云北京图书馆藏有此书稿本[1]，不知是指况氏原稿，还是后二十卷的清稿，至少《宋人词话》及《两宋词人小传》是不属于这二十卷中之物的。知况氏原稿编成后，刘承干组织誊录编写时，清稿本可能不止有一套，否则，如王沂孙、陈恕可等词人，南图藏本不当遗漏，这些人并非无名之辈。

据南图藏本，两次删订的字体是不同的，删订者是否为同一人也未可知。与此同时，第二次删订者对前三十卷作了少许的批校删改，这些改动主要是因词人年代等的更改与移动，具体做法多是对稿纸的挖剪粘连，也有增补，如陈克，第一次删订本在卷十九，共九行，至第二次删订时，挖剪移改至卷二十五，粘连并延长，共二十五行。又如卷二十三，在第十三和第十四页间插补了七页纸，据《梅苑》录出王望之等十五人补在吕滨老后、黄大舆前，插页未标页码，字体与前后不同。

核以后人的引录和现存书所载，偶有字词不同者，其中龙榆生《唐宋名家词选》引录较多，有文字出入的不在一二条，所据或因存有原稿和多种清稿的差别而然，但诸家所引录的，并未超出《历代词人考略》前三十七卷之外者。

二

况氏原手稿不可见，南图藏《历代词人考略》为不完整的清稿本，而且经过了

---

① 唐圭璋：《词学论丛》，上海古籍出版社1986年版，第820页。

至少二次删改，对况氏原稿改动不少。《宋人词话》及《两宋词人小传》虽然也是清稿本，未经过什么删改，况氏原编面目依然可见。

《宋人词话》及《两宋词人小传》的编撰包括小传、词话、词评、坿考、按语五部分，《历代词人考略》包话小传、词话、词评、词考、按语五部，除"坿考"改成"词考"，其馀同。但实际上仍有很多的出入，《宋人词话》及《两宋词人小传》在小传后会抄录大量的词集序跋文，然后才依次为词话、词评、词考、按语，《历代词人考略》则删除了词集序跋原文，小传后即依次为词话、词评、词考、按语，这是《宋人词话》和《两宋词人小传》与《历代词人考略》最明显的差别之一。

《宋人词话》和《两宋词人小传》有助考核《历代词人考略》删改编写前的情况，《历代词人考略》第一次删订《条例》之一云：

> 此书纂述极有用，为词学不可少之品。惜原稿贪多务得，转成疵累，
> 今删削之，约去其半，庶可观。

删削"约去其半"，与《宋人词话》及《两宋词人小传》所载相同作家比照，确是如此。如词集序跋文等，《宋人词话》及《两宋词人小传》抄录了大量的这方面文章，几乎是一字不漏的，而南图藏《历代词人考略》对此均删除了。《条例》又云：

> 原来"坿考"一门最无意味，词人之遗闻轶事抄不胜抄，与词无干者
> 只可一律淘汰。（之七）

"坿考"见于《宋人词话》及《两宋词人小传》，此以《宋人词话》"坿考"为例，如张先抄录有《嘉泰吴兴志》《玉照新志》《齐东野语》，刘焘抄录有《上庠录》《嘉泰吴兴志》《皇宋书录》，朱服抄录有《萍洲可谈》和《嘉泰吴兴志》，周煇抄录有《清波杂志》和《南宋古迹考》，关注抄录有《南窗记谈》《春渚纪闻》《夷坚志》，陆淞抄录有《铜熨斗斋笔记》，陆游抄录有《剑南集题跋》和《词林纪事》，张镃抄录有杨诚斋《张功甫画像赞》《齐东野语》《西湖游览志馀》《紫桃轩杂缀》，王十朋抄录有《西吴里语》和《昨非庵日纂》，戴复古抄录有《归田诗话》和《臼辛漫笔》，洪咨夔抄录有《梅磵诗话》和《稗史》，高似孙抄录有《齐东野语》《随隐漫录》、《癸辛杂识》，姚镛抄录有《浩然斋雅谈》《鹤林玉露》《南宋古迹考》，吴潜抄录

有《德清新志》《履斋诗馀·疏影》自注、项刻《绝妙好词》坿录季芯《祭吴履斋先生》《宋状元录》，范端臣抄录有《尚友录》和《夷坚巳志》，甄龙友抄录有《谈薮》和《西湖游览志馀》，葛郯抄录有《清波杂志》和《韵语阳秋》等等。核以《历代词人考略》，均予以删除。今天看来，有些是可以保留的，如戴复古"坿考"中抄录有《臼辛漫笔》，云：

> 毛子晋《跋石屏词》云式之以诗名东南，南渡后天下所称江湖四灵之一也。按：宋诗人徐照、徐玑、翁卷、赵紫芝传唐贤宗法，号称四灵。据子晋云云，则又别有四灵之目矣。

《臼辛漫笔》是况氏撰写的一部笔记，今未见存本，此则因不是直接谈词，誊录抄写者删除之。

况周颐原编稿最有价值的当是按语部分，以《宋人词话》和《两宋词人小传》与《历代词人考略》比照，删除词作是常见的，如《宋人词话》"陆游"条云：

> 按：放翁词风格隽上，亦有芊绵温丽之作，如《定风波·进贤道上见梅赠王伯寿》云："欹帽垂鞭送客回，小桥流水一枝梅。衰病逢春都不记，谁谓，幽香却解逐人来。 安得身闲频置酒，携手，与君看到十分开。少壮相从今雪鬓，因甚，流年羁恨两相催。"《鹊桥仙》云："一竿风月，一蓑烟雨，家在钓台西住。卖鱼生怕近城门，况肯到、红尘深处。
>
> 潮生理棹，潮平系缆，潮落浩歌归去。时人错把比严光，我自是、无名渔父。"以清隽胜者。如《鹧鸪天·薛公肃家席上作》云："南浦舟中两玉人，谁知重见楚江滨。凭教后苑红牙版，引上西川绿锦茵。 才浅笑，却轻嚬，淡黄杨柳又催春。情知言语难传恨，不似琵琶道得真。"《水龙吟》云："摩诃池上追游客，红绿参差春晚。韶光妍媚，海棠如醉，桃花欲暖。挑菜初闲，禁烟将近，一城丝管。看金鞍争道，香车飞盖，争先占、新亭馆。 惆怅年华暗换，黯销魂、雨收云散。镜奁掩月，钗梁拆凤，秦筝斜雁。身在天涯，乱山孤垒，危楼飞观。叹春来只有，杨花和恨，向东风满。"此以绵丽胜者。至如《双头莲·呈范致能待制》："华鬓星星，惊壮志成虚，此身如寄。萧条病骥，向暗里、消尽当年豪气。梦断故国山川，

隔重重烟水。身万里，旧社凋零，青门俊游谁记。　尽道锦里繁华，叹官闲昼永，柴荆添睡。清愁自醉，念此际、付与何人心事。纵有楚柁吴樯，知何时东逝。空怅望，鲙美菰香，秋风又起。"此阕殆矜心作意之笔，气体沉著。又如《月上海棠·咏成都城南蜀王旧苑古梅》云："斜阳废苑朱门闭，吊兴亡、遗恨泪痕里。淡淡宫梅，也依然、点酥剪水。凝愁处，似忆宣华旧事。　行人别有凄凉意，折幽香、谁与寄千里。伫立江皋，杳难逢、陇头归骑。音尘远，楚天危楼独倚。"《珍珠帘》云："灯前月下嬉游处，向笙歌、锦绣丛中相遇。彼此知名，才见便论心素。浅黛娇蝉风调别，最动人、时时偷顾。归去，想闲窗深院，调弦促柱。　乐府初翻新谱，漫裁红点翠，闲题金缕。燕子入帘时，又一番春暮。侧帽燕脂坡下过，料也计、前年崔护。休诉，待从今须与，好花为主。"则尤卓然专家，不得谓诗人馀事矣。《绝妙好词》录其小令三阕，殊未尽集中之胜。放翁词中《桃源忆故人》："城南载酒行歌路，冶叶倡条无数。一朵鞓红凝露。最是关心处。　莺声无赖催春去，那更兼旬风雨。试问岁华何许，芳草连天暮。"草窗所录此类是已。又桉：《六砚斋随笔》云放翁累官华文阁待制，封剑南县伯。据《宋史》本传，放翁终宝章阁待制，无封剑南伯之文，未知李君实何所据也？

而《历代词人考略》删改为：

> 桉：放翁词风格隽上，亦有芊绵温丽之作，其《双头莲·呈范致能待制》"华发星星"云云，此阕尤矜心作意之笔，气体沉著。又如《月上海棠·咏成都城南蜀王旧苑古梅》"斜阳废苑朱门闭"，则尤卓然专家，不得谓诗人馀事矣。《绝妙好词》录其小令三阕，殊未尽集中之胜。《六砚斋随笔》云放翁累官华文阁待制，封剑南县伯。据《宋史》本传，放翁终宝章阁待制，无封剑南伯之文，未知李君实何所据也？

知把况氏原稿中抄录的大量词作删除，不过还把相关评语一并删除，如评《定风波》"歌帽垂鞭送客回"和《鹊桥仙》"一竿风月"云"以清隽胜者"，又评《鹧鸪天》"南浦舟中两玉人"和《水龙吟》"摩诃池上追游客"云"此以绵丽胜者"，如

此未免草率。除删去大量的词作,还删了不少评语,举毛滂、朱服、周邦彦三例:

按:有宋自熙、丰巳还,词称极盛,文采风流之彦莫不咳唾珠玉,吐噙兰荃,乃至以篇阕为馈饫,无论于情事亦至常,以视寻常苞苴竿牍,其俗与雅之相去,宁复可道里计乎?毛泽民词中有寿蔡京数首,遂贻徒擅才华、本非端士之讥。方毛之寿蔡也,蔡之奸犹未大著也,其后吴君特亦以寿贾相词为世诟病,方吴之寿贾也,贾方以干济闻于时,而其卒致奸庸误国,亦非君特所预知也,且即如蔡京生辰,以诗词为祝者,其姓名未易更仆数,而毛之词独传,是则毛之至不幸,而君特殆亦一例也。泽民为武康令,慈爱惠下,政平讼简,非端士,能若是乎?以寸楮之投为毕生之玷,持论未免大苛,然而文字不可以假人,操觚家宜慎之又慎矣。至谓毛词佳胜,不止《惜分飞》一阕,是则诚然,《清平乐》云:"锦屏夜夜,绣被熏兰麝。帐卷芙蓉长不下,垂尽银台蜡炬。 脸痕微著流霞,蔷腾越恁秾华。破睡半残妆粉,月随雪到梅花。"此以艳胜者也。《玉楼春·至盱眙作》云:"长安回首空云雾,春梦觉来无觅处。冷烟寒雨又黄昏,数尽一堤杨柳树。 楚山照眼青无数,淮口潮生催晓渡。西风吹面立苍茫,欲寄此情无雁去。"此以淡胜者也,即此二阕,可概其馀。(毛滂)

按:朱行中《渔家傲》词题曰东阳郡斋作,考地志:东阳,宋县,两浙路婺州。行中作词盖在自泉徙婺时,乌程旧志谓作于贬海州后,误也。《泊宅编》云"自右史带假龙出典数郡,是时年尚少,风采才藻皆秀整"等语,较合。唯以"而今乐事它年泪"句为行中流落之兆,则殊非通论。昔人词中此等句亦伙矣,容犹有凄惋过之者,未必其皆为语谶也。即行中自为得意,亦文人结习之常,方氏辄心恶之,何襟抱不广若是?矧以门下士每或从容者耶?行中词过拍云:"恋树泾花飞不起,愁无际、《泊宅编》作比。和春付与东流水。"言情写景,意境沉著,亦大可自为得意者。(朱服)

按:元人沈伯时作《乐府指迷》,于清真词推许甚至,唯以"天便教人,霎时厮见何妨"、"梦魂凝想鸳侣"等句为不可学,则非真能知词者也。清真又有句云："多少暗愁密意，唯有天知"、"最苦梦魂，今宵不到伊行""拌今生，对花对酒，为伊泪落"，此等语愈朴愈厚，愈厚愈雅，至真之情，由性灵肺腑中流出，不妨说尽，而愈无尽。南宋人词如姜白石云："酒醒波远，政凝想、明珰素袜。"庶几近似。然已微嫌刻色，诚如清真等句，唯有学之不能到，如日不可学也，讵必颦眉搔首，作态几许，然后出之，乃为可学耶？明已来，词纤艳少骨，致斯道为之不尊，未始非伯时之言阶之厉矣。<u>窃尝以刻印比之，自六代作者以萦纡拗折为工，而两汉方正平直之风荡然无复存者，救敝起衰，欲求一丁敬身、黄大易而未易遽得，乃至倚声小道，即亦将成绝学，良可慨夫。</u>又桉：清真词事散见宋人说部绝伙，或一事两歧，或岁时偾鬶，比勘辨证，未易更仆，兹择其语近雅驯、较可据依者，荟录于编，备参考焉。又《清真词》名改为《片玉》，实自陈元龙注本，始其命名之意，见于刘肃序中，非美成所自名，亦犹朱淑真词，明人魏端礼以"断肠"名之，非淑真所自名也。刘肃，宋末人，入元。陈注《片玉词》刻于宋淳熙间，近人有收得宋本者。(周邦彦)

以上凡画线的部分，《历代词人考略》均删除，这些评语还是有其价值的，是况氏词学思想的体现，删除还是有些草率的。

除对况氏文句的删除外，还有更改，以王十朋、卢祖皋二家为例：

桉：王忠文词见《御选历代诗馀》，凡三阕，《点绛唇》咏酴醾"野态芳姿"云云，又前调咏梅云："雪径深深，北枝贪睡南枝醒。暗香疏影，孤压群芳顶。　玉艳冰姿，妆点园林景。凭阑咏，月明溪静，忆昔林和靖。"又咏瑞香云："阑槛阴沉，紫云呈端馀寒凛。卷帘欹枕，香逼幽人寝。　入梦何年，庐阜闻名稳。风流甚，阿唤作熏龙锦。"(《宋人词话》)

桉：王忠文有《点绛唇·咏十八香》词，见温州府属某县志，今录二首以见一斑。异香牡丹云："亭院沉沉，异香一片来天上。傲春迟放，众卉咸推让。　忆昔西都，姚魏声名旺。堪惆怅，醉翁何往，谁为花标榜。"温香芍药云："近侍盈盈，向人似笑还无语。牡丹飘雨，闲伴群芳主。

软质温香，剪染劳天女。青云暮，花前歌舞，有个狂韩愈。"《历代诗馀》录其《点绛唇》三阕，其咏梅、咏瑞香，即十八香词之二，咏酴醾"野态芳姿"阕，则见于《梅溪集》中者也。(《历代词人考略》)

　　按：《蒲江词》《锦园春三犯·赋牡丹》云："昼长人倦，正凋红涨绿，懒莺忙燕《解连环》。丝雨蒙晴，放珠帘高卷《醉蓬莱》。神仙笑宴，半醒醉、彩鸾飞遍《雪狮儿》。碧玉阑干，青油幢幕，沉香庭院《醉蓬莱》。　洛阳画图旧见，向天香深处，犹认娇面《解连环》。雾縠霞绡，闻绮罗裁翦《醉蓬莱》。情高意远，怕容易、晓风吹散《雪狮儿》。一笑何妨，银台换蜡，铜壶催箭《醉蓬莱》。"又赋海棠云："醉痕潮玉，爱柔英未吐，露丛如簇《解连环》。绝艳矜春，分流芳金谷《醉蓬莱》。风梳雨沐，耿空抱、夜阑清淑《雪狮儿》。杜老情疏，黄州赋冷，谁怜幽独《醉蓬莱》。　玉环睡醒未足。记传榆试火，高照宫烛《解连环》。锦幄风翻，渺春容难续《醉蓬莱》。迷红怨绿，漫惟有、旧愁相触《雪狮儿》。一舸东游，何时更约，西飞鸿鹄《醉蓬莱》。"此自度腔也。万氏《词律》、徐氏《词律拾遗》、杜氏《词律补遗》并未载此调，未见《蒲江词》足本耳。　又按：《豹隐纪谈》所载《贺新郎》，词集中未见，当作申之作，气格亦不类。(《宋人词话》)

　　按：《蒲江词》近有彊村朱氏刻本，比汲古本多七十一阕，乃据知圣道斋藏明抄《南词》本传刻，当即黄叔旸著录之本。汲古所刻，诚如"提要"所云乃出于抄撮，非原本也。卢《蒲江词》中《锦园春三犯·赋牡丹》一阕乃自度腔，万氏《词律》、徐氏《词律拾遗》、杜氏《词律补遗》并未载此调，未见《蒲江词》足本耳。(《历代词人考略》)

对比可知，《历代词人考略》按语部分已非况氏原文，为删订者重新撰写，除此外，另有一些按语，如：

　　按吾友况夔笙舍人《香海棠词话》云：作词有三要：重、拙、大……

(卷八柳永)

　　按临桂王给谏鹏运自号半塘老人，近世词学家之泰斗也，尝谓吾友蕙风舍人《香东漫笔》有云……

（卷十一苏轼）

又按潜夫词，前人著录皆《后村别调》一卷，吾湖彊村朱侍郎所刻长短句五卷……

（卷三十六刘克庄）

按《臞轩诗馀》，吾郡彊村朱先生依《永乐大典·臞轩集》本锓行。

（卷三十七王迈）

审其语气，不是况氏之言是明显的。《宋人词话》及《两宋词人小传》所存是不完全稿，况氏原按语有些是不可考了，不过就今存的《历代词人考略》来看，对况氏按语的改动还是有限的。

试论况周颐唐宋词赏析的词学意义

南开大学　孙克强

　　唐宋词作为经典一直为后世所推崇，在唐宋词的接受鉴赏研究史上，取得最高成就的是"晚清四大家"之一的况周颐。况周颐的《蕙风词话》与王国维的《人间词话》有"双璧"之誉，又与陈廷焯的《白雨斋词话》合称"晚清三大词话"。晚清词学大师朱祖谋誉之为"自有词话以来无此有功词学之作"①。然而就词学鉴赏研究的深度和广度而言，况周颐则更胜一筹。况周颐毕生致力于词学，著有词话及词学文献多种。如《香海棠馆词话》《餐樱庑词话》《纕兰堂室词话》《词学讲义》《玉楼述雅》等。② 况周颐对唐宋词史有过系统的研究，他曾在搜集整理唐宋词人的文献资料方面下过很大的功夫，况周颐的《历代词人考略》《宋人词话》和《两宋词人小传》三书论及的唐宋词人有八百多人 ③，《历代词人考略》存目另有宋代词人四百七十八人，可知况周颐研究过的唐宋词人数量超过一千一百人。况周颐赏鉴、研究涉及的唐五代词人数量之多、文献之全面丰富可谓前无古人。在况周颐数量庞大的词学批评理论文献中有许多文字是针对唐宋词、唐宋词人的评点分析。作为词坛大家和词学大师，况周颐既有敏感的词心和高超的词艺，又有精深的

① 龙榆生:《词学讲义跋》引,《词学季刊》创刊号,1933年,第112页。

② 《况周颐词话五种(外一种)·前言》,孙克强辑校,浙江古籍出版社2014年版。

③ 《历代词人考略》三十七卷,收唐宋词人五百六十三人;《宋人词话》收宋代词人一百八十一人(附论三人),《两宋词人小传》收宋代词人一百六十六人。本文引录以上三种词话仅随文注明书名和卷数。关于《历代词人考略》《宋人词话》《两宋词人小传》的作者、基本情况及各书之间的关系,参阅孙克强:《小议〈历代词人考略〉的作者及学术价值》,载《文学遗产》1997年第2期;孙克强:《况周颐词学新论》,载《文艺理论研究》2016年第1期;林玫仪:《况周颐〈宋人词话〉考——兼论此书与〈历代词人考略〉之关系》,载台湾《传承与创新——"中央研究院"中国文哲研究所十周年纪念论文集》"中央研究院"中国文哲研究所1999年版。

词学造诣和审美鉴赏力，还有深厚的词学文献基础，再加上非常人可比的专心和敬业精神，使得他对唐宋词的评点分析精彩深刻见解独到。

一　风格论

文学作品的鉴赏核心是对艺术特色及其成就的揭示。鉴赏者由作品及人，概括文学家的风格特征乃鉴赏的深化。况周颐鉴赏唐宋词和词人往往从整体上把握其主导风格，突出其特色，对大多数唐宋词人的风格都有概括性评论，如评五代词人李煜、韦庄、冯延巳的风格"李重光之性灵，韦端己之风度，冯正中之堂庑"[①]；评苏轼词"清雄"（《历代词人考略》卷三十）；评辛弃疾词"刚健含婀娜"（《历代词人考略》卷三十）；评南宋陈克的词"大都高丽香倩之作，绝少穷愁抑塞之音"（《历代词人考略》卷二十五）。所评皆能摄取词人风格特征，又可见出论者的慧眼。

况周颐的唐宋词鉴赏，不仅继承了前人从具体作品入手进行情致风格的印象式品鉴的传统方法，而且在鉴赏视角上、分析方法上多有突破，显示出他对唐宋词和词人鉴赏的高妙之处。

其一，况周颐除了关注唐宋词人风格的主体特征之外，还十分注意词人风格的丰富性和多样性，如评杨无咎词：

> 逃禅老人咏梅诸作，清绝不染纤尘。然如集中《锯解令》"送人归后酒醒时"、《醉花阴》"捧杯不管馀醒恶"、《解蹀躞》"迤逦韶华将半"、《卓牌子慢·中秋次田不伐韵》、《蝶恋花·鞋词》《赠牛楚》、《垂丝钓·赠吕倩倩》、《好事近·黄琼》、《嬲人娇·李莹》等阕，亦复能为情语、艳语。
>
> （《历代词人考略》卷二十八）

况周颐指出杨无咎的词既有"清绝"之作，又有"情语""艳语"这些与"清绝"迥异的风格，呈现出风格形态的多样性。显然这样的分析对杨无咎的认识更为全面。

对词学史上已有定评的词人，况周颐在通览词人全部作品的基础上发表驳正或补充的意见，从而新意迭现。如温庭筠的词以"绮靡""浓艳"著称，南宋胡仔称

---

① 　况周颐：《蕙风词话》卷一，唐圭璋：《词话丛编》，中华书局1986年版，第4418页。

其"工于造语，极为绮靡"①。王国维《人间词话》对温词风格有一则精彩的评论："'画屏金鹧鸪'，飞卿语也，其词品似之。"皆指温词辞采繁富，色彩艳丽。况周颐则指出温词风格的多样性：

> 温飞卿词有以丽密胜者，有以清疏胜者。永观王氏以"画屏金鹧鸪"概之，就其丽密者言之耳。其清疏者如《更漏子》"梧桐树"云云，亦为前人所称，未始不佳也。
>
> （《历代词人考略》卷二）

况周颐提到的温庭筠《更漏子》下片云："梧桐树。三更雨。不道离情正苦，一叶叶，一声声。空阶滴到明。"这首词没有秾艳的色彩和华丽的辞藻，寻常的景物和简白的抒情使全词呈现清疏的风格。这种清疏在温词主体风格的绮艳中属于别格，却也使温庭筠的词呈现了多样色彩。

又如评曹组词：

> 今就《雅词》所录审之，唯《相思会》《品令》《醉花阴》三首稍涉俚诨，自馀皆雅正入格，尤有疏爽冲淡之笔，讵可目之曰滑稽，诋之为无赖邪！
>
> （《历代词人考略》卷二十三）

曹组是北宋末年徽宗朝的著名词人，亦是北宋滑稽词派的代表人物。南宋的王灼《碧鸡漫志》卷二称曹组为"滑稽无赖之魁"，黄昇说他"工谑词"。②曹组的词集后世已遭毁版，现今流传的曹组词皆为南宋词选留存，大多数词已然没有"滑稽无赖"的特点。况周颐在阅读曹组《雅词》全集后，对前人批评曹组之语提出异议，给予曹组词以客观的评价。

其二，况周颐特别注意分析词人风格的产生原因，尤为注意社会环境、人生经历对词人风格的影响。如他分析王雱《倦寻芳慢》一词即是如此，词作如下："露晞向晚，帘幕风轻，小院闲昼。翠迳莺来，惊下乱红铺绣。倚危墙，登高榭，海棠经

---

① 胡仔：《苕溪渔隐丛话》后集，卷十七，人民文学出版社1984年版，第125页。

② 黄昇：《唐宋诸贤绝妙词选》卷八，《唐宋人选唐宋词》，上海古籍出版社2004年版，第668页。

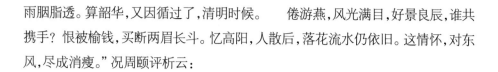

雨胭脂透。算韶华，又因循过了，清明时候。　倦游燕，风光满目，好景良辰，谁共携手？恨被榆钱，买断两眉长斗。忆高阳，人散后，落花流水仍依旧。这情怀，对东风，尽成消瘦。"况周颐评析云：

> 王元泽词传者仅《倦寻芳慢》《眼儿媚》二阕，并皆吐属清华。尝谓填词与其人生平处境极有关系。宋人如晏叔原、王元泽，国朝如纳兰容若，固由姿禀颖异，亦其地望之高华，有以玉之于成也。叔原云："舞低杨柳楼心月，歌尽桃花扇底风。"元泽云："翠径莺来，惊下乱红铺绣。"容若云："屏幛厌看金碧画，罗衣不奈水沉香。"此等语非村学究所能道也。
>
> （《历代词人考略》卷十八）

王雱乃王安石之子，况周颐由王雱的词风联系到北宋的晏几道和清代的纳兰性德。晏、王、纳兰三人人生的共同之处即皆为宰相之后，生活于富贵高雅的环境之中。文中所引晏几道《鹧鸪天》、王雱《倦寻芳慢》、纳兰性德《浣溪沙》三首词句的共同之处即在于高雅情致出于漫不经意的景物描写，显示出内在的贵族气质，这些确非社会底层出身的"村学究"所能表现的。况周颐所说"填词与其人生平处境极有关系"可谓精于词学的深刻之论。

又如范仲淹的两首词，《苏幕遮·怀旧》："碧云天，黄叶地。秋色连波，波上寒烟翠。山映斜阳天接水。芳草无情，更在斜阳外。　黯乡魂，追旅思。夜夜除非，好梦留人睡。明月楼高休独倚。酒入愁肠，化作相思泪。"《渔家傲·秋思》："塞下秋来风景异。衡阳雁去无留意。四面边声连角起。千嶂里。长烟落日孤城闭。

浊酒一杯家万里。燕然未勒归无计。羌管悠悠霜满地。人不寐。将军白发征夫泪。"况周颐评析云：

> 文正一生并非怀土之士，所为"乡魂""旅思"以及"愁肠""思泪"等语似沾沾作儿女想，何也？观前阕可以想其寄托。开首四句不过借秋色苍茫以隐抒其忧国之意，"山映斜阳"三句隐隐见世道不甚清明而小人更为得意之象。芳草喻小人，唐人已多用之。后段则因心之忧愁不自聊赖，始动其乡魂旅思，而梦不安枕，酒皆化泪矣。其实忧愁非为思家也。文正当宋仁宗之时，扬历中外，身肩一国之安危，虽其时不无小人，

究系隆盛之日,而文正乃忧愁若此,此其所以"先天下之忧而忧"乎?即
《渔家傲》后段"燕然未勒"句亦复悲愤郁勃,穷塞主安得有之?

(《历代词人考略》卷九)

范仲淹的《苏幕遮》《渔家傲》是词史上的名篇,风格苍凉悲慨,被誉为边塞词的
典范。关于这首《渔家傲》词还有一则故事:欧阳修看到这首词,认为词的风格与
词体本色的婉媚迥然不同,戏称之为"穷塞主词"①。反映了北宋初年词体观念的
状况。况周颐则指出,范仲淹这两首词并非单纯地表达个人思乡之情的作品,而是
忧国寄托之作。虽然范仲淹当时身处盛世,但他已经看到隐藏的危机。此种忧患
意识与其《岳阳楼记》中的"先天下之忧而忧"同一意旨。况周颐联系社会背景和
词人生平思想的分析,与一般风格层面的赏析相比,显然更为深刻。

其三,况周颐充分注意词作、词人可能具有的复杂性,鉴赏更客观更有深度。
如对北宋词人毛滂词的分析。毛滂生活于北宋后期,此时权奸蔡京当政。因与蔡
京的关系,毛滂的人品曾受到时人的诟病。毛滂词中有数首为蔡京上寿的词,如
《绛都春·太师生辰》(馀寒尚峭),由是招致了对毛滂"本非端士"的讥刺。况周颐
结合时代背景评析道:"方毛之寿蔡也,蔡之奸犹未大著也。""泽民为武康令,慈
爱惠下,政平讼简,讵非端士?若以寸楮之投为毕生之玷,持论未免太苛。"(《历
代词人考略》卷十四)况周颐指出:毛滂为蔡京写寿词时,蔡京之"奸"尚未显现,
毛滂的寿词亦应属于正常的文字交往范围,不应视为明知其奸却丧失人格的巴
结。这种摒弃简单化、模式化的鉴赏分析确乎难能可贵。

其四,况周颐从语言声韵的角度鉴赏词作、词人的风格。如他分析李彭老的
两首词《高阳台·落梅》:"飘粉杯宽,盛香袖小,青青半掩苔痕。竹里遮寒,谁念灭
尽芳云?么凤叫晚吹晴雪,料水空、烟冷西泠。感凋零,残缕遗钿,迤逦成尘。

东园曾趁花前约,记按筝筹酒,戏挽飞琼。环佩无声,草暗台榭春深。欲倩怨笛
传清谱,怕断霞、难返吟魂。转消凝,点点随波,望极江亭。"《高阳台·寄题荪壁山
房》:"石笋埋云,风篁啸晚,翠微高处幽居。缥简云签,人间一点尘无。绿深门户
啼鹃外,看堆床、宝晋图书。仅萧闲,浴砚临池,滴露研朱。 旧时曾写桃花扇,
弄霏香秀笔,春满西湖。松菊依然,柴桑自爱吾庐。冰弦玉柱风流在,更秋兰、香染

---

① 魏泰《东轩笔录》卷十一:"范文正公守边日,作《渔家傲》乐歌数阕,皆以'塞下秋来'为
首句,颇述边镇之劳苦。欧阳公尝呼为穷塞主之词。"(中华书局1983版,第126页)

衣裾。照窗明,小字珠玑,重见欧虞。"况周颐评析云:

> 商隐《高阳台》咏落梅云:(词略)前段"谁念""念"字、"幺凤""凤"字,后段"草暗""暗"字、"倩怨""怨"字,它家作此调者,并用平声,即商隐自作《寄题荪壁山房》阕,亦作平声。此阕一律用去声音节,尤为婉隽。商隐倚声专家,必其审酌于宫律之间,故能以拗折为流美也。

(《宋人词话》)

李彭老是南宋后期的词人,作词讲究格律。况周颐指出,李彭老的这两首《高阳台》为了审美的追求,特意在平声处改用去声,达到了"以拗折为流美"的效果。况周颐对这首词的分析别出蹊径,论析之细致深入超出常人,显示了他作为词学家的独特眼光。

况周颐还将语言与风格联系而论之,通过语言平仄的特点分析词人的风格,进而认定作品的归属。如传世的姜夔的两首《越女镜心》的真伪存有争议,原词如下:

越女镜心

别席毛莹

风竹吹香,水枫鸣绿,睡觉凉生金缕。镜底同心,枕前双玉,相看转伤幽素。傍绮阁、轻阴度。飞来鉴湖雨。 近重午。燎银篝、暗薰渰暑。罗扇小、空写数行怨苦。纤手结芳兰,且休歌、九辩怀楚。故国情多,对溪山、都是离绪。但一川烟苇,恨满西陵归路。

越女镜心

春晚

檀拨么弦,象奁双陆,旧日留欢情意。梦别银屏,恨栽兰烛,香篝夜间鸳被。料燕子重来地。桐阴锁窗绮。 倦梳洗。晕芳钿、自羞鸾镜,罗袖冷,疏竹画帘半倚。浅雨渗酴醾,指东风、芳事馀几。院落黄昏,怕春莺、笑人憔悴。倩柔红约定,唤起玉箫同醉。①

况周颐评析云:

> 右词二阕,采附《法曲献仙音》"虚阁笼寒"阕后。细审词调,有与《法曲献仙音》小异者。前段"轻阴度"、"重来地"叶,后段"空写数行怨苦"、"疏竹画帘半倚","怨"字、"半"字,去声是也。有与《法曲献仙音》吻合者。前阕前段"风竹""竹"字,"鸣绿""绿"字、"睡觉""觉"字,后段"故国""国"字;后阕前段"檀拨""拨"字、"双陆""陆"字、"旧日""日"字,后段"院落""落"字;并入声也。守律若是谨严,自是白石家法。

(《历代词人考略》卷三十五)

此二词,晚清四大家之一的郑文焯以及词学大师夏承焘均认为非姜夔作②,况周颐却认为此词为真,将这首《越女镜心》与《法曲献仙音》"细审词调",仔细对比了两调的四声格律,得出了"守律若是谨严,自是白石家法"的结论。况周颐《香东漫笔》再次分析:"细读两词,虽非集中杰作,然如前阕'雨''绪''路',后阕'绮''几''醉'等韵,自是白石风格,非窜入它人之作也。"认定此词即为姜夔的作品。且不论此词最终的作者归属,况周颐的的见解可成一家之言,而他这种独特的分析方法值得研究者参考。

其五,词人风格比较。况周颐常常将具有相近相似风格的词人加以比较,以彰显各自特点。如比较苏轼与岳飞:

> 尝谓两宋词人唯文忠苏公足当清雄二字,清可及也,雄不可及也。
> 鄂王《满江红》词,其为雄,并非文忠所及。二公之词皆自性真流出,

---

① 按:此词与《全宋词》文字有差异,《全宋词》:"花匣么弦,象奁双陆,旧日留欢情意。梦别银屏,恨裁兰烛,香篝夜间鸳被。料燕子重来地,桐阴琐窗绮。　倦梳洗。晕芳钿、自羞鸾镜,罗袖冷、烟柳画阑半倚。浅雨压荼蘼,指东风、芳事馀几。院落黄昏,怕春莺、惊笑憔悴。倩柔红约定,唤取玉箫同醉。"

② 参阅郑文焯:《白石道人歌曲批语》,洪陔华刻本;夏承焘:《白石词集辨伪二篇·姜白石晚年手定集》,《姜白石词编年笺校》,上海古籍出版社1981年版,第179页。

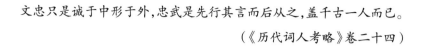

文忠只是诚于中形于外,忠武是先行其言而后从之,盖千古一人而已。

(《历代词人考略》卷二十四)

况周颐指出,苏轼、岳飞两人之词皆有"雄"的特质,不同的是苏轼"雄"且"清","清雄"合体两宋无人可及;况周颐进而指出,岳飞名垂千古的《满江红·怒发冲冠》在"雄"的方面却又超越苏轼。值得注意的是,况周颐指出岳飞"先行其言而后从之",即谓岳飞词中所表现出来的精忠报国的豪情正是他后来人生的写照,这种词品与人品的辉映确乎"千古一人"。

况周颐还将李后主与宋徽宗进行比较:

> 徽宗继体裕陵,天才睿敏,诗文书画而外,长短句尤卓然名家。虽间关狩,犹有"裁剪冰绡"之作,未尝少损其风怀。求之古帝王中,唯南唐后主庶几分镳并辔,其处境亦大略相同也。唯是后主所作皆小令,徽宗则多慢词。盖后主天姿轶伦,而徽宗又深之以学力矣。

(《历代词人考略》卷七)

南唐李后主与北宋徽宗皆为"亡国之君",词风也有相似之处,然而两人又有不同:一是二人所使用的小令慢词词体不同,涉及到词体演变与时代的关系,五代词坛皆为小令,北宋开始慢词登场并逐渐盛行,词风亦为之改变;二是二人有天才人力之别,李后主词纯任性情,宋徽宗词则多融入书卷思力。两人代表了两种创作审美模式。

二　词史观

况周颐对词史发展有宏观的把握,对唐宋词的研究更为深入,分析更为细致。况周颐宏观上将唐宋词分为三个时期:唐五代、北宋、南宋,并分别概括出三个时期的主体风格特征:"《花间》(唐五代)之闳丽,北宋之清疏,南宋之醇至。"[1]唐五代词风为"奇艳""流丽",北宋词风为"清空婉丽",南宋词风为"沉著凝重"。整

---

[1]　赵尊岳:《蕙风词话跋》引,惜阴堂丛书本《蕙风词话》卷后。

体来看，况周颐对三个时期的词并无轩轾，对各个时期词风的审美意义皆予以充分肯定。

首先来看论唐五代词风格。况周颐指出：

> 五代词人丁运会，迁流至极，燕酣成风，藻丽相尚。其所为词，即能沉至，只在词中。艳而有骨，只是艳骨。学之能造其域，未为斯道增重。矧徒得其似乎？其铮铮佼佼者，如李重光之性灵，韦端己之风度，冯正中之堂庑，岂操觚之士能方其万一？①

况周颐认为，作为词体初创时期，五代词具有后世不可复制和重现的特点，五代时期有独特的社会经济文化特点和审美风尚，五代词人李后主的"性灵"、韦庄的"风度"、冯延巳的"堂庑"，这些为后世叹赏的特点只有在五代时期方能出现，后世无法模拟。

就唐五代词的整体风格而言，况周颐说："五代人小词大都奇艳如古蕃锦"（《历代词人考略》卷五），《花间》词的特点为"蕃艳"（《历代词人考略》卷二十六），又说南唐冯延巳的词"冯词如古蕃锦，如周秦宝鼎彝，琳琅满目，美不胜收。词之境诣至此，不易学并不易知。"（《历代词人考略》卷四）花间词为"古蕃锦"之说出自北宋黄庭坚，清初王士禛《花草蒙拾》又加以衍化："《花间》字法最着意设色。异纹细艳，非后人纂组所及。如'荳蔻花间趱晚日'、'泪沾红袖黦'、'犹结同心苣'、'画梁尘黦'、'洞庭波浪飐晴天'，山谷所谓古蕃锦者，其殆是耶。"上引词句分别出自《花间集》中欧阳炯《南乡子》、韦庄《应天长》、牛峤《菩萨蛮》、毛熙震《后庭花》、牛希济《菩萨蛮》。"古蕃锦"形容《花间》词的语言风格色彩艳丽奇特。况周颐以薛昭蕴的《浣溪沙》词为例："红蓼渡头秋正雨，印沙鸥迹自成行。整鬟飘袖野风香。不语含频深浦里，几回愁煞棹船郎，燕归帆尽水茫茫。"况周颐评析曰："此词清中之艳，其艳在神。"② 是说以《花间集》为代表的五代词的主要风格特征是"艳"，然而这种"艳"是内在精神品格至艳，并非模拟外表色彩至艳所能达到的。

其次来看论北宋词风格。况周颐指出北宋时期的整体风貌为"清空婉丽"，如

---

① 况周颐：《蕙风词话》卷一，《词话丛编》，第4418页。
② 况周颐：《餐樱庑词话》，《况周颐词话五种（外一种）》，孙克强辑校，第208页。

胡松年的词："意境清疏，尤是北宋风格。"（《历代词人考略》卷二十一）欧阳澈的词："轻清婉丽，雅近北宋。"（《历代词人考略》卷二十四）北宋词没有后世词作的繁富沉重，景物描写自然直观，感情表达率性而发。况周颐概括晏殊的《浣溪沙·一曲新词酒一杯》《踏莎行·小径红稀》《蝶恋花·帘幕风轻双语燕》三首词的特点云"此等词无须表德，并无须实说，所谓不著一字，尽得风流。罗罗清疏却按之有物，此北宋人所以不可及也"。（《历代词人考略》卷七）又以李之仪词为例：

> 《早梅芳》云："最销魂，弄影无人见。"《谢池春》云："不见又思量，见了还依旧。为问频相见，何似长相守。"《蝶恋花》云："天淡云闲晴昼永。庭户深沉，满地梧桐影。骨冷魂清如梦醒。梦回犹是前时景。"《浣溪沙》云："酒韵渐浓欢渐密，罗衣初试漏初迟。已凉天气未寒时。"又《咏梅》云："戴了又羞缘我老，折来同嗅许谁招。凭将此意问妖娆。"《鹧鸪天》云："空惊绝韵天边落，不许韶颜梦里看。"《南乡子》云："点滴芭蕉疏雨过，微凉。画角悠悠送夕阳。"又云："前圃花梢都绿遍，西墙。犹有轻风递暗香。"又云："唯有莺声知此恨，殷勤。恰似当时枕上闻。"《减字木兰花》云："变尽星星。一滴秋霖是一茎。"综论姑溪词格，其清空婉约，自是北宋正宗。

（《历代词人考略》卷十六）

北宋词人多士大夫，品味高雅，词中多写清丽自然的景物，既不同于唐五代词的奇艳，也不同于南宋词的深沉。

再次来看论南宋词风格。况周颐指出南宋词坛的风格特点为"沉著凝重"，南宋人填词苦心经营，刻意精深，如评袁宣卿词："研练而非追琢，凝重而能骞举，在南宋词人中，不失其为上驷也。"（《历代词人考略》卷二十六）曾举南宋词人吕圣求的《望海潮》词为例："侧寒斜雨，微灯薄雾，匆匆过了元宵。帘影护风，盆池见日，青青柳叶柔条。碧草皱裙腰。正昼长烟暖，蜂困莺娇。望处凄迷，半篙绿水浸斜桥。　　孙郎病酒无聊。记乌丝醉语，碧玉风标。新燕又双，兰心渐吐，嘉期趁取花朝。心事转迢迢。但梦随人远，心与山遥。误了芳音，小窗斜日对芭蕉。"况周颐评云："此词沉著停匀，自是专家之作，唯风格渐近南宋耳。"（《历代词人考略》卷

二十三）

在确定时代的总体风格的基础上，况周颐还通过典型的词人词作进行比较，将词人风格与时代风格比较分析，以显示词人风格的差异。如以朱淑真与李清照作比说明北、南宋词风的不同：

> 以词格论，淑真清空婉约，纯乎北宋；易安笔情近浓至，意境较沉博，下开南宋风气。非所诣不相若，则时会为之也。①

朱淑真和李清照是宋代词史上之瑰宝，其艺术成就不仅是女性词的顶峰，甚至超越男性词人而上。但是由于朱淑真的生平事迹缺少记载，因而朱淑真的生活年代难以确定。况周颐除了进行朱淑真生平文献考辨②之外，还从作品时代风格特征上加以辨析，指出朱淑真词风"清空婉约"与北宋词风一致；李清照词风"浓至""沉博"，与南宋词风相合。由"词格"的分析来判断词人的时代，是况周颐唐宋词鉴赏的重要特色，也是他词史观念的重要基础。

况周颐评析唐宋词贯穿了史的观念，注重源流关系，尤其注重"源"的影响和"流"的嬗变。况周颐往往将一个时期的词坛风格分为"主体"风格和"非主体"风格。以主体风格为"正"，非主体风格为"变"，既注重"正"的延续，亦注意"变"的发展。

在论析唐词五代词对北宋词的影响方面，况周颐从两个方面加以讨论：一方面，唐五代词的正体影响了北宋词的"非正体"。况氏云："唐贤为词，往往丽而不流，与其诗不甚相远。刘梦得《忆江南》云：'春去也，多谢洛城人。弱柳从风疑举袂，丛兰裛露似沾巾。独坐亦含颦。'流丽之笔，下开北宋子野、少游一派。唯其出自唐音，故能流而不靡。"③指出唐人刘禹锡词所体现出的唐词"流丽"的风格特点为北宋的张先、秦观所继承；张、秦的流丽词风与北宋"清空"的一般正体风格不同，成为北宋词人的"非正体"。另一方面，况周颐指出五代词风的"非正体"对北宋"正体"的影响。况周颐论《花间》词人李珣词云："词清疏之笔，下开北宋人体格"

---

① 况周颐：《蕙风词话》卷四，《词话丛编》，第4497页。
② 况周颐：《蕙风词话》卷四，《词话丛编》，第4494—4496页。
③ 况周颐：《蕙风词话》卷二，《词话丛编》，第4423页。

（《历代词人考略》卷五引），指出五代李珣词有"清疏"的特点，这种词风本为唐五代词中的"非正体"，却对北宋词产生了影响，是北宋主流风格"清疏"的先河。

况周颐还分析了五代词人尹鹗对北宋词人柳永的影响。尹鹗《秋夜月》全文如下："三秋佳节。罩晴空，凝碎露，茱萸千结。菊蕊和烟轻捻，酒浮金屑。微云雨，调丝竹，此时难辍。欢极、一片艳歌声揭。　黄昏慵别。炷沉烟，熏绣被，翠帷同歇。醉并鸳鸯双枕，暖偎春雪。语丁宁，情委曲，论心正切。深夜、窗透数条斜月。"这首词写男女相会的情事，从酒宴歌乐写到香闺床第，再到温情细语，内容甚为香艳，与柳永词的题材内容颇为相似，况周颐评析云"所谓开屯田词派者也"（《历代词人考略》卷五）。

在论析北宋词对南宋词的影响方面，况周颐评北宋词人李之仪云："综论姑溪词格，其清空婉约，自是北宋正宗，而渐近沉著，则又开南宋风会矣。"（《历代词人考略》卷十六）况氏指出：在李之仪词中兼有两种风格，既有符合本身所处时代风格之"正"——"清空婉约"，又有不同于北宋风格之"变"——"沉著"。李之仪的"正"，使其成为典型的北宋词人；其"变"，又使其对后世的南宋词产生了影响。

又如评北宋词人陈师道的《清平乐》："秋声隐地。叶叶无留意。冰簟流光团扇坠。惊起双栖燕子。　夜堂帘合回廊。风帷吹乱凝香。卧看一庭明月，晓衾不耐初凉。"况周颐评析云"尤渐近致密，为后来梦窗一派之滥觞"。（《历代词人考略》卷十二）况氏认为陈师道虽然是北宋词人，但其词的风格与时代主流风格却有所不同，有"致密"的特点；而南宋中后期的吴文英词的特点恰恰是以致密而著称的，词学史上多有论者以"密""致密"或"密藻""绮密""缜密""绵密""丽密"形容梦窗词风的。况周颐《蕙风词话》卷二云："欲学梦窗之致密，先学梦窗之沉着。即致密，即沉着。非出乎致密之外，超乎致密之上，别有沉着之一境也。梦窗与苏、辛二公，实殊流而同源。其见为不同，则梦窗致密其外耳。"况周颐从北宋词人风格对后世产生影响的角度立论，指出陈师道词中所体现的"致密"可视为梦窗词风的源头。

况周颐还时常转换角度，从接受者的角度加以评析，指出南宋词人所继承和体现出的北宋风格。如评析戴复古的词："清丽芊绵，未坠北宋风格。"（《历代词人考略》卷三十一）评王炎《双溪诗余》："疏俊处雅有北宋风格。"（《历代词人考略》卷三十一）评杜旟词："清新流丽，雅近北宋。"（《历代词人考略》卷三十三）

这些词人词作虽然归属南宋，但其异于南宋词坛主体风格的"沉著"而与北宋的"清丽"更为接近。

况周颐对以上唐五代、北宋、南宋三个时期的总体概括是他系统的唐宋词史观的体现，也是精到的深于词学的专家之言。与前人所论相比，况周颐的认识有显著的个性特点，前人亦称五代词"艳"，况氏则指出五代词的"艳"与后世的"艳"不同，有内在独特的且难以模仿的气质；前人多将南宋词，尤其是姜夔词风称为"清空"，况氏则将"清空"属之北宋，确能道出北宋词天然的特质；前人论词的寄托，不少以唐五代、北宋人为例，如温庭筠、苏轼、周邦彦等，况氏则谓南宋词才具有"沉著"的寄托，所论更令人信服。况周颐将词人词作置于时代风格的大背景之下，所论往往既能高屋建瓴，又能深入细致。

三　词学范畴

词学范畴是对词学思想、词学批评的理论概括，是词学思想的结晶。况周颐的词学批评理论中，曾使用过诸多词学范畴，这些范畴有些乃继承前人而又有所发展改造，有些则主要是他的发明。词学范畴在况周颐的词学系统中占有极为重要的位置，可以说理解况氏的词学范畴是理解他的词学批评理论的重要前题和条件。况周颐在使用这些词学范畴时曾加以诠释，但也有语焉不详的情况。在唐宋词的鉴赏时，况周颐亦常常拈出他的词学范畴，于是词学范畴与词作词人的映照就为研究者开启了一扇理解认识之门，他的唐宋词鉴赏的实践可谓弥补了他批评理论的"缺失"。

在况周颐的词学批评理论中，范畴居于核心的位置，最为著名的是"重、拙、大"，成为其具有标志性的词学范畴。况周颐对重、拙、大有一些解说，如云："轻者重之反，巧者拙之反，纤者大之反。"[1]这种解释用概念解说概念，虽然进了一层，但不免仍有隔膜模糊之感，甚至造成了后人对其重、拙、大范畴理解的歧义。况周颐常用重、拙、大分析唐宋词和词人，通过这些实例可以反观况氏这些词学范畴的意涵。

况周颐解释"重"云："重者，沉著之谓。在气格，不在字句。于梦窗词庶几见

---

① 况周颐：《词学讲义》，《况周颐词话五种（外一种）》，孙克强辑校，第276页。

之。即其芬菲铿丽之作,中间隽句艳字,莫不有沉挚之思,灏瀚之气,挟之以流转,令人玩索不能尽,则其中之所存者厚,沉著者,厚之发现乎外者也。"① 从这段话来看,"重"主要在"气格",属于思想情感的范畴,有"沉挚之思,灏瀚之气"的"厚",思想深沉,情感充沛,并以吴文英词为典型。于是研究者认为"重"就是有寄托。况周颐在具体词人词作的鉴赏中也提到了"重":

> 程怀古《洺水词》颇多奇崛之笔,足当一"重"字,《四库》列之存
> 目,稍形屈抑。如《水调歌头》"日毂金钲赤"云云,此等词可医庸弱
> 之失。

(《历代词人考略》卷三十四)

这是将范畴"重"与词作直接联系的例子。程珌的《水调歌头》全文为:"日毂金钲赤,雪窦水晶寒。支机石下翻浪,喷薄出层关。半夜雌龙惊走,明日灵蛇张甲,蜚上石盘桓。多谢山君护,未放醉翁闲。 安得醉,风沘沘,露珊珊。翠云老子,邀我瑶佩驾红鸾。一勺流觞何有,万石横缸如注,虹气饮溪干。忽梦坐银井,长啸俯清湍。"这首词中奇崛瑰丽的景色与文人的逸情轻狂相映成趣。况周颐将"奇崛"与"重"相联系。况氏所说的"奇崛"与"庸弱"相反,皆属风格范畴。由此例来看,将"重"仅仅解释为寄托至少是不全面的。

再如"拙",况周颐相关的说法是:"词忌做,尤忌做得太过。巧不如拙,尖不如秃。"② 况周颐曾将"拙"比喻为"赤子之笑啼然"③,是形容自然表现的状态。"拙"亦称"质拙",况周颐曾举宋人李从周词的例子说明,他说李从周的《抛毬乐》:"绮窗幽梦乱如柳、罗袖泪痕凝似饧。"《谒金门》:"可奈薄情如此黠。寄书浑不答。"这些词句"不坠宋人风格""其不失之尖纤者,以其尚近质拙也"④。意为:李从周词中所用"凝似饧""浑不答"这类口语化词语并非出于语言的求新求奇,而是基于情感表现的"质拙"。况周颐还举周邦彦词的例子,他说清真词"天便教人,霎时厮见何妨""梦魂凝想鸳侣""多少暗愁密意,唯有天知""最苦梦魂,今宵不

---

① 况周颐:《蕙风词话》卷二,《词话丛编》,第4447页。
② 况周颐:《蕙风词话》卷五,《词话丛编》,第4517页。
③ 况周颐:《蕙风词话》卷五,《词话丛编》,第4527页。
④ 况周颐:《蕙风词话》卷二,《词话丛编》,第4449页。

到伊行""拼今生、对花对酒，为伊泪落"此类词句"愈朴愈厚，愈厚愈雅，至真之情，由性灵肺腑中流出，不妨说尽而愈无尽"，还认为这样词语要比"颦眉搔首，作态几许"的词要可贵得多。① 周邦彦的一些情词，尤其上举的词句，模拟女子的声腔口吻的第一人称描写，曾受到词论家如沈义父的诟病，而况周颐却认为这些词写出了真实的情感，是自然的表现，是朴拙的表现，应予充分肯定。

更值得注意的是对"大"的运用。况周颐在词话中很少对"大"加以解说，正如夏敬观所说"况氏但解重拙二字，不申言大字"②，因而后世对"大"的解释也分歧最大。③ 在《蕙风词话》中有一则涉及"大"的词话：

> 《玉梅后词·玲珑四犯》云："袞桃不是相思血，断红泣、垂杨金缕。"自注："桃花泣柳，柳固漠然，而桃花不悔也。"斯旨可以语大。所谓尽其在我而已。千古忠臣孝子，何尝求谅于君父哉？④

况周颐的弟子赵尊岳做了进一步解释："其谓桃作断红，垂杨初不之顾；而衰桃泣血，固不求知于垂杨，亦以尽其在我而已。以此喻家国之大，喻忠孝之忱，同非求知，自尽其我。"⑤ 有些研究者也许是看到"家国""忠孝"等字眼，认为"大就是寄托邦国大事。"其实赵尊岳的解释的重心在于"自尽其我"，也就是情感的一往无前无怨无悔。这种情感可以体现在家国等"大事"，也可以体现在男女私情的"小事"。关于这一点如果对况周颐的词学进行系统考察，尤其是考察他的唐宋词鉴赏，可以得到更为确切的印证。且看下面两个例证：

---

① 况周颐：《蕙风词话》卷二，《词话丛编》，第4428页。

② 夏敬观：《蕙风词话诠评》，《词话丛编》，第4585页。

③ 如对况周颐所说"大"的认识，吴宏一："所谓大，就是不涉纤，也就是浑成。"（《蕙风词话述评》，《清代词学四论》，台湾联经出版事业公司1990年版，第281页）黄霖："所谓大，是指才情大，托旨大，有大家的风度。"（《近代文学批评史》，上海古籍出版社1993年版，第314页）孙维城："大就是寄托邦国大事。"（《况周颐与〈蕙风词话〉研究》，黄山书社1995年版，第68页）方智范等人："大主要包含着三层意义。一是语小而不纤，事小而意厚。……二是词小而事大，词小而旨大。……三是身世之感通于性灵的寄托。"（《中国词学批评史》，中国社会科学出版社1994年版，第391—394页）

④ 况周颐：《蕙风词话》卷一，《词话丛编》，第4422页。

⑤ 赵尊岳：《蕙风词史》，《词学季刊》第一卷第四号，1934年，第77页。

《花间集》欧阳炯《浣溪沙》云："兰麝细香闻喘息，绮罗纤缕见肌肤，此时还恨薄情无。"自有艳词以来，殆莫艳于此矣。半塘僧鹜曰："奚翅艳而已，直是大且重。"苟无《花间》词笔，孰敢为斯语者。[①]

欧阳炯的这首《浣溪沙》描写男欢女爱的床笫之欢，乃纯粹的"艳词"，与家国大事丝毫无涉，那么这首词如何体现"大且重"呢？从引录的词句来看，"此时还恨薄情无"，质问语气，是词中人物情到浓处的表白。如果说"大"，正是情感之深挚。再来看另一例子：

李长孺《八声甘州·癸丑生朝》云："叹平生霜露，而今都在，两鬓丝丝。"只是霜雪欺鬓意耳，稍用曲笔出之，不失其为浑成。词之要诀曰：重、拙、大，李词云云，有合于"大"之一字，大则不纤，非近人小慧为词者比。[②]

李长孺的这首《八声甘州》抒发人生苦短、老之将至的慨叹，词人的深沉感情跃然纸上。这种情感不纤弱，不刻意曲折，这样的表达也符合况周颐所说的"大"。

以上两首词既无寄托，亦无邦国大事，却都被解说为"大"，可见王鹏运、况周颐所说的"大"应与寄托邦国大事没有直接关系。

况周颐评论元代刘秉忠词作的风格云："真挚语见性情，和平语见学养。近阅刘太保《藏春词》，其厚处、大处亦不可及。"[③]可见"真挚语见性情"即是"大"。况周颐又云："作词须知'暗'字诀。凡暗转、暗接、暗提、暗顿，必须有大气真力，斡运其间，非时流小惠之笔能胜任也。"[④]"大气真力"与"真挚语见性情"意涵相通；以"大气真力"与"小惠之笔"相对，"小惠之笔"即为"纤"，"纤"即"大"的对立面。以此再来看况周颐对欧阳炯《浣溪沙》和李长孺的《八声甘州》的评说：欧阳炯词虽然"艳"，但写出了用情之专；李长孺词"稍用曲笔出之，不失其为浑成"，

---

① 况周颐：《蕙风词话》卷二，《词话丛编》，第4424页。

② 况周颐：《餐樱庑词话》，《两宋词人小传》引，《况周颐词话五种（外一种）》，孙克强辑校，第213页。

③ 况周颐：《樵庵词跋》，《四印斋所刻词》。

④ 况周颐：《蕙风词话》卷一，《词话丛编》，第4413页。

为"大"；如果用"曲笔"玩弄技巧，就是"小慧"，就是"纤"。况周颐以此为例说明了"大"与"纤"的区别。总体来看"真挚语见性情""大气真力"无疑是"大"的诠释。

在况周颐的词学范畴概念中，除了"重、拙、大"之外，"自然从追琢中出"这个命题也值得高度重视。这个概念接受于王鹏运，贯穿于况氏词学的始终，又作为词学家法传授于衣钵弟子赵尊岳。况氏的《餐樱词自序》谈到王鹏运对他词学的影响："己丑薄游京师，与半塘共晨夕。半塘于词夙尚体格，于余词多所规诫，又以所刻宋元人词，属为斠雠，余自是得阅词学门径。所谓重、拙、大，所谓自然从追琢中出，积心领而神会之，而体格为之一变。"这篇序作于1915年，是回顾自己一生习词、治词经历的文章。文中谈及"自然从追琢中出"乃王鹏运的教导，这句话与"重、拙、大"相提并论，并产生了况周颐词学思想重大转变的重要影响，可见其意义。其后在况周颐的词学论述中，多次强调"自然从追琢中出"。如写于1918年（戊午）的《州山吴氏词萃序》中说："吾闻倚声家言，词贵自然从追琢中出。"直至晚年所写的《词学讲义》还说："填词口诀，曰自然从追琢中出，所谓得来容易却艰辛也。"况氏将"自然从追琢中出"视为"倚声家言"，视为"填词口诀"，可见他对这个词学范畴的重视。况周颐还将这个"填词口诀"传授于弟子。赵尊岳《蕙风词话跋》记载了况周颐的教诲："溯自辛酉二月，尊岳始受词学于蕙风先生……运实于虚，融景入情，出自然于追琢，声家之能事毕矣。"况周颐将"出自然于追琢"作为词学衣钵传授给了弟子，其重视程度可见。

在唐宋词的鉴赏的实践中，况周颐通过南宋词人杨泽民《玉楼春》的例子说明何为"自然从追琢中出"。杨词原文："笔端点染相思泪。尽写别来无限意。只知香阁有离愁，不信长途无好味。行轩一动须千里。王事催人难但已。床头酒熟定归来，明月一庭花满地。"况周颐评析此词云："所谓自然从追琢中出，雅近清真消息。"（《历代词人考略》卷二十）这首《玉楼春》写离愁别绪，由闺中写到旅途再回到闺中，结构安排十分讲究，但又由思绪前引，没有刻意之感。"追琢"与"自然"是一对矛盾，"追逐"表现为人为的加工，思致的刻意，结构的安排，语言修辞的雕刻等等；"自然"则反之。在况周颐看来，自然美是最高的境界，但是放任自然毫无约束也不是好的作品，一般词人的作品更是如此；"追琢"无疑会带来许多弊病，但高明的词人会将"追琢"化为无形，将人工的巧思融入自然的表现之中。况周颐"雅近清真消息"一语更值得重视，此语肯定杨泽民学习周邦彦而有成就，同时也透漏出对周邦彦词的高度评价,即周邦彦词才是"自然从追琢中出"的最高典范。况周颐曾高度评价周邦彦词:"《清真》一集,深美闳约,兼赅众长,为两宋关键。"①"宋词深致能入骨,如清真、梦窗是。"②通过上述对杨泽民及周邦彦的评论可以知晓,况周颐认为周邦彦词之所以高妙,在处理"自然"与"追琢"的关系上无人可及应是重要原因。

理论总是抽象枯燥的,而文学作品却色彩斑斓。况周颐以长于批评理论而享誉词学史,他的许多词学观点、词学范畴、词人评价、词史论断在当世及以后影响巨大。然而由于批评理论的抽象特性,也造成了解读者的不少疑惑和歧解。当我们关注于况周颐极为丰富的唐宋词鉴赏评析时,可以发现已经打开了一扇通解之门,不少问题迎刃而解,甚至还有豁然开朗之感。

---

① 况周颐:《历代两浙词人小传序》,《历代两浙词人小传》,浙江古籍出版社2012年版,第1页。
② 况周颐:《蕙风词话》卷三,《词话丛编》,第4456页。

茶商赖文政事件的性质与辛弃疾平定事件的经过

——兼析《菩萨蛮·书江西造口壁》的寓意*

中南民族大学　王兆鹏

中南民族大学　肖　鹏

辛弃疾平定茶商赖文政事件，是辛弃疾研究中绕不开的话题。以前有人认为赖文政之乱是农民起义，而辛弃疾镇压农民起义，自然是一大污点。于是，近年来对辛弃疾平定赖文政事件，要么避而不谈，要么闪烁其辞。有关此事的迷思误解亟需廓清，事件的真相亟需还原，因为此事不仅关乎对辛弃疾的评价，而且是辛弃疾仕途命运转折的重要节点，更是准确理解辛弃疾名作《菩萨蛮·书江西造口壁》寓意的关键。

早在 20 世纪 80 年代，台湾学者黄宽重先生就发表过《南宋茶商赖文政之乱》一文①，对辛弃疾平定赖文政事件做过深入的研究，可惜大陆学界不大关注。本文拟在黄先生研究成果的基础上，对此事件再作考订，力图还原事件的真相，进而对辛弃疾名作《菩萨蛮·书江西造口壁》的寓意做出切合作者原意的诠释。

---

*　本文为国家社会科学基金重大招标项目《唐宋文学编年系地信息平台建设》（12&ZD154）的中期成果。

①　原载《宋史研究集》第十九集。又见黄宽重：《南宋军政与文献探索》，台湾新文丰出版公司1990年版，第141—162页。

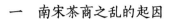
一　南宋茶商之乱的起因

南宋茶商之乱，不是一时一地的偶然事件，而是在湖广江西一带经常发生。早在高宗绍兴二十四年（1154），鼎州、澧州（今湖南常德、澧县）就发生过茶商武装团伙杀伤巡检官的事。李心传《建炎以来系年要录》载：

> （绍兴二十四年五月）丁卯，直徽猷阁、知荆南府吴坰主管台州崇道观，以坰引疾有请也。时鼎、澧茶寇猖獗，杀伤潭、鼎州巡检官，焚淑浦县。坰未受命，以忧死。左朝请大夫、荆湖北路转运判官程敦临被旨摄帅事，以策授兵马钤辖邵宏渊，且往招安，寇乃息。①

绍兴二十九年（1159），江州瑞昌及兴国军（今湖北阳新）也有茶商武装团伙出没。《建炎以来系年要录》又载：

> （绍兴二十有九年五月初四）丁巳，诏殿前司选差统制官一员，官兵千人，往江州驻札，弹压盗贼，岁一易之，以江州之瑞昌及兴国军茶寇出没故也。②

直到宁宗嘉定年间，"湖北茶商，群聚暴横"，以致湖广江西总领所专设茶商军来应对（详后）。

茶商之乱，之所以频繁发生，根源在于南宋的"榷茶"制度。宋代一直实行严格的茶叶专卖制度，商人要卖茶叶，必须购买官府出售的"茶引"，即茶叶特许经营凭证。商人凭"茶引"到茶园、茶户购买额定数量的茶叶，然后去贩卖。南宋的"茶引"，不是购买一次就可以获得长期的售卖权，而是一道一道地购买，买一道茶引，只能售卖额定数量的茶叶。据淳熙年间左司郎中李椿奏疏所言，当时每道"长引"（期限一年）的价钱是24贯多，可贩卖120斤茶叶；每道"短引"（期限半年）

① 李心传：《建炎以来系年要录》卷一百六十六，中华书局2013年版，第3157页。

② 李心传：《建炎以来系年要录》卷一百八十二，第3493页。

的价钱是 23 贯多 [①]，可贩卖 100 斤茶叶。也就是说，每卖 1 斤茶叶，官府就要收取 200 多文的税费。加上其他的"番引钱""过淮钱"以及储存运输等费用，每卖 120 斤茶叶，支付的税费高达 50 贯，平均每斤茶叶的税费达到 400 文。如果官吏违法克扣，贩茶的税费就更高。连李椿都感叹引钱实在太重，请求朝廷减半甚至减为四分之一。李椿《奏减茶引价钱疏》说：

> 臣契勘得长引每道贩茶一百二十斤，价钱二十四贯有奇；短引每道贩茶百斤，价钱二十三贯有奇。长引又有两淮、京西路番引钱，又有过淮钱，共十五贯有奇。臣累任湖南州县差遣，备见官司抑勒牙铺承买茶引，亦有违法科于税户者，提举司亦尝按发。可见茶引价高，愿买者少。窃缘榷茶与其他榷货不同，如盐矾乳香铅锡酒，皆有所榷之物，唯有榷茶止是空引。客人自行买茶，置篰搬担，费用固多，计其每引不下四五十千，委是引钱太重，商旅难于图利，遂致私贩日广，本为商贾，变而为盗，至于民被其害。若不改革以救之，其患不可胜言。臣愚欲望出自宸断，将茶引价钱痛行裁减，以救其弊。窃缘湖南北所产之茶江浙不食，臣欲乞将湖南北路茶引每道贩茶六十斤，引价钱三贯文。是长引元贩一百二十斤，今减其半；价钱元系二十四贯其半，当一十二贯，今减作三贯，是四分之一。[②]

由于茶引的价格昂贵，自愿购买的很少，于是就私下贩卖。官府检查禁止，茶贩就结伙抱团武装对抗。茶贩无利可图，难以生存，就变为盗匪。南宋史学家李心传就说："自江南产茶既盛，民多盗贩，数百为群，稍诘之则起而为盗。"[③]比李椿稍晚的袁说友，也持相同的看法。他在《宽恤茶商札子》中说：

> 臣谓比者两路之盗，皆出于茶商，因成啸聚。此徒本亦良民，岂愿流为盗贼，自取死亡！必有大不得已，起于贫穷，然后为此。朝廷要当议求

---

① 《宋史》卷一八四《食货志》："长引限以一年，短引限以半岁缴纳。"（中华书局1977年版，第4504页）

② 《全宋文》卷四五九九，第 207 册，第 272—273 页。

③ 李心传：《建炎以来朝野杂记》甲集卷十四，中华书局2000年版，第304页。

二路茶商利害,稍从宽恤,恐有利于公而不利于私者,或利太多而茶户不得以自赡者,或禁之无术而徒苛虐以害其商者,与夫茶引之贵贱,胥吏之乞觅,巡捕之邀求无厌,州县之额外科扰,凡此之类,宜降明诏,命两路茶盐司同帅臣公共体量事势,熟究利害,须公私两便,在茶商可以安业,而公家不失所利,并令画一条具,取旨施行。择其果可长久而便民者,速与行下,庶几少安茶商之心,潜弭盗窃之志。①

袁说友也认为茶商啸聚为盗,是出于不得已,原因是"茶引"太贵,再加上胥吏的盘剥、巡捕的索求、州县的额外科扰,以至于茶户、茶商无法生存。所以,他请求朝廷从制度上安抚茶商之心,消弥盗窃之志。

二　南宋茶商之乱的性质

南宋此起彼伏的茶商之乱,不是农民起义,而是有组织的类似于黑社会性质的不法行为,他们既对抗官府的茶叶缉私,也打家劫舍,祸害平民百姓。上引李椿《奏减茶引价钱疏》就说:

> 臣窃见累年以来茶寇滋盛,动辄百十为群,多至数百人,或相雠杀,或恣劫掠。前年鄂州武昌县、黄州、兴国军界茶寇两次雠杀,官司不能谁何。臣备员湖北漕臣日,曾具奏闻。去年湖南北界首茶寇数百人,雠杀者数十人,帅司遣兵收捕,捉获百余人,方始稍戢。至茶出之时,又复前来。臣赴四川任,至潭州益阳县界,正是茶寇出没去处。因询问土人,多称自茶引增价以来,客旅艰于兴贩,所以私贩公行,莫能制遏。或行劫掠居民,或夺取客人买下茶货,或强掠妇女,或押铁匠打造器甲,以致民不奠居。②

这些茶商,有时互相火并仇杀,有时肆无忌惮地抢劫居民,有时抢夺客人买下的

---

① 　袁说友:《东塘集》卷十,《景印文渊阁四库全书》第1154册,台湾商务印书馆1986年版,第260页。

② 　《全宋文》卷四五九九,第207册,第272页。

茶货,有时强掠妇女,以致民不安居。乾道九年(1173),武昌(今湖北鄂州)、黄州(今湖北黄冈)、兴国军(今湖北阳新)一带,发生过两次茶商武装火并仇杀事件。淳熙元年(1174),湖南又有茶商团伙数百人火并,杀死"数十人"。这种团伙之间的互相仇杀,俨然是黑道火并,跟追求社会公平正义的"起义"沾不上边。

这些茶商团伙的成员,有的是茶商失业者,有的是刺配逃军,也有恶少无赖之徒。绍兴二十九(1159)洪遵曾上奏:

> 瑞昌、兴国之间茶商失业,聚为盗贼。望揭榜开谕,许其自新,愿充军者填刺,愿为农者放还。[1]

乾道九年六月知荆州府叶衡称:

> 近日兴国一带多有劫盗,数百为群,劫掠舟船,往往皆系兴贩私茶之人及刺配逃军。州县虽有巡尉,力不能敌。[2]

周必大亦谓:

> 乾道七年,由从政郎改宣教郎,知常德府武陵县。每岁茶商四集,适恶少无赖相斗殴,民皆惊避,守欲调兵捕治,君请单车以祸福晓之。[3]

这些由茶商失业者、刺配逃军、恶少无赖之徒组成的茶商团伙,或"抢劫舟船",或相互斗殴,都是黑社会、恶势力的行径,压根不是农民起义。

以赖文政为首的湖北茶商之乱,自然也不是农民起义,黄宽重先生就直接点明它是"以茶商为主的叛乱",并定性说:

> 在宋代各种变乱中,以赖文政等人的叛乱比较特殊。它的组成份子

---

① 《宋史》卷三七三《洪遵传》,第11566页。
② 《宋会要辑稿·兵》一三之捕贼三,刘琳等校点,上海古籍出版社2014年版,第8866页。
③ 周必大:《文忠集》卷七三,《朝议大夫直秘阁广西转运判官彭府君汉老墓志铭》,《景印文渊阁四库全书》第1147册,第773页。

不是农民，称不上农民暴动，也不是兵卒，不属于军变，而是一般以贩茶叶为主的私商。……赖文政的叛乱，是宋代茶法下，以私贩为主的抗议行动。本身并没有推翻现政权的意图，也没有提出足以号召人心的口号或纲领，与一般的民变并没有实质上差异。①

黄先生的定性，平实可信。南宋罗大经的记载可为佐证：

> 淳熙间，江湖茶商相挺为盗，推荆南茶驵赖文政为首。文政多智，年已六十，不从，曰："天子无失德，天下无他衅，将以何为？"群凶不听，以刃胁之，黾勉而从。②

赖文政是湖北荆南的茶叶经纪人，足智多谋，本不想为盗匪，但被其他茶商胁迫，只好依从。作为首领的赖文政，不是农民，他的队伍也不是农民，而是茶商。所以，赖文政之乱，不是农民起义，而是茶商组织的武装叛乱。

三 "茶商军"是官军而不是指茶商团伙

学界常将茶商赖文政的武装团伙称为"茶商军"。如邓广铭先生《辛稼轩年谱》即谓淳熙二年六月"稼轩出为江西提点为刑狱，节制诸军，进击茶商军"，七月初，"至江西赣州就提刑任，专意'督捕'茶商军"。③后来学界多沿此说。其实，这是误解。

所谓"茶商军"，原本是指专门对付茶商叛乱的官军，与辛弃疾在湖南组建的飞虎军、广东的摧锋军性质类似。"茶商军"一词，始见于刘克庄《丞相忠定郑公行状》：

> 湖北茶商，群聚暴横。公白总曰："此辈皆精悍，宜籍为兵，可弥变，亦可御敌。"总行其策，招刺令下，趋者云集，号曰茶商军，至今赖其用。④

---

① 黄宽重：《南宋军政与文献探索》，第141、156页。
② 罗大经：《鹤林玉露》甲编卷二，中华书局1983年版，第36—37页。
③ 邓广铭：《辛稼轩年谱》，上海古籍出版社1979年版，第42—43页。
④ 刘克庄：《后村先生大全集》卷一百七十，《四部丛刊》本，商务印书馆1922年影印。

又见《宋史》卷四一四《郑清之传》：

> 湖北茶商群聚暴横，清之白总领何炳曰："此辈精悍，宜籍为兵，缓急可用。"炳亟下召募之令，趋者云集，号曰"茶商军"，后多赖其用。①

无论是行状，还是《宋史·郑清之传》，意思都很清楚：湖广江西总领所准备差遣郑清之，见湖北茶商常常群聚暴乱，于是向总领何炳建议，将那些"精悍"而经常暴乱的茶商招募收编为军队，以应对时常横暴叛乱的其他茶商。何炳接受了郑清之以暴制暴之计，立即下令召募，结果响应者云集，于是将这支军队称为"茶商军"。其时在宁宗嘉定十四年（1221）前后。②

刘宰《鄂州建衙教场勤武堂记》曾提及茶商军，可与刘克庄《丞相忠定郑公行状》《宋史·郑清之传》相互印证：

> 迩者有诏，以舟师之在鄂者，隶鄂州，以总领财赋所创招亲效、强勇、茶商诸军，隶制置司。而制置司又自建帐前一军。③

刘宰明言，茶商军和强勇军、亲效军，都是湖广总领财赋所创建。这与《宋史·郑清之传》所载一致。魏了翁《直焕章阁淮西安抚赵君纶墓志铭》也提及：

> 更白置制使留茶商、忠效一军补兵籍。④

意思是建议置制使留下茶商军、忠效军以补兵籍。由此看来，茶商军原来是在兵籍之外的临时军队。

---

① 脱脱等：《宋史》卷四一四，第12419页。

② 何炳任湖广江西总领财赋，在嘉定十三年至十七年（1220—1224）（参李之亮《宋代路分长官通考》，巴蜀书社2003年版，第93页）。而郑清之嘉定十年才登进士第，先调峡州教授，后调湖广总领所准备差道、国子监书库官，十六年迁国子学录（《宋史》卷四一四《郑清之传》，第12419页）。嘉定十六年郑清之已由国子监书库官迁为国子学录，他在湖广总领任职，当在嘉定十三年、十四年之间。

③ 刘宰：《漫塘集》卷二一，《景印文渊阁四库全书》第1170册，第574页。

④ 魏了翁：《重校鹤山先生大全文集》卷七三，《四部丛刊》本，商务印书馆1922年影印。

《续文献通考·兵考》立有"茶商军"条目,与"忠勇军""忠义军""忠顺军"并列,其史料来源是《宋史·郑清之传》:

> 茶商军。宁宗时,湖北茶商群聚暴横,峡州教授郑清之白总领何炳曰[①]:"此辈精悍,宜籍为兵,缓急可用。"炳亟下召募之令,趋者云集,号曰茶商军。后多赖其用。[②]

很显然,《续文献通考》也是把茶商军视为官军。所以,不能把原本是对付茶商团伙的"茶商军"移称茶商团伙。将茶商赖文政团伙称为"茶商军",容易给人造成茶商武装团伙是比较正规的起义军的错觉。

四 辛弃疾平定赖文政的经过与策略

孝宗淳熙二年(1175)四月,以荆南(今湖北荆州)茶商赖文政为首的武装团伙,不仅在当地为盗,而且攻入湖南、江西,大败官军,弄得朝野震动。《宋史·孝宗本纪》载:

> (淳熙二年四月)茶寇赖文政起湖北,转入湖南、江西,官军数为所败,命江州都统皇甫倜招之。[③]

赖文政的队伍先从常德(宋属荆湖北路,今属湖南省)起事[④],不久就转入湖南。五月[⑤],朝廷调派宋金前线的正规军前往镇压,也无济于事。权兵部侍郎周必大上奏

---

① 谓郑清之时为"峡州教授",误。郑实为湖广江西财赋总领所准备差遣,见《宋史》卷四一四《郑清之传》,第12419页。

② 《续文献通考》卷一百二十七,浙江古籍出版社1988年版,第3925页。

③ 脱脱等:《宋史》卷三四,第659页。

④ 赖文政起事的具体地点史无明载,唯《重修琴川志》卷八《钱佃传》谓:"时盗赖文政起武陵,朝廷调兵讨之。"(孙应时等:《至正重修琴川志》,方志出版社2013年版,第79页)武陵,即常德府,宋属荆湖北路,今属湖南省。黄宽重先生考订后认为是在湖北湖南交界的龙阳、湘阴、平江、益阳等地。参黄宽重:《南宋军政与文献探索》(第142页)。按南宋龙阳县,属荆湖北路常德府。

⑤ 《宋史》卷三四《孝宗纪》:"五月……庚子,命鄂州都统李川调兵捕茶寇。"(第659页)

孝宗：

> 臣旧闻鄂州一军最号精锐有纪律者。今夏统制解彦详、统领梁嘉谋、张兴嗣将三千人收捕茶寇，其间一胜一负，所不能免，但闻师行无法，至有十百为群，逃窜而归者。①

赖文政只有四百来人②，而官军有三千人，却只能打个平手。朝廷的正规军，不仅没有扼住茶商武装的势头，反而百十为群地逃窜。此时南宋官军纪律之涣散、战斗力之孱弱，可见一斑。

六月，赖文政团伙攻入江西吉州永新县，占禾山险要之地为据点③。江西安抚使汪大猷派江西副总管贾和仲率数路之兵前往讨捕，结果也被赖文政打得落花流水。楼钥《汪公行状》载：

> 五月，茶寇赖文政等起湖北，自湖南向江西，帅司即令境上防托，江西所恃惟赣、吉将兵，亟遣未及，而贼已入境，与吉兵遇，一使臣死之。以湖南曾戕官军，至此又小胜，止为逃死之计，遂据禾山洞。公（汪大猷）遣副总管贾和仲总数州之兵以讨之，和仲老将，意颇轻敌……一到贼垒，暮夜驱迫将士入山，反为所覆，不可复用。又遽遣约降，至折箭为誓，人知其为诈，而不寤。贼立旗帜为疑兵，由鸟道窜去，两日而后知之。④

老将贾和仲，率兵到达茶商武装所在的禾山后，连夜指挥将士入山搜捕，因不熟悉地形，反被茶商击溃。贾和仲改用招安之策，而茶商武装又诈降，虚立旗帜为疑兵，

① 周必大：《文忠集》卷一三八《论军士纪律》，《景印文渊阁四库全书》第1148册，第532—533页。

② 淳熙二年八月一日周必大又面奏孝宗说："姑以近日茶寇言之，四百辈无纪律之夫，非有坚甲利兵也，又非有奇谋秘画也，不过陆梁山谷间转劫求生耳。"（《文忠集》卷一三七《论任官理财训兵三事》，《景印文渊阁四库全书》第1148册，第527页）

③ 《宋会要辑稿·兵》一三之《捕贼三》载："（淳熙）二年六月十九日，诏：'茶贼于吉州永新县界禾山等处藏匿，已令王琪、皇甫倜遣兵将搜捕。'"（第8867页）

④ 楼钥：《攻媿集》卷八十八《敷文阁学士宣奉大夫致仕赠特进汪公行状》，《四部丛刊》本，商务印书馆1922年影印。周必大《文忠集》卷六七《敷文阁学士宣奉大夫赠特进汪公大猷神道碑》亦载："二年，湖北茶寇赖文政转劫湖南，入江西，据永新禾山洞。公遣宿将贾和仲帅师讨之，和仲轻敌，败衄。"（《景印文渊阁四库全书》第1147册，第712页）

由小路遁去,过了两天才被发现。贾和仲因兵败被贬,汪大猷也因此降官。①

朝廷先后调换三任提刑、动用上万兵力围剿,也没能控制局势。权兵部侍郎周必大说:

> (茶寇)四百辈无纪律之夫,……自湖北入湖南,自湖南入江西,今又睥睨二广,经涉累月,出入数路,使帅守、监司、路分将官稍有方略,用其所部之卒,自可殄灭。顾乃上烦朝廷,远调江鄂之师,益以赣、吉将兵,又会合诸邑土军弓手,几至万人,犹未有胜之之策。但闻部总管失律,帅臣拱手,提点刑狱连易三人,其他将副巡尉奔北夷伤之不暇。小寇尚尔,倘临大敌,则将若何?②

彭龟年也说:

> 某窃见去年茶寇方盛时,江鄂大军、诸路禁军、土军、弓手、百姓保甲,动以万计。所支钱粮,皆有朝旨,不拘是何项官钱应副,乏与者例有重罚。③

江鄂大军、诸路禁军、地方土军等多兵种联合作战,居然打不垮这支茶商武装。

朝廷见事态难以控制,由宰相叶衡推荐,于六月十二日辛酉任命"仓部郎中辛弃疾为江西提刑,节制诸军,讨捕茶寇"④。辛弃疾受命后,大约在七月中旬到达江

---

① 《宋史》卷三四《孝宗本纪》:"八月丙辰,江西总管贾和仲以捕茶寇失律除名,贺州编管。"(第659页)另参周必大《文忠集》卷六七《敷文阁学士宣奉大夫赠特进汪公大猷神道碑》:"而公先自劾和仲丧师,七月降龙图阁待制,又降集英殿修撰,罢帅事。十月,落职南康军居住。"(《景印文渊阁四库全书》第1147册,第712页)

② 周必大:《文忠集》卷一三七《论任官理财训兵三事》,《景印文渊阁四库全书》第1148册,第527页。

③ 彭龟年:《止堂集》卷十一《上漕司论州县应副军粮支除书》,《景印文渊阁四库全书》第1155册,第864页。

④ 《宋史》卷三四《孝宗本纪》,第659页。另参《宋史》卷四百一《辛弃疾传》:"叶衡雅重之。衡入相,力荐弃疾慷慨有大略。召见,迁仓部郎官、提点江西刑狱。"(第12162页)

西提刑司治所赣州①，专力督捕茶商武装。辛弃疾《去国帖》说：

> 弃疾自秋初去国，倏忽见冬。詹咏之忱，朝夕不替。第缘驰驱到官，即专意督捕，日从事于兵车羽檄间，坐是倥偬，略无少暇。②

辛弃疾到达赣州后，经过缜密侦察，了解具体战况后，采取了三大策略来扭转战局：

一是重兵围困。茶商武装利用山深险阻，打游击战。辛弃疾吸取正规军背负铠甲不利于山中作战的教训③，用正规军扼守要道，而用弓兵土军及大量民兵将茶商武装围困山中，以消耗断绝其给养，迫使出山。果然，茶商武装无法在吉州山中久呆，被迫向岭南逃窜。

二是多路伏击。茶商武装向南窜入广东、江西交界处后，被广东提刑林光朝率领的精锐之师摧锋军迎头痛击，其势始衰。④只好折回江西。八月底，赖文政等从安福逃到萍乡，辛弃疾派鄂州军统制解彦祥率部围剿，茶商武装死伤甚多，又折回逃至安福高峰寺，辛弃疾又派遣土豪彭道到高峰寺合力搜捕。从此，茶商武装大势已去，遂逃至赣州兴国县作最后挣扎。参加过此次围剿行动的彭龟年有详细记载：

> 某时亦效职军前，颇知其事。是年八月二十六日，贼自安福，由良子坑过萍乡，卜于大安之龙王祠，不得卜，遂以其众潜于东冈之周氏家。二十九日，解彦祥令四兵侦探，遇寇渔于周氏之塘，二人为寇所杀，二人

---

① 李心传《建炎以来系年要录》卷一七六：绍兴二十七年三月壬午，"诏江西提刑司依旧还赣州，节制赣、吉官兵，措置汀、漳盗贼"（第3373页）。另参见李昌宪：《中国行政区划通史·宋西夏卷》，复旦大学出版社2007年版，第73页。

② 邓广铭：《辛稼轩年谱》，第42—43页。

③ 楼钥《攻媿集》卷八十八《敷文阁学士宣奉大夫致仕赠特进汪公行状》说："贼亡命习险阻，常隐丛薄间，弓矢所不及。官兵驱逐，接战十余，杀伤相当。多窜遇于狭隘之处，交锋者不过数人，余已遁去，不知踪迹。使荷戈被甲之士与之追逐，虽欲列阵并力，有所不可。"（《四部丛刊》本，商务印书馆1922年影印）

④ 《宋会要辑稿·兵》一九之军赏二："（淳熙三年）七月十七日，诏：'摧锋军昨捕茶寇经战官兵共七百五人。首先入贼寨立功并当阵首戮贼级及躬亲捕获贼徒人，各特与转补两官资；曾经战阵杀退贼徒第一等官兵，特与转一官资。并于正职名上收使。阵前金鼓手、第二等官兵各支折钱三十贯文。内阵亡人依例推恩。'"（第9015页）又《宋会要辑稿·兵》一三之捕盗三："（淳熙二年闰九月二十八日）上曰：'……广东提刑林光朝不肯避事，躬督摧锋军以过贼锋，志甚可嘉。'"（第8867页）

脱走归报，乃管界巡检马熙所辖也。解知寇处，因以马熙之兵为向导，亲提其众，即东冈与贼阵于周氏之门前田中。田皆淤泥，仅有径阔尺余，寇据田上，我兵弓弩并发，一寇长而髯者，奋身前格，彦祥一箭中之，寇坠淤泥中，兵因剁其首。已而又毙一寇无唇者。贼气遂索，我兵大振，自巳战至申酉，凡获十二级，贼稍稍引却。日昏乃遁。马熙袭之，贼自赤竹凹复入安福高峰寺，解以其众自萍乡之楼下越宜春仰山，复过安福讨贼，贼已从永新迤逦南奔向兴国矣。方贼去萍乡时，某以宪檄，捕寇于安福之白云寺。去高峰二十里，某至白云时，寇新退，询之土人，皆云贼留高峰三日，被创者四五十人，疲不能起者，往往自毙之，而行小山。有土豪彭道以辛宪命往捕，因大搜高峰山中，得数尸木叶下，皆被重创而死，人始知茶寇衅于萍乡，亦不细也。此贼自起湖南，与官军接屡矣，官军可数者，仅有三四胜，其大者摧锋败之岭南，而势始衰。解彦祥却之萍乡，而力始困。①

"宪檄"，指提刑辛弃疾的命令。宪，提刑的省称。"辛宪"，即辛弃疾。茶商武装逃到兴国后，已是山穷水尽，只剩百余人苟延残喘，随时准备投降。

第三步，招安诱降。赖文政等逃到兴国后，只剩百余人苟延残喘，随时准备投降。辛弃疾派遣兴国县尉黄倬前往招安，茶商武装全部投降。周必大《汪公大猷神道碑》载：

> 贼蹙，欲降。公与提刑辛弃疾议，遣兴国尉黄倬持檄招谕。……而贼迄就降，诛之。②

---

① 彭龟年：《止堂集》卷十一《论解彦祥败茶寇之功书》，《景印文渊阁四库全书》第1155册，第868页。

② 周必大：《文忠集》卷六七《敷文阁学士宣奉大夫赠特进汪公大猷神道碑》，《景印文渊阁四库全书》第1147册，第712页。黄倬招安事，又见叶适《水心文集》卷一八《华文阁待制知庐州钱公墓志铭》。墓志载钱之望"差江西帅属。赖文政反，前帅龚参政茂良自上，以贼委公。公荐黄倬可用，为方略授之，立擒文政。改官增秩，公奏：'赏倬宜厚，臣滥恩也，可损。'上多公让，从之。"（《叶适集》，中华书局1961年版，第342页）

楼钥《汪公行状》所载更详：

> 初就招安，列六百余人，后止余百辈。则知所丧已多。势既已穷，而有许拔身自首指挥，间有禽获者，亦言本非凶逆，若开其生路，必来降矣。遂以小榜具载指挥，募人入贼。贼云："望此久矣，苟得晓事文官来，即当随往。"提刑辛弃疾同议，遣士人借补以行。而公已罢。尽复逃去。未几，兴国尉黄倬请行，正合前说。遂降。①

赖文政残部投降后，辛弃疾诱而诛之。②历时半年的茶商之乱，至闰九月，终于被辛弃疾平息。

五 辛弃疾平叛后的仕途转折与心态变化

辛弃疾因平定赖文政之乱有功而被旌赏，除秘阁修撰（从六品）。升官晋级，固然重要，更为重要的是辛弃疾在平叛中表现出的非凡谋略，得到孝宗皇帝的高度认可。绍兴三十二年（1162），辛弃疾南归时生擒叛徒张安国的壮举，已得到孝宗的赏识，洪迈就说过"壮声英概，懦士为之兴起，圣天子一见三叹息，用是简深知"③。所谓"简深知"，即得到皇帝的赏识信任。这次成功平叛，更加深了孝宗皇帝对辛弃疾的良好印象。辛弃疾的加官晋级，是由孝宗皇帝亲自提议的。《宋会要辑稿》载：

---

① 楼钥：《攻媿集》卷八十八《敷文阁学士宣奉大夫致仕赠特进汪公行状》，《四部丛刊》本，商务印书馆1922年影印。

② 《宋史》卷三四《孝宗本纪》："是月，辛弃疾诱赖文政杀之，茶寇平。"（第660页）罗大经《鹤林玉露》甲编卷二《盗贼脱身》谓被诛的赖文政是替身，真正的赖文政脱逃："自古盗贼，如黄巢、侬智高，败绩之后，皆能脱身自免。……（赖）文政知事必不集，阴求貌类己者一人，曰刘四，以煎油粿为业，使执役左右。辛幼安为江西宪，亲提死士与之角。因屈请降，文政先与渠魁数人来见，约日束兵。既退，谓其徒曰：'辛提刑瞻视不常，必将杀我。'欲遁去，其徒不可。则曰：'宁断吾首以降，死先后不过数日耳。'其徒又不忍，乃斩刘四之首，使伪为己首以出，而文政竟遁去，官军迄不知其首级之伪也。"（中华书局1983年版，第36—37页。）

③ 洪迈：《稼轩记》，载祝穆《古今事文类聚》前集卷三六，《景印文渊阁四库全书》第925册，第601页。

（淳熙二年闰九月）二十四日，上谓辅臣曰："江西茶寇已剿除尽，皇甫倜虽有节制指挥，未及入境，辛弃疾已有成功，当议优与职名，以示激劝。自余立功人，可次第推赏。"①

（同月）二十八日，宰执进呈："昨茶寇自湖北入湖南、江西，侵犯广东，已措置剿除，理宜黜陟。"上曰："辛弃疾捕寇有方，虽不无过当，然可谓有劳，宜优加旌赏。"……于是诏江西提刑辛弃疾除秘阁修撰。②

孝宗充分肯定辛弃疾"捕寇有方"，表明他对辛弃疾平叛过程和才干谋略有充分了解。这为辛弃疾后来的仕途晋升打下了良好的基础。

平叛之前，辛弃疾一直沉沦下僚，不是做州府的通判，就是做普通知州，虽两度在朝廷任职，也只是司农寺主簿、仓部郎官而已。平叛之后，辛弃疾的仕途出现转机。淳熙三年（1176），调任京西转运判官，次年，就差知江陵知府兼荆湖北路安抚使，随后迁知隆兴府兼江西路安抚使、知潭州兼湖南路安抚使，做到了执掌一方的帅臣。平叛两年后，辛弃疾就升迁至安抚使，不能不说是平叛之功的后续效应。

平叛之后，辛弃疾因功受赏，更激发起对未来的信心与希望。他当时写有《菩萨蛮》词表露心迹：

> 功名饱听儿童说。看公两眼明如月。万里勒燕然。老人书一编。
> 玉阶方寸地。好趁风云会。他日赤松游。依然万户侯。

词写剿灭茶商叛乱后，赣州城内城外，人们都在传说着他的剿匪故事。他开始幻想着"好趁风云会"，做张良那样的帝王师，挥师北伐，一统河山，勒石燕然，建不世之功，官封万户侯。

出任湖北、江西、湖南安抚使，是后来之事。可淳熙三年，他在赣州期盼中等来的官职，并不是他期待的回朝执掌兵权，也不是在地方上做帅臣，而是到湖北襄阳任京西转运判官，依旧是无法施展军事谋略和政治抱负的文职官员，这让辛弃疾相当失望。期望越高，失望越深。满心的期待变成了深深的失落。淳熙三年秋

---

① 《宋会要辑稿·兵》一九军赏二，第9014页。

② 《宋会要辑稿·兵》一三捕贼三，第8867页。

天,他离开赣州北上去襄阳任职,途经造口时 ①,怀着落寞失望的心情,写下了名作《菩萨蛮·书江西造口壁》:

> 郁孤台下清江水。中间多少行人泪。西北望长安。可怜无数山。
> 青山遮不住。毕竟东流去。江晚正愁予。山深闻鹧鸪。

六 《菩萨蛮·书江西造口壁》的寓意

《菩萨蛮·书江西造口壁》的创作时间节点,是在平叛立功受赏之后,离开赣州北上任职途中。创作此词时,词人的心理经历了大起大落的变化,最初充满了狂喜和骄傲,心理期望值很高,对未来充满了梦想。但新任命下来之后,心头又交织着失落和不满、怅惘和焦虑。了解了词人的创作心理,我们就可以明白,这首词其实是表现英雄不遇的感怆和时不我待的焦虑,词中的滔滔江水,并不是表现什么历史潮流不可抗拒;重重迭迭的青山,也不是影射那些苟且偷安的朝廷投降派以及各种阻碍抗金斗争的反动势力。下面逐句解析词中寓意。

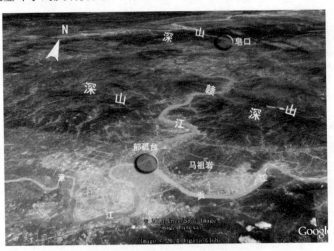

图1　郁孤台与皂口(造口)位置地形图
（图片来源于 Google 卫星地图）

---

① 此词的创作时间和地点,有不同的说法。或认为作于初到赣州时,或认为作于造口,笔者将另文考订。

造口是赣江边上一处驿站，位于吉州万安县（参图 1）。"造口壁"，即造口的驿壁。①赣江自南而北流入长江，是北上襄阳的必经之路。辛弃疾自赣州北上，乘船来到造口驿，站在江边，望着眼前的大江，很自然从来处落笔，即从郁孤台写起。郁孤台在赣州旧城西北的赣江边上，台前是章水和贡水的汇合之处（章、贡二水汇合为赣江）。"郁孤台下清江水"的清江，就是指赣江。他离开赣州前不久，还登临过郁孤台。望着台下的江水，他不觉黯然神伤，像无数的行人过客一样，禁不住潸然泪下。古人登高望远，本易产生去国怀乡的情绪。盛唐时期的崔颢离开家乡河南，来到武汉，登上黄鹤楼时，尚且流露出"日暮乡关何处是，烟波江上使人愁"的感慨，何况是经历了希望与失望的英雄辛弃疾呢！他早年在南京，登赏心亭时，就曾浩叹"落日楼头，断鸿声里，江南游子。把吴钩看了，栏干拍遍，无人会、登临意"②。如今登上郁孤台，想起离开故乡山东来到江南已是十有余年，挥师北上一统中原的理想尚遥遥无期，去国怀乡的人生感慨自然会更加强烈。唐宋词人又常常以水喻愁，从李煜的"问君能有几多愁：恰似一江春水向东流"③，到欧阳修的"离愁渐远渐无穷，迢迢不断如春水"④，再到秦观的"便做春江都是泪，流不尽，许多愁"⑤，都是宋人熟悉的名句。辛弃疾见郁孤台下清江水，自然从心底流出"中间多少行人泪"之句。"行人泪"，与同时所作《菩萨蛮》的"西风都是行人恨，马头渐喜归期近"的"行人恨"是同一意思⑥。"行人"，即远行之人。辛弃疾曾为江西转运副使钱佃（仲耕）调任婺州而写过一首送别词，词中说："西江水，道是西江人泪。无

<hr />

① 造口，一作"皂口"。与辛弃疾同时的杨万里，曾到过造口驿，并有诗纪游。淳熙七年（1180），杨万里被任命广东提举常平，他从家乡吉州出发，乘船沿赣江南下，过太和、万安、赣州、南康、越过大庾岭，取道南雄、韶州、英州，最后抵达广州。经过万安县的皂口，杨万里先后写有《过皂口》《宿皂口驿》《晚过皂口岭》《晨炊皂径》四首诗，其中《晚过皂口岭》写道："夜渡惊滩有底忙，晓攀绝磴更难当。周遭碧嶂无人迹，围入青天小册方。"（《杨万里集笺校》卷十五，辛更儒笺校，中华书局2007年版，第753页）

② 辛弃疾：《水龙吟·登建康赏心亭》，《稼轩词编年笺注》，邓广铭笺注，上海古籍出版社2007年版，第35页。

③ 李煜：《虞美人》，李璟、李煜：《南唐二主词笺注》，王仲闻校订，陈书良、刘娟笺注，中华书局2013年版，第25页。

④ 欧阳修：《踏莎行》，《欧阳修词校注》，胡可先、徐迈校注，上海古籍出版社2015年版，第57页。

⑤ 秦观：《江城子》，《淮海居士长短句笺注》，徐培均笺注，上海古籍出版社2008年版，第63页。

⑥ 辛弃疾：《菩萨蛮》，《稼轩词编年笺注》，邓广铭笺注，第106页。

情却解送行人，月明千里。"① 这个"行人"，也是远行之人；"西江水"，也是赣江之水。《菩萨蛮》词"中间多少行人泪"的"行人"是自指，其时辛弃疾正从江西赣州去一千多公里外的湖北襄阳任职，故自称"行人"。

造口，还见证过一段屈辱的历史。建炎三年（1129）冬，隆祐太后被金兵追击，逃到万安造口一带。她率领六宫女眷，携带着赵氏祖宗神主及二帝御容，坐御舟沿赣江逆流南下。神主是祭祀用的祖宗牌位，御容是皇帝的画像，是朝廷皇权的象征。加上内藏库的大量金帛细软，有护卫禁军随行，所以金兵穷追不舍，几度赶上隆祐太后，太后身边的大批卫兵四散逃亡，众多宫女死伤枕藉，随身携带的金银财宝丧失殆尽。② 一国的至尊太后，最后连扈从的侍卫、太监、宫女都没有，在造口渡匆匆舍舟登岸，让山民抬着轿子逃命。这种落难的悲惨情景，对于辛弃疾这样情感激烈的英雄志士来说，刺激是强烈的。所以，"行人泪"中，不仅是过往行客的旅途辛酸，也应该包含着这段国耻。③

让辛弃疾流泪的，也许不止这些。辛弃疾平定茶商叛乱、杀伐用兵之际，看到山区的百姓困苦不堪，因走投无路，而不得不铤而走险去犯罪，这让他流泪；他日

---

① 辛弃疾：《西河·送钱仲耕自江西漕移守婺州》，《稼轩词编年笺注》，邓广铭笺注，上海古籍出版社2007年版，第91页。

② 徐梦莘《三朝北盟会编》卷一百三十五：建炎三年十一月二十三日丁卯，"隆祐皇太后自吉州进幸虔州（旧校云：《朝野杂记》：高宗自金陵将幸浙西避狄，请隆祐皇太后奉祖宗神主往南昌，六宫百司皆从。时庶事草创，六宫暨先朝旧人通不满四百人。后房薄南昌，卫尉皆溃，太后仓卒南去。后与贤妃皆村夫打轿而驰，六宫死亡散失者甚众）。隆祐皇太后离吉州，至生米市，有人见金人已到市中者，乃解维夜行，质明至太和县。又进至万安县。兵卫不满百人，滕康、刘珏、杨惟忠皆窜山谷中，惟有中官何渐、使臣王公济、快行张明而已。金人追至太和县，太后乃自万安县至皂口，舍舟而陆，遂幸虔州"（上海古籍出版社1987年版，第979页）。李心传《建炎以来系年要录》卷二十九亦载是日"金人犯吉州，知州事、直龙图阁杨渊弃城去。隆祐皇太后离吉州至争米市，虏道兵追御舟。有见金人于市者，乃解维夜行。质明，至太和县。舟人耿信反，龙神卫四厢都指挥使杨惟忠所领卫兵万人皆溃。其将傅选、司全、胡友、马琳、杨皋、赵万、王琏、柴下、张拟等九人，悉去为盗。乘舆服御物皆弃之，钦先、孝思殿神御颇有失者。内藏库南廊金帛为盗所攘，计直数百万。宫人失一百六十人。惟忠与权知三省枢密院滕康、刘珏皆窜山谷中。兵卫不满百，从者惟中官何渐、使臣王公济、快行张明而已。金人追至太和县，太后乃自万安舍舟而陆，遂幸虔州。后及潘贤妃皆以农夫肩舆，宫人死者甚众"（第675页）。罗大经《鹤林玉露》甲编卷三亦载："隆祐太后避难，御舟泊庙下。一夕，梦神告曰：'速行，虏至矣！'太后惊寤，即命发舟指章贡。虏果蹑其后，追至造口，不及而还。"（第47页）

③ 罗大经《鹤林玉露》甲编卷一录辛弃疾《题江西造口词》后云："南渡之初，虏人追隆祐太后御舟至造口，不及而还。幼安因此起兴。'闻鹧鸪'之句，谓恢复之事，行不得也。"（第13页）

夜期盼着攘外，抗击金兵收复中原，朝廷却让他安内，剿杀叛乱的平民百姓。攘外即是安内，不安内便没有机会攘外。无奈的安内，让他流泪；他满心期待平定茶商叛乱之后，能获得朝廷的重用赏识，从而走上更大的政治舞台，经略中原，平定天下，从头收拾旧河山，最终得到的却是掌管地方漕运的文职。理想的失落，让他愁怀难解。这一切，都让他禁不住感叹，江水变成了行人的泪水、自己的泪水。

在赣江江边，流下"行人泪"后，词人为何"望"起"西北""长安"来了？这个长安，并不是代指沦陷的中原。郁孤台，在唐代曾被改名为望阙台。据南宋祝穆《方舆胜览》记载："郁孤台，在丽谯坤维，隆阜郁然，孤起平地数丈，冠冕一郡之形势，而襟带千里之江山。唐李勉为虔州①刺史，登临北望，慨然曰：'余虽不及子牟，而心在魏阙一也。郁孤岂令名乎？'改为望阙。"②赣州在隋唐北宋时期称虔州，南宋绍兴年间才改名赣州。望阙，即望京华、怀朝廷之意。身在江湖，心存魏阙，是唐宋诗人词家常用的典故。语出《庄子》："中山公子牟谓瞻子曰：身在江海之上，心居乎魏阙之下。"范仲淹《岳阳楼记》所说的"居庙堂之高则忧其民，处江湖之远则忧其君"，就是由此变化而来。辛弃疾登临赣州郁孤台，自会联想到唐代虔州刺史李勉，联想到心存魏阙的子牟。所以"西北望长安"，词人遥望的是大宋的宫阙，也就是朝廷。"长安"，既指代北宋故都汴京，也指代南宋朝廷所在的临安。有的版本此句作"东北是长安"③，南宋朝廷所在地临安，地理位置正在造口东北方向，颇合遥望临安朝廷之意。

"可怜无数山"，意为遥望朝廷，可惜被无数层层叠叠的远山遮住视线，无法看到。主观愿望与客观现实之间存着矛盾和遗憾。群山遮目，望帝都而不见，既是写眼前的实有风景，也委婉表达了词人内心的抱怨。这两句的用意，与李白《登金陵凤凰台》"总为浮云能遮日，长安不见使人愁"诗意近似。辛弃疾绝顶聪明，什么难听话都没有说，什么牢骚也没有发，但失望与抱怨的意思都包含在里面了。什么叫怨而不怒，什么叫沉郁顿挫，可于此处体会。

辛弃疾此行是去襄阳任职，于是又自然地联想起唐人崔湜《襄城即事》的诗句："子牟怀魏阙，元凯滞襄城。""为问东流水，何时到玉京？"④元凯是西晋著名

---

① 虔州，南宋改名为赣州。
② 祝穆：《方舆胜览》卷二十，中华书局2003年版，第356页。
③ 《景宋本稼轩词甲集》，吴昌绶、陶湘：《景刊宋金元明本词》，中国书店2010年影印版，第635页。
④ 《全唐诗》卷五十四，上海古籍出版社1986年版，第163页。

政治家、军事家杜预的字,曾长期驻守襄阳。崔诗中的"何时到玉京",十分切合辛弃疾此时的心情。于是,辛弃疾就因势写出过片"青山遮不住,毕竟东流去"两句。青山可以遮住视线,但终究遮不住滔滔东去的江水,挡不住自己回"玉京"朝廷的决心与希望。

流水的意象,常常跟流逝的时光关联。孔夫子就曾感叹时光如江水般地流逝:"逝者如斯夫,不舍昼夜。"辛弃疾在江边,既想到了魏公子牟,当然也会想到孔子感叹时光如水的那份焦虑。唐代诗人张九龄写诗感叹:"江流去朝宗,昼夜兹不舍。仲尼在川上,子牟存阙下。……爱礼谁为羊,恋主吾犹马。感初时不载,思奋翼无假。"[1]张九龄开大庾岭,多次往来岭南,赣州(虔州)是他经常驻足的地方。"恋主"和"思奋翼"两个关键词,就是辛弃疾当时心境的最好注脚。所以,眼前的东流水,又引发词人光阴易逝的感叹。自己的大好年华,就像江水一样流逝,难以逆转。重重青山,能遮住北望的视线,可终究遮挡不住奔流的江水,阻挡不了无情流逝的光阴。不该遮拦的偏偏遮拦,该遮拦的却反而遮拦不住。怨而不怒的骚人情怀,借此轻轻托出,却又收笔藏锋,表现得非常含蓄。词人之所以对时间如此敏感,如此焦虑,是纠结于路漫漫而修远,老冉冉其将至。他看不到希望,不知道何时才能受到朝廷重用,才能让他统帅千军万马,收复中原失地,最终实现统一祖国的梦想。词人对自己民族的热爱、对祖国统一的渴望、对朝廷的忠贞、对报答天下苍生的强烈冲动,都在他的眼泪和焦虑中流出。

词人的情绪,最终被鹧鸪的叫声拉回到现实。造口在深山之中,杨万里《晚过皂口岭》说皂口是"周遭碧嶂无人迹,围入青天小册方"[2]。周围都是莽莽苍苍的山峰岩嶂。"册方"是形容一小片地方。杨万里另一首诗《西斋睡起》也用过这个词,形容所见天空的狭小:"开门山色都争入,只放青苍一册方。"[3]辛弃疾站在皂口驿仰望蓝天,发现天空只有那么一小片可以看到,四周都被高山挡住了。大山深处,太阳落山早,更容易天黑。词人望着滔滔江水,愁思纷繁。深山里又传来鹧鸪的叫声。造口多鹧鸪,清初诗人施闰章有《从制府江行》诗可证:"棹上双江路,云迷皂

---

① 张九龄:《忝官二十年尽在内职及为郡尝积恋因赋诗焉》,熊贤汉:《张九龄集校注》卷四,中华书局2008年版,第325页。

② 杨万里:《杨万里集笺校》卷十五,辛更儒笺校,第753页。

③ 杨万里:《杨万里集笺校》卷十四,辛更儒笺校,第717页。

口西。昨宵愁不寐,恰有鹧鸪啼。"①鹧鸪的叫声类似"行不得也哥哥"。辛弃疾《添字浣溪沙·三山戏作》曾把鹧鸪和杜鹃两种鸟的叫声谐音说得很清楚:"绕屋人扶行不得,闲窗学得鹧鸪啼。却有杜鹃能劝道:不如归。"②鹧鸪叫声像"行不得",杜鹃叫声似"不如归"。"山深闻鹧鸪"句,是写深山中听到的都是鹧鸪"行不得也哥哥"的啼叫,好像鹧鸪在挽留他别走,请求他不要离开江西。辛弃疾解任离开赣州时,赣州军民曾经拥满道路,争相前来为他送行。当时赣州通判罗愿写的送行诗《送辛殿撰自江西提刑移京西漕》开篇即说:"峨峨郁孤台,下有十万家。喧呼隘城阙,恋此明使车。"③赣州城十万人家,许多百姓都跑来大街上,为辛弃疾的车马送行,以致把城门道路都堵塞了。这动人的场景,大概又一次浮现在词人的脑海中。站在造口驿上,他留恋此地而不想去襄阳。因为在江西,他是节制兵马的指挥官,去襄阳,他将失去兵权,成为掌管粮草漕运的文官。但朝命难违,又不能不去。总之,此词是辛弃疾离开赣州时的告别词,一段欲言又止的低回自语,表现了词人岁月蹉跎、时不我待的焦虑。

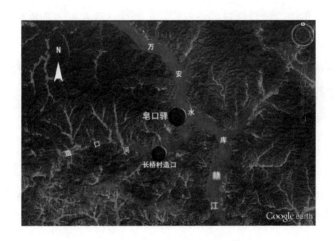

图2　位于群山深处的皂口。宋代皂口渡及驿站所在的位置,如今已被水库蓄水后淹没。(图片来源于Google卫星图)

---

① 施闰章:《学余堂文集·诗集》卷四十六,《景印文渊阁四库全书》第1313册,第804页。

② 辛弃疾:《稼轩词编年笺注》,邓广铭笺注,第328页。

③ 罗愿:《罗鄂州小集》卷一,《景印文渊阁四库全书》第1142册,第468页。

试论宋词中性别化的屏风意象及其艺术功能

（美）普林斯顿大学　张含若

不同于诗歌中带有强烈文人特色的屏风意象，宋词中的屏风意象呈现出鲜明的性别化倾向：出现在女性闺房里和出现在文人书房中的屏风意象风格迥异。场所的差异、主人公的性别、观看与被看的角度，造成屏风这一意象在不同情境中的差异化表达。

屏风是宋词中重要且特殊的意象。其重要性体现在屏风意象在《全宋词》中出现频率高，大约是《全唐诗》中出现频率的四倍。[1] 其特殊性在于屏风具有室内家具和绘画媒材的双重属性，这种双重属性从空间分隔和屏风画这两个角度丰富了屏风意象的写作手法。

一　女性闺房中的屏风：空间分隔与双重窥视

宋词中的描写对象、抒情主人公和典型场景均与传统诗歌有较大差别，这种差别使得屏风意象在宋词中呈现出女性化的特征，有别于诗歌中富有男性文人特质的屏风意象。

剖析宋词里女性闺房中屏风的特殊性，需要从宋词词体的特殊性入手。词以描写男情女爱为本色，所谓"诗言志，词言情""词为艳科"[2]。诸葛忆兵教授对此有十分精辟的观点。他认为，词是文人情爱心理的表现方式。"文人们备受压抑不得公开

---

① 据统计，《全唐诗》中出现屏风诗歌427篇，出现频率0.99%。《全宋词》中出现屏风词作823篇，出现频率3.9%。见吴银红：《〈花间集〉屏风和屏风画意象研究》，中南大学2014年硕士学位论文，第55页。

② 胡云翼：《宋词研究》，岳麓书社2010年版，第26页。

表达的情爱体验、无法言说的情爱心理,终于在歌词中找到合适的宣泄机会。"①

此外,宋代艳词的主要写作场景是女性闺房或后庭小院。相比于唐诗中广阔的写作场景(如边塞、山水等),宋词的写作场景更为狭窄闭锁、深窈幽静。王兆鹏教授曾指出,词体的特质之一是境界的精美化与小巧化。他引用明代李日华论三种画境之言:"一曰身之所容,凡置身处邃密,即旷朗水边林下,多景所凑处是也。二曰目之所瞩,或奇胜,或渺迷,泉落云生,帆移鸟去是也。三曰意之所游,目力虽穷而情脉不断处是也",并认为"唐诗是多取'目之所瞩'和'意之所游'的远大之景,故有'登高壮观天地间''群山万壑赴荆门'的雄奇壮阔。而以温词为代表的花间词,多取'身之所容'的近景小景,故常见的是'小山重叠金明灭''水精帘内玻璃枕'式的精致狭小。"②屏风正是在这样的狭小场景中发挥着特殊的文学功能。

艳词中封闭的抒情空间使"男性凝视"的机制得以发挥,增强了艳词的情色强度。"'男性凝视'的基本论调是:男人观看,而女人就是被观看被控制的对象,而男人从观看中得到快感。这一种观看形式,就是一种权力的展现。"③五代至宋朝的艳词大多从男性视角出发,以女性为观看对象,描写女性在闺房中的仪态和行动,借此抒发相思离别之情。男性读者在这种窥视中获得欲望的满足。可以说,阅读词作就是男性凝视的一种方式。最典型的例子是温庭筠。通过描绘闺房中的女性,读者可在阅读词作时"凝视"欲望对象——美丽娇柔的女子。尤其在第三人称叙述的词作中,读者与凝视者合为一体。例如"小山重叠金明灭,鬓云欲度香腮雪"(温庭筠《菩萨蛮》),即是以男性视角,凝视睡眠中的女性,"男性可从她们的出现获得窥淫的乐趣"④。田安教授在分析温庭筠词作时指出:"叶嘉莹所言的'客观性'还可从另一方面解释,即词人的显著存在从描绘场景中被移除。这种手法是窥淫性的,它将读者带进一个私密的禁域——女性闺房,而且并不明确指示一个男性参与者或叙述者。"⑤宋代艳词部分延续了这种写法。

屏风在"男性凝视"的机制下发挥着特殊的作用。屏风作为一种室内家具,

---

① 诸葛忆兵:《多维视野下的宋代文学》,中国社会科学出版社2015年版,第6页。

② 王兆鹏:《从诗词的离合看唐宋词的演进》,载《中国社会科学》2005年第1期。

③ 黄海荣:《"男性凝视"与色情》,载《文化研究》2007年7月第6期。

④ 黄海荣:《"男性凝视"与色情》,载《文化研究》2007年7月第6期。

⑤ Anna M. Shields. *Crafting a Collection:The Cultural Contexts and Poetic Practice of the Huajian Ji*, Harvard University Asia Center, 2006, pp. 193—194. 本句根据英文译出。

其主要功能是障风隔形，如《器物丛谈》中所言："屏风，所以障风，亦所以隔形者也。"① 屏风可以将封闭的室内空间分隔为屏外空间和屏内空间，使得闺房空间不再一览无遗、毫发毕现。黄淑贞注意到"床屏的主要功能为隔断、掩蔽，成为'内外'之别的显性标志，并藉由视觉心理上的阻隔作用，自成一个封闭静密的屏内世界"②。田安教授指出"这种封闭私密的空间似乎允许情感和性欲的自由表达"③。同时，屏风还具有隔而不断的空间特点。巫鸿发现"屏风是最理想的分隔物——不仅分开单个的场景，而且把观赏者和观看对象隔开"，"这些屏风具有阻隔的功能，而在遇到窥探者的目光时又自动打开"。④ 屏风的设置可以通过暗示屏内世界来激发读者进一步窥视的欲望，有效地使弹丸之室变得曲折深邃，使叙述抒情变得含蓄宛转。

屏风的特殊之处还在于所处位置。闺房中的屏风主要位于女子床边，大扇名为床屏，分为可折叠式和单扇式；或者位于枕旁，称为枕屏。⑤《格致镜原》卷五三云："床屏施之于床，枕屏施之于枕。"⑥ 这就意味着，屏内空间与床笫紧密相关，往往是更为私密的场所。

如果说男性读者在阅读词作时向女性空间的凝视是第一重窥视的话，那么屏风则在女性空间中制造了另一重空间——屏内空间。因为屏风与床枕的紧密位置关系，词人往往将更为隐秘的情事设置于屏内空间，引导读者进行第二重窥视，形成双重窥视。

---

① 谢维新：《古今合璧事类备要·外集》卷五十，《景印文渊阁四库全书》第 941 册，台湾商务印书馆 1986 年版，第 696 页。

② 黄淑贞：《〈全宋词〉床屏意象的形制与纹饰》，载台湾《国文学报》2015 年第 57 期。

③ Anna M. Shields. *Crafting a Collection: The Cultural Contexts and Poetic Practice of the Huajian Ji*, Harvard University Asia Center, 2006, p. 211. 本句根据英文译出。

④ 巫鸿：《重屏：中国绘画中的媒材与再现》，文丹译，上海人民出版社 2009 年版，第 59 页。

⑤ 黄淑贞总结了宋词中出现的四种屏风：一是落地床榻屏风，灵活设置在书斋亭榭、厅堂中后部或门口，起防风、遮蔽、分隔、空间导向和装饰等功能。二是枕头前的小枕屏，"头者，精明之腑"，因而讲究在四面无围子的卧榻前安设小屏风为头部阻挡风寒。三是多曲式折叠屏，不用底座，属于可移动的软性隔断，用则设，不用则收，轻巧灵便，人无法倚靠其上。四是多扇床榻围屏，每扇屏板的上下及两侧有卯榫组合固定，人可以倦倚、斜倚、闲倚其上相思念远。见黄淑贞：《〈全宋词〉床屏意象的形制与纹饰》，载台湾《国文学报》2015 年第 57 期。

⑥ 床屏较为高大，包括可折叠的多扇屏风和单屏，如五代时周文矩《重屏会棋图》中所绘。枕屏专指固定使用在床榻上的矮屏风形式，宋词中常出现的"屏山"即指枕屏，例如宋佚名《半闲秋兴图》与南宋佚名《荷亭儿戏图》中均绘有枕屏，可为佐证。

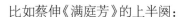

比如蔡伸《满庭芳》的上半阕：

> 玉鼎翻香，红炉叠胜，绮窗疏雨潇潇。故人相过，情话款良宵。酒晕
> 微红衬脸，横波浸、满眼春娇。云屏掩，鸳鸯被暖，敧枕听寒潮。

在这首词中，词人利用屏风分隔出屏外空间和屏内空间。在屏外空间中，设置了普通的交际场景：词人拜访旧日相识的歌妓，与她相对饮酒，诉说衷肠。酒喝得多了，女子脸颊微红，眼波荡漾，情欲一触即发。这股积蓄的情欲在屏内空间里得以释放，读者窥视到更为隐秘之事：男女主人公合欢而卧。被中的温暖和窗外的寒冷形成鲜明对比。通过在狭小空间中增设屏风这一分隔物，读者不仅可以在第一重窥视中享受快感，而且还可以进入更加私密的屏内空间，窥视到更加隐秘的情事。

屏风所造成的双重窥视具有增强快感的艺术效果。在这一例中，第一重窥视只是看到互诉衷情，而第二重窥视中的"鸳鸯被""敧枕"则暗示了性爱。屏外空间积聚了情欲，而屏内空间释放了情欲，读者在这种积聚—释放的势能转换中感受到强烈的窥视快感。孟晖在《花间十六声》中写道："把屏风拉合，床内就形成一个异常狭小的、私密的空间，因此，单提'屏风'之'掩'，也足以暗示男女之间最亲密的交往。"[1]

同时，屏风还具有隔而不断的空间特点。屏风的设置可以通过暗示屏内世界来激发读者进一步窥视的欲望，有效地使弹丸之室变得曲折深邃，使叙述抒情变得含蓄宛转。

> 尊前一把横波溜，彼此心儿有。曲屏深幌解香罗，花灯微透。　　恨
> 人欲语眉先皱，红玉困春酒。为问鸳衾这回后，几时重又。
>
> 　　　　　　　　　　　　　　　　　　　（欧阳修《滴滴金》）

这首词和上一首的结构类似，但词人在结构安排上更加巧妙，上阕写屏外空间，下阕写屏内空间。上阕写宴饮场景，通过"横波溜"的小动作，彼此知晓了心意，铺垫了情欲。而在受众凝视的目光下，由"曲屏"和"深幌"暂时阻挡了凝视

---

① 孟晖：《花间十六声》，三联书店2006年版，第19页。

的目光，而只留下"花灯微透"，留下一丝暧昧的想象空间，更加强化了情欲。下阕中，屏风在窥探的目光下自动打开，屏内空间一览无遗地展现在窥视者眼前。这是一个香艳的欢会之后的场景：女子面色微红，微醺地依偎在情人怀里，娇嗔地问道，下次幽会是何时。在这首词中，屏风的设置使闺房不再一览无遗，而是使抒情空间增加了层次感，制造了第二重穿越屏风的凝视，增强阅读快感。

除了直接的性爱描写以外，女性的身体也经常成为双重窥视的欲望对象。

> 屏里金炉帐外灯，掩春睡腾腾。绿云堆枕乱鬅鬙。犹依约、那回曾。
>
> 人生少有，相怜到老，宁不被天憎。而今前事总无凭。空赢得、瘦棱棱。
>
> （欧阳修《燕归梁》）
>
> 铅华淡伫新妆束。好风韵、天然异俗。彼此知名，虽然初见，情分先熟。　炉烟淡淡云屏曲。睡半醒、生香透肉。赖得相逢，若还虚过，生世不足。
>
> （周邦彦《玉团儿》）

在欧词中，词人以一"掩"字巧妙地构建了两重空间，引导着凝视的目光。在屏内空间，读者看到女子春睡的姿态，"春睡腾腾"写出犹如水蒸气的热度和汗气，"绿云堆枕"则写散乱在枕上的发丝，这姿态使人回想起前次幽会的场面，依然透露出情色意味。在周词中，下阕屏风展开，呈现出一幅香艳的画面："生香透肉。"一是写雪肤透过衣衫的透明，二是写肌肤的香气，在睡眠中通过温度的上升而散发出来。衣衫半遮半透的睡美人极能勾起情欲，所以才有"赖得相逢，若还虚过，生世不足"的感慨。值得注意的是这两个例子中女子的姿态都是在一般情境下（比如献舞、饮酒等宴饮场所）难以见到的。屏内女子的睡态属于更加隐秘的私人经验。窥视屏后女子的睡姿，往往暗示着与女性的过往情事，充满想象的空间，这种窥视亦能满足读者的情欲。

从屏外空间窥视屏内空间中女性的私密活动，体现出典型的"男性凝视"的特点。阅读词作本身是一种窥视，而设置屏风意象可以分隔闺房空间，创造屏内空间以满足第二重窥视。这第二重窥视往往可以看到更为隐秘的情事。在这个意义上，屏风的设置增强了宋代艳词的情色意味，也形成了含蓄婉约的艺术风格。

二 屏风画：女性情思的喻指

屏风相比于其他意象如帘、栏、镜等，具有双重属性：既作为室内家具以障风隔形，也作为一种绘画媒材以娱情乐目。词人利用屏风画的图案来喻指闺中女性的情思，这些图案成为了女性闺房中的典型意象。

在屏风上裱糊图画是宋代的普遍做法。英国艺术史研究者苏立文（Michael Sullivan）指出："直到宋代，画屏，或者有人会说是裱在屏风上的画，还可以与手卷、壁画一起称做是中国的三种重要的绘画形式。"[①] "屏风作为古老的家具形式之一，不但在生活中被广泛地运用，而且作为一种理想的绘画媒材即古老的绘画形制之一，对中国画的形制产生了一定的影响，传世的巨幅作品，据考证开始均是为屏风这一形式而绘制，例如《早春图》。"[②]

宋词中的屏风画只包括花鸟画和山水画。在《花间集》中，花鸟屏风是主流。"寓意吉祥幸福的动物图案在《花间集》中的'屏'上出现，可以算作一大宗"，且其上图案"不外凤鸾鸳鸯"。[③] 经统计，以描写女性为中心的宋词中，花鸟屏风出现17次。在这17首词中，绘有鸳鸯图案的屏风[④]有9首，占比53%。鸳鸯性喜成双，古代往往用鸳鸯来比喻情爱好合，所以这个图案带有强烈的情爱含义。其他图案如蕃马、杏花、蝴蝶、凤、竹、雀，也各出现一到两次。词中女性作为观看和欲望的客体，并不具有主动思维、行为的能力，其情感和行为都是由男性作者赋予的。上一部分提到女性所处的位置、行为方式都是模式化的，那么从屏风画则可看出女性的情感也是被男性赋予和规定的。

> 冷迫春宵一半床，懒熏香。不如屏里画鸳鸯，永成双。　重叠衾罗犹未暖，红烛短。明朝春雨足池塘，落花忙。

（许棐《杨柳枝》）

---

① 巫鸿：《重屏：中国绘画中的媒介与再现》，上海人民出版社2009年版，第9页。

② 谢军：《屏风——中国画图像的双重性》，载《大众文艺》2014年第6期。

③ 马里扬：《〈花间〉词中的屏风与屏内世界——唐宋词境原生态解读之一》，载《南昌大学学报》2007年第3期。

④ 此处的鸳鸯图案包括了鸳鸯和鸂鶒。鸂鶒，形大于鸳鸯，而多紫色，好并游，俗称紫鸳鸯。因鸂鶒与鸳鸯图案寓意相近，故合并统计。

许棐词中描写了一位慵懒娇柔的女子，在春夜之时，懒于熏香。床边屏风上的鸳鸯成双成对，而她却独身一人，这引起了她对情人的思念。重叠的衾罗锦被不能阻止她的寒冷，长夜就迅速流逝。明天春雨满塘，落花渐多，暗示春宵易逝，而情人不见归来。此词中用屏上鸳鸯来反衬女主角的孤独，而鸳鸯图案也是引起相思的一个符号。

> 笔染相思，暗题尽、朱门白壁。动离思、春生远岸，烟销残日。杨柳结成罗带恨，海棠染就胭脂色。想深情、幽怨绣屏间，双䴔䴖。　　春水绿，春山碧。花有恨，酒无力。对一奁愁思，九分孤寂。寸寸锦肠浑欲断，盈盈玉泪应偷滴。倩东风、吹雁过江南，传消息。
>
> （杨炎正《满江红》）

此词上阕从男性设笔，描写他在驿馆思念情人，乃至在白壁上题遍相思句。正是美好春光，他却动了离愁别恨，看见柳丝想起情人的衣带，看见海棠想起情人的胭脂，从物及人，过渡自然。他设想对方也在深深地思念着自己，怀着一腔幽怨，在绘有一双䴔䴖的绣屏后。下阕极写女子相思之苦，在春色里备尝孤寂，愁肠欲断，泪珠暗滴。上阕的"双䴔䴖"与下阕的"九分孤寂"形成鲜明的对照。女子在闺中独自一人，词人用成双的䴔䴖来提示她的相思之情，渴望与情人团聚的心愿。

宋词中往往以"鸳鸯"来反衬女子现下处境的寂寞，如"闲看枕屏风上，不如画底鸳鸯"（王武子《朝中措》）、"醉舞春风谁可共，秦云已有鸳屏梦"（晏几道《蝶恋花》）均是如此。所以，鸳鸯图案其实是一个象征符号，代表着对情爱的追求和渴望，往往隐喻着女性的欲望。而这欲望并不是真实的女性欲望，而是男性欲望投射到词中的欲望对象（即女性）的产物，它使女性欲望着男性所欲望的情爱。

从五代到宋代，花鸟屏风，尤其是以象征爱情和女性美丽为图案的屏风，往往和女性相联系，和男性的山水屏风形成对照。比如五代王处直墓的西耳室西壁壁画上，绘有妆镜台、衣柜等女性使用的家具，其屏风上画着大朵盛开的牡丹和带有长尾羽的鸟类；而在东耳室东壁壁画上，画有男性头戴的官帽，后面屏风上则是山水画。一西一东，男女主人公的空间截然对立。① 所以李溪指出："男性空间中的

---

① 河北省文物研究所：《五代王处直墓》，文物出版社1998年版，第15—28页。

屏风和厅堂之内的屏风采用了同样的山水主题，这暗示着男主人的品位由内至外的掌控；而夫人的卧房却没有绘上山水，转而表现了秾艳雍容的牡丹和飞鸟，这正是贵妇人的象征……将花鸟的图像与一个封闭的女性空间相配，在晚唐到五代的人物画中十分常见。"[①]不仅是在人物画中，在宋词中，将花鸟图像与女性空间相搭配，也十分常见。

图1　五代王处直墓东耳室东壁壁画　　　　图2　五代王处直墓西耳室西壁壁画

相比于诗歌中多样化的屏风图案，宋词对于屏风图案的指认相当狭窄，主要集中在鸳鸯、雀、蝶、花这几类。在宋代情爱词中，屏风的使用者是女性，场所是闺房中的床帏边，所以屏风图案的指认变得极富针对性：鸳鸯意味着情爱，花朵衬托闺房的华丽和女性的美貌，其余种类的图案很少涉及。而从唐代到宋代的诗歌在描写花鸟屏风画时，种类相当多样化：动物类包括雁、鹤、山鸡、野鸭、鱼、龙、蝶、草虫、马、猿猴、鹭鸶等；植物类则包含梅、兰、竹、菊、松、柏、荷、牡丹、山茶等。花鸟屏风在艳词中已被固化为典型意象，往往与女性的美貌与情欲有关。

另一种主要绘画类别是山水画。如果说花鸟图案亦可被用于锦被、绣帘之上，那么山水画则是专属屏风的一类画种。在宋代艳词中，山水屏风出现39次，出现频率高于花鸟屏风，这也与宋代山水画的兴盛有关。但有趣的一点是，宋代山水画往往是泛化的山水，山水并不被指定为特定地区的风景，而是表现广义上的山水。比如上面所见王处直墓中的山水屏风，没有一个地域特征（如华山之陡峭、黄山之迎客松、庐山之五老峰等）可以让观者辨认出山水的具体位置。但是在女性闺房中，超过六成的山水屏风有明确的表现对象：26%被指认为巫山，15%被指认为潇湘，21%被指认为江南。巫山、潇湘和江南这三种图案与上面分析的鸳鸯、花

①　李溪：《内外之间：屏风意义的唐宋转型》，北京大学出版社2014年版，第316—317页。

朵一样,也是女性闺房中屏风画的特定符号,被赋予了特定的意义。

其中巫山的含义最为明显,其情色意味也最强。它来自于宋玉《高唐赋》里"旦为朝云,暮为行雨"的神女与楚王欢会之事,后代则用"巫山云雨"来指代男女情事。而在女性闺房中的山水屏风画,有四分之一都被特指为巫山,这并不意味着女性闺房中往往摆放巫山屏风,而是一般的山水景致与词中女性联系在一起,就会被联想到情事、进而被指定为巫山。所以,巫山这个图案可以说是男性作家在女性化情境下对图像的有意指认。

> 逗晓阑干沾露水。归期杳、画檐鹊喜。粉汗馀香,伤秋中酒,月落桂花影里。　　屏曲巫山和梦倚。行云重、梦飞不起。红叶中庭,绿尘斜□,应是宝筝慵理。
>
> （吴文英《夜行船》）
>
> 春来多困,正日移帘影,银屏深闭。唤梦幽禽烟柳外,惊断巫山十二。宿酒初醒,新愁半解,恼得成憔悴。挛鬆云鬓,不恢鸾镜梳洗。门外满地香风,残梅零乱,玉糁苍苔碎。乍暖乍寒浑莫拟,欲试罗衣犹未。斗草雕阑,买花深院,做踏青天气。晴鸠鸣处,一池昨夜春水。
>
> （柴望《念奴娇》）

因为屏风立于女性床榻之侧,所以与睡梦紧密相关。词人作者善于利用屏风与梦的关联来创造惝恍迷离的梦境和词境。以上两首词作都是如此:女主人公的春梦和屏风上的巫山图案相互重叠,真幻交织。吴文英词从庭院写起,故人归期不定,女子独自借酒浇愁,怀念远人。下阕转入室内屏中,女子倚靠在床边屏风上,屏风上的巫山图案暗示着她在做一场春梦,在梦中得以与情人相会。但屏上巫山的行云太浓重,导致春梦无成。屏风上的巫山图案巧妙地进入女子梦中,现实与梦境交织,显示出词人高超的构思和写作技巧。柴望的词也是类似写法。春日已高,女主人公犹自在紧闭的屏风后酣睡,直到被禽鸟唤起,她才从巫山云雨梦中惊醒。"巫山十二",既可以看做床屏上的图案,也可以隐喻着女主人公的一场春梦。

如果说巫山图案明喻了女性的情欲,那么潇湘和江南图像则隐喻了女子的相思离别之情。在中国古典诗词语境中,潇湘是一个具有复义的词汇。它指向一种

"双重语境"①——历时性的"一组同时复现的事件"②。正如日本学者浅见洋二所指出的那样,"某一特定的场所往往伴有人们丰富的记忆"③。而潇湘正是含有丰富文化记忆的词语。在宋代艳词中提到"潇湘"这个词语的时候,除了"湘水与潇水会合之地"的词语本义外,潇湘还会使读者联想到如下几个同时出现的文化含义:《九歌》中的湘水女神、董源的《潇湘图》、唐宋传奇中发生在潇湘的爱情故事等等。在提到"潇湘"这个词语的时候,读者会想到如下几个同时出现的含义:潇水与湘水相会的地理位置、《九歌》中的湘水女神、董源的《潇湘图》、唐宋传奇中发生在潇湘的爱情故事等等。在屏风画上使用潇湘图像,可带出一种忧愁的情绪,既有传奇中爱情故事的缠绵,也有湘水女神寻求爱侣而不得的惆怅。"屏里潇湘梦远",似乎是女主人公做了一个关于爱情、关于失去的迷梦,使整首词惝恍迷离,具有一种哀伤的美。

> 东风吹柳日初长,雨馀芳草斜阳。杏花零乱燕泥香,睡损红妆。
>
> 宝篆烟消龙凤,画屏云锁潇湘。夜寒微透薄罗裳,无限思量。
>
> (黄庭坚《画堂春》)

在黄庭坚的词中,描写了暮春时节一个女子的思念之情,但这种思念之情不是直笔写出,而是通过"潇湘""无限思量"这样的词语暗中透露出来。春天时白日渐长,雨后芳草清香,但却有杏花飘落满地,女子尚且睡眠未起。下阕写闺房,熏香渐尽,屏风上烟云缭绕着潇湘之景。入夜后寒意侵入衣衫,最后一句才从"无限思量"点出相思之情。从这里回看"潇湘"图案,它所蕴含的幽美朦胧的意境、深刻入骨的相思,才是它在这首词的语境中的真正含义。它填补了没有直接说出来的强烈情感和悠远意境。值得注意的是,山水屏风画未必真是潇湘图景。与巫山一样,潇湘也是词人根据语境、词体风格和主人公性别所特别指定的意义符号。

同理,江南的形象也可唤起读者关于江南美人、《子夜歌》、南朝风流的文化记忆。"屏山掩梦不多时,斜风雨细江南岸",通过梦中的江南表达女子对于远人

---

① I.A.瑞洽慈:《论述的目的和语境的种类》,赵毅衡:《"新批评"文集》,中国社会科学出版社1988年版,第287页。

② 《论述的目的和语境的种类》,赵毅衡:《"新批评"文集》,第287页。

③ 浅见洋二:《距离与想象——中国诗学的唐宋转型》,上海古籍出版社2013年版,第98页。

的思念。有研究者指出,"在《花间集》里,屏上的'九疑与潇湘'已经没有丝毫的'爱恋与追求的狂热',这里存留下来的与极度放大的是一种情感上的无助"。[①] 潇湘、江南已不再有赤裸裸的情色意味,而是通过情思的隐喻使抒情更加委婉,情感更加曲折。床屏、枕屏的位置又使得屏风画往往和主人公的梦境结合,使情感在梦中的山水屏得到抒发。这种手法还可使抒情多元化:梦境、屏风上的潇湘和江南以及潇湘、江南所隐喻的相思之情,重叠交织在一起抒情。所以,潇湘与江南的图案是具有多重内涵的意象,使女子相思之情更加哀婉凄迷,也符合宋词雅化的发展趋势。

屏风画的符号系统构成屏风的第二个文学属性。词人在艳词中有意识地使用一系列图案符号置于闺房中的屏风上。这些符号或专属于女性和艳情(如鸳鸯、杏花和巫山),或者以多重含义来营造迷离深幽的相思之境(如潇湘和江南)。总之,这些图案都不是实指屏风画的真实图案,而是男性欲望的一种投射——他们想象用这些屏风图案来衬托欲望对象的情愁。在下文中对比男性情境下的屏风画时可以看出,女性闺房中的屏风画图案是高度模式化和概念化的,其含义也局限在相思别愁中。

三 男性文人屏风的书写

在王兆鹏教授所定义的"花间范式"中,词作的抒情主人公并非词人本人,"词中的抒情人物与抒情主体是分离错位的"[②]。但是在有宋一代,诗和词这两种文体开始交融,"以诗为词"成为宋词写作中重要的演进和突破,尤其是在苏轼等元祐词人登上词坛之后。苏轼开创的"以诗为词"的模式,其抒情主人公从女性代言变为男性作者,其抒发的情感从男女相思情爱到诗歌所能容纳的各种情感,如从羁旅行役、友人离别、壮志未酬、山河破碎等生发的感情,其文学风格从纤秾冶艳变为清健雅正,其句法由铺叙变为比兴,等等。[③] 至南宋时,诗与词的融合沟通更为密切。所以在宋词中存在着两种截然不同的写法手法和风格特征,一是以《花间

---

① 马里扬:《〈花间〉词中的屏风与屏内世界——唐宋词境原生态解读之一》,载《南昌大学学报》2007年第3期。

② 王兆鹏:《从诗词的离合看唐宋词的演进》,载《中国社会科学》2005年第1期。

③ 王兆鹏:《从诗词的离合看唐宋词的演进》,载《中国社会科学》2005年第1期;彭玉平:《唐宋语境中的"以诗为词"》,载《复旦学报》2009年第5期。

集》为典范的艳词,二是融合了诗歌艺术特点和表现手法的词(本文暂称之为"文人词",以区别于艳词)。传统又以"婉约""豪放"来分别形容这两类词作风格,或曰"歌化"和"诗化",两者同时并存、互为补充。在这种创作背景下,屏风这一意象在艳词和文人词中的表现方式和文学功能均存在较大差异,呈现出性别化的特点。由于文人词的手法是"以诗为词",所以屏风意象的表达与诗歌中多有相似之处,故笔者在分析时也会引用宋诗以深入阐释。

1.男性文人屏风:位置与主人公

首先,文人词与艳词中的屏风写法差异首先在于屏风的位置与主人公之间的关系,这种关系决定了读者的观看模式,从而决定了作品的风格特点。在文人词中,屏风没有空间分隔和引导窥视的功能。男性抒情主人公对屏风的主要动作是"对屏",如"卧对曲屏风,淡烟疏雨中"(张纲《菩萨蛮》),"空对短屏山水,清清无寐"(仇远《一落索》)。"对"是具有主体性的动词,它恰好表达了文人词中抒情主人公的变化。无论是倚屏、掩屏,还是开屏,这些动作都把视线向内引导,而"对屏"则是以主人公为中心,将视线向外投射。向外投射的视线弱化了凝视,也消解了情色感,转变了词的冶艳风格。

另一个重要的区别是文人词中的屏风不再制造纵深感。在艳词中频繁出现的"曲屏深",在文人词中从未出现。艳词是利用屏风制造纵深感以加强窥视,文人词中的屏风意象更多的是平面化的。最有代表性的是白居易所开创的模式:"吾于香炉峰下置草堂,二屏倚在东西墙。"(《三谣·素屏谣》)两扇屏风不是放置于床前制造纵深,而只是倚靠在墙边,仅仅成为房间的一个陈设,与茶几、书案相当。这种平面化的写法充分展现了作者的主体性意识:他对自身所在的空间具有绝对的掌控权,以抒发个人化的情感,也屏蔽了第二重窥视。文人词延续了这种手法,词中的屏风往往呈平面,如"云敛屏山横枕畔,夜阑壁月转林西。玉芝香里彩鸳栖"(蔡伸《浣溪沙》)。宋诗中的屏风意象,也是这种写法,如"纸屏石枕竹方床,手倦抛书午梦长。睡起莞然成独笑,数声渔笛在沧浪"(蔡确《夏日登车盖亭十绝·其四》)。

总之,在艳词中,屏风分隔空间,制造纵深感,而在文人词中,屏风"障风隔形"的功能被弱化。词人不再利用屏风来制造纵深的空间,而相对平面化地描写屏风。这种区别体现了性别在意象描写中所起的作用。

2.男性文人的屏风画

上文提到女性闺房中的屏风画形状单一、高度模式化，是一套带有隐喻意义的符号系统。但男性文人的屏风画则多种多样，千姿百态，在一定程度上体现了宋代屏风画的真实面貌。

在男性为抒情主人公的词中，出现了专属男性的屏风类型。其中，出现最频繁的是素屏。白居易首先提出素屏的概念，并赋予其强烈的文人雅士的风格特点，以区别于帝王权贵的豪华屏风。在《素屏谣》一诗中，他描写了一个"不文不饰，不丹不青"的屏风，象征着"保真全白"的人格，使其成为可与文人浩然之气"表里相辉光"的寄托之物。值得注意的是，白居易的素屏是倚墙而立的，所谓"二屏倚在东西墙"。诗歌中的屏风不再具有分隔空间的功能，诗作也不具有可窥视性。

因此，宋代词人在自我抒情的词作中使用屏风意象，既需要区别于强大的女性化倾向，也需要区别于象征财富权势的屏风，于是白居易的素屏成为最受欢迎的意象。宋词中的素屏相比诗歌中的素屏，具有特殊意味，因为它是在女性化屏风意象占主流位置的词的传统中出现的，也许代表了一种树立文人主体抒情地位的追求：他们要在最大程度上与女性化的屏风拉开距离。

> 西阁夜初寒，炉烟轻袅。竹枕绸衾素屏小。片时清梦，又被木鱼惊觉。半窗残月影，天将晓。　幻境去来，胶胶扰扰。追想平生发孤笑。壮怀消散，尽付败荷衰草。个中还得趣，从他老。
>
> （李纲《感皇恩》）

李纲的词代表了素屏的普遍写法，即将素屏视为文人世界的一个重要元素。他有意使用较为朴素的物象：竹枕、绸衾、素屏，将文人世界与女性华丽的世界区别开来，着意创造了一个独属文人的空间。素屏的文人特征是如此强烈，以至于一见到这一意象，就可以肯定是文人化的词作。

山水屏风在文人词中的出现频率仅低于素屏。而且山水屏风作为唯一同时出现在女性化情境和男性化情境中的屏风，却呈现出差异化的艺术效果。

首先，词中的山水屏风画并不会具体指认山水之地，尤其会避免像巫山这样带有强烈情欲的意象。在文人词中，山水就是泛化的山水，且在不同的情境下表达着不同的情感，换言之，它不是一整套指向相思情爱的隐喻符号系统。

但在诗中，文学家并不忌讳巫山屏风。李白有《观元丹丘坐巫山屏风》诗，但李诗中的巫山却与"巴东三峡巫峡长,猿鸣三声泪沾裳"(《乐府诗集》卷八十六)的哀情相联系,并不具有情色意味。同一意象的不同含义也是性别化的重要手段:在男性情境下意味着哀情,而在女性情境下则意味着情爱。

其次,文人山水屏具有"卧游山水""澄怀观道"的性质。这是从南朝宗炳到宋代郭熙一路继承下来的传统。山水可"行、望、居、游"[①],文人在山水中体味自然造化之道。可以说山水是一种主观性的存在,它积极参与着文人对世界的认识。

> 南山只与溪桥隔,年来厌著寻山屐。卧对曲屏风,淡烟疏雨中。
>
> 功成投老去,拟作林塘主。万事不关心,酒杯红浪生。
>
> (张纲《菩萨蛮》)

此词典型地展现了"卧游山水"的文士风貌。词人懒于跋涉,于是选择在房中静卧,观赏屏风上的山水画。自然界山水微缩成词人床畔的屏风,任由主人公驰骋幽情。李溪说:"没有比枕屏更适合以'卧游'两字贯之的艺术媒材了。"[②]诚然,屏风山水与主人公的精神产生紧密的互动,成为抒情的有机组成部分。

> 流苏宝帐沈烟馥,寒林小景银屏曲。睡起鬓云松,日高花影重。
>
> 沉吟思昨梦,闲抱琵琶弄。破拨错成声,春愁著莫人。
>
> (袁去华《菩萨蛮》)

相反,山水画在女性化屏风中则不具有"观道"的性质。闺房中的一扇绘有寒林小景的屏风,并不能成为女主人公借以抒发林泉之思的对象。它只是一种客观性的存在,并不能有效地参与抒情性表达。艳词中的女主人公还是慵懒地不肯起床,回忆着昨晚的美梦,并拨弄几声琵琶。可以说,山水屏风在艳词中并没有山水在文人世界里的多重含义,不具有玄学思辨的内涵,也没有山水画中展现的悠远意境,而只是一个客观的存在。

再次,山水屏风画很好地表达了文人的隐逸情怀,构建出与仕途相对的世界。这本是诗歌中山水的惯常写法,在文人词中也有相应的体现。

---

① 郭熙:《林泉高致》,中华书局2010年版,第19页。
② 李溪:《内外之间:屏风意义的唐宋转型》,第193页。

新篁摇动翠葆，曲径通深窈。夏果收新脆，金丸落、惊飞鸟。浓霭迷岸草。蛙声闹，骤雨鸣池沼。　　水亭小。浮萍破处，帘花檐影颠倒。纶巾羽扇，困卧北窗清晓。屏里吴山梦自到。惊觉，依然身在江表。

（周邦彦《隔浦莲近拍·中山县圃姑射亭避暑作》）

　　山水隐逸之思也是文人山水画中重要的思想情感。在山水屏风画中，文人自然而然地将其与归隐相连。此词上阕详细描绘了文人的幽居：曲径通幽的竹径，富有野趣的景致。下阕写文人在水亭中高卧，而在屏风的围绕下，词人做了一个梦，仿佛回到了屏风所画的家乡。"家住吴门，久作长安旅。"（周邦彦《苏幕遮》）吴山、吴门代表了故乡，代表了归隐之思。可见，屏风山水可以代表男性文人的归隐之思。归隐作为男性文人一种常见的思想感情，也是作者所控制、所主导的情感。与此形成对照的是，在艳词中，江南这个意象也经常出现，但是绝对不具有归隐的意义，而是指向男女相思之情。

　　可见，山水屏风同样围绕在男性主人公和女性主人公的床边，其承载的情感信息却截然不同：一是山水隐逸之思，一是相思缠绵之感。山水在艳词中形成一套隐喻符号系统，其主要符号是巫山、潇湘和江南，其所指则是女性相思情爱。而在文人词中，关于山水屏风的描写则更接近于诗歌中的写法，即从南朝延续下来的"山水观道"的传统，以及以山林作为隐逸之地的典型手法。

　　值得一提的是，在文人词中，花鸟屏风从未出现过。花鸟屏风的缺席本身也值得玩味。相对而言，花鸟屏风是一种比较女性化的屏风。当男性文人需要确立自己的抒情主体地位以区别于主流的宋词写法的话，他们尽可能地避开比较秾艳的花鸟屏风，甚至连梅兰竹菊等图案也加以回避。文人词的屏风画以素屏和山水屏为主。与此不同的是，从唐代到宋代的诗歌在描写花鸟屏风画时，种类却相当多样化。这些多元化的花鸟屏风构成了宋诗中丰富的屏风图案符号，与宋词中单一的花鸟屏风形成不同性别情境下的差异化表达。

　　总之，在宋词创作中，屏风被赋予性别化的特征。它进入富于相思感伤的闺房，从一种象征男权皇位的物象变为女性化的意象。词人作者表达出强烈自觉的性别意识，在女性闺房和男性书房中构建了不同风格、不同类型的屏风意象。在以女性为主人公的艳词中，词人通过分隔空间造成双重窥视以增强词作的情色意味，又通过具体指认屏风画为一套隐喻符号系统以喻指女性的情思。而在以男性为抒情主人公的文人词中，屏风意象的写法向诗歌接近，与艳词中的屏风意象形成鲜明对比。在文人词中，屏风不再具有分隔空间的功能，变得平面化，将凝视的目光引导向外，避免双面窥视。在屏风画方面，词人以素屏来最大程度地拉开与女性屏风的距离，回避花鸟画，而在山水屏风中采用泛化匿名的山水图案以表达林泉隐逸之思。在不同性别语境下，同一意象产生差异化的表达，承担不同的艺术作用，这个现象本身是极富意味的。屏风这一性别化的意象也可启发对于宋词中性别问题的重新审视。

论宋代殿试策文的文本形式*

华东师范大学　方笑一

　　殿试，又称"廷试""亲试"或"御试"，是宋代科举中层级最高的考试，名义上由皇帝亲自主持。在常科中，进士科先举行发解试、省试，最后经过殿试确定考生名次。在制科中，考生先进呈策、论各二十五篇，然后经过秘阁试六论，最后参加殿试。此外，宋代武举等也有殿试。宋代进士科殿试最初试诗、赋各一，太平兴国三年（978）加试论一首，变为试诗、赋、论各一。熙宁三年（1070）改试策一道，从此成为定制。制科殿试承唐制，试策一道。武举殿试先试武艺，再试策一道。[①]综上所述，试策可以说是宋代殿试最主要的方式，因此殿试有时也被称为"亲策"或"廷策"。殿试试策催生出两类文本：策问和策文。在科举文体研究日益深入的今天，宋代殿试策问的内容和形式都受到关注。[②]对殿试策文的关注则主要集中在史

* 　本文为国家社科基金青年项目"宋代试策与策文研究"（项目批准号：11CZW033）、上海市浦江人才计划"策论与经义：宋代科举考试文体比较研究"（项目批准号：14PJC028）的阶段性成果。

① 　关于宋代殿试制度的详情，参见荒木敏一：《宋代科举制度研究》第三章《殿试》，同朋舍1969年版，第267—345页；聂崇岐：《宋代制举考略》，载《宋史丛考》，中华书局1980年版，第184—191页；何忠礼：《宋代殿试制度述略》，载《中国史研究》1988年第1期；张希清：《宋代殿试制度述论》，载《北京大学学报》1992年第2期；周兴涛：《宋代武举的程文考试》，载《教育与考试》2011年第6期；张希清：《中国科举制度通史·宋代卷》，上海人民出版社2015年版，第380—384、716—724页。

② 　详见方笑一：《皇帝之问：宋代殿试策问及其模式化焦虑》，载《华东师范大学学报》2014年第5期；方笑一：《宋代科举策问形态研究》，姜锡东：《宋史研究论丛》第十七辑，河北大学出版社2015年版，第282—303页。

学领域,从文学视角所作的专门研究相当少见①。原因在于,宋代殿试策文篇幅过长,少则数千言,多则上万,给文学分析带来相当困难,而其涉及内容之广,领域之多,又令人不易把握。作为科举文体,殿试策文是应策问而作,不同于自由议论,难免枯燥,故激发不起研究者的兴趣。然而,诚如南宋真德秀所言:"以布衣造天子之廷,亲承大问,此君臣交际之始也。一时议论所发,可以占其平生。"②殿试策文是经历过科举的宋代士人一生用力最劬的文章之一,在他们心目中具有非同寻常的意义。无论从古代文体研究还是文章学的角度而言,宋代殿试策文都是不容回避的对象。本文拟专门针对宋代进士科和制科的殿试策文进行形式方面的分析探讨,以期对这些策文中的"庞然大物"有更为清晰深入的认识。

一　殿试策文的形式定型于宋代

据笔者统计,目前完整保留下来的宋代殿试策文有32篇,其中进士科25篇,制科7篇,总字数达21.5万余字,平均每篇6700余字,基本情况见下表。③

---

① 邓洪波、龚抗云《中国状元殿试卷大全》(上海教育出版社2006年版)仅搜集了宋代进士科殿试策文,且有遗漏;宁慧如《宋代贡举殿试策与政局》(《"中国历史学会"史学集刊》第28期,1996年9月)和俞兆鹏《文天祥〈御试策〉评介》(《安徽师范大学学报》2007年第1期)仅涉及个别殿试策文。祝尚书从总体上探讨了宋代的对策,对殿试策文着墨不多,见氏著《宋代科举与文学》(中华书局2008年版,第306—310页);孙耀斌研究了宋代科举考试对策的内容和文体形态,但以进士科殿试策文为主,未涉及制科殿试策文,其结论尚待深入,参见氏著《宋代科举考试文体研究》(中山大学博士学位论文2009年,第120—124页);诸葛忆兵《宋代应策时文概论》(《复旦学报(社会科学版)》2016年第4期)主要关注宋代殿试策文的背景与内容,对其形式仍未深入探讨。

② 真德秀:《跋黄君汝宜廷对策后》,曾枣庄、刘琳:《全宋文》第313册,上海辞书出版社、安徽教育出版社2006年版,第240页。

③ 表中前31篇均收录于《全宋文》,最后一篇《全宋文》失收,见《何希之先生鸡肋集》[国家图书馆藏清康熙五十八年(1719)刻本,《四库全书存目丛书》影印,齐鲁书社1997年版,集部第20册,第491—496页]。《宋集珍本丛刊》和《续修四库全书》亦据此刻本影印。除表中所列举外,宋代殿试策文中尚有残篇或零碎段落流传至今者,如曹冠《对御试策》(绍兴二十四年)、廖行之《制科策》(实为进士科殿试策,乾道二年)、潘庭坚《策对》(端平二年)等。文人拟作殿试策文尚有王安国《拟试制策》(策问为曾巩所撰)、苏轼《拟进士对御试策》(熙宁三年)、陈师道《拟御试武举策》和周紫芝《拟廷试策》(绍兴五年)。本文研究对象为殿试中实际撰写的完整策文。

作　者	篇　名	写作时间	考试科目
夏　竦	崇政殿御试贤良方正能直言极谏科制策	景德二年（1005）	制科
张方平	应贤良方正能直言极谏科对制策	景祐五年（1038）	制科
苏　轼	御试制科策	嘉祐六年（1061）	制科
苏　辙	御试制策	嘉祐六年（1061）	制科
李清臣	御试制策	治平二年（1065）	制科
陆　佃	御试策	熙宁三年（1070）	进士科
吕　陶	御试制策	熙宁三年（1070）	制科
孔文仲	制科策	熙宁三年（1070）	制科
黄　裳	御试策	元丰五年（1082）	进士科
赵鼎臣	廷试策	元祐六年（1091）	进士科
范宗尹	御试策	宣和三年（1121）	进士科
胡　铨	御试策	建炎二年（1128）	进士科
张九成	状元策	绍兴二年（1132）	进士科
汪应辰	廷试策	绍兴五年（1135）	进士科
赵　逵	御试策	绍兴二十一年（1151）	进士科
张孝祥	御试策	绍兴二十四年（1154）	进士科
王十朋	御试策	绍兴二十七年（1157）	进士科
蔡　戡	廷对策	乾道二年（1166）	进士科
刘光祖	乾道对策	乾道五年（1169）	进士科
陈傅良	壬辰廷对	乾道八年（1172）	进士科
蔡幼学	乾道壬辰廷对策	乾道八年（1172）	进士科
叶　适	廷对	淳熙五年（1178）	进士科
卫　泾	集英殿问对	淳熙十一年（1184）	进士科
周　南	庚戌廷对策	绍熙元年（1190）	进士科
陈　亮	廷对策	绍熙四年（1193）	进士科
魏了翁	御策	庆元五年（1199）	进士科
王　迈	丁丑廷对策	嘉定十年（1217）	进士科
徐元杰	绍定壬辰御试对策	绍定五年（1232）	进士科
姚　勉	廷对策	宝祐元年（1253）	进士科
文天祥	御试策	宝祐四年（1256）	进士科
张镇孙	对制策	咸淳七年（1271）	进士科
何希之	廷试策	咸淳十年（1274）	进士科

　　殿试策文堪称宋人文章中的鸿篇巨制，又属于科举文体，其形式首先受制于考试的规定。在宋代官方颁布的贡举条式和有关诏令中，对于殿试策文形式的规定非常简单。关于进士科殿试策文，《绍兴重修御试贡举式》云："奉御试策一道，限一千字以上，特奏名则云七百字，武举至宗室非袒免亲取应，则云五百字。臣对：

云云。臣谨对。"① 一是规定了字数的下限,正奏名进士是一千字,特奏名等字数略少;二是规定了基本格式,以"臣对"开始,以"臣谨对"结束。关于制科殿试策文,《宋会要辑稿·选举》云:"国初制举,有贤良方正能直言极谏、经学优深可为师法、详闲吏理达于教化,凡三科。……对御试策一道,以三千字已上成,取文理俱优者为入等。"② 只规定了字数的下限。仅依据这些信息,仍无法弄清宋代殿试策文的具体形式,唯一的办法是深入研读策文文本。

笔者发现,宋代殿试策文在形式上具有明显的共性。为了论述方便,不妨参照白居易《策林》中对唐代制举策文各部分的命名,将每一篇宋代殿试策文分为策头、策项、策尾三个部分。

策头是策文的起始,殿试策文的策头较长,又可分为"启对语""导引语""收束语"三个部分。"启对语"的作用是表明对策开始,通常用"对""对曰""臣对""臣对曰""臣谨对曰"这几种表述,其中"对"和"对曰"较少见,用得较多的是"臣对"。在发解试和省试策文中,一般就以"对"开头,不用自称"臣"。这是因为发解试、省试策问以有司口吻发问,而殿试策问以皇帝口吻发问。启对语之后,进入"导引语"。导引语是策头的主干,又对整个策文起引导作用,内容较为丰富。策头中的"导引语"一般以"臣闻"二字开始,之后通常包含四项要素:一是阐述治国理政的一般原则,二是肯定当今皇帝的治理并直陈存在的问题,三是强调试策的必要性和意义,四是表明自己对皇帝的赤胆忠心。这四项内容的先后次序,没有一定之规,尤其是第二项和第三项常常可以前后调换,有时第三项可以不写,但第四项通常置于最后。策头的第三部分是"收束语"。收束语的作用是再次申明自己冒死直言的态度和对皇帝接纳其言的期望,通常以"臣昧死上对""谨昧死上对""谨昧死对"等语作结。策头一般数百字,最长的不过一千多字,只占整篇策文中很小的篇幅。

在殿试策文中,比策头更为关键的是策项。策项是策文的主干,所占篇幅最大,对策问的分析和应答,主要集中在这里。策项反映了对策者对策问的理解和自身的知识储备,以及提出意见建议的能力。因此,考生往往在策项里做足文章。策项在形式上由三部分组成:提示语、策问原文(或概括复述)、解答语。

在回答策问中提出的问题之前,策项中一般先要引策问原文,以"策曰""圣策曰""制策曰""圣问曰""伏读圣策曰""臣伏读圣策曰"等套语开始,我们称

---

① 丁度:《贡举条式》,文渊阁《四库全书》第237册,上海古籍出版社1987年版,第312页。

② 徐松:《宋会要辑稿》第9册,上海古籍出版社2014年版,第5456页。

之为"提示语"。提示语的作用是提示读者，接下来开始引用策问原文。引用策问原文，通常又有两种方式。第一种是直接引用。先引一段策问，然后分析解答。第二种是用自己的话概括策问中某段的意思，间或夹杂引文，然后解答。无论是直接引用还是概括复述，对策者必须遵循并紧扣策问的意思和文字，都得引一部分原文，依次逐条分析对答，直至策问文字被引用或复述完毕。

策文的最后部分是策尾。策尾一般比策头短，而形式稍自由。有时策尾与策项看似难以分割。策尾通常也可以分为三个部分：自述语、祈求语、收束语。"自述语"一般说"臣如何如何"，之后是"祈求语"，祈求皇帝采纳自己的建议，并原谅自己的鲁莽直言，最后是"收束语"，有"谨对""臣谨对""臣昧死谨对""臣昧死上对""臣谨昧死上对"等说法，既对策尾进行收束，也标示整篇策文的终结。

下面以南宋嘉定十年（1217）王迈的《丁丑廷对策》为例，将宋代殿试策文的各个部分标示于表中①：

	启对语	臣对
策头	导引语	臣闻治道无穷……而必以他日圣治之新为陛下望也
	收束语	臣谨昧死上愚对
策项 （仅举第一段）	提示语	臣伏读圣策曰
	策问原文	朕以寡昧，获承祖宗之绪，宵衣旰食，临政愿治，二纪于兹。固尝延进多士，冀闻谠言，未尝不虚己以听，志勤道远，每怀惕若
	解答语	臣有以见陛下思致理之惟艰……则天下之治可以符圣意之所期矣
策尾	自述语	臣来自远方，不识忌讳，惟恃以直言取士，不以直言弃之，有本朝之家法在。廷试在即，使远方之士得尽其言，亦是美事，有陛下之圣言在。是以空臆而竟言之
	祈求语	惟陛下裁择
	收束语	臣昧死，臣谨对

① 王迈：《丁丑廷对策》，《全宋文》第324册，第325—338页。

需要说明的是,策项中因为策问原文和解答语依次交替,故仅举第一段,以明其结构。表格中的这一样式,可以称之为宋代殿试策文的基本样式。

从现存完整的宋代殿试策文来看,从写作时间最早的景德二年(1005)夏竦的《崇政殿御试贤良方正能直言极谏科制策》,到咸淳七年(1271)张镇孙的《对制策》,这一基本样式没有发生什么根本变化。[①]这就显示,上述基本样式可能并非产生于宋代,宋人只是遵循前代的样式在写作。为了探明究竟,我们不得不转向唐代的殿试策文。

唐代进士科通常不设殿试,制科设殿试,开元九年(721)起制科殿试由试策三道改为一道。陈飞曾经深入研究过唐代制举策文的结构体制,对照他的结论,不难发现宋代进士科和制科殿试策文的形式与唐代制举策文大体上并无二致。[②]那么唐代制举策文的形式是否是唐人原创呢?陈飞指出:"唐代制举试策文是对前代文学尤其是汉以来试策文的继承和发展,精神原则、思想内容等方面固不必说,就其基本的形式体制而言,其保留的痕迹和程度都是很重的。"[③]但这"保留的痕迹和程度"到底有多重,除了保留之外,唐人又作了哪些改变,陈飞并未细究,所以我们仍不得不再往前代追溯。

汉文帝二年(前178)和十五年(前165)两次下诏征求贤良之士,这是后世"贤良方正能直言极谏科"的起源。尤其是汉文帝十五年的《策贤良文学诏》,与后世殿试策问的措辞非常类似,《汉书·文帝纪》也明确记载了这一次选士的方式:

[①] 何希之《廷试策》比较特殊,策项中基本不引策问原文,也不复述策问,文中不称"陛下"而称"执事",可见策问不是以皇帝口吻拟就。盖因当时宋度宗去世不久,端宗"以谅阴不临轩,命宰臣类试策问天命、人心、中国、夷狄、君子、小人、朝廷、郡邑、田里、边陲凡十事"(明朱希召《宋历科状元录》卷八,《北京图书馆古籍珍本丛刊》第21册,北京图书馆出版社2000年版,第371页),《宋季三朝政要》卷四亦云:"上谅阴,类试王龙泽等比廷试出身。"(王瑞来笺证,中华书局2010年版,第360页)可见此次殿试严格来说只是"类试",由宰臣而非皇帝主持。希之为当年进士甲科第六名。

[②] 虽然如此,但陈飞对唐代制举策文体制结构的分析较为繁复,其将一篇唐代制举策文的策问和对策看成一个整体,连标题在内,共细分为23个部分,其中对策分为14个部分,见《唐代制举试策的形式体制》(《河南师范大学学报》2015年第2期),本文所讨论的宋代殿试策文仅包括对策部分,不含策问,共分为9个部分,见上表。

[③] 陈飞:《唐代试策的形式体制——以制举策文为例》,载《文学遗产》2006年第6期。

"上亲策之，傅纳以言。"①现存最早的对策文是晁错的《贤良文学对策》，即应此求贤诏而作。从这篇策文看，策头、策项、策尾齐备，具体措辞也与唐代制举策文多有类似。如策头的收束语为"昧死上愚对"，策项每一段必先引汉文帝诏令原文，提示语皆为"诏策曰"，如第一段云：

> 诏策曰："明于国家大体。"愚臣窃以古之五帝明之。臣闻五帝神圣，其臣莫能及，故自亲事，处于法宫之中，明堂之上；动静上配天，下顺地，中得人。故众生之类亡不覆也，根著之徒亡不载也；烛以光明，亡偏异也；德上及飞鸟，下至水虫草木诸产，皆被其泽。然后阴阳调，四时节，日月光，风雨时，膏露降，五谷孰，祅孽灭，贼气息，民不疾疫，河出图，洛出书，神龙至，凤鸟翔，德泽满天下，灵光施四海。此谓配天地，治国大体之功也。②

这种先引诏策，再作分析的写法，与陈飞所举唐代制举策文策项的写法基本一致。只是因为汉文帝诏书中都是陈述语气，并无提问，所以晁错引用此诏也就没有包含问题。这篇对策的策尾是："昧死上狂惑草茅之愚，臣言唯陛下财择。"包含了自述语和祈求语，仅缺少收束语"谨对"。除了晁错的对策，董仲舒的《元光元年举贤良对策》第三篇的形式，也和陈飞所归纳的唐代制举策文形式类似。有策头，策项每一段开始都有提示语"册曰"，然后逐段引用汉武帝《元光元年策贤良制》原文。只是策尾比较长，谈了很多问题。③那么是不是可以说，唐代制举策文的形式完全承袭了汉代的对策文呢？

现存的汉代对策文共有23篇（包括残篇）④，笔者对比后发现，除了上述晁错和董仲舒的两篇对策外，其余对策皆不引策问（或求贤诏令）原文，也没有明确复述策问意思的部分，而是直接发表对策者自己的意见，大多也没有明显的策头、策尾。由此可见，汉代对策文的形式还比较自由，并未形成统一的样式。简单认定唐代制举策文的形式承袭汉代，是不符合事实的。至少从现存的文献可以看出，唐代

---

① 班固：《汉书》卷四《文帝纪》，第1册，中华书局1962年版，第127页。

② 《汉书》卷四九《爰盎晁错传》，第8册，第2293页。

③ 《汉书》卷五六《董仲舒传》，第8册，第2514—2516页。

④ 韦春喜：《汉代对策文刍议》，载《文学遗产》2012年第6期。

制举策文只是承袭了汉代一部分对策文的形式而已。

以上结论似乎隐含着这样一个前提：唐代制举策文已经具备统一样式，这个统一样式由汉代一部分对策文的形式演变而来。而其实这个前提也难以成立。金滢坤就不认同陈飞所归纳的唐代制举策文的结构体制，他认为唐代制举策文的形式经历了不小的变化，"唐代的对策形式比较灵活多样，早期对策比较简洁，策头和策项往往不很分明，好多时候策头只有'对'字，策尾也很简单，甚至仅有'谨对'二字，对策的主体往往仅剩策项"，开元九年由试策三道改为一道之后，"对策的策头、策项、策尾都比较完整，每部分都有相对固定的格式"，因此陈飞"主张的策文的'结构体制'也只是中晚唐制举试策定型后的文体，并不能代表整个唐代制举试策的标准问题"①。陈飞在后来的研究中似乎接受了金滢坤意见，将唐代制举殿试策文以开元九年为界，分为前后两期。据其统计，前期策文较短，平均每篇789字，后期策文较长，平均每篇2825字。并且承认："相对说来，后期（一道制）制举试策文的形式体制更加完整，因而更具典型性。"② 这就和金滢坤的结论非常相似了。根据陈、金二人的结论，再参照我们对于宋代殿试策文形式的总结，似乎可以这样认为，宋代殿试策文的形式，固然受到汉代某些对策文的影响，但主要承袭了唐代后期制举殿试策文定型后的形式。

可惜的是，验诸事实，上述论断仍站不住脚。我们认为，即使是唐代后期的制举殿试策文，也根本没有形成一种所谓固定的形式。检验殿试策文的形式是否一致，有一个明显的标志：在策项的每一段落中，是不是先引用策问原文，或者概括复述策问的原意，再展开作者的分析阐述，还是不引用或复述策问，直接表达自己的意见。我们考察唐代后期制举殿试策文的情况，发现两种形式都存在。比如被陈飞用作主要例证的白居易《策林》中的两道策项，就是两种形式并存。两道策项开头皆以"臣闻"云云阐述自己的观点，没有引用策问原文。值得注意的是第二道有个小注："自'懋建'已下，皆迷策问中事。"这是提示读者，此策项中自"今陛下以懋建皇极为先"到"而尚有未流、未措、未复、未敷之问"的文字都是复述策问中的意思。而在第一道中，没有这样的提示。③ 这就表明，白居易举出这两道策项，意在说明策项其实有两种形式，一种是不引用或者复述策问，直接表达对策者观

① 金滢坤：《试论唐代制举试策文体的演变》，载《首都师范大学学报》2011年第4期。
② 陈飞：《唐代制举试策的形式体制》，载《河南师范大学学报》2015年第2期。
③ 白居易：《白居易文集校注》第3册，谢思炜校注，中华书局2011年版，第1355—1356页。

点,另一种是要专门复述策问中的意思。这两种写法在当时都是可行的。

更值得注意的是,《策林》第四门"美谦让"题下小注云:"总策问中事,连赞美之。"①说明该门举出的例子中仍然复述了策问中事,而第五门"塞人望归众心"没有提到策问,从第六门"教必成化必至"至最后的第七十五门"典章禁令",每一道都是先引策问原文,再阐述己见。这就说明,在白居易的时代,策项可以引用策问,可以复述策问,也可以完全直接地自述己见,三种形式都是被允许的。由于《策林》一书本来就具有示范策文作法的意图,所以这三种形式应该是当时最常见的三种策项写法。由此可见,被陈飞作为唐代后期对策文代表的《策林》,其中策文的形式远未定于一尊,仅策项就有三种写法。这就使陈飞和金滢坤关于制举策文在唐代后期定型的说法缺乏说服力。

另一个例子也足以挑战唐代后期定型之说。唐代制举策文中篇幅最长的一道是唐文宗大和二年(828)刘蕡的《对贤良方正直言极谏策》,共有6052字,就篇幅而言可谓唐代第一策。它的策项形式和《策林》中的策项又很不一样。先用提示语"伏以圣策有"五字引起对策问的复述,每一条复述之前必有此提示语,然后用"臣前所言""臣前所谓"引述自己的两段话,再以三次重复的"臣谨按"引出三段对《春秋》的阐释。之后每个段落皆以"臣前所谓"或"臣前所言"引用自己在上文中说过的话,再加以讨论,直至策项结束。②虽然结构形式齐整,但这种写法在唐代极为鲜见,甚至可以说独此一家,和《策林》中的策项形式也颇为不同。那就说明,根据《策林》总结出来的唐代后期制举策文所谓"定型"的形式,根本就不存在。

事实上,宋代才是殿试策文形式上真正定型的时期,目前完整留存的策文皆有策头、策项、策尾,其基本样式已见前文的总结。更需要说明的是,除了上文已说明的何希之《廷试策》的情况特殊,其余诸篇在策项中,皆先逐条引用(复述)策问原文,然后做分析解答。无论是苏轼这样的著名文人,还是声名不彰的一般作者,皆遵此基本样式而作。总而言之,汉代某些对策的形式特点被唐代制举策文所吸收,而唐代制举策文即使到了唐后期也没有定型,宋代殿试策文沿袭了唐后期一部分制举策文的形式,并将之定型。宋代亦有"廷试策体"的说法。《建炎以来系年要录》记载,高宗建炎二年二月壬申,谏官李处遁言:"后省比试四方荐士,

---

① 白居易:《白居易文集校注》第3册,谢思炜校注,第1361页。

② 刘蕡:《对贤良方正直言极谏策》,董诰等:《全唐文》卷七四六,第8册,中华书局1983年版,第7718—7725页。

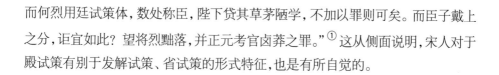

而何烈用廷试策体，数处称臣，陛下贷其草茅陋学，不加以罪则可矣。而臣子戴上之分，讵宜如此？望将烈黜落，并正元考官卤莽之罪。"① 这从侧面说明，宋人对于殿试策有别于发解试策、省试策的形式特征，也是有所自觉的。

二　宋代殿试策文美刺的诸种形式

对于参加殿试的考生来说，掌握策文的基本样式并依此写作，并不算太难。真正考验他们的，是在策文中通过多种形式对皇帝及朝政进行美刺，而其中最关键的，是把握美和刺的尺度分寸，在两者之间求得一种平衡。在殿试策文的美刺之中，其科举文体的性质得到充分彰显，考生的复杂心态也暴露无遗。

颂美皇帝和朝政并非出自殿试策文写作的官方要求，相反，策问中还常常含有鼓励考生批评朝政的话语。但事实上，在现存的策文中，几乎无一例外地包含着对皇帝和朝政的歌颂赞誉。北宋刘安世论熙宁殿试以策取士云："殿试之用，诗、赋、策问固无优劣。人但见策问比之三题似乎有用，不知祖宗立法之初极有深意，且士人得失计较为重，岂敢极言时政阙失，自取黜落，或居下第，必从而和之。是士人初入仕，而上之人已教之谄也，傥或有沽激慷慨直言之士，未必有益。"② "三题"指熙宁三年之前殿试试诗、赋、论各一题，在刘安世看来，诗、赋、策问在取士方面并无优劣之分，考生为博取科名，荣登高第，在策文中不可能真正指陈时政缺失，迎合谄媚是必然的，也是当政者意料中事。殿试策文中的颂美之语符合其"告君之体"的性质，同时也反映了刘安世所揭示的考生应试时现实功利的心态。具体来说，宋代殿试策文中的颂美大致有三种形式。

一是将皇帝与古代圣君贤主相类比，以凸显其圣明。如张孝祥《御试策》有云："仰惟陛下以上圣之资，履中兴之运，大而化之，缉熙光明，盖尧、舜、禹、汤、文、武之道至陛下而复传。凡陛下所以斡旋政化，恢张纪纲，措天下于泰山之安者，莫非是道。承学诸生，欣际盛时，得见圣王而师之。"③ 说宋高宗"履中兴之运，大而化之"，应对了策问中"朕承列圣之休，偶中否之运"，而称颂其复传尧舜之道，就明显是阿谀了。张孝祥颂美的目的，是要强调自己"以圣王为师"的态度，这是

---

① 李心传：《建炎以来系年要录》卷一三，第1册，中华书局2013年版，第332页。
② 马永卿：《元城语录解》卷下，文渊阁《四库全书》第863册，第383页。
③ 张孝祥：《御试策》，《全宋文》第253册，第359页。

通篇策文的核心,而其前提条件,就是要先将高宗捧上圣坛,比肩尧、舜、禹、汤、文、武等圣王。凭借此策文,张孝祥最终如愿成为状元。

二是夸大皇帝治国理政的实绩。如徐元杰《绍定壬辰御试对策》云:"陛下端居凝遂,加意讲求,所以压万变之纷纭,镇群疑之汹涌,阴以为天下国家之计者,盖陛下求道得力处也。"①这篇策文写于宋理宗绍定五年(1232)春。其实绍定年间,理宗根本不像文中所言能够掌控大局,宰相史弥远尚在擅权。绍定三年(1230),通判镇江府蒋重珍还曾上疏说:"今临御八年,未闻有所作为,进退人才,兴废政事,天下皆曰此丞相意。……焉有为天之子,为人之主,而自朝廷达天天下,皆言相而不言君哉!"②可见理宗当时的治国实绩被这篇策文明显地夸大了。

三是刻意自谦,以强化君尊臣卑的关系。这种间接的颂美在殿试策文中同样常见。如夏竦《崇政殿御试贤良方正能直言极谏科制策》云:"今幸以区区之学,应直言之召。有司不以臣之不材,升之于相府;三公不以臣之不材,进之于外廷;陛下不以臣之不材,问之于丹陛。"③反复谦虚地申明自己"不材",目的是称赞有司、三公、皇帝的重才惜才,显示他们的权威与宽容。又如张镇孙《对制策》策尾云:"臣一介草茅,不识忌讳,罄竭忱悃,冒进狂瞽,惟陛下裁赦。"④这是表明自己出身微贱,策文中如有不当之语,须恳请皇帝谅解和宽恕。这样写的意义在于,强调自己作为臣下的身份,表白进言时的忠诚态度,以凸显皇帝的权威地位。

正因为其中存在着多种形式的颂美言辞,宋代殿试策文容易给人这样的印象,似乎满篇充斥着考生的阿谀逢迎之语和为了博取科第功名而发的违心之论。不可否认,由于功利心态的驱动,不少策文都含有阿谀的言辞,而已经散失的大量殿试策文中,这类言辞肯定还有更多。宋人对此阿谀之风也有不少批评。⑤

但也应该看到,设立试策这种考试方式的初衷,是为了征询士人对于朝政的意见和建议,并据此选拔人才。在宋代殿试策问中,还经常明确要求考生必须直言毋隐,切于时弊。故而,考生在殿试中仍然需要根据策问,提出对朝政的批评意见。这就是所谓"刺"。宋高宗建炎二年(1128)的进士殿试策问最后说:"若乃矜空文而无补于实,咎既往而无益于今者,非朕之所欲闻也,其以朕所未闻而宜于时者言

---

① 徐元杰:《绍定壬辰御试对策》,《全宋文》第336册,第179—180页。

② 脱脱等:《宋史》卷四——《蒋重珍传》,第35册,中华书局1977年版,第12352—12353页。

③ 夏竦:《崇政殿御试贤良方正能直言极谏科制策》,《全宋文》第17册,第32页。

④ 张镇孙:《对制策》,《全宋文》第360册,第146页。

⑤ 诸葛忆兵:《宋代应策时文概论》,载《复旦学报》2016年第4期。

之,朕将亲览焉。"①绍兴二年(1132)三月殿试时,高宗又云:"朕此举将以作成人才,为异日之用,若其言鲠亮切直,他日必端方不回之士。"并手诏谕考官:"直言者置之高等,尤谄佞者居下列。"②在本次殿试中,高宗认为张九成对自己和百官直言无讳,而擢为状元。这就表明,有些皇帝并不愿看到殿试策文中满是谄佞之语,而更欢迎考生直言时弊。这不仅仅是一种礼贤下士的政治姿态,更是试策本身的传统和功能决定的。只有通过"刺"皇帝和朝政之失,考生才能在策文中充分展示其政治识见和施政才能,仅依据阿谀奉承之词,则无法判断出考生的真正水平。所以,"刺"和"美"一样,都可以说是殿试策文写作的内在需要,同样也都是考生博取科名的手段。殿试策文中对皇帝和朝政的批评主要也有三种形式。

第一种是直接批评皇帝的所作所为。如周南在《庚戌廷对策》中这样批评光宗:"朝廷方议一善政,其于兴革犹未敢及也,而陛下必曰为之必以渐。不知规模且未立,尚何渐之可论乎?台谏方逐一小人,其于旌别犹未及尽也,而陛下必曰论事不可激。不知忠邪方杂处,尚何激之可虑乎?意者此岂陛下立志未笃,而择善固执之者尚未明与?故虽履位逾年而岁月不过相持,好恶未能归一,贤者无所倚仗,中人未识底止,阴拱不言者潜蓄撼摇之意,而宇内所当振起之事,随其亏圮而皆莫以为意矣。此岂非今日为治之大患,所当先变者与?"③这段话将"今日为治之大患"归咎于光宗本人的"立志未笃,而择善固执之者尚未明",虽然用的是问句,但措辞不可谓不严厉。再如文天祥在《御试策》中直言批评理宗"不恤公议,反出谏臣,此何等狐鼠辈,而陛下以身庇之"④,凡此种种,皆可见殿试策文刺时刺君之风。

第二种是批评某一方面的时政弊端。如魏了翁言"军政之弊":"今日军政之弊不在乎他,而在乎上下之情不相得。为之将者,裁简犒赏,积压请给;而为之兵者,傲睨邀赏,骄悍难制。平居不能同甘苦,则临事难以共患难。"⑤而对策者几乎都会就策问提及的任官、赈灾、赋税、边防等问题发表批评现状的意见,兹不赘述。

第三种是批评群臣。如王迈在策文中批评群臣"遇旱蝗则曰蝗不为灾,睹星

---

① 《宋会要辑稿》第9册,第5409页。
② 李心传:《建炎以来系年要录》卷五二,第3册,第1077页。
③ 周南:《庚戌廷对策》,《全宋文》第294册,第50—51页。
④ 文天祥:《御试策》,《全宋文》第359册,第150页。
⑤ 魏了翁:《御策》,《全宋文》第310册,第212—213页。

变则曰应在他分,苏湖小熟盛称有年,闽广饥荒掩讳不奏"①,责备他们报喜不报忧,隐瞒灾害消息,使皇帝没有得到及时的提醒和警示。

与颂美不同,殿试策文的刺君刺时是要冒一定风险的,因为考生并不知道皇帝对其批评的容忍度如何。即使同一位皇帝,在其统治的不同时期,态度也会变化,况且有时还有得罪权臣的风险。如北宋孔文仲、南宋蔡幼学等人,都因自己在殿试策文中指斥时弊而付出代价,轻则居于下第,重则罢官。所以,对于考生而言,写好殿试策文的关键,是在"美"和"刺"之间寻求一种平衡。颂美的话不能说得太过分,不含有明显阿谀之辞为好,批评言辞又不宜太激烈,不能伤及皇帝的尊严,不能全盘否定朝政。这种追求美刺平衡的努力,十分明显地反映在殿试策文中,成为其文本形式的一个重要特征。下面列举几种常见的形式。

第一种是先从总体上颂美皇帝,然后再批评其具体政策。如被高宗认为直言不讳的张九成《状元策》,其每一次引用策问之后,必写上一句"臣(或'此')有以见陛下规模远大",此语在文中共重复了八次。②说完这句话,再展开对具体政策的批评和讨论,皇帝自然更容易接受。

第二种是将皇帝与时弊加以区隔,强调治国难度,委过他人。如蔡戡《廷对策》回应策问中的"当今八者之弊",但分析每一条时弊的时候,都为皇帝开脱,将责任归到群臣身上。如分析当时举荐不出优秀人才的原因:"此陛下委任群臣,而群臣挟私之过也。臣闻堂上远于百里,君门远于千里。人君以一身处于九重之内,聪明智虑有所不周,贤否并进,忠佞杂沓,岂一人所能尽知?况外而州县,远而山林,非群臣荐举,人君何自而知之乎?陛下以公道而付群臣,群臣徇私情而负陛下。"③这里将原因完全归结为群臣举荐时的徇私,而为皇帝撇清责任。

第三种是在直言刺君、针砭时弊之后请求宽恕。如文天祥的批评虽然激烈,但其策文最后说自己"赋性昧愚,不识忌讳""冒犯天威,罪在不赦"④,这样等于突出了皇帝的尊严和权威,使得美与刺之间达到平衡。

需要指出的是,以上总结的殿试策文美刺的诸种形式,以及追求美刺之间平衡的形式,都是超越于策文的具体内容的。无论策文中讨论什么问题,作者都会

① 王迈:《丁丑廷对策》,《全宋文》第324册,第332页。
② 张九成:《状元策》,《全宋文》第183册,第418—425页。
③ 蔡戡:《廷对策》,《全宋文》第276册,第281页。
④ 文天祥:《御试策》,《全宋文》第359册,第150页。

采用这些形式。不颂美不足以表达考生对皇帝的尊崇，不批评不足以展示考生的"剸剧解纷之识"①，所以策文中的美刺与殿试试策这样一种考试方式可谓相携而行，密不可分。而在美刺之间寻求平衡，则是考生不得不采取的一种言说技巧和修辞策略。这种技巧和策略，固然是出于考生对考试结果和自身穷达的现实考量，同样也包含着对皇帝接受自己意见建议的强烈渴望。正是殿试时的这种复杂心境，造就了殿试策文独特的言说方式，使其具有形式上的这一系列共性特征。

三 宋代殿试策文的篇幅扩展

宋代殿试策文在形式上还有一个显著特征，就是篇幅比唐代制举策文大大扩展了。本文一开始曾统计，现存完整的宋代殿试策文平均每篇 6700 余字，也就是说，其平均篇幅比陈飞统计的唐代后期制举策文的平均篇幅 2825 字，多出了 3875 余字，增加了一倍还多。由此可见，与唐代相比较，宋代殿试策文的篇幅扩展是十分惊人的，而且不是个别现象。

要弄清宋代策文篇幅扩展的情况，只有通过比较。因为唐代后期制举策文的篇幅比较长，和宋代更接近，因此将两者进行对比更能够说明问题。这里仍选用《策林》中的策头、策项、策尾与宋代殿试策文各对应部分比较。《策林》中收录策头两道，较长的有 263 字，这个长度和宋代一般策头长度差不多，当然也有些宋代策头篇幅更长。《策林》同样收录了两道策尾，较长的一则 154 字，较短的一则 69 字，宋代策尾有不少比之更短的，如南宋张镇孙所作策尾。也就是说，决定宋代策文篇幅扩展的关键因素不在于策头和策尾，而在于策项。

前文曾经述及，宋代殿试策文策项的形式，是先引用或复述策问中的一句或几句话，然后加以分析解答。假如引用策问原文，一般有三个特点：首先，不仅会引用其中的问题，还会引用策问中的陈述部分，然后加以铺陈分析；其次，总是逐条引用原文并予以分析解答，而不是一次性地引用整首策问；再次，引用策问总是按照问题的先后次序，而不是跳跃引用，改变问题的顺序。策文在每一次引用之后，都会针对所引的文字作出相应的分析解答。可以说，引文和解答文字构成了策项

---

① 徐师曾：《文体明辨序说》，人民文学出版社1998年版，第130页。

中的一个单元，而整个策项正是由多个单元依次组合而成，每个单元的文字虽然长短不一，但从总体上看，宋代策项中一个单元的长度，要比唐代后期的更长。那么，宋人究竟比唐人多写了些什么内容，使得篇幅增加的呢？主题迥异的单元之间没有可比性，因为彼此谈论的问题不同，只有通过比较内容近似的单元，才能看出唐宋之间的差异。

唐代的策项，我们以白居易《策林》中第七门"不劳而理在顺人心立教"为例。这一门设置的问题是："方今勤恤忧劳，凤夜不怠，而政教犹缺，惩劝未行，何则？上古之君，无为而理，令不严而肃，教不劳而成，何施何为，得至于此？"①意思是说皇帝自己统治很辛苦，却收效甚微，上古君王无为而治，却能达到很好的效果，这是为什么？对答则用三皇五帝之道来解释，核心是君王要"以天下心为心""以百姓欲为欲"②，将心比心，舍己从人，这样才会达到良好的统治效果。白居易的写作思路是用"三代"和"三代以后"作对比，最后建议皇帝当前应该采取的做法。

南宋刘光祖的《乾道对策》策项中有一个单元与上述例子内容十分相似，正可以用来对比。这个单元是从"臣伏读圣策曰盖闻虞舜无为而天下治"到"故臣反复详言之如此"的一段文字。所引策问内容与《策林》第七门相近，说的是上古到汉代几位圣君贤主的统治方式不同，但皆有很好的效果，而宋孝宗自己统治得辛辛苦苦，以这些人为楷模，却效果不佳。刘光祖在对答时，首先说明舜、周文王的统治和汉文帝、汉宣帝的统治不可同日而语。接下去引用《尚书》里的多处记载，将舜和周文王治理国家的事迹详细铺陈开来，费尽笔墨，最后只是为了证明"是舜、文王一道也"。在给皇帝提供建议的部分，刘光祖明确指出，当今统治的问题出在皇帝"置相"上。他认为孝宗应该选用"识虑过人"者，而不是用唯唯诺诺之辈为相，这就将话题引向具体的施政措施。为了证明自己关于置相问题的见解，又转用东汉的史实，分辨汉文帝与汉宣帝统治方式的不同，最后希望孝宗效法周文王的任人之法，而不要学习汉宣帝的杂霸之术。③

白居易和刘光祖策项中的这两个单元，都属于各自时代中篇幅较长的。假如不计所引用的策问原文，仅统计对答的部分，前者有496字，后者有1935字，后者

---

① 《白居易文集校注》第3册，第1367—1368页。

② 《白居易文集校注》第3册，第1368页。

③ 刘光祖：《乾道对策》，《全宋文》第279册，第2—6页。

长度是前者的四倍。白居易对答中仅引用唐太宗"朕虽不及古,然以百姓心为心"一语,也未详加阐释,更没有述及关于三皇五帝具体的历史记载,刘光祖文中则引用《尚书》的几处文字并作阐发,又对历史事迹作了不厌其烦的铺陈和抽丝剥茧的分析,提出具体建议时还讨论了朝廷现状。其中仅仅讨论《尚书》中舜、文王相关记载的文字就达 422 字,讨论汉文帝统治事迹的文字有 305 字。由此可见,在内容相似的情况下,宋代殿试策文策项的篇幅大为扩展,在笔者看来,其主要原因是经书阐释和历史分析更大程度地介入策文的书写之中,宋人也乐于在殿试策文中对经书文本和史书记载进行讨论研判。在策文中引用并讨论经书史籍,是考生展示才学的重要手段,这一写作方式并非始于宋代。但宋人在殿试策文中,尤其是策项中纵论经史,使策文篇幅较前代明显扩展,这成为宋代殿试策文在形式上的又一重要特征。

如何来评价由于经史充分介入而导致的宋代殿试策文篇幅的扩展?笔者认为,其效果不能一概而论,而必须作具体分析。比如苏轼有一段话常被引用:"近世士人纂类经史,缀缉时务,谓之策括,待问条目,搜抉略尽,临时剽窃,窜易首尾,以眩有司,有司莫能辨也。"[1]他道出了试策文中关涉经史和时务的内容都可以预先准备,临时套用,但这段话主要是针对"策括"这样一种对象而发,而不是否定策文本身对经史、时务的讨论。苏轼在后文又说:"今进士日夜治经传,附之以子史,贯穿驰骛,可谓博矣,至于临政,曷尝用其一二?"[2]可以看出,苏轼是从经史对于现实施政无用这个角度来发表意见,并不是要否定时文中一切涉及经史的内容。在这篇奏状的结尾,苏轼明确表达了对佛老心性之学的不满,并说:"臣愿陛下明敕有司,试之以法言,取之以实学。博通经术者,虽朴不废,稍涉浮诞者,虽工必黜。则风俗稍厚,学术近正,庶几得忠实之士,不至蹈衰季之风。"[3]由此可见,苏轼批判的主要是科举考试中的不良学风,而不是笼统否定策文中的经史之学。

应当承认,宋代殿试策文中熔经铸史的写法有些可能是出于预先的准备,有些可能是出于才学的炫耀,有些可能属于无谓的夸饰,但也应该看到,经史充分介入殿试策文之中,导致策文篇幅扩展,也有其积极的作用。这主要可以概括为几个

① 苏轼:《议学校贡举状》,《苏轼文集》卷二五,第 2 册,中华书局 1986 年版,第 724 页。
② 《议学校贡举状》,《苏轼文集》卷二五,第 2 册,第 725 页。
③ 《议学校贡举状》,《苏轼文集》卷二五,第 2 册,第 725 页。

方面。

首先是增加了论据，使策文的论证更为充分。如上述刘光祖《乾道对策》一段中，举出汉宣帝时的史事："盖宽饶以忠直见杀，而王成以欺伪见褒。""王吉、路温舒皆长者之言，而谓为迂阔，不见听用。"[①]目的是表明自己并不完全认同策问的观点，证明了汉宣帝根本没有舜、周文王、汉文帝那么高尚和出色，而指出宋孝宗的问题恰恰在于没有看清宣帝"杂霸"的本质。所举史事，对作者的论点是一个很有力的支持。

其次是增加了批判现实的锋芒。如南宋刘克庄说赵宝写于宝祐四年（1256）的廷试策"首尾八千余言，专以乾、坤二卦奉对，其析义理极精，其辨忠邪、条治乱极沉着痛快，其规切君相极忠愤忧爱"[②]，这篇策文虽然不存，但显然是通过阐述《周易》乾、坤二卦的义理来批判现实，表达作者的政治关切。

再次是使策项中的一个单元可以成为相对独立的论说文。经史的介入使得每一个单元的篇幅增大，在一个篇幅较长的单元内部，一般会形成经—史—时务的线型结构，从经书中的政治原则到史书中的历史事迹，再到现实中的政治举措，逻辑链条相当完备。[③]三者之间又相互关联，以回应所引用的策问。这样的例子在宋代殿试策文中非常多见，除前述刘光祖的策项外，王十朋、文天祥等人的策项中皆不乏例证，限于篇幅，这里不再一一列举。

综上所述，宋代殿试策文在前代策文，尤其是唐代后期制举策文的影响下，形成了一种基本样式，策文中通过多种形式来美刺皇帝与朝政，并在美与刺之间努力寻求平衡，产生了独特的言说技巧和修辞策略。策文的篇幅较前代有明显扩展，主要缘于策项中加入了大量经书阐释和历史分析的内容。从文章写作的角度而言，这种熔经铸史的写法增强了宋代殿试策文论说的力度和逻辑，丰富了论说的技巧。作为一种科举文体，宋代殿试策文的形式极大地影响了后世的殿试策文写作，如晚清最后一位状元刘春霖的殿试策文，仍完全按照宋代殿试策文的基本样

---

① 刘光祖：《乾道对策》，《全宋文》第279册，第5页。

② 刘克庄：《尤溪赵宝廷策》，《刘克庄集笺校》第10册，中华书局2011年版，第4482页。

③ 比利时学者魏希德（Hilde De Weerdt）曾谈到科举文体中"论"与"策"的区别，她认为"在论体文中，学生被要求从题目涉及到的事件中归纳出一条普遍真理"，"策题则要求学生实现一种反向的思维过程：该类题目的主要目的是把问题具体化，而不是抽象化"，这有助于我们理解殿试策文策项的形式。详见氏著《义旨之争：南宋科举规范之折冲》，胡永光译，浙江大学出版社2015年版，第60页。

式书写。而在东亚地区，朝鲜李朝时期遗留下来的卞季良、金䜣等人的殿试策文，也是按照这一样式撰写的。[①] 这充分说明了宋代殿试策文沾溉后世的时间之长与范围之广。

---

① 参见邓洪波、龚抗云：《中国状元殿试卷大全》下卷，上海教育出版社2006年版，第2098—2104页，及该书附录一《朝鲜李朝殿试卷》，第2133—2142页。

复调的戏谑:《文房四友除授集》的
形式创造与文学史意义*

复旦大学　侯体健

宋理宗淳祐六年（1246），罢相多年的郑清之（1176—1251）"以少师领奉国节钺，留侍经帷，寓第涌金门外养鱼庄，日有湖山之适"，而门人林希逸（1193—1271）正擢任秘书正字，"官闲无他职，颇得奉公从容"，二人相与往从，时有诗文酬唱。郑清之戏作"文房四友除授"，为毛颖（笔）、石虚中（砚）、陈玄（墨）、褚知白（纸）拟一制一诏二诰，共四篇；林希逸戏拟回应，作谢恩三表一启，亦共四篇。淳祐八年（1248），林希逸外补知兴化军，于此年十二月将二人八篇作品结集，名《文房四友除授集》，刊于郡斋。同年秋，刘克庄（1187—1269）读到这八篇作品，仿郑、林二人，戏拟一制一诏二诰三表一启，又计八篇，续于郑、林二作之后，成《文房四友除授集》第二版。淳祐十年（1250），新安士人胡谦厚客居杭州，于书肆见《文房四友除授集》第二版，读后兴致盎然，继作弹文一、驳奏三，名《拟弹驳四友除授集》，于宝祐四年（1256）刊刻并续于郑、林、刘三人作品后，成《文房四友除授集》第三版，是为今日所见《百川学海》本。①

这部收录了二十篇游戏文章的《文房四友除授集》，虽然谈不上湮没无闻，却

* 本文为教育部人文社科规划基金项目"宋代祠官文学研究"（项目批号：17YJA751012）、国家社会科学基金重大项目"中国古代文章学著述汇编、整理与研究"（批准号：15ZDB066）阶段性成果。本文修订又得到朱刚先生、罗宁先生、邬志伟先生的赐教，特此致谢。
① 以上引文及信息参看《文房四友除授集》林希逸序、刘克庄序、胡谦厚跋、陈垲跋，《百川学海》本。本文所引《文房四友除授集》内容均据此版，不再出注。

鲜有专门研究者。[①]学界在审视俳谐文学传统时,常会提及此书乃继刘宋袁淑《俳谐集》之后又一重要的俳谐文总集,但却忽视了该集更丰富的学术意义。倘若我们从文本生成、形式创造与文学生态关系角度来审视此书,则不仅可以见出这些作品的写作脉络、内部结构与特殊趣味,也可窥见一个时代的文学精神与文学生态。可以说,《文房四友除授集》作为一个整体,其内部充满了层叠与对话,犹如音乐演奏上多声部的"复调"[②],各种声音相互影响,彼此呼应,应被视作一种"有意味的形式",围绕它而引起的广泛的文章唱和现象,更是显现出晚宋文坛的特殊样态,具有相当的文学史意义。

一 假传与拟体:从《毛颖传》到《文房四友除授集》

古代游戏俳谐文章的创作,在六朝时获得长足发展,出现了袁淑《鸡九锡文》《驴山公九锡文》、沈约《修竹弹甘蕉文》、韦(一作王)琳《鲴表》等一系列作品。[③]到了宋代,这种俳谐传统得到进一步弘扬,有学者统计宋代俳谐文多达150余篇[④],可谓蔚成大国。这些俳谐文,虽统之于"俳谐"一词之下,其体却又各不相同,举其大者而言,假传与拟体即是两途。从时间角度来说,拟体诞生较早,前面所举南朝袁、沈诸篇均已是成熟的拟公文之作,而假传的诞生则要迟至韩愈《毛颖

---

① 笔者所见唯一一篇专论,是程章灿先生的《文儒之戏与词翰之才——〈文房四友除授集〉及其背后的文学政治》(《清华大学学报》2017年第5期)。另有祝尚书的《论宋季的拟人制诰》(《北京化工大学学报》2002年第3期)及笔者的《刘克庄的文学世界——晚宋文学生态的一种考察》(复旦大学出版社2013年版)第一章第二、三节,第五章第二节对此集也有多处讨论,但都未探讨该集收录的作品本身。

② 本文所言的"复调",借用的是该词在音乐上的原始意义,即指《文房四友除授集》的文本所体现的多种发言立场与书写角色,各自独立而又彼此和谐地结合一体,犹如音乐上的多声部。巴赫金曾用"复调小说"指称陀思妥耶夫斯基小说,本文并不是对此理论的套用。

③ 魏晋六朝俳谐文学的研究,学界成果丰硕,比如谭家健《六朝诙谐文述略》(《中国文学研究》2001年第3期)、徐可超《汉魏六朝诙谐文学研究》(复旦大学2003年博士学位论文)、张影洁《唐前俳谐文学研究》(华东师范大学2005年硕士学位论文),陈玉强《南朝公文体俳谐文的文体学意义》(《中山大学学报》2010年第1期)等都是重要成果,兹不一一列举。特别需要说明的是,本文所言"拟体"俳谐文概念,即出自徐可超文。该文虽未明确定义"拟体"含义,但所指是清楚的,即从动物、物品的角度,以拟人口吻写作的官场公文书。

④ 刘成国:《宋代俳谐文研究》,载《文学遗产》2009年第5期。

传》的写作。① 从二者的关系来看，韩愈假传之作，应该受到了拟公文的影响，叶梦得即言："韩退之作《毛颖传》，此本南朝俳谐文《驴九锡》《鸡九锡》之类而小变之耳。"② 王应麟也指出："《驴九锡》封庐山公，《鸡九锡》封浚鸡山子。《毛颖传》本于此。"③ 但是，假传显然与拟公文体俳谐文不同。拟体仅将事物拟人化，然后予以奏表封赐或弹劾缴驳，呈现的是拟人对象的官场片断，而假传则沿袭了史传特点，书写的是对象的重要人生轨迹，从字号籍贯、家族世系一直到官职升降、立朝大节，件件入文，写作也多依史传格式。不过，到了南宋，拟体写作又呈现出新的面貌，我们要讨论的《文房四友除授集》既是六朝以来拟体俳谐文传统的继续延展，又明显受到假传的影响，在假传的基础上衍生而出，可谓假传"反哺"拟体而形成的新的拟公文体品类。

在《毛颖传》之前，所有的拟公文体俳谐文都是独立成篇的，几乎不存在亲缘文本，一篇拟体公文不会与其他拟体俳谐文形成关联与对话，如袁淑《鸡九锡文》的鸡"浚鸡山子"，《大兰王九锡文》的猪"大兰王"等拟名，至少现存的唐前俳谐文中都没有再度作为主人公出现④；沈约的《修竹弹甘蕉文》中，修竹和甘蕉甚至没有获得一个像样的人名，更没有再进入他人文章。这些拟体文在南朝大量出现，自然存在彼此影响的关系，但就所拟事物本身来说，并没有明显的承袭和搬用，无法构成写作序列。而《毛颖传》诞生之后，该传"颖与绛人陈玄、弘农陶泓及会稽褚先生友善，相推致，其出处必偕"⑤ 之句所虚构的四位人物毛颖、陈玄、陶泓、褚先生都不断地在后来的仿效之作中出现，甚至其他三位也被作为假传的主人公来书写，如洪刍即撰有《陶泓传》（已佚），明代易宗周撰有《陈玄传》，褚先生也被坐实为"褚知白"，文嵩撰《好畤侯传》即是。由此，"四友"的假传作品逐渐形成了系列性，它们之间也具有了一定的关联度，可视为彼此支撑的亲缘文本。我们可以将唐宋时期文房四友的假传及其命名列出如下：

---

① "假传"概念的提出，最早是明代徐师曾的《文体明辨序说》，他认为自司马迁《史记》创"传体"，"其品有四：一曰史传，二曰家传，三曰托传，四曰假传"（《历代文话》第2册，复旦大学出版社2007年版，第2124页）。

② 叶梦得：《避暑录话》卷下，《全宋笔记》第二编第十册，大象出版社2006年版，第338页。

③ 王应麟：《困学纪闻》卷十七，上海古籍出版社2008年版，第1855页。

④ 明代有《大兰王传》，但这种做法显然是受到《毛颖传》影响的结果。

⑤ 韩愈：《毛颖传》，《韩昌黎文集校注》，上海古籍出版社1986年版，第566—569页。本文所引《毛颖传》均据此，不再注。

　　韩愈《毛颖传》：中山毛颖、绛人陈玄、弘农陶泓、会稽褚先生

　　文嵩（陆龟蒙）《管城侯传》①：宣城毛元锐、易玄光、石虚中、褚知白

　　文嵩（李观）《即墨侯传》：宣城毛元锐、燕人易玄光、南越石虚中、华阴褚知白

　　文嵩《好畤侯传》：宣城毛元锐、燕人易玄光、南越石虚中、华阴褚知白

　　文嵩《松滋侯传》：毛元锐、燕人易玄光、南越石虚中、华阴褚知白

　　苏轼《万石君罗文传》：歙人罗文、毛纯（毛颖后裔）、墨卿、褚先生

　　周必大《即墨侯传》：齐人即墨松、管城毛颖、歙人罗文、鲁人褚先生

可以看出这些四友假传命名的交错性非常明显，虽然中间也有一些差异，如《毛颖传》里的笔叫"毛颖"，而《管城侯传》中笔名"毛元锐"，《万石君罗文传》中的笔叫"毛纯"；《毛颖传》称砚为"陶泓"，而《管城侯传》中的砚已名作"石虚中"，《万石君罗文传》中的砚则改姓更名为"罗文"；同是褚先生，有占籍华阴，有占籍鲁地等等，但是他们的趋同性显然高过差异性。正是这样的假传群落，给拟体俳谐文创作提供了新的土壤，以"四友"为中心的成组的专题系列拟体公文开始出现，《文房四友除授集》便是肇端之作。

　　笔、墨、纸、砚在《文房四友除授集》的除授制诰中交叉出现，互相呼应，已然一体。如郑清之《陈玄除子墨客卿诰》"尔与毛颖、陶泓之俦，娱侍始皇，乃能黮黯盖覆，知黑守白"，《褚知白诏》"朕稽古之暇，富于著述，方与毛颖、陶泓、陈玄三人者，朝夕从事，独卿怀长才"，在提到四友之一时，均不忘其他三者；林希逸《代毛颖谢表》则有"褚知白尝反面，以臣点污而见疑；石虚中恃粗才，欲臣流落而后已"之句，《代石虚中谢表》亦有"毛颖以尖新相夸，陈玄以刚介自许"之联，以四友为对偶语辞，都表现出拟体组篇的彼此照应。这些拟体文赖假传而生，与假传可谓已经互为表里，没有前人的假传对文房四友各自人生的勾画与描摹，它们的拟除授便缺少了有力的文献支撑。我们可从郑清之《中书令管城子毛颖进封管城侯制》与《毛颖传》的关系，一窥假传对拟体的"反哺"路径。

---

①　北宋苏易简《文房四谱》收录文嵩《管城侯传》《即墨侯传》《好畤侯传》《松滋侯传》四文，《全唐文》卷九四八录前两文、《唐文拾遗》卷五一录后两文。其中《全唐文》卷八〇一又系《管城侯传》于陆龟蒙名下，高似孙《砚笺》卷四又署《即墨侯传》作者为李观。

在《毛颖传》中，韩愈充分利用了前人描摹毛笔的典故，再加以自己的想象，采取拟人、隐语、双关、夸张等修辞手法，虚构了中山人毛颖的传奇一生。他的思路展开，乃是按照毛笔制笔的过程，由兔子被获，再取毛、束毛、毛笔制成使用直到被弃用为线索。韩愈撰写此文时，除了驱使了许多典故，如兔名明眎出《礼记》，韩卢逐兔出《战国策》，蒙恬制笔出《博物志》等等，更多的是创造了许多新情节，将典故通过截取、剪裁、变形等手段，融入到史传新思路中去。诸如毛颖被赐之汤沐，拜中书令，封管城子，与陈玄、陶泓、褚先生友善等经历，以及强记便敏、善随人意、不喜武士的性格，都是切合毛笔之特性而作无中生有之想象的。《毛颖传》里的这些传统典故与新创情节，都在郑清之《中书令管城子毛颖进封管城侯制》一文中得到继承，其文曰：

> 制曰：造书代结绳之政，孰与图回？将军拔中山之豪，式隆任使。载畴爵秩，庸贲时髦。中书令、管城子、食邑若干户、食实封若干户毛颖，美秀而文，神明之胄，本长生于月窟，亦分配于日辰。何特显于秦汉之间，盖自别于卫聃之裔。记凤标于明视，得而称焉；昔见逐于韩卢，非其罪也。俾归掌握，爰布腹心。简牍是资，拔一毛利天下；文明以化，知百世俟圣人。通篆籀于古今，公《春秋》之褒贬。自蒙恬始资其用，至韩愈复传其功。博学强记，无以尚之；弹见洽闻，有如此者。虽尝赐汤沐之邑，未能展摹画之规，赏不酬劳，位宜称德。爰剖丹书之券，大开孤竹之封，期益广惠施之五车，毋但乐渭川之千晦。分土壤黑，勒勋汗青。于戏！万里封侯，岂效昔贤之投笔；三朝受籍，通观寰宇之同文。往尽乃心，毋替朕命。可进封管城侯，依前中书令，加食邑若干户、食实封若干户。

该文标题中书令、管城子、毛颖三个要素，已经昭示了与《毛颖传》的直接关系，而上文中加点部分，更是能在《毛颖传》中找到源头，其中"将军拔中山之毫""盖自别于卫聃之裔""简牍是资""虽尝赐汤沐之邑"等句，或为《毛颖传》成句，或乃《毛颖传》首次拈出，特别是"至韩愈复传其功"就直接点明了《毛颖传》的文本渗入，一种互文结构隐然存在。可见，正是有了《毛颖传》提供的语辞、思想、情节资源，作者才能驰骋翰墨，设想毛颖加官进爵，由管城子擢为管城侯。同时，也因建立在《毛颖传》的基础之上，读者阅读此文时便已有"前理解"，也就更容易获得共鸣，戏谑的效果更明显。从这个意义上说，《毛颖传》是《中书令管城子毛颖进封管城侯制》的"母体"。

《毛颖传》因其独创性与经典性，影响至为深远，唐宋时期文房四友的其他几篇假传对《除授集》的影响，自然没有《毛颖传》这么明显，这么强烈，但它们当中的许多文辞情节也多少参与了《文房四友除授集》拟体的创作，成为郑清之们写作拟体时必须调动的文本资源。郑清之笔下的四友之名就是综合了多个假传的名称而成，毛颖来自《毛颖传》、石虚中来自《即墨侯传》、陈玄来自《毛颖传》、褚知白来自《好畤侯传》；而且内部用名也是多个假传的名字混合一体，《陈玄除子墨客卿诰》和《褚知白诏》均用陶泓代砚，而郑清之为砚所作诰命，却使用的是石虚中之名。陶泓是烧土制成，石虚中则是采石而成，材质有所区别，文章的用典、双关也就会取材不同。林希逸《代毛颖谢表》"对扬麻卷，幸袭元锐之封"，所谓"元锐之封"也出自《管城侯传》毛元锐袭爵管城侯。《文房四友除授集》的作者们这种杂糅多篇假传的写法，看似逻辑混乱，实则并未冲淡该集肌理中拟体与假传的密切关系，倒是更能说明假传对拟体的"反哺"乃是群体性的渗透，非仅名篇效应而已。

当然，《文房四友除授集》的拟体也不是完全笼罩在假传的阴影之下，尚有更丰富的文学取资和新的创造，这从郑清之、林希逸、刘克庄、胡谦厚四人拟作递相争奇的比较中就可清晰看出。

二　对话、双簧、反拟：《文房四友除授集》的文本结构与形式创造

笔墨纸砚因乃文人文房的日常用具，很早开始就进入了文学世界，"笔赋""砚歌""纸诗""墨铭"之类的专门性文章辞赋层出不穷，由此形成了一定的书写传统。北宋初年，苏易简（958—997）即编成《文房四谱》一书，备选前代文献中关于笔墨纸砚的典故诗文，以叙事、制作、杂说、辞赋四类统摄相关材料，大体展现出文房四友的书写脉络。到了南宋理宗嘉熙元年（1237），林洪又撰《文房图赞》，罗列了文房十八种用具，开篇即是笔墨纸砚四友，并仿照《毛颖传》将它们分别命名赐官，笔名毛述，字君举，为毛中书；墨名燕玉，字祖圭，为燕正言；纸名楮田，字为良，为楮待制；砚名石甲，字元朴，为石端明。目前来看，《文房图赞》稍早于《文房四友除授集》，但细味郑清之所言"某尝为文房四友除授制诰，因官湖外

而归，旧稿蠹蚀不复存，今仅能追忆一二语"之辞，则郑清之首次创作应不会晚于《文房图赞》。① 大体同时出现的这两部著作，均给文房用具集体拟文授官，不同的是《文房图赞》行文非常简略，如其中《毛中书》条，全文仅言："唐中书维颖有声，至我宋有自宛陵进者，亦颖之孙。二公在当时，帝方欲柄用，发皆种种矣。使天相之早仕，以究所学，则昌黎、和靖翁亦安有可怜不中书之叹？呜呼！科目资格之弊如此夫。"② 语调诙谐，感叹深长，但终究言短意薄，没有情节和辞章的充分展开，各篇之间也鲜有照应。《文房四友除授集》则不同，它不但采用六朝拟体模式，吸收假传营养，篇幅相对较长，而且更重要的是，这些文章从一开始就是以组篇的形态出现，并经多人多次反复唱和、模拟、反转，逐渐形成了多层级的文本空间，展现出游戏文章融诙谐调侃与对话竞技为一体的特殊美感。在该书中，一种充满戏剧性的情节结构，成为文章写作的逻辑起点，所讲求的角色扮演也在文本冲突中表现出来，可以说，它从内容到形式都突破了传统的书写模式。

《文房四友除授集》的成书过程，前文已经谈及，乃是先有郑清之的四篇制诰，再有林希逸的四篇谢表，刘克庄又循郑、林故辙，仿写八篇，若干年之后胡谦厚反郑、林之意而行，拟弹驳文四篇，由此形成了三个不同版本的《除授集》，而最后的版本可谓一个稳定传续的最终版本，已形成了一个文本整体，它的内部则呈现出既互相联系又各自独立的三个文本层级和意义单元。

第一文本层级乃是郑、林二人的文学对话。郑清之作《中书令管城子毛颖进封管城侯制》《石乡侯石虚中除翰林学士诰》《陈玄除子墨客卿诰》《褚知白诏》四文，采取了三种不同文体给文房四友除官，其中前两文用骈体，后两文乃散语。揣摩全书，郑清之所作似是最容易的，因为他是第一个写，可供调遣的典故最多，辞藻选择余地最大，思路展开最自由。前文已经分析了《中书令管城子毛颖进封管城侯制》与《毛颖传》的密切关系，说明他充分吸收了前人假传的营养。同时，在假传基础上，他又熔铸了一些比较常见的典故成辞，如"爱剖丹书之券，大开孤竹之封。期益广惠施之五车，毋但乐渭川之千亩"之句，所用均是大家熟知的语辞

---

① 所谓"因官湖外而归，旧稿蠹蚀不存"，则郑清之四友除授第一次成文当作于从湖外归京之前。检其仕履，自嘉定十年（1217）中进士后，为外官时间仅前五年，后三十年均为京朝官，保守估计这组文章第一次成文当在1223年前后。

② 林洪《文房图赞》，收入《文房四谱（外十七种）》，上海书店出版社2015年版，第87页。据罗宁先生赐示，《云仙散录》记载薛稷给笔墨纸砚封九锡，然今只见所封官名，不见九锡文。

故实。四六骈文的写作，本就讲究"经语对经语，史语对史语"①，而且以运用成语为得体，所谓"四六宜用前人成语，复不宜生涩求异"②，郑清之首倡之作，在这一点上自然容易占得先机。像孤竹之封、渭川千亩，已成书写竹子的套语，以致于林希逸《代毛颖谢表》"上林借一枝，已愧卓锥之贫士；渭川封千亩，重怀孤竹之清风"、刘克庄《代中书令管城子毛颖进封管城侯加食邑封制》"提笔居公槐之位，久倚任于英豪；剖符拓孤竹之封，肆褒崇于勋旧"、《代毛颖谢表》"上林一枝，今以借汝，亲逢明主之右文；渭川千亩，比之封君，深愧古人之辞富"等句，都复加剪裁，虽有别出之心，亦不得不承袭沿用。

然从另一个角度考虑，郑清之的写作又很不容易，第一次成组写作文房四友除授文，自然是开启山林、无复依傍的创举。因有著名的《毛颖传》在前，《中书令管城子毛颖进封管城侯制》尚有相对丰富的辞章与情节资源可资凭借，而其他三篇吸收文嵩所撰假传的成分就明显减少，更多出于郑清之的重新建构。如他作《褚知白诏》，开篇即言"朕读司马迁《史记》，知褚先生名旧矣。想其议论风采，恨不同时"，并未承袭文嵩《好時侯褚知白传》的思路，而是从与《史记》关系密切的褚先生起笔。褚先生，名少孙，是西汉后期著名的学者，因增补过《史记》而闻名儒林。此"褚先生"与褚知白，实无多大关系，仅因姓氏相同而已，郑清之以他起笔，正似诗歌中的"比兴"之法；另外两篇，亦能跳出假传窠臼，写石虚中从磨镌石器开篇，写陈玄又以李斯起笔，都能宕开一笔，自铸伟词，真不愧林希逸"巧而不斫，雅而能华"的赞誉。

林希逸面对郑清之的四篇文章，一方面感叹郑"年德俱崇，健笔雄词，不少减退""非晚辈所可企望其万一"，另一方面又说"此前人文集所未有也，然既有除授，而无谢，可乎？遂各为牵课表启一首以呈"（均参林序）。我们可以揣摩林希逸当时的复杂心理，既推崇拜服于郑作，又跃跃欲试，激起了创作的欲望，甚或还有在郑清之面前展示文才、以获青眼的想法。③但窃以为，林希逸最主要的心理状态，恐怕还是觉得郑作有趣味，所以尝试从日常公文制度角度，将之补全为一次完

---

① 谢伋：《四六谈麈》，《历代文话》第1册，复旦大学出版社2007年版，第34页。

② 刘祁：《归潜志》卷十二，中华书局1983年版，第138页。

③ 程章灿先生认为："林希逸作此四篇表启，既是与郑清之之间的文字酬答，也是晚辈致敬前辈的一种礼仪行为。从政治角度来看，这是作为'备数校雠府'的闲职下僚的林希逸，在前任权相也可能是未来宰相郑清之面前，表现自己词翰才华的一个绝好机会。"可备一说，参前揭《文儒之戏与词翰之才——〈文房四友除授集〉及其背后的文学政治》。

整的官员除授活动，由此营造更真实的氛围，以获得更强烈的戏谑效果。林希逸的四篇谢表，均以骈文写就，他的展开思路与郑清之一样，既建立在前人假传基础上，又吸收其他典故资源；与郑清之不同的是，他在写作谢表时，不能完全自由发挥，必须考虑与郑清之除授文之间的对话。仍以《褚知白诏》为例，郑清之之文章写了三层意思：一是褚知白操行高洁，"躬自厚而薄责于人"；二是褚知白博学多识，"学贯九流，事穷千载"；三是怀想长才，诏其入宫，"与众贤杂沓而进，以抒心画，以展素蕴"。林希逸《代褚知白谢表》承此思路，首言："云隔几重，自喜卷舒之适；风驰一札，俾陪杂沓之贤。""杂沓之贤"的词汇复现，足见对话口吻明显；次言"臣源流好畤，飘泊剡溪"，乃是就纸张的制作、特性展开双关性叙述；最后说"裁其偏侧，束以规绳"，准备进宫奉侍，结束谢表。行文过程中，林希逸十分注意恰如其分地回应郑文，通过剪裁制诰之辞入表文，从而加深制诰与表文之间的关联性，形成一定的互文效果。比如《褚知白诏》说："朕稽古之暇，富于著述，方与毛颖、陶泓、陈玄三人者，朝夕从事，独卿怀长才，以佣书自给，浮湛市肆间，人情番薄，坚忍不顾。"林作则对之"岂陈玄、毛颖之流，力期推挽；念左伯、蔡伦之后，久叹寂寥"之句，与诏文呼应，让褚知白的除授与谢恩显得更为真切，以增强俳谐的趣味。林希逸的四篇谢表，表面上是四友与皇帝的对话，深层来看则是他和郑清之的对话，所以郑清之才有"某屡尝以词翰荐兄，信不辱所举矣"（见林序）的回应。

郑、林之间的对话是《除授集》最简单也是最基本的文本结构，他们采用最常见的下行文书制诰和上行文书表，通过拟人的方式，展开了文房四友一次完整的除授文书往来，为后来广泛的仿作、反拟活动奠定了基调，规定了方向。尤其是林希逸的和作行为，激活了周边文人的写作兴趣，由此掀起了文学史上引人注目的俳谐文唱和事件。

第二文本层级是刘克庄一个人的双簧，双簧背后凸显的是文人群体写作中强烈的竞技意识。刘克庄一个人模拟两种身份写作，一是中书舍人以皇帝口吻撰制诰，即郑清之扮演的角色，二是除授对象撰谢表，即林希逸扮演的角色。从骈文艺术角度来看，刘克庄之作明显胜出郑、林二人。其作不但能够游刃有余地驱使更多新鲜故实，而且对郑、林二人已经使用过的典故成语，也能再加剪裁融液，表达得更为清通畅达，颇得宋体四六流动的神韵。比如《代石乡侯石虚中除翰林学士诰》："具官某内涵珍璞，外凛丰棱。不肤挠于他人，亦眼高于余子。膺朝廷之物色，得于筑岩；加师友之切磋，可以攻玉。性非燥湿所迁变，语不雕镂而混成。一泓

之水未足多,万斛之源所从出。"每联对仗都极工稳,又句句切中砚台特性,真可谓一大作手。刘克庄在跋中坦言创作机缘云:

> 右一制一诏二诰,今傅相越公安晚先生老笔;三表一启,公客竹溪林侯肃翁所作。本朝元老大臣多好文怜才,王魏公门无它宾,惟杨大年至则倒屣,晏公尤厚小宋、欧阳九,居常相追逐倡和于文墨议论之间,不待身居廊庙,手持衡尺,然后物色而用,盖其剂量位置固已定于平日矣。竹溪所以受公之知,公之所以知竹溪有以也。夫竹溪出牧于莆,以副墨示其友人刘克庄,亦公门下客也。虽老尚未废卷,因拾公与竹溪弃遗,各拟一篇,公见之必发呈武艺、舞柘枝之笑。淳熙戊申季秋望日克庄书。

这一年(淳熙戊申,1248),刘克庄"就畀宪节,即家建台",以福建提刑任而驻家办公,正在莆田;林希逸"自玉堂翠帷求奉太夫人出临莆郡"[1],知兴化军,治所亦在莆田。刘、林二人本即深交,得遇良机,自是唱和频繁。刘克庄见此奇文,不免技痒,虽然自谦"公见之必发呈武艺、舞柘枝之笑",但能如此一人兼施两职,并且呈献给郑、林二人,不说其有必胜的信心,至少也觉得可以与二人旗鼓相埒,颇具以一敌二的豪情。他在郑、林二人的文章对话中,看到了争奇斗巧的空间,他曾说"四六是吾家事"[2],显然具有阐扬骈文创作的自觉意识,而这次恰是高扬主张的重要契机。刘克庄在文体选择上,完全重仿郑、林二人故态,也是六篇骈文和两篇散文(诰、诏),与郑、林二人面临的处境不同的是,他必须在文辞上另辟蹊径、再翻新招,《跋䟆甫姪四友除授制》即云:

> 此题安晚倡之,竹溪和之,后余联作,已觉随人脚跟走矣。既而胡卿叔献及仓部弟各出奇相夸,里中士友如林公掞、方至、黄牧竞求工未已,然止有许多事用了又用,止有许多意说了又说,譬如广场卷子,虽略改头换面,大体雷同,文章家之大病也。[3]

---

① 林同:《竹溪鬳斋十一稿续集序》,曾枣庄、刘琳:《全宋文》第353册,上海辞书出版社、安徽教育出版社2006年版,第282页。

② 刘克庄:《跋䟆甫姪四友除授制》,《全宋文》第330册,第10页。按,中华书局出版的《刘克庄集笺校》不但笺释时有讹误,文本校勘亦多错漏,本文不采。

③ 刘克庄:《跋䟆甫姪四友除授制》,《全宋文》第330册,第10页。

刘克庄清醒地认识到,只有翻空出奇,才能避免文章大病,而自己的困境就是容易"随人脚跟走"。但从实际效果来说,他在这里不免还是自谦,《方名父松竹梅三友除授四六后语》记载了这次仿作获得郑清之的赞赏:"安晚郑丞相两宰天下,名位之重,机务之繁,虽操化权而未尝一日释笔砚。尝为文房四友除授制诏,客录本示余,戏拟数篇,依本葫芦尔,公见之击节。"[1]看似依样画葫芦,却如诗中窄韵、险韵的次韵酬唱一般,因难见巧,愈和愈奇。刘克庄的八篇仿作虽仍蹈袭郑清之的起笔思路,却能在用意上突过前人。如《赐褚知白诏》,郑清之原唱乃以"朕读司马迁《史记》,知褚先生名旧矣"起笔,从褚少孙逗引出褚知白;刘克庄仿作亦承此,开篇云:"汉儒推尊谊、仲舒至矣,然于谊曰贾生,于仲舒曰董生,友之而已,独于褚先生者师称之,其为世所崇尚如此。"所言其实也由褚少孙引出褚知白,但在用意上又较郑清之转深一层,更显典重雅正,增强了谨严的文本与虚无对象之间的冲突之感,也就更具俳谐效果。

刘克庄的八篇仿效之作,一人之笔,两种口吻,以双簧方式在仿作内部展开了新的对话,又以整体方式与郑、林二人之作形成了文思、文辞、文意的竞技,这是《除授集》文本形态结构的新突破,也是除授文章达到的艺术高峰。

第三文本层级是胡谦厚的四篇弹驳除授文,他更改了文体,凸显的是文学创作上"影响的焦虑"。四友除授、谢表,展现的已是一个相对完整的官场活动,除非破坏这一过程,否则只能像刘克庄一样,再次仿写郑、林之作,这无疑是困难的。胡谦厚在跋中记载:"予中表李几复,且作一奏三状代辞免。吁!至是又穷矣。小子狂简,辄为弹文一驳奏三,以附编末。"李几复的"代辞免奏状",显然破坏了郑、林拟定的除谢结构,因为林希逸既已作"谢表",表示接受了除授,再有辞免就错乱了秩序,所以李几复的作品无法融入进郑、林的既定结构之中。与李几复相似的是张端义,刘克庄记载:"有张端义者,独为四友贬制,自谓反骚,然材料少,边幅窘,非善辞令者。"[2]由除授改作贬谪,张端义之作显然完全改变了郑、林的写作结构,等于另起炉灶,更无法与原有作品形成有效对话。胡谦厚的写作却不同,他似乎意识到要继续在原有思路中写作,已无法超越前人,于是引入了新的因素,添入否定性的弹驳,在不破坏郑、林原有结

---

① 刘克庄:《方名父松竹梅三友除授四六后语》,《全宋文》第330册,第97页。

② 刘克庄:《跋钟甫姪四友除授制》,《全宋文》第330册,第10页。

构的前提下，有了继续增进整个故事情节的可能。弹驳文的写作，既能够吸收原有除授谢表的基本情节，又能更容易地避免文辞与用意的重复。如《拟驳陈玄除子墨客卿奏准中书门下省送到录黄一道今月日奉圣旨陈玄除子墨客卿令臣书读者》一文，缴驳除授陈玄子墨客卿，云："陈玄不能洁己，动辄污人。石虚中见谓刚方，首遭蒙昧；褚知白继被点黩，终难扫除。"又云："刮垢磨光，虽幸见收于此日；知白守黑，必难自全于他时。"所言均能体现墨之特性，而又确实反其道而行之，特别是将四友的亲密关系，离间成伤害关系，更是意料之外，情理之中。

胡谦厚的拟弹驳通过改变文体走出了郑、林、刘的阴影，并且由此构成了与前三人的依赖和对话关系。郑、林、刘之作都不出除授谢表范围，弹驳文写作身份是御史和门下给事中，从官场文书的流转次序上来看，乃是在除授之后，而与谢表几乎平行，所以它能够以一对多，既可谏言皇帝，否定除授，又能反诸四友，回应谢表，由此成功地弥合了多重文本间可能产生的次序矛盾。四篇文章虽然题作《拟弹驳四友除授集》，实则已无法完全独立单行，而只能依赖《除授集》一起流播，一旦离开了《文房四友除授集》，《拟弹驳》便成了无源之水。所以，从形式构成上来说，胡谦厚的拟弹驳就成为了四友除授不可分割的重要部分，获得了与《除授集》并列传播的可能。同时，《拟弹驳》的加入，给《除授集》整体结构带来了新突破，丰富了四友除授的故事情节，拓宽了四友除授文唱和活动的维度，让二十篇文章犹如联章组诗一般获得了逻辑上的稳固，是俳谐文总集的形式创获。

总之，《除授集》三个文本层级逐渐叠加，它不同于简单类聚的文章总集和诗词酬唱集，而是在多层级的文本内部充满了呼应、对话、焦虑、抗争、剪接等因子，它们互相交织，形成一张意义之网，完成了一种新的形式创造。全书作品呈现出的不但是四位作家的机敏才思和骈文创作的精工妥帖，更有宋代文人所特有的书卷精神和戏谑趣味，围绕《文房四友除授集》而产生的俳谐文唱和与衍生，更成为晚宋文学的一大景观。

三 和声与独奏：晚宋文人群体性唱和的承袭与突破

自郑、林、刘的拟体唱和发其嚆矢，晚宋文坛掀起了一阵拟体文的创作热潮，持续时间颇长①，波及范围亦广，堪称宋代俳谐文的高峰期。②因文献散佚，我们已无法了解全貌，但在时人文集以及《文章善戏》中，我们尚能管窥一斑。在郑清之之前，现存文献尚无为四友作除授拟体者，而在他之后却作者蔚起，林希逸说："昔安晚先生以帝师留经席，时取文房四友入之北扉西掖之文，继而作者不翅数十家。"③今数十家的多数已湮没无闻，文献可考者，除了林希逸、刘克庄、胡谦厚之外，尚有如下人物参与唱和仿写：

刘翀甫，刘克庄侄，莆田人，余不详，作《四友除授制》。④

胡颖，字叔献，号石壁，湘潭人，绍定五年（1232）进士，见《宋史》本传，作《四友除授制》。⑤

刘希仁，字居厚，刘朔孙，刘克庄从弟，莆田人，嘉定四年（1211）进士，弘治《兴化府志》有传，作《四友除授制》。⑥

林公揆，莆田人，余不详，作《四友除授制》。⑦

方至，字善夫，莆田人，方子容后裔，曾任白鹭洲书院山长，著有《鄙

---

① 刘成国《宋代俳谐文研究》认为本次唱和时间不长，所言无据。从现有材料来看，仅刘克庄周边文友时隔十余年，仍有唱和者，如刘克庄所记《翀甫侄四友除授制》即是。该文至早成于景定元年（1260），翀甫所作离郑清之首倡，十余年矣。[按：《后村先生大全集》卷一〇六有《庚戌写真赠徐生》成于淳祐十年（1250），此文后第三篇有《黄孝迈长短句》，可知该文大体亦成于此年或更晚；卷一〇八有《再题黄孝迈短长句》云"十年前曾评君乐章"，则《再题》文至早成于淳祐十年之后的第十年，即景定元年（1260），而《翀甫侄四友除授制》又列于《再题》之后，可推知该文作至早作于景定元年。]

② 前揭祝尚书《论宋季的拟人制诰》对此有初步勾稽，刘成国《宋代俳谐文研究》亦有涉及。

③ 林希逸：《跋方持叟岁寒三友制诰》，《全宋文》第335册，第358页。

④ 《后村先生大全集》卷一〇八《翀甫侄四友除授制》，《全宋文》第330册，第10页。

⑤ 《后村先生大全集》卷一〇八《翀甫侄四友除授制》有"既而胡卿叔献及仓部弟各出奇相夸"之句。刘克庄又有《送胡叔献被召》"信庵丞相如通讯，为说狂生霜满头"句，信庵即赵葵，与胡颖入赵葵、赵范幕经历合。

⑥ 《后村先生大全集》卷一〇八《翀甫侄四友除授制》有"既而胡卿叔献及仓部弟各出奇相夸"之句，仓部弟即刘希仁，笔者《刘克庄的文学世界》第69页脚注有详考。辛更儒《刘克庄集笺校》（第1482—1483页）认为仓部为刘希谦，误。弘治《兴化府志》卷四七有刘希仁传，云："宝祐三年，除仓部郎官。"

⑦ 《后村先生大全集》卷一〇八《翀甫侄四友除授制》有"里中士友如林公揆、方至、黄牧竞求工未已"之句，卷一三〇有《答林公揆监场书》云："诸文惟有韵与无韵之作为近古，偶俪最俗下，不必苦求工，然不工又不可读。"可见其骈文水平稍欠。

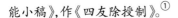

能小稿》,作《四友除授制》。①

　　黄牧,又名以牧,字景渊,莆田人,咸淳元年(1265)进士,作《四友除授制》。②

　　蔡伯英,林希逸友,余不详,作《四友集》。③

　　张端义,字正夫,晚号荃翁,姑苏人,著有《贵耳集》、《荃翁集》,作《四友贬制》。④

　　李几复,胡谦厚表兄弟,余不详,作《文房四友辞免奏状》。⑤

　　方岳,字巨山,号秋崖,祁门人,绍定五年(1232)进士,著有《秋崖先生集》,《宋史翼》有传,作《拟文房四制》、《再拟文房四制》。⑥

　　郑楷,字持正,号眉斋,三山人,余不详,作《文房拟制表》。⑦

以上11位,均是模仿、唱和郑清之诸人之作,所拟均不脱郑、林文房四友除授之范围。与此相应的是,受郑、林四友除授启发、影响,当时不少文人创作了其他物品的除授谢表之文,今亦可考知若干作者如下:

---

① 《后村先生大全集》卷一〇六有《方至文房四友除授四六》。见笔者《刘克庄的文学世界》,第141—143页。刘成国《宋代俳谐文研究》言方至为睦州分水人,方回宗兄,误。

② 《后村先生大全集》卷一〇八《翀甫姪四友除授制》有"里中士友如林公揆、方至、黄牧竞求工未已"之句,其他信息参卷一〇七《跋黄牧四六》,卷一三三《与淮阃贾知院书》《与方蒙仲制幹书》。

③ 林希逸:《鬳斋续集》卷一三《跋蔡伯英四友集》,《全宋文》第335册,第365页。

④ 《后村先生大全集》卷一〇八《翀甫姪四友除授制》有"张端义者,独为四友贬制"句。

⑤ 胡谦厚:《文房四友除授跋》:"予中表李几复,且作一奏三状代辞免。"

⑥ 方岳:《秋崖集》卷一八有《拟文房四制》《再拟文房四制》,小序云:"文房四制,经安晚、后村老笔,无复着手处矣。日长无事,试一效颦,亦可知文章之无尽藏也。"《全宋文》第341册,第308页。

⑦ 郑楷著有《文房拟制表》,见收于《文章善戏》,可参金程宇《静嘉堂文库所藏〈文章善戏〉及其价值》,《稀见唐宋文献丛考》,中华书局2009年版,第93—126页。关于郑楷的活动年代,金文因误读孙德之《郑持正毛颖制表序》,而定于1192年左右,误。该序云:"嘉定庚午,予侍先君子官中都,危逢吉、李公甫俱克词章,间相过,戏草《洪国夫人竹氏进封制词》……危则裂之,李稿今犹在集中也。……三山郑君持正与处几年,一日以所拟制表等作见示,大抵假托以寓其言者也。"所言"嘉定庚午"即1210年,孙德之19岁,显非此序作年,乃是其侍奉父亲,见危、李二人作之之年。序中说"危则裂之,李稿今犹在集中",足见作序已与嘉定庚午相隔甚久,联系郑清之作文房四友除授制乃是1246年之事,有理由肯定,郑楷文章及孙德之序,定晚于1246年。另,姚勉(1216—1262)有《回郑持正书》,语气颇不客气,谅郑楷年龄与姚勉相仿。

方至,字善夫,同上文,作松竹梅"岁寒三友"除授。①

吴必大,字万叔,临川人,淳祐七年(1247)进士,有《山林素封集》,作松竹梅"岁寒三友"、螃蟹"无肠公子"除授。②

张立道,四明人,尝入福建宪幕,余不详,作松竹梅"岁寒三友"除授。③

方名父,字持叟,方晋子,莆田人,作松竹梅"岁寒三友"除授。④

胡锜,字国器,括苍人,著有《耕禄稿》,作田谷农具等除授文二十五篇。⑤

宋无,字子虚,号翠寒,余不详,作《文房十八学士制》。⑥

上列6位与前文所列11位,去重后共计16位,再加上郑、林、刘、胡四人,目前可以考知的四友除授及其周边写作群体即可达20人之多。这个群体以莆田为中心,而辐射全国,其规模之大,范围之广,引人瞩目。究其原因,一是郑清之、刘克庄的文坛影响力颇巨,门生故旧众多,追随唱和自然就多;二是南宋词科与骈文写作有着密切联系,撰写此类游戏作品,可作词科之练习⑦;三是晚宋刻书产业发达,能让《文房四友除授集》在全国范围内迅疾传播,从而引起了各地士人的仿效,由此造成了一次具有广泛文学史影响的拟体俳谐文的唱和。

---

① 欧阳守道《题方山长鄙能小稿》云:"又得见近作数十篇,通旧作为一集,题曰《鄙能》。如岁寒三友召除辞谢之类,视旧为文房四友作,尝经先生品题者,愈出愈奇,不知先生见此又如何其叹赏也。"《全宋文》第347册,第37页。

② 刘克庄《后村先生大全集》卷一〇九《跋吴必大检察山林素封集》一文言其集收有17篇拟体俳谐文。今《文章善戏》收录其《岁寒三友除授集》11篇、《无肠公子除授集》3篇,或即《山林素封集》的部分内容。林希逸《跋方持叟岁寒三友制诰》亦云:"既又转为岁寒三友除授,余向留京,已得之同朝临川吴万叔,及还三山,得之宪幕四明张立道。"祝尚书《论宋季的拟人制诰》、刘成国《宋代俳谐文研究》言吴必大,字伯丰,兴国人,误。

③ 作《岁寒三友除授》,林希逸《跋方持叟岁寒三友制诰》云:"既又转为岁寒三友除授,余向留京,已得之同朝临川吴万叔,及还三山,得之宪幕四明张立道。"

④ 刘克庄《后村先生大全集》卷一一一有《方名父松竹梅三友除授四六后语》,林希逸《鬳斋续集》卷一三有《跋方持叟岁寒三友制诰》。

⑤ 胡锜《耕禄稿序》云:"近之学士大夫游情翰墨,且以褚知白、石虚中、竹媛之类作为制诰矣。锜,牛衣子也……辄辑农书为诰为制诰为表,凡二十五篇,名曰《耕禄稿》。"《百川学海》本。

⑥ 《文章善戏》收录宋无《文房十八学士制》,参前揭金程宇《静嘉堂文库所藏〈文章善戏〉及其价值》。

⑦ 刘成国《宋代俳谐文研究》已指出此点,参该文第38页,注⑦。

现存模拟酬唱的创作作品中,方岳与郑楷的拟体除授之作最值得关注。

方岳写有两组八篇四友除授,即《拟文房四制》和《再拟文房四制》,两组文章立意不同,所取得的艺术成就也不同。第一组仍是完全承袭郑清之,他在序中说:"文房四制,经安晚、后村老笔,无复着手处矣。日长无事,试一效颦,亦可知文章之无尽藏也。"① 所作题目与郑作几无二致,行文思路也步郑、刘故辙,如《赐褚知白诏》云:"顾侯颖侯泓而卿玄,几若汉朱云所谓相吏者,至知白,则独师尊之曰楮先生,奈何不与三子者俱耶?"② 简直完全出自刘克庄《赐褚知白诏》"独于褚先生者师称之"之意,真如刘克庄所言"止有许多事用了又用,止有许多意说了又说,譬如广场卷子,虽略改头换面,大体雷同"③。但是另一组除授,方岳显然更具竞技意识与创新思维,努力跳出了郑、刘窠臼。《再拟文房四制》序说:"予既为四制,或曰前二骈俪,后二散文,纸墨得无有语?乃为二诏二诰,使之前二散文,后二骈俪云。"④ 他改变文体,更换语体,随之而来的就是行文思路的全部更新,所作分别题《赐毛颖辞免进封管城侯恩命不允诏》《赐石虚中辞免翰林学士恩命不允诏》《陈玄除凌烟阁学士依旧子墨客卿封松滋侯诰》《褚知白赐号纯素先生诰》。可见,方岳前两篇是"不允诏",它所对应的官文书流转体系,与制书明显不同。从文书的次序来看,先有制文除授,再有辞免谢表,然后才有"不允诏",所以方岳这里其实省略了一个环节,即辞免谢表,而直接写作了皇帝回复的"不允诏"。这也就从拟体情节上突破了郑、林原有的除——谢结构,形成了新的潜在结构:除授——上表辞免——不允——谢表。后两篇又新增了凌烟阁学士、松滋侯、纯素先生三个官职称谓,其情节自然与郑清之的除授有异,用词遣句也有了新的空间。如果说方岳的第一组文章仍是四友除授合唱中的同调而已,那么第二组显然就已变为合唱中的异响。这种异响增添了四友除授活动的辞免、不允情节,与郑、林、刘、胡同声相和,而又别出心裁,是四友除授中的别样音符。

至于郑楷的《文房拟制表》(更确切地应称《毛颖制表》)⑤,更是从形式到内

---

① 方岳:《拟文房四制序》,《全宋文》第341册,第308页。

② 方岳:《赐褚知白诏》,《全宋文》第341册,第310页。

③ 刘克庄:《跋翀甫姪四友除授制》,《全宋文》第330册,第10页。

④ 方岳:《再拟文房四制序》,《全宋文》第341册,第310页。

⑤ 全文参金程宇《静嘉堂文库所藏〈文章善戏〉及其价值》(《稀见唐宋文献丛考》一文所附,第93—126页)。孙德之有《郑持正毛颖制表序》,据全部文本来看,名集为《毛颖制表》应更切当。

容都突破了《文房四友除授集》的框架，添入了更多的个人创造，形成了新的模式。《毛颖制表》仅取毛颖一人来写，但却达十二篇之多，郑楷所汲取的最直接的营养，仍是《毛颖传》和《文房四友除授集》，但其题已大大扩展，拟体所依赖的故事情节变得愈为复杂，分别是《毛颖封管城子诰词》《毛颖辞免管城子恩命第一表》《赐毛颖上第一表辞免管城子恩命不允批答》《毛颖辞免管城子恩命第二表》《赐毛颖上第二表辞免管城子恩命不允仍断来章批答》《管城子毛颖谢上表》《除管城子毛颖特授守中书令馀如故制》《管城子毛颖辞免中书令恩命第一表》《赐管城子毛颖上第一表辞免中书令恩命不允批答》《管城子毛颖辞免中书令恩命第二表》《赐管城子毛颖上第二表辞免中书令恩命不允仍断来章批答》《新除守中书令毛颖谢表》。

这十二篇文章分为两组，第一组是毛颖封管城子，其基本情节为：封诰——辞免——不允——再辞免——再不允——谢表；第二组是授毛颖中书令，情节设置与第一组同。管城子和中书令两个头衔，是在韩愈《毛颖传》中已经赐封的，所以郑楷的逻辑起点，就与郑清之进封毛颖管城侯不同。更具个性的是，郑楷虽也是模拟皇帝与毛颖两种口吻，但全组文章仅有一个除授人物，写作总量又增至十二篇，比之此前任何一位作者所需要调动的文学资源都更有挑战性。同时，如此大规模地为一个人写作制诰、辞免、谢表之文，其中所涉层面与叙述立场也变得更多端，制诰是从他者角度赞美毛颖，辞免奏状是从自身角度谦虚退让，带有一定自贬意味，谢表又变而从自身角度肯定自我，如此回环往复地书写，将毛颖这位虚拟人物的内心活动和个人品性表达得愈为丰满，一支毛笔可以双关、拟人的各种特性和功能，都得到了前所未有的、最充分的发挥。

特别是《毛颖制表》新添入的辞免与批答环节，这是郑、刘之作中所未有，也是其他模拟酬唱之作所少有，显示出郑楷锐利的写作气势和饱满的仿拟热情，展现了四友除授写作"无尽藏"的文学可能。对比宋代官场习惯，《毛颖制表》无疑更为真切地体现出当时官场文书往来的现实复杂性，加强了制诰谢表书写的真实感。其中煞有介事的写作态度、往复来回的文书环节与丰赡的成语典故、多变的文章手法，构成了这组文章端庄严肃、渊纯典雅的文本世界，而这个文本世界与子虚乌有的主人公毛颖之间产生了更为巨大的落差，从而形成了俳谐组篇的特殊张力。可以说，与四友除授多位人物的简单除谢模式相比，《毛颖制表》围绕一人展开的多次往复，形成了俳谐文新的审美趣味，其意蕴颇堪玩味。

　　总之，围绕郑清之的四友除授文，晚宋文坛出现了一次文学史上难得一见的拟体俳谐文写作高峰，这些作品多数都是以假传为依托的新型拟体，它们或直接模拟唱和郑、林之作，或间接受此影响，由此延伸开去，扩大了拟体俳谐文的写作范围，创新了俳谐组篇的规模形式，并且不断从宋代官场文书流转中借鉴新的因素，让声势浩大的拟体文合唱与独奏交相辉映，促进了拟体俳谐文的形式创造与内容发展。《文房四友除授集》及其周边亲缘性文本在晚宋的涌现，既是俳谐文学史上的壮阔景观，也是晚宋文人群体酬唱和文本传播的特殊样态，展现出晚宋文坛的重要一隅。

夷狄行中国之事曰僭：南宋中后期
辞赋的华夷之辨

山东大学　刘培

华夷之辨是《春秋》大义之一，它要明辨的是华夏与四夷的不同。这包括所处地理、习俗与文化上的差异，其中，文化的差异是其核心。它既主张内诸夏而外夷狄，又推崇以华化夷，所彰显的是华夏本位主义，这也为后来的文化中心主义奠定了思想基础。这一观念在北宋除了宋初石介等人严明华夷之别以尊王攘夷之外，并没有引起思想界太多的关注和发挥。南宋以来，由于国家面临着来自北方夷狄政权空前巨大的威胁，华夷之辨是当时思想发展的底色；孝宗即位之后，锐意恢复，这一观念逐渐显现；蒙古灭金以后，南宋政权如燕雀处堂一般危在旦夕，这一观念成了延续华夏文化的巨大精神支柱。南宋中后期的辞赋清晰地反映了华夷之辨在当时社会思想观念中的发展历程。

一　华夷之辨与复仇论

在宋代，华夷之辨已经失去了以华化夷的含义，而主要指对地理边界与文化边界的坚守、捍卫。而且，华与夷也不再是一个以文化来区分的概念，而是以地理和种族区分，在宋人的心目中，夷狄主要是指威胁国家安全的北方和西北的异族政权，而对于朝贡不断的朝鲜等，则不再严明华夷之别。南宋以后，以华夷之辨的观念来看待北方敌对政权的思维模式更为明晰，而且随着南北局面的改变，其内涵也随之发生微妙变化。南宋时期有两篇以"雁"为题的赋作在阐发华夷之辨思想方面颇有特色，这就是作于孝宗时的王质的《问北雁赋》和作于理宗宝庆二年

（1226）的李曾伯的《闻雁赋》。

雁是文学表现中比较常见的题材，以"雁"或"鸿"为题的赋作代不乏作，然多以状物为主，这两篇赋则以北雁南飞、经行北方着眼，类似于纪行赋之通过时空交织以展露情思的构思，这与赋作要表达的关于沉沦的中原大地的内容是非常契合的。

王质的《问北雁赋》表现亡国之痛，突出的是复仇的主题，赋中写道："燕赵之野，土梗俗劲，慷慨大呼，前无白刃。齐负东海，鲁挟龟蒙，士辩而智，谭高气洪。三秦以西，狷武喜功。今皆弗闻，为有为无？以为有耶，固未有奋精忠之烈，建殊效于中都者也。以为无耶，山川兴气，星辰定区，奚独于今而变于初？"赋中讯问北来的大雁：中原各地，风俗各异，如慷慨悲歌之燕赵、巧智博辩之齐鲁，尚武喜功之关陇，现在，这些风俗还保留着吗，没有化于胡虏之俗吗？靖康难后，南北隔绝，忠烈之气还存在于中原之地吗？作者忧虑的是华夏文化是否还留存于北方，多年的"和戎"之后，故国人民对宋室还存在民族认同和文化认同吗？这些问题也是萦绕于许多人心头的疑问，这在出使北方的文人的诗文中也有明显的反映。[①]赋中流露出对北方同胞的真切牵挂和对故国风貌的深切眷恋：

> 凡汝所经与汝所知，比屋赤子，为喜为悲，饥兮何食，寒兮何衣？故老遗民，为亡为存，城郭范围，桑麻草木，为仍其生，为一扫而更？山兮崇崇，为陷而深，有渊其谷，为墣而平。古帝园陵，绕墙崇扉，为雄茂而森肃，为寒凉而惨凄？秘殿崔嵬，邃馆沉宫，为丹青兮不改，为荆榛兮灌丛？异芳名英，瑰奇怪石，为形貌之犹然，为苍莽而不可踪迹也？[②]

这一连串的发问，饱含着深重的家国之痛和沧桑之感，这是来自于一个文化传承者和宗主对故国子民的牵挂、眷恋与忧虑。因此，他设想了故国人民如弃儿般的惨淡悲哀的生活境遇和城池宫室化而为榛莽灌丛的荒凉景象，在对亡国之痛的咀嚼中，寄寓着奋发气概，故国和人民如此不堪，中华文化如此凋敝，必须去"解放"他们，拯救他们，恢复华夏文明的光荣。文学中这种反映沦陷地人民心怀故国、盼望王师的作品在孝宗以后就多起来了，这是一种出于文化中心主义的推测，

---

①　参看范成大的《揽辔录》、楼钥的《攻媿集》之《北行日录》等文献。

②　王质：《问北雁赋》，曾枣庄、吴洪泽：《宋代辞赋全编》第5册，四川大学出版社2008年版，第2792页。

这可能是一种貌似一厢情愿的"伪造"的民意，可以说是为主战制造舆论的一种策略，这就把文化上的"内诸夏而外夷狄"与《春秋》大义之复仇论结合起来了。作为臣民，王室蒙尘、宫殿倾颓，这是莫大的耻辱，它不仅是国家被征服奴役的象征，更暗示着文化命脉和传统被割断的危机，因此，接下来作者问道："秘殿崔嵬，邃馆沉宫，为丹青兮不改，为荆榛兮灌丛？异芳名英，瑰奇怪石，为形貌之犹然，为苍莽而不可踪迹也？"这段文字蕴含了悲恸的黍离之悲、麦秀之叹，这不仅是对王朝繁荣的追忆与缅怀，更是对徽宗误国的深刻反思。赋的结尾，以意味深长的描述收缩全文："于是哀鸣咿嘤，若避若趋，倏飞去兮不可追，黯落日兮平芜。"一切归于无奈和黯然，因为虽然"遗民忍死望恢复"，但是王师却迟迟没有作为。作者是以解放者和拯救者的姿态来塑造故国与人民的，其枕戈尝胆、修政攘戎、以报不天之仇、以刷中国之耻、恢复故地的用意非常明显，这是建立在国力增强基础上的文化自信力的恢复。王质在隆兴二年（1164）给孝宗的《论和战守疏》可以对此赋流露的壮怀激烈而又壮志难酬的苦闷作一个很好的说明："今陛下之心志未定，规模未立，或告陛下金弱且亡，而吾兵甚振，陛下则勃然有勒燕然之志；或告陛下吾力不足恃而金人且来，陛下即委然有盟平凉之心；或告陛下吾不可进，金可入，陛下又蹇然有割鸿沟之意。臣今为陛下谋，会三者为一，天下恶有不定哉！"[1]他希望孝宗坚定信心，锐意北伐，这不仅是恢复故土，更是以华夏文化驱逐夷狄文化，捍卫文化边界，这是文化中兴。我们看到，此赋中流露出的华夷之辨思想突出了拯救华夏文明和向夷狄复仇的用意，突出了华与夷的文化对立，深化了复仇的正当性和紧迫性，这一思想与绍兴和议以来的和戎国是是扞格不通的，这反映了在孝宗即位以后决心恢复的环境下华夷之辨思想显现的事实。

华夷之辨与复仇论的结合，可以追溯到南宋初期的胡安国，他和他的后学们远绍石介严明华夷之别的思想，于南宋政权在江南风雨飘摇之际，坚决主张北伐决战。这种主张只能说是一种情绪宣泄或者是一种政治上和学术上抢占舆论高地以发展自我的策略，施之于政事未免不切实际，因此，其对主流学术的影响是有限的。我们看到，当时对于高宗最大的安慰，莫过于大金对高宗政权的认可和对和平的承诺。较之高宗们对缔约表现出的异乎寻常的决心，让传统话语接纳这个和约，可能更为棘手，高宗必须对人们有个交代，而且必须交代得有尊严、有体面，针对此事，文人们为摆脱窘境提供了一个近乎完美的思路。黄公度的《和戎国之福赋》

---

① 毕沅：《续资治通鉴》卷一百三十八，岳麓书社2008年版，第371页。

开篇点出和戎是远人请和,皇恩浩荡,施与和平。缔约行为被轻易篡改为符合朝贡思维的施恩行为,而和戎则是德治的胜利:"尝闻帝王盛时,不无蛮夷猾夏。治失其术,则咸尚诈力;御得其道,则悉归陶冶。"作者把孟子有关仁政的论述附会到和戎的政举之上,而缔交的另一方被视为稽首称臣之藩国。当时的华夷关系不再是严明夷夏之防,而是销锋镝以和万国,德绥远人:"我无诈而尔无虞,遐陬内附;灾不生而祸不作,百顺来崇。时其万国怀柔,四方澄寂。内不耸于边鄙,外靡攘于夷狄。揩乃国之龟鼎,脱斯民于锋镝。良由礼招携而柔服,故得道建极而敷锡。揉兹荒裔,俾为不二之臣;介尔中邦,永保无疆之历。"①曾协的《宾对赋》则通过战争与和平生活的比较描写,彻底否定了战争,并认为不以战争手段取得和平的高宗是前无古人的伟大君主。当时的主流文学,不约而同地把高宗和秦桧塑造成缔造和平的圣君贤相,崇尚道德、珍视和平被视为赵构秦桧新政的核心内涵和华夏文化的核心价值观。因此,在高宗朝的思想界,华夷之辨并没有人们想象的那么影响深刻。南宋初期也出现了几篇赞美高宗君临江南的赋作,突出其天下共主和华夏文化传承者的地位,如傅共的《南都赋》、王廉清的《慈宁殿赋》等。这些作品宣扬礼制,彰显高宗莅中国而抚四夷的地位,这其实只是为朝廷在南方立足的合法性寻找依据,并非如有些论者所指出的那样,是当时华夷之辨意义凸显的反映,因为这种论调不存在明确华夷文化边界的意义,没有辨别华夷的用意。

华夷之辨是在孝宗锐意恢复的话语背景下得到彰显的,并且它的复仇指向相当明显。华夷之辨含有民族歧视和民族排斥的观念,内华夏而外夷狄,贵中华而贱夷狄,藉此,形成一种种族或文化上的等级名分制,并且认为非我族类,其心必异②,这种极端的文化中心主义倾向把夷狄置于"他者"甚至"犬羊"的地位,容易导致对异族的敌视乃至讨伐,亦即"德以柔中国,刑以威四夷"③。如果种族等级名

---

① 黄公度:《和戎国之福赋》,《宋代辞赋全编》第3册,第1564页。

② 《左传·成公四年》,李梦生:《左传译注》,上海古籍出版社1998年版,第538页。

③ 《左传·僖公二十五年》,李梦生:《左传译注》,第287页。当然这种偏激的文化中心主义并不能反映华夷之辨的全部内涵,孟子主张"莅中国而抚四夷也"(《孟子·梁惠王上》);荀子主张:"四海之内若一家。故近者不隐其能,远者不疾其劳,无幽闲隐僻之国,莫不趋使而安乐之。夫是之谓人师。是王者之法也。"(《荀子·王制》)这里的"四海",当然包括九夷、八狄、七戎、六蛮。这种以华化夷、德绥四海的思想其实是华夷之辨的主调,像唐太宗、朱元璋这样的雄主,在面对复杂的民族矛盾时,均能够做到"王者视四海如一家,封域之内,皆朕赤子,朕一一推心置腹中"(《资治通鉴》卷一九二,武德九年九月)"朕既为天下主,华夷之间,姓氏虽异,抚宁如一""一视同仁"(《明太祖实录》卷一三四,洪武十三年冬十月丁条),这也是他们能够建立起多民族的强大国家的因素之一。

分被打破，甚或夷狄君临华夏，则以"尊王攘夷"相号召的反抗斗争或复国运动就具有了捍卫优势文化的正义感和种族复仇的使命感。可以说，复仇论是夷夏之防、华夷之别的题中应有之义。孝宗亲政后，决心复亡国之仇，雪靖康之耻，严明夷夏之防的呼声因之高涨。楼钥在绍熙二年（1191）二月上封事说："阳者，天道也，君道也，夫道也，君子也，中国也。阴者，地道也，臣道也，妻道也，小人也，夷狄也。"①这样的言论在当时不在少数。像王质的《问北雁赋》等文学作品表现的那样，夷狄蹂躏中原，以夷变华，这是对道统和正统的公然践踏，这是以下犯上，复仇的正义感在这样的语境中得以伸张。叶适就说："夫复仇，天下之大义也；还故境土，天下之尊名也。以天下之大义而陛下未能行，以天下之尊名而陛下未能举，平居长虑远想，当食而不御者，几年于此矣。"②激励君王践行《春秋》大义，复天下之仇。

在这样的语境下，像王质《问北雁赋》那样彰显华夷之辨与复仇思想的文学作品在当时大量涌现，成为一种创作思潮。在辞赋方面，如杨冠卿的《上留守章侍郎秋大阅赋》写绍熙元年（1190）建康行宫留守章森校阅军旅的情形。赋作以司马相如的《子虚上林赋》中描写天子游猎的场面为蓝本，不同的是把打猎的场面换成了士兵操练的场面，意在表现同仇敌忾、复国之仇的豪情。赋的结尾，点出整肃军队的目的是"将以归齐人之疆、澡渭水之耻"，这里用了战国时齐将田单以莒城为基地反击燕军恢复齐国和唐太宗与颉利可汗订立"渭水之盟"而后雪耻的典故，借以暗示恢复故土的决心。倪朴的《环堵赋》以汪洋恣肆之笔表现了帝王郊祀天地的场面，以展示王朝气壮山河的气势，以突出"奠南北以为一"的主题。李石的《章华台赋》发出了这样一段饶有兴味的议论："中国之人果有异于夷狄禽兽。彼郢裔之啸呼，起蓝缕之小丑。三进爵而获齿，敢一鼎之借口。乃其卑而欲登，下而欲升屈千人万人之力，以逞匹夫之能，如蚍蜉运土穴中，宛然于堆阜。辽乎邈哉！成败废兴，若不足录而足惩，吾于是有感于《春秋》之严，而笑浮屠之陋也。"③对楚灵王的谴责不再是过去的那种道德人格上的，而是从文化上着眼，这继承了《春秋》公羊学的主张，视楚国为华夏文化的异类，是夷狄文化，那么，面对具有先天合法性的华夏文明，楚国的问鼎中原就如同蚍蜉撼树，螳臂挡车。这种看法，放

---

① 楼钥：《攻媿集·雷雪应诏条具封事》，中华书局1985年版，第326页。

② 叶适：《廷对》，曾枣庄、刘琳：《全宋文》第285册，上海辞书出版社、安徽教育出版社2006年版，第84页。

③ 李石：《章华台赋》，《宋代辞赋全编》第5册，第2468页。

在当时的语境中,其意义非同寻常,它反映了面对金人摧枯拉朽的军事优势,南宋文人表现出的文化上居高临下的心理优势和排斥夷狄文化的心态。杨万里的《海鳅赋》把金主完颜亮比作窥伺南朝的鲜卑和被打败于长江边的氐人苻坚,"既饮马于大江,欲断流而投鞭"。赋作铺张扬厉,以渲染压抑已久喷薄而出的复仇激情。陈造的《酹淮文》以铿锵的节奏行文,强调"燕然有石,可继勒兮",几乎是一篇讨伐夷狄的檄文。

孝宗的恢复热情随着张浚北伐的惨败而一蹶不振,以后的开禧北伐以函首安边告终,主战的呼吁悄然消沉。不过,别华夷以复仇的思想并没有完全消褪。本来,图谋恢复是以清算秦桧倡导的和议为出发点的,在这之后秦桧被描绘成一个成色十足的恶人,理学也藉此顺势而兴。在北伐之梦破灭后,理学必须进一步申明自己思想的正确性,并使之继续成为指导文化的主流,也就是说,要使对秦桧的清算和华夷之辨以及复仇论变成人们的共识,而不至于因为又一个和议的来临而受挫。朱熹的《戊午说议序》作于隆兴和议之后,除了强调秦桧作为国家罪人、华夏公敌的邪恶外,他进一步重申复仇的正当性:"君臣父子之大伦,天之经地之义而所谓民彝也。故臣之于君、子之于父,生则敬养之,没则哀送之,所以致其忠孝之诚者,无所不用其极而非虚加之也,以为不如是则无以尽乎吾心云尔。然则其有君父不幸而罹于横逆之故,则夫为臣子者,所以痛愤怨疾而求为之,必报其仇者,其志岂有穷哉!故礼记者曰:君父之仇,不与共戴天;寝苫枕干,不与共天下也。而为之说者曰:复仇者,可尽五世,则又以明夫虽不当其臣子之身,苟未及五世之外,则犹在乎必报之域也。虽然,此特庶民之事耳,若夫有天下者,承累世无疆之统,则亦有万世必报之仇。非若庶民五世,则自高祖以至玄孙,亲尽服穷而遂已也。国家靖康之祸,二帝北狩而不还,臣子之所痛愤怨疾,虽万世而必报其仇者,盖有年矣。"[①]在此时强调复仇的意义,其用意相当明显,就是要使道统的传承不能因此而发生混乱,别华夷而复仇的文化危机感不能因此而钝化。的确,隆兴和议之后的学术文化并没有出现绍兴和议以后的那种歌功颂德的局面,而是依然保持一种枕戈待旦之势,华夷之辨和复仇论思想沉潜内转,以一种郁而不发、忧思深沉的愤懑与怅惘持久地留存于思想观念世界。我们要讨论的另一首关于雁的赋作,即李曾伯《闻雁赋》很能说明这种转变。此赋作于理宗宝庆二年(1226)。当时,蒙古早已在大

---

① 朱熹:《晦庵先生朱文公文集卷七十五·戊午说议序》,《朱子全书》第24册,上海古籍出版社、安徽教育出版社2002年版,第3618页。

漠崛起，并已在北方驰骋多年，就在李曾伯作《闻雁赋》的这一年，蒙古发动了一次比以往更大规模的战争，给予西夏致命一击。岌岌可危的金则早在十二年前就已迁都汴梁。此时的蒙古铁骑，同样是南宋挥之难去的浓重梦魇。

李曾伯《闻雁赋》所表现的，就是分别华夷的思想在此时遭遇的困境。这篇赋依然是从让宋人魂牵梦绕的北方大地落笔："其来也，岂从龙荒朔莫之墟，将自狼居姑衍之地。过西域之后门，亦尚记于汉垒；历长安之铜驼，抑曾饮于渭水。麦芃芃兮如何，黍离离兮奚似！谅山河之无恙，今风景之不异。尔能为予而一鸣，予亦将有以告乎尔。"作者点出的大雁飞临的几个地名颇具暗示意味，它是和汉武帝、唐太宗征伐夷狄的赫赫功勋联系在一起的，曾经的光荣和现实之惨淡情形所形成的巨大反差，更凸显出文化中心主义面临的严峻挑战。赋中写到大雁"久之有声，从天而来，如怨如诉，如悲如哀。物若是以有情，人胡为而忘怀。虽至于无可奈何者已，是得不为之长太息也哉！"摹写出了内心深深的失落。接下来以七事询问大雁：

> 其有穷征绝塞，远戍它州，念百战之已老，苦数奇之不侯。如李广、班超之徒，闻此之声，安得不发怒而眉愁！其有缱绻河梁，投老退陬，思故国之越吟，作他乡之楚囚，如李陵、苏武之徒，闻此之声，安得不涕雪而泪流！或有遭时摈斥，与世沉浮，逐汨罗之渔父，盟江上之沙鸥，如屈平、贾谊之徒，闻此之声，安得不含愤而怀羞！或有随牒千里，寄情一邱，动莼鲈之佳兴，赋松菊之西畴，如渊明、季鹰之徒，闻此之声，又安得不神往而形留！或有萤雪案前，风雨床头，誓击楫以自励，痛枕戈之未酬，如刘琨、祖逖之徒，闻此之声，又安得不命俦而时尤！又有闺房荡子，江湖远游，倚日暮之修竹，望天际之归舟，如潇湘溢浦之妇，闻此之声，又鲜不寓心于伉俪，托兴于绸缪！或又有月冷金殿，霜凄锦裘，恨弊屦之已弃，悲纨扇之不收，如长门、卓郡之人，闻此之声，又鲜不寄言于赋咏，属意于悲讴！

李广、班超之百战而不得封侯，李陵、苏武之投老退陬而心念故国，刘琨、祖逖之击楫枕戈，荡子思妇之离别相思，这一幕幕场景展示了夷夏纷争中的各种令人痛心疾首的场景。屈原、贾谊的遭时摈斥，陶渊明、张翰的捐弃轩冕，以及月冷金殿、霜凄锦裘则暗示了世道回测，英雄报国无门。对这几句文字的理解，我们不应拘泥于其字面意义,而应该视之为是对悲怆心绪的层层皴染,借以营造沉郁氛围,深化主题,征伐夷狄的成败系于朝政的良窳,复仇宏愿的消沉源于政治的昏聩。赋的结尾写道:"然则衡阳以北,代地以南,千万人之心不同,又岂一人之心可拟!"[①]很明显,这里点出了赋中铺写的,是与沉沦的北方相关联的种种痛苦,是关乎拯救华夏文化以及向夷狄复仇的使命所触发的深重痛苦。作者从汉武帝、唐太宗的功业落笔而着力渲染悲情色彩,在与夷夏纷争若即若离的铺写中,流露出飘忽不定而又忧思深重的心绪。[②]这是一曲为消歇的复家国之仇的壮志唱出的悲歌,也是一曲为远逝的华夏文化的光荣唱出的挽歌。

华夷之辨在偏执的文化中心主义的影响下,演化为向夷狄复仇的信念,这一信念在南宋初期因和戎国是的高扬而潜藏,又因孝宗锐意恢复而显现,但终因蒙古的崛起而归于沉寂。

二 得天下者,未可以言中国;得中国者,未可以言正统

面对蒙古铁骑空前巨大的军事压力,南宋朝野复仇之念渐趋消沉而夷夏之防的坚守更为严厉,华夷之辨观念中华与夷在文化上转化的内容被拒绝了,变而为以道统传承者自命而拒斥一切夷狄的成分。这是华夏文化面临灭绝危机所激发出的自我保护机制。或许,1233年蒙古政权在北京修建新的孔庙以将自己打扮成儒教帝国的举动不仅没有消弭文化上的成见,反而加深了南宋思想界的忧患意识。因而,这种延续文化的危机感和使命感有着空前动人的悲壮色彩,即使在国破家亡之际,包括辞赋在内的文学作品依然高唱着忧患民族和文化危亡的悲怆乐音。

---

① 李曾伯:《闻雁赋》,《宋代辞赋全编》第5册,第2787—2788页。
② 李伯曾在《代上郑制置启》所表现的对复仇的无奈,与此赋同调:"念二百年之天下,中限华夷;顾八千里之坤维,外临京洛。帐中之席未暖,塞上之毡已寒。诵旌旗色,鼓角声,犬羊之魄顿褫;对草木风,关山月,貔貅之胆益张。惟义故可以伸《春秋》攘狄之功,惟静故可以得《大易》制动之理。人心所以悦于扶杖一见之顷,士气所以张于挟纩片言之间。难得之机,不容以发。是以善觇势者,知其有成功乎!某昔有志焉,今无能矣。扬州一梦,桃李犹荣;楚户三霜,萍蓬可笑。不谓摇落栖迟之晚岁,复遇贤明忠厚之主人。剑遂重弹,屡不觉折。身分一楫,中流可避于波涛;屋笼万间,半夜不忧于风雨。"(《可斋杂稿》卷七,《景印文渊阁四库全书》,台湾商务印书馆1986年版,第1179册,第238—239页)

郑思肖的《泣秋赋》①在表现忧患民族和文化方面颇具代表性,赋曰:

受命大谬兮身于危时,议论迂阔兮谋不及寒与饥。哀歌悲激兮声洞金石,洒泪吊终古兮周览冥迷。南仰炎邦兮黄蠹杳杳,北俯阴域兮枯草凄凄。东望蓬莱兮,烽烟昏于日本;西忆锦城兮,妖气绝其坤维。天地之大兮,既无所容身;所思不可往兮,今将安之?

礼废兮道丧,气变兮时推。天乔短阏兮,杀气何盛? 阴寒癡惨兮,生意何微? 黄花傲荣兮,睇晓而若泣;宾鸿感气兮,逢秋而来飞。日月无情兮,积昏晓而成岁;翠华巡北岳兮,六载犹未遄归。野鬼巢殿兮梁上而啸,妖兽据城兮人立而啼。大块鼓灾兮庶物命断,问汝群儿兮知而不知?

每泣血涟如兮,为大耻未报;誓挺空拳兮,当四方驱驰! 非我自为戾兮弗安厥生,惟理之不可悖兮虽死亦为。金可销兮铁可腐,万形有尽兮此志不可移! 天虽高兮明明在上,一忱嗤槊兮,宁不监予衷私! 谋为仁义吐气兮,人不从之,天必从之。太誓死死不变兮,一与道无尽期。

踽踽凉凉兮,独立独语;彼沐猴而冠兮,反指唾其癡。安知我之志气兮其动如雷,我之正直兮其神如著! 外被污垢之衣兮,内抱莹净之珠;终身一语兮,不敢二三其思! 死灰焰红暖兮,易一哭为众笑;倏于变以道兮,万世其春熙! ②

赋作表现了国破家亡的孤独感,这种孤独源于文化之根的断裂,这不仅仅是王朝灭亡的“惶惶如也”,在当时的有识之士当中,孤独的情绪多有流露,文天祥在《过伶仃洋》诗中所表现的对文化消亡的深重忧虑不是孤立现象。接着,赋作表

---

① 郑思肖:《心史·杂文》。郑思肖《心史》之真伪是学术界关于南宋末期文献聚讼的焦点之一。主真者从作品与时代史实和学术等多方面的关联立论;主伪者比较过硬的证据就是该书发现的戏剧性让人疑窦丛生,尤其是沉入井中之盛书铁函可以三四百年不坏,这有违常理。目前宋代文学研究界多偏向于承认其真实性。我们认为,在明王朝国之将亡的时局之下,出于宣扬气节的目的,当时人或许编造了该书的发现过程,甚或书中也有当时人的文字阑入,但是这不妨碍该书的真实性,本文所引该书文献,其与南宋末期的学术与文学局面互相发明,深相契合,因此,本文采取学界较普遍的观点,在没有新的、过硬的证据的情况下,承认此书是宋元之际的作品。

② 郑思肖:《泣秋赋》,《宋代辞赋全编》第2册,第981—982页。

现了孤独的缘由,天地变色,礼废道丧,生灵涂炭,而且,皇帝北狩已过六年(即至元十九年,1282),大宋光复的迷梦彻底破灭。在这种情况下,作者依然不认可蒙古这个野蛮的夷狄君临华夏的事实,他认为他们的统治是"野鬼巢殿""妖兽据城",他担忧华夏子民被暴力挟持而俯首为奴,他满怀惶恐地探问"问汝群儿兮知而不知"。然而他仍然坚信华夏是道统的传承者,道不灭,华夏亦不灭,因而,光复的希望明灯将永远指引华夏子孙去捍卫过去的光荣,开启崭新的未来。赋的结尾,作者重申了自己的孤独和对蒙古统治的敌视,认为他们如同春秋时期的夷狄之国楚国那样,即使躬行华风也是沐猴而冠,华夏文化终将光耀千秋。

宋元之际,辞赋中的亡国之音是异常沉重悲恸的,据载,谢翱曾作骚体以抒愤:"宋亡,文天祥被执,翱悲不能禁。严有子陵台,孤绝千尺。时天凉风急,挟酒登之,设天祥主,跪酹号痛。取竹如意击石,作楚歌招之,其辞曰:'魂来兮何极,魂去兮江水黑。化作朱鸟兮,其嗽焉食?'歌阕,竹石俱碎,失声大哭,作西台恸哭记。"[①]寥寥几句,字字血泪。对于王朝的灭亡,文人们感受最深的不仅是山河变色,进退失据,而且更是由此而来的华夏文化命脉的深重危机和义不与戎狄戴天的道德情怀。对他们来说,人生的一切意义都不存在了,横亘于心的只有深深的耻辱和激愤,哀莫大于心死,文人们必须直面人生的绝境和未来的幻灭,如刘辰翁的《归来庵记》(后半部分是赋),连文凤的《虚舟赋》《登高赋》《独居赋》等着重表现幻灭和空寂,很好地阐释了亡国之痛。这种普遍的孤独与幻灭情绪,其底色是对蒙古政权和夷狄文化的决绝排斥,表现了南宋后期华夷之辨的新特点,那就是拒绝与夷狄进行一切形式的沟通和交流,从道统的传承者自命而绝不认可君临中国的夷狄政权的合法性,亦即"得天下者,未可以言中国;得中国者,未可以言正统"[②],这是蒙古势力崛起以来南宋学术思想的主流意识。

宋理宗景定元年(1260),北地大儒郝经受蒙古大汗忽必烈之命赴南宋议和,被宋人囚禁达十六年之久。善待来使是外交道德的基本要求,何况宋人是在捋虎之须,履虎之尾。后来的修史者把这一不理智的行为归咎于权臣贾似道,这似乎难有说服力。贾是一个势焰遮天的权臣,他岂能为隐瞒自己的冒功行为而不惜铸下这等滔天大错,这种小儿之智与贾似道的身份、阅历、为政经验等是很不协调的。这应该是南宋政坛集体犯下的大错,是南方思想界主流意识对蒙古政权深入

---

① 丁传靖:《宋人轶事汇编》(下),中华书局1986年版,第1052页。
② 郑思肖:《古今正统大论》,《全宋文》第360册,第58页。

骨髓的敌意和文化上的极端蔑视使然。这一行为为蒙古向南宋用兵提供了绝好的口实，几乎之后的每次讨伐，蒙古都把扣留来使作为借口，即使 1274 年攻克临安，寻找郝经的下落也是蒙古军队的任务之一。这一事件，印证了王夫之关于华夷之辨的那句话："夷狄者，欺之而不为不信，杀之而不为不仁，夺之而不为不义者也。"① 因为蒙古是夷狄，是禽兽，对他的来使就可以不讲信义，这集中体现了南宋思想界极其狭隘的严防华夷之别的特点。

其实，郝经是一位卓有成就的理学家，他信奉华夏文化中心主义，和其他理学家一样，也把是否尊崇"道"作为判定政权合法性的唯一标准②，这种看法和南宋理学家毫无二致。在华夷之辨方面，他继承了传统儒家以夷变夏的思想，认为夷狄接受华夏文化则视同华夏，华夷的区别只在于"道"，因此他指出："中国而既亡矣，岂必中国之人而后善治哉？ 圣人有云：'夷而进于中国，则中国之。'苟有善者，与之可也，从之可也，何有于中国于夷？ 故苻秦三十年而天下称治，元魏数世而四海几平，晋能取吴而不能遂守，隋能混一而不能再世。以是知天之所与，不在于地而在于人。不在于人而在于道，不在于道而在于必行力为之而已矣。"③ 这其实和传统儒家的见解是一致的。从此点出发，他认可南宋政权的合法性，也认可蒙古政权作为"中国之主"的合法性，他说："本朝立国，根据绵络，包括海宇，未易摇荡……其风俗淳厚，禁网疏略，号令简肃，是以夷夏之人皆尽死力。"④ 他认可的依据就是其躬行汉法，从华夷之辨的立场出发，是蒙古行汉法，会逐步接受华夏文化，化而为"华"的。而正是在这一点上，郝经和南宋思想界发生了巨大分歧。

当时南宋的思想界，其华夷之辨的立场已经有悖于传统儒学，由于承受着深重的亡国灭种的危机，他们严格捍卫种族、地理、习俗、文化的界限。对于郝经的看法，可以用郑思肖的有关论说来答辩，他认为北方的蒙古是没有资格接续中国之正统的，他说："中国正统之史，乃后世中国正统帝王之取法者，亦以教后世天下之人所以为臣为子也。岂宜列之以嬴政、王莽、曹操、孙坚、拓拔珪、十六夷国等，与中国正统互相夷虏之语，杂附于正史之间？ 且书其秦、新室、魏、吴、元魏、十六夷国名年号，及某祖、某帝、朕、诏、太子、封禅等事，竟无以别其大伦？ "他

---

① 王夫之：《读通鉴论》卷二十八，中华书局1975年版，第1014页。
② 郝经：《时务》，《全元文》第4册，江苏古籍出版社1998年版，第259页。
③ 郝经：《时务》，《全元文》第4册，第259页。
④ 郝经：《上宋主陈请归国万言书》，《全元文》第4册，第134—135页。

比以往更为严苛地甄别政权的政统资格，夷狄政权被完全排斥在外。"若论古今正统，则三皇、五帝、三代、西汉、东汉、蜀汉、大宋而已。司马绝无善治，或谓后化为牛氏矣。宋、齐、梁、陈，蕠然缀中国之一脉，四姓廿四帝，通不过百七十年，俱无，不可列之于正统。李唐为《晋载记》凉武昭王李暠七世孙，实夷狄之裔，况其诸君家法甚缪戾，特以其并包天下颇久，贞观、开元太平气象，东汉而下未之有也，姑列之于中国，特不可以正统言。夷狄行中国之事曰'僭'，人臣篡人君之位曰'逆'，斯二者天理必诛。"和夷狄文化具有血脉联系或者行事有违华夏传统道德的政权，天理必诛。"圣人、正统、中国，本一也，今析而论之，实不得已。是故得天下者，未可以言中国；得中国者，未可以言正统；得正统者，未可以言圣人。唯圣人始可以合天下、中国、正统而一之。"中国与道统、与圣人之化紧密地结合在一起。"大哉'正名'一语乎！其断古今之史法乎！名既不正，何足以言正统与？正统者，配天地、立人极，所以教天下以至正之道。彼不正，欲天下正者，未之有也，此其所以不得谓之正统。或者以正而不统、统而不正之语，以论正统，及得地势之正者为正统，俱未尽善。"① 名不正则言不顺，夷狄而君临中国，不管其化而为华与否，都是名不正的，是不能为中华文化所接纳的，这就给华夷之辨观念对夷狄的排斥找到了强有力的理论依据。躬行中国之法，和德比圣人绝不是一个概念，南宋人以内圣外王的标准来衡量夷狄政权的合法性，而道德是一个随意性很强的概念，因此，要让他们认为夷狄君主德配天人，具有圣人之品格，夷狄政权行仁政王道，则需要漫长的道路要走。因此，像郝经这样，长期处身于女真人的大金统治下，而今又不得不接受蒙古人统治的汉族士大夫，其华夷观不得不是开放的，只有这样才能够使华夏文化求得一席发展之地，这反映了华夏文化坚韧而务实的一面；而长期面临深重危机的南宋，其文化机体里对夷狄的敌视和排斥一直在滋生旺长，形成内转而坚守的文化品格，反映了华夏文化重节操而不屈服于强暴的一面。南北两方的华夏士人，共同诠释着中华文化的精髓所在。要知道，文化中心主义其保守的倾向对国家和民族的发展是相当不利的，但是在面临亡国的危机时刻，它能唤起华夏子民的民族自豪感，激发人们掷头一击、舍身取义的慷慨豪情。宋末辞赋当中表现出的孤独与空幻感，其实就是这种不屈精神的形象体现。

从南宋初期以来，北方夷狄政权就被理解为不守信义的野蛮之邦、禽兽之

① 郑思肖：《古今正统大论》，《全宋文》第360册，第59页。

域。① 那么，华夏文明在对抗夷狄时，或许军事上难处上风，但是夷狄的文化根性注定了它的军事优势和政权绝不会长久，当时的人们还从历次的华夏与蛮夷的争斗中寻找这样的证据，他们坚信，恪守传统道德，传承道统，国家就可以长久，文明就不会断绝，这是华夏之所以为华夏的优势所在，天不灭，道亦不灭，那么，承载道统的华夏文明亦不灭。朱熹就说："中国所恃者德，夷狄所恃者力。今虑国事者大抵以审彼己、较强弱为言，是知夷狄相攻之策，而未尝及中国治夷狄之道也。盖以力言之，则彼常强，我常弱，是无时而可胜，不得不和也。以德言之，则振三纲，明五常，正朝廷，励风俗，皆我之所可勉，而彼之所不能者，是乃中国治夷狄之道，而今日所当议也。诚能自励以此，则亦何以讲和为哉？"② 认为在对夷狄的斗争中，中华可凭恃者是道德教化，立足于此，才能扬长避短，取得优势。他的这一看法影响很大，真德秀认为："臣闻中国有道，夷狄虽盛，不足忧；内治未修，夷狄虽微，有足畏。"③ 关系华夷力量对比的关键因素是"道"。魏了翁对此阐发得更为清晰："臣闻善为天下者，不计夷狄之盛衰，而计在我之虚实。中国夷狄一气耳，其盛衰诚无与于我者。先王以其叛服去来荒忽无常，故虽怀之以德，接之以礼，未尝逆示猜闲，然亦岂引而致之，倚与为援，而略无防虑也？""古之所谓待夷狄者，亦惟尽吾所以自治之道而已。顾舍其在我以资乎人，祇见其害，未睹其利也。结赞既退，旋复旧京，初无赖乎蕃戎。"④ 在蒙古势力崛起之时，南宋朝野的看法是修明内政，以德治国，不计夷狄之盛衰，计在我之虚实，这其实是在发展自我，等待倏忽而强的夷狄能倏忽而灭。因此，当众望所归的真德秀入朝参与大政时，开出的治国良药是"正心诚意"。据载："真文忠负一时重望，端平更化。人徯其来，若元祐之涑水翁也。是时楮轻物贵，民生颇艰，意谓真儒一用，必有建明，转移之间，立可致治。于是民间为之语曰：'若欲百物贱，直待真直院。'及童马入朝，敷陈之际，首以尊崇

① 如李纲在《论与夷狄同事》中说："夷狄之性，贪婪无厌，不顾信义，可以威服，难以恩结。既借其力，与之图事，则必有轻中国之心；情实既露，为彼所料，则必有窥中国之志。奉之过情，则启其贪；不满其意，则易生衅。此所以必为患者，其事势然也。古者戎狄荒服，其来则坐诸门外，使舌人体委与之，不使知馨香嘉味，而况竭中国之货财珍异以略之，欲借其力而结其心哉？悲夫！谋之不臧，宜后王之深戒。"（《全宋文》第172册，第135页）

② 朱熹：《晦庵先生朱文公文集卷三十·答汪尚书甲申十月二十二日》，《朱子全书》第2册，第1299页。

③ 真德秀：《使还上殿札子 嘉定七年二月一日》，《西山先生真文忠公文集》卷三，商务印书馆1937年版，第46页。

④ 魏了翁：《进故事论夷狄叛服无常力图自治之实》，《全宋文》第310册，第251页。

道学,正心诚意为第一义,继而复以《大学衍义》进。愚民无知,乃以其所言为不切于时务,复以俚语足前句云:'吃了西湖水,打作一锅面。'市井小儿,嚣然诵之。士有投公书云:'先生绍道统,辅翼圣经,为天地立心,为生民立命。愚民无知,乃欲以琐琐俗吏之事望公,虽然负天下之名者,必负天下之责。楮币极坏之际,岂一儒者所可挽回哉? 责望者不亦过乎!' 公居文昌几一岁,洎除政府,不及拜而薨。"[1] 看似高论有余不切世用,其实反映了在强敌压境的情况下理学人士的为政观念,他们认为只有突出自己在"道"方面的优势,率道而行,才能够使国家转危为安。当蒙古势力在亚欧大陆摧枯拉朽之时,南宋政权能够独立支撑三十多年,其道德自信、文化自信、制度自信的意义不容忽视。[2]

面对深重的文化危机,人们想到了箕子,那个在国家阽危之时,逃往海隅以图传承华夏文明的志士。金履祥的《广箕子操》写道:

> 炎方之将,大地之洋。波汤汤兮,翠华重省方,独立回天天无光。此志未就,死矣死南荒。不作田横,横来者王;不学幼安,归死其乡。欲作孔明,无地空翱翔,惟余箕子仁贤之意留沧茫。穷壤无穷此恨长,千世万世闻者徒悲伤。

关于"操",有这样的说法:"其道行,和乐而作者,命其曲曰畅……其遇闭塞,忧愁而作者,命其曲曰操"[3]琴曲中的"操",属于"辞"的一类,属于辞赋范畴。这首表达忧愁情绪的琴曲,通过缅怀箕子,表达了对华夏文化深重的忧患意识。据说,此

---

[1] 周密:《癸辛杂识》,中华书局1988年版,第43页。

[2] 正如方大琮所指出的:"嗟乎! 中国尊安,道统嗣续,此岂非天地之本心乎? 至其往来升降之不齐,离合去就之靡定,虽天地不能自必,况于人乎? 虽然,圣人所以斡旋造化者,固亦有道矣。中国夷狄相与角立于世,异端正学其较胜负不少相下,圣人凝然在上,以身挽之,修立人道以正天下,其卫甚固,其具甚密,以此定天下之势,而使之不得自为转移也。""后世之夷狄未始不可驯,异端未始不可化,上之人不能以一身持天下之势,而听其所至,其纲维统摄之具疏漏而不周,至使狙公稷下之流皆得以鼓簧一世,蛮居种食之人亦得以抗衡上国。此其人至卑且陋也,何足以关存亡之数? 一得其陈,而天地为之失其常经者数十世,亦足以悲后世维持之无力也。"(方大琮:《一统天地之常经论》,《全宋文》第322册,第211—212页)

[3] 应劭:《风俗通义校注》卷六,王利器校注,中华书局1981年版,第293页。

曲是献给誓死抵抗蒙古的陈宜中的。[①]北宋时候,毛滂写过《箕子操》,表达的是朝廷昏聩而忠良屏远的忧虑,金履祥此曲则是从延续文化的角度着眼的。天地倒置,沧海横流,皇帝流落天涯,民族面临着前所未有的灾难,不学田横,放弃抵抗,也不学辛弃疾,放弃理想而归乡隐居,要像诸葛亮之不断北伐,要像箕子远处穷壤之朝鲜,应该把延续华夏文明作为己任。其实,南宋后期,在巨大的危亡的阴影之下,人们已经注意到了箕子的文化价值。真德秀在勉励南去为官者曰:"然尝窃叹古之为政者变戎而华,今之为吏者驱民而狄。昔者箕子八条之化,孔子九夷之居,皆圣人事,吾不敢以律后世。若锡光、任延,汉守将尔,于交址能兴其礼义之俗,于九真能迪以父子之性,是不曰变戎而华乎?今之饕虐吏罗布郡县,细者为虻为蚋,以嘬人之肤;大者为猰、为凿齿,以血人之颅,以牣其家,以封其孥,于是民始蒿然丧其乐生之志,而甘自弃于盗贼之徒矣。是不曰驱民而狄乎?故为政者厚视其人,虽戎而华可也;以薄视其人,则虽民而狄弗难矣。循其本而思之,为吏者不自狄其身,然后能不狄其民。盖黩货而忘义者,狄也;喜杀而偭仁者,狄也。以中国之士大夫为天子之命吏,而其所为无异于狄,亦何怪其民之狄哉?予方疾当世之吏穽吾民于狄,故因君之请而一吐之。"[②]八条之化是指箕子居朝鲜与土人约法八条以化之,真德秀忧虑官员不以仁义之道对待夷狄之人,违背以华变夷之道,反映了他对于传播华夏文明的积极心态,这和北宋时期的那种无可无不可的态度大不相同,其所透露的,是对民族和文化的深刻忧患。那么,这种忧患一旦面对国破家亡的境遇,则表现为一种强烈的拒斥夷狄、执着于文明传承的情愫,金履祥的琴操,表现的就是这种对华夏文化的使命感。

南宋末期的华夷之辨,具有强烈的排斥夷狄、捍卫华夏文化传承的倾向,这种捍卫,在文学中表现为捍卫文化的崇高感和孤独感,而且,对华夷之别的理解也执着于是否是道统传承之一环,因而,夷狄被彻底拒斥于华夏之外。

三 琼花、梅花与岁寒三友

① 此曲见《仁山文集》卷二,吴师道跋云:"宋季为相者曾聘先生馆中,先生以奇策干之,不果用而去。先生感激旧知,后为赋此。辞旨悲慨,音节高古,真奇作也。"(《景印文渊阁四库全书》第1189册,第799页。)

② 真德秀:《送南平姜守序》,《西山先生真文忠公文集》卷二八,第501页。

南宋端宗景炎三年（1278年）十二月，宋右丞相文天祥在五坡岭兵败被俘，南宋少帝（赵昺）祥兴二年（1279）四月，被从潮州解往大都。所到之处忠义之士纷纷为其送行，更有义士王炎午等情绪亢奋，一路随行，并张贴祭奠文丞相的文字，劝勉他为国殉节。这种残酷的道德绑架在当时人看来并没有什么不妥当，王炎午等还因此博得了高名令誉。和北宋灭亡时的群臣望风遁逃相比，南宋人对王朝更多了些眷恋之情，甘愿为之殉节、守节者不在少数。这是相当耀眼的一个文化现象，这说明，节操在当时的社会价值观念中具有多么重要的位置。这种节操，与北宋时期范仲淹等人提倡的气节不太相同，气节有忧患天下的担当意识在，而节操，则重在个人对道德观念的坚守，和气节相比，节操更偏于内在，注重个人心灵的砥砺修炼。这种文化品格的形成与理学对社会价值观念的重塑密切相关，而理学在人心灵上做功夫的动因，则离不开北方的蛮夷投向南方的浓重阴影，理学要在人的心灵上筑起一道捍卫华夏文化的长城。也就是说，华夷之辨在南宋是以夷夏之防的内涵浸入其文化之中的，是严明夷夏之防的文化底色塑造了南宋重视节操的文化品格，较之北宋的雍容闲雅，南宋多了些坚韧和孤独。南宋人的节操观念，在文学创作中表现较为充分，我们想通过琼花、梅花等艺术形象的分析以窥豹一斑。

宋代扬州后土庙的一株琼花老树，很早就引起人们注意。宋初王禹偁所作的《后土庙琼花诗·序》曰："扬州后土庙有花一株，洁白可爱，且其树大而花繁，不知实何木也，俗谓之琼花。因赋诗以状其异。"① 其后欧阳修、韩琦、刘敞、王令、秦观、晁补之、贺铸等都有歌咏。据载："扬州后土祠琼花，天下无二本，绝类聚八仙，色微黄而有香。仁宗庆历中，尝分植禁苑，明年辄枯，遂复载还祠中，敷荣如故。淳熙中，寿皇亦尝移植南内，逾年，憔悴无花，仍送还之。其后，宦者陈源命园丁取孙枝移接聚八仙根上遂活，然其香色则大减矣，杭之褚家塘琼花园是也。今后土之花已薪，而人间所有者，特当时接本仿佛似之耳。"② 或许，琼花这种难离本根的特性会使南宋人体会到在夷狄的巨大威胁下坚守华夏文明之根的可贵和崇高。周辉的《清波杂志》这样记载道："琼花……特以名品素高尔。后土祠前后地土膏腴，尤宜芍药。岁新日茂，及春开，敷腴盛大，纤丽富艳，遂与洛阳牡丹并驱角胜。孔毅父尝谱三十有三种，续之者才十余种，夫岂能备，固宜有所增益。钱思公尹洛，一日，幕客旅见于双桂楼下，见小屏细书九十余种，皆牡丹名也。洛花久污腥膻，扬

---

① 王禹偁：《小畜集》卷十一，《四部丛刊》本。
② 周密：《齐东野语》卷十七，中华书局1983年版，第321—322页。

花在今日尤当贵重。"① 洛阳牡丹随着北地的沉沦而久污腥膻，扬州的琼花在今日尤当贵重，这充分显示了琼花所蕴含的恢复古圣先贤之光荣的意义。又据杜斿在《琼花记》中载，宋高宗绍兴年间，金兵南下侵略，扬州琼花被连根拔去，但被铲的根旁，又生出了新芽，终于慢慢恢复了原状②，这一事件所彰显的在夷狄暴力下的坚守的主题就更明显了。张昌言作于南宋初期的《琼花赋》就是歌咏这件事的。张昌言在赋序中称："扬州后土祠琼花，经兵火后，枯而复生，今岁尤盛。邦人喜之，以为和平之证，乃赋之。"可见，作者是把枯而复生的琼花作为坚守中华之脉的象征来看待的，人们从琼花的遭遇中感悟到了与王朝和自己、与华夏文化相类似的境遇，以及此时所需要表现出的坚守的勇气。赋中作者极力渲染琼花的不同凡品："俪靓质于茉莉，笑玫瑰于尘凡，陋荼蘼于浅俗。惟水仙可并其幽闲，而江梅似同其清淑。真绝代之无双，久弥芳于幽谷。"由此引出对它作为王朝中兴之瑞应的赞叹："盖艳冶而争妍者，众之所同；而蠲洁向白者，我之所独。是以兵火不能禁，胡尘不能辱。根常移而复还，本已枯而再续。疑神物之护持，偏化工之茂育。抑将荐瑞于中兴，而效祥于玉烛。"③ 琼花拔出流品的美质、枯而复生的坚韧不正是王朝中兴和民族不屈精神的想象写照吗！当此之时，华夏子民不正需要焕发出这种不屈服于暴力的节操吗！其后，吴宗旦在为此赋写的跋文中也提道："此花瑰丽，冠绝群品，而寿乃若是，物理岂一端而已！恐不屈于崇高，有节妇之操；不滞于荣枯，有列仙之姿。孰云无知？似有道者。"④ 对琼花意蕴的揭示颇为得旨。而且，我们注意到，之后渐趋淡出文学视野的琼花在南宋亡国前夕又一次引起了人们的注意，吴龙翰的《古梅赋》在描写梅花时就称："忆故园之古梅兮，灿珊瑚之宝树。悬瑶台之明月兮，的皪琼花，玲珑玉蕊。"以琼花比拟凌霜傲雪的古梅。陈景沂在《全芳备祖序》中说："琼花玉蕊，胡为而蹴处其上？答曰：此尊之也。或曰：牡丹、芍药、海棠之无实无香，胡为而亦处其上？答曰：此贵之也。是皆奇葩异卉，特立迥出，胡可以一说拘也。"⑤ 对琼花推崇备至。李丑父的《天妃庙记》写道"俪新庙兮淮东，琼花时兮来过。配富媪兮民庸，江与淮兮无波。彼佐禹兮巫峰，视功载兮同

---

① 周辉：《清波杂志校注》卷三，刘永翔校注，中华书局1994年版，第113页。
② 杜斿：《琼花记》，《全宋文》第284册，第5—7页。
③ 张昌言：《琼花赋》，《宋代辞赋全编》第5册，第2717—2719页。
④ 吴宗旦：《琼花赋跋》，《全宋文》第259册，第160页。
⑤ 陈景沂：《全芳备祖序》，《全宋文》第343册，第292页。

科"①。把琼花视为保佑安宁的神圣之物。琼花在当时观念世界的重新显现,与人们对捍卫文化之使命感的呼唤密切相关。

节操的凸显与理学的提倡密切相关。理学是在南宋特殊的时局之下勃然而兴并蓬勃发展的,它的思想是以严明夷夏之防为底色的,它对节操的张扬,具有深重的发展民族和延续文化的忧患。对于节操,它不仅是作为一种个人的心灵修炼,而更视之为一种国家精神、民族精神。强敌压境,南宋政权大多数时间取忍气吞声、负重致远之态势,国家和民族在此种境遇下要图谋复兴,唯有坚韧坚守才能至之久远。因此,重视节操的文化品格,是华夏文化对危机局面采取的应对机制。这种坚守,是对民族心理的一种砥砺,是民族精神的一次升华。除了琼花,人们又在南方山间水旁遍地生长的梅花身上,找寻到了这种不屈精神的寄托,并通过对梅花的礼赞,诠释着民族精神的种种内涵。

梅花意象在南宋文学中经历了一个逐渐塑造的过程。南宋初期的咏梅赋多表现梅花的丰姿绰约和清逸旷达的特点。它们或者把梅花作为怀乡、悲叹命运的起兴之物,如唐庚有《惜梅》,谢逸有《雪后折梅赋》;或者刻意渲染梅花旖旎动人的美感,如李纲、张嵲、释仲皎的同题《梅花赋》。这些赋多以梅花比仙女。这在北宋时期极其少见,但在南宋却蔚为大观,究其原因,主要是梅花的韵致与当时文人旖旎婉转的情怀产生了共鸣,文人们的那种从容美丽的人格诉求与梅格深相契合。清人谢章铤就说:"予尝谓南宋词家,于水软山温之地,为云痴月倦之辞,如幽芳孤笑,如哀鸟长吟,徘徊隐约,洵足感人。然情近而不超,声咽而不起,较之前人,亦微异矣。……有花柳而无松柏,有山水而无边塞,有笙笛而无钟鼓,斤斤株守,是亦只得其一偏矣。"②虽是在讨论南宋词风,移之于南方文人之气质,同样适用。与此并行的是,当时的一些咏梅赋刻意把梅花比作孤独的君子,这昭示了在夷狄压境的恶劣形势下,人们寻求孤独坚守的精神支撑的努力,梅花在这方面的意义受到关注。③人们既看重妖媚婉转又景仰胸次清旷的人格追求,使得梅花在比附奇男

① 李丑父:《天妃庙记》,《全宋文》第336册,第399页。

② 谢章铤:《赌棋山庄词话续编卷五·杨爱生词》,《词话丛编》第4册,中华书局1986版,第3561页。

③ 当然,梅花的比德方面的意义不是南宋以后才受到重视,而只是说其彰显品格的特点蔚然成风。北宋的文同就说:"梅独以静艳寒香,占深林,出幽境。当万木未竞华侈之时,寥然孤芳,闲澹简洁,重为恬爽清旷之士所矜赏。"(文同:《赏梅唱和诗序》,《丹渊集》卷二五,《景印文渊阁四库全书》第1096册,第706页)

伟士方面展现出广阔的前景。南宋初期文人由于世事的惨淡和人生的支离飘萍，国家民族与华夏文化命悬一线，更容易从梅花感悟到幽峭、野逸等种种意趣，周紫芝就指出："草木之妖丽变怪所以娱人之耳目者，必其颜色芬芳之美。而梅之为物，则以闲淡自得之姿，凌厉绝人之韵，婆娑于幽岩断堑之间，信开落于风雨，而不计人之观否。此其德有似于高人逸士，隐处山谷而不求知于人者。方春阳之用事，虽凡草恶木猥陋下质，皆伐丽以争妍，务能而献笑，而梅独当隆冬沍寒风饕雪虐之后，发于枯林，秀于槁枝。挺然于岁寒之松，让畔而争席，此其操有似于高人逸士，身在岩穴而名满天下者。"① 葛立方也指出："近见叶少蕴效楚人《橘颂》体作《梅颂》一篇，以谓梅于穷冬严凝之中，犯霜雪而不慑，毅然与松柏并配，非桃李所可比肩，不有铁肠石心，安能穷其至？此意甚佳。审尔，则惟铁肠石心人可以赋梅花，与日休之言异矣。"② 又如姜特立在《跋陈宰〈梅花赋〉》中也说："夫梅花者，根回造化，气欲冰霜，禀天地之劲节，厌红紫而孤芳。方之于人，伯夷首阳之下，屈子湘水之旁，斯为称矣。自说者谓宋广平铁石心肠，乃为梅花作赋。呜呼梅乎！斯将置汝桃李之间乎？余谓唯铁心石肠，乃能赋梅花。今靖侯不比之佳人女子，乃取类于奇男伟士，可谓知梅花者也。"③ 这样的言论在当时相当多。在这种审美诉求的促使下，咏梅赋中融入了拗劲磊落的情感，阴柔之韵中浸入阳刚之气，君子之风。王铚的《早梅花赋》开篇表现梅花的风姿绰约，然后又表现梅花胸次清旷的特性："兹梅也，排风日而迥出，傲霜雪而独丽。色靡竞于阳春，志可期于晚岁。所以兴动钱塘之老，妙语增新；香贻陇首之人，芳期远契。彼清露兮，被三径之菊；彼光风兮，泛九畹之兰。歁红蕖于夏永，破丹杏于春寒。丽质鲜妍，则比我已远；高情潇洒而方兹实难。"这段文字把梅花阴柔与阳刚两个方面的特性都关照到了。李处权的《梅花赋》则突出梅花在比附品德方面的价值："懿江河之秀出兮，俨亭亭而绝比。既婵娟以暎岫兮，复窈窕以临水。类忘言之贞士兮，肖独洁之君子。……寄美人之一枝兮，想横斜于镜里。抗翠袖于天寒兮，抚修竹而孤倚。"④ 从辞赋中读出梅花品格既崇尚旖旎情怀而又重视胸次清旷的特点，并赋予了梅花贞士、君子的形象。咏梅赋中隐约透露出人们对节操内涵的一些体会，他们所理解的节操，不是刻意苦

① 周紫芝：《双梅阁记》，《全宋文》第162册，第275页。

② 葛立方：《韵语阳秋》卷十六，何文焕辑《历代诗话》，中华书局1981年版，第616页。

③ 姜特立：《跋陈宰〈梅花赋〉》，《全宋文》第224册，第3页。

④ 李处权：《梅花赋》，《宋代辞赋全编》第5册，第2692页。

修的道德约束，而是在蛮夷暴力的威慑下激发出来的孤独坚守而又自在美丽、自足自豪的精神境界。不能说南宋初期的文人们没有注意到凌寒傲雪的梅格，而是凌寒傲雪般的坚韧与孤独品格在他们的精神世界中没有充分凸显出来。

理学彰显了节操在孤独坚守方面的含义，国家民族的危机也使得日渐成熟的士阶层深刻体会到对家国天下的担当应该在养成道德心性上下功夫，富贵不淫，威武不屈，坚守内心，捍卫道统。因此，随着理学的发展，咏梅赋突出了卓然坚守之品格的意义。舒邦佐的《雪岸蒙梅发赋》描写于春寒料峭之际踏雪赏梅的意境，写到了赏梅人与梅花同为风景、互为风景的意趣："肯同国艳之争春，谁似梅稍之映雪？遂使竹头压白，愿同入于画图；柳眼偷青，记相逢之时节。"[①] 在以下的行文中，赏梅被描写成与美人对雪饮酒赋诗的欢会，孤芳自赏的人格诉讼与文人的诗酒风流结合在一起，令人耳目一新。林学蒙的《梅花赋》则以梅花自况，通过描写梅花寒冬傲雪凌寒与阳春藏香遁迹来表现对振起世风而又功成不受赏的人格的追求。

梅花的形象由自在而美丽转向孤独坚守，同时又融入孤芳自赏的情韵，当时的咏梅赋是对之前赋作体现出的梅格的融汇与升华，使得节操的内涵更为丰富饱满。南宋后期的赋家则多把梅花描写置于生活场景之中，梅花与人的精神生活结合得更为紧密。姚勉的《梅花赋》、胡次焱的《雪梅赋》等多展示自己与梅花相伴的生活，展示自己的道德自足与安于孤独的生活情调。这种比德描写与生活场景并存的结构模式在当时几乎被固定下来，比如吴龙翰的《古梅赋》这样描写梅花："或横枝照水，如纫兰之湘累；或半树粘雪，如殡毡之汉使；或荒山击寒，孤根回暖，如采薇孤竹君之二子。烈士慷慨，羁臣憔悴。茹铁筋骨，镂冰肠胃。乃道引其形躯兮，如雾拥而云垂，如鸿飞而虎踞，故能曜其夜鹤之骨，而枯其秋蝉之蜕也。若余者，与伊纳交，庐其旁，诏弟读书，对亲奉觞，呼吸清寒，咽嚼清香，而庶蔑泄吟笔之琳琅者乎！"[②] 在展示梅花的品格之后将自己和梅花纳入生活场景，人花交相辉映，人的精神与伯夷、叔齐、屈原、苏武这些坚守节操的古之君子相交通，赏梅而格物致知，领会坚守道统、捍卫华夏文化的不屈精神，升华自己的精神境界。

梅花象征着节操。在南宋时期的创作实践中，她凝结着中华民族危难时刻所表现出的坚韧不屈的品格，也蕴含着在坚韧不屈中追求自足自适的高洁情操。梅花作为精神情操的象征已深深融汇于民族文化之中，成为中华民族的精神图腾，

---

① 舒邦佐：《雪岸蒙发赋》，《宋代辞赋全编》第5册，第2717页。

② 吴龙翰：《古梅赋》，《宋代辞赋全编》第5册，第2707—2708页。

还没有哪一种花卉能够像梅花这样能够体现民族精神，凝聚民族力量，鼓舞民族斗志。每当国难当头之时，梅花的象喻意义就格外引人注目，这从一个侧面反映出在南宋时期的险恶环境中，民族精神中注入了一种深沉的忧患意识和孤独坚守品格，这是推动将中华民族发展的最可珍视的文化基因。

在华夷之辨的文化底色映衬之下，南宋文化固守家园的意识空前强烈，理学提倡的格物致知使民族精神之寄托随处闪现。当时的咏物赋擅长表现关乎道德坚守的主题，除了蔚为大观的梅花文学以外，诸如歌咏桂花、水仙、兰花等的作品也相当之多。此外，岁寒三友物象的定型尤其值得关注。有论者以为此物象在北宋末就已经为人们熟知习见了，这个说法不太确切。作为特定的符号，岁寒三友为社会文化所接受的重要标志是其象征意义能够凝固下来，这就需要深入到当时的社会文化中去观察其演变轨迹，仅凭一两条含义模糊的文献很难说明问题。

松、竹和梅联称，或在一篇作品中同时出现，与南宋时期江南庭院园林多以此三物构景有关。松、竹、梅构景错落有致，层次感、纵深感强，三物的形态各异，枝柯之生长方向、花叶之形态等，具有很大的互补性，因此也能够增添景致的丰富感；而且三物在早春时节能够焕发出生机，是萧条的自然最早出现的一道风景，因此当时人们喜以此三物错落种植，构建园林景观。曹彦约在介绍一处园林时说：“冲佑阁在所性堂之上，向背一律，前对高坡，有松数万，其高才六七尺。松间有台基，尽见庐阜，而玉京最近，名曰玉京台。半坡微南有基三间，许作真面目堂，方鸠工未就。旁有梅桃李数百本，名曰东蹊。”“楼西有阶数级，杂植群花。稍北有杏数种，花外有竹，环之以墙。”① 姚勉在《胡氏双清堂记》中说：“揭筇而观于山，放棹而游于水，丛溪以竹，阴径以松，根石以梅，畹兰沼莲，亭桂藩菊，人见胡君取乎在地之清者然也。”② 舒岳祥在《篆畦诗序》中也说：“由桧亭橘圃夹径以东，植栝松。东折而南，又沿桧障以东，右植蜡梅，左植白茶，为阶三级以上，即指竹亭西之桧障也。障外皆植梅，与乘桴亭西之梅接。梅间横开小径，以入指竹之右腋，又阶以升乘桴也。”③ 这是以松竹梅和其他花木构筑园林错落有致的园林景观，这样的记载在南宋中后期的文献中相当多。有的文章则在介绍园林景致时只突出松、竹、梅三物，其凌寒坚守的主旨就相当明确了。比如周紫芝的《双梅阁记》这样写

---

① 曹彦约：《湖庄创立本末与后溪刘左史书》，《全宋文》第293册，第17页。
② 姚勉：《胡氏双清堂记》，《全宋文》第352册，第86页。
③ 舒岳祥：《篆畦诗序》，《全宋文》第353册，第9页。

道："而梅独当隆冬冱寒风饕雪虐之后，发于枯林，秀于槁枝，挺然于岁寒之松让畔而争席，此其操有似于高人逸士，身在岩穴而名满天下者。余之论梅有得于此，而无所发其狂言。""除土为小圃，以为池亭花竹之观，而又结飞槛于圃西以为之阁。阁虽小而甚高，下视圃中，可数毛发。隐君问名于仆，与之徜徉圃间，得双梅对植草间，适得其中，若有为之者。"①张栻的《南楼记》写道："亭曰须友，亭之旁植竹与梅与松，吾将与之友，亦且须吾友朋而共乐乎此也。"②松、竹、梅被框入文人的视界之内，园林景致中的意蕴就相当明晰了。周紫芝突出其不畏严寒的品格，张栻则强调与此三者为友，也就是说要学习它们的品格。幸元龙的《天台陈侯牧斋记》云："堂后种竹莳松于默林之侧，一室萧然，则扁曰'四友'，则雪饮风餐，清高不改，知所自重矣。"③四友就是松、竹、梅与自己，这与张栻的意思完全一致。

　　松、竹关乎品格方面的意义古已有之，南宋中期以后梅花凌雪傲霜的品格得到进一步彰显，象喻指向与松、竹取得一致，松、竹、梅联称的文化象征意义才可能得到确立和稳定。由于受到理学的影响，人们徜徉园林美景时，喜欢格物致知，从松、竹、梅等自然物象当中体会天理，砥砺节操，这为松、竹、梅象喻的确立和稳定准备了条件。姚勉在《赋梅楼上梁文》中写道："锦千花之步障，碧万竹之油幢。吟红药，对紫微，静绹阁文书之意思；抚苍松，摩翠柏，屹明堂梁栋之观瞻。虽无轮奂之翠飞，亦是园池之要会。然命意不轻于取物，而扁名独美于赋梅。见贤思齐，论世尚友。……俨相望而玉立，均不辱于冰姿。凛若犹生，希之则是。愿坚持于劲操，初不尚于浮荣。先天下春，储万斛香。本为盛事，开雪里枝；回孤根暖，方见清标。古人实获我心，天下莫非吾事。"④作者强调从松、竹、梅等草木中体会天理，见贤思齐，突出不畏严寒的凛然正气。同样的例子还有刘学箕的《爱说》，文章指出："子猷爱竹，槛有竹焉；元亮爱菊，篱有菊焉；隐居爱松，山有松焉；君复爱梅，亭有梅焉；茂实爱莲，池有莲焉；屈原爱兰，砌有兰焉；僧儒爱石，山有石焉；御寇爱泉，川有泉焉。夫以数弓之地，而古之人爱者萃聚无遗，古人得其一，亦足以乐其生，我今兼之，是天与也，地与也，造物与也。"⑤对景致格物致知式的欣赏涵咏，容

---

① 周紫芝：《双梅阁记》，《全宋文》第162册，第275页。
② 张栻：《南楼记》，《张栻集》，岳麓书社2010年版，第589页。
③ 幸元龙：《天台陈侯牧斋记》，《全宋文》第303册，第408页。
④ 姚勉：《赋梅楼上梁文》，《全宋文》第352册，第198—199页。
⑤ 刘学箕：《爱说》，《全宋文》第300册，第398页。

易归纳出景物的品格特点，松、竹、梅就是在这样的涵咏中其不畏严寒、风雅自赏的特点才逐渐固定下来，其含义，包含了松的傲岸、竹的劲节和梅的妖娆，同时，这些物性又是围绕着"凌寒"展开的。这与南宋时期处于夷狄威逼之下、华夏文明前途堪忧的处境相契合。南宋后期文献中以"三友"称之，说明松、竹、梅喻象的完成。郑域《桂氏东园记》写道："熏风自南，芳意未歇，葵榴之竞艳，莲荷之吹香，兰畹之凝馨，槐帷之迭秀，夏之花也。一叶飘然，玉露洒凉，丹桂之筛金，芙蓉之迭锦，菊坡之傲霜，蓼圩之摇风，秋之花也。朔令行权，万柯赤立，松竹梅三友，兴来物交，虽无红紫之惊目，而有清白之契心，冬亦未始无花也。"[1] 在这里，松、竹、梅被称作"三友"，其特点是处严冬而有"清白之契心"，这其实就是节操所强调的坚守之志。姚勉的《三友轩说》云："若之何而为三友也？人有言曰松、竹、梅为岁寒三友。""格之物，竹挺而不屈近直，松岁寒而不改近谅，梅质而华近多闻。"[2] 徐经孙《三友轩铭》也说："大伦有五，友居其中。于以辅仁，匪直朋从。直谅多闻，乃益厥躬。便柔则损，友道斯穷。或取诸物，曰梅竹松。亦以岁寒，匪蒲柳同。"[3] 松、竹、梅的绘画出现得应该很早，牟巘的《谢竹所岁寒图》曰："我观在昔，交道实难。风雪凌芳，众卉日殚。睠乃三友，媚于岁寒。松劲梅清，绸缪相欢。竹亦欣然，枝举叶攒。如相告语，晚节是完。"[4] 看来，画的主题是彰显三友在严寒中坚守节操的品格。

松、竹、梅从园林构景中脱颖而出，在格物致知式的审美涵咏中，其象喻得以凝固。松、竹和梅花一样，是时代精神的象征，也是中华民族不屈精神的写照，华夷之辨观念演生出来的危机意识、家园意识在它的象喻中得到很好的体现。在辞赋作品中，三友的象喻由于其表现手法上的铺张扬厉和层层渲染，展现得更为充分。李石《红梅阁赋》写梅而以松、竹映衬："夜半朔风，隐然动地。草木摇落，鸟惊蛰闭。姚黄魏紫，灰冷无气。猗彼嘉树，俨乎庭前。含太素以独秀，破小萼之微丹。友松与篁，真伯仲间。咄严霜其何畏，似古人之岁寒。"天地沍寒，梅与松、竹为友，形成一股弘扬天地正气的力量，而且，梅花在不畏严寒之外还有"耿耿清质，忍令暗投。影横陈以向夕，香彻晓而不收"的妖娆之美。刘学箕《画壁赋》描写松、竹、梅、兰的壁画，在三友之外加入兰花，然而在行文中，则突出了三友的特

---

① 郑域：《桂氏东园记》，《全宋文》第285册，第12页。

② 姚勉：《三友轩说》，《全宋文》第352册，第60—61页。

③ 徐经孙：《三友轩铭》，《全宋文》第334册，第144页。

④ 牟巘：《谢竹所岁寒图》，《全宋文》第355册，第400页。

点："松老而寿兮，历世故之旧兮。竹清而瘦兮，中立而不疚兮。梅偃蹇而横枝兮，吐岁寒之芳姿。兰滋芳于水涯兮，美不蕲人之知。介于石兮，黝而丑兮。合四花兮，成五爻兮。客至顾瞻，心赏咨兮"。兰花的滋芳于水涯而"不蕲人知"也是当时的咏梅文学中常出现的形象，表现其孤独而自在自洽。赋中的"及其遐想玄陆，霰雪交集，北风呼号，万木冻立。吾不知松竹梅兰之为画耶？意其真是而相错乎山之隙也"①。突出其凌寒傲霜的品格，其实，兰花是无法傲霜的，这是三友的节操特点。这说明，随着三友的象征意义普遍被接受，冲淡、掩盖了其他物象的寓意。富伟的《松竹梅赋》以游仙的手法礼赞三友的品质，写松曰："三冬兮操冰霜，千尺兮材栋梁。下有茯苓兮，华盖苍苍。凝为琥珀兮，亘千古而犹香。"写竹曰："劲吾节兮心虚，把夷齐兮为徒。长龙孙兮招凤雏，岁既寒兮誓不渝。"写梅曰："冰雪其姿兮霜月其神，孤标耿耿兮万花让春。荐嘉实兮南风熏，调羹鼎兮莫逡巡。"②三友的共性和个性都得到了关照，较为全面地刻画了这一喻象的内涵。

岁寒三友的喻象的确立，是基于梅花喻象生成的同样的"岁寒"环境，逐步完成的，我们没有必要、也很难找寻它的起点，它是基于梅花象喻的对民族精神的进一步补充和完善，其含义比梅花更为丰富，指向更明确。

从琼花、梅花到岁寒三友，面对严酷的民族和文化生存环境，南宋主流思想转向内在，转向从心灵捍卫道统，捍卫民族和尊严，立足于华夷之辨观念的文化底色，在孤独中坚守节操成了普遍的道德追求。也正是出于这样的道德观念，当文天祥被俘时，人们更愿意他以不屈而死的风采来彰显华夏民族的节操，捍卫民族和文化的尊严，激励华夏子民的志气。

1279 年的崖山海战是南宋政权以惨烈方式进行的谢幕，较之北宋灭亡时的军民望风逃遁，这个偏安王朝的结局更具悲壮色彩。南宋王朝始终局促于北方夷狄政权浓重的阴影之下，它忍气吞声，负重致远，以光复和传承华夏文明自任。因之，它褪去了北宋的那种雍容闲雅，而是内敛严谨，表现出强烈的危机意识，并通过理学在心灵修筑起一道捍卫华夏文化的长城。华夷之辨的观念因南宋国力和自信力的恢复而得到彰显，并激发出复仇的热望，随之因北方威胁的加剧而内转为孤独坚守的节操。这种节操深刻地塑造着当时的文化。由于处境严酷，当时的华夷之辨思想具有着强烈的排他性特点和保守倾向，他们坚持"夷狄行中国之事曰僭"，

① 刘学箕：《画壁赋》，《宋代辞赋全编》第 5 册，第 2375 页。
② 富伟：《松竹梅赋》，《宋代辞赋全编》第 5 册，第 2715—2716 页。

"得天下者,未可以言中国;得中国者,未可以言正统"的信念深入人心。这种保守的文化中心主义理念几乎是出于本能地拒斥传统的变革和一切外来的文明,这对以后的中国产生了深远的影响。

论北宋士人贽文的现实际遇与影响

武汉大学　汪超

贽文行卷是唐宋以来士子生活的一部分，虽多与科举仕进密不可分，但也有不甚功利的谒者。祝尚书、钱建状、梁建国、郭凌云等学者从不同侧面对宋人的干谒现象有所论述，笔者也曾就宋人"执文就谒"这一文坛现象撰文分析其主体与对象、方式与礼仪、文体与篇幅、弊端与朝廷谒禁等表像。[①]这些文章中，行卷、干谒因身份、目的的差异，仍然有所不同。白身士人为科考，官员为荐举，都有贽文干谒的需要。钱建状教授指出"编辑文卷，以文求知，谓之'投贽'；而'干谒'，只是士人拜谒求官行为的通称。但是'投贽'在动机上，也属于'干谒'的一种特殊形式。"[②]笔者《论北宋文人的执文就谒》一文之所以采用"执文就谒"指称贽文现象，一为强调其干谒是携带所业诗文作品的，而非简单清谈雅集；二为强调部分功利目的不明显的士人请谒也在笔者考察中。今拟以"贽文"浑言之，只取士人携文投献这一行为，而不论其背后的主观动机，叙述士人贽文过程中的遭遇，并讨论士人贽文对文人自身以及当时文坛的影响等问题。

一　悲欣交加：士人贽文的现实际遇

士人贽文遭遇各有不同，其中的艰难际遇却大略相似，士人诗文多有反映。他

---

① 祝尚书：《论宋初的进士行卷与文学》，载《宋代科举与文学考论》，大象出版社2006年版，第340页。梁建国：《北宋东京的士人拜谒——兼论门生关系的形成》，载《中国史研究》2008年第3期。钱建状：《糊名誊录制度下的宋代进士行卷》，载《文学遗产》2012年第3期。郭凌云：《宋初百年选仕政策与文人干谒现象研究》，载《西北师大学报》2015年第4期。汪超：《论北宋文人的执文就谒》，载《学林》第62号，日本中国艺文研究会2016年版。

② 钱建状：《宋代荐举制与士人执贽干谒》，载《北京大学学报》2017年第4期。

们的赘文经历对文坛产生的影响亦值得注意。

居上位者对于确有才学的文人，常能虚节相交，鼓励劝勉。如仁宗朝的王曾布衣时"以所业赘吕文穆公蒙正，卷有早梅句云：'雪中未问和羹事，且向百花头上开。'文穆曰：'此生次第已安排作状元宰相矣。'"①吕蒙正对王曾的诗句赞赏不已，且以"状元宰相"相期许，足见奖掖之切。或许诗中有"和羹事""百花头上"诸语，后人因以附会，但亦非全然无稽。又如"周式赘薛简肃所业庭松诗云：'花前媒母陌，雪里屈原醒。'公大称之。"②薛奎的称赏让赘文者得到鼓舞，从而增强信心。也有受谒者出于保护后进的目的，对赘文者采取别样的态度，如张咏镇蜀时，彭乘刚及冠，"欲持所业为赘，求文鉴大师者为之容"。张咏虽然心中赞叹，但担心彭骄傲，于是"默览殆遍，无一语褒贬，都掷于地"③。张咏对彭乘分明赞赏有加，玩咏尽卷，却不肯稍假颜色。

居上位者的劝勉，往往会让谒者心存感激，甚至确定师生关系。庆历五年（1045），文彦博知益州（今四川成都），文同往谒，得到推重，两人因此维持了相当长的一段情谊。文同曾自陈道："某出入门下殆三十年，赋命薄浅，牵挽不上。侍中每怜孤蹇，顾遇不替，凡列左右，温慰如一。"④又如张方平镇蜀，对苏轼兄弟的投谒也表现出极大兴趣。苏辙后来回忆道："予年十八，与兄子瞻东游京师。是时张公安道守成都，一见以国士相许。"⑤二苏青春年少，得到名宦的称许，一直心存感激。多年以后，功成名就的苏轼为张方平《乐全集》作序，仍不忘张氏当年的"国士"之许，而谦逊地自称"门生"。⑥

苏轼奖掖赘文后进也不遗余力。晁补之从其父在杭州，"览观钱塘人物志盛丽，山川之秀异，为之作文志之，名曰《七述》。苏轼时任杭州通判，也想写一篇赋文，但晁氏"谒见苏公，出《七述》，公读之，叹曰：'吾可以阁笔矣。'苏公以文章名一时，士争归之，得一言足以自重，而延誉公如不及，自屈辈行与公交。由此公名籍

---

① 文莹：《湘山野录》，中华书局1984年版，第9页。

② 范镇：《东斋记事》，中华书局1980年版，第48页。

③ 《湘山野录》，第46页。

④ 文同：《谢文潞公启·别纸》，曾枣庄、刘琳：《全宋文》第51册，上海辞书出版社、安徽教育出版社2006年版，第46页。

⑤ 苏辙：《追和张公安道赠别绝句·序》，《全宋诗》第15册，北京大学出版社1993年版，第10128页。

⑥ 张方平：《谢苏子瞻寄乐全集序》，《全宋文》第38册，第3页。

甚于士大夫间。"① 苏轼对晁补之的态度,为晁氏赢得士大夫间的声望。而晁补之也从这时起,进入苏门弟子的行列,并最终成长为"苏门四学士"之一,与张耒、黄庭坚、秦观一同扛起了苏门大旗。

另一个出名的例子是陈师道拜谒曾巩,"自其少时,蚤以文谒南丰曾舍人,曾一见奇之,许其必以文著,时人未之知也"②。陈师道谒曾巩,曾巩对他多有提点,且称许其文章,对他寄予很高的期望。后山至此以南丰衣钵传人自任,尽管后来受到东坡的赏识,又成为苏轼的僚属,也从未改换门庭。

但赘文者并不必然得到居上位者的赏识,或者能如愿受当道者的提拔。秦观赘文就运气不佳,他四出投卷,以致于友人张耒说"予见少游投卷多矣"③。在少游的文集中也留下不少投献文字,今略引二例:

> 先人之友乔君执事奉使吴越,道过淮南,具言常辱相公齿及名氏,属乔君喻意,使进谒于门下。……辄以所为诗文一卷,待命于下执事,惟相公察焉。④
>
> 不意阁下于游从之间,得其鄙文而数称之,士大夫闻者,莫不窃疑私怪,以为故尝服役于左右。……并近所为诗赋记合七篇,献诸下执事。⑤

秦观的文名极盛,他上书求谒的王珪、曾肇都曾听说过他,且赞赏他的文采。但他的赘文效果似乎并不见佳。就连苏轼极力为他举荐,甚至替他赘文,都未能改变秦少游长期职困僚佐的命运。

有的士人则饱受冷遇,蒲宗孟提到自己"顷以不敏之学请于门下……及来京师,亦进足于王公之门,往往为阁人侍史所隔限,有至而不能一进,退而不能一伺其面者;偶见焉,则尊严其体貌,贵重其声颜"⑥。宗孟向曾赘文请谒过的陆某谈到他在京师的遭遇,似不甚如意。他欲"以不敏之学请于"王公,甚至不得其门而入,偶能见面效果亦不佳。因为"今权门怀书上谒之人,以奴自居,有所挟持而来,卒

---

① 张耒:《晁无咎墓志铭》,《全宋文》第128册,第150页。
② 谢克家:《后山居士集序》,《全宋文》第145册,第319页。
③ 张耒:《跋吕居仁所藏秦少游投卷》,《全宋文》第127册,第318页。
④ 秦观:《上宰相王岐公论荐士书》,《全宋文》第119册,第380页。
⑤ 秦观:《谢曾子开书》,《全宋文》第119册,第384页。
⑥ 蒲宗孟:《上钱司谏书》,《全宋文》第75册,第10页。

为门生座主，上下无复分辨，亦可丑也"。所以毛滂"愿执事勿求某以必取富贵为门下之报，求某以读书自勉，期于少过，不为知己之辱，以毕其身为善人"。① 毛滂这段话不妨与蒲宗孟"为阁人侍史所隔限"的遭遇参看：正因为赘文者有"以奴自居，有所挟持而来"的幸进之心，而势力权门又有"必取富贵为门下之报"的预设前提，所以此类赘文大多脱不了"利"字，沾惹着阿堵铜臭、权力欲望。而有所欲，则不能善其身，故而阁人仆役才敢阻隔士人。

有些以气节自守的文人大臣对此十分厌恶，司马光曾在门前悬出《客住榜》谢客，其文云：

> 访及诸君，若睹朝政阙遗，庶民疾苦，欲进忠言者，请以奏牍闻于朝廷。光得与同僚商议，择可行者进呈，取旨行之。若但以私书宠谕，终无所益。若光身有过失，欲赐规正，即以通封书简分付吏人，令传入，光得内身省讼，佩服改行。至于整会官职差遣、理雪罪名，凡干身计，并请一面进状，光得与朝省众官公议施行，若在私第垂访，不请语及。某再拜咨白。②

该文是榜文，类似后世的公开信，文中司马光以三方面内容拒绝士人官吏的进谒：一是有利于国计民生的大事，当奏闻朝廷，私下投赘无益；二是对司马光自身的德行缺失，可通过书信指摘；三是"凡干身计"在私第不接受请托。这或许正是从与谒见者常年打交道总结出的。范仲淹座上客也不少，张方平曾提到虽然范文正对他颇为欣赏，他"去春随计辇下，捧谒者三。先生座上客多，小人尘中趣背"，因此未能深谈。他说自己"不善候问，随波上下，旅为进退，竟不得叙款勤，布腹心之浅深也，矧敢窥先生之门，为托名之地耶？"③ 可见范仲淹座上也多有"随波上下，旅为进退"之徒，他们窥范公之门，以为托名之地，而其所为正是张方平所不齿的。

赘文者的水平自分高下，居上位者的态度也是千人千面。有的受谒者对待赘文非常认真，"尝有人以文投陈尧佐，陈得之，净月不能读，即召之，俾篇篇口说，然后识其句读"④。陈尧佐官至参知政事，其兄尧叟、弟尧咨皆状元及第，以其职司及

---

① 毛滂：《谢举主彭提刑书》，《全宋文》第132册，第229页。
② 司马光：《客住榜》，《全宋文》第55册，第339页。
③ 张方平：《上河中司理范学士书》，《全宋文》第38册，第2页。
④ 孙冲：《重刊绛守居园池记序》，《全宋文》第14册，第58页。

家学,赞文者自然不少。当他收到诘曲聱牙的文章,难以句读时并未弃置,反而招来作者,任其当面解说。陈氏后来回函说:"子之道,半在文,半在身。"孙冲解释道:"以为其人在则其文行,盖谓既成文而须口说之也,是知身死则文随而没矣,于学古也何有哉!"①陈尧佐的戏谑带有规劝意味,有助于赞文者反思文章不足。但也有人对赞文者并不尊重,甚至轻慢调侃。陈亚曾受人赞文,其人"举止凡下,陈玩之曰:'试请口占盛业。'生曰:'某卷中有《方地为舆赋》'。诵破题曰'粤有大德,其名曰坤'。陈应声曰:'吾闻子此赋久矣,得非下句云"非讲经之座主,乃传法之沙门乎?"'满座大笑"②。因为干谒者举止不合己意,便戏耍其人,揪住文中"大德"二字发挥,引起哄堂大笑。陈亚与陈尧佐对待干谒者实在有天壤之别。

对于地方文人而言,离乡干谒冷暖自知。华镇曾具"杂文六篇、古诗一十首,以备赞见之礼",并说为追寻名师"有去丘墓,远父母,赢粮裹足,百舍重趼,从之于数千里之外者;有因其门人久次受业,弥年累月而不得一觇其眉宇者"③。苏洵携二子入京,"自蜀至秦,山行一月,自秦至京师,又沙行数千里"。而故乡"无壮子弟守舍,归来屋庐倒坏,篱落破漏,如逃亡人家"。④旅途数月的跋山涉水,奔竞千里的披星戴月,而家中墙倒屋坏,妇孺待养更是大多数地方文士所必须面对的窘境。居上位者即便对待才华秀出之士,"虽其人有可取,亦必以其人朝趋其门,暮候其馆,念其劳且恭矣,然后待之。"⑤至于其他毫无背景,才具又有限的地方士子就更不必说了。这其中的酸楚又到哪里去倾诉呢?所以唐庚感叹:"扬眉吐气求出于门下者,亦不知其几何许人;求而得者几何人;求而不得者几何人?"⑥赞文的境遇既然如此艰辛,文士们又为何汲汲以求呢?这大约就与赞文带来的现实影响有关了。

二 才具名利:士人赞文的现实影响

古代中国的士人阶层往往担负文化传承、社会运行、政治走向的执行任务,也是文学创作、知识传播的重要群体。在当时社会,士人掌握的文化、知识,与他

---

① 孙冲:《重刊绛守居园池记序》,《全宋文》第14册,第58页。
② 文莹:《湘山野录》,中华书局1984年版,第9页。
③ 华镇:《上陆侍郎书》,《全宋文》第122册,第307页。
④ 苏洵:《上欧阳内翰第三书》,《全宋文》第43册,第29页。
⑤ 石介:《与汉州王都官鱼屯田书》,《全宋文》第29册,第251页。
⑥ 唐庚:《上宪使》,《全宋文》第139册,第314页。

们安身立命，参与社会政治有何关联？才具与名利之间如何相互影响？而这些问题与士人赘文又有何关系？学界也做过一些梳理，如钟晓峰的研究就指出布迪厄"场域理论"与古代中国文坛运转模式的相似性，并注意到科举背景下诗人"文章声名"对其社会价值、文学资本的影响。①

孙抃在谈到赘文者时，曾说其人"手携数万言，干当途者以售其道"②。这里说的"道"或指其"所业"，代表此人的知识文化水平，亦即"才具"，而数万言不过是其表现形式。士人向"当途者"展示他的才具，为数不少者是希望将其才具转化成现实利益。古人常说的"售其道"之"售"，正有交换、换取之意。但这一交换过程究竟是如何实现的，不妨略举数例以见之。

首先，士人赘文获得认可，能为他们博得誉望。誉望，大约就是晚唐以来诗人们时常强调的"文章声名"。以才具获得誉望，是赘文中最常见的形式。华镇曾直言："苟未获题品于师儒宗匠之门，则安能接武英躔，曳裾文圃，度越夷等，光映人表哉？"③获得品题，从而能获得更多关注，进而超越群彦、脱颖而出，这正是"誉望"对赘文者起到的作用。庆历间，文同向文彦博赘文，获得赏识，时人称："今太师潞公守成都，誉公所赘文，以示府学，学者一时称慕之。"④文彦博不但向府学学生称赞文同的诗文，对其人品也称不容口，至有"与可襟韵洒落，如晴云秋月，尘埃不到"的溢美之辞。《宋史·文同传》录文彦博此句，用以证明文同的誉望，足见文彦博的称美带来的正面效应。⑤

仁宗朝参知政事薛奎是欧阳修的岳丈，欧阳修叙述其获得声誉的经历有云：

---

① 钟晓峰：《论晚唐的"诗名"：一个文学社会学的考察》，载台湾《师大学报：语言与文学类》2012年第1期。布迪厄认为社会是由复杂的人际关系组成，每个单独的个体按期掌握的资源。这些资源可分成四种：代表经济利益的经济资本、知识水平与制度的文化资本、代表人脉的社会资本和社会声望的象征资本等四种（皮埃尔·布迪厄：《艺术的法则：文学场的生成与结构》，刘晖译，中央编译出版社2011年版，可以参阅）。布迪厄的理论建立在资本主义社会，但其论述对我们考察古代中国社会也不无启发。

② 孙抃：《送韩崇南游序》，《全宋文》第22册，第363页。

③ 华镇：《上扬帅章待制书》，《全宋文》第122册，第287页。

④ 范百禄：《宋尚书司封员外郎充秘阁校理新知湖州文公墓志铭》，《全宋文》第76册，第74页。

⑤ 《宋史·文同传》："同方口秀眉，以学名世，操韵高洁，自号笑笑先生。善诗文，篆隶行草飞白。文彦博守成都，奇之。致书同曰：'与可襟韵洒落，如晴云秋月，尘埃不到。'"（脱脱等：《宋史》卷四四三《文同传》，中华书局1977年版，第13101页）

"既举进士,献其文百轴于有司,由是名动京师。其平生所为文至八百余篇,何其盛哉!"① 薛氏生平作文八百余篇,笔耕之勤由此可知,不过,若非赘文百轴,未必能顺利地声名鹊起。才具正如金珠美玉,若藏在人们无法得见处便无法获得誉望,一旦通过赘文展现,就可以收获誉望。当然,赘文只是士人主动展示才具的重要途径之一,除赘文之外,其他途径也可以展示才具。

欧阳修年少赘文也曾得到交口称赞的好处。荆南有乐秀才谒欧阳修,欧阳修对报书称:"前者舟行往来,屡辱见过。又辱以所业一编,先之启事,及门而赘。田秀才西来,辱书;其后予家奴自府还县,比又辱书。"② 欧阳修并写道:

> 然蒙索仆所为文字者,此似有所过听也。仆少从进士举于有司,学为诗赋,以备程试,凡三举而得第。与士君子相识者多,故往往能道仆名字,而又以游从相爱之私,或过称其文字。故使足下闻仆虚名,而欲见其所为者,由此也。③

这是一段极有意思的文字,欧阳修从地方文人赘文而成长为文坛领袖,在他自己看来是与他所识士人"以游从相爱之私,或过称其文字"的结果。三举中第,算不得一鸣惊人,但欧阳修以文章获得众人称赞,取得了自身的誉望。李之亮先生分析欧阳修文坛宗主地位形成过程时,有一段同样极有意思的文字:

> 文士相高,也不能不说是欧公文学地位提高的一大因素:欧公对尹洙、梅尧臣等人的揄扬固然增重了他们的声价,而尹洙、梅尧臣等人对欧公的揄扬,又反过来把欧公的文名推向更高。再加上欧公几位老丈人胥偃、杨大雅、薛奎在士林中的广泛传播,自然形成了欧公名气日重的大势。现在我们就能体会到王禹偁、穆修那种单打独斗的方式,为什么不可能成为文坛领袖人物的原因了,这就叫"势"。任何事情,不借助"势"是很难成功的。④

---

① 欧阳修:《薛简肃公文集序》,《全宋文》第34册,第66页。
② 欧阳修:《与荆南乐秀才书》,《全宋文》第33册,第56—57页。
③ 欧阳修:《与荆南乐秀才书》,《全宋文》第33册,第57页。
④ 李之亮:《欧阳修集编年笺注·前言》,巴蜀书社2007年版,第5—6页。

单打独斗的王禹偁、穆修所缺的"势"，其实正是誉望累积尚未达到质变的程度。而欧阳修既有才具为底，又在众口一词的赞许中获得了足够的誉望，因而能有不断上行的可能。而这个过程，在初起时也是通过投献贽文的方式达成，此事不需再赘言。

其次，通过贽文有可能直接获取经济利益，实现文化与经济间的流转。《续湘山野录》载云：

> 晏殊相年七岁，自临川诣都下求举神童。时寇莱公出镇金陵，殊以所业求见，莱公一见器之。既辞，命所乘赐马、鞯、辔送还旅邸，复谕之曰："马即还之，鞯、辔奉资桂玉之费。"知人之鉴，今勘其比。[1]

晏殊七岁求谒镇守金陵的寇准，能够获得接见，可见当时文人投献前辈的一般风气。在记录者看来，因为晏殊应试神童举的身份，在地方已经获得足够的誉望，掌握着相应的才学，具有应试的资格，因此具备了谒见方面守臣的资格。寇准不但"一见器之"，且以"鞯、辔奉资桂玉之费"。应神童举的举子能获得资助，正因为他投献的"所业"获得了赏识。晏殊的才具在这里转换成了现实的经济利益。

张咏欣赏彭乘，却"默览殆遍，无一语褒贬，都掷于地"。至彭乘"将赴阙，临岐托鉴召彭至，语之曰：'向示盛编，心极爱叹，不欲形言者，子方少年，若老夫以一语奖借，必凌忽自惰，故掷地以奉激。他日子之官亦不减老夫，而益清近。留铁缗抄二百道为缣缃之助，勉之。'"[2]彭乘投献所业，也得到了张咏的经济资助。类似的事例甚多，基本是由受谒者直接资助谒者，帮助谒者更上一层楼。

宋代地方文士通过贽文，不断扩大交际人群，积累人脉，为出仕做准备。不过，宋人仅凭贽文直接获得政治身份，不由为官入幕而参与政治活动的现象极其罕见。但是受谒者若为贽文者的才学打动，在因缘际会下，也可能通过科举手段，帮助谒者上行流动。如连州人邵安石，"高湘侍郎南迁归朝，途经连江，安石以所业投

---

① 文莹：《湘山野录续录》，第70页。
② 文莹：《湘山野录续录》，第46页。

之,遂见知,同至辇下。湘知贡举,安石擢第"①。邵氏之谒高湘,并不能预知其必然知贡举,而他能登第与手持文秉的高湘大开方便之门必有关联。这种偶然情况虽不多见,却也说明贽文有可能对贽文者发生此种现实影响。

如果说北宋文坛是由众多复杂关系组成的结合体,那么文人便是努力以才学、辞章为武器,攻入拥有更多行动者、掌握更多各类资源的精英层的。这个进攻的过程,是新人突破旧有格局,在各种资源重新配置中获得更多利益的过程。士人在此过程中受到现实的影响,同时也对文坛发生重要作用,贽文是其中一条常见的通路。

三 嘤其鸣矣:宋人贽文的文坛影响

宋代士人贽文对于下层文人上行流动、地方精英向中心城市集中都有积极意义。贽文者所谒多是文坛前辈、政界当道,受谒者出于奖掖后进之美意或培植势力的需要,也会从贽文者中拣选继续往来的对象。这最终形成门生座主、授业师生等诸种关系,对宋人的师承谱系产生直接影响,并进而影响当时的文坛面貌。

从干谒者的角度来说,地方文士辗转千里,执文就谒,其艰辛已如前述。所以苏洵感叹行路之难,并反问道:"非有名利之所驱,与凡事之不得已者,孰为来哉?"②正如老泉所言,名利所驱是大多数文士贽文的原因。而贽文干谒导致的文士上行流动至少对宋代文坛发生了如下影响:

其一,文人贽文有助于其上行流动。士人执文就谒如果进入居上位者的视野,或结成师生关系,或进入其交往圈,都将促成文人的上行流动。富弼的家世并非显赫,应举入都,范仲淹"而奇之……亲怀其文以见丞相王沂公、御史中丞晏元献公洎诸近侍,曰:'此人天下之奇才也,愿举于朝而用之。'晏公世号知人,遂以女妻之"③。天圣八年(1030),富弼又在范仲淹的劝勉下,以茂才异等中第。范文正赏识富弼的才干,为其向当朝近臣贽文,推荐他出仕。晏殊又相中他为婿,成就了富弼

---

① 阮阅:《诗话总龟》,人民文学出版社1987年版,第362页。

② 苏洵:《上欧阳内翰第三书》,《全宋文》第43册,第30页。

③ 范纯仁:《故开府仪同三司守司徒检校太师武宁军节度徐州管内观察处置等使徐州大都督府长史致仕上柱国韩国公食邑一万二千七百户食实封四千九百户富公行状》,《全宋文》第77册,第311页。

从田舍郎而登天子堂的人生,可以说赞文是富弼上行流动的"步云梯"。

又如韩崇南学韩柳文章,笔力矫健。"洎卒业,手携数万言,干当途者以售其道。时李侯方割符命,出领守牧,览生之作,叹息延举,优越常等,属乡里调选,议将魁之。"①李太守欲魁之,首先还在韩生赞文,而其文章又得所谒者青眼。

苏辙记述欧阳修早期活动时说:

> 翰林学士胥公时在汉阳,见而奇之曰:"子必有名于世。"馆之门下。公从之京师,两试国子监,一试礼部,皆第一人。遂中甲科,补西京留守推官。始从尹师鲁游,为古文议论当世事,迭相师友,与梅圣俞游,为歌诗相倡和,遂以文章名冠天下。……公初娶胥氏,即翰林学士偓之女。②

欧阳修登第前谒胥偓,也必有文字投进。而后馆于其家,又娶于其家,从游京师,中第得官,与尹洙、梅尧臣迭相师友。可以说在汉阳谒胥偓,是欧阳修上行流动,并最终成为文坛领袖非常重要的一环。

其二,地方文人向文坛中心集结,有利于文学传承与代际兴替。实际上,地方精英文士多是介于全国精英与一般寒士之间的中层文人,所以人们认为"州郡所礼士人,必以其人有可取"③。但州郡所礼遇者也未必能得当道青眼,亦需向宗匠之门或权势之家赞文求售。而宗匠、权贵往往不在地方士子的乡梓之地。"昔人名儒硕德,有恨不得与之并时而生者;幸而并时,以生有恨不得迩其邑里者;幸而迩其邑里,有恨不得瞻望威仪,亲聆音响者。"④宋廷号称与士大夫共天下,精英士人无不入其彀中。这导致文坛精英同样翔集于通都大邑,地方文人在当地可能难以觅得名师儒匠,必须向中心城市集结,以便进一步砥砺学问。

黄庭坚曾坦言学人囿于地方,并不利于术业精进,其重要原因就是"不得明师畏友琢磨成就"。其云:"士尝苦贫,故从仕之日早,又不得明师畏友琢磨成就之。故暖姝以一得为足,不免宋荣子之笑也。"⑤从仕早,则职在一隅,不能出游四方,访

---

① 孙抃:《送韩崇南游序》,《全宋文》第22册,第363页。

② 苏辙:《欧阳文忠公神道碑》,《全宋文》第96册,第263页。

③ 石介:《与汉州王都官鱼屯田书》,《全宋文》第29册,第251页。

④ 华镇:《上陆侍郎书》,《全宋文》第122册,第308—309页。

⑤ 黄庭坚:《与李承之主簿书》其二,《全宋文》第104册,第372页。

师求友。所以很难得到点拨，视野也不能开阔，偶有一得，便自以为足矣。黄山谷又对苏大通说："观所自道从学就仕，而知病之所在。窃窥公学问之意甚美，顾既在官，则难得师友……三人行，必得我师，此居一州一县求师法也。"[①]仕宦而难得师友，与从仕而不得明师畏友表达的意思相近，所谓"三人行必有我师"则是在不得明师的情况下，退而求其次的选择。

因而能走出一州一县，尤其是能到各个区域的文化中心，就能够有更多拜访宗匠的机会。获得名师的指点，不仅对提高文人的创作水平和思想境界有所帮助，亦有助于文学传承。而这种薪火相传的方式，也是文坛实现代际兴替的条件之一。试想，如果欧阳修、三苏、曾巩、王安石、黄庭坚等人各自龟缩在乡间一隅，彼此互不相识，北宋的文坛将会是多么寂寞！更不必谈代际传承了。从文学的角度说，地方文人向文坛中心的集结，使"州郡所礼士人"得以继续学习积累，有助于其中杰出的文学家作好传承准备。

其三，文士贽文获得身份认同，有利于文人群体出现。地方文人能脱颖而出者，多是才具出众者。但在文坛前辈面前，其水平却还有提高的空间。所以一旦见到"其说往往有非乡间新学所能至者，使能充其言"[②]的投献者，也难免会劝勉一番。而受谒见者，对贽文者的"奇之""赞叹"等也是经过对比发出的。所以贽文者上行流动，是一个精英毕现的过程，也是一个双向选择的过程。贽文是认识、了解其人的方式之一，至于是否认同对方，又需后续接触才能确定。

贽文双方如果互相认同，便很可能确立师生关系，地方文士借此融入相应的文人群体，例如苏轼、苏辙兄弟拜入欧阳修门下。更多的情况则是贽文者与受谒者互相选择，贽文者投谒虽然存在"广撒网"的现象，但在确立师生名分时，还是有特定条件的。从受谒者而言，他们也会对贽文者有所选择。才能出众者，"名臣钜公，争从取之出门下，交章腾辟"[③]。有些自负才具之人，虽"诸公皆欲出其门下，公益自树立，少所附合"[④]。

曾巩携文入京，奔走王公卿相之门而不售，直到投谒欧阳修后始获赏识。欧阳

---

① 黄庭坚：《答苏大通书》，《全宋文》第105册，第71页。
② 曾巩：《谢吴秀才书》，《全宋文》第57册，第257页。
③ 宋祁：《范阳张公神道碑》，《全宋文》第25册，第100页。
④ 尹洙：《故朝奉郎司封员外郎直史馆柱国赐绯鱼袋张公墓志铭》，《全宋文》第28册，第119页。

修不但为其延誉，还为其推荐名流。欧阳修的座上客常年不衰，自言"某忧患早衰之人也，废学不讲久矣。而幸士子不见弃，日有来吾门者"[1]，甚至写信都抱怨为客所守，却对苏轼、曾巩、王安石等热切盼望。虽然王安石也曾向欧阳修赞文，但最终并未拜入欧阳修门下。而苏轼兄弟、曾巩则成为欧阳修弟子，并以此为基础，逐渐形成了阵容庞大的欧苏文人群体。可知，赞文是文人互相认同、互相选择的途径之一，而文人之间的相互认同则是文人群体诞生的前提之一。

文人赞文是大部分唐宋文学家的共同经历，其过程与际遇千差万别。但究根到底，是士人投身文坛，按照各自条件不断积累的过程。赞文有助于文人上行流动，向中心城市集中，互相交流认同，在一定程度上影响着文坛的世代更迭、群体形成等过程。

---

① 欧阳修：《与陈之方书》，《全宋文》第33册，第101页。

简刚巧构

——周必大碑志特色析论[*]

台湾大学　谢佩芬

一　前言

周必大（1126—1204），庐陵（今江西吉安）人，宋高宗读其策后，尝以"掌制手也"[①]称之。孝宗即位，除侍读、翰林学士等官，"以文墨受知"[②]，淳熙年间（1174—1189）历任要职，人称"太平宰相"[③]。光宗朝，封益国公，宁宗庆元元年（1195）以少傅致仕，为"四朝之宗臣"[④]，卒后赠太师，谥"文忠"。[⑤]

---

[*]　本文初稿、二稿曾分别于"第十届宋代文学国际学术研讨会""经典的诠释与衍化——第五届人文化成国际学术研讨会"宣读，增修后文稿刊登于《成大中文学报》第62期，经该学报编辑委员会同意转载收入《第十届宋代文学国际研讨会论文集》。承蒙李强教授、浅见洋二教授、《成大中文学报》二位审查人惠赐高见，获益良多，谨此致谢。

① 脱脱：《宋史》卷三九一《周必大传》，中华书局1985年版，第11965页。
② 楼钥：《攻媿集》卷九四《少傅观文殿大学士致仕益国公赠太师谥文忠周公神道碑》，艺文印书馆1969年版，清武英殿聚珍版丛书本，第841页。
③ 刘过：《辞周益公》，《全宋诗》卷二七〇二，北京大学出版社1991年版，第31824页。
④ 《攻媿集》卷九三《忠文耆德之碑》所记宋宁宗之语，第835页。
⑤ 周必大生平事迹可参见《宋史》、周纶《周益国文忠公年谱》（吴洪泽：《宋人年谱集目·宋编宋人年谱选刊》，巴蜀书社1995年版，第226页）、沈治宏《周必大年谱简编》（《宋代文化研究》，四川大学出版社1993年版，第281—308页）、李永丽《周必大年谱》（四川大学2007年硕士学位论文）、王聪聪《周必大年谱长编》（华东师范大学2014年博士学位论文）。

周必大虽久居朝堂之上，忙于政事，然其乃"达官之好吟咏者"①，加以"学问渊博"②，故而著述繁富③，生平所著书籍约计有81种，总数超过200卷④，多以"大全集"形式面世⑤，宋孝宗"卿之文在廷莫及，真匠手也"⑥之语，赞许荣宠意味深浓。陆游（1125—1210）则云：

> 大丞相太师益公自少壮时，以进士、博学宏词迭二科起家。不数年，历太学三馆，予时定交于是时。时固多豪隽不群之士。然落笔立论，倾动一座，无敢婴其锋者，惟公一人。中虽暂斥，而玉烟剑气、三秀之芝，非穷山腐壤所能湮没。复出于时，极文章礼乐之用。绝世独立，遂登相辅。虽去视草之地，而大诏令典册，孝宗皇帝独特以属公。……公在位久，崇论谹议，丰功伟绩见于朝廷，传之夷狄者，何可胜数！予独论其文者，墓有碑，史有传，非集序所当及也。⑦

以具体笔墨描绘周必大文学普受君王、时人推崇情景，"倾动一座，无敢婴其锋者""绝世独立"诸语，生动鲜明，周必大独霸文坛景象仿若眼前重现，"主盟斯

---

① 《宋诗精华录》卷三，陈衍评点，曹中孚校注，巴蜀书社1992年版，第468页。

② 丁丙：《善本书室藏书志》卷四〇，学苑出版社2009年版，第526页。

③ 朱欢欢计数《全宋文》中收录之周必大散文，数量多达4750篇，见氏著《周必大序跋文研究》（沈阳师范大学2014年硕士学位论文，第1页）。陶华则谓："其各类文章计有六千余篇"（《周必大散文研究》，华东师范大学2011年硕士学位论文，第1页）。

④ 周纶（？—？）于开禧中编次其父周必大作品计200卷，《宋史》《直斋书录题解》《景印文渊阁四库全书》所载数目一致，唯周纶并未尽收所有作品。

⑤ 关于周必大总集之名称，各家说法不尽相同，《宋史·艺文志》仅记录各种单本著作之名称，考察史书曾出现之称呼，计有：《平园集》《周益公集》《文忠集》《周益公大全集》《周益文忠公集》《庐陵周益国文忠公集》数种（参见周莲弟《周必大〈文忠集〉版本考》，载《中国文化研究所学报》2001年第1期，第65页）。

⑥ 《攻媿集》卷九四《少傅观文殿大学士致仕益国公赠太师谥文忠周公神道碑》，第841页。

⑦ 陆游：《渭南文集校注》卷十五《周益公文集序》，马亚中、涂小马校注，浙江古籍出版社2005年版，第153—154页。"穷山腐壤"四字，此校注本作"穷山腐坏"，恐有误，今据孔凡礼点校之《渭南文集》（《陆游集》卷十五，中华书局1976年版，第2113页）改作"穷山腐壤"。

文"。①之评或为时人共识。②据陆游追忆,二人定交于年少,虽其后仕途发展有别,然以陆游自身文学造诣之高,及多年观察赏读周必大作品之基础,其评论应具信服力。

正如陆游特意标举"大诏令典册"般,传统文献多强调周必大"制命温雅,文体昌博,为南渡后台阁之冠"③面向,然其"词章为一时之冠"④者,实不仅限于典诰制表类作品,徐谊(1144—1208)评赞周文:

> 连篇累牍,姿态横出,千汇万状,不主故常,何其富也!诗赋铭赞,清新妩丽,碑序题跋,率常诵其所见,足以补太史之阙遗,而正传闻之讹谬。⑤

便肯定其富于变化、新变多姿之特色,同时区辨其诗赋铭赞、碑序题跋之风貌。所谓"诵其所见""补太史之阙遗""正传闻之讹谬",既显明其书写态度乃据眼见实事秉笔直言,亦强调其文价值,补遗、正谬作用兼备,不容忽视。

美中不足处,乃在徐谊将"碑序题跋"并置以观,综言相同之处,未能识见各体文章之歧异,实则碑、序、题、跋乃性质有别之文体,其书写规范与成果理应各自诠解,方能精切掌握作品特色,从而得知周必大某类文章之清晰面貌,以及该类作品于文学史之地位。

以碑志文为例,周必大现存文集中计有 28 卷,约 124 篇文章,占全书卷数14%,比例不低,且宋人云"晚笔力益道,四方碑板,多以属公"⑥,其碑志普受推崇,众人嘱求情形,略可想见一斑。周必大碑板获致天下共誉,原因何在?"笔力益道"外,有无其他因素?何谓"道"?如何"道"?为何"道"?

周必大"道"问题之所以重要,乃在于清人庄仲方(1780—1857)曾云:"南宋

---

① 赵师䢒:《祭周必大文》,见《文忠集》,《景印文渊阁四库全书》"附录"卷,台湾商务印书馆1983年版,第1149册,第287页。

② 关于周必大身居文坛领袖一事,可参见马茂军《宋代散文史论》(中华书局2008年版,第337—387页)、雷斌慧《南宋中期"文坛领袖"周必大》(《求索》2009年第10期,第176—178页)、李光生《周必大研究》(中国社会科学出版社2015年版,第232—238页)。

③ 纪昀:《文忠集·提要》,《景印文渊阁四库全书》第1147册,第1页。

④ 陈鹄:《西塘集耆旧续闻》卷六,上海商务印书馆1936年版,第37页。

⑤ 徐谊:《平园续稿序》,曾枣庄、刘琳:《全宋文》卷六三九二,上海辞书出版社、安徽教育出版社2006年版,第79页。

⑥ 李壁:《周文忠公行状》,《全宋文》卷六六八六,第293册,第410页。

文多散漫萎弱,而墓志碑铭叙事处尤甚"①,姚椿(1777—1853)序文复载:"或曰:南宋文气冗弱,上不能望汉、唐、北宋,而下亦无以过元、明。"②此后,"冗弱""一直被视作南宋散文的特点"③,"南宋碑传,历来被讥为'冗弱'"④确为常见言论。原因当与南宋文章篇幅大量增长有关,部分碑志文动辄数万字,叙事不免拖沓散漫,"冗弱"之讥自有道理。

此种情形下,爬梳周必大碑志之"道",厘清其内涵与重要性,既可涤除世人"冗弱"之訾责,复可视为其文章特色,自有深究价值。"道"之外,周必大碑志文尚有何种特色?如何形成该种特色?有何重要性?诸般问题若能细加梳理,周必大碑志文、散文成就势将藉此彰显,吾人于南宋文学史之观看视野,应亦因此有所拓展。

准此,本文拟就:墓主特质之择抉、儒学世用之思考、碑志结构之巧设、字词择用之创获几层面析论周必大碑志文之特色。上述四项研探角度所以能成立,最重要理由乃是奠基于碑志文体之演进,以及周必大撰作碑志理念之改变。

综览碑志文发展历史,诚如姚鼐(1731—1815)所见,"碑志类者,其体本于诗,歌颂功德,其用施于金石"⑤。因以歌功颂德为主,碑志作者大抵扮演代笔角色,仅需依据请托家属提供之材料裁剪成文即可,毋需展现个人文采,故作者为何人,原初似无关紧要,赵振华整理文献,发现:

> 据已著录的石刻资料考察,墓志撰者的署名,东汉未见,西晋、北魏稀见,隋代很少。初唐罕见,至高宗仪凤、调露起,撰文、书丹者名姓渐多。其后此风大开,或附镌匠铁笔之名。⑥

撰者署名之有无,恐与各朝所存史料多寡无关,而是显示书写心态之变易,推

---

① 庄仲方:《南宋文范·体例》,杨家骆:《国学名著珍本汇刊·总集汇刊》第1册,台湾鼎文书局1975年版,第2页。

② 庄仲方:《南宋文范》,第1页。

③ 王琦珍:《南宋散文评论中的几个问题》,载《文学遗产》1988年第4期,第81页。

④ 闵泽平:《叶适文章风格论》,载《浙江海洋学院学报》2007年第1期,第11页。

⑤ 姚鼐:《大字本评注古文辞类纂》,王文濡评注,台湾华正书局1988年版,序第1页。

⑥ 赵振华:《洛阳古代铭刻文献研究》,三秦出版社2009年版,第52页。

知，唐人看待碑志文之态度已有所浮动，或已意识，碑志文可与记、传文章同视为某种"创作"。因而，"随着撰者署名的增多，志文中也频频出现撰者的影子，他们或说明撰志原因，或表明写作目的，或抒发哀伤之情，均以'吾''余'等第一人称出现。"①此种"撰者的自我表白"②促使碑志文不再只是附属于墓主之记录文字，而可归属为撰者之独特书写，甚至具备文学价值。

以《枢密使赠金紫光禄大夫汪公澈神道碑》为例，周必大原依循碑志常规，录记墓主名讳、世系、履历、寿年、妻子等信息，文末"有文集二十卷、奏议十二卷，辞章简重如其为人"后，一般多会顺势带出铭辞，周必大却于此时蓦然现身文中，以"某"论事：

> 某尝观《国史》，天圣中，契丹讲好已二十余年，宿将无在，武备卑缺，范文正公方为京官，奏疏乞命大臣举忠义有谋之人，次命武臣举壮勇出群之士，及复唐武举，当世称其有王佐才。由是入馆阁，擢右司谏，言事鲠挺，为仁宗所知。元昊僭窃，选帅西边，尽瘁经营，昊竟纳款。召拜二府，值西北交争，麟府奏警，自请宣抚河东、陕西，二虏卒不敢动。后历数镇而终。本朝言文武兼资可为后世法，推以为首。③

长篇回思个人读史往事，时序快速跳转，自前文所记墓主葬日（乾道九年二月乙酉）移至天圣年间，扼要书载范仲淹（989—1052）"文武兼资"情事，似与墓主绝不相干，却于"可为后世法，推以为首"后，紧接着以"公以文正尝守鄱阳，师慕其为人"④衔连，巧妙穿越时空限制，绾合二宋名儒。

前文如实记事之后，似是有意翻转旧制，避免沦为呆板制式账册，作品因而点染较多文学风采，同时表抒自我主张。虽然唐人碑志自我表白情形已渐多，韩愈及其后文人于碑志中现身议论亦非特例，但此处时空设计仍有其足堪玩味之趣。

---

① 杨向奎：《唐代墓志义例研究》，岳麓书社2013年版，第68页。
② 杨向奎：《唐代墓志义例研究》，第68页。
③ 周必大：《枢密使赠金紫光禄大夫汪公澈神道碑》，《全宋文》卷五一七二，第224—228页。
④ 周必大：《枢密使赠金紫光禄大夫汪公澈神道碑》，《全宋文》卷五一七二，第229页。

对周必大而言,碑志文绝非润色草稿、谀墓之作①,而是深具个人风格之"创作",寓托一己观看尘世、评论人物、省鉴政事等见解。墓主形迹既可藉撰者生花妙笔而栩栩如生,虽亡犹存;作者身影亦可藉书写墓主而化留文中,长续不朽。以此角度析论周必大碑志文特色,当有所获。

周必大碑志哀祭文数量极夥,为集中焦点论述,避免治丝益棼,本文仅择取神道碑、墓志铭、墓表、墓碣等类作品析论②,行状、祭文之类文章则暂作为参照辅证资料,不纳入主要研究对象。

二　奇行异气——墓主特质之择抉

倘以书写对象、动机为基准,周必大碑志文略可分为几类:一为朝廷官员与其亲属,基于公义私谊而"义不得辞"③"义不可辞"④,此类作品中,周必大多将墓主及其时政治大事、民生疾苦结合并述,藉以凸显墓主个性与贡献。二为至亲家人,多因慨叹墓主嘉行懿德"不获其报""弗偿以寿"⑤"追悼切至",故自以"哀辞写心"⑥,浓重悲伤情怀盈满文中,令人低回惆怅。三为素不相识或罕有往来之人,因

①　明人沈德符尝云:"从来志状之属,尽出其家子孙所创草稿,立言者随而润色之,不免过情之誉。"(《元明史料笔记丛刊》卷八《万历野获编·内阁·谀墓》,中华书局2004年版,上册,第225页)清人永瑢则谓:"大半志铭,盖谀墓之常不足诠。"(《四库全书总目提要·集部》卷一五七,《鸿庆居士集》,商务印书馆1933年版,第3305页)润色、谀墓,恐为多数碑志文书写实情。

②　据徐师曾著《文体明辨序说》(罗根泽校点,人民文学出版社1962年版,第148—151页)归纳,碑志文计有:神道碑、神道碑铭、墓志铭等数十种称呼,本文取其实质属墓碣、墓志者为研究对象。

③　如周必大《朝请大夫知潼川府何君耕墓志铭》(《全宋文》卷五一七六卷,第291页)、《资政殿大学士左太中大夫参知政事赠太师张忠定公焘神道碑》(《全宋文》卷五一七八卷,第314页)、《谭宣义孚先墓志铭》(《全宋文》卷五一八八,第65页)三文述及撰作原因时,皆曾言及此语。

④　如周必大《枢密使赠金紫光禄大夫汪公澈神道碑》(《全宋文》卷五一七二,第229页)、《左朝请大夫鲁公誉墓志铭》(《全宋文》卷五一七四,第253页)、《恭州太守任君续墓志铭》(《全宋文》卷五一七六,第285页)、《资政殿大学士毗陵侯赠太保周简惠公葵神道碑》(《全宋文》卷五一八〇,第363页)、《武德郎主管台州崇道观赵君伯璟墓志铭》(《全宋文》卷五一九〇,第101页)等篇皆有此语。

⑤　周必大:《先夫人王氏墓志》,《全宋文》卷五一七七,第301页。

⑥　周必大:《益国夫人墓志铭》,《全宋文》卷五一九二,第133页。

友朋请托或有感于"子孙切切显亲之志"①而撰,"表于金石垂劝来世"②常为目的之一,故较少记史、抒情,而多别有寓托,笔法特殊。四为禅师,无论基于"相识惟旧"③"追念畴昔,敢不诺诸"④,或对请铭者"愧其勤"⑤而不得不为之,文中多曾论述佛禅事理,记录墓主预知大限时日等事。四类碑志文之墓主身份、撰写缘起虽有不同,然周必大落笔前之构思、觅材似有相近处,此或与周氏对碑志之认知有关。

考碑志文肇始之初,乃因"古之人有德善功烈可名于世,殁则后人为之铸器以铭,而俾传于无穷",至汉代,"杜子夏始勒文埋墓侧,遂有墓志","以为异时陵谷变迁之防"⑥,"其用意深远,而于古意无害也"⑦,是知"颂扬死者的功美,使其声名不朽为主要文体职能"⑧,汉代后则兼具子孙辨识之用。然至唐代,碑志文之义例、笔法、功能皆有所改变⑨,韩愈(768—824)尤为关键人物,钱基博(1887—1957)认为:

> 碑传文有两体:其一蔡邕体,语多虚赞而纬以事历,魏、晋、宋、齐、梁、陈、隋、唐人碑多宗之;其一韩愈体,事尚实叙而裁如史传,唐以下欧、苏、曾、王诸人碑多宗之。⑩

检阅北宋欧、苏、曾、王诸家碑志作品,确多"裁如史传"情形。而周必大曾于高宗绍兴三十二年(1162)"兼国史院编修官"⑪,于记史、修史应有愈加深刻之体会。

---

① 周必大:《彭孝子千里墓表》,《全宋文》卷五一九二,第127页。
② 周必大:《彭孝子千里墓表》,《全宋文》卷五一九二,第127—128页。
③ 周必大:《讷庵塔铭》,《全宋文》卷五一九五,第170页。
④ 周必大:《赣州宁都县庆云介禅师塔铭》,《全宋文》卷五一九五,第169页。
⑤ 周必大:《寒岩升禅师塔铭》,《全宋文》卷五一九五,第171页。
⑥ 徐师曾:《文体明辨序说》,第148页。
⑦ 徐师曾:《文体明辨序说》,第107—108页。
⑧ 于景祥、李贵银:《中国历代碑志文话》,辽海出版社2009年版,第19页。
⑨ 参见杨向奎:《唐代墓志义例研究》和于景祥、李贵银:《中国历代碑志文话》,辽海出版社2009年版,第49—83页。
⑩ 钱基博:《中国文学史》,中华书局1993年版,第360页。
⑪ 李心传:《建炎以来系年要录》卷一九九,《景印文渊阁四库全书》第322册,第865页。

乾道九年（1173），孝宗亲为苏轼文集撰序，自言："朕万几余暇，绅绎诗书，他人之文，或得或失，多所取舍，至于轼所著，读之终日，亹亹忘倦，常寘左右，以为矜式，信可谓一代文章之宗也欤！"①此后，南宋文坛掀起崇尚苏轼文章风气，笔记小说记载："淳熙中，尚苏氏，文多宏放"②"苏文熟，吃羊肉；苏文生，吃菜羹"③，苏文盛行情形不难想见。同时间，有"淳熙间，欧文盛行"④之说。加以周必大崇慕欧阳修（1007—1072）之心理状态，凡此诸般因素，皆可能使周必大视欧、苏为学习目标，亦以史传笔法撰书碑志。

究其实，墓志铭"葬时述其人世系、名字、爵里、行治、寿年、卒葬年月，与其子孙之大略"⑤，原即具有传记性质，"墓志在某种意义上，就是志主的一篇小型传记"⑥，言简意赅点出其本质。一般而言，世系、名字、爵里、寿年、卒葬年月、子孙大略皆为已知事实，撰述者据事直书即可，然若下笔之前并未思索如何编排剪裁，仅止堆砌陈列，便极易沦为流水账，千人一面。唯上述数据限定性颇高，作者或调动文中出现顺序，或改换部分描写字词，发挥空间有限，难能展现个人功力。至于"行治"，除早夭外，墓主数十年人生旅程，泰半可提供丰富内容，甚且繁杂多端，如何择取合宜情事，芟汰芜乱而切当呈显墓主一生重要事迹，凸显各自风采，实乃考验作者之举。

以周必大为例，百余篇碑志文，周氏以何标准选择各墓主行治加以记录？如何书写？其间有无异同之处？如何臻至"笔力益遒"境地？

就某种角度而言，作传本身"是一系列'寻寻觅觅'的历程。研究者在追寻'传主'的'精神世界'，也同时在追寻自己的生命""为他人作传，其实是一种

① 宋孝宗：《御制苏轼赞·并序》，杨慎：《全蜀艺文志》卷四四，下册，刘琳、王晓波点校，线装书局2003年版，第1348页。

② 赵彦卫：《云麓漫钞》卷八，傅根清点校，中华书局1998年版，第133页。

③ 陆游：《老学庵笔记》卷八，中华书局1979年版，第100页。

④ 吴子良：《荆溪林下偶谈·李习之诸人文字》卷三，台湾艺文印书馆1965年版，第10页。淳熙为南宋孝宗第三个年号，史书载记，乾道九年，孝宗于圜丘祭祀，大赦天下，改次年为淳熙元年（1174）。淳熙十六年（1189），光宗即位后沿用此一年号，次年改元为绍熙元年（1190），"淳熙"之名计用16年。

⑤ 徐师曾：《文体明辨序说》，第148页。

⑥ 林登顺：《北朝墓志文研究》，台湾丽文文化公司2009年版，第108页。

'自己'与'传记'互动、对话、精神交融的历程。"① 当周必大拣择适合入志的材料时,极可能透过这般互动、对话,建立自设的一套去取准则,在此过程中,作者希冀"建构"的墓主形象也逐渐澄明。如此形象自然是周必大心目中认同、愿意世人知晓甚且学习的目标,而"认同"所涉及的价值评判,便会回扣至作者本身的好恶,"传记作者倾向于在传记中潜藏自我的描绘"②,确为事实。因此,当我们发现周必大笔下墓主经常共具某种人格特质时,究竟是那么巧合,那些人格特质都是墓主生命中最重要的一面? 还是透过周必大双眼看出去,墓主们的某种特质都被自动筛选、放大,以至有意舍弃其他特质,全力铺陈"打动"作者的那一点? 而那项特质,是否也正是周必大自身最重要的特质?

墓主异于常人、言行奇特,是周必大碑志文中经常强调的面向,此现象若置于性别视域考察,愈加清晰。周必大尝引录张廷杰(1111—1176)请铭书函之语,谓:

> 士大夫或出或处,其行谊才猷皆可表见于世。至于妇人女子,其处也以组紃婉娩为能,已嫁则奉尊嫜、勤盥馈耳,隐德懿行微姻党有所不知。③

正因宋代女子深处闺门之中,隐德懿行难为人所知,兼以古来三从四德观念影响深远,以致于"妇人无才便是德,所谓以顺从为正者也"④成为常态。宋人墓志中之女性形象也模式化为孝女、顺妇、慈母、贤妻,描写其性情举止之常用字出现频率依序为:德、贤;柔、顺;淑、静;敏、慧四组⑤,故而确如欧阳修所云:

> 书其舅姑之所尝称者,以见其为妇之道;书其子之贤而有立,以见其

---

① 丁兴祥、赖诚斌:《心理传记学的开展与应用:典范与方法》,载《应用心理研究》2001年第12期,第88页。

② William McKinley Runyan:《生命史与心理传记学——理论与方法的探索》,丁兴祥、张慈宜、赖诚斌等译,台湾远流出版社2002年版,第52页。

③ 周必大:《靖州推官张廷杰妻李夫人墓志铭》,《全宋文》卷五一七七,第304—305页。

④ 刁包:《易酌》,《景印文渊阁四库全书》第39册,第153页。

⑤ 杨果:《宋人墓志中的女性形象解读》,《宋辽金史论稿》,商务印书馆2010年版,第300—313页。此为作者统计《范文正公集》《东坡全集》、周必大《文忠集》等三十多种宋人文集、二百多篇女性墓志所得结果,应具一定代表性。

为母之方；书其子孙之众，寿考之隆，以见其勤于其家至于有成，而终享其福之厚。①

女性墓志铭几皆自上述诸角度书写其人其德，然无论"勤俭静方""四德兼茂"或"择邻储祉"②等铭词，实多以"经纪家事"③"治家有法"④为颂扬依据，墓主能获致"贤哉夫君"⑤之赞叹乃来自于女性对"他人"之付出、贡献，一以他人之表现、视角为评判依准，而难以识见女性墓主之独特个性、真实情感与面貌。此种限制自与古代时空背景、女子社会地位有关，所谓：

> 除了极少数在高层弄权者外，女子在封建男权社会并无多少可以形诸笔墨的行迹，因而她的价值是一种家庭价值而不是社会价值。而其家庭价值又主要通过夫君（或子女）实现，其价值的间接性又决定了女性的墓志只能以典语虚化之。⑥

确实道出书写女性墓志铭之困境。然以周必大之才识，应不甘为其所拘。因此其女性碑志中虽亦有符合孝妇、贤妻、严母形象之作⑦，唯其似有意显扬女性异于传统之面貌，故拣择材料、安排内容时不再停留于单一视角，而能刻画墓主特殊风采，使人物愈加立体生动，如追忆其亡姐：

> 御下有法度，接物极和易，与人言惟恐伤之，及临事，果断不惑，凛然有烈丈夫之风，处大利害略不动声色。平居言弗妄发，至论事成否、语逆顺莫不中理。间有请问旧事，则虽未龀时耳目所经历者，细大毕记；其道

① 欧阳修：《欧阳修诗文集校笺》卷三六《长寿县太君李氏墓志铭》，洪本健校笺，上海古籍出版社2010年版，第946页。
② 周必大：《程给事母宜人胡氏墓志铭》，《全宋文》卷五一七七，第310—311页。
③ 周必大：《亡姊尚夫人墓志》，《全宋文》卷五一七七，第304页。
④ 周必大：《参议董君昌裔墓志铭》，《全宋文》卷五一八八，第71页。
⑤ 周必大：《靖州推官张廷杰妻李夫人墓志铭》，《全宋文》卷五一七七，第305页。
⑥ 李乃龙：《文选文研究》，广西师范大学出版社2013年版，第338页。
⑦ 魏琼琼：《周必大女性墓志铭中的女性形象》，载《武夷学院学报》2015年第10期，第33—36页。

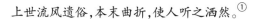

上世流风遗俗,本末曲折,使人听之洒然。①

严正刚烈、英武果决之意明晰,全无传统柔弱、顺服气息。学者认为此类女子被比附为男子,"不类女子"成为对女子最高称赞乃是莫大讽刺,"体现的是明显的男性优越的意味"②,虽有其道理,然细思周必大心情,当非源于"男性优越"而有此番书写。此举应诠解为,周必大观看墓主行事作为时,已有意识关注其特出面向,甚且欣赏某种"奇"趣,如孟媪(? —?)其人,周必大记曰:

> 方外家隆盛时,金帛填委,同辈皆厚自殖,媪视之蔑如也;顾独喜博,负虽多,欢然无吝容,胜亦散之,未尝有所贮积。戊申己酉岁,江浙大乱,吾家转侧兵火中,而先君不幸。后十年,先夫人复谢世,盖多故矣。人为媪戚戚,媪自若也。遇博辄抽簪质衣,一笑为乐。……人有不直,亦嫚骂弗恤,其人愧服曰:"媪言是,吾不怨。"③

藉由孟媪与他人对照之小事数件,鲜明描绘孟媪"忧乐不能移,物我不能二"④之修为。文中,周必大甚少透露孟媪乳育幼主情景,然自"齐述反,某与亡弟子柔夜挟媪出城,得舟下庐陵,寓永和镇之本觉院"⑤一段,可察知周氏兄弟与孟媪之深浓情感。

照常理,孟媪应亦为"有恩劳"⑥之乳母,周必大却无只字片言记录、感念其"工巧勤俭""颓然顺善"⑦之类品性,反一再强调"独喜博""遇博辄抽簪质衣"之好博行为,甚且"嫚骂弗恤",似毫无温良恭让、仁恕情怀,而别具豪爽直率性格,迥异于一般墓志铭中之乳母与女性形象。周必大此种笔法,既使墓主形貌立体而活灵活现,又可突出其人与众不同之处,避免沦为套式。因此,孟媪之"奇特"绝不

---

① 周必大:《亡姊尚夫人墓志》,《全宋文》卷五一七七,第303页。

② 杨果:《宋辽金史论稿》,第324页。

③ 周必大:《孟媪葬记》,《全宋文》卷五一七七,第311—312页。

④ 周必大:《孟媪葬记》,《全宋文》卷五一七七,第311页。

⑤ 周必大:《孟媪葬记》,《全宋文》卷五一七七,第312页。

⑥ 苏轼:《苏轼文集》卷十五,《乳母任氏墓志铭》,孔凡礼点校,中华书局1986年版,第473页。

⑦ 苏轼:《苏轼文集》卷一五《乳母任氏墓志铭》,第473—474页。

仅在于身后"顶骨如雪而舌不坏,舍利缀属无数"①,而更在其心不起尘劳,其行不拘常规。如何书写孟媪,清楚显示周必大撰著碑志文之态度。

人生乃由诸多红尘俗事串连而成,生活片段亦有诸多可供立传写史者采撷编辑之例,作者选此去彼之过程与结果便已揭示其好恶,某种书写目的亦蕴涵其中。所谓"墓志以隐恶扬善为原则""时常只透露'部分'而非全部的真相"②,洵为实情。然,何谓"善"?何谓"恶"?每位撰述者恐有不同定义。

以前引二文为例,周必大亡姐"凛然有烈丈夫之风"及孟媪"遇博辄抽簪质衣"作为,应不合乎传统期待女性顺服之要求。周必大于篇幅有限之碑志中选记其事,证明其"善"之标准已有所变更,恐非一以儒家德行为依规,而转以墓主真实个性为主,其中又以某种奇气、义举最吸引周必大书写,如:

> 轻财重义,济人之急,家无余赀。③
> 才具恢闳,轻财重义,赴人之急甚于己私。④
> 脱人于阨,却其饷谢,率以为常。⑤

与《史记·游侠列传》书写朱家之精神、文字颇有近似处:

> 鲁朱家者,与高祖同时。鲁人皆以儒教,而朱家用侠闻。所藏活豪士以百数,其余庸人不可胜言。然终不伐其能,歆其德,诸所尝施,唯恐见之。振人不赡,先从贫贱始。家无余财,衣不完采,食不重味,乘不过𫐐牛。专趋人之急,甚己之私。既阴脱季布将军之阨,及布尊贵,终身不见也。自关以东,莫不延颈愿交焉。⑥

① 周必大:《孟媪葬记》,《全宋文》卷五一七七,第312页。
② 柳立言:《苏轼乳母任采莲墓志铭反映的历史变化》,载《中国史研究》2007年第1期,第105页。
③ 周必大:《中大夫赠特进蔡公伸神道碑》,《全宋文》卷五一八〇,第346页。
④ 周必大:《承直郎尚甥振藻墓志铭》,《全宋文》卷五一八九,第94页。
⑤ 周必大:《谭君绍先墓志铭》,《全宋文》卷五一九一,第122页。
⑥ 《新校本史记三家注并附编二种》(后简称《史记》)卷一二四,司马迁著,裴骃集解,司马贞索引,张守节正义,台湾鼎文书局1981年版,第3184页。

"赴人之急甚于己私"与"趋人之急,甚己之私"雷同度极高;"脱人于阨,却其饷谢"可谓"阴脱季布将军之阨,及布尊贵,终身不见也"之浓缩,亦为郭解"厚施而薄望"[1]之批注;而"轻财重义"堪称朱家及所有游侠之共同特质。周必大尝于碑志文中追思欧阳修,而云:

> 昔公常自云喜传人事,尤爱司马迁善传奇伟,使人喜读,欲学其作。厥后著《五代史》,辞气遂与迁相上下。若予者爱公之文如公爱迁书也,特不能学公之文,如公之能学迁耳。[2]

虽自谦不能学欧公之文,然周必大"喜传人事"、爱"奇伟"之心,恐与欧公相同,因而于拣选墓主事迹入传时,有意无意取其"侠"气纵横之例,如:

> 公才雄气豪,身长六尺余,音吐洪畅,饮酒至数斗不乱,谈辩滚滚,遇事迎刃辄解,盖伟人也。[3]

恍惚似有游侠陈遵(? —?)"长八尺余""容貌甚伟""赡于文辞""大率常醉,然事亦不废"[4]影迹。而张邵(? —?)"天资劲伟,遇事慷慨,酒酣耳热,悲歌愤激,常以功名自许"[5]又若有荆轲"日与狗屠及高渐离饮于燕市,酒酣以往,高渐离击筑,荆轲和而歌于市中,相乐也,已而相泣,旁若无人者"[6]之激昂,二人彼时素志不遂之处境亦相似。

上举数例皆与《史记》游侠、刺客有关,以此重新检视孟媪喜博情事,似亦与剧孟(? —?)"好博"类似[7],难免引发联想。

简言之,前自数位墓主皆有异于侪辈之处,独具某种"奇"气,而周必大碑志文中确好言及墓主之"奇",如:

---

① 《史记》卷一二四,第3185页。

② 周必大:《彭孝子千里墓表》,《全宋文》卷五一九二,第128页。

③ 周必大:《兴国太守赠太保王公绚神道碑》,《全宋文》卷五一七一,第220页。

④ 班固:《汉书》卷九二《游侠传》,台湾鼎文书局1986年版,第3711页。此句见第3710页。

⑤ 周必大:《敷文阁待制赠少师张公邵神道碑》,《全宋文》卷五一八二,第380页。

⑥ 《史记》卷八六,第2528页。

⑦ 《史记》卷一二四,第3184页。

　　大夫一日梦至潭上，见巨鲤跃出，惊波汹涌，震动矶石，旁有伟衣冠
人笑曰："发矣，发矣！"未几生公，因以为名。……公游襄汉夔峡间，数
以奇策撼将帅，独落落无所合，乃复事科举。①

"巨鲤跃出""惊波汹涌""震动矶石"三组词汇，画面时刻处于剧烈摇晃状态，鲜
明灵活，惊心动魄，震撼十足，既攫取读者注意，亦产生期待好奇，未知将发生何
事。其后，周必大以"伟衣冠人"笑语"发矣，发矣！"之景象收束，连结墓主李发
（1094—1174）诞生一事，奇异场景令人难忘。以此续言墓主"奇策""落落无所
合"际遇，与世不谐形貌自然突出。

　　再如郭弥约（1097—1178）、周葵（1098—1174）二人，周必大书曰：

　　惟公才甚高，学甚勤，志甚大，惜命之不副。方少时读书为文，已卓
然不群，意富贵可唾手取。既龃龉无以自发，则画兵机数十策往撼岳将
军。将军奇之，奏以官，历三任咸有绩可纪。已而叹曰："徒劳耳。"挂衣
冠而去。②

　　当是时，言路固多名臣，其视力轻重而为向背亦或有之。惟毗陵周
简惠公以乙卯岁赵、张并相之日，四月入台，八月进殿中侍御史，在职仅
两月，言事至三十章，大抵谓自治其国，乃能成功，今外有强敌，内有群
盗，不可事虚文、贻实祸。历条时政二十余事，指宰相不任责。上变色
曰："赵鼎、张浚肯任事，须假之权，奈何遽以小事形迹之？"公徐奏：
"陛下有过，尚望大臣尽心。今臣一及大臣，便为形迹，使彼过而不改，罪
戾日深，非所以保全之也。"上改容曰："此论甚奇。"最后连章极论赵子
㵦，语侵赵公。又论张公大举北伐，繫国存亡，坐是不得其言而去。③

二位墓主皆有报国大志，皆不畏强权，以奇策、奇论引人另眼相看，原应大用，无奈

---

① 周必大：《靖州太守李君发墓志铭》，《全宋文》卷五一七五，第265页。
② 周必大：《朝散郎致仕郭公弥约墓表》，《全宋文》卷五一七七，第296页。
③ 周必大：《资政殿大学士毗陵侯赠太保周简惠公葵神道碑》，《全宋文》卷五一八〇，第357页。

未能遂其愿,"卓然不群"形象鲜活,亦令人惋惜慨叹。

周必大笔下,多位墓主皆"怀奇负气"[1],故"时犹未冠,人皆奇之"[2]"忠简奇之"[3]"皆奇之"[4]"右史张公来居宛丘,一见奇之,授六经、杜诗"[5]"诏百官条时弊,公举十事,极论文具非所以为国,执政奇其才"[6]"人皆异之"[7]"阖府嗟异"[8]之类词语屡见不鲜。然,世人既"奇之""异之",自也暗示墓主异于常人之才华性格,若无明主赏识,时运配合,"数奇"[9]命运恐难以避免,"无之而不奇,斯无之而不奇"[10]似为常理。

三 刚直品行——儒学世用之思考

前节所引诸例,呈显周必大为多位墓主书写碑志时,似有意拣选其人个性"奇""异"面向,彰扬其侠烈英气,此种择奇弃凡笔法,既可抉发墓主独特姿采,复可符应司马迁"善传奇伟"风格,"使人喜读",自有其价值。

"奇""侠"之外,周必大亦常于碑志作品强调墓主"刚直"性情,如其"平生所敬慕"[11]"庐陵三忠"之一的胡铨(1102—1080):

> 绍兴和戎,高皇有不得已者矣,两宫未归,母后春秋已高,故与大臣决策从权。中外议论虽汹汹,顾无敢直陈于上前者,独枢密院编修官胡公铨上书数百言,援大义而伸之。[12]

---

① 周必大:《直敷文阁致仕鲁公壹墓志铭》,《全宋文》卷五一七六,第282页。

② 周必大:《秘阁修撰湖南转运副使萧公之敏墓志铭》,《全宋文》卷五一七五,第269页。

③ 周必大:《欧阳元鼎墓志铭》,《全宋文》卷五一九一,第110页。

④ 周必大:《朝请大夫知潼川府何君耕墓志铭》,《全宋文》卷五一七六,第289页。

⑤ 周必大:《兴国太守赠太保王公绚神道碑》,《全宋文》卷五一七一,第218页。

⑥ 周必大:《资政殿大学士赠银青光禄大夫范公成大神道碑》,《全宋文》卷五一七九,第331页。

⑦ 周必大:《乘务郎胡君泳墓志铭》,《全宋文》卷五一七四,第259—260页。

⑧ 周必大:《秘阁修撰湖南转运副使萧公之敏墓志铭》,《全宋文》卷五一七五,第270页。

⑨ 周必大:《朝散大夫直秘阁陈公从古墓志铭》,《全宋文》卷五一七六,第287页。"奇"于此有"乖舛"之意,"数奇"乃指际遇不顺,屡次受挫。

⑩ 袁宏道:《袁中郎全集》卷四《徐文长传》,黄山书社2008年版,第34页。

⑪ 《宋史》卷三九一《周必大传》,第11972页。

⑫ 周必大:《资政殿学士赠通奉大夫胡忠简公神道碑》,《全宋文》卷五一七二,第230页。

> 大臣主和益坚,公争之力。①

"忠直"耿介节操具现无遗,而当时"大臣专国柄,小人观望迎合,必欲置公死地",即使九死一生,凶险难测,胡铨志节仍无丝毫迁移,以至撼动民心,"名震天下,勇者服,怯者奋"②。再如萧燧(1117—1193)碑志载:

> 时中外无虞,岁事屡丰,议者复及进取。上以问公。公曰:"贤否杂糅,风俗浇浮,兵未强,财未裕,正宜卧薪尝胆,以图内治。若恃小康萌骄心,非臣所知。"上曰:"忠言也。"……夔帅李景彝恃援贪虐,台臣不敢劾,公极力论之。赵参政雄奏公误信夔雠人令狐某之言,捕治其人。公并及赵。上不得已,闰六月徙公刑部侍郎。恳辞,不听。固请补外,九月出知严州。吏部尚书郑丙、侍郎李椿皆谓公不当去,上亦悔之。③

南宋偏安一隅,与金人几回战、和,而自隆兴二年(1164)十二月达成和议后,政局暂获平稳缓和,乾道、淳熙年间,屡有朝臣建议挥兵北上,恢复故土。④此刻萧燧却甘冒大不韪,"质直无附丽""纠正奸邪",直言朝廷人才、财政、风俗等各项弊病,谏阻进取之议,其刚正勇直风骨实非凡夫可比。

张阐(1091—1164)碑志则记:

> 他人附丽不暇,公独介然其间。秦知公久次,喜论事,一日微讽公,谓当入台。公迎拒之,坐是报罢,闲废十有五年,了无愠色。秦薨,公亦不求知于人。二十九年,始以御史台荐为检法官,班序更出正字下,恂恂百僚底,人为太公息。
>
> 公上十事:一曰强国势,二曰革苟且,三曰重台谏,四曰明赏罚,五曰信号令,六曰抑奔竞,七曰严军政,八曰戢贪吏,九曰节财用,十曰禁科

---

① 周必大:《资政殿学士赠通奉大夫胡忠简公神道碑》,《全宋文》卷五一七二,第233页。
② 《全宋文》卷五一七二,第231—232页。
③ 周必大:《资政殿学士宣奉大夫参知政事萧正肃公燧神道碑》,《全宋文》卷五一八四,第9页。
④ 关于此段时期,政局背景与周必大仕宦情形,可参见许浩然《周必大的历史世界:南宋高、孝、光、宁四朝士人关系之研究》第一、二章(凤凰出版社2016年版,第22—142页)。

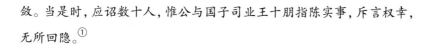

敛。当是时,应诏数十人,惟公与国子司业王十朋指陈实事,斥言权幸,无所回隐。①

仍以"他人"与墓主对比方式凸显其人"鲠挺"骨气,即使因而废退多年亦了无愠色。其后廷议"应诏数十人",惟墓主与王十朋(1112—1171)二人"无所回隐",正义凛然之气概愈发独特。文末,周必大征引墓主赋诗自云"八请犯天颜"之语,其感激不避死生、刚直不阿形貌自深刻动人。周必大书记墓主事迹时,常如此处所录文本般,不嫌繁冗,将墓主上奏十事一一条列,除呼应后文"指陈实事,斥言权幸"内容,应是作者认同其"深中时病"之用,并藉此提供存史备采材料。②

学者认为,唐宋时,碑志文此类"应用文在当时受重视,可以趁机让人传诵,有一种向世人'发表'的机会"③。周必大撰作碑志文时,当已思考"发表"问题,除满足"孝子慈孙之心"④外,意欲藉此传递人臣立身处世轨范、执政戒惕之理念,恐不容忽视。

前举三重臣外,周必大亦曾言张焘(1013—1082)"政事阙失尽言无隐""知无不言而上不疑,谊形于色而下不忌"⑤;李邴(1085—1146)"毅然正词,气折凶丑,万众动色,具臣腼颜"⑥;萧之敏(1112—1177)"刚方不挠,质直而明"⑦;李焘(1115—1184)"论事益切,每集议,众未发言,公条陈可否,无所避""持论不随时类"⑧;郑丙(1121—1194)"居乡接物极其和易,当官立朝则气节凛然""嫉恶有

---

① 周必大:《龙图阁学士左通奉大夫致仕赠少师谥忠简张公阐神道碑》,《全宋文》卷五一七八,第323—325页。

② 关于周必大碑志文之史料价值,可参见扶平凡《南宋江西散文研究》(中国社会科学出版社2014年版,第253—257页)。

③ 韩兆琦:《〈史记〉与中国古代传记文学》,杨正润:《传记传统与传记现代化——中国古代传记文学国际学术研讨会论文集》,中国青年出版社2012年版,第116页。

④ 吴讷:《文章辨体序说》,于北山校点,人民文学出版社1962年版,第53页。

⑤ 周必大:《资政殿大学士左太中大夫参知政事赠太师张忠定公焘神道碑》,《全宋文》卷五一七八,第316、321页。

⑥ 周必大:《资政殿学士参知政事赠太师李文敏公邴神道碑》,《全宋文》卷五一八六,第42页。

⑦ 周必大:《秘阁修撰湖南转运副使萧公之敏墓志铭》,《全宋文》卷五一七五,第271页。

⑧ 周必大:《敷文阁学士李文简公焘神道碑》,《全宋文》卷五一八三,第402、404页。

素"感激尽言,数犯贵要之锋"①;彭叔度(1128—1201)"临事则刚方有守"②。众人在朝之具体应对、作为自有不同,然一致展现刚直不屈、忠言无讳气节,颇值深思。

类似例证,不胜枚举。原因之一,自是时局动荡,家国飘摇,有识之士义愤陈报。然诸位朝臣是否皆仅此一面貌?周必大不避重复,再三书写众人刚直气格,除如实记录外,有无个人好恶抉择考虑?诸位墓主"实际的个人历史"与"被表现的个人历史"是否一致?③

《宋史》载录周必大尝"应诏上十事,皆切时弊""缴驳不辟权幸"④,与张阐"上十事""斥言权幸"类似。又曾犯颜直谏,奏曰:"陛下练兵以图恢复而将数易,是用将之道未至;择人以守郡国而守数易,是责实之方未尽。诸州长吏,倏来忽去,婺州四年易守者五,平江四年易守者四,甚至秀州一年而四易守,吏奸何由可察,民瘼何由可苏!"⑤其论练兵、择人之见解与萧燧可相参看,而抗命不草诏书,坚持:"昨举朝以为不可,陛下亦自知其误而止之矣。曾未周岁,此命复出。贵戚预政,公私两失,臣不敢具草。"⑥"刚方有守"节操亦与彭叔度相近。至于君臣相处互动情形,如:上日御球场,必大曰:"固知陛下不忘阅武,然太祖二百年天下,属在圣躬,愿自爱。"上改容曰:"卿言甚忠,得非虞衔橛之变乎?正以仇耻未雪,不欲自逸尔。"⑦"主圣臣直"⑧情况亦与周葵近似,乃至孝宗嘉许周必大"卿不迎合,无附丽,朕所倚重"⑨言辞,亦与张阐介然不附丽操守相同。

凡此种种,皆不免令人推测:是否周必大自身"刚正如此"⑩,故而观看、撰书他人碑志文时,对墓主刚直言行别有会心,甚至着意关注,大加描绘?此般抽绎数据、落笔角度,既用以表彰墓主气节,成全其卓然不群样貌,更可塑立人臣典范。

---

① 周必大:《吏部尚书郑公丙神道碑》,《全宋文》卷五一八二,第389页。

② 周必大:《通直郎彭君叔度墓志铭》,《全宋文》卷五一八九,第86页。

③ 柳立言:《苏轼乳母任采莲墓志铭反映的历史变化》,第106页。

④ 《宋史》卷三九一《周必大传》,第11966页。

⑤ 《宋史》卷三九一《周必大传》,第11967页。

⑥ 《宋史》卷三九一《周必大传》,第11967页。

⑦ 《宋史》卷三九一《周必大传》,第11968页。

⑧ 周必大:《资政殿大学士毗陵侯赠太保周简惠公蔡神道碑》,《全宋文》卷五一八〇,第363页。

⑨ 《宋史》卷三九一《周必大传》,第11968页。

⑩ 《宋史》卷三九一《周必大传》,第11966页。

关于人臣典范，另有一事可加思考。古来士大夫皆秉承儒家"达则兼济天下"理念，冀求经世济民，致君尧舜，而自隋唐科举取士之后，虽广开仕宦之门，寒士亦可藉苦读力学步入朝堂，然科举制度之兴革改易与人才拔擢良窳之关连日渐紧密，影响日增。赵宋立国之初，追沿唐制，仍以诗赋取士；仁宗天圣年间构思"先策论以观其大要，次诗赋以观其全才"①；神宗熙宁初年，推行殿试对策制度；直至南宋孝宗年间，时文程式化已成不可抗拒之势。② 李焘曾"患时文衰弱，乞命考官取学术醇正、切于世用之文，苟涉虚浮，必行黜落。明春省试，敕榜戒谕。"③可见当日"世用"乃识者关心焦点，而周必大亦尝于碑志中，藉墓主行事畅抒己见：

> 世言儒者不适于用，此殆见夫诵说章句，敝敝拘拘以儒其名而无其实者尔。公以侍从子当承平时，由文学自奋，历践台阁，纯明茂美，不懈于位，人固未知其应变如何。一旦国步多艰，于横溃中屹保孤城，悉其赋舆钦奖王室，用能迎天之休，显著勋效，及择聘使，首在选中。虽过于谏，其节益著，儒者之效至是稍白。彼平时号烈丈夫，以刚明忠勇自任，临事往往周章颠越，麏惊鼠窜，甚至毁节附贼，偷生顷刻，视公施设，孰为贤否？

> 孝移于忠，勇出于仁。古所为儒，不在斯人？当用而迁，乃我之羞。名与实违，又儒之仇。恂恂柳公，性行淑均。王室多难，其气始振。有力必陈，有言必进。④

先引世人"儒者不适于用"之说，既而痛加排击，澄清"不适于用"者乃虚具"儒"名而无其实者，从而以柳约（1082—1145）的英勇事迹印证"儒者之效"，铭词则以"有力必陈，有言必进"思考儒用问题。可知周必大不屑"毁节附贼，偷生顷刻"之人，视其为名实不符之所谓儒者，尤以"用""气节"为判断"真儒"之基准。

---

① 范仲淹：《范仲淹全集》卷九《上执政书》，李勇先、王蓉贵校点，四川大学出版社2002年版，第220页。
② 此段沿革变化，参见祝尚书《宋元文章学》（中华书局2013年版，第37—78页）。
③ 周必大：《敷文阁学士李文简公焘神道碑》，《全宋文》卷五一八三，第399页。
④ 周必大：《左朝议大夫充敷文阁待制致仕柳公约神道碑》，《全宋文》卷五一七一，第215—216页。

外患侵扰不休之际，儒者绝非空言无用之人，周必大藉汪澈（1109—1171）治绩破除缙绅疑虑，言道：

> 重华初元，复以执政督视军马，悉其智谋，方面巩固。和戎定，而公归位枢，历四镇，遭时遇主，出处本末大略近文正，然后缙绅间皆知儒者果可用也。①

末句"然后……皆知儒者果可用也"，实有出乎意料之外，郑重推翻成见之意，"果"字更加强其真切性。

此种意外，同样可见于林光朝（1114—1178）碑志中，"上闻之，喜曰：'林某儒生，乃知兵也。'"② 儒生而知兵，似超越惯习印象，令人惊诧。然周必大以为，儒生既具孝勇忠仁德性，亦可施用于世，绝非文弱书生知书达理而已，故为朱松（1097—1143）撰志时，云：

> 祖宗时择儒学为馆职，自馆职择侍从，由侍从择辅相。所谓儒学者，明仁义礼乐，通古今治乱，其议论可与谋虑大事，决疑定策，文章特一事耳。治平中，欧阳文忠公在政府疏奏如此。寻命宰执各荐士，其效见于元祐之际。高宗方内修外攘，首置秘书省以储人才。他有司治事日不暇给，独馆职涵养从容，要路阙必由此选，国朝盛举乃复见之。新安朱公盖其一也。③

强调"文章"仅为儒学其中一事。全篇虽是为推崇朱松而书撰，但实以思考"儒学"起笔，藉碑志发表议论，为世人阐释儒学真意，表白周必大心中儒者形象，"以刚大之气扶颠持危"④ 为其理想目标。

① 周必大：《枢密使赠金紫光禄大夫汪公澈神道碑》，《全宋文》卷五一七二，第229页。
② 周必大：《朝散郎充集英殿修撰林公光朝神道碑》，《全宋文》卷五一八〇，第355页。
③ 周必大：《史馆吏部赠通议大夫朱公松神道碑》，《全宋文》卷五一八六，第37页。
④ 周必大：《资政殿学士参知政事赠太师李文敏公邴神道碑》，《全宋文》卷五一八六，第40—41页。

四 破题新颖——碑志结构之巧设

周必大碑志数量庞多,自与其交游广阔①,"位极宰执,主盟文坛"②有关,然以其致力开创新体之理念,当不致甘以习套书写碑志,而必有所突破,朱迎平认为:"在多达26卷的碑志文中,周必大亦讲究行文的变化"③,其变化之一乃在结构之巧创,尤以破题为重。王行(1331—1395)《墓铭举例》云:

> 墓志铭书法有例,其大要十有三事焉:曰讳、曰字、曰姓氏、曰乡邑、曰族出、曰行治、曰履历、曰卒日、曰寿年、曰妻、曰子、曰葬日、曰葬地。④

一般碑志泰半依循王行所录十三事顺序书记,如周必大《中大夫秘阁修撰赐紫金鱼袋赵君善俊神道碑》云:

> 君讳善俊,字俊臣,太宗皇帝七世孙。曾祖仲营,崇信军节度使、开府仪同三司,追封成王。妣,楚国夫人王氏。祖士尝,登进士第,终左承议郎,赠中奉大夫。妣,令人石氏。父不衰,任闽路兵马钤辖,家于邵武,赠大中大夫。母,硕人满氏。⑤

此类开篇堪称碑志文正体,条理分明抄录墓主名讳、乡邑、族出,其后依序记叙行治、履历,最末交代妻、子等事,马茂军分析:

> 他的儒者类的哀祭文往往开篇新颖,灵活多样,语约意丰,避免了南

---

① 关于周必大交游情形,邹锦良言道:"周莲弟根据《文忠集》之《书稿》部分材料统计得出,与周必大有书信往来的好友即达150多人,笔者根据《文忠集》粗略统计,与周必大有交往的各阶层人士约在400人之众。"见氏著《三十年来南宋名臣周必大研究述评》,载《船山学刊》2011年第4期,第177页。

② 朱迎平:《宋文论稿》,上海财经大学出版社2003年版,第146页。

③ 朱迎平:《宋文论稿》,第248页。

④ 王行:《墓铭举例》,《四库全书珍本十集》卷一,第360册,商务印书馆1981年版,第1页。

⑤ 周必大:《中大夫秘阁修撰赐紫金鱼袋赵君善俊神道碑》,《全宋文》卷五一八一,第365页。

宋哀祭文"冗弱"的缺点。如《资政殿学士赠通奉大夫胡忠简公神道碑》破除了谈名姓、述生平的套数，而是一开始就把人物置放在紧张的宋金对峙中。①

既能识出周必大儒者类哀祭文开篇之特殊，复能具体举例析论，确可彰显周必大散文特色。稍可补充者，乃在于周必大开篇新颖之笔法不仅运用于儒者类墓主，而且与全篇结构重组设计、书写重点有关。以《恭州太守任君续墓志铭》为例，该文开篇如下：

> 君讳续，字似之，潼川郪县人，系出汉广阿懿侯敳。懿侯十六世为晋安东将军颙。颙九世为隋浔阳太守璧，谪掾阆中以死，子孙因家焉。璧生颖，颖生业，业生雅，相唐高宗。其曾孙畹、畴皆达官，大和中诏以二龙旌其里。畹生椿，尝参梓州军，遂徙郪之兴城。椿生韬符，韬符生崇诰，崇诰生琦，琦生仲简。仲简生伯传，登景祐五年乙科，仕至尚书都官郎中，是为君之曾祖。都官生庚，终普州司理；司理生忠原，终朝请大夫、知黎州，君之祖与父也。文献相承，衣冠不绝，蜀人论氏族者推焉。②

墓主名讳、乡邑、族出依次书记，似无异状，然无论周必大或他人之碑志言及世系，多有固定笔法，大抵为：某世祖讳某，某世祖讳某，高祖讳某，曾祖讳某……一路迤逦至墓主。本篇则颇为特别，析分如下：

甲、墓主（君）——颙（十六世）——璧（九世）

乙、璧生颖，颖生业，业生雅

丙、雅——（子）？——（孙）？——畹、畴（曾孙）

丁、畹生椿

戊、椿生韬符，韬符生崇诰，崇诰生琦，琦生仲简。仲简生伯传（曾祖，都官）

己、都官（曾祖）生庚（司理）

庚、司理生忠原，君之祖与父也

---

① 朱迎平：《宋代散文史论》，第380页。

② 周必大：《恭州太守任君续墓志铭》，《全宋文》卷五一七六，第283页。

甲组为正常写法。乙、戊以"某生某"组构,字句简短,顶真承续,形成回环紧密关系。丙组回复甲写法,拉开乙组之稠密感。丁以一组"某生某"呈现,有别于乙三组、戊五组之数字。己、庚亦仅一组,然非"人名 + 人名"之叙述方式,而以"官职 + 人名"表述,并于最终一组"某生某"后,补白"君之祖与父也"。此段世系书写方式异于常态,且变化中有齐整,齐整中又有错综,新奇趣味横溢。周必大所以不厌其烦地设计此种组合,除基于追求新变之心态外,恐或与墓主名讳"续"有关。为凸显墓主父亲"命易今名字"[①]之用心良苦、深切期望,周必大以上引几组词语突破旧式结构,于字面呈现、念诵音韵皆营造"相承""不绝"之"续"效果,洵属别出心裁之巧思。

《恭州太守任君续墓志铭》以开篇巧构符应墓主名讳,亦兼具视觉、听觉作用,以下数文则以视觉为主:

> 吉统八邑,龙泉号山水县,故多名人,孙氏又其名家也。[②]
>
> 欧阳氏族望庐陵,而家于永和镇者尤以儒称,吾友耿仲又永和之卓然者也。[③]
>
> 吉有壮县曰永新,邑人举大族必曰谭氏。或问何如其大也?亲属盛欤?常产厚欤?仕宦众欤?非也,以孝友保其家,知取予,守其业,传诗书,亢厥宗,斯可谓之大矣。[④]
>
> 庐陵郡统县惟八,永新为大,西界湖湘,壤沃地偏,民生自足。间遇水旱疾疫,凡邑之大家分任赈恤之事,某家发廪,某家发薪刍,某家药疾者,某家瘗死者,以是流殍稀鲜。县官推勘分赏,必首及之,君子喜其近古。惟谭氏儒术起家,好善乐施,至宣义君复合前美事,终身行之,古人以为难。[⑤]

四作皆以地理名称开篇,先言说较大空间庐陵(吉),而后渐次缩小至某乡

① 周必大:《恭州太守任君续墓志铭》,《全宋文》卷五一七六,第283页。

② 周必大:《朝奉郎袁州孙使君逢辰墓志铭》,《全宋文》卷五一九〇,第97页。

③ 周必大:《乡贡进士欧阳耿仲夽墓志铭》,《全宋文》卷五一七四,第256页。

④ 周必大:《谭君绍先墓志铭》,《全宋文》卷五一九一,第122页。

⑤ 周必大:《谭宣义孚先墓志铭》,《全宋文》卷五一八八,第65页。

镇（龙泉、永和、永新），再缩小至某乡镇中之某氏人家（孙氏、谭氏）或某人（耿仲），递进层次井然，画面由远而近，渐次聚焦，仿若由广角镜头收拢，放大为特写镜头，颇具视觉美感与趣味，略似下图所示：

较大空间庐陵（吉）

某乡镇（龙泉、永和、永新）

某乡镇中之某氏人家（孙氏、谭氏）或某人（耿仲）

另可注意者，乃此四篇墓主皆庐陵人氏，而周必大赞扬"为本朝儒宗"①"道德文章，百世之师表也"②之欧阳修正是庐陵名人，欧公名篇《醉翁亭记》③自"环滁皆山"而"西南诸峰""琅琊也""酿泉也""醉翁亭也"之书写方式为人称颂，周必大是否隐以仿效欧公笔法向前贤致敬？或可玩味。至于"或问何如其大也？亲属盛欤？常产厚欤？仕宦众欤？非也"与《醉翁亭记》"作亭者谁？山之僧智仙也。名之者谁？太守自谓也"问答笔法之近似，亦难免引发联想。

感官之文学美感外，周必大碑志开端亦好以巨大时间跨度之笔法书写，透显人世沧桑、历史纵深之韵味，如：

晁氏自汉御史大夫错以身狗国，阅千余年宋兴，翰林文元公讳迥、参政文庄公讳宗悫，父子以文章德业被遇真宗、仁宗，继掌内外制，赐第京师昭德坊，子孙蕃衍，分东西眷，散处汴、郑、澶、蔡间，皆以昭德为称。盖宗生仲，仲生端，端生之，之生公，公生子，子生百，百生世，奕叶联

---

① 周必大：《龙云先生文集序》，《全宋文》卷五一二〇，第183页。
② 周必大：《总跋自刻六一帖》，《全宋文》卷五一二三，第232页。
③ 《欧阳修诗文集校笺》卷三九《醉翁亭记》，第1020—1024页。

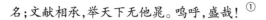
名；文献相承，举天下无他竞。呜呼，盛哉！①

仁宗朝，蔡忠惠公昌言直道，文章政事廷臣鲜出其右。当是时，由侍从登二府者，非历言路则入翰林，非尹开封则领三司，四者公遍为之。垂大用，而仁宗上仙，犒军贵予，修奉昭陵，横费错出，公处之益闲暇，中外叹服。会间言请去，未几即世，士大夫至今以为恨。②

吴郡范氏自文正公起孤童，事仁宗皇帝，当庆历癸未入参大政，后百三十有六年，公复参孝宗皇帝政事。虽谱牒不通，俱望高平，派南阳之顺阳，盖鸥夷子苗裔也，今为郡之吴县人。③

高宗初元自汴幸扬，巳而周旋江浙，然后定都临安。当是时，忠足以尊君亲上，才足以拨烦治剧，论思则援古证今，治郡则知所先后，如户部尚书梁公，诚所谓国家知宝臣，不可以无传也。④

绍兴元年二月丙戌，诏以多难未弭，人才为急，其复秘书省，置官属。当是时，高宗方马上治天下，乃肇复文馆，收召名胜，诸以待用，君子是以知中兴之必可冀也。时范丞相宗尹实当国，而秦丞相桧初拜参知政事。逮十年春，秦虽专国政，然以与闻初议，犹未敢尽非其人。维永嘉张忠简公以端醇修洁，用给事中林待聘荐召对，召试入省。⑤

远溯汉朝、北宋仁宗年间情事，即使近为南宋君皇，亦自绍兴初元起笔，刹时抽离墓主与作者生存之当下时空，引发思古幽情，感叹宇宙化移，从而惊觉，碑志之作原即为防后世陵谷变迁，而"后之视今，亦犹今之视昔""悲夫"之慨自油然生发，唯有列叙其人其事，方可暂且停驻墓主身影，留待后之览者兴怀抒感。

除引发情感共鸣外，周必大碑志亦常莫名自天外飞来一笔，纵谈时事，发表议论，如：

① 周必大：《迪功郎致仕晁子与墓志铭》，《全宋文》卷五一九一，第108页。
② 周必大：《中大夫赠特进蔡公伸神道碑》，《全宋文》卷五一八〇，第345页。
③ 周必大：《资政殿大学士赠银青光禄大夫范公成大神道碑》，《全宋文》卷五一七九，第330页。
④ 周必大：《宝文阁学士通奉大夫赠少师梁汝嘉神道碑》，《全宋文》卷五一八五，第33页。
⑤ 周必大：《龙图阁学士左通奉大夫致仕赠少师谥忠简张公阐神道碑》，《全宋文》卷五一七八，第323页。

　　武王一戎衣而定天下，应天顺人之举也，义士犹或非之，孔孟奚取焉？为万世计也。绍兴和戎，高皇有不得已者矣，两宫未归，母后春秋已高，故与大臣决策从权。①

　　子贡问："乡人皆好之，何如？"孔子答以"不如乡人之善者好之"。孟子告齐宣王以诸大夫曰贤为未可，必国人皆曰贤，然后察而用之。是二者，古今观人之要术，于吾艾轩尤信。②

　　韩愈以天刑人祸归咎史笔，柳宗元随辟其说，后人终致疑焉，今以李文简公验之何疑？且《左氏》纪诸国之事，《史记》上下数千载，是是非非，利害不专及当世。若公续司马光《资治通鉴》为本朝长编，上关国体，下涉诸臣之家乘，非异代比，使天刑人祸可信，孰能结知明主，见推多士，生历清要，没定美谥，诸子继践世科，历二千石，光显未艾如李氏者乎？③

　　子夏曰："生死有命，富贵在天。"是谓格言。虽然，仁者多寿，贤者多贵，则有人事参焉。今敷文阁直学识汪公年开九帙，官职阶三品，爵二品，殆仁贤之验也。④

　　《烝民》美宣王任贤使能，周室中兴。孟子曰："贤者在位，能者在职。"此服休服采之辨也，孝宗皇帝实兼用之。当是时，经武理财，期摅高宗之宿愤，差择能臣，比肩于朝。惟故参知政事萧公靖共正直，简在上心，未尝谈兵言利，而遍历要剧，兼赞钧枢，异乎效能于一职者。呜呼！孝宗可谓善任贤矣，公可谓进以德矣。⑤

　　古者宾兴之士论定于乡，是以上不失人，下无遗才。后世升黜一以程文，贤能不皆进，愚不肖未必退，往往出于偶然，曰此公举也，而乡评不在焉。若乃德行道艺修之身、信于人，虽曰未遇，而无智愚大小，生则推尊之，没则追思之，是谓乡评，殆与公举相为权衡。然彼犹可幸得，

---

① 周必大：《资政殿学士赠通奉大夫胡忠简公神道碑》，《全宋文》卷五一七二，第230页。

② 周必大：《朝散郎充集英殿修撰林公光朝神道碑》，《全宋文》卷五一八〇，第354页。

③ 周必大：《敷文阁学士李文简公焘神道碑》，《全宋文》卷五一八三，第396—397页。

④ 周必大：《敷文阁直学士宣奉大夫赠特进汪公大猷神道碑》，《全宋文》卷五一八四，第1页。

⑤ 周必大：《资政殿学士宣奉大夫参知政事萧正肃公燧神道碑》，《全宋文》卷五一八四，第7页。

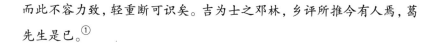

而此不容力致，轻重断可识矣。吉为士之邓林，乡评所推今有人焉，葛先生是已。①

惯常引经据典，大段评议，所举无论武王、子夏、孟子、子贡皆为距今久远之人，然周必大常于诸人之后，蓦然转笔提带墓主出场，时空跳跃快速，场景调换迅疾，读者初始不及反应，莫明所以。定精细思，重新品味，方能领悟，开篇议论实为全文定调，而此笔法亦具示作者个人情志、感慨之抒写有时较陈列墓主资料重要。作者意见或因墓主际遇生发，或藉墓主生平浇自我胸中块垒。钱基博认为：

> 盖传以叙事，铭以昭德；而碑志以叙事为体，不以抒情为本；以昭德为美，不以议论为贵。②

所言确是多数碑志应守规范，而周必大此类笔法或有可能招致"非碑志正体"③之讥，然，"非正体""变体"即可能为周必大追求之碑志写作目标，求仁得仁，怨用是希！

五　简劲生硬——字词择用之创获

前节析论之周必大碑志笔法，以开篇设计、结构改易为主，此乃属文章较大篇幅之调动营造，兼以抒情、议论口吻，此类撰者自我表白情形较易识别，所造成效果自较宏巨深刻，且易为读者感知。

大处着手外，周必大亦重视小处经营，以刻意拣择、创新之字词、句式，扭转碑志为人诟病之堆叠辞藻或"谋语造篇，自相蹈袭"④积弊，开创遒劲之周氏风格。关于字词择用，周必大碑志特殊之处略可分为三类，一乃组构新奇字词，前代未尝出现者⑤，如：

---

① 周必大：《葛先生澋墓志铭》，《全宋文》卷五一八八，第78页。
② 钱基博：《韩愈志·韩集籀读录第六》，台湾河洛出版社1975年版，第140页。
③ 钱基博：《韩愈志·韩集籀读录第六》，第140页。
④ 钱锺书：《管锥编》，中华书局1979年版，第1527页。
⑤ 此处立论依据乃查检《四库全书电子数据库》《中国古籍基本数据库》《"中研院"汉籍电子数据库》所得结果，未敢断言全然正确无误。

公列经义律文寘雳法,豪右敛迹,邑庭如水。①

以如水般清净无尘形容 "(邑)庭",藉以表示政治清明,在南宋之前似无人使用。同时代之葛绍体(? —? ,曾师事叶适) "公庭如水清无尘" ②、刘克庄(1187—1269)"门庭如水无珍献" ③、吴永叔(? —?)"其庭如水,知其政之清也" ④、清人黄任(1683—1768)"一铃悬处庭如水" ⑤用法相同,除吴永叔无法确定外,诸例作者生年皆晚于周必大。虽然无法证明各例与周必大有关,但 "邑庭如水" 的独特与重要性仍应注意。

此类新奇组构极可能为周必大刻意创造运使,以达致某种特殊效果与目的,以 "亦爱一死" 为例,《左朝议大夫充敷文阁待制致仕柳公约神道碑》开篇即云:

> 上即位之三年冬,朔骑大入,逾淮涉江,蹂我二浙。右丞相充以宣抚使护诸将,畏敌不能拒,拥众北去。金陵、会稽皆守以近臣,亦爱一死,不以谢国家,其余望风震詟,鲜有奔问官守者。故敷文阁侍制柳公约当是时以直龙图阁守严州,悉力扞贼,境内既安堵,则慨然上书,请纠合诸郡,克复吴、会。⑥

查考众书,可知,"爱一死" 三字,自先秦以迄五代都未曾出现,徐梦莘(1124—1207)、郑汝谐(1126—1205)、朱熹(1130—1200)、楼钥(1137—1213)、陈亮(1143—1194)、钱时(1175—1244)、魏了翁(1178—1237)、陈耆卿(1180—1236)、方逢辰(1221—1291)、李幼武(? —? ,理宗朝编书)作品中方始有此词语,各例依序如下:

---

① 周必大:《敷文阁学士李文简公焘神道碑》,《全宋文》卷五一八三,第398页。

② 葛绍体:《东山诗选》卷上《和水心先生寄越帅汪焕章得雨韵》,台湾商务印书馆1974年版,第11页。

③ 刘克庄:《后村集·郑丞相生日口号十首》,《景印文渊阁四库全书》第1180册,第111页。

④ 祝穆《古今事文类聚》引吴永叔《德清县·壁记》语,《景印文渊阁四库全书》第929册,第3060页。

⑤ 黄任:《秋江集》卷五《别潘补堂按察》,中华诗苑出版社1957年版,第12页。

⑥ 《全宋文》卷五一七一,第213页。

1.（许）翰督责益急，公太息曰："事之不济，天也，**吾何爱一死**，不以报国耶？"①

2.箕子佯狂以为奴，**是爱一死**以忘其君也。②

3.致道云："若做不得，只得继之以死而已。"曰："固是事极也**不爱一死**。但拚却一死，于自身道理虽仅得之，然恐无益于事，其危亡倾颓自若，奈何！"③

4.公投袂叱曰："逆类，吾今日**不爱一死**，正为此尔，而欲吾称臣耶？"④

5.公乃振衣冠，南望行阙，再拜稽首，厉声言曰："先臣文正公旦勋业炳然，臣为国将命，猥被拘留，复以伪命见逼，**敢爱一死**，上孤国恩，以辱君命？"于是大恸，斥骂使者，听其绞死。⑤

6.身为宗室以当百里之寄，**不爱一死**以明大义，此圣贤所不得而避者，其死岂不壮哉！⑥

7.王陵之母**不爱一死**而教子以母心，此节义之妇也。⑦

8.侯之子瞻孙尚**不爱一死**，从容蹈义，其凛有生意，亦当与侯俱为无穷。⑧

9.公喟而言曰："士**不爱一死**以济大难，而困于众多之口，亦可悲矣。"⑨

10.邯郸之变，借曰无所措手，亦**何爱一死**，不以致臣节于王哉？乃

① 徐梦莘：《三朝北盟会编》卷四七，上海古籍出版社2008年版，第354页。

② 郑汝谐：《论语意原·微子》卷四，上海商务印书馆1937年版，第91页。

③ 黎靖德编：《朱子语类》卷一二八，王星贤点校，中华书局1986年版，第3069页。

④ 朱熹：《伊洛渊源录·马殿院逸士状》，赵铁寒：《宋史资料萃编第二辑》，台湾文海出版社1968年版，第331—332页。

⑤ 《攻媿集》卷九五《签书枢密院事赠资政殿大学士谥节愍王公神道碑》，第11页。

⑥ 陈亮：《陈亮集》卷二五《书赵永丰训之行录后》，邓广铭点校，河北教育出版社2003年版，第226页。

⑦ 钱时：《两汉笔记》，《四库全书珍本》卷一，台湾商务印书馆1969年版，第161册，第20页。

⑧ 魏了翁：《成都府朝真观记》，《景印文渊阁四库全书》卷四二，集部第200册，第475页。

⑨ 《鹤山集·显谟阁直学士提举西京嵩山崇福宫许公奕神道碑》，《景印文渊阁四库全书》第201册，第98页。

以一时之计傥幸免祸。①

　　11. 此身母之身，非可认为己杀身可救母，当**不爱一死**，天理通神明，寸肤直糠粃。②

　　12. 公恸哭，谓城上人曰："朝廷为奸臣所误，汝等勉为忠义以报国，吾**不爱一死**以谢朝廷。"③

十二则资料，仅例7、例11出现语境与母子有关，其余十例皆与君臣、报国相关，且除例2批评箕子外，余多为忠臣力抗奸佞贼寇，坚守节操，而于情势危急之际，藉"不爱一死"自表心志。例1、例10"何爱一死"、例5"敢爱一死"虽似疑问句，实为肯定语气，与例3、例4、例6、例7、例8、例9、例11、例12之"不爱一死"相同。归纳上引诸例，其用字、意涵、用法一致性颇高，周必大"亦爱一死"一词则似仅此一见，颇为殊异。另，此文撰于绍兴三十二年（1162），前引诸人，徐梦莘较周必大年长二岁，郑汝谐同年生，余则皆晚于周必大，"爱一死"一词是否为周必大首创，虽证据不足，难以断定，然周必大先驱启发之功，实不无可能。

　　回扣文本，《左朝议大夫充敷文阁待制致仕柳公约神道碑》结构有别于一般碑志，首句即言"上即位之三年冬"，开门见山将时序回转至高宗建炎三年（1129）冬日，随即以"朔骑大入，逾淮涉江，蹂我二浙"三组四言句追记时事，"入""逾""涉""蹂"四动词密集串接，当日金人"鼓行而南，如践无人之境"④景象生动重现。时空信息铺垫后，文章随即代入人物，"畏敌不能拒"五字，简短明确载录右相杜充（？—1040）怯懦无能一事。至于金陵、会稽守战情形，若以"金陵、会稽皆以近臣守之"表述，虽清晰条畅，合乎习见语序，却易致疏忽。周必大将动词提前，"守"字先出，自有强调加重作用，随以"近臣"补叙，紧连下句"亦爱一死""不以谢国家"，则近臣本应"不爱死""谢国家"之表现，至此产生对反荒谬感。

　　"亦"字尤显突兀，乍看，似以"亦爱一死"称许近臣忠勇无惧，待诵读至"不

①　陈耆卿：《筼窗集·张耳陈余论》，《景印文渊阁四库全书》第1178册，第8页。

②　方逢辰：《蛟峰文集·赠杨内舍景尧刲股》，《四库全书珍本》第282册，第11—12页。

③　朱熹、李幼武：《宋名臣言行录》卷四，赵铁寒：《宋史资料萃编第一辑》，台湾文海出版社1968年版，第894页。

④　徐梦莘：《三朝北盟会编》卷二一八，第1568页。

以谢国家"，方知"亦"字实具嘲讽批判意涵。"亦"既可兼指金陵、会稽二地守将，复具呼应补充作用，完足"金陵"前之"拥众北去"事，综责"宣抚使"未能"护诸将"，"不能拒"敌。连合前文外，"不以谢国家"后，作者续载"其余""望风震詟""鲜有奔问官守者"，"其余"臣属贪生畏死的作为，同样可应接至"亦"字。

记录右相、近臣、其余表现，交代时空环境后，文章方才提带"故敷文阁侍制柳公约"出场，战雾弥漫、众将溃逃中，墓主宏伟登上舞台，"悉力扞贼""纠合诸郡""克复吴会"之功勋更与前引诸人"亦爱一死"形成强烈对比，烘衬出柳约刚忠报国形象。因而，"亦爱一死"在本篇碑志中，达到极为紧密而强大的前后呼应扣合效用，同时可使文气严实而无拖沓虚弱之嫌。又因有别于向来用法，吟咏之时，更易产生拗折不顺感受，令人印象深刻。

前文所举之"守以近臣""蹂我二浙"，皆将动词移置句首，营造强烈动感贯领全句之效果，此为周必大喜用之手法，如：

1.**掩**我不备。①

2.公请置使江干，**益**兵上流，**守**淮甸，备海道，然后下哀痛之诏，布告中外。②

3.于是大修学校，**新**马忠肃、包孝肃公祠，**广**姚兴庙，春秋奉尝，文武之士归心焉。③

4.**修**文翁旧学，时与诸生讲论经旨，**葺**诸葛武侯庙、杜少陵草堂、**新**张乖崖祠，政无不举，蜀人大悦。④

5.初，公卜地于湖州武康县庆安乡后汪村之原，规画兆域，旁筑息庵，**随**一祠堂，**环**以松竹，扁舟时至其上。⑤

例2"益兵上流"原可书为"于上流益兵"，周必大倒转语序，减省"于"字，可

---

① 周必大：《兴国太守赠太保王公绚神道碑》，《全宋文》卷五一七一，第219页。

② 周必大：《枢密使赠金紫光禄大夫汪公澈神道碑》，《全宋文》卷五一七二，第225页。

③ 周必大：《中大夫秘阁修撰赐紫金鱼袋赵君善俊神道碑》，《全宋文》卷五一八一，第366页。

④ 周必大：《资政殿大学士左太中大夫参知政事赠太师张忠定公焘神道碑》，《全宋文》卷五一七八，第319页。

⑤ 周必大：《直敷文阁致仕鲁公旦墓志铭》，《全宋文》卷五一七六，第280页。

使文句愈加简劲有力。正如"公镇之以静"①,若作"公以静镇之",意思相同,然力度、震动力远不及将"镇"提前之效果。例5"随一祠堂""环以松竹",文人恐多书为"以一祠堂随之""以松竹环之",周必大调移顺序,省略"以"字,产生"陌生化"效果。例3之"新""广",例4之"葺""新"易具提纲挈领、强调意味,文中包孝肃公祠、诸葛武侯庙、杜少陵草堂等皆为不可拆解之固定名词组,前引四动词与其后之名词泾渭分明,自然醒目显眼,亦易发挥新颖有力之作用。

此外,周必大碑志构句法,屡以名词或副词加上一二动词,造成简捷力势,如:

1.越人迄今**德**公。②

2.长沙水**溢穿**城郭,拜庐舍。③

3.金虏**陷**秣陵,车驾幸浙东。④

4.市皆茇舍,数**火**,公始陶瓦易之。⑤

5.绍兴二十一年中进士第,弋阳府君喜曰:"世业有传,足**澡**吾耻。⑥

例2"溢""穿"二动词连贯并书,描绘江水漫溢之后立即穿越城郭之画面,水势浩淼,汹涌推至,毫无间隙,非仅动态十足,且水患之威胁骇人耳目,难以忽视。他如例3"陷""幸"、例4"火"、例5"澡"皆能使文句立体有力。相近例证不胜枚举,此属第二类。

三则喜用短句,尤以三言句为多,既可避免芜冗啰嗦,又能营造迅疾利落语感,展现墓主果决行动力或情势紧张感受,如:

公知乱将作,投效还家,平坟墓,鬻产业,南徙蔡州。族党交诮,公毅然不顾。⑦

---

① 周必大:《左朝请大夫鲁公皙墓志铭》,《全宋文》卷五一七四,第254页。

② 周必大:《龙图阁学士宣奉大夫赠特进程公大昌神道碑》,《全宋文》卷五一八〇,第350页。

③ 周必大:《朝散大夫直秘阁陈公从古墓志铭》,《全宋文》卷五一七六,第287页。

④ 周必大:《朝散郎充集英殿修撰林公光朝神道碑》,《全宋文》卷五一八〇,第219页。

⑤ 周必大:《宝文阁学士通奉大夫赠少师梁公汝嘉神道碑》,《全宋文》卷五一八五,第34页。

⑥ 周必大:《朝散大夫直秘阁陈公从古墓志铭》,《全宋文》卷五一七六,第286页。

⑦ 周必大:《兴国太守赠太保王公绚神道碑》,《全宋文》卷五一七一,第218页。

推平坟墓,贩卖产业,照理而言,并非一时片刻便可处置妥适之事,然周必大各以三言句叙述,且将"平""鬻"置于句首,墓主积极明快之处事作风显然明白。原本文章至"南徙蔡州"便已将此事交代清楚,顺利收结。然而,周必大紧接着又补叙二句,"族党交诮"外在压力下,墓主"毅然不顾"之坚持与对抗愈显难能可贵,"平坟墓,鬻产业"之速战速决与坚定意志也因此愈加凸显。再如:

1.入谢,帝谕以裁冗滥,枨侵渔。①

2.湖北控川峡,岸洞庭,连辰沅,号险阻荒绝。②

3.事亲孝,御下仁,行己恭,执事敬,勇于义,审于思。③

4.夔盐恶而直倍,漕檄州,州檄县,州县计口抑民,疮痍一道。④

5.公感上知,论事益切,每集议,众未发言,公条陈可否,无所避。⑤

6.公劝上止北货之贸易,省非时之赐予,罢土木,减冗吏,躬行节俭,民自富足。⑥

7.璧山有淫祠,民病辄解牛以祭。君下令禁止。讹言:"神云守夺吾祀,民与牛皆将疫死。"郡人大恐。君知庙巫实导之,系郡狱,巫骇服。⑦

例1"枨侵渔"三字,古来似仅此一例,简短特殊,功效明显。例4"漕檄州,州檄县",漕州层层欺压百姓,急切紧逼态势于顶真三言句中明白显露。例6"罢土木,减冗吏"、例7"系郡狱,巫骇服"皆以三言短句造成需求迫遽、快速施行之感。

周必大此些字词、句式之择用创使,立现新奇生硬风骨,有助于遒劲刚健气象之形成,减削冗弱空间。

---

① 周必大:《徽猷阁待制宋公墓志铭》,《全宋文》卷五一七三,第241页。

② 周必大:《文林郎刘君令猷墓志铭》,《全宋文》卷五一七四,第251页。

③ 周必大:《朝散郎充集英殿修撰林公光朝神道碑》,《全宋文》卷五一八〇,第354页。

④ 周必大:《恭州太守任君续墓志铭》,《全宋文》卷五一七六,第284页。

⑤ 周必大:《敷文阁学士李文简公焘神道碑》,《全宋文》卷五一八三,第402页。

⑥ 周必大:《资政殿大学士左太中大夫参知政事赠太师张忠定公焘神道碑》,《全宋文》卷五一七八,第318页。

⑦ 周必大:《恭州太守任君续墓志铭》,《全宋文》卷五一七六,第284页。

六　结语

综上可知，周必大碑志文之书写，虽常源于友朋故交、至亲家人之请托，义不得辞而作，然周氏绝无敷衍草率行文心态，亦一反旧制堆砌陈列笔法，而分自墓主个性特质、身分定位、章法结构、字词择用数面向，思考创变求新可能。

以墓主特质之择抉而言，周必大赏爱奇行异气之风姿，常着意刻画墓主侠烈行为，尤以女性碑志最为显明，甚且将传统三从四德规范下之女性单一面貌，翻转突破，呈现独立个性之立体人物。男性墓主则多"怀奇负气"之人，却亦因而"数奇"不遇，令人惋叹。"奇""侠"之外，周必大亦重视墓主"刚直"性情，兼由诸人仕履际遇思索儒者、儒学问题，强调世用，此乃与当时政治局势、人臣责任，及周必大本身性格有关。

异于前人之观看墓主角度，除彰扬墓主鲜明人格特质外，周必大书写、审视碑志文心态之改变，影响其撰拟笔法，如超越代笔角色，调转文章结构，于开篇议论、抒情、设计布局等，以符应各墓主名姓、经历、性格，避免千人一面，而赋予墓主独特风采，兼藉他人情事表抒自我主张，省思人生。

在结构新颖之外，周必大亦慎择字句，重组词语，移置动词，好用短句，从而营造陌生鲜活成效，展现遒劲风骨，避除南宋散文"冗弱"之弊。

统观周必大碑志文，无论抉发墓主人格特质、书作笔法，皆有独到新意，一言以蔽之，可谓为"简刚巧构"。"四方碑板，皆以属公"乃必然之事，而周氏亦不负所托，墓主与作者形影皆藉碑志长存于世。

（本文转载自台湾成功大学中国文学系出版之《成
大中文学报》第62期，2018年9月）

文学与图像:北宋乔仲常《后赤壁赋图》对苏轼原作意蕴的视觉诠释

北京大学中文系　张鸣

引　言

文学与绘画本是表现媒介完全不同的艺术门类,但在中国古代艺术传统中,"诗画本一律"(苏轼)是一个基本的共识。在古人的艺术实践中,文学和绘画艺术,可以互相转化,互为补充,即所谓"诗中有画""画中有诗"(苏轼)。大量的题画诗以文学手段表现绘画内容,而绘画则更是经常以文学作品作为题材来源,如各种诗意画及《九歌图》《豳风图》《洛神赋图》《唐诗画谱》《诗余画谱》等画卷与画册,都是画家利用绘画形式再现诗词意境的作品。戏曲、小说的绣像插图,也是将文学描写的故事内容转换成了图像形式。

以文学手段题咏绘画内容的题画诗,一直是古代文学研究的重要对象,相比之下,取材于文学作品的绘画,更多是在艺术史研究领域受到关注,而立足于文学立场、着眼于绘画图像如何再现文学文本内容、图像审美如何再现文学审美等研究角度,则似未受到充分的重视。因此,古代历史上文学文本转换为绘画文本的现象,还值得从文学研究的立场出发作深入的探讨。

从文学研究的立场出发,有以下问题值得考虑。首先,绘画图像如何再现文字文本的内容,画家如何处理绘画的直观性与文学的非直观想象性之间的冲突,从而实现两种艺术媒介之间的转换;其次,画家如何根据自己对文学作品的理解和想象,重塑情节、细节与形象,从而揭示文学作品的精神和审美内涵;再次,画家以绘画作品表现文学文本内容,如何处理再现文学作品内容和表现自己精神情趣和艺术个性的关系；复次，绘画图像再现文字文本的虚构性想象，能够为后人解读文学文本提供哪些启发；最后，绘画对文学作品意境的再现，关涉到画家如何解读文学文本的问题，从古代文学作品解读和批评的立场看，历代画家群体对文学作品的解读、接受和评价，有哪些特点和意义？这些问题都值得认真总结和讨论。

本文以《后赤壁赋图》对苏轼原作的诠释和再现为例，谈谈对相关问题的看法。

《后赤壁赋图》是北宋画家乔仲常的名作，是一幅有山水、有人物的巨幅长卷，构图完整，规模宏大。2012年，上海博物馆馆庆60周年，举办"翰墨荟萃——美国收藏中国五代宋元书画珍品展"，乔仲常《后赤壁赋图》为展品之一。展览开展前，笔者应策展方邀请，撰写了《谈谈乔仲常〈后赤壁赋图〉对苏轼〈后赤壁赋〉原作意蕴的视觉再现》一文，刊载于上博为配合展览而编辑出版之《翰墨荟萃·细读美国藏中国五代宋元书画珍品》一书①。当时尚未看到《后赤壁赋图》的原件，只根据电子版图像写成，且因目疾手术影响、交稿时间匆促等原因，对画卷的阅读理解比较粗略，对画家揭示苏轼原作主题的匠心，也未能仔细体会，文章也未能仔细斟酌，留下不少遗憾。该文发表后，因有幸在上博的这次展览上仔细观赏了画卷原件，对画家的匠心也有了新的理解，且因在友人帮助下查到了苏轼手书《后赤壁赋》碑帖，为解决相关问题提供了重要根据，故一直想另撰一文，弥补前文的疏漏和遗憾。今趁此机会聊将谫陋心得，重新整理，再陈鄙见，以就教于方家。

一　关于乔仲常及其《后赤壁赋图》

《后赤壁赋图》曾由清宫收藏，《石渠宝笈初编》卷三二著录"宋乔仲常后赤壁赋图一卷"，并云："卷中幅押缝有醉乡居士梁师成美斋印、梁师成千古堂、永昌斋、汉伯鸾裔、伯鸾氏、秘古堂记诸印。"辛亥革命后，《后赤壁赋图》辗转流落到美国，今藏美国堪萨斯市纳尔逊—阿特金斯艺术博物馆（Nelson—Atkins Museum of Art）。全卷以八幅纸粘接，拖尾有北宋赵德麟题跋："观东坡公赋赤壁，一如自黄泥阪游赤壁之下，听诵其赋，真杜子美所谓'及兹烦见示，满目一凄恻。悲风生微

---

① 北京大学出版社，2012年11月出版。

绡,万里起古色'者也。宣和五年八月七日,德麟题。"①赵德麟为苏轼门人,宣和五年为公元1123年,这是此画的创作下限,这时距苏轼去世仅仅二十三年,距苏轼写作《后赤壁赋》,也不过四十二年。②

《后赤壁赋图》作者乔仲常,南宋邓椿《画继》卷四有云:"乔仲常,河中(治所在今山西永济蒲州镇)人。工杂画,师龙眠。围城中思归,一日,作《河中图》赠邵泽民侍郎,至今藏其家。又有《龙宫散斋》手轴、《山居罗汉》《渊明听松风》《李白捉月》《玄真子西塞山》《列子御风》等图传于世。"记载虽然比较简略,但因此可知他曾师事与苏轼交往密切的北宋大画家李公麟。③

《后赤壁赋图》以长卷形式再现苏轼《后赤壁赋》描写的夜游赤壁的全过程,画面具有十分明显的叙事性。画家将原作分切为九个段落,依原赋叙述的顺序次第在一个统一的时空范围中展开,直接将文学作品的表现内容转换为视觉形象,并将《后赤壁赋》分段题写在相对应的画面上,文学描写与画面形象构成生动的呼应补充关系④,对苏轼原作的思想意蕴具有独特的解读阐释和再现,对理解苏轼原作,提供了不少重要的启发。

关于《后赤壁赋图》的作者,也存在一些疑问。

大体上,目前艺术史学界大多数学者都认同作者为北宋乔仲常,如徐邦达⑤、

① 赵令畤(1051—1134),字德麟,初字景贶,号聊复翁,涿郡(今河北蓟县)人,燕王德昭玄孙,诗词字画皆擅。元祐六年(1091)苏轼出守颍州,赵令畤签书颍州公事,陈师道为州学教授,并与欧阳修二子棐、辩从东坡游,东坡为其改字作德麟。著有《侯鲭录》,多载元祐间苏轼及门人轶事。

② 苏轼《后赤壁赋》,作于宋神宗元丰五年(1082)十月,与《前赤壁赋》一样,问世不久就广为流传,不仅家弦户诵,且都被画家取为画材。

③ 李公麟(1049—1106),字伯时,号龙眠居士,安徽舒城人,北宋文人画家的代表之一,与苏轼以书画相交往,曾为苏轼作像,并曾以东坡的诗文为题材作画。明代都穆(1459—1525)《寓意编》载:"苏文忠前、后赤壁赋,李龙眠作图,隶字书旁,注云:'是海岳笔,共八节,惟前赋不完。'"可知李公麟亦曾画过《后赤壁赋图》。

④ 参看张鸣:《北宋乔仲常〈后赤壁赋图〉对苏轼原作意蕴的视觉再现》,载《翰墨荟萃·细读美国藏中国五代宋元书画珍品》,北京大学出版社2012年版。

⑤ 徐邦达:《古书画过眼要录·晋隋唐五代宋绘画·宋乔仲常》,见故宫博物馆:《徐邦达集》八,故宫出版社2014年版,第99—100页。

谢稚柳、杨仁恺①、[美]高居翰②、[日]板仓圣哲③、翁方戈④、王克文⑤、万青力⑥、陈葆真⑦、衣若芬⑧等。或认为即使不是乔仲常，画作的时代也是北宋，如李军《视觉的诗篇——传乔仲常〈后赤壁赋图〉与诗画关系新议》一文，认为虽不能肯定作者一定是乔仲常，但时代应是宋代尤其是北宋，并说："无论该画的作者是不是乔仲常，它无疑是中国美术史上最伟大的绘画作品之一。"⑨

质疑者则有丁羲元和赵雅杰。

丁羲元《乔仲常〈后赤壁赋图〉辨疑》认为：画卷存在明显的临摹习气；作者应是一位有生活体验的、又精于传统的人物白描艺术，而却并非精通文学的画家，甚至是民间艺术家如陆远之辈，而非乔仲常。丁的结论：其原本创作不应早于南宋，而其摹本之年代当在明清之间。⑩

赵雅杰《传乔仲常〈后赤壁赋图〉研究》一文推断乔仲常《后赤壁赋图》"赋文题写的时间应是在明代初期之后，更加具体的是明代中期，大约为16世纪初至16世纪70年代之前"。而画作"创作时间为嘉靖至隆庆初年即16世纪40—70年代"。⑪

① 杨仁恺《国宝浮沉录——故宫散佚书画见闻考略》。引谢稚柳云："据历来的叙说，乔仲常人物师李公麟。这种山水画（按指《后赤壁赋图》）的风貌，在北宋，既不同于当时社会风尚所归的董、李、范、郭，而有许多迹象表明，恐怕也仍是从李公麟而来。"上海美术出版社1991年版，第239页。

② 高居翰云："这种笔法（见赵孟頫《鹊华秋色图》）首次见于北宋末年文人画家的画中，十二世纪初的画家乔仲常便是，他唯一传世的作品是根据苏东坡的文章所画的《后赤壁赋图》卷。"见高居翰：《隔江山色：元代绘画》，宋伟航等译，三联书店2009年版，第33页。

③ 板仓圣哲：《环绕〈赤壁赋〉的语汇与画像——以乔仲常〈后赤壁赋图卷〉为例》，台湾大学艺术史研究所：《台湾2002年东亚绘画史研讨会论文集》，第221—234页。

④ 翁方戈：《美国顾洛阜藏中国历代书画名迹精选》，上海人民美术出版社2009年版，第74—75页。

⑤ 王克文：《乔仲常〈后赤壁赋图卷〉赏析》，载《美术》1987年第4期。

⑥ 万青力：《乔仲常〈后赤壁赋图卷〉补议》，载《美术》1988年第8期。

⑦ 陈葆真：《〈洛神赋图〉与中国古代故事画》，浙江大学出版社2012年版，第173—181页。

⑧ 衣若芬：《谈苏轼〈后赤壁赋〉中所梦道士人数之问题》，见氏著《赤壁漫游与西园雅集——苏轼研究论集》，线装书局2001年版，第5—25页。

⑨ 李军：《视觉的诗篇——传乔仲常〈后赤壁赋图〉与诗画关系新议》，《艺术史研究》第十五辑，中山大学出版社2013年版，第281—320页。

⑩ 丁羲元：《乔仲常〈后赤壁赋〉图辨疑》，《国宝鉴读》，上海人民美术出版社2005年版，第295—311页。

⑪ 赵雅杰：《传乔仲常〈后赤壁赋图〉研究》，中央美术学院2014年硕士学位论文。

关于该画时代和作者问题，不是本文讨论的重点，本文的重点放在讨论绘画和文学的关系，着重讨论画卷对原作意蕴的视觉呈现和主题揭示。作者是不是乔仲常，并不影响本文的讨论。至于时代，本文认同多数学者的观点，尤其是李军论文的结论，即画卷的时代应该是宋代尤其是北宋。

二 《后赤壁赋图》对《后赤壁赋》的形象转换及意蕴揭示

下面先从分析《后赤壁赋》原作的意蕴和写法入手，进一步解读《后赤壁赋图》如何以视觉形象再现原作意蕴的匠心。

（一）《后赤壁赋》的文学意蕴

《后赤壁赋》：

> 是岁十月之望，步自雪堂，将归于临皋。二客从予过黄泥之坂。霜露既降，木叶尽脱。人影在地，仰见明月，顾而乐之，行歌相答。已而叹曰："有客无酒，有酒无肴，月白风清，如此良夜何？"客曰："今者薄暮，举网得鱼，巨口细鳞，状如松江之鲈。顾安所得酒乎。"归而谋诸妇。妇曰："我有斗酒，藏之久矣，以待子不时之须。"
>
> 于是携酒与鱼，复游于赤壁之下。江流有声，断岸千尺。山高月小，水落石出。曾日月之几何，而江山不可复识矣。
>
> 予乃摄衣而上，履巉岩，披蒙茸，踞虎豹，登虬龙，攀栖鹘之危巢，俯冯夷之幽宫，盖二客不能从焉。划然长啸，草木震动，山鸣谷应，风起水涌。予亦悄然而悲，肃然而恐，凛乎其不可留也。反而登舟，放乎中流，听其所止而休焉。时夜将半，四顾寂寥。适有孤鹤，横江东来，翅如车轮，玄裳缟衣，戛然长鸣，掠予舟而西也。
>
> 须臾客去，予亦就睡。梦一道士，羽衣蹁跹，过临皋之下，揖予而言曰："赤壁之游乐乎？"问其姓名，俯而不答。呜呼噫嘻！我知之矣，"畴昔之夜，飞鸣而过我者，非子也耶？"道士顾笑，予亦惊悟。开户视之，不见其处。

《后赤壁赋》开篇第一句，"是岁十月之望"的"是岁"指的是《前赤壁赋》所谓"壬戌之秋，七月既望"的"壬戌"岁，即元丰五年（1082）。若孤立地看，这个开篇不免突兀，但结合《前赤壁赋》来看，就十分自然，起到了提醒读者注意将本文与《前赤壁赋》联系起来阅读的作用。不过，这两篇《赤壁赋》，虽然文体相同，且都是夜游赤壁的记游之作，存在许多内容上的关联和对照，但在季节、气氛、感情意蕴和具体的艺术表现上又很不相同。前人阅读评析《后赤壁赋》，就经常将其与《前赤壁赋》联系、对照、比较其各自特点，比如《古文观止》卷十一评《后赤壁赋》云："前篇写实情实景，从'乐'字领出歌来；此篇作幻境幻想，从'乐'字领出叹来。一路奇情逸致，相逼而出，与前赋同一机轴，而无一笔相似。"确实，将两者联系起来分析，是揭示《后赤壁赋》艺术意蕴的最好的方式。

　　若从写法上看，《后赤壁赋》不同于《前赤壁赋》最突出之处在于其叙事性，《前赤壁赋》虽然也用"直陈其事"的笔法来写，但重点在主人与客人的对话，结合江山风景的描写，紧扣着"水"与"月"书写作者对自然、人生的理性认识，写法以议论说理为主。这篇《后赤壁赋》则记录再一次夜游赤壁的经过，先交代事情的缘起，从月下夜行、临时起兴夜游赤壁，再写来到赤壁之所见，再写舍舟登山，在险峻幽深的山顶密林中，产生悲哀和恐惧的心情变化，再写返回舟中，放乎中流，与"孤鹤"相遇，一直写到归家就睡，梦见道士，在梦醒惊悟处文章结束。全文记事，虽然有详有略，有起伏，有重点，但事情的来龙去脉，复游赤壁的全过程，都按照时间顺序进展，在叙述性的笔调中交代得清清楚楚，而抒情和哲理意蕴的表现，则寄寓在形象的描写和事情过程的叙述之中，这就与《前赤壁赋》形成了鲜明的对照。为分析方便，《后赤壁赋》全文大致可分为四段来看。

　　第一段交代这次夜游赤壁的缘起，与友人月下夜行，从雪堂过黄泥阪归临皋亭，途中，"月白风清"的景色之美，使人"顾而乐之"，情不自禁与友人"行歌相答"。但对此良夜，只到这儿还不尽兴，于是便产生了进一步的夜游之兴。这一段看似简单地交代这次夜游赤壁的起因，但交代之中却处处都见匠心。比如开篇一句"是岁十月之望"，明显将这次夜游赤壁与"壬戌之秋，七月既望"的前一次夜游赤壁勾连起来，提醒读者注意全文都处在与《前赤壁赋》遥相呼应又处处相避的张力之中。又比如"霜露既降，木叶尽脱"的描写，八个字概括了初冬季节的清冷、肃杀，与《前赤壁赋》描写初秋天气的爽朗、高洁不同，暗示了前后两次赤壁之游的心情不大一样。又如这一段对月光的描写，是因"木叶尽脱"，月光可以直射地面，把人影投射到地上，于是才有从"人影在地"的视觉描写进而到"仰见明月"

的动作描写，就描写叙述的过程而言，既鲜明生动，又细致曲折。当然，第一段的交代，值得注意的还有"客"和"妇"，若无客人的善解人意和凑趣，这次夜游赤壁的兴致也就得不到响应，若无家中妻子平时藏下的酒，缺了如此重要的助兴之物，夜游赤壁同样没了兴致。总之，第一段文章写到这儿，夜游赤壁的主客观条件都完备了，情绪也铺垫好了，接下去就该进入正题，进入赤壁之游的过程了。

第二段写作者与客人携酒与鱼来到赤壁之下，正式开始了第二次的赤壁夜游。这一段是本文描写江上风景最为精练出彩的部分。前面强调了"复游"二字，便提醒读者注意将后面的风景描写与《前赤壁赋》加以对照。"江流有声，断岸千尺。山高月小，水落石出"四句，写初冬的江上风光。"江流有声"，先从听觉入手，写夜游赤壁时先闻江声，然后以"断岸千尺"的视觉形象刻画冬季水位下降之后赤壁江岸的险峻，从而让人产生夜游赤壁的身临其境之感。这和前赋以"清风徐来，水波不兴"两句形容江上风景让人若置身江上而生清风拂面之感的写法完全不同。而"山高月小，水落石出"两句，精确地刻画出冬季江山月夜景色和水位骤降之后的江上风光，和前赋"白露横江，水光接天"两句写赤壁江天一色、浩瀚辽阔的秋季景象更是大异其趣，让人印象深刻。总之，后赋写江山风景的这一段，同是赤壁之游，同样写了江水和月亮，但季节不同，时间不同，风景也就不同，文章的写法也随之不同。当然，种种不同，都在强调一件事："水"和"月"虽在，但水势已经下落，月亮也已经变小，"江山"却已"不可复识"，读到这儿，读者自然而然就会联想到《前赤壁赋》"逝者如斯，而未尝往也；盈虚者如彼，而卒莫消长也。盖将自其变者而观之，则天地曾不能以一瞬；自其不变者而观之，则物与我皆无尽也"一段议论。两篇赋的内容就在这样的细节中自然而然地联系起来了，不过，类似的意思，前赋直接以议论出之，本文则只描写风景本身的变化，自然见其理趣，写法还是不同。

第三段从第一人称的视角，写攀峭壁、登危岩以及下山之后放舟中流的经过和见闻感受，颇有一点神秘惊险的气氛。"履巉岩，披蒙茸，踞虎豹，登虬龙"几句，是赋体文章常见的铺排句法，"巉岩"，形容峭壁之高峻奇险；"蒙茸"，形容草木之茂密杂乱；"虎豹"，比喻山石形象之险怪；"虬龙"，比喻古树状貌之奇特。在这些形容比喻之中，又连用"履""披""踞""登"四个字写出登山涉险的动作转换，避免了一般赋体铺排常犯的呆板毛病。此外，这一串三字句的短促节奏，又表现登山攀岩途中动作转换之快速，传达急欲登高一览赤壁夜景的心情。到达山顶之后，则以"攀栖鹘之危巢，俯冯夷之幽宫"两句补写凭高望远、俯瞰江面的行为。写到这儿,文章特别交代一句"二客不能从焉",一方面补充强调这一切登山涉险的行动,都是独自一人完成的,从艺术效果上反衬了"予"的这一行为的独立特行的姿态,另一方面,则为下文表现孤独、悲哀、恐惧的情绪变化做了铺垫。接下去,是几句有声有色的描写,由作者潇洒出尘的"劃然长啸"而使得"草木震动,山鸣谷应,风起水涌",这样的情景,有点让人惊心骇目,尤其是深夜独自一人置身其间,触景生情,不免产生孤独、悲哀、紧张、恐惧之感,"悄然而悲,肃然而恐,凛乎其不可留也"几句,层层递进地写出情感的变化过程,由乐及悲而怖。全文的感情表现,就从开篇的夜游之乐和来到赤壁江上时的适意轻松,转到了悲哀、恐惧,前文"霜露既降,木叶尽脱"两句描绘的初冬季节的清冷、肃杀,到这里也得到了呼应。

因山上"凛乎其不可留",作者于是"反而登舟,放乎中流,听其所止而休"。这一节,最特别的是"适有孤鹤,横江东来""掠予舟而西"的奇遇。这只"孤鹤",为这次赤壁夜游增添了新角色,又为后文道士的出现埋下伏笔,成为解读本文思想意蕴最为关键的一环。文章想表达的思想,从这只"孤鹤"的形象上找到了寄托。需要注意在这一段中客人的表现和作者在写作上的处理,作者舍舟登岸之后的行动,都是独自一人,文章还特别强调了一句:"二客不能从焉。"甚至作者返回舟中"放乎中流"的一段记述中,对仍在舟中的客人也没有一个字提及。这样处理,显然是渲染寂寥环境、表现孤独悲哀心情的需要,但从赋体文章的体式而言,则显得比较特殊。一般赋文,多有主与客双方的描写,有的甚至全文主体都由主客问答构成,即如《前赤壁赋》,客人从始至终都与主人一起参与了夜游赤壁的全过程,而且是其中重要角色,文章主要思想内容的表现,更是通过主与客的问答来完成的,虽然前赋是一篇散文赋,但这种主客双写、主客问答的模式,符合一般赋体文的写作规范。而后赋的这一段写法,则更进一步突破了赋体文章格式规范的限制,更具有散文的气韵,这也和前赋的写法形成了对照。

第四段进入尾声,赤壁之游已经结束,客人已经离去,主人也归家就睡。这段文字,主要记录了作者的一个梦境,通过梦中与道士的对答,渲染出恍惚迷离的气氛。梦中"道士"为现实中掠舟而过的"孤鹤"所幻化,整个梦境与赤壁之游的事实也连成一体,梦境与现实、虚幻与真相,相混一片,真焉幻焉,虚焉实焉,恍恍惚惚,不可名状。最后写作者梦醒之后,不见梦中"道士",也不见现实中的"孤鹤",冷落寂寞的江上一无所有,于是明白,"赤壁之游乐乎"只是梦中的问答,进而可想,刚刚过去的赤壁之游,不同样也是一场梦吗?全文最后两句"开户视之,不见其处"不正是苏轼《正月二十日与潘郭二生出郊寻春……》诗所说的"事如春梦了无痕"吗？反观《前赤壁赋》，自始至终，都在实处着笔，从泛舟江上"饮酒乐甚"到主客之间关于人生哲理的问答，再到"相与枕藉乎舟中，不知东方之既白"结束，以及从乐到悲又从悲到乐的感情转换等等，都是正面落实的书写，并无一丝虚幻的色彩。相比之下，《后赤壁赋》前面几段写赤壁之游，也是真实发生的事实叙述，但到最后却着重写了一个梦境，在虚幻飘渺的气氛中结束全文，作者这样处理，除了在写法上与《前赤壁赋》相避之外，还有没有更值得探究的内涵呢？

要分析这个结尾的意义，就不得不提到苏轼"人生如梦"的观念。

"人生如梦"是苏轼文学作品中屡屡出现的说法，可以说是体现苏轼人生观的重要关键词。比如他的《永遇乐》词说："古今如梦，何曾梦觉，但有旧欢新怨。"《西江月》词说："休言万事转头空，未转头时是梦。"《南乡子》词说："万事到头都是梦。"而与《后赤壁赋》作于同一年同一地点的《念奴娇·赤壁怀古》词更有经典的表述："人生如梦，一樽还酹江月。"同样的意思，苏轼又多在给友人的书信中提到，如《与王庆源书》说："人生悲乐，过眼如梦幻。"《与宋汉杰书》说："人世一大梦，俯仰百变，无足怪者。"苏轼晚年，还在给门人李之仪的信中说："已前皆梦，已后独非梦乎？"（《与李之仪》）就是说，已经过去的人生都是一场梦，现在和将来的人生，也同样是在梦中。苏轼晚年甚至说："平生生死梦，三者无劣优。"（《别海南黎民表》）其实在苏轼心目中，生、死、梦三者，不仅无优劣，甚至无界限。无疑，"人生如梦"，是苏轼对人生最深刻的体会，以上这些作品，都是对这个观念的概括性陈述，而《后赤壁赋》虽然没有正面提及这句话，但通过夜游赤壁完整过程的叙述，形象而生动地诠释了这个主题。

首先，梦中道士为孤鹤幻化，明显与《庄子·齐物论》"庄周梦蝶"一段中"不知周之梦为蝴蝶与，蝴蝶之梦为周与"的议论有关，但苏轼以更为活泼生动的描写，解消了真实与梦幻的界限，在现实存在和梦境的相互转换中强调了人生虚幻不实的性质。

其次，全文结尾这个具体的梦，可以"惊悟"，但从梦中醒来，"开户视之，不见其处"，不仅梦境不可寻，连做梦本身也不知是否确有其事，甚至连自己是否置身于真实世界也不可确定。总之，即使从一场梦中醒来，也还是处在"人生如梦"的大梦之中。苏轼在《西江月》词中说："世事一场大梦，人生几度秋凉？"人生就是一场大梦，苏轼梦见道士的这一场梦，无非是在人生的大梦中所作的梦中之梦而已，明白了这一层含义，则可知道苏轼以"开户视之，不见其处"两句结尾，正为了表现此次的赤壁之游本身也是虚幻不实的"梦游"而已，这正是本文的主题让人觉得有点虚无缥缈、难以捕捉的原因。

苏轼作品中还常常出现"人生如寄"的主题，和"人生如梦"形成对应，如《过淮》诗说："吾生如寄耳，初不择所适。"此诗乃赴黄州途中作，谓自己对于人生无所选择，任随自然，故无悲无喜。回朝任翰林学士时作《和王晋卿》诗，曾回顾贬黄州时的想法："吾生如寄耳，何物为祸福？不如两相忘，昨梦那可逐？"从海南北归时作《郁孤台》诗："吾生如寄耳，岭海亦闲游。"这样的人生观，是把人生当作自然的一个过程进行观照的结果。实际上，前后《赤壁赋》分别对应了"人生如寄"和"人生如梦"的观念。《前赤壁赋》强调"人生如寄"，讨论的是"永恒"和"短暂"的命题，着重表现在"人生如寄"的前提下应该如何度过一生，也就是所谓人生应对方式。《后赤壁赋》表现"人生如梦"的思想，要解决的是如何认识"真实"与"虚幻"，着重表现人生从根本上的觉悟问题。从《前赤壁赋》到《后赤壁赋》，主题各有侧重，但从主题的内容看，又是推进深化的关系。

解读《前赤壁赋》和《后赤壁赋》精神内涵和写法的不同，最需要注意的是苏轼在作品中的自称。《前赤壁赋》自称"苏子"，《后赤壁赋》自称"予"。自称的不同，并非偶然，自称的区别实际反映了二赋虚实真幻的不同，以及认识的不同。《前赤壁赋》是在理性地说理，道理可以说服客人，具有客观实在的性质，因此用了较为客观的自称"苏子"，以表明自己只是在相对客观地讲述能够为"客"所理解的道理。相比之下，《后赤壁赋》着重表现的梦幻感觉，都是从苏轼自己的主观体验出发的，"客"的存在并不重要，有的地方甚至有意忽略其存在。在《后赤壁赋》中几个着重书写梦幻感觉的地方，都没有"客"的参与。因此自称为"予"，是要强调《后赤壁赋》内容的个人性体验特点以及梦幻主题的虚无缥缈的感觉。

对《后赤壁赋》这种从个人性体验生发而来的梦幻感觉和难以捕捉的主题意蕴，《后赤壁赋图》是怎样表现的呢？

（二）《后赤壁赋图》对原作的分段表现和视角安排

首先要注意的是《后赤壁赋图》对原作的分段表现。乔仲常将苏轼原作赋文切分为九个段落，依原赋叙述的顺序次第展开形象描绘，并将赋文分为九段题写于相应的画面上：

第一段："是岁十月之望，步自雪堂，将归于临皋。二客从予过黄泥之坂。霜露既降，木叶尽脱。人影在地，仰见明月，顾而乐之，行歌相答。已而叹曰：'有客无酒，有酒无肴，月白风清，如此良夜何？'客曰：'今者薄暮，举网得鱼，巨口细麟，状如松江之鲈。顾安所得酒乎。'"

第二段："归而谋诸妇。妇曰：'我有斗酒，藏之久矣，以待子不时之须。'于是携酒与鱼。"

第三段："复游于赤壁之下。江流有声，断岸千尺。山高月小，水落石出。曾日月之几何，而江山不可复识矣！"

第四段："予乃摄衣而上,履巉岩,披蒙茸。"

第五段："踞虎豹。"(三字单独为一段,题写在树林中)

第六段："登虬龙,攀栖鹘之危巢,俯冯夷之幽宫,盖二客不能从焉。劃然长啸,草木震动,山鸣谷应,风起水涌。予亦悄然而悲,肃然而恐,凛乎其不可留也。"

第七段："反而登舟,放乎中流,听其所止而休焉。时夜将半,四顾寂寥。适有孤鹤,横江东来,翅如车轮,玄裳缟衣,戛然长鸣,掠予舟而西也。"

第八段："须臾客去，予亦就睡。梦二道士（原文应作"一道士"），羽衣翩跹，过临皋之下，揖予而言曰：'赤壁之游乐乎？'问其姓名，俯而不答。呜乎噫嘻！我知之矣，'畴昔之夜，飞鸣而过我者，非子也耶？'道士顾笑。"

第九段："予亦惊悟。开户视之，不见其处。"

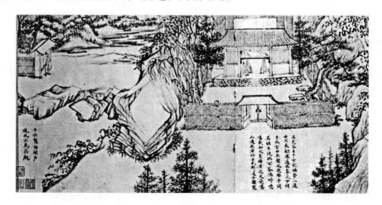

（三）《后赤壁赋图》对原作思想意蕴的视觉形象再现

从《后赤壁赋》文字文本的内容看，分为四段最为合理，而《后赤壁赋图》画卷的九段切分，显然不是从原文的叙述逻辑和层次着眼，而是根据绘画表现的需要和形象再现的方便着手的。这九段画面并非连环画形式，而是画面统一的一个长卷。与九段文字相应的画面，每段描绘一段情节，全图首尾相连，完整统一，段落之间并无明显的间隔。从《后赤壁赋图》的画面处理看，以下问题值得注意。

1.从文学文本主观视角向画面客观视角的转换以及画中场景、人物的视角处理

文学文本转换为视觉艺术，首先要处理的是视角问题。苏轼的文学原作的人

称是"予",是第一人称主观视角,《后赤壁赋图》的多数段落则转换为画家的旁观视角,原作的作者苏轼也成为画家观照表现的对象进入了画中,这类似客观视角的表现。视角的不同,是画卷与原文的明显区别。为分析方便,画卷整体上呈现的视角,不妨称之为画外视角。而画家将原文中人物活动、人物关系以及人与环境的关系落实于画面时,对人物视角的具体处理,不妨称为人物视角。

从整幅画卷看,画外视角是客观视角,而且视线是从正前上方向前下方俯视的角度。这个角度选择非常明显,但不同的段落又有不同的处理,与画面表现内容相结合,进一步联系原文的描写,可知其视角的处理大有深意。而每一段落的人物视角,作为原作意蕴的图像呈现,也有不同的处理,下面具体分析。

第一段,画外视角稍带俯视,画中苏轼侧身面向画面左方,即将展开赤壁之游的方向,并回头与二客说话。

第二段、第三段,画外视角仍然是稍稍俯视,而苏轼的人物视角则是平视的。

画卷的第四、第五、第六这三个段落,可视为一个整体,表现苏轼独自一人,舍舟登岸一段情节,以幽深险峻的画面构图和萧条肃杀的气氛,间接渲染原文"悄然而悲,肃然而恐"的心情变化。第四段,画外视角仍然稍带俯视但更像平视,而苏轼的人物视角则是仰视的,表现出正在"乃摄衣而上,履巉岩,披蒙茸",向上攀登的姿态,这一段,和原文相对应,客人消失了。第五、第六段,从前面第四段延续而来,但画面视角则发生很大的变化,首先是继客人消失之后,苏轼本人也消失了。其次画面场景明显带有俯视的角度。这显然是画家有意的处理。这一段原文所表现的是苏轼登上山顶之后的情形,重点是"攀栖鹘之危巢,俯冯夷之幽宫"。原文的角度正是"俯视"。但这一段画面,没有出现人物形象。这是为什么?本来苏轼的原文是以第一人称主观视角写成,但当画家将其转换为绘画时,以客观视角表现原文主观视角写成的内容,就不能完全吻合,比如苏轼的心理活动和情感转变,图像就难以直接呈现。为解决这一问题,画家在第五、第六两段,改变了客观视角的处理方法,不画苏轼形象,这两段的画面看上去就成了画中人物苏轼的主观视角,是苏轼在登山途中和到达山顶后所见之风景。而苏轼在山顶向下俯视的角度也和画外的俯视视角相重合,这样一来,原文中"予亦悄然而悲,肃然而恐,凛乎其不可留也"的主观抒写,就顺理成章地得到了合理的视觉表现。

第七段,孤鹤横江东来,掠过江中小舟。这一段视角处理比较复杂,孤鹤俯视小舟,舟中苏轼此时正抬头向孤鹤方向仰视,与孤鹤形成对视的呼应。而这一场景的整体视角又是俯视的，俯视小舟的孤鹤也在被俯视，很显然，有一个超然在上的视线在俯视苏轼的赤壁之游，孤鹤在这里成了某种超然在上的东西的化身。这一段中，孤鹤与苏轼的视角关系的处理也带有深意，为下一段苏轼梦境做了铺垫。

第八段，苏轼就睡梦见道士的场景，是稍带俯角的平视，但正房后面的院子和房顶很显然又是居高临下的俯视场景，这显然在暗示什么。原文有道士"俯而不答"的描写，"俯"字很关键，不仅显得很神秘，同时也暗示他的来历，苏轼因此领悟说："我知之矣，'畴昔之夜，飞鸣而过我者，非子也耶？'"道士既然是孤鹤的化身，这一段的视角其实也就是孤鹤视角的延伸，画外视角和孤鹤视角融而为一了。苏轼梦中的道士是孤鹤所化，而苏轼做梦的场景，其实也在孤鹤的俯视之下。这真是非常奇妙的处理。

第九段，苏轼的人物视角，是向右方平视，面向刚才做梦的家，面对赤壁之游的全过程，一直延伸到画卷开头，与开头的苏轼形成呼应，以视线形成画面的完整贯穿，完成画卷的整体布局。而这一段落的画外视角仍然是明显的俯视，仿佛有一个超然的观察者正在俯视这一切的发生。

以上可知，整个画卷采用正前方向下俯视的角度，总体上是要呈现某种隐秘的意蕴。不过《后赤壁赋图》的画外视角并不完全统一。第五、第六段采取了与苏轼原作一致的主观视角的处理，较好地以图画形象传达了原作表现的心理活动和主观情绪变化的内容。第七段的俯视，首先是孤鹤视角的俯视，而孤鹤的俯视又在画外视角的俯视之下。第八段画外视角和从第七段延伸过来的孤鹤视角融而为一，完成了一段神秘的暗示。

如果只读《后赤壁赋》文学文本，也许不会马上意识到有一个超然在上的视线的存在，只会觉得全文笼罩在一片神秘气氛之中，但到底因为什么而神秘却不能说清楚。当然，在《后赤壁赋》原文中，这种超然在上的东西其实是有表现的，只不过写得比较含蓄，容易被人忽略。原文通过苏轼在梦中与道士的对话作了暗示，"赤壁之游乐乎"？这一问意味着赤壁之游的活动，其实是在某种超然的视线的观照之下的。《后赤壁赋图》第七、第八段的处理，就是以具体的图像，揭示了原文所蕴含的这一层意思。

2.对《后赤壁赋》原作叙事性内容的图像处理

苏轼《后赤壁赋》原作，记述一次有相当时间长度的夜游活动的全过程，且随时间的流动而有空间地点的多次转换，夜游的主人公苏轼，在不同的时间出现在不同的地点。这样有一定时间长度的叙事性内容，转换为绘画，《后赤壁赋图》是如何处理的呢？

绘画和文学，毕竟是两种完全不同的艺术形式。文学以语言文字为媒介，以文字的叙述描写去表现在时间流中发生的事情和人物的活动，其形象表现是间接的，通过语言的中介去完成，而其空间形象则随叙述时间的进展而转换变化，因此，文学属于时间性艺术。绘画则是以线条、色彩为媒介，以线条色彩构成空间结构和图像，形象直观鲜明，适于表现时间凝定而空间展开的事物，而对不同时空发生的事情或处在不同时空的形象，则需要用不同的画幅才能合理地表现，因此，绘画一般被看作空间性艺术。绘画和文学的这种区别，使其各自长于表现不同的对象，达到不同的艺术效果。文学文本在表现时间流转的事情时要比绘画更为自如，更为擅长，绘画则在表现空间形象方面比文学更为直观，更为鲜明。了解这个区别，再来看乔仲常《后赤壁赋图》的特点，就会更加清楚。[①]

乔仲常根据苏轼原文的文学内容画成图画，以人物活动为贯穿，分九个段落再现原作文字叙述的夜游赤壁的全过程。苏轼作为夜游赤壁的主人公形象，在画卷中出现了八次。也就是说，在表现苏轼一次夜游赤壁行为的一幅画作中，同时出现了八位苏轼，分别在不同的地点进行不同的活动。为了将具有时间纵深长度的叙事性内容在同一平面空间结构中表现出来，画家采用了"异时同图"的构图形式。

所谓"异时同图"，指的是将不同时间发生的动作或故事情节，在同一个画面上呈现出来的绘画手法，是一种在同一个空间平面上描绘时间维度上向纵深推移的事情的特殊绘画构图形式。"异时同图"是中国画构思、布局、体现空间的一种传统艺术手法。画家根据绘画题材内容的要求，将不同时间、地点出现的人物、景物等，运用连续空间转换的构图形式，描绘在同一画幅上，如在有故事情节的人物画中的主要人物，在不同时间、地点和不同情节中多次出现。这种方式打破了绘画造型艺术的时空限制，充分调动观赏者的视觉因素，使一个具有时间长度的叙事性内容可以在同一个空间结构中得到表现。[②]

① 莱辛：《拉奥孔（论画与诗的界限）》，朱光潜译，人民文学出版社1979年版。钱锺书：《读〈拉奥孔〉》，钱锺书：论《中国诗与中国画》，均见钱锺书：《旧文四篇》，上海古籍出版社1979年版。
② 王克文：《传统中国画的"异时同图"问题》，载《美术研究》1988年第4期。

《后赤壁赋图》巧妙采用"异时同图"的构图形式，将原文的叙述切分为九段，将原来在时间上连贯展开的活动切分为九个时间片段，将其组织在同一幅画面之中，这样，原文的时间纵深被压缩成了平面，本来是在不同时间先后出现在不同地点的苏轼，就同时出现在了一幅完整的画中。原文夜游赤壁的时间过程的叙述，就被转换成了空间展开的视觉图像。

不过，画家本人似乎也知道，绘画毕竟不可能完全再现原作，有的地方，离开原作，还是不能完全理解画面的意蕴和细节，画家解决这个难题的办法是将原文切分的九个段落题写在相应的画面上，让读者在欣赏绘画时，可以随时与原文对照。

3.《后赤壁赋图》细节处理如何以空间图像实现时间叙事

以《后赤壁赋图》的第四、第五、第六这三个段落的处理为例。原文中的"履巉岩，披蒙茸，踞虎豹，登虬龙"四个三字句，表现苏轼登山途中一系列的行为动作。这一组自成单元的铺叙，被画家切割成了三块，"履巉岩，披蒙茸"被放在了第四段，"踞虎豹"三字单独成为第五段，"登虬龙"三字则置于第六段的开头。

本来这四句写四个动作，有时间的进展，也有空间的转换，但都是围绕人物的活动叙述一个连续的过程，将其切割为三块，显得非常零碎而不合常理。问题是，画家为什么要这么处理？

简单说，这样处理最明显的好处是，三段画面，通过这四句的串联，构成了一个完整的整体，而且不同时空发生的四个动作从第四段延展到第六段，而"踞虎豹"三字居中，不仅单独构成主观视觉的一个画面，而且串联两边，表现苏轼登山途中行为的连续过程。这样就以视觉形象完成了一段叙事，一定程度上突破了绘画的叙事局限。

4.真实与梦幻场景并置对原作主题的诠释

《后赤壁赋图》第八段，画面出现了两位苏轼，一是躺在床上入梦的苏轼，一是与两位道士对坐说话的苏轼。这是这幅图卷最为特殊，对揭示原作主题而言，也是最为重要的画面。

参考原文叙述可知，这是苏轼归家就睡之后的情景。就画面内容而言，苏轼在床上入睡，是实有景象，而苏轼与两位道士对坐说话则是苏轼梦中的幻境。这一段画面形象，许多研究者都会关注道士的人数问题（参见下文讨论），但其实更令人吃惊的是画家完全不顾梦境和真实场景的界限，将真实存在的苏轼和苏轼梦中的虚幻的苏轼并置在同一时空的画面中了。这样处理的意义何在？这是阅读《后赤壁赋图》最为费解也最值得推敲的地方。前文说道,《后赤壁赋》表现"人生如梦"的思想,要解决如何认识"真实"与"虚幻",着重强调人生从根本上的觉悟问题。那么在画家看来,苏轼原作是如何认识"真实"与"虚幻"关系的呢？首先,从画面看,现实与梦境,真实与虚幻,已经不存在界限,何者为真,何者为幻,并无区别。画面题写的原文是:"须臾客去,予亦就睡。梦二道士(原文应作"一道士",关于道士人数问题详见下文),羽衣蹁跹,过临皋之下,揖予而言曰:'赤壁之游乐乎？'问其姓名,俯而不答。呜乎噫嘻! 我知之矣,'畴昔之夜,飞鸣而过我者,非子也耶？'道士顾笑。"这是原文最为神秘的一段文字。如前所述,这段描写明显与《庄子·齐物论》中"不知周之梦为蝴蝶与,蝴蝶之梦为周与"的议论有关,但进一步看,却似乎又不完全相同。因为,这段描写中的孤鹤和道士,分别出现在不同的时空中(如果把苏轼梦境也看做空间的话),而苏轼却分明知道二者实为一物,道士被指出真相后也不否认。鹤为道士的幻化,宋人胡仔早已指出过苏轼是暗用了《高道传》的故事。① 苏轼在这里分明是在说,当苏轼在真实世界夜游赤壁时,与道士幻化的孤鹤相遇,而当苏轼进入梦境之后,则又与孤鹤的本来形象道士相遇。也就是说,对于苏轼而言的真实世界(游赤壁时),对于道士而言则是梦幻世界(孤鹤),而道士恢复他的本来形象时,却是在苏轼的梦中。这说明,苏轼的梦境就是道士的真实空间,道士的梦幻世界(孤鹤飞掠的赤壁)则是苏轼的真实世界。游赤壁的苏轼和孤鹤,做梦的苏轼和苏轼梦中的道士,某一方的真实世界,对另一方而言则是梦幻的虚境,而且真实与梦幻之间,并不存在界限。仔细玩味,苏轼其实是以这样神秘的暗示,解消了真实与梦幻的区隔,在真实和梦境的相互转换中强调了人生虚幻不实的性质。而画家对这一环节的画面处理,其实是围绕着苏轼原文隐秘暗示,将

---

① 关于道士化鹤故事,参看胡仔《苕溪渔隐丛话后集》卷二十八:"苕溪渔隐曰:《赤壁后赋》云:'适有孤鹤,横江东来,翅如车轮,玄裳缟衣,戛然长鸣,掠予舟而西也。须臾客去,予亦就睡,梦二道士,羽衣翩跹,过临皋之下,揖予而言曰:赤壁之游乐乎? 问其姓名,俛而不答。呜呼噫嘻,我知之矣,畴昔之夜,飞鸣而过我者,非子也邪? 道士顾笑,予亦惊悟。'……《高道传》言,天宝十三年重阳日,明皇猎于沙苑,云间有孤鹤徘翔,上亲射之,其鹤带箭著于西南,众久目之,不见。益州城西有道观,徐佐卿尝自称青城山道士,一岁凡三四至观,一日,忽自外归,携一箭,谓人曰:'吾行山中,偶为此矢所中,已无恙矣。然此箭非人间所有,越明年,箭主至此,当付之。'复题其时云:'十三载九月九日也。'明皇狩蜀,至观,见其箭,命取阅,惊异之,乃知沙苑所射之鹤,即佐卿也。此赋指道士为鹤,正暗用此事。"不过苏轼原文鹤化道士乃在梦境中,与这个故事存在明显不同,这个区别也是理解苏轼原文主题的一个关键。

真实存在的苏轼和苏轼梦中的虚幻的苏轼并置在同一时空,以解消梦境和真实场景界限的方式,对文学原作作了形象而深刻的诠释,为读者领悟苏轼原作的主题,提供了重要的启发。

5.结尾构图的意义解读

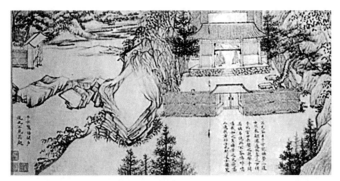

画卷最后一段"予亦惊悟,开户视之,不见其处"的处理,在表现原作意蕴的构思上,也是关键的画龙点睛之笔。整卷画幅的内容自右向左延伸过来,到结尾处,苏轼在画面的最左端,立于自家门口,面向右边,向远处眺望。

这样的构图处理,与一般山水长卷结尾处的处理大不相同。通常的长卷构图,会始于一个近景,而收束在一种向外延展的画面(比如绵延的江水,平缓的远山等)。比如李公麟《龙眠山庄图》长卷的结尾处,开放式画面,画面虽然结束,但风景和人物的行为,都有向画外延展的趋势,让人产生绵延不绝的空间联想。

又如北宋王诜《渔村小雪图》长卷的结尾部分,近景是松树,远处的山水明显向左方画外延展:

这种构图形式，是配合长卷的形制特点形成的，因为长卷总是要从右端逐渐展开来看，所以开篇的构图会尽量左向，引导观者继续探求剩余的部分。而以宽远景致作结，则会起到画有尽而意无穷的效果。这是一般的规律。因而当有画作改变了这一规律时，就会显得意蕴独特。

《后赤壁赋图》开篇是很常见的岸上近景，而结尾竟是右向的，用转了九十度的苏轼的家封闭了整个长卷的画面空间，立在家门的苏轼形象则是回望整个画面。并引导读者重新回过头去审视刚才的梦境，审视赤壁之游的全过程。这样特殊的结尾打破了一般长卷的构图规律，显然不是随意的。①

结尾的这个构图与前面一段将真实与梦境并置并解消界限的画面，可以对照起来分析。这两个画面紧邻一起，都画了临皋之家，但前一段表现苏轼在家中就睡的实景和苏轼与两位道士对坐的梦中幻境，家的构图是正面的，家的大门面对画面前方，也就是正对读者的方向，但紧邻在一起的最后这一段画面，家的构图则转了九十度，画的是侧面，家的大门转而面向画面右方，苏轼背对家门，面向画面右方，既是面对刚才做梦的那个"家"的方向，也是整个赤壁之游的方向。在苏轼形象的下方，画面最左方，是原文结尾三句："予亦惊悟，开户视之，不见其处。"这样的构图处理，非常特别。上文说过，《后赤壁赋》的结尾，是以具体形象表现"人生如梦"的主题。画卷结尾苏轼面向全部画卷而立的构图，其实也是试图诠释这个

---

① 关于《后赤壁赋图》结尾部分打破了绘画长卷构图的一般规律的看法，笔者采纳了门人张蕴爽博士的意见。张蕴爽在美国加州大学洛杉矶分校做中国文学和艺术史研究，并获得博士学位。本文撰写过程中我们通过电子邮件交流讨论，她的意见启发我重视《后赤壁赋图》的结尾部分，使本文增色，谨此致谢。

意蕴。这时的苏轼,近处面对的是与道士对坐的"家",而这个"家"既是实境,同时又是梦中幻境,原文说了,"开户视之,不见其处",没有道士,没有孤鹤,甚至没有梦,没有梦境,一切归于虚幻。最后立于画卷结束处的苏轼,刚从一场具体的梦中"惊悟",但即使从一场梦中醒来,按前面一段将真实与梦境并置并解消界限的画面揭示的意思,梦醒之人其实还仍然处在"人生如梦"的大梦之中。因此,视线再向右方延伸,刚才经历的赤壁之游,其实也是虚幻不实的"梦游"而已,前面关于鹤与道士的幻化关系已经证明赤壁之游的虚幻不实,这里又通过形象的画面再次加以强调。

这样,画家就以这种特殊的构图,将画中表现的赤壁之游全过程视为"不见其处"的虚幻梦境。既然夜游赤壁是一场"梦游",伴随夜游而生的欢乐、适意、悲哀、恐惧等等情感,以及第一次游赤壁时在大自然中体会到的"短暂"与"永恒"的哲理和对人生应对方式的思考等等,也都归于虚幻。这就从人生的各种纠缠当中,得到了根本的解脱。这正是:"世事一场大梦!"(苏轼《西江月》词)"休言万事转头空,未转头时是梦!"(苏轼《西江月·平山堂》词)

三 《后赤壁赋图》与《后赤壁赋》原作内容的差异

1.视角不同,已如上述。视角不同是画卷和原作最大的不同。视角的转换是最体现画家匠心的地方。

2.《后赤壁赋》与《前赤壁赋》有暗中关联的内容,《后赤壁赋图》无法直接表现。如:"江流有声,断岸千尺。山高月小,水落石出。曾日月之几何,而江山不可复识矣。"

3.《后赤壁赋》的声音描写、内心感情刻画等内容,《后赤壁赋图》只能间接表现。如:"劃然长啸,草木震动,山鸣谷应,风起水涌。予亦悄然而悲,肃然而恐,凛乎其不可留也。"又如俞文豹《吹剑录·四录》云:"碑记文字铺叙易,形容难,犹之传神,面目易模写,容止气象难描模。……《赤壁赋》……'江流有声,断岸千尺,山高月小,水落石出',此类如仲殊所谓'费尽丹青,只这些儿画不成。'"①

---

① 俞文豹:《吹剑录·四录》,古典文学出版社1958年版。转引自《苏轼资料汇编(上编)》,中华书局1994年版,第749页。

4.对"二客"的交代,《后赤壁赋图》与原作明显不同。如苏轼登山的段落明确交代"二客不能从焉",因寂寞、孤独、恐惧而从山上返回舟中时,则故意不提客人的存在,有意识地渲染"四顾寂寥",但《后赤壁赋图》的这一段画面则不可能将客人隐去。

四 "道士"是一人还是二人

《后赤壁赋图》的第八段,苏轼归家就睡,画面表现苏轼梦见的道士是两人,题在画上的原文也是"梦二道士",与本文前面所引苏轼原文作"梦一道士"不同。

《后赤壁赋》"梦一道士"一句,自宋代以来就有"二道士"和"一道士"两种版本。乔仲常作为苏轼友人李公麟的学生,苏轼门人的朋友,他所根据的苏轼《后赤壁赋》作"二道士",似乎应该可信。今人衣若芬《谈苏轼〈后赤壁赋〉中所梦道士人数之问题》一文据乔仲常画、赵孟頫书《后赤壁赋》以及明刻《东坡七集》等文献,认为苏轼原文应是"二道士"[①]。

但这个问题似乎还值得揣酌。关于《后赤壁赋》原文中道士的人数,早在宋代就有人提出过疑问。宋人胡仔《苕溪渔隐丛话·后集》卷二十八曾辨析说:此赋初言"适有孤鹤,横江东来",中言"梦二道士",末言"畴昔之夜,飞鸣而过我者",前后皆言"孤鹤",则道士不应言"二"矣。[②]南宋朱熹也认为"碑本《后赤壁赋》'梦二道士','二'字当作'一'字,疑笔误也"[③]。从传世的文本看,南宋郎晔编注《经进东坡文集事略》卷一、南宋吕祖谦编《宋文鉴》卷五收录《后赤壁赋》,也都作"一道士"。郎本的编撰目的在于呈进御览,《宋文鉴》则是吕祖谦奉宋孝宗之命编辑,这两种书的所依据的版本来源应该都比较可靠。此外,传世的南宋高宗、孝宗手书《后赤壁赋》两幅书法作品,也都写作"一道士",可作为重要证据。(见附图一宋高宗手书《后赤壁赋》、附图二宋孝宗手书《后赤壁赋》)。

我在为上海博物馆撰写《谈谈乔仲常〈后赤壁赋图〉对苏轼〈后赤壁赋〉原作意蕴的视觉再现》一文时,即对这个问题感到困惑,在文中说:"若言'二道士',则与前文相抵牾,为避免这一抵牾,还是当以'一'字为是。当然,这并不妨碍我们对

---

① 见衣若芬:《谈苏轼〈后赤壁赋〉中所梦道士人数之问题》,氏著《赤壁漫游与西园雅集——苏轼研究论集》,线装书局2001年版。
② 胡仔:《苕溪渔隐丛话·后集》卷二十八,人民文学出版社1980年版,第208页。
③ 《朱子语类》卷一百三十本朝四,中华书局1990年版,第3115页。

《后赤壁赋图》的欣赏。"当时觉得这个问题不容易下论断，只好这样含混带过。该文发表之后，一直心有未安，一直希望能找到刻本文献之外的更确切的证据。后来得到国家图书馆古籍部曹菁菁博士帮助，查到收录于清光绪杨守敬、杨寿昌编《景苏园帖》中的苏轼手书《赤壁二赋》墨迹碑帖（见附图三）。[1] 该帖是苏轼元丰七年（1084）离黄州前为潘大临、大观兄弟书写，苏轼《跋自书赤壁二赋及归去来辞》云："元丰甲子，余居黄州五稔矣，盖将终老焉。近有移汝之命，作诗留别雪堂邻里二三君子，独潘邠老与弟大观复求书赤壁二赋。余欲为书归去来辞，大观砻石欲并得焉。余性不耐小楷，强应其意，然迟余行数日矣。东坡书。"[2] 这条跋语交代了苏轼自书《赤壁二赋》的来历。该帖的《后赤壁赋》非常清楚地写作"一道士"。苏轼本人的手书，当然是最可靠的依据。这证明《经进东坡文集事略》《宋文鉴》以及宋高宗、宋孝宗的手书的版本出处可靠，同时也证明宋人胡仔、朱熹的看法都是正确的。因此，《后赤壁赋》的原文，应该是"一道士"无疑。

此外，据《苏轼诗集》卷二十一《蜜酒歌》王文诰注引《施注》："先生为杨道士书一帖云：'仆谪居黄冈，绵竹武都山道士杨世昌子京，自庐山来过余，其人善画山水，能鼓琴……明日当舍余去，为之怅然……元丰六年五月八日东坡居士书。'又一帖云：'十月十五日夜，与杨道士泛舟赤壁，饮醉，夜半有一鹤自江南来，翅如车轮，嘎然长鸣，掠余舟而西，不知其为何祥也。'《次毅父韵》第三首载：'西州杨道士，善吹洞箫。'按《前赤壁赋》云：'客有吹洞箫者。'殆是杨也。《后赤壁赋》云：'适有孤鹤，横江东来。'观此帖，盖非寓言。梦一道士者，岂即世昌，姑托以梦耶？"[3] 这条材料似也可以作为《后赤壁赋》原文应是"一道士"的旁证。

不过，从北宋到南宋，《后赤壁赋》确实存在"二道士"的文本，甚至有刻于石碑的版本也有作"二道士"的（参见上文引朱熹所说）。这应该是在传写过程中出现的讹误，按朱熹的意见，是由笔误所致。《后赤壁赋图》的作者所根据的应该是一个有笔误的版本。如前文所述，由于道士形象是关系到揭示苏轼原作精神内涵（真实与虚幻的关系）的一个关键，不知乔仲常在下笔时，是不是对这个问题感到过困惑。据《苕溪渔隐丛话·后集》卷二十八，胡仔本人"尝见陆远画《赤壁》二

---

① 苏轼自书《赤壁二赋》墨迹碑帖，见清光绪杨守敬、杨寿昌：《景苏园帖》。

② 孔凡礼《苏轼佚文汇编拾遗》卷下据《八琼室金石补正》卷一百八引，见孔凡礼点校《苏轼文集》，中华书局1986年版，第2672页。

③ 《苏轼诗集》卷二十一，王文诰辑注，孔凡礼点校，中华书局1982年版，第1115页。

赋,因以此(前后皆言'孤鹤',则道士不应言'二')诘之,渠为之阁笔"。可见当时曾有画家被这个问题所困惑而放弃作画的。乔仲常的处理,明知道士与孤鹤的关系,却仍然按照有笔误的版本画出两位道士,这么做,深意何在,已难以推测。

仅就上文的分析而言,道士人数其实是文本文字讹误带来的问题,赏读《后赤壁赋图》时,不妨忽略这一讹误,紧紧抓住游赤壁的苏轼和孤鹤、做梦的苏轼和梦中道士之间真幻关系的交叉互换这一关节,则《后赤壁赋图》的寓意及其对苏轼原作主旨的诠释和揭示,还是可以理解的。

附图一:宋高宗赵构手书《后赤壁赋》墨迹(藏北京故宫)

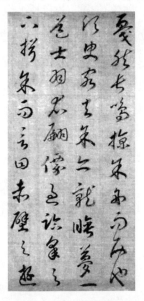

附图二:宋孝宗赵昚草书《后赤壁赋》墨迹

附图三：苏轼元丰七年（1084）离黄州前为潘大临、大观兄弟书《赤壁二赋》墨迹碑帖（收录于清光绪杨守敬、杨寿昌编《景苏园帖》。图版由国家图书馆古籍部曹菁菁博士提供）

致谢：本文撰写，受益于徐邦达、谢稚柳、杨仁恺、【美】高居翰、【日】板仓圣哲、翁方纲、王克文、万青力、陈葆真、衣若芬、李军、丁羲元、赵雅杰等学者的研究；尤其李军先生的论文《视觉的诗篇——传乔仲常〈后赤壁赋图〉与诗画关系新议》阐述《后赤壁赋图》"用视觉的、与诗意竞争的、绘画自己特有的方式，咏赋文没有、不太擅长甚至无法想象的方式，来创造性地加以表现"[1] 等精彩见解，对本文启发尤多。国家图书馆曹菁菁博士为本文提供了重要碑帖图片。北京大学中文系博士生陈琳琳君协助查阅了部分论文资料。谨此一并致谢。

2014 年 2 月初稿，2014 年 10 月改写。

2017 年 9 月 23 日定稿。

（本文发表于《国学学刊》2017 年第 4 期）

---

[1] 李军：《视觉的诗篇——传乔仲常〈后赤壁赋图〉与诗画关系新议》，载《艺术史研究》第十五辑，中山大学出版社 2013 年版，第 281—320 页。

关于婺刻《三苏先生文粹》所载策论*

复旦大学　朱刚

一　婺刻《三苏先生文粹》

12世纪前半叶，金兵破汴，宋室南渡。北宋后期对元祐学术、三苏文集的数十年禁锢政策销于无形，官方的书籍、档案管理体系也在战乱中土崩瓦解，各种难见文献四散传播，给出版业提供了前所未有的自由度和丰富性。于是，南宋境内迅速形成了几大出版中心，被后世版本学者珍为拱璧的浙本、蜀本、建本，几乎一时登场，而流传至今或见于记载的，都有关于三苏的出版物。这使南宋初期在三苏文献出版上呈现出井喷一般的景观，到宋孝宗乾道九年（1173）朝廷追赠苏轼为太师时，已是"人传元祐之学，家有眉山之书"①的地步。上海图书馆所藏的婺州刻本《三苏先生文粹》，就是当时所刊的善本之一。

从藏书印来看，此婺州刻本在进入上海图书馆之前，曾经三家收藏。"海源残阁""宋存书室""东郡宋存书室珍藏""东郡杨绍和字彦合藏书之印""杨承训印""瀛海仙班"等印，说明它是山东聊城海源阁的旧藏；"幼平珍秘""翼盦珍秘"二印，属于民国初负责为故宫博物院鉴定书画的朱文钧（1882—1937）；而"王文进印""晋卿珍藏"二印，则说明它曾属民国时在北京开设文禄堂书肆的王文进（1894—1960）。据傅增湘《藏园群书经眼录》所载，1941年底，他正是在文禄堂看到此书：

---

* 本文为国家社会科学基金重大项目"中国古代文章学著述汇编、整理与研究"（项目编号15ZDB066）阶段性成果。

① 《苏文忠公赠太师制》，郎晔《经进东坡文集事略》卷首，《四部丛刊》本。参见孔凡礼：《苏轼年谱》，中华书局1998年版，第1440页。

　　《三苏先生文粹》七十卷，宋苏洵、苏轼、苏辙撰。宋婺州吴宅桂堂刊本，版高五寸四分，半面阔三寸九分，是巾箱本。每半叶十四行，每行二十六字，白口，四周双阑。版心下鱼尾下记字数及刊工姓名，有吴正、刘正、翁彬、何昌等。避宋讳至"慎"字止。字体俊整，镌工精湛。目后有牌子，文曰：

婺州义乌青口

吴宅桂堂刊行

首叶冠以御制苏文忠文集叙赞，十一行二十字。第一至十一卷老泉先生，十二至四十三卷东坡先生，四十四至七十卷颍滨先生。卷首钤有"忠孝"白文葫芦印，甚古。海源阁旧藏，有杨绍和及宋存书室诸印（辛巳十二月十三日文禄堂取阅）。[1]

　　傅氏的所有描述，与上图的藏本一一符合，可知其所见正是此本[2]。避宋讳止于"慎"字，则是宋孝宗时期所刻。"字体俊整，镌工精湛"八字，此本当之无愧。

　　除《三苏先生文粹》外，南宋的婺州刻本，现在可以知道的尚有多种，如《欧阳先生文粹》《老泉先生文粹》（十一卷，单行）和《曾南丰先生文粹》，以及《圣宋文选》《文章正宗》《精骑集》等文章选本。这些选本的主要销售对象，应该是场屋

---

①　傅增湘：《藏园群书经眼录》，中华书局2009年版，第1282页。

②　祝尚书：《宋人总集叙录》，中华书局2004年版，第87页。引用了傅氏著录后，谓"此本今藏国家图书馆"，误。中国国家图书馆收藏的是另一婺州刻本，牌记作"婺州东阳胡仓王宅桂堂刊行"，其中"东阳胡仓王"五字有明显的挖改痕迹，中华再造善本据此影印，名之为"宋婺州吴宅桂堂刻、王宅桂堂修补印本"。

举子，故选文大致也努力服务于科举，对各种考试文类如"策""论"等收罗得尽量齐全。此种编辑倾向，显示出与作家个人别集的较大差异。对于作家来说，早年的科举应试文章未必是得意之作，而且贡院答题上交之后，也未必保存文稿在手，所以编辑别集时，很少会全部收入。于是，上述场屋用书由于其在收罗应试文章方面的特殊努力，往往包含了作家的许多集外之文，成为其最重要的文献价值。《三苏先生文粹》也不例外，虽是"选本"性质，但其有关科举的文章篇目，则较多溢出苏洵《嘉祐集》、苏轼《东坡集》、苏辙《栾城集》之外。

下文即取"策""论"二体稍作比对。

二 苏轼、苏辙的省试答策

《三苏先生文粹》卷三一收入苏轼五道策，《禹之所以通水之法》《修废官举逸民》《天子六军之制》《休兵久矣而国用益困》《关陇游民私铸钱与江淮漕卒为盗之由》，这五篇不见于《东坡集》和《东坡后集》，明人编入《东坡续集》卷九，茅维编入《苏文忠公全集》卷七，后者就是今人孔凡礼校点《苏轼文集》（中华书局，1986年）所用的底本。我们若是追究这五策的来历，它们恐怕就是由《文粹》的编者最初搜罗到的苏轼集外之文。孔凡礼又据《休兵久矣而国用益困》篇中有"自宝元以来，赋敛日繁，虽休兵十有余年"等语，计其岁时，推断此五篇是嘉祐二年（1057）省试的答策。① 这个推断应该是不错的，可以从《文粹》本身得到的旁证是，卷六五收苏辙的八篇策，前五篇的标题与此相同。二苏于同年进士登科，所以才会有相同题目的省试答策。比对苏辙自编的《栾城集》，这五策加上另外的三篇，整卷八篇文章都未收入，而且今人校点出版的《栾城集》（上海古籍出版社1987年版）《苏辙集》（中华书局1990年版）乃至《全宋文》的苏辙部分，都漏辑这八篇佚文。可见《文粹》编者努力的成果，尚未完全被今天的学界所吸收。

进一步研究苏氏兄弟的省试答策，我们还能发现更有趣的线索。欧阳修《居士集》卷四八有《南省试进士策问三首》，其第一首云：

> 问：昔者禹治洪水，奠山川……夫禹所以通治水之法如此者，必又

----
① 《苏轼年谱》，第52页。

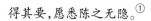

得其要,愿悉陈之无隐。①

对照之下,不难看出,二苏五策中的第一道《禹之所以通水之法》,就是回答欧阳修的这一首策问的。欧公是嘉祐二年省试的主考官,第一道策由他命题,自是理所当然(其余四道应是别的考官所命题)。

那么,同样是在嘉祐二年通过省试的曾巩,情况又如何呢?《元丰类稿》中同样没有这些答策,但今人校点的《曾巩集》,却从现存金刻本《南丰曾子固先生集》辑得不少佚文,其中有《黄河》一篇,实际上也是在回答欧阳修的这首策问,与二苏《禹之所以通水之法》相同。另外还有《财用》篇,细读文字,可发现其与二苏《休兵久矣而国用益困》也是相同策问的答策;还有《兵乘》篇,相当于二苏《天子六军之制》;《废官》篇,相当于二苏的《修废官举逸民》,都可以无疑。②五策之中,金刻本实际上保存了曾巩的四策,篇题不同,是因为这些答策原本并无标题,都是编者搜集刊刻之时才加上去的。相比之下,《三苏先生文粹》所拟的篇题更为妥当,而曾巩的这四篇,从金刻本的编者到今天的辑佚校点者,都未意识到它们是曾巩的省试答策。如果没有《三苏先生文粹》所录二苏的策文可资比对,我们很难看出曾文的这种性质。

接下来的问题是,婺刻本、金刻本的编者从哪里得到苏、曾的这些集外文章?苏轼的学生李廌在笔记《师友谈记》中曾云,嘉祐二年的考官之一王珪,收藏了苏轼的"论与策二卷稿本",到王珪儿子之时,"论卷窃为道人梁冲所得,今所存唯策稿尔"。③ 这里指示了科举程文流传的一种可能的途径,就是从与贡院相关的人员那里传出稿本。当然,苏、曾二家自己保存了稿本,虽未编入别集,却被子孙传出,这也不无可能。不过,从曾巩各篇的标题都不够妥当的情况来看,估计他本人和家属并未经手。我们可以猜测稿本流传的各种途径,但其正本,即提交给贡院而保存在政府的科举档案中的正式文本,因为两宋之交档案管理体系的崩溃而四散流出的可能性,也是存在的。这个问题还可以继续研究。

---

① 《欧阳修诗文集校笺》,洪本健校笺,上海古籍出版社2009年版,第1197页。
② 《南丰曾子固先生集》第九、十卷为"杂议"十篇,《财用》《兵乘》在卷九,《废官》《黄河》在卷十,见《曾巩集》中华书局1984年版,第746、752、753页。常见的策问,一首之中包含几个问题,而答策则随问作答,所以根据文中相近文字和陈述的顺序,可作如上判断。
③ 李廌:《师友谈记》"王丰甫言郇公得东坡进士举论策稿"条,中华书局2002年版,第24页。

《三苏先生文粹》卷一六为苏轼《三传十事》，是关于《春秋》三传之文义的十篇解答，也不见于《东坡集》，明人编入《东坡续集》卷九，今见《苏轼文集》卷六。这十篇又见宋刊本《经进东坡文集事略》卷三，题为《南省讲三传十事》，郎晔在题下注云："仁宗嘉祐二年，欧阳文忠公修考试礼部，既置公第二，复以《春秋》对义居第一，即此十事。"①可见它们也是苏轼的科举之文。接下来，《三苏先生文粹》卷一七为苏轼的《尚书解》十篇、《论语解》二篇和《孟子解》一篇，这些文章连《东坡续集》也不收，在茅维编入《苏文忠公全集》之前，可以说是《三苏先生文粹》所特有的，文章的性质也很像科举的程文。《三苏先生文粹》在搜罗三苏有关科举的文字方面，可谓竭尽全力。还应该提到的是，嘉祐二年省试的"论"，即《刑赏忠厚之至论》，二苏虽都收入了别集，但曾巩《元丰类稿》并不收入，《曾巩集》从金刻本辑得的《刑赏论》②，实际上就是这篇程文。

三　五经论和《辨奸论》

说到"论"，《三苏先生文粹》所收是比"策"更多的。虽然这些"论"基本上都被今人所掌握，目前看来已经并无"佚文"可辑，但还是有不少值得注意之处。

《文粹》编辑三苏的"论"，都从有关儒家经典的"论"开头，卷一为苏洵的《易》《礼》《乐》《诗》《书》《春秋》诸论，卷一二为苏轼的《易》《书》《诗》《礼》《春秋》五经论，卷四四为苏辙的《易说》三首、《诗论》《洪范五事说》与《春秋论》。这样的编辑方针当然是可以理解的，但很可能因此就产生了问题，就是列在苏轼名下的五经论，实际上乃是苏辙之文，由苏辙本人编入了《栾城应诏集》，是嘉祐六年他参加"贤良方正能直言极谏"科考试前按规定上交朝廷的五十篇策论，即所谓"贤良进卷"的组成部分，其著作权属于苏辙，应该毫无疑问③。也许就因为苏轼没有关于五经的"论"文，而苏辙另外还有同类文章，所以《三苏先生文粹》的编者将这一组五经论割属到苏轼名下了。由此带来的后果是，明人编《苏文

①　郎晔《经进东坡文集事略》卷三，《四部丛刊》本。

②　《曾巩集》，第759页。

③　苏轼也于同年参加"贤良方正能直言极谏"科考试，也上交了"贤良进卷"，即七集本中的《应诏集》，五十篇策论全，而不包括五经论。参见朱刚：《北宋贤良进卷考论》，载《中华文史论丛》第93期，2009年3月。

忠公全集》照收五经论，延误到今人校点的《苏轼文集》，使五经论的归属问题引起了学术争论。①

将五经论割属苏轼后，《三苏先生文粹》编者另外找到了苏辙有关经典的几篇"论"，但其中《诗论》《春秋论》二文，却并不见于《栾城集》。此二文又见于东京内阁文库所藏南宋麻沙本《类编增广颍滨先生大全文集》卷八七，可能是苏辙晚年指点诸孙读书时所作模拟程试之文，因为他另外写了《诗集传》《春秋集解》两部专著详论二文中提到的观点，所以没有将这二文收入自编的《栾城集》。此麻沙本在国内并无收藏，而《三苏先生文粹》则在明代屡被翻刻，估计明人从《三苏先生文粹》获读苏辙二文，后来还选入了《唐宋八大家文钞》这样传播广泛的选本，致使今人又曾从《唐宋八大家文钞》去辑出苏辙的这二篇"佚文"。②

《三苏先生文粹》卷四收入了苏洵的《辨奸论》，这也是传世的十五卷本《嘉祐集》（如《四部丛刊》所收影宋本）中所无的。此文的真伪问题，至今仍是学术上的疑案。《三苏先生文粹》值得关注处，在于其《辨奸论》的题下有一段话：

> 张文定公撰老苏先生墓表云，嘉祐初，王安石名始盛，党友倾一时，其命相制曰："生民以来，数人而已。"造作语言，至以为几于圣人。欧阳修亦善之，劝先生与之游，而安石亦愿交于先生。先生曰："吾知其人矣，是不近人情者，鲜不为天下患。"安石之母死，士大夫皆往吊，先生独不往，作《辨奸》一篇，其文曰……

这段话依据的是张方平《乐全集》卷三九《文安先生墓表》，"其文曰"的后面便是《辨奸论》全文。这说明，《三苏先生文粹》的编者是从《墓表》转录了《辨奸论》，而不是直接录自苏洵的某个文集。两宋之交的叶梦得《避暑录话》曾记：

> 《辨奸》久不出，元丰间，子由从安道辟南京，请为明允《墓表》，特全

---

① 顾永新《二苏"五经论"归属考》主苏辙作（《文献》季刊2005年第4期），刘倩《二苏"五经论"归属再考证》主苏轼作（《洛阳师范学院学报》2010年第4期）。

② 舒大刚、李冬梅：《苏辙佚文二篇：〈诗说〉、〈春秋说〉辑考》，载《文学遗产》2004年第1期。稍后，顾永新《苏辙佚文两篇疏证》对此二文在南宋以来诸多刊本中的载录情况作了清理（《江西社会科学》2004年第7期）。

载之。苏氏亦不入石,比年少传于世。①

　　似乎叶氏也把《墓表》视为《辨奸论》的文本来源。这一情况当然不能成为判断真伪的依据,但《三苏先生文粹》的文本形态至少可以证明叶梦得所记接近事实,就是宋人多从张方平《墓表》而得苏洵《辨奸论》一文。

四　"论"的系列与文集形态

　　《三苏先生文粹》编排"论"文的顺序,也很有特色。以卷二〇至卷二三所录苏轼的一系列以历史人物为题的"论"为例,总共三十六篇,有二十篇来自苏轼早年的"贤良进卷",见七集本之《应诏集》,也见郎晔《经进东坡文集事略》卷五至卷八"进论"部分;另外十六篇则见《经进东坡文集事略》卷一二至卷一四"论"的部分;郎晔有注云:"自此以下十六篇,谓之志林,亦谓之海外论。"② 这是苏轼晚年在海南岛写成的。郎晔将苏轼不同时期的两组作品分开编集,而《三苏先生文粹》却将它们交错混编,如下表:

《三苏先生文粹》卷二〇至卷二三	进论（据《应诏集》）	海外论（据《经进东坡文集事略》）	《苏轼文集》
《武王》		卷一二《武王论》	卷五《论武王》
《平王》		卷一二《平王论》	卷五《论周东迁》
《秦一》		卷一四《始皇论上》	卷五《论秦》
《秦二》		卷一四《始皇论中》	卷五《论封建》
《始皇一》		卷一四《始皇论下》	卷五《论始皇汉宣李斯》
《始皇二》	卷七《秦始皇帝论》		卷三《秦始皇帝论》
《汉高帝》	卷七《汉高帝论》		卷三《汉高帝论》

---

① 叶梦得:《避暑录话》卷上,《景印文渊阁四库全书》第863册,台湾商务印书馆1986年版,第646页。

② 郎晔:《经进东坡文集事略》卷一二总题"论"下注文,《四部丛刊》本。

（续表）

《三苏先生文粹》卷二〇至卷二三	进论（据《应诏集》）	海外论（据《经进东坡文集事略》）	《苏轼文集》
《魏武帝》	卷七《魏武帝论》		卷三《魏武帝论》
《鲁隐公一》		卷一二《隐公论上》	卷五《论鲁隐公》
《鲁隐公二》		卷一二《隐公论下》	卷五《论鲁隐公里克李斯郑小同王允之》
《宋襄公》		卷一二《宋襄公论》	卷三《宋襄公论》
《伊尹》	卷七《伊尹论》		卷三《伊尹论》
《周公》	卷七《周公论》		卷三《周公论》
《战国任侠》		卷一四《六国论》	卷五《论养士》
《管仲一》		卷一三《管仲论》	卷五《论管仲》
《管仲二》	卷八《管仲论》		卷三《管仲论》
《范文子》		卷一三《士燮论》	卷三《士燮论》
《伍子胥》		卷一三《子胥论》	卷五《论伍子胥》
《范蠡》		卷一三《范蠡论》	卷五《论范蠡》
《商君》		卷一四《商鞅论》	卷五《论商鞅》
《乐毅》	卷九《乐毅论》		卷四《乐毅论》
《孙武一》	卷八《孙武论上》		卷三《孙武论上》
《孙武二》	卷八《孙武论下》		卷三《孙武论下》
《范增》		卷一四《范增论》	卷五《论项羽范增》
《留侯》	卷九《留侯论》		卷四《留侯论》
《贾谊》	卷九《贾谊论》		卷四《贾谊论》
《晁错》	卷一〇《晁错论》		卷四《晁错论》
《霍光》	卷一〇《霍光论》		卷四《霍光论》
《诸葛亮》	卷一〇《诸葛亮论》		卷四《诸葛亮论》
《孔子》		卷一三《孔子论》	卷五《论孔子》
《子思》	卷八《子思论》		卷三《子思论》
《孟轲》	卷八《孟轲论》		卷三《孟子论》
《荀卿》	卷九《荀卿论》		卷四《荀卿论》
《扬雄》	卷一〇《扬雄论》		卷四《扬雄论》
《韩愈》	卷一〇《韩愈论》		卷四《韩愈论》
《韩非》	卷九《韩非论》		卷四《韩非论》

看来,《三苏先生文粹》的编者根据这些"论"所涉人物的身份(天子、诸侯、大臣、思想家)和时代先后,自己排列了一个顺序,所以不但将两组文章混编,偶尔还改动其标题。这种编法,在今天被广泛使用的《苏轼文集》中也留下一些影响,如上表所示,大部分"海外论"见《苏轼文集》卷五,"进论"则见于卷三、卷四,但原属"海外论"的《宋襄公论》与《士燮论》(《三苏先生文粹》题为《范文子》),却被插在原属"进论"的系列里。这就在一定程度上改变了苏轼别集原来的结构。

混编情况更为复杂的是苏辙有关历史的"论"。苏辙早年的"贤良进卷"中也有一批进论是史论,见《栾城应诏集》;而晚年又写作《历代论》四十五篇,见《栾城后集》卷七至卷一一;另外他还著有《古史》一书,用纪传体写秦代以前的史事,里面有不少论赞,也被后人析出,加个标题,视为单篇史论。这样,苏辙的此类文章就有三组。检麻沙本《类编增广颍滨先生大全文集》,其卷六二为"古史帝纪论",卷六三为"古史世家论",卷六四以下为"古史列传论",这些是从《古史》析出的论赞;卷八一、卷八二"人君论",卷八三、卷八四"人臣论"和卷八五"杂论"的一部分,都来自《历代论》。虽然按照分类对具体篇目加以重新排序,但《古史》论赞与《历代论》两组文章还是分别编辑的。因这部麻沙本有残缺,我们在其中找不到进论中的史论,但大抵可以推测,它们不会与前两组相混。然而,《三苏先生文粹》却将这三组文章全部打散,按所论时代顺序交错混编,仅举《三苏先生文粹》卷四八的七篇"论"为例:

《三苏先生文粹》卷四八"论"	来　源
《尧》	《古史》卷二《五帝本纪》
《尧舜》	《栾城后集》卷七《历代论·尧舜》
《舜》	《古史》卷二《五帝本纪》
《夏》	《栾城应诏集》卷一《夏论》
《商》	《栾城应诏集》卷一《商论》
《三宗》	《栾城后集》卷七《历代论·三宗》
《周》	《栾城应诏集》卷一《周论》

《三苏先生文粹》从卷四八至卷五七,收录苏辙的史论整整十卷,都是以这样的方式编集的。对于南宋的应考举子来说,这样的文本等于按时代顺序汇编了苏

辙的有关议论,方便其参考采择,可以说非常符合市场的需要。

除了"论"与"策"之外,《三苏先生文粹》还收入了三苏的奏议、书、记、序等其他各体文章中具有代表性的作品,比较全面地展现了三苏文章写作的高度成就。而如卷三九至卷四一苏轼的《迩英进读》、评史、杂说之类,则是篇幅比较短小的"小品文",其数量不少,且也为《东坡集》《东坡后集》所未收,若要一一追索它们的来源,其难度将比上文所述的"策""论"更大。这方面也可以进一步作具体的研究。

在中国文学史上,三苏的文章无疑是"古文"的经典,除文章本身的价值外,这种经典以何种形态被历代传习,也是值得研究和思考的课题。可以说,《三苏先生文粹》的编者以服务于科举为目的,塑造了"三苏文"的一种形态,而呼应了南宋场屋举子的需要。一方面,由于《三苏先生文粹》在有关科举之文的搜集上几乎竭尽全力,其成果非常出色,故能为我们提供三苏的许多集外文章;另一方面,也由于这么多集外文的加入,且跟三苏别集原有之文混编,就有可能塑造出新的文集形态。在今人整理校点的三苏文集中,苏洵、苏辙的文集是以原来的《嘉祐集》《栾城集》为底本而另附辑佚的集外文,所以整体形态变动较小,但影响最大的《苏轼文集》,则以吸收包括《三苏先生文粹》在内的各种资料所提供的集外文后重新编纂的《苏文忠公全集》为底本,故《三苏先生文粹》所有的集外文(如上文所述科举程文)及其编排特点(如上文所述"论"体文章的混编情况),乃至有些文章的标题、文本中的异文等等,都对现今通行的文集形态起到了塑造的作用。这是除了搜辑佚文以外,我们研读《三苏先生文粹》的另一种意义所在。

王安石、王安国兄弟生卒年新证

华东师范大学　刘成国

一

关于北宋著名政治家、文学家、学者王安石的生辰，南宋吴曾《能改斋漫录》有明确的记载，唯版本有异。武英殿聚珍本《能改斋漫录》卷十：

> 王介甫，辛酉十一月十三日辰时生。五十八岁，自首厅求出知江宁府，继乞致仕，以避午上禄败之运。安闲养性，又仅延十年之寿而死。[1]

文渊阁、文津阁影印四库全书本《能改斋漫录》卷十：

> 王介甫，辛酉十一月十二日辰时生。五十八岁，自首厅求出知江宁府，继乞致仕，以避午上禄败之运。安闲养性，又仅延十年之寿而死。

两种记载，以常情而论，自当以殿本为优。然《续资治通鉴长编》卷二百二十八熙宁四年（1071）十一月癸巳（十二日）："太子中允、崇政殿说书王雱言：'蒙差押赐父安石生辰礼物。旧例，有书送物，赴阁门缴书，申枢密院取旨，出札子许收，兼下榜子谢恩。缘父子同财，理无馈遗，取旨谢恩，一皆伪诈。窃恐君臣父子之际，为理不宜如此。臣欲乞自今应差子孙弟侄押赐，并不用例。'从之。"《宋会要辑稿》刑法二所载同。

---

① 吴曾：《能改斋漫录》，上海古籍出版社1979年版，第287页。

由此，有学者撰《王安石生日考》，取文渊阁、文津阁影印四库全书本《能改斋漫录》之说，旁征博引，将王安石生辰考订为真宗天禧五年（1021）辛酉十一月十二日辰时。①此说已被广泛采纳，几成定论。②

其实，此说最重要的证据，即《续资治通鉴长编》所载熙宁四年（1071）十一月十二日神宗差王雱押赐生日礼物之事，《王安石生日考》轻率引用，未暇细究两宋宰执赐生日礼物之制，导致结论有误。今考宰执赐生辰礼物，始于五代，宋代沿袭。李上交《近事会元》卷一："晋少帝天福六年七月，赐宰臣冯道生辰器币。道辞以幼失父母，不记生日，坚让不受。生辰赐物始此也。"叶梦得《石林燕语》卷六："故事，生日赐礼物，惟亲王、见任执政官、使相，然亦无外赐者。元丰中，王荆公罢相居金陵，除使相，辞未拜，官止特进。神宗特遣内侍赐之，盖异恩也。"汪应辰辨曰："使相虽在外亦赐，范蜀公《内制》有《赐使相判河阳富弼生日礼物口宣》云：'爰兹震凤之旦，故有匪颁之常。'王荆公熙宁七年以观文殿大学士、吏部尚书知江宁，诏生日依在外使相例取赐。"关于这一制度的具体实施过程、仪式，周必大《玉堂杂记》卷中详细记载："宰执及亲王、使相、太尉生日，天章阁排办牲饩，预申学士院撰诏书，及写赐目一纸，各请御宝（诏用书诏之宝，赐用锡赐之宝）。前一日，差内侍持赐。其诏例画撰进之日，谓如正月旦生，文意必叙岁首，而所画日则是去腊，殊不相应。某为直院，奏乞不拘进诏早晚，但实画生日于后。得旨从之，遂为定制。祖宗时，牲饩外又锡器币，往往就差子弟、姻戚持赐，欲其省费也。过江惟牲饩耳，米麴本色，羊准价，皆取之有司。酒则临安酝造，临时加以黄封。拜赐讫，与赐者同升厅，摺笏展读，就坐茶汤。书送钱十五千，从人三千，天章阁使臣、库子、快行、钱酒各有差。"③

周必大于南宋孝宗朝曾"两入翰苑，自权直院至学士承旨，皆遍为之"。其所著《玉堂杂记》，"凡銮坡制度沿革，及一时宣召奏对之事，随笔纪录，集为此编"④。其中所载，相当可信。据此，则北宋赐宰执生辰礼物，所赐群体包括宰执、亲王、使相、太尉等。所赐诏书，"预申学士院撰"。押赐时间，应于宰执生日"前一日，差

---

① 李伯勉：《王安石生日考》，载《文史》第1辑，中华书局1963年版，第68页。

② 如漆侠：《王安石变法》（增订本），河北人民出版社2001年版，第67页。唯邓广铭取殿本"十三日"，然无考辨，见氏著《北宋政治改革家王安石》，河北教育出版社2000年版，第18页。

③ 上海师范大学古籍整理研究所：《全宋笔记》第五编第八册，大象出版社2012年版，第291页。

④ 《四库全书总目》卷七十九，中华书局1965年影印本，第683页。

内侍持赐"，或遣宰执子弟押赐，欲其省费。故《续资治通鉴长编》所载熙宁四年（1071）十一月十二日王雱蒙差押赐生日礼物，恰恰印证武英殿聚珍本《能改斋漫录》所载"十三日"为是。文渊阁、文津阁四库本书本《能改斋漫录》均讹"三"为"二"。

综上所述，王安石生于宋真宗天禧五年辛酉十一月十三日辰时，可为定论。

二

王安国字平甫，北宋著名诗人，与其兄安石、弟安礼并称"临川三王"。"其文闳富典重，其诗博而深。"①《宋史》二百八《艺文七》著录《王安国集》六十卷，《序言》八卷。然皆佚，现仅存《王校理集》一卷。

王安国对熙宁新法多有批评，曾深陷熙宁七年郑侠之狱。葬时，王安石为撰墓志铭。四部丛刊本《临川先生文集》卷九十一《王平甫墓志》："未几，校书崇文院，特改著作佐郎、秘阁校理。士皆以谓君且显矣，然卒不偶，官止于大理寺丞，年止于四十七。以熙宁七年八月十七日不起，越元丰三年四月二十七日，葬江宁府钟山母楚国太夫人墓左百有十六步。"据此，则王安国卒于神宗熙宁七年（1074）八月十七日，葬于元丰三年（1080）四月二十七日。②

然《续资治通鉴长编》卷二百五十九载熙宁八年（1075）正月庚子（七日）："参知政事、右谏议大夫冯京守本官知亳州，权发遣户部副使王克臣追一官，司封郎中、集贤校理丁讽落职，监无为军酒，著作佐郎、秘阁校理王安国追毁出身以来文字，放归田里。"同书卷二百七十七载熙宁九年七月己卯（二十五日）："放归田里人王安国为大理寺丞、江宁府监当。命下而安国病死矣。"据此，则王安国应卒于熙宁九年（1076）七月之后。

就史料的来源、价值而言，王安石所撰王安国墓志和《续资治通鉴长编》，都颇具权威性，而两说抵牾如是。对此，有学者旁征博引魏泰《东轩笔录》、刘攽《彭城集》卷十五《寄王安国时复官大理寺丞监江宁粮料》等文献，力辨"熙宁七年八

---

① 《曾巩集》卷十二《王安国文集序》，中华书局1984年版，第201页。

② 学界多持此说，如李德身：《王安石诗文系年》，陕西人民教育出版社1987年版，第227页；马兴荣、吴熊和等：《中国词学大辞典》，浙江教育出版社1996年版，第51页；曾枣庄：《中国文学家大辞典·宋代卷》，中华书局2004年版，第34页。

月十七日"之讹,推断王安国当卒于熙宁九年末。① 进而推测,王安石所撰《王平甫墓志》或有缺残讹误。② 其文考辨甚精。然王安国卒于"熙宁七年八月十七日",出自王安石亲撰墓志,诚为最原始之文献记载。仅推测《王平甫墓志》文本或有残阙,未能尽释疑团。而"熙宁九年末"之结论,亦可再加斟酌。

今按,2007 年洛阳新出土王安国所撰《尚书屯田员外郎张君墓志铭》。墓主张庚,字太素,卒于仁宗皇祐元年(1049)六月十七日,"旅殡於和州"。此后,其子张云卿"归居西京,以能学问,以节行不苟合,留守数荐其贤于朝廷。熙宁八年四月乙酉,葬君于河南府河南县杜泽原,而云卿谋所以显亲于不泯者,乃来京师乞余铭"。③ 王安国于仁宗一朝屡试进士不中。神宗熙宁元年(1068)七月,赐进士及第,除武昌军节度推官,教授西京国子监。《临川先生文集》卷九十一《王平甫墓志》:"今上即位,近臣共荐君材行卓越,宜特见招选,为缮书其《序言》以献,大臣亦多称之。手诏襃异,召试,赐进士及第,除武昌军节度推官,教授西京国子。"《宋会要辑稿》选举三一:"神宗熙宁元年七月七日,诏布衣王安国赐进士及第,仍注初等职官。先是,手诏:'安国,翰林学士安石之弟。久闻其行义、学术为士人推尚。近阅所著《序言》十卷,文辞优赡,理道该明,可令舍人院召试。'试入第三等下,故命之也。"直至熙宁四年(1071)十月二十日,为崇文院校书。《续资治通鉴长编》卷二百二十七熙宁四年(1071)十月壬申:"前武昌军节度推官王安国为崇文院校书。"在此三年期间,王安国与张云卿同居洛阳,先后教授西京国子监。④ 故张云卿葬父时,至汴京求其撰铭。其时,王安国因郑侠之狱,已于熙宁八年(1075)正月七日追夺出身,仍居京师,直至本年三月清明,尚未返江宁。《宋会要辑稿》职官六五:"(熙宁)八年正月十三日,金部郎中、集贤校理、判检院丁讽落职监无为军酒,大理寺丞、集贤校理王安国放归田里,度支郎中王克臣追一任官,河南军巡

---

① 汤江浩:《王安国卒年考》,载《长江大学学报》(哲社版)2005年第2期。

② 汤江浩:《北宋临川王氏家族及文学考论》,人民文学出版社2005年版,第65—69页。

③ 郭茂育、顾涛:《新出土宋代张庚墓志铭》,载《书法》2014年第2期。

④ 邵伯温《邵氏闻见录》卷十八:"司马温公初居洛,问于康节曰:'有尹材字处初,张云卿字伯纪,田述古字明之。'三人皆贤后。处初、明之得进于温公门下,独伯纪未见。康节以问公,公曰:'处初、明之之贤,如先生言。张君者,或闻旅殡其父于和州,久不省,未敢与见。'康节曰:'张云卿可谓孝矣。云卿之父谪官死和州,贫不能归,因寓其丧。云卿奉其母归洛,贫甚,府尹哀之,俾为国子监说书,得月俸七千以养。若为和州一行,则罢俸数月,将饥其母矣。其故如此。'"(中华书局1983年版,第209页)熙宁四年,司马光归洛阳,张云卿时为国子监说书,当继王安国之后。

判官郑侠英州编管。初，侠进《流民图》，又擅发递马奏事，上怜之，放罪。会吕惠卿参政，侠复诋其奸，惠卿怒，请诛侠，讽、安国连累故也。"《续资治通鉴长编》卷二百五十九熙宁八年（1075）正月庚子："参知政事、右谏议大夫冯京守本官知亳州，权发遣户部副使王克臣追一官，司封郎中、集贤校理丁讽落职监无为军酒税，著作佐郎、祕阁校理王安国追毁出身以来文字、放归田里……安国既贬，上降诏谕安石，安石对使者泣。及再入相，安国犹在国门。"①

这篇新出土墓志，足以定谳《王平甫墓志》"以熙宁七年八月十七日不起"确系有误。

然则王安国究竟卒于何年何月何日？《续资治通鉴长编》仅载王安国卒于熙宁九年（1076）七月二十五日复为大理寺丞、江宁府监当之后，"命下而安国病死矣"。魏泰《东轩笔录》卷六："王安国，熙宁六年冬直宿崇文院……后四年平甫卒。"熙宁六年（1073）冬之后四年，即熙宁十年（1077）。

王安国卒后，神宗曾遣中使抚慰王安石，并赐汤药，王安石上有谢表。《临川先生文集》卷五十九《中使传宣抚问并赐汤药及抚慰安国弟亡谢表》："臣某言：便蕃曲泽，虽远不忘；晼晚余年，惧终莫报。伏念臣辞恩机要，藏疾里闾，既疲瘵之未夷，顾忧伤之重至。仰烦眷将，特示闵怜。中饬使轺，备宣恩厚，宠颁药物，深念衰残。"这封谢表是关于王安国卒年的重要文献，以下略作释读。

熙宁九年（1076）六月二十日，王安石长子王雱病卒。② 熙宁九年（1076）十月二十三日，王安石罢相，为镇南军节度使、同平章事、判江宁府。③ 十年（1077）六月十四日，王安石罢判江宁府，以使相领集禧观使。《续资治通鉴长编》卷二百八十三熙宁十年（1077）六月壬辰："以镇南军节度使、同平章事、判江宁府王安石为集禧观使，居金陵，从其请也。始，安石罢政，除江宁，恳辞使相，请宫观。

---

① 王安石于熙宁八年（1075）三月一日自江宁启程，三月十四日已抵京。《续资治通鉴长编》卷二百六十一熙宁八年（1075）三月丙午："召辅臣对资政殿。是日，清明节也。"李焘注："王安石云云。"（中华书局1979年版，第6359页）具体考述，可见笔者文《新见史料与王安石生平行实疑难考》（《文学遗产》2017年第1期）。

② 《续资治通鉴长编》卷二百七十六熙宁九年（1076）六月己酉："太子中允、天章阁待制王雱卒，年三十三，赠左谏议大夫。"（第6751页）

③ 《续资治通鉴长编》卷二百七十八熙宁九年（1076）十月丙午："左仆射、兼门下侍郎、平章事、昭文馆大学士、监修国史王安石罢为镇南军节度使、同平章事、判江宁府。安石之再入也，多谢病求去，子雱死，尤悲伤不堪，力请解机务，上亦滋厌安石所为，故有是命。"（第6803页）

上遣梁从政赍诏敦谕,须其视事乃还。从政留金陵累月,安石请不已,至是,许以使相领宫使。"表曰"既疲瘵之未夷,顾忧伤之重至",此谓王雱、王安国于熙宁九年、十年内相继病逝。曰"辞恩机要,藏疾里闾"者,谓王安石辞判江宁府为集禧观使,已无职掌,仅奉朝请。徐度《却扫编》卷上:"辅臣既罢,领宫观使,其后惟以使相、节度、宣徽使为之,无所职掌,奉朝请而已。熙宁间,又有以使居外者。王荆公以使相领集禧观使居金陵,张文定公以宣徽南院使领西太一宫使居睢阳之类,皆优礼也。"由此可见,熙宁九年(1076)七月王安国复大理寺丞、江宁府监当之后,至少又迟至熙宁十年(1077)六月王安石辞判江宁府领、集禧观使,方卒。又,《曾巩集》卷三十八《祭王平甫文》题注曰:"熙宁十年十月二十一日。"祭文曰:"何堂堂而山立,忽泯泯而飚驶。讣皎皎而犹疑,泪汩汩而莫制。"王安国娶曾巩之妹,[①]其卒后,曾巩作为近亲,当第一时间获知讣告。"讣皎皎而犹疑"者,可见祭文为曾巩收到讣告后所撰,应撰于王安国卒后不久。

综上所述,王安国当卒于熙宁十年(1077)六月十四日至十月二十一日之间。以此为基础,我们可以推断,《王平甫墓志》中"以熙宁七年八月十七日不起","七年"当为"十年"之讹,即王安国卒于熙宁十年(1077)八月十七日。[②]毕竟,"十""七"之讹,在古籍刊刻中屡见不鲜。而在四部丛刊本《临川先生文集》中,此种讹误亦非绝无仅有。如英宗治平二年(1066)十月十一日,王安石母忧服除,有旨召赴阙;二十七日,王安石上状辞免。《临川先生文集》卷四十《辞赴阙状一》,题注:"治平二年七月二十七日。""七"即为"十"之讹。[③]

然则"熙宁七年"之讹始自何时?从现存王安石文集版本来看,南宋高宗绍兴年间龙舒本《王文公文集》、詹大和刻临川本《临川先生文集》(四部丛刊本据以影印),已作"以熙宁七年八月十七日不起"。高宗绍兴二十一年(1151),王安石曾孙王珏鉴于之前流传的王安石文集"旧所刊行,率多舛误",遂于杭州重刻《临川先生文集》,于此前各本多有刊正。[④]此即杭本《临川先生文集》。现存王珏刻、元明递修本《临川先生文集》卷九十一《王平甫墓志》中,并无"熙宁七年"四

---

① 李震:《曾巩年谱》,苏州大学出版社1997年版,第14页。

② 寿涌推测,"七"为"九"之讹,然无其他佐证。寿涌:《〈临川先生文集〉年月与阶官疑误十一则》,载《古籍整理研究学刊》2009年第3期。

③ 寿涌:《〈临川先生文集〉年月与阶官疑误十一则》,载《古籍整理研究学刊》2009年第3期。

④ 王岚:《宋人文集编刻流传丛考》,凤凰出版社2003年版,第156—158页。

字,仅曰:"官止于大理寺丞,年止于四十七。以八月十七日不起,越元丰三年四月二十七日,葬江宁府钟山母楚国太夫人墓左百有十六步。"① 看来,王珏似已察觉"熙宁七年"之误,于是刊去此四字。然墓志此段文字,上下文脉遂不通矣:墓志撰于神宗元丰三年(1080),而所谓"年止于四十七,以八月十七日不起"岂不突兀?这或许是王珏的疏忽所致吧。

---

① 《宋集珍本丛刊》第13册,线装书局2004年版,第740页。日本内阁文库藏明嘉靖二十五年(1546)应云鸑刻《临川先生文集》同。

宋代词科与士人的文学交游

厦门大学　钱建状

宋代词科考试，是一种以振拔应用文写作人才，特别是庙堂代言词臣为目标的科举考试科目。从北宋后期，迄南宋末，这一考试科目，与宋代文章学、骈体文的关系极为紧密。近年来，宋代词科考试对宋代文章学、骈体文以及文学批评的诸多影响，逐渐为研究者所关注。但是，从宋代词科考试的考试程序，以及考前士人应考策略等方面，来分析宋代词科考试的，似不多见。词科考试的专门化倾向与区别于其他类型考试的特殊性，仍未被充分地揭示出来。这就必然给我们正确描述宋代词科考试的运行轨迹及其文学影响制造了困难。有鉴于此，本文以士人文学交游与文学活动为研究重心，力图对宋代词科考试的某些环节进行细化与补充，以此为进一步解释宋代词科考试与文章学、骈文的内在联系提供参考。

一　投献

宋代词科，名称凡三变：哲宗绍圣元年（1094），此科始立，称"宏词科"；至徽宗大观四年（1110），试法稍加变更，称"词学兼茂词"；高宗绍兴二年（1132），易为博学宏词科。理宗嘉熙三年（1239），因习词科者少，在博学宏词科之外，别立"词学科"，"止试文词，不责记问"[①]，但仅行之七年，且所试较易，为世所轻，因此史籍记载较少。词科者，乃宏词、词学兼茂、博学宏词三者之通称。

哲宗朝立"宏词"，似与制科之废有关。马端临在《文献通考》中说："绍圣元年罢制科，自朝廷罢诗赋，废明经，词章记诵之学俱绝。至是而制科又罢，无以兼收

[①]　嵇璜：《续文献通考》卷三十七《选举考》，《景印文渊阁四库全书》第627册，第237页。

文学博异之士,乃置宏词,以继贤良之科。"①《宋史选举志》及《文献通考》皆以制举与词科混列,而《宋会要辑稿》选举一二,于"宏词科"之上冠以"制科"二字,这是视词科为制举在著书体例上的体现。但"置宏词以继贤良之科"这一表述,考诸事实,并不准确。宋代制举在设科目的、应试资格、考试内容、考试程序等方面,与词科区别很大。

宋代制举,以振拔非常之士为目的,而词科之设,专为振拔代言人才,用意不同。此其一。

其二,就应举者的资格而言,通常情况下,应制举者,须由人论荐,不得投牒妄请。而应词科者,则允许自举。

其三,宋代制举,有阁、殿二试,而词科仅上舍或省试一试。在考试环节上,词科较为简化。就主持考试的机构而言,制举经过皇帝亲试,方可推恩。而词科则由省试主考官主持,考试结果上呈三省或中书看详覆核。宋人视词科不若制举之重,由此略可见出。

其四,宋代制举,"兼用考试、察举之法"②,因此,士人之德行、气节、才干、学识、文词,一一要纳入考察的范围。所谓"特于万人之中,求其百全之美"③,其取士所悬的标准,过于完美,也过于理想化。而宋代词科,重点考察应试者的知识面与组织文词的能力。应举者比事秘属词辞、抽黄对白的能力,是能否中程的关键。

以上几点,是宋代制举区别于词科的几个关键要素,也是我们理解宋代应词科者考前文学活动和社会交游的重要依据。

宋代应制举人,为了取得应举资格,往往要编辑文卷,投献给可以荐举他们的高级官员。根据宋代制举诏令的规定,学士、两省、御史台五品以上,尚书省诸司四品以上,于内外京朝官、幕职州县官及草泽中,可以举贤良方正之士各一人。这些可以举荐贤良的高层官员,是宋代应制举者最主要的投献对象。由于名额有限,应举士人,在考前的竞争就很激烈。宋代士人,在应制举之前,往往有频繁的投献活动,现存的宋代应制举者的文集,其中保留了大量他们投献时所书的书信,就是一个有力的证明。

① 马端临:《文献通考》卷三十三《选举考》六,上册,中华书局1986年版,第315页。
② 苏轼:《苏轼文集》卷四十六《谢制科启二首》第4册,孔凡礼点校,中华书局1986年版,第1312页。
③ 苏轼:《苏轼文集》卷四十六《谢制科启二首》第4册,第1312页。

而宋代应词科者，无论是应宏词、应词学兼茂，或者是应博学宏词科者，无须保举，可以自由于礼部投状就试。哲宗朝，登宏词首科的赵鼎臣在谢启中说，"虽投牒之且千，来思不拒；而限员之以五，中者几希"①。极言中程之难，是年登科者五人，而应试者"且千"，当是虚语。但"来思不拒"，当是事实。宋代应词科人，在考前也要向在政治上、文学上（特别是有词学才能者）的当世闻人投卷，但数量并不算多。这一方面可能是宋代应词科者的文集散佚太多，另一方面，则可能与怀牒自进的制度有关。

就现存的资料来看，宋代应宏词科者，其投献的对象，主要包括宰相、曾应词科入等者，以及有可能成为礼部考试官的朝中文臣这几类。

王应麟《辞学指南》卷二引野处洪公赘所业书曰："昔丁文简公未遇之日，手其所为制诰一编赘诸王公大人之门。人见者皆非之，丁独毅然不顾，曰：'异日当有知我者。'其后直掖垣，登玉堂，以至政地，而昔日所为文始尽得施用。有志者事之竟成如此。"②野处，洪迈之号，其《赘所业书》，收入《国朝二百家名贤文粹》，题曰《上秦师相赘所业书》。其文略谓：

> 会天子设两科以取士，闻有所谓博学宏词者，就求其术，或出所试文章，则以制诰为称首，于是私窃喜幸，……棘闱既辟，一上而不偶，退因自取所试读之，则……是其业不本实而其中空虚无有而然也。……或教之曰："大丞相秦公道德淳备，文章隽伟，方驾乎前人，宗师乎当世，盖其始也实以此科进，晚出之士不能亲炙先烈以增益其所不及，是亦自弃也已。"……旧所拟制诰、杂文凡十篇，谨赋诸下执事，……愿安承教。③

洪迈于绍兴十五年（1145）试博学宏词科中选，赐同进士第。故"棘闱既辟，一上而不偶"，当指绍兴十二年（1142）应科试落选之事。是年正月，洪迈曾随二兄同赴临安应词科试，二兄中选，而洪迈不偶。《上秦师相赘所业书》当作于绍兴十二年至绍兴十五年之间。秦桧宣和五年（1123）中词学兼茂科。绍兴二十三年，陆时

---

① 赵鼎臣：《竹隐畸士集》卷十一《谢宏词启》，《景印文渊阁四库全书》第1124册，第202页。
② 王应麟：《玉海》卷第二百二《辞学指南》，《景印文渊阁四库全书》第948册，第292—293册。
③ 曾枣庄、刘琳：《全宋文》卷四九一五，第222册，上海辞书出版社、安徽教育出版社2006年版，第18页。

雍刊词科时文总集《宏词总类》，"以秦桧之文冠其首"①，洪迈书中称"将求大手笔北面而师之"，不完全是违心之言。但是在洪迈试博学宏词前，洪遵、洪造已同年中程，洪迈长年随二兄习词科，其词科程文亦自不俗。他以所业向秦桧投卷，内在的动机并不仅为求教益。

宋代的宰相，往往左右词科考试的最终结果，应考人即使宏词中程，若曾触怒宰相，就有可能被黜落。据朱子《傅自得行状》载："初，秦丞相桧以公忠臣子，年少能自力学问，有文词，通吏事，遇之甚厚，然亦疑其刚果负气，终不为己用，故虽使之连佐两郡，然皆铨格所当得。召试博学宏辞科，又已奏名，而故黜之。"②潜说友《（咸淳）临安志》载："洪咨夔，为文典丽该洽……应博学宏词科，有司奇其文，时相恶人以科目自致，报罢。"③宁宗嘉定间，朝廷未尝诏罢博学宏词科，但有司看宰相脸色可否上下，望风承意太过。"每遇郡试，必摘其微疵"④，"（嘉定）戊辰以后时相不喜此科，主司务以艰僻之题困试者，纵有记忆不遗，文采可观，辄复推求小疵，以故久无中选者"⑤。因此，十七年间，仅陈贵谊一人中程推恩。士人因之弃而不习宏词，博学宏词科遂式微。宰相可否，是宏词考试进程的一个关键环节。因此，应宏词者，在考前以所业向宰相投献，以博其一粲，也就不算奇怪。

周辉《清波杂志》卷三"宏词取人"条载：

> （族叔）初试宏博，以所业投汤岐公，时季元衡（南寿）待制亦投文字，汤尝师之，初许其魁夺。一日谓季曰："近有一周某至，先生当处其下。"既奏名，季果次焉。⑥

周辉族叔周麟之，绍兴十八年（1148）与季南寿应博学宏词科中程。二人以所业投汤思退，事当在绍兴十七年或绍兴十八年春。据《宋会要辑稿》选举一二载，绍兴三年新立博学宏词科，较之北宋宏词、词学兼茂科，改动处较多，一是不限有

① 方回：《桐江集》卷三《读宏词总类跋》，江苏古籍出版社1988年版，第208页。
② 朱熹：《朱子全书·晦庵先生朱文公文集》卷九十八，上海古籍出版社、安徽教育出版社2002年，第4543页。
③ 潜说友：《（咸淳）临安志》卷六十七《人物》八，《景印文渊阁四库全书》第490册，第699页。
④ 叶绍翁：《四朝闻见录》甲集"宏词"条，沈锡麟等点校，中华书局1989年版，第35页。
⑤ 陈振孙：《直斋书录解题》卷十五，上海古籍出版社1987年版，第451页。
⑥ 周辉：《清波杂志》卷三，上海古籍出版社1991年版，第24页。

无出身命官，并许应诏。二是愿试人先投所业三卷，朝廷降付学士院考其能者召试。三是命官非见任外官，许径赴礼部自陈。若见在任，经所属投所业，应格召试，然后离任。四是试卷由试官考校中程者，不仅申三省看详，其"内制诏书依例宰执进呈"①。其应试的基本流程为士人投所业三卷——朝廷付学士院考其词业，能者召试——省试试官考校，中程者申三省看详——内制诏书等由宰执进呈——推恩。据《建炎以来系年要录》《南宋馆阁录》《绍兴十八年同名小录》等书所载，汤思退绍兴十五年博学宏词科中程后，本年四月，除秘书省正字，绍兴十七年（1147）五月，由秘书省正字兼提举秘书省编定书籍官，守司封员外郎。绍兴十八年（1148）三月，仍在司封员外郎任。绍兴十九年（1149）由尚书司封员外郎试秘书少监，绍兴二十年（1150）为秘书少监，绍兴二十一年（1151）直学士院。绍兴十七年（1147）三月，朝廷下科举诏。至周麟之等中程，汤思退，先在馆阁，后在吏部司封司，并非学士院官员。因此，周麟之、季南寿向汤投"所业"，属投献所进，与应词科人向朝廷投所业三卷，并非一回事。

南宋词科考试，地点在礼部贡院。其考试场次，据刘埙《隐居通议》卷三十一《杂录》"贡院排场日分"载：

> 二月初一日、初二日、初三日，引试太学、诸州军正解、免解诗赋论策三场。
>
> 二月初六日、初七日、初八日，引试太学、诸州军正解、免解经义论策三场。
>
> 二月十二、十三日、十四日，引试博学宏词三场，并宗子取应二场②。

博学宏词所差阅卷官，在省试考官中差，而由知贡举、同知贡举统筹负责。例如开禧元年（1205）试博学宏词科，阅卷官为同知贡举李大异。宁宗嘉定四年（1211），徐凤、刘澹然应词科，由点检试卷官陈璧阅卷。③绍兴十七年、十八年间，

---

① 徐松：《宋会要辑稿》选举一二，第9册，刘琳等校点，上海古籍出版社2014年版，第5500页。
② 刘埙：《隐居通议》卷三十一《杂录》"前朝科诏"条，《丛书集成》初编本，第332页。
③ 叶绍翁：《四朝闻见录》甲集"词学"条，第20页。徐松：《宋会要辑稿》选举一二，第9册，第5506页。

汤思退尚非两制官员,且在朝官职未显。周煇所记汤允诺季南寿"初许其魁夺"云云,恐失实。据《绍兴十八年同年小录》,是年省试知贡举为尚书吏部侍郎并权直学士院边知白,同知贡举为尚书礼部侍郎周执羔、右正言巫伋,其余参详官八人,点检试卷官二十余人,汤思退不在其中。周麟之等词科入等,与汤无关。但此年省试后,汤思退为殿试覆考官。汤思退词科出身,又在朝中吏部为官。从其资格与词科背景来看,他很有可能充省试考官,又很有可能在贡院差任博学宏词阅卷官。季南寿本为汤思退的老师,以前辈的身份屈尊向汤投献,本意当不仅是求教益。

由以上考论可知,宋代应词科的士人,在应考之前,往往要编辑所业,投献给有可能充省试考试官,或者对词科考试的结果产生一定影响的朝中官员。其中,有词学背景的士大夫,往往是他们要投献的重要对象。兹再举二例,以坚此论。绍兴二十年(1150),韩元吉曾与周必大同应宏博科,周中程而韩落选。在考试之前,韩曾向礼部侍郎辛次膺投献。韩元吉《上辛中丞书》曰:"某之得见门下三矣,始则阁下在春官,某以妄应科目,执其业而献焉。"[①]此为韩之自述,不容置疑。又据《四朝闻见录》记载,叶绍翁曾访真德秀,"席间偶叩以今岁词学有几人"[②],真德秀答曰:"试者二十人,皆曾来相访",并自言遣人誊录众者试卷,以便赏鉴、月旦。此言得之叶绍翁亲闻,当可信。南宋博学宏词科省试,三年一开科。大约在省试年,朝中权臣、文臣,特别是有词学背景的文臣如真德秀等,接受应诏者的拜访、投赟,频率与人数也随之增高、增多。宋代词科考试在一定程度上刺激了士人间的文学交游,加深了文坛前辈、新人之间的沟通与交流。

附带指出的是,北宋之宏词、词学兼茂科,与南宋的博学宏词科虽有前后相承之处,但北宋乃词科初设、草创阶段,试法未严,程序也不周密,由此对应诏者的考前文学活动方式也产生了影响。刘弇《龙云集》中,有《上中书侍郎李邦直书》《上曾子宣枢密书》《上许左丞(冲书)书》《上蔡内翰元长书》《上吕观文吉甫书》《上章仆射子厚书》六封书信,各书并有"旧所为古律诗杂文",谨献左右云云,集中又有《上蔡元度右丞书》《再上蔡元度》二书,后书末云:"旧所为古律、歌诗、经解、杂文等,合一通。"[③]考诸各受卷者之生平仕履,绍圣元年(1094)二月至绍圣三年(1096)正月,李清臣(字邦臣),为中书侍郎;曾布(字子宣),绍圣元

---

① 韩元吉:《南涧甲乙稿》卷十二《上辛中丞书》,《丛书集成》初编本,第227页。

② 叶绍翁:《四朝闻见录》甲集"词学"条,第20页。

③ 刘弇:《龙云集》卷十七,《景印文渊阁四库全书》第1119册,第205页。

年六月,同知枢密院事,绍圣三年闰二月,知枢密院事;绍圣二年冬十月,许将(字冲元),拜尚书左丞,蔡卞(字符度),拜尚书右丞;蔡京(字符长),由户部尚书为翰林学士;吕惠卿(字吉甫),拜观文殿学士、知延安府;绍圣元年四月,章惇(字子厚),拜左仆射,元符初罢。宏词初设于绍圣五年(1098)五月,刘弇宏词入等在绍圣三年(1096)三月。其《上中书侍郎李邦直书》有"方且指西蜀"①一语,其《上蔡内翰元长书》中曰:"今又服吏役,当县道,转而为左蜀之行矣。"②《上蔡元度右丞书》中有"今怵迫邛蜀万里道"③云云。据李彦弼《刘伟明墓志铭》:"绍圣二年,改宣德郎、知嘉州峨嵋县。适遭宏词科,伟明……一出,遂唾手掇之。"④据知此六封书信,当为绍圣二年刘弇应宏词前投献所附。但细按刘弇信中口吻,如"冥心昔人翰墨小技,似一日之长处。……伏望赐之采瞩"(《上章仆射子厚书》)"伏望诱而进之,使颇姓字公卿间"(《上许左丞书》)"伏望阁下之教也,辱一言焉"(《上吕观文吉甫书》)"阁下亦将何以教之"(《上中书侍郎李邦直书》)"某……独以文鸣……冀阁下不以其微而忽之"(《上蔡内翰元长书》),皆有请求对方汲引、延誉、提携之意。这是宋代应制举者投献中的常见口吻。刘弇《谢中宏词启》中说:"洪惟上圣之有作,申以先朝之未行。乃设词场,爰代制举。"⑤大约在绍圣宏词初置之时,士人习惯上循着制举的方式来投献、交游。刘弇的投献对象,皆为朝中的重臣,这与应制举多以侍从官为投献对象,也有合辙之处。⑥

二 请益

与宋代的常科相比,甚至与制举相比,士人习业词科带有更明显的专业性质。换句话说,词科属专门之学。这个专门之学包含以下几层内涵:

(一)宋代词科考试含制、诰、诏、表、露布、檄、铭、记、赞、颂、序等十二种

---

① 刘弇:《龙云集》卷十六,《景印文渊阁四库全书》第1119册,第194页。

② 刘弇:《龙云集》卷十七,《景印文渊阁四库全书》第1119册,第201页。

③ 刘弇:《龙云集》卷十七,《景印文渊阁四库全书》第1119册,第203页。

④ 刘弇:《龙云集》卷三十二,《景印文渊阁四库全书》第1119册,第335页。

⑤ 刘弇:《龙云集》卷十二,《景印文渊阁四库全书》第1119册,第160页。

⑥ 据朱子所述,秦桧为密州教授时,"瞿公巽时知密州,荐试宏词"(《朱子语类》)。若朱子之语可信,则北宋后期,应试词学兼茂科,似乎也参用了制举考试中的荐举制,至少有可能是自荐、他荐并存制。因资料有限,俟后考。

实体性文体。其中某些文体，如制、诰、诏、露布、檄，等等，往往附带有强烈的仪式性与政治内涵，其适用的场合与作者的身份有较特殊的要求。这是一般科场文体如诗、赋、论、策所不具备的。宋代的贤良进卷、宋代名臣的奏议与论策，往往是举子揣摩的范文，因而常常成为书商射利的工具。原因也与论、策等文体的普遍性与通用性有关。

（二）词科习业，从原始资料的收集、整理、分类，到记诵、再到揣摩词科时文，然后假拟题目，包含了一套循序渐进、颇有章法的过程。为适应词科考试的出题导向与衡文标准，词科习业的每一个阶段，皆独具特点，而与一般的举业有所区别。以备举资料的整理、分类——宋人称之为"编题"为例，从现存的科举用书来看，应词科的科举用书，细目更多，所采用的书目也务求齐备，这是对记问之学的苛求，为一般举子用书所不及。此外，宋代策问贤良，殿试试策等，往往允许甚至鼓励应试者对时政得失发表见解，寻求治国方略，答策者可以用激烈的言辞批评当下的时政。宋代科举时文写作指南，提出"策要方"，原因也在此。但是，词科考试文体，如赞、颂、制、诏等，多偏向颂体，颂圣、颂君、颂时，颂君的内容更多。因此，祥瑞之事，要多加记诵。习词科者，在编题时，也会刻意加以收集。南宋末王应麟为应博学宏词科，编类《玉海》，是书分天文、律宪、地理、帝学、圣制、艺文、诏令、礼仪、车服、器用、郊祀、音乐、学校、选举、官制、兵制、朝贡、宫室、食货、兵捷、祥瑞二十一门，每门各分子目，凡二百四十余类。诚如四库馆臣指出的，此书为词科应用而设，故"胪列条目，率巨典鸿章，其采录故实，亦皆吉祥善事"。与其他科举类书相较，其体例迥殊。这正是词科作为专门之学的一个反映。

（三）"词科考试比起其他科目来，需要更广博的知识储备与更严格的文词训练"，为了应试，应试举子必须"作出针对性的应试反应"，从而形成专科化的倾向。[①] 换句话说，习业词科实际上是一门专门的学问，因此有家学、有师承的习业者在考试中更容易脱颖而出。

宋代词科中程者，彼此之间的血缘亲属关系，聂崇岐先生《宋词科考》一文已有详尽的考证。管琴女史《南宋的"词科习气"批评》一文也有涉及。宏词，绍圣四年吴兹、吴开兄弟同年登科；词学兼茂科，滕康、滕庚，李正民、李长民，袁植、袁正功，兄弟相继登科。博学宏词，洪遵、洪造（后更名适）、洪迈兄弟，莫冲、莫济

---

① 王水照：《王应麟的"词科"情结与〈词学指南〉的双重意义》，载《社会科学战线》2002年第1期。

兄弟，王应麟、王应凤兄弟相继登科，陈晦及其子陈贵谦、陈贵谊更是父子、兄弟相踵登科，允称科场盛事。

有一些词科习业者，因未曾中程，与词科登科的血缘、亲属关系，不太为人所注意。如傅伯寿，乾道八年（1172）博学宏词科登科，其父傅察绍兴间曾三应此科，因得罪权相秦桧报罢。又如袁桷《（延祐）四明志》卷五载："王揖……壮岁试词学科，不中，辄弃去。自誓曰：它日必令二子业有成……后二子果俱中科。"[①] 又如韩元吉，绍兴间曾与周必大同试词科，不中。韩与大儒吕祖谦为翁婿关系，而吕祖谦隆兴元年（1163）博学宏词登科。

词科习业者彼此间的师承关系，真德秀一人即可见出。真德秀曾从傅伯寿习业。《四朝闻见录》"庆元党"条："文忠已中乙科，以妇翁杨公圭勉之同谒乡守傅伯寿，尽傅公之业，未几中选。"[②] 真德秀《傅枢密文集序》自言："公（傅伯寿）守建安时，某以新进士上谒，请问作文之法，公不鄙而教之……惜其时尚少，所问者科目之文而已。"[③] 真德秀登庆元五年（1199）进士第，特授南剑州判官。庆元六年（1200），傅伯寿尚在知建宁府任上。建宁府与南剑州毗邻，且治所甚近，故真德秀能得便从傅伯寿习业。

在南剑州任上，真德秀又尝从倪思习业词科。周密《齐东野语》卷一载，真德秀登第，"初任为延平郡掾，时倪文节喜奖借后进，且知其才，意欲以词科衣钵传之。……与之延誉于朝"，真德秀遂登科。倪思嘉泰四年（1204）六月知建宁府，次年七月罢[④]。真德秀师从倪思习业词作，当在嘉泰四年末至次年春。

真德秀又曾师陈晦，《四朝闻见录》记陈晦与真德秀最厚，《辞学指南》卷一载陈晦教诲真德秀习业宏词之语甚多。《辞学指南》引《与王器之书》，乃真德秀所作，其中有"初见陈国正（晦），呈《汉金城屯田记》"云云。考陈晦任太学正在庆元五年（1199）正月，升国正（国子监）或在庆元六年（1200）或嘉泰元年（1201），与真德秀在南剑州任上从傅伯寿、倪思等肄业词学或相后先。

从真德秀习业词学者，有王埜，字子文。《宋史》王埜本传载："登嘉定十二年进士第，仕潭时，帅真德秀一见异之，延致幕下，遂执弟子礼。"真德秀文集中，与王

---

① 袁桷：《（延祐）四明志》卷五，《景印文渊阁四库全书》第491册，第421—422页。
② 叶绍翁：《四朝闻见录》丁集，第20页。
③ 真德秀：《西山文集》卷第二十七，《景印文渊阁四库全书》第1174册，第421页。
④ 林日波：《真德秀年谱》，华中师范大学2006年硕士学位论文，第43页。

埜往还文字甚多。一为李刘，李刘欲应词科，西山曾以"竹夫人"为题试之。真德秀门人刘克庄曾亲见此事。①

此外，王玲，字器之，庆元五年（1199）进士，与真德秀为同年，试宏词不中，亦为该洽之士。真德秀《与王器之书》载探讨词学习业之法甚详，味其意，似作于真德秀词学登科前。王器之者，当与真德秀同时肄业，可为讲友。

真德秀再传弟子为王应麟。清张大昌《王深宁先生年谱》载，淳祐元年（1241）七月，王应麟侍父于婺州，"从王埜受学，习宏词科"。且云："初，真文定从傅伯寿为词科，埜与文忠相后先，源绪精密。先生遂得吕成公、真文忠之传。"②兹仿《宋元学案》，为真德秀、王应麟词科传承谱系图如下：

1. 傅察——傅伯寿　王玲（器之）

　　倪思——真德秀——王埜——王应麟

　　陈晦　　　　　　——李刘

2. 吕祖谦——楼昉——王撝

　　徐凤——王应麟

　　王埜

词科习业的专门化倾向，对于当时的士人家庭与个人皆产生了深刻的影响。一方面，诚如论者所指出的，为了应试，士人家族必须作出针对性的应试反应，从而形成了家学中某些专科化倾向。③另一方面，为了扩大搜罗备考资料的范围以及更快地掌握词科肄业方法，通过求助与请益，习业士人往往要在考前展开广泛的人际交往与文学活动。对于出于平民的士人，或者家学中缺乏词科知识累积的士人，更是如此。

宋代士人要想在科场中取得成功，一是要靠个人的天生的资质、禀赋，一要有财力的保障，一要丰厚的藏书与备举资料，一要有良好的家学与师承。科场成功的四要素，只有第一个是先天的，不可强求。其余的几个要素，则要仰仗个人、家族、

① 刘克庄：《后村先生大全集》卷一百六，《四部丛刊》初编本，第14页。

② 张大昌：《王深宁先生年谱》"淳祐元年"条，《四明丛书》本。

③ 王水照：《王应麟的"词科"情结与〈词学指南〉的双重意义》，载《社会科学战线》2002年第1期。

社会的支持。一个富裕的平民家庭，往往通过家族成员的分工，让资质聪颖的子弟专心举业，用财力购置书籍，聘请名师教授举业，或进入州学、太学学习举业。通过以上的途径与阶梯，平民家族在三代或五代人的努力下，往往出一个或多个科场成功者。宋代出版业较为发达，通过书肆购置图书并非难事。时文的出版更是日新月异，以满足举子之需要。仁宗朝庆历革新以后，太学、州、县学等普及教育机构越来越发达，至崇宁三舍法推行全国以后，基层教育机构几乎遍及全国，即使边远地区也不例外。南宋以后，每当地方州县学废置或残破以后，地方政府与当地乡绅往往自发修复。加之书院的发达，有力地弥补了州县学教育力量的不足，使得南宋的教育较之北宋更加发达。此外，贡士庄、贡士库等民间经济互助组织的建立，也使得财力不足的士人家族有机会参与到科场的竞争当中。凡斯种种，使得南宋的平民子弟，藉着天赋与勤勉，在举场可脱颖而出。

与普通举子应进士科不同，习业词科，在时文、备举资料的获得，以及词学师弟关系的建立方面，都要困难得多。由于习业词科者的资格为进士及第或荫补得官者，在应举资格上有限制，加之登科难度很大，习业词科者，毕竟是社会上的少数。受市场销售量的影响，书商出版词科时文的积极性不算太高。宋世词科时文集，著称者有陆时雍《宏词总类》。此外，王应麟编有《词学题苑》四十卷。二书今皆不存。《宏词总类》，陈振孙《直斋书录解题》曰，是书前集四十一卷，后集三十五卷，第三集十卷，第四集九卷，"起绍圣乙亥，迄嘉定戊辰，皆刻于建昌军学。相传绍兴中太守陆时雍所刻前集也。余皆后人续之"①。因资料的限制，《宏词总类》在南宋的流传情况并不清楚。但在当时，类似的习业词科的备举资料并不易得，却是肯定的。据程珌《上陈舍人书》记载，程珌习业词科，而无词科时文、备举用书，"圣经贤传，每一展编，如望大洋，茫无畔岸""闻宛陵汪先生有《总括纲目》，号为词题者"。因此，走介持书，问此书亡恙，"因窃有请焉"②。又王应麟兄弟欲应词科，其父王撝鉴于家藏习业词科的藏书不足，因此，求参知政事余天锡修书为先容，"往借周益公、傅内翰、鄱阳三洪，暨其科习词学者凡二十余家藏书"③。又宁宗朝徐凤试宏词，访知主司有欲出《唐历八变序》者，合用僧一行《山河两界历》为据，欲借

---

① 陈振孙：《直斋书录解题》卷十五，上海古籍出版社1987年版，第451页。
② 程珌：《洺水集》卷十三，《景印文渊阁四库全书》第1171册，第401页。
③ 张大昌：《王深宁先生年谱》"绍定三年"条，《四明丛书》本。

此书而不得,场屋中几于拽白。① 词科考试,一要通古,一要知今,非博闻强记、谙熟本朝典章制度者,不能入选。因此,广求僻书、难得传出之书,就显得非常重要。沈作喆《寓简》卷八记载,他中进士科后,从叶梦得,欲求试博学宏词,石林勉励他说:"宏词不足为也,宜留心制科工夫,他日学成,便为一世名儒,得失不足论也。"因授予所编方略,又极论修习次第,且曰:"天下之书浩博无涯,昔有人习大科十余年,业成,因见田元均,论及《论语正义》中题目。元均曰:'曾见博士周生列传中亦有一二好题,合入编次。'其人骇未尝见此书也。"② 习制举与习词科,必须的习业功课是编题。而一书未见,则有可能导致见闻不广,有不识题之虞。宋代习业词科者,在考试之前,费心费力,展开各种社会交际,以求不见之书。道理就在这里。

但是,即使词科时文、词科应考用书的搜罗齐备,也还仅是完成习业的一个必备条件。诸如如何编题、编文、诵书、作文、语忌等习业词科的重要方法与心得,仍需精通此业者指点传授。宋代习业词科者,若资料丰富,其源绪精密的师承关系,往往可以勾勒得较清楚。前面所论的真德秀师从傅伯寿、倪思、陈晦习业词科,即是典型的一例。此外如宋惠直曾与王明清的祖父王萃③,韩元吉与刘一止,汤师退与季南寿,陈晦与倪思④,等等,皆以习业、传授词科为机缘,建立了师弟关系。这种以习业词科为旨归的师弟关系,宋人称之为"词科衣钵",犹如禅门宗师间的心法相传,并不轻易示人。绍兴年间,周闻想师从一同乡习词科,但此人"不肯传授宏词衣钵",周闻歉然有不满之意,写信给友人林季仲诉苦。⑤ 可见,欲承前辈衣钵,并不容易。为得心法,习词业者,往往先将自己满意的作品呈给前辈,以展示自己在文词方面的天赋与才华,以期得到对方的奖掖与指授。王柏的祖父王师愈,"尝习词科,求正于庚溪岩肖,陈得其所业,称之曰:'辞气严密,无愧古作。'""后陈公法当举自代,始终以大父一人应制。"⑥ 可见一旦习业者的文才得到前辈的认可,则不仅衣钵可传,双方的相知相契也从此开始。王明清的祖父王萃知江州,爱下属德化主簿宋惠直清修好学,教以习宏词科,"日以出题,以其所作来

① 叶绍翁:《四朝闻见录》甲集"词学"条,第20页。
② 沈作喆:《寓简》卷八,《丛书集成》初编本,第63页。
③ 王明清:《挥麈录》第三录卷二,《丛书集成》初编本,第671—672页。
④ 叶绍翁:《四朝闻见录》甲集,第37页。
⑤ 林季仲:《竹轩杂著》卷五,《景印文渊阁四库全书》第1140册,第354页。
⑥ 《全宋文》卷七七九五,第338册,第174页。

呈，不复责以吏事"①，又荐之于时相何执中，得除书局。后宋惠直政和七年词学兼茂科登第。原来政治上的同僚关系，加深为师弟关系、举主与被荐者的关系。政治、学术上的连带关系更趋向于紧密。真德秀曾师从傅伯寿，傅氏与朱子虽有过从，但政治、学术与朱子皆有分歧。且傅氏草朱子制词无褒语，因此深受朱子门人的诟病。但是，真德秀为傅伯寿文集作序，不仅盛称其学术文章，"犹濯锦于蜀江"②，如璞玉而加琢，"晚登朝廷，议宗庙大典礼，援据敷析，出入经史百子，衮衮数千言，虽汉儒以礼名家者，未能远过也"③。序中"一不幸用非其时，生平素心，遂有不克自白者"④云云，公开为傅伯寿与韩侂胄的微妙关系辩白。因此，也引起了理学中人的不满。又倪思"喜奖借后进"，知真德秀之才，"以词科衣钵传之"，终真德秀一生，对倪思皆有眷念之情。"衮有公诲，公诲在耳"，观其《祭倪尚书文》可知。宋代科场中衍生而出的同年关系，座主与门生的关系，以及习业举业师弟关系，是宋代裙带政治中相当突出的现象。考察宋代的文学、学术与政治的关系，多于此处究心，当有所得。

三　词科衣钵与文学传承

宋代词科，名称凡三变，其考察重心也随之发生变化。"盖是科之设，绍圣颛取华藻，大观俶尚淹博，爰暨中兴，程序始备，科目虽袭唐旧，而所试文而异矣！"⑤绍圣初立宏词科，程序未备，又专以文词取士。因此，平素留心于诗赋四六之文士，往往一试而中。李彦弼《刘伟明墓志铭》载，刘弇"绍圣二年，改宣德郎、知嘉州峨嵋县，适遭宏词科，伟明……一出，唾手掇之"⑥，形容得过分轻巧，恐有夸饰，但也说明了词科初设之始，文人只是将作赋的手段移之于宏词科目。刘弇在试宏词之前，逗留京城，以"旧所为古律诗杂文"遍投京城显官，以求延誉，其目的并非求教益。这还是业进士者考前活动的常态。李廌《论宏词书》，从体、志、气、韵四方论习业宏词要领，叮嘱习业者"宜取宏词所试之文，种种区别，各以其目而明其体，研精玩

---

① 王明清：《挥麈录》第三录卷二，《丛书集成》初编本，第762页。
② 真德秀：《西山文集》卷二十七，《景印文渊阁四库全书》第1174册，第421页。
③ 真德秀：《西山文集》卷二十七，《景印文渊阁四库全书》第1174册，第421页。
④ 真德秀：《西山文集》卷二十七，《景印文渊阁四库全书》第1174册，第422页。
⑤ 王应麟：《四明文献集（外二种）》，张骁飞点校，中华书局2010年版，第384页。
⑥ 刘弇：《龙云集》卷三十二，《景印文渊阁四库全书》第1119册，第335页。

习,寤寐食息必念"①,以体会各体文学的精妙之处。这种指授之法,兼通其他文体写作,虽不乏意义,但还略嫌粗疏。习业词科作为专门之学尚未完全显山露水。但政和以后迄南宋初年,由词学兼茂而变为博学宏词,文词之外,兼考记问,应试难度加大,习业者需要更专业、更细致的指导,方能在词场应格。与之相适应,考前、场外,有意传承词科衣钵的前辈,口传心授,其指导方式也更加贴心与具体。王明清《挥麈录》,记其祖父王萃教宋惠直习宏词科,其方法是"日与出题",然后改窜指导。王萃之子王铚,著《四六话》,记王萃之言曰:"四六须只当人可用,他处不可使,方为有工。"②因此,宋惠直在长沙席上所作乐语,"句句着题",王萃读之大喜。倪思欲传词科衣钵,"每假以私淑之文"③,以己作示真德秀,然后叩其一二,真德秀皆能成诵,倪思大惊喜。真德秀从陈晦习业,先呈以习作,其铺叙之有伦者,如《汉金城屯田记》,则数蒙奖掖。其不满意者,则"再三为指其瑕疵,令别作一篇,凡四番再改,方惬渠意"④。程珌上书陈宗召⑤,"凡平日所为文所谓词题,若所以用力之地,条列而枚示之"⑥。请求对方勿有所爱,勿以为不足教而舍之,欲尽传其业,其问目已细。宋末王应麟的《词学指南》,是宋代习业词科的集大成之作。其中所录多为精通词业的名师如吕祖谦、真德秀等人的诲人心得,往往就习业的具体方法、步骤以及关键性的细节处理,交代得非常明白、具体,使人一望而知,有法可循。以习业词科的必备前提——编题为例,吕祖谦指出:

编题只是经子、两《汉》、《唐》书实录内编。初编时须广,宁泛滥不

① 李廌:《济南集》卷八《答赵士舞德茂宣义论宏词书》,《景印文渊阁四库全书》第1115册,第818页。

② 王水照:《历代文话》第1册,复旦大学出版社2007年版,第12页。

③ 周密:《齐东野语》卷一,中华书局1983年版,第12页。

④ 王应麟:《玉海》卷二百一《辞学指南》"作文法"条,《景印文渊阁四库全书》第948册,第274页。

⑤ 程珌:《洺水集》卷十三《上陈舍人》,《景印文渊阁四库全书》第1171册,第401页。[按:程珌绍熙四年(1193)进士。据黄宽重《程珌年谱》,其欲试词科,在嘉泰元年(1201)《上陈舍人》目的在于请益。作年当更早。书称"左史陈公"又有"往年癸丑,尝得阁下词坛之文,伏而读之,已有执笔砚以从函丈之意。间一岁来试教官,怀刺屏墙,已而用韵不审见黜有司,悒悒而归,故无因扫门,以至于此"。陈宗召绍兴四年博学宏词登科,疑"词坛之文"指此。陈宗召庆元三年十一月为起居舍人。故疑此"舍人"指陈宗召。]

⑥ 程珌:《洺水集》卷十三书《上陈舍人》,《景印文渊阁四库全书》第1171册,第401页。

可有遗失，再取其体面者分门编入。再所编者，并须覆诵，不可一字遗忘。所以两次编者，盖一次便分门则史书浩博，难照顾，又一次编，则文字不多，易检阅。如宣室、石渠、公车、敖仓之类，出处最多，只一次编，必不能尽。记题目须预先半年，皆合成诵，临试半年覆试，庶几于场屋中不忘①。

编题的范围与原则，所编的次数，所以如此编的原因，以及记诵题目的方法，一一为习业者拈出。诸如此类的口授手画的授业之法，与普通的举业相比，有过之而无不及。因此，以习业词科为纽带，北宋末期文人特别是南宋文人之间，形成的师承传授与文学精神上的契合，就不是松散而是紧密的，不是肤浅的，而是深入的。正是在这一点上，宋人所谓的"词科衣钵"的传承，对南宋文学，特别是科场常用文体产生了不小的影响。南宋词臣，文脉代代相传，渊源相当清楚，部分原因即在此。

以韩元吉四六文创作为例，其词科受业师中书舍人刘一止②，"制诰明白有体，丽而不俳"，深得代言之体。今观韩元吉之文，如代刘一止所作《谢复秘阁修撰致仕表》等，不用僻字、少用僻典，"落笔天成，不事雕饰"③，学刘一止的痕迹很明显。韩元吉在为刘一止所作的《行状》中，对其文风有非常全面、精确的体认，"于文盖无所不能，于学无所不通"④，对刘一止的文章、学问推崇备至。这种体认与揄扬，实际上"包含了一种前后相传的词学训练与词学之精神统系的承传"⑤，与一般文人之间的评品、推赏实有深浅之别。

又以真德秀的文体观为例，其授业师之一傅伯寿的父亲傅自得，作文最重体制。汪藻曾评介傅自得之文曰："今世缀文之士虽多，往往昧于体制，独吾子为得

---

① 王应麟：《玉海》卷二百一《辞学指南》"编题"条，《景印文渊阁四库全书》第948册，第269页。

② 绍兴十七年（1147），韩寓居湖州德清县，从曾任中书舍人刘一止游，欲应词科。直至绍兴三十一年（1161）刘一止卒，十几年中，两人的文学交游始终未衰。因出入其门，深为刘一止所厚爱，韩元吉应刘一止二子之请，为作《阁学刘公行状》。

③ 陆游：《陆游集·渭南文集》卷四十一《祭韩无咎尚书文》第5册，中华书局1976年版，第2393页。

④ 韩元吉：《南涧甲乙稿》卷二十二，《丛书集成》初编本，第227页。

⑤ 管琴：《词科与南宋文学》，北京大学2013年博士学位论文，第94页。

之不懈。"①其另一授业师倪思亦曰:"文章以体制为先,精工次之。失其体制,虽浮声切响,抽黄对白,极其精工,不可谓之文矣。凡文皆然,而王言尤不可以不知体制。"②真德秀尽传傅氏、倪思之学,故论文亦特重明体制。"词科之文谓之古则不可,要之与时文亦夐不同。盖十二体各有规式,曰制曰诰,是王言也,贵乎典雅温润,用字不可深僻,造语不可尖新。"③这段文字,被王应麟编入《词学指南》,但不见载于今本《西山文集》,极有可能是王应麟得之于其业师王埜之手。不管此文传播情况如何,从南宋初的傅自得,经傅伯寿、倪思、真德秀的递传,至王应麟,作文有体,制诰文贵乎典雅温润的文体观实际上一直在强化。这一点当勿容置疑。

《词学指南》卷一"语忌"一栏,记陈自明(晦)草《右相制》用"昆命元龟",倪思谓人臣不当用,乞帖麻。此事见载于《四朝闻见录》:

> 宁皇嘉定初,拜右相制麻,翰林权直陈晦偶用"昆命于元龟"事,时倪文节公思帅福闻,即束装奏疏,谓:"哀帝拜董贤为大司马,有'允执其中'之词,当时父老流涕,谓汉帝将禅位大司马。"宁宗得思疏甚骇,宣示右相。右相拜表,以为"臣一时恭听王言,不暇指摘,乞下思疏以示晦"。晦翌日除御史,遂上章遍举本朝自赵普而下凡拜相麻词用元龟事至六七,且谓:"臣尝学词科于思,思非不记。此特出于一旦私愤,遂忘故典,以藩臣而议王制,不惩无以示后。"文节遂不复敢再辩,免所居官。陈与真文忠最厚,盖辨明故典,颇质于文忠云。④

此文"臣尝学词科于思"一语,另一本子作"臣尝词科放思",倪思淳熙五年(1178)博学宏词登科,陈晦光宗绍熙元年(1190)登科,所谓"词科放(倪)思",显误。因此,陈晦自云"尝学词科于思"当可信。陈、倪师生交恶,不知何因。但是,用《尚书》"昆命于元龟"一事于宰相制词,倪之所非与陈之所辩,表面相背,其实都指向了制诰文的一个特点,即尽量不触语忌。不吉祥之语、之事不能用。真德秀既曾师从倪思,又曾师从陈晦,二人关系"最厚",而陈晦与倪思又曾有过师从关系。因此,三位词科习业者,对于宋代制诰文的文体特点,有相同或相似的体认,是

① 王应麟:《玉海》卷二百一《辞学指南》,《景印文渊阁四库全书》第948册,第277页。
② 王应麟:《玉海》卷二百《辞学指南》,《景印文渊阁四库全书》第948册,第294页。
③ 王应麟:《玉海》卷二百二《辞学指南》,《景印文渊阁四库全书》第948册,第291页。
④ 叶绍翁:《四朝闻见录》甲集"昆命于元龟"条,第37页。

· 482

不奇怪的。王应麟在《词学指南》一书中，专设"语忌"一目，实际上是再次强化了制诰文的这一写作禁忌。

真德秀初习词科，文字有体轻语弱之病。陈晦告诫他："读古文未多，终是文字，体轻语弱，更多将古文涵泳方得。"[1]真德秀后来谨记此条，主张"作文之法，见行程文，可为体式，须多读古文，则笔端自然可观"。据其门生刘克庄记述，真德秀掌内制六年"每觉文思迟滞，即看东坡"。刘克庄本人也主张词科文字不宜过于组丽瑰美，"国家大典册，必属笔于其人焉，然杂博伤正气，缔绘捐自然"[2]。也就是，制诰等代言之体，不能太注重文字技巧的装饰性，否则伤自然之气，似受真德秀的影响。王应麟的家学得自吕祖谦、楼昉，吕氏有《古文关键》，楼氏有《迂斋古文标注》，"大略如吕氏《关键》，而所取自《史》《汉》而下，至于本朝，篇目增多"。因此，在《词学指南》中，骈文、古文互补的主张，亦得以一以贯之，王氏还为词科习业者开列相关古文书目。从陈晦、真德秀，再至刘克庄、王应麟，源绪清楚，不是偶然之论。南宋中后期，骈文与古文有合流之势，骈文典重之中，复杂流利。在真德秀、王应麟的两支词科谱系中，这一特点表现得比较突出。

宋代的词科考试文体，在文体形态与写作规范方面，有其相对稳定的一面，因此有程式化的倾向。例如制文分制头、颂词、戒辞三段，破题几句以包尽题目为最佳，音节要平仄搭配，语言不能多用口语、俗语，要典雅庄重，下语要有分寸，符合制词对象的政治身份，等等。导致科场文体形态的稳定的主要原因，一是经典范文的示范效应，一是科举衡文的规范作用，一是某种文体发生时的功能属性。而"词学衣钵"的传承，其中介作用也不容被忽视。实际上，无论是经典文本、还是科举规范，或是文体的相关功能，通过名师的指点，其特点才更容易以知识传授的方式，被凸现、强化与再次体认，并付诸写作实践。并且，一些良好的文学创新——如骈文汲取古文的营养，在这些传承中也被多次认可、复写，并慢慢强化，从而扩大了创作的路径。王应麟的《词学指南》，对经典范文的选取，与其所录前辈的口传心授，总能看到其词学师承的印记，就是很好的说明。以习业词科为中心，历代经典文本、考场衡文标准，辅之师弟相承的文学传统，三者形成合力，从而推动着词科考试文体程式化与文体的稳定性。这种因合力形成的规范与稳定，又以其个

---

① 王应麟：《玉海》卷二百一《辞学指南》"作文法"条，《景印文渊阁四库全书》第948册，第274—275页。

② 刘克庄：《后村集》卷二十三，《景印文渊阁四库全书》第1180册，第241页。

人写作的惯性和社会约定的方式，约束场外的相关文体的创作。南宋人秘不示人的"词科衣钵"，参与文学创作的过程及其正面的影响，大致如此。但是，必须注意的是，由于教学内容失当与失衡，南宋词科的衣钵传承，也会导致创作上的不妥与偏执。南宋人所批评的"词科习气"，与词科门户森严的封闭性训练和单一承传，有一定的关联①。王应麟所辑《词学指南》，于南宋词臣及习业词作者之言论、作品多有节录，独不见刘一止与韩元吉之文，于"坦易有体"之文，似有不取，多少是失于门户之见的。

---

① "词科习气"，参见管琴《南宋的词科习气批评》(《文学遗产》2007年第2期)一文。

孔平仲与新旧党之关系

北京大学　张剑

　　清江三孔是北宋孔文仲（1038 — 1088）、孔武仲（1042 — 1098）、孔平仲（1044—1102）三兄弟的合称，这里的"清江"系临江军的古称，三孔实际出生于临江军的新淦县（今江西峡江）。[①]三孔在当时名声颇著，黄庭坚《和答子瞻和子由、常父忆馆中故事》至谓"二苏上连璧，三孔立分鼎"，将之与苏轼、苏辙昆仲相提并论。熙宁三年（1070），孔文仲应制科策试，极言新法之不当，王安石恶之，黜文仲归本任，牵连所及，制科亦罢，此事宋代史料多言之；元丰元年（1078），孔文仲充国子监直讲，因不用王安石经义之学，改任三班院主簿；元祐年间他又得旧党重用，官至中书舍人[②]，因而其旧党的政治立场是毫无疑问的。孔武仲、孔平仲因同于元祐初入朝为官，往往也被视为旧党成员，但他们的政治态度并不十分鲜明。特别是

[①]　临江军始建于宋淳化三年（992），作为附郭县的清江则建于南唐昇元二年（938），宋人崇古，遂以清江指代临江。这点在宋人本是习惯，决不致弄错或混淆，如《直斋书录解题》卷十七《清江三孔集四十卷》："中书舍人新淦孔文仲经父、礼部侍郎武仲常父、户部郎中平仲毅父撰。"王庭珪《卢溪集》卷四十五《故孔氏夫人墓志铭》："夫人孔氏世居临江军之新淦，其族甚大……经甫伯仲以文章居显位，名重天下，世号清江三孔，遂为一世名门。"籍为新淦人和号为清江人并无矛盾。当然宋人也有径称"临江三孔"者，如王象之《舆地纪胜》卷第九十四《古迹》："临江三孔读书堂，在郡斋桂堂，见《官吏门》。"方回《桐江集》卷一《孙次皋诗集序》："兄弟能诗书……临江三孔、豫章四洪、昭德诸晁、余杭二赵皆是也。"称呼更加明晰和准确。在宋人那里，三孔属于新淦人是没有疑义的。但是由于《宋史》"新喻说"的影响（《宋史》卷三百四十四"孔文仲，字经父，临江新喻人"），渐有紫夺朱色之势，明嘉靖五年新淦又析置出峡江县，三孔今属何处遂引发一些学者的讨论。如聂言：《三孔籍贯考辨》（《赣南师范学院学报》1988年第4期）；鄂丽：《清江三孔及其诗歌研究》下篇《三孔事迹编年考略》（北京大学1998年硕士学位论文）；李春梅：《三孔事迹编年》（《宋人年谱丛刊》第五册，四川大学出版社2003年版）。

[②]　参见苏颂：《苏魏公集》卷五十九《中书舍人孔公墓志铭》，中华书局1988年点校本，第898—904页。

孔平仲，随着他多达十卷佚文的逐渐发现①，其政治面目变得愈发复杂和模糊。本文综理史料，揆诸情理，想要重新讨论孔平仲与所谓新旧党人的关系，欲借此窥探其在北宋新旧党争中的动态立场，并进一步探究其醇儒情怀和循吏意识，寻求走出传统人物研究模式的可能性。

一　孔平仲属于旧党的传统认识

一般认为，孔平仲在北宋新旧党争中属于旧党，证据主要有三：

一是"清江三孔"习惯上被看做一个统一体来论述。孔文仲曾旗帜鲜明地反对熙宁变法，元丰年间又反对王安石的经义之学，人们无不将之视为旧党的中坚分子。影响所及，也倾向认为孔武仲、孔平仲与乃兄政治立场一致。如清王士禛《居易录》卷十二即载："江南巡抚宋牧仲中丞寄《三孔文集》，宋中书舍人文仲经父、礼部侍郎武仲常父、金部郎中平仲毅父也。经父以范蜀公荐，对策九千余言，力排安石，触其怒，罢归；常父诋王氏学；毅父以不行新法为董必所劾，安置英州，皆元祐君子也。"今人李春梅《三孔事迹编年》云："（三孔）因反对新法，屡遭贬斥。因与苏轼友善，复以'蜀党'之名卷入洛蜀党争。"②杨胜宽亦云："（二苏与三孔）从各种史料看，他们从熙宁变法之初起，就是坚定的反对派，并因此在仕途上共同起伏进退。"③

二是孔平仲受到旧党人物的栽培，并与旧党人物交好。物以类聚、人以群分是人们惯常评价人物的手段，孔平仲与旧党代表人物吕公著、苏轼、苏辙等皆有

---

① 《清江三孔集》南宋编集时原有四十卷，今以四库本最为通行，然仅三十卷；笔者《现存清江三孔集版本源流略考》（《文献》2003年第4期）揭出藏于北京大学图书馆的四十卷本，多出的后十卷均为孔平仲文；四川大学古籍所编《宋集珍本丛刊》（线装书局2004年版）第十六册收入国家图书馆藏傅增湘校补四十卷本（傅氏于《豫章丛书》三十四卷本后，请写手据明华亭本补抄孔平仲文六卷），惜乏人关注，《全宋文》对之亦未能利用。本文所引《清江三孔集》，均据国家图书馆藏傅增湘校补本，讹误处则据北京大学图书馆藏四十卷本校正。以下凡引该书，仅标篇名及卷数，《豫章丛书》本将三孔分别统计卷数，傅氏则通计三孔为卷第，自卷一直至卷四十，今依傅氏校改之后卷数。

② 《宋人年谱丛刊》第五册《三孔事迹编年》，四川大学出版社2003年版，第2860页。

③ 杨胜宽：《眉山二苏与临江三孔的交谊考述》，载《乐山师范学院学报》2016年第3期。

交往①，与吕公著还有师生之谊。治平元年（1064），吕公著为天章阁待制判国子监，孔平仲为国子生，并于是年得国学解魁。其上吕公著的《谢试馆职启》（卷三十一）即云："方某之为诸生，适执事之为祭酒，屡闻教诲，常辱提携。"而孔平仲得以于元祐元年（1086）召试馆阁并入朝为官，正由于吕公著的荐举。《续资治通鉴长编》（以下简称《长编》）卷三百八十载：元祐元年六月壬寅，"尚书右仆射吕公著举朝奉郎孔平仲、承议郎毕仲游、孙朴……并堪馆阁之选"。《宋史》本传亦载："用吕公著荐，为秘书丞、集贤校理。"元祐三年（1088）三月，孔文仲"以疾卒，上重悼之，特诏弟平仲为江东转运判官，护丧归"②。此差遣亦出自吕公著的推荐，孔平仲《祭申国吕司空文》（卷三十七）即云："每见温温，词简意至。出使江左，亦公之赐。"孔平仲与旧党其他人士也多有交往，如吕陶、刘挚、黄庭坚、秦观、晁补之、张舜民、黄隐、李朴等，与李朴还有姻亲之谊。③

三是孔平仲元祐元年入朝为官，被视为党附元祐旧臣，受到后来执政的新党的打击报复，并名列元祐党籍碑中。论者还常举元符元年，提举荆湖南路常平董必劾平仲不行常平法，诏罢孔平仲知衡州任（《宋史》本传）为证。之后孔平仲几度宦海沉浮，至崇宁元年（1102），党论再起，八月二十五日，"朝奉大夫孔平仲管勾兖州太平观"（《宋会要辑稿》职官六七），寻卒。

二 孔平仲前期的政治倾向

旧说言之凿凿，然未注意相反的证据和逻辑的严密性。如孔平仲固然有许多旧党朋友，但他相识的新党人物也很多。仅据四十卷本《清江三孔集》中可考知党派倾向的人物而论，与孔平仲有所交往的著名新党人士就有王安石、安焘、熊本、邓绾、李定、李清臣、章惇、郭知章、舒亶、张商英、林希、张璪、唐坰等十馀人，而且孔平仲对他们都不吝赞美之词。另外，孔平仲与主张调停或立场相对中立的

---

① 孔平仲与二苏之交往可参见杨胜宽：《眉山二苏与临江三孔的交谊考述》，最言：《孔平仲与苏轼交谊考》（《齐鲁学刊》1993年第4期）。

② 《隆庆临江府志》卷十二，《天一阁藏明代方志选刊》第三十五册，上海书店出版社1981年版。

③ 孔平仲有《与李先之》，按：李朴（1064—1128），字先之，号章贡，兴国人，绍圣元年进士，历官西京国子教授，程颐独器许之，移虔州教授……徽宗即位，召对，言甚切直，蔡京恶之，复以为虔州教授。李心传《建炎以来系年要录》卷一百四十二载："虔州免解进士李珙，特封养素处士。珙，赣县人，朴从子也。行义修洁，该通典故。秘阁校理孔平仲以其子妻之。"

王存、范纯仁、曾布等也有联系。可见，依据并不完整的交际网络推定人物的政治立场，在逻辑上本来就无必然性。

旧说的问题还在于机械地看待事物，未注意到环境和人物思想的复杂性及发展变化性。如果以元祐元年为界，将孔平仲一生分为前后两期，那么更多材料显示，孔平仲前期的某些政治立场是倾向于新党的。

熙宁四年，王安石荐二十八岁的孔平仲为密州教授，平仲于十一月到任后即作《上王相公书》（卷三十五）云：

> 昨蒙恩授密州教授，已于某月日到任讫。惟朝廷更张万事之统，兴起学校，以辅太平，为之设官，倡率义理。士大夫得预是选者，莫不以为荣，而不由论荐出于初除者，又以为甚荣。某之愚，不敢有当于此，然私有幸焉。某颛蔽之性，本喜读书，向在场屋，则困于声病对偶破碎之文；比窃禄食，又苦于簿书期会奔走之役。虽尝妄意经术，而尤不专，年日益长，智日亦夺，大惧泯灭不自振。于今乃得脱去其余，备员庠序，以讲论道义为职，遂将由此而进一二，此不肖之所以为大幸也。重惟去圣已远，家异习，人异论。自相公之言出，而六经之趣明，天下之竞息，学者宗仰，如见孔子。某游门下之日虽至浅，而诵相公之学为最笃。今此被命，但当竭尽鄙识，申畅微旨，以告诸生，必使有立，庶几塞新诏之意，而报门下之厚遇。过此已往，则非所知。

将王安石比作"孔子"，自云诵其学"最笃"，又表白一定在教授任上推行王氏学说，青年孔平仲无疑是王安石的崇拜者。

元丰三年，孔平仲通判虔州，过江宁，谒王安石，有《造王舒公第马上作》《呈舒公》等诗，并仿王安石药名诗《和微之药名劝酒》，作《萧器之小饮诵王舒公药名诗因效其体》等多首①，足见其对王安石的倾慕之情。直至元祐三年，王安石去世两年之际，孔平仲任江南东路转运判官，仍作有《祭介父》（卷三十七）：

> 谨以清酌庶羞之奠，致祭于故丞相荆国公之墓。呜呼，人之相知，自

---

① 据刘成国：《王安石年谱长编》，中华书局2018年版，第2039页。

古难偶。公于不肖，一见加厚。虽未及用，意则至焉。去公山中，俯仰十年。奉命出使，今复来此。音容阒然，松柏拱矣。酒薄食陋，所丰者诚。再拜奠公，敢有死生。尚飨。

可以说，孔平仲对王安石的追慕是终身性的。与他的另一位大恩主吕公著相比，孔平仲与王安石的联系更为密切。[①]

再来看他作于熙宁后期的《熙宁口号》（卷二十四）：

> 日坐明堂讲太平，时闻温诏下青冥。九重遣使询新法，四面兴师剪不庭。
>
> 万户康宁五谷丰，江淮相接至山东。须知锡福由京邑，天子新修太一宫。
>
> 祗因铜落[②]久纷纷，砥砺廉隅自圣君。能使普天无贿赂，此风旷古未尝闻。
>
> 近闻置监理戈殳，山岳输金入大炉。百炼刚刀斫西夏，万钧强弩射单于。
>
> 百姓命悬三尺法，千秋谁恤两端情。近闻崇尚刑名学，陛下之心乃好生。[③]

按杨仲良《宋通鉴长编纪事本末》卷八十二《神宗皇帝·修太一宫》：熙宁四年十一月丁亥"修太一宫"，熙宁"六年四月乙酉，中太一宫成"，此当为第二首"天子新

---

① 孔平仲虽屡受吕公著之恩，但自治平元年国学解魁，次年登进士第释褐入仕，至元祐元年吕公著举荐试馆阁，近二十年未曾与吕公著相见。其《谢试馆阁启》云："方某之为诸生，适执事之为祭酒，屡闻教诲，常辱提携。解褐逾二十年，随牒既六七任，声迹湮没，不复登门，光景蹉跎，已如隔世。逮于今日，播在洪钧。虽台辅之柄，执事可以必致而无疑；而患难之身，某实不自意其及此。"《祭申国吕司空》云："某襄自诸生，辱公察识。公为祭酒，咏文蹈德。即叨仕版，迹微问息。埋没尘土，望公霄极。"皆可为证。

② 《本草纲目》卷八《赤铜》谓铜屑又名"铜落、铜末、铜花、铜粉、铜砂"。该诗大约以"铜落"喻铸钱。

③ 《宋史》卷一百九十九《刑法志》第一百五十二："神宗以律不足以周事情，凡律所不载者一断以敕，乃更其目曰敕、令、格、式，而律恒存乎敕之外。熙宁初，置局修敕，诏中外言法不便者，集议更定，择其可采者赏之。"此当为第五首之本事。

修太一宫"之谓;《长编》卷二百四十五:熙宁六年六月置军器监,"总内外军器之政",此当为第四首"近闻置监理戈殳"之谓;由此可知此组诗应作于熙宁六年或此后不久。新法使国富兵强。既足以讨伐不臣,威服四邻,又能完善法令制度,保障民生。君主圣明,贿赂不行;百姓康宁,五谷丰登,真是一派文治武功的太平盛世图景。有的研究者以为这组诗是讽刺新法理财扰民①,和诗意完全南辕北辙。

元丰期间,孔平仲先后任虔州通判和江州钱监。这一时期,他虽与苏轼、黄庭坚等过从颇密,但其施政并未闻有触逆新法之处,还曾受到新党党魁章惇的荐举。元丰五年(1082)四月,章惇擢门下侍郎,孔平仲有《贺章子厚》(卷三十四)大加溢美:

> 伏审光膺诏绂,荣总政机,凡在陶镕,率深庆忭。恭惟某官气钟川岳,学际天人。冠乎海内之英,蔚为王者之佐。开拓土宇,威名镇乎四夷;阜通货财,惠泽施乎一世。未离乡邑,已陟禁涂;既至阙廷,益隆睿眷。文章足以追复古始,论议足以折衷臣工。器无不宜,道素相合。果进陪于大柄,尚未究于远猷。赫赫郇旗,当承世业;煌煌周衮,即正台阶。某迹抗尘冥,托身钧播,侧聆成命,倍切欢心。

元丰八年(1085)五月,章惇知枢密院事,平仲作《上章枢密》(卷三十)渴望拔擢:

> 伏审光奉制麻,入居枢席,股肱之喜,声气皆同。……恭惟某官以天人之学蕴诸中,以神明之才厝于外。郁然栋梁之器,涣乎河汉之章。以古人忠谨结主,知以天下治安为己任。越唐房杜,轶汉萧曹,致君泽民者已三朝,出将入相者几十载。向者运筹西府,秉轴中台。衔恤而归,不以诏书而夺志;诇哀之始,已闻使者之及门。遂以弼亮之功,兼司宥密之任。伫尽经纶之略,以成熙洽之休。某凤以空疏,猥蒙论荐。今居幕府,仍在海邦。崎岖簿领之迷,汩没尘埃之困。盐车之马,已叨推毂之荣;涸辙之

---

① 论者多举第五首断章取义以为系讽刺新法,其实"百姓命悬三尺法"取自《管子》"法者,天下之仪也。所以决疑而明是非也,百姓所县命也",并无贬意,此首称颂神宗精研法律,慎刑爱民之意甚明。

鱼,尚冀为霖之赐。

未详章惇是否施以援手,但次年初孔平仲即除知赣州军州事。由孔平仲两次上章氏书,可知元丰时期孔平仲与新党关系尚睦,其表现亦能令新党满意。

三 孔平仲后期的政治倾向

元祐时期,孔平仲的仕途最为妥顺,他受旧党人物提携,先后以馆职提点江浙铸钱和京西路刑狱公事。受惠于元祐的他,对元祐之政做了不亚于熙丰之政的赞美:"八年之间,四海无事。"(卷二十九《贺坤成节表》)"海内无事,年谷屡丰,里闾之间民,不识于兵革;州县之内吏,或长于子孙。"(卷二十九《贺坤成节表》)后期的孔平仲,其政治情感更亲近旧党,特别是哲宗亲政后,新党将孔平仲硬性归入党附元祐者,更促进了他对旧党的认同。

但是,旧说常举孔平仲知衡州任上被"提举董必劾其不推行常平法"(《宋史》卷三百四十四本传),作为其反对新党的铁证,其实并不能成立。按此事《宋史》本传有简略记载:

> 绍圣中,言者诋其元祐时附会当路,讥毁先烈,削校理,知衡州。提举董必劾其不推行常平法,陷失官米之直六十万,置狱潭州。平仲疏言:"米贮仓五年半,陈不堪食,若非乘民阙食,随宜泄之,将成弃物矣。傥以为非,臣不敢逃罪。"乃徙韶州。

本传仅摘取数句孔平仲上疏之语,从中难以窥探究竟。幸而《清江三孔集》卷三十五保留了他的《上章丞相辨米事》,于此事记载颇详,节录如下:

> ……本州今岁以饥出粜元祐八年常平米,元粜五十二,袤组五十四,见粜五十五,若此袤组即不亏本,若以元价每斗犹出息三文。而提举司震怒,以为出息之少,须合每斗粜钱七十四文,盖用去年粜价也。七十四文已在袤组五十四文数内。衡州自来米贱,偶因去年大旱,官粜每斗米钱七十四文,提举司遂将向前年分积下陈腐灰土、鼠矢之物,不

问久近，皆要七十四文出粜，计每斗出息二十二文。于法无文，于利无见。夫有市易之政令，有常平之政令。今以常年惠民之法，为市易射利之事，失之矣。法云："谷价贵则量减钱粜，贱则量添钱粜。"朝廷不惜钱，只欲平价之心，推此可见也。且出给之法，赊贷也，止收息钱二文，折纳兑与转运使也，亦令只依元价。岂有饥民有用见钱籴米二升，反责息之多乎？江上灾伤，至于截上供以赈济饥贫之民，自冬徂春，在在处处散米与人。岂有百姓质衣鬻子，籴米救命，乃幸其急以要之乎？提举般本州元祐八年米往潭州出粜，每斗要钱八十文，计每斗收息二十八文。若隔三年陈米每斗八十文，是即不知在市白米腾长至几文而止，殆非常平本意矣。尝见民间无米，至掘草根、剥木肤以食之，方旱后少粜之际，官中索价虽高，必亦有人来籴。但百姓转见不易耳。况自有通计贵贱量减价不亏本之条，何为而废之也。依条管勾官同州县相度米价，盖欲详究事实也。今提举司处处高唱价直，径行指控他人不与焉，一路多是胁从，惟有衡州谨守诏条，此其所以奏劾兴狱也。且本州籴米，只是检旧本循久例而行。元祐八年，袞纽六十四出粜五十七；绍圣元年，袞纽五十五出粜五十六；二年袞纽五十四出粜五十五，皆不亏本之法也，亦是天下大同如此，何尝容心于其间。而提举司乃以私书见诟曰"怀不平之异意，干非道之私誉"，此诟而胁之也。而奏劾之称"勒令行人付价"，此乃上欺君相矣。本州只据自来米行人逐旬供至实直，依年例量减价粜米，何尝有勒令之事。盖提举司多是巧装事节，诬奏属官。……

衡州元符元年（1098）饥荒，知州孔平仲将常平仓中所存元祐八年（1093）陈米以每斗五十五文（略高于买时原价的五十二文）卖给饥民，如此既不亏本，又赈济灾民，兼解决了陈米的问题，本是一举数得之事。而且衡州自元祐八年以来粜米价格一直维持在每斗五十几文，仅绍圣四年（1097）因大旱粜米价格飙升至每斗七十四文，本是特例，但提举董必却以七十四文为标准，认为孔平仲每斗少收了十九文，计少收官米之值六十万，遂置狱潭州，上书弹劾孔平仲，并写私信诽谤孔平仲"怀不平之异意，干非道之私誉"。孔平仲愤而向章惇上书，将自己谨守常平法"谷价贵则量减钱粜，贱则量添钱粜"之本意，护惜民生，反遭提举司诬奏的过程和盘托出。

按常平仓西汉时已设，宋代更盛，是赈济灾荒的重要手段。宋代常平仓设置广泛，仁宗年间遍布路、州、县三级机构。神宗朝一度将常平仓充作青苗本钱放贷，后发现弊端，遂将常平仓一半用于传统的籴粜、一半用于放贷敛散。元祐元年恢复常平旧法，哲宗亲政后又时而回到半籴粜、半放贷的状态，南宋时的常平仓则大致维持着传统的平籴平粜功能。[①]董必与孔平仲的矛盾冲突，直接源于传统赈灾的籴粜之法，并非由新法的放贷敛散所致，似不宜将此事看做孔平仲反对新法的直接证据。[②]

真正能证成其接近旧党立场的是朝廷诏书及孔平仲的自我表述。

孔平仲罢知衡州虽不直接关涉新旧之争，但随后朝廷的诏书处分却有着较浓的党争气息。元符元年九月丙辰，"朝奉大夫充秘阁校理孔平仲特落秘阁校理，送吏部与合入差遣。诏以平仲党附元祐用事者，非毁先朝所建立，虽罢衡州，犹带馆职，故有是命"。（《长编》卷五百二）元符二年五月庚申，"诏朝奉大夫、新知韶州孔仲平责授惠州别驾、英州安置……平仲以元丰末上书诋讪先朝政事……故有是责"。（《长编》卷五百一十）复贬单州团练副使、饶州居住（《东都事略》卷九十四）。元符三年三月，徽宗虽诏复其官，但章惇所改定制词仍数其前罪云"议毁先烈，谪居岭服"（《宋会要辑稿》职官三）。

对于"党附元祐用事者"和"元丰末上书诋讪先朝政事"这两项罪名，孔平仲自己倒是部分认账的。元符三年诏孔平仲复单州团练副使、饶州居住，他所上《饶州居住谢表》（卷二十九）即云："臣学问蹇浅，智识钝昏，妄陈答诏之言，自掇投荒之辱。"此后所上《叙复朝奉大夫谢表》（卷二十九）亦云："又陈伏罪，遂斥遐陬，泣血追愆，岂由上疏？观过于党，或可知仁。"

孔平仲因吕公著荐举入朝，确曾多次对吕氏表示拥戴；而且元祐三年四月，范纯仁自同知枢密院加太中大夫、右仆射兼中书侍郎，时任江南东路转运判官的孔平仲为作《江东贺中书侍郎启》（卷三十二），也曾指斥新党人物："自二御之当极，斥群邪之误朝。然而异意相窥，馀党犹在。"更重要的是，绍圣四年岁末旧党的朔党党魁刘挚卒于贬所，孔平仲闻讯后作《祭刘相》（卷三十七）云：

---

① 张敏：《宋代常平仓研究》，扬州大学 2012 年硕士学位论文。
② 当然，董必的思路是不放过任何机会，汲汲于为朝廷、官府敛财，是典型的新党做派，而孔平仲仍然停留在传统的平抑物价的思路，对董必的做法并不赞成，迟早会发生冲突。但就事论事，此次董必弹劾孔平仲是以籴粜之法为口实，未涉及孔平仲对新法的对抗。也正因董必缺少充分的合法性，孔平仲才理直气壮地上书自辩，而宰相曾布也对哲宗言"必在湖南按孔平仲，殊不当"（《续资治通鉴长编》卷四百九十五）。

维元符元年五月丁卯朔四日庚午，具位孔某，谨以清酌庶羞致祭于故丞相①刘公之灵。呜呼，惟公学问之富，德谊之尊。初为小官，以言绌逐。晚登大用，直气不衰。屏除奸邪，善类得职。民受其赐，国以至今。道有屈伸，数有亨塞。皦皦而殁，穷亘天地。时清事白，岂待久远。旅榇南来，将还故土。重惟孔子，识公最旧。平仲不肖，亦出陶镕。方在羁孤，百不如礼。为具至薄，所丰者诚。尚飨。

毫不掩饰地认为元祐期间刘挚击弹新党的所为是"屏除奸邪，善类得职"，并相信刘挚被贬之冤终会"时清事白"。元符元年正是新党得势之时，孔平仲逆流而作的祭文，无疑代表了自己的真实想法。《长编》于"党附元祐用事者"数句下小字注云："《新录》辨曰：元祐贤材之盛，如平仲辈，皆一时之望，而史官概诬以党附用事者。"似有为孔平仲鸣不平之意。其实尽管"党附"二字有些言重（孔平仲并未结党营私），但他后期同情旧党的立场还是明显的。

至于"元丰末上书诋讪先朝政事""非毁先朝所建立""议毁先烈"等，更是一项无法避免的原罪。按元丰八年三月，哲宗即位，高太后垂帘听政，应司马光多次请求，同年六月丁亥，朝廷下诏，"中外臣僚及民庶并许实封直言朝政阙失、民间疾苦，在京于登闻检鼓院投进，在外于所属州军驿置以闻"。（《宋会要辑稿》帝系九）由于哲宗刚刚即位，诏书中要求的"直言朝政阙失"，实际上是指神宗一朝的"阙失"，这也意味着凡应诏上书者不论其立场如何，都可被人指为"诋讪先朝政事"。如曾布所云："一言之差，一向搜求，有何穷尽？……近上臣僚悉已行遣，执政中唯臣与蔡卞不预，章惇而下皆不免指陈，侍从、言事官、监司亦多已被责，今所余者不过班行、州县官之类。"（《长编》五百五）韩忠彦亦说："哲宗即位，尝诏天下实封言事，献言者以千百计。章惇既相，乃制局编类，摘取语言近似者指为谤讪，前日应诏者大抵得罪。"（杨仲良《宋通鉴长编纪事本末》卷一百二《哲宗皇帝·逐元祐党下》）

有论者指出："哲宗亲政，除了绍述熙丰之政、贬谪元祐臣僚外，还重修元祐

---

① "故丞相"：原误作"政承相"，据北京大学藏本改。以下"善类得职""数有亨塞""重惟孔子"，傅氏校补本误作"善类得贱""数有亨寒""重惟光于"，均据北京大学藏本改。

《神宗实录》、将元祐臣僚章疏加以编类、对元祐看详诉理所之旧案重加审定。"①
其中仅编类章疏局就投进了从神宗去世至哲宗亲政前的臣僚章疏1900册，因言语
获罪者难以数计。这一场无限扩大的文字狱，几乎将元祐时期所有的中央官僚都
网罗进去，孔平仲元丰八年曾有上疏②，虽只是就《易》之"贲"卦阐述治天下在于
"君子小人之分"的泛泛之论，但也难以幸免于党祸。

四　作为醇儒和循吏的孔平仲

尽管孔平仲在人生的前后期对新旧党的认同度有一定变化，但是如果夸大这
种变化，认定其前期属于新党、后期属于旧党，那显然是简单机械和不合适的。因
为孔平仲还有着党争之外的其他面孔，其中至少有两张面孔更常态、更稳定。

一张面孔是醇儒，另一张面孔是循吏。

虽然宋代以文治天下，儒家教育是知识分子入仕前的基本教育，中唐至北宋
绵延不绝的儒学复兴运动更强化了士人的道德意识。但是作为至圣先师的后裔，
孔平仲的醇儒情怀要比其他人强烈。《上提刑职方》中他就宣称自己："善善恶恶，
素学于仲尼；是是非非，尝闻于荀子。"在《答张芸叟》（卷三十五）中，这种倾向表
现得更加明显：

> 道之塞也屡矣，赖有圣贤时而辟之。自孔子承三圣，其③后则有孟轲
> 氏、扬雄氏、韩愈氏，至本朝欧阳文忠公也。文忠公考其所为文章，无一
> 字假借佛老者，此亦卓然不惑，韩愈氏之徒也。虽为文忠公门人，然稍稍
> 有聪明溢出，不能约以中道者，肆为胡语，刻之金石，甚者至以佛说解④

---

① 方诚峰：《"文字"的意义——论宋哲宗亲政时期的修史、编类章疏与看详诉理文字》，载
《北京大学学报》2010年第2期。

② 孔平仲集中有《进否泰说表》（卷二十九），言："臣伏读诏书，许臣民实封言事，此盛德之
举也。……治天下在于君子小人之分。而君子小人之分在于否泰之说。尝读《易》，至贲之'柔来
而文刚''分刚上而文柔'，窃叹圣人尝发其端，而历数千百年，诸儒未有深考而广陈之者。臣不
揆浅陋，辄触类而长之。否泰之说，各有九卦，妄意治天下之术管是矣。谨具左方。"当即为此次
上疏所作，惜《表》存而《说》佚。

③ 其：傅校补本误作"具"，据北京大学藏本改。

④ 解：傅校补本误作"辞"，据北京大学藏本改。

经义。呜呼,吾道至衰至微,至于此极也。以为吾辈虽不能振起之,弗自为說說佐异端、小仁义,庶乎可也。公所示《庄子序》,姑序其大意而已,而云"老子以道治身,释氏治性,孔子治国,未有不先治性治身而可治天下国家者也",治性治身,孔子何莫不有?而须以归于佛老,析而为三,谓之"三圣人",至有"真如实义,不二法门"语,此出何典记也。所出非六经,不愿公著之文字也。学者时焉而已矣,孟子所谓论世也,今之时孔子之道如何乎?如膏之炽,从而沃之;如线之绝,从而挽之。呜呼,其亦不甚矣!可为恸哭流涕者也。如公磊磊落落,方将为名教主人,宜自兹以往,拔乎流俗,勿为背宗党寇语。此区区之望也,如何如何,不罪不罪。

他劝告好友张舜民勿以佛老凌驾儒家之上,要向韩愈、欧阳修学习,言论文字皆出于六经,要做儒家名教的主人。尽管孔平仲自己未能彻底做到这些(其出于词臣本职,不得不作礼仪性的《坤成节罢散赞佛文》《功德疏右语》《进追崇皇太后功德疏》等),但这种追求醇儒的情怀是自觉和强烈的。

醇儒情怀必然导致的后果之一即仁政爱民思想。乃至被提举司董必奏劾,"其踪迹孤危如机上肉,一身之计无足控搏"时,考虑的仍是"若是此言得闻,此法明白,朝廷之泽下流,远方之民得所,某即日弃官,没齿林下,亦所甘心焉"(《上章丞相辨米事》)。因此当孔平仲认为新(旧)法有利于民时,自然欢欣鼓舞,衷心咏赞;当看到新(旧)法不利于民时,自然会生出抵触和调整心理。如熙宁后期,随着新法的推展和自己逐渐具有了基层行政经验,孔平仲对新法的弊端有了一定了解,并开始反思。熙宁六年的熙河之役,大将王韶数月之内即收复熙、河、洮、岷、叠、宕六州,拓边二千余里,朝野上下一片欢腾。孔平仲却写下了《边议》(卷三十六)一文:

天子春秋富盛,聪明神武,上兼古初,下轶汉唐,而尤留意于边鄙之事。自即位以来,进一二大臣,慨然咨谋,有包括六合,摧敌裂寇之心。于是讲武以学,理械以监,又亲阅人材,简拔师将。尝试之一隅,而举洮掩岷,抚有迭、宕。期月之间,六郡内属……而愚于此时,安敢逆策其败,亦将颂其成,而独以成为可忧而已。何以言之?夫得者,天下之所以不足也。今夫小民牟利之家,自一二累之以至百千万,而农夫之为田,自拱把进之以至兼邻倾族，愈得而愈不厌。况以海内之富，天子之威，而一开边鄙之事哉。今日之师，亦不为无名。盖曰陇右者，我之故乡也。故以兵取之，行且得陇右矣。则夫北失幽燕，始于五代，西捐灵夏，近自本朝。至于南有交趾，北有高丽，在汉唐时或命令守、或置都护，此皆今日之所宜取者。一隅既得，则士益习战，上益向武，而人益不敢言。必次序问罪，至于四方，皆荡然无有不快而后止。然愚所不知者，自军兴以来，今已几时，所得土地之赋、户之籍实几何？以功赋赏者几人，其授与迁凡几官？廪官之俸，饷师之粟，衣士之帛，赡军之缗，与夫戍守挽远，宫室城沟，犒宴遗赂，其用自一毫以上，凡几百万。内外之积蓄，比之未用兵时，其盈耗如何？如复用兵不已，则其费比之今日，其众寡又如何？窃观自军兴以来，中国之民，散泉归息，出贷敛赢，至于无可加而滋不给。如复用兵不已，则其费必增广，果不出民乎？如出于民，则民有不胜其敝，而祸有不可讳者矣。此愚之所以以成为可忧。然则何为而宜，曰姑自守而已。盖三代之制，中国甚俭。今之天下，其视三代已斥大矣。苟为善守之，固可以传万世而至无穷，朝四夷而来不服。彼边鄙之事，乃秦隋之侈心，而非今日之先务也。

此文写于熙宁六年密州教授任上，与前引《熙宁口号》作于同一时期，但对用兵的态度似乎截然相反。这看似自相矛盾的表述，其实正反映出此期孔平仲的真实心情。一方面，他站在现实宋人的立场，为本朝的强大感到由衷自豪与高兴；另一方面，他站在传统儒家的立场，又担心穷兵黩武会带来民苦国忧的后果。因此，他既可在《熙宁口号》中对熙宁朝政持总体肯定态度，又可在《边议》中对急于开边的弊端有所反省（他反对的只是把用兵当做"今日之先务"，并不是认为可以不修武备）。

再如他曾膜拜王学，但发现其问题后并不曲意回避，而是积极探讨解决方式。熙宁七年所作《代范成老谢解》[①]（卷三十四）云：

> 伏睹解榜，叨预荐名。恭惟朝廷厌诗赋之积弊，故改用专经之科；恶传注之多门，故尽变先儒之学。上以此而取士，下靡然而向风。争为瑰

[①] 孔平仲另有《送范成老赴省序》（卷三十五），言"熙宁八年，天子诏天下试士……范子中选，人以为此一州之故，行且考于礼部矣"。故可推知范成老得解在熙宁七年。

琦，以合好尚。言《易》则诋毁辅嗣，论《礼》则排摈康成。以至他书，并
从新见。得先生之余议，而不究言象之所忘；承流俗之传闻，而不察口耳
之多妄。于是陷于诡谲，失其本真。必欲求深，而自成浅近；必欲立异，而
返至于迂疏。数年以来，兹患尤炽。长者废忘而不讲，后生忽略以何知。
问其所习，则自谓造于圣人；诘其所讥，则或未通于旧说。此皆矫枉太过
之失，何异望风大骂之狂。相与汩没于末流，殊失表章之本意。愚之所
见，独异于兹。以为温故而知新，通今而博古。今未必全是，古未必全非，
新不可不知，故不可不考。譬之尽识物贾，然后商其贵贱；周知地理，然
后指其东西。平心以观所存，正议以决其可。

这段话对王学流弊的概括颇为精准，但与前引《上王相公书》对于新学的态度也
形成了鲜明对比。这些一体两面的言论，使人物内心世界的复杂性得以更好地
呈现。

正是这种醇儒情怀、民本思想，使孔平仲能够在某种程度上超越党争，对事物
有更通达和全面的认识。如对于学术，他提倡"今未必全是，古未必全非，新不可
不知，故不可不考。……平心以观所存，正议以决其可"。(《代范成老谢解》)对于
财赋征收，他认为"徐之则国无以给，亟之则民不聊生。所恃博通之才，必有兼济
之术"。(卷三十《上提刑职方》)对于用兵，他既反对"用兵不已"(《边议》)，又告
诫"武备不可弛于边，兵要正当慎其选"(卷三十二《贺枢密》)。对于用人，他虽然
严"君子小人之分"(《进否泰说表》)，而且在《江东贺中书侍郎启》(卷三十二)
中亦指责"群邪之误朝"，但更希望范纯仁能够做到"同人于野，则何必亲旧之私；
立贤无方，则又奚南北之择。牛溲马勃，皆通于用；鸡鸣狗盗，各有所长"。

孔平仲不仅是醇儒，还是由科举出身的政府官员。如何做一名合格的官员？
首要的便是忠于职守、奉法循理，此即为司马迁所说的"循吏"(《太史公自序》)。
从孔平仲仕宦经历看，他将"循吏"的角色演绎得很成功。

英宗治平二年至神宗熙宁四年，孔平仲任洪州分宁县主簿，作《谢程卿举职官
启》(卷三十)："但知廉耻之可喜，宁忧介洁之无徒，盖父兄教习之使然，非岁月
勉强而为此。"另一封作于洪州分宁县主簿任上的《谢方卿举职官启》(卷三十)
亦云："自惟蒙暗之资，粗知进退之分。向缘薄艺，偶得一官。内屑屑于廉隅，外区
区于职事。但知强力而自勉，安敢出强而争先？"可知这一时期他由于廉洁自守、

勉力职事,得到了上官的赏识和荐举。

元丰初,孔平仲任虔州通判,作《虔倅谢宋提刑》(卷三十一):

> 改官今已八九年,知已凡有十七状,或云台阁清要,或云钱谷繁难,在他人得之以为异顾,而不肖处此,殊非本心。傥其粗可持循,苟无旷败,自县而倅郡,自倅而领州,所谓关升,已为徼幸,至如泛举,乃是空言。

"改官"当指熙宁四年孔平仲由洪州分宁县主簿改授密州教授,该年为朝廷选派州学教授之始,系熙宁兴学的重要一年,孔平仲是以积极的姿态投身于此场改革的。从彼时起至通判虔州的八九年间,他所获论荐即达十七次,有的荐其可任馆阁之职,有的荐其可掌钱谷之差,总之认为其既有才能,又十分称职。而孔平仲的愿望也恰是做一名"粗可持循,苟无旷败",逐步关升的循吏。

不仅新党执政的熙丰时期他是这样,而且旧党得势的元祐年间他亦如此。元祐三年,孔平仲为江南东路转运判官,元祐六年,选任提点江浙铸钱,他有《提点到任谢执政》(卷三十二)评价自己在转运任上的表现:"方行多忤,孤立谁傅。谨财赋则人习于惰偷,绳官吏则或谓之刻核。积成缪戾,甘在谴呵,更被选抡,岂胜感激。"元祐八年,孔平仲为提点京西路刑狱公事,作《谢执政》(卷三十二)总结自己个性:"某资性朴愚,趣尚狷介。既不敢重内而轻外,亦未尝就佚而辞劳。惟所使令,每自竭尽。"方行孤立、"趣尚狷介""谨财赋""绳官吏"、不辞劳苦、竭力奉令,无一不是一名循吏的生动写照。

应该注意的是,循吏所服从和遵循的是政府法令,因此代表的是"公",不能因为法令带有新党或旧党意志,就认为遵循法令者都是营私的党徒。对于多数人而言,"他们只是政令的奉行者,法之新旧其实不构成太大的困惑"②。因此,从"循吏"的角度看孔平仲,不宜断定他属于新党或旧党任一阵营。如果不是元祐期间他被旧党荐举入朝,如果他的两个兄长孔文仲、孔武仲未担任中书舍人的要职,如果他能一直在地方为官,可能他会平稳地度过作为循吏的一生。但他不幸被动地卷入党争,就像同时代的许多人一样,不想站队却被站队,身不由己地贴上了党派标签,在党同伐异的大潮中起起伏伏,最终沦为党争的牺牲品。

---

① 虔:原作"处",傅增湘校改为"虔"。

② 方诚峰:《北宋晚期的政治体制与政治文化》,北京大学出版社2015年版,第10页。

五　历史人物的"情境化"研究

倾向新党？同情旧党？醇儒？循吏？这只是本文打开的几扇窗口，看到的当然不是孔平仲的全部世界。即以他与新旧党人的关系而论，本文探讨的也并不算深入和全面。如孔平仲与这些人物的书信往来，情境各异，有的是场面套话，有的则是肺腑之言，如何予以区分？除了书信，孔平仲还有其他类别的文字，而不同文体适用于不同的场合和对象，其传达的情感信息有所差别，如何进行判断？又如党争、醇儒、循吏只是本文提纯的几条主要进入路径，在此之外，孔平仲有无世俗、平庸甚至功利投机的一面？等等。即使这些方面并不占据他性格的轴心或主导部分，也仍是值得研究的。因为只有打开更多的窗口，才有望窥见更全面丰富、更深广幽微的风景。

如何发现和打开那些窗口？关键在于思维方式的转变。以往的北宋后期人物研究，较多停留于新党、旧党二元对立框架下的思维模式。但是这种解释框架很大程度来自于人们事后的建构，不少研究者都注意到，北宋后期实际的政治局面要复杂得多，国是与人事屡屡更迭，思想界异见纷呈，所谓的新党、旧党成员彼此关系多元错综，身份并不固定；不同人物的政治生活、社会生活、家族生活常有互相交织之处；即使同一阵营甚至同一人物的观念和言论，也时相矛盾和富于变化。①因为外部环境的复杂性会导致人物适应性的转变，而人物自身为了更好地成长发展也会主动追求变化。这就要求我们时刻用一种动态的眼光去看问题，将问题尽量还原到当时的具体历史情境中去认识。正如王水照先生在研究苏轼时所指出的那样："接触苏轼材料时会发现一个突出的现象：他不仅常常前后说法抵牾，而且甚至同一时期见解矛盾。……这就要求我们对所使用材料进行一番鉴别，弄清它在具体环境下的具体目的，弄清哪些是真实矛盾，哪些是门面话、违心话，分

---

① 可参罗家祥《朋党之争与北宋政治》（华中师范大学出版社2002年版）、平田茂树《宋代政治结构研究》（上海古籍出版社2010年版）、方诚峰《北宋晚期的政治体制与政治文化》、陈乐素《桂林石刻〈元祐党籍〉》（《学术研究》1983年第6期）、邓小南《剪不断，理还乱：有关冯京家世的"拼织"》（收入黄宽重：《基调与变奏：七至二十世纪的中国》，台湾政治大学历史学系等2008年出版）等论著。

别给予恰当的估价。"①王先生所说的材料鉴别，我的理解是除了要将材料放入具体历史情境中去考察，还要注意分清史料本身的时限、类别、性质乃至真伪度等。既不能先入为主地剪贴史料为我所用；又不能不加辨析地将不同时期、不同功能、不同性质的史料杂糅到一个问题中去论述，那样的结论往往是混乱和无效的。

笔者针对宋代以降的诗歌研究，曾提出过"情境诗学"的概念，即"情指的是一种主观化的感受，近于心灵史性质；境指的是一种外在境遇，近于生活史性质"②，想要在一种日常性、动态性、过程性、关系性中最大程度地把握对象的丰富性。这一概念同样适用于人物研究。如本文所观照的孔平仲，就力图呈现其思想动态变化的过程，以及在其日常生活中显得较为稳定的醇儒情怀和循吏意识，这种探讨至少丰富了传统新旧党争的二元解释框架，因而更具有包容性。只要我们把握住走入"情境"这一思路，就有望从不同角度对孔平仲做有效分析，切入点既可以是事件，也可以是关系；既可以是观念，也可以是文体……它们共同展现出不同环境、不同心境下的孔平仲，共同建构着孔平仲不同的性格侧面、性格层次、心理动机和思想活动，最终呈现出一个既稳定又富于变化、立体多维、内涵丰富的孔平仲形象。这样的孔平仲，也许才更贴近历史的真实和生活的本来面目吧。

邓小南先生说："任何一种具有解释力的研究模式，任何一种评价体系，都需要中等层次的论证以至微观的考订作为其逻辑支撑。这就需要追求问题设计的层次化、细密化与逻辑的推衍。"③本文以孔平仲为例，试图在人物研究中引入更富有活力的"情境"解释模式，但还只是很粗糙的初步尝试，对于"问题设计的层次化、细密化与逻辑的推衍"这一目标，虽心向往之，而力不能至。鹰扬蹈厉，有赖后贤。

---

① 王水照：《苏轼〈与滕达道书〉的系年和主旨问题》，《苏轼研究》，河北教育出版社1999年版，第156页。

② 张剑：《情境诗学：理解近世诗歌的另一种路径》，载《上海大学学报》2015年第1期。

③ 邓小南：《走向"活"的制度史：以宋代官僚政治制度史研究为例的点滴思考》，载《浙江学刊》2003年第3期。

朱子的"格物游艺"之学与"中和"之美

南开大学　张毅

理学的发展至南宋进入全盛时期,其"格物致知"对诗歌、书法和绘画的渗透日益深入,形成寓格物于游艺的文艺思想。作为宋代理学的集大成者,朱熹在"游艺"时用即物而穷其所以然之理的方式评论文艺,力求致事理之广大而尽艺术之精微。他不仅精通琴乐,亦留心书法、绘画,以至后世流传"朱紫阳画深得吴道子笔法"[①]之说。如钱穆先生所言:"游艺之学,乃古今学者通常之馀事。而格物之学,则为朱子独特所唱导。并于其游艺学中随时随地无不以格物精神贯彻沦浃于其间,则尤为朱子治学一特征。"[②]格物致知不仅是朱熹下学上达的主要途径,亦是其游艺时贯通诗书画的思想方法。他以为书法创作不能脱离"六书"义理和古法,其题画诗多言理之作,用画境与实景相映衬的方式显示生生不穷的天理,或用君子比德的方式来寄寓自己的人格理想。他用"心统性情"说折衷性理与才情的关系,在强调尽心、知性而知天的心性修养和内圣人格时,对循性遵理而不乏才情气势的文艺创作亦持肯定态度。朱熹是宋代传世书法作品最多的理学家,他遵循不偏不倚、发而中节的中庸之道,提倡中和平正的体势与劲健浑厚的笔力相结合,欣赏古拙豪迈气势与萧散澹然风神相辉映。他以性理为天下之大本,以为文皆从道中流出,情感发而中节形成"中和"之美。心性涵养决定人品高低,心情好坏亦决定着艺术的高度。

---

① 陈继儒:《妮古录》,《中国书画全书》第3册,上海书画出版社1994年版,第1045页。

② 钱穆:《朱子新学案》第5册,九州出版社2011年版,第390页。

一

朱熹是宋代理学家中文艺修养最深厚的学者，他将穷尽事物之理的格物精神贯彻于"游艺"活动中，于通常被视为学者余事的琴乐和书画亦博学之、审问之、慎思之，明辨之，力求致事理之广大而尽艺术之精微。他说："上而无极、太极，下而至于一草、一木、一昆虫之微，亦各有理。一书不读，则缺了一书道理；一事不穷，则缺了一事道理；一物不格，则缺了一物道理。须著逐一件与他理会过。"[1]程朱理学在社会上流行开来之后，格物穷理成为思维定式，士人游艺也忘不了穷究其所以然之理，否则心中会若有所失。

在切磋琴乐和观览书画之类的游艺活动中，朱熹有时不完全是出于审美的欣赏态度，但却始终遵循格物穷理的治学精神。他早年学过琴，精于乐律，其《琴律说》认为："七徽之左为声律之初，气厚身长，声和节缓，故琴之取声多在于此。"但"世之言琴者徒务布爪取声之巧，其韵胜者乃能以萧散间远为高耳，岂复知礼乐精微之际，其为法之严密乃如此而不可苟哉？"[2]沈括（字存中）以为调琴之法，必须先以管色合字定宫弦声高，朱熹对此表示赞同，他在《答蔡季通》书里说：

> 琴固每弦各有五声，然亦有一弦自有为一声之法，故沈存中之说未可尽以为不然。大抵世间万事其间义理精妙无穷，皆未易以一言断其始终。须看得玲珑透脱，不相妨碍，方是物格之验也。[3]

蔡季通是对琴乐素有研究的学者，朱熹在为他的《律吕新书》作序时，称赞他所言皆从秦汉之间古人已试成法中来，"用其平生之力，以至于一旦豁然而融会贯通焉，斯亦可谓勤矣。及其著论，则又能推原本根，比次条理，管括机要，阐究精微，不为浮词滥说以汩乱于其间，亦庶几乎得书之体者"[4]。每件事物的形成，都有其所以然之理，若能洞悉本原、察其流变而融会贯通，就可以本末精粗都兼而赅之。格物必精，游艺不苟，正是即事穷理的理学精神体现。

---

[1] 黎靖德：《朱子语类》卷一五，第1册，王星贤点校，中华书局1986年版，第295页。

[2] 《朱熹集》第6册，四川教育出版社1996年版，第3502、3505页。

[3] 《朱熹集》第4册，第2078页。

[4] 朱熹：《律吕新书序》，《朱熹集》第7册，第3989页。

朱熹"格物"工夫的重点,在于从事物的形成及发展演变探讨其所以然之理,这也体现在其有关书法的认识中。他以为古人造字出于天理之自然,文字的孳生繁衍遵循象形、指事、转注、假借、形声、会意的"六书"义理,此即字之源本,也是书法的起始。"或问:'仓颉作字,亦非细人。'曰:'此亦非自撰出,自是理如此。如'心''性'等字,未有时,如何撰得?只是有此理,自流出。'"①朱熹认为未有天地之先自有一个理存在,未有文字之先亦是如此。理在气中,理气流布摩荡而生万物和人类,人创造出文字而以文化成天下。他说:"五方之民,言语不通,却有暗合处。盖是风气之中有自然之理,便有自然之字,非人力所能安排,如'福'与'备'通。"②各地语言不通,但字体形状却有"暗合处",暗合的根据是"自然之理",有自然之理才会有自然之字。文字的孳衍受"六书"义理的支配,但朱熹看重的是"形声"与"会意",以为较"六书"里的其他四书更能体现文字的生成道理。他说:"大凡字,只声形二者而已。如'杨'字,'木'是形,'易'是声,其馀多有只从声者。"③文字之义理决定字"形",字"声"主要起孳衍作用,以声与形来分解文字,不仅可以认识到字之根本意思,还能以此考究文字的发展进程。

朱熹对"六书"义理的重视,还体现在对字体变化的认识上,他以为文字之形体虽随着时代的发展而不断演变,但无论何种字体均应遵守"六书"义理。"或问古今字画多寡之异。曰:'古人篆刻笔画虽多,然无一笔可减。今字如此简约,然亦不可多添一笔。便是世变自然如此。'"④书法是汉字的艺术表现,后世的隶书、楷书与古代的篆刻相比,虽然字体笔画有繁简的不同,但不能脱离文字形成的六书义理,书写时不能随意增损,否则便难以认识字之本义。正是基于这一立场,朱熹提倡回归书学的古法义理,对世人皆推尊的"二王"书法进行了批评。他说:"二王书,某晓不得,看著只见俗了。今有个人书得如此好俗。"⑤以为王羲之的字所以俗,在于其秀逸字体易使人忽视字之本义,但朱熹对其讲究笔势法度的一面还是给予肯定的。在书画一类的游艺活动中,有两种不同的入门方式,要么尚法度讲究工夫,要么崇尚个性而任自然。古代的篆籀石刻出于自然,看似无法,却合乎造字

---

① 《朱子语类》卷一四〇,第8册,第3335页。

② 《朱子语类》卷一四〇,第8册,第3336页。

③ 《朱子语类》卷一四〇,第8册,第3335页。

④ 《朱子语类》卷一四〇,第8册,第3337页。

⑤ 《朱子语类》卷一四〇,第8册,第3336页。

的义理规则,人观之便知道文字的本义。魏晋时期楷书和章草出现后,产生钟繇、王羲之等一批书法家,作者的书写个性得到展示,字形的俊美飘逸受到重视。钟繇(字元常)是楷体的开创者,其楷书中保留了隶书字画的拙朴,书体颇为高古;而王羲之、王献之的“二王”书法出乎己意的个性色彩较浓,艺术性更强。朱熹《题钟繇帖》说:“此表岁月予未尝深考,然固疑‘征南将军’为曹仁也。今观顺伯所论,适与意合。是时字画犹有汉隶体,知此《墓田帖》及官本《白骑》等字为非钟笔亡疑也。”①钟繇的《贺克捷表》虽属楷体,仍保留了隶书的遒劲笔法,风格自然古朴,而相传为钟繇手迹的《墓田帖》②用笔娴雅,已失古拙质朴之意,而有圆润俊逸之姿,当为王羲之临摹钟繇楷书而如同己出的作品。朱熹对曹魏的钟繇书法赞不绝口,因其得古人笔法的意味更重,而对“二王”的晋字则持保留态度。

朱熹论书主张宗法汉魏,而对唐、宋人书法提出批评,这与其以汉魏古诗为正宗的诗学思想是一致的。他以为唐人师“二王”楷法而陷于规矩里,追求严谨平正而丧失自然真态;宋人欲矫唐人之失,发扬“二王”书写自然天真的一面专意求奇,不知如此则去古法义理愈远。他在《跋朱喻二公法帖》中说:

> 书学莫盛于唐,然人各以其所长自见,而汉、魏之楷法遂废。入本朝来,名胜相传,亦不过以唐人为法。至于黄、米,而欹倾侧媚、狂怪怒张之势极矣。近岁朱鸿胪、喻工部者出,乃能超然远览,追迹元常于千载之上,斯已奇矣。故尝集其墨刻,以为此卷,而尤以乐毅书、《相鹤经》为绝伦,不知鉴赏之士以为如何也。③

在朱熹的书学思想里,所谓“法”有两种含义:一为合六书义理的古法,一为重文字艺术形式美的今法。前者以尚不失篆隶古拙气象的钟繇碑帖为代表,古雅浑朴而有法度在;后者以“二王”书法为楷模,结体欹侧而用笔圆劲流利。在书法由实用向艺术过渡的魏晋时期,王羲之写兼采众法而萧散俊逸,字结体灵活多变

---

① 《朱熹集》第7册,第4216页。
② 《墓田帖》,又称《墓田丙舍帖》或《丙舍帖》。米芾《书史》云:“唐人摹右军《丙舍帖》,暮年书,在吕文靖丞相家淑问处,《法书要录》载是钟繇帖。”(见《中国书画全书》第一册,第972页)如此说,《墓田帖》乃王羲之暮年的临帖之作。
③ 朱熹:《跋朱喻二公法帖》,《朱熹集》第7册,第4220页。

化，在力度、取势和气韵等方面达到很高的审美境界，可古法之废也初见端倪。朱熹对"法"的态度是不求脱于古法，同时又不能被今法所缚，要下学上达而精义入神。他说："下学者，事也；上达者，理也。理只在事中。若真能尽得下学之事，则上达之理便在此。""道理都在我时，是上达。譬如写字，初习时是下学，及写得熟，一点一画都合法度，是上达。"①以为下学乃上达的条件，下学过程即格物穷理、循序省察的过程，要在下学的书写过程中悉心体会字画用笔之法，以上达合于古法义理的自然境界。

作为理学家里的书法大家，朱熹的字迹留存较多，而其画作传下来的则极为罕见，但他创作了四十首左右的题画诗，还有一些画跋和论画书信。朱熹题画诗的内容十分丰富，涵盖山水、花鸟、牛马、人物故实、佛道等诸多题材。他在《题谢安石东山图》里说："家山花柳春，侍女髻鬟绿。出处亦何心？晴云在空谷。"②名为题图之作，思考的却是士人的出处问题。在观赏以山川景色为题材的绘画作品时，他能通过想象将画景再现于题画诗里，深得画中之趣而又兼出己意，进而发表与天理相关的议论。如其《观黄德美延平春望两图为赋二首》：

> 川流汇南奔，山谿类天辟。层甍丽西崖，朝旦群峰碧。
>
> （《剑阁望南山》）
>
> 方舟越大江，凌风下飞阁。仙子去不还，苍屏倚寥廓。
>
> （《冷风望演山》）③

这两首题画诗属于再现画中景象之作，原作的构图布局与色彩格调在诗中一览无余，但诗里那种动态的节奏感和所蕴含的理趣，那种由时间在变而青山不改所喻示的天理之永恒，则是原画无法表达的内容。就寓格物于游艺而言，朱熹无疑做得很到位和出色，已完全登堂入室了。凡涉及山水的题画诗创作，他要么把画境当作实景描写，两者相互映衬；要么利用联想对画境加以补充和生发，揭示画面所蕴含的理趣。如《题可老所藏徐明叔画卷二首》：

---

① 《朱子语类》卷四四，第3册，第1139—1140页。

② 《朱熹集》第2册，第409页。

③ 《朱熹集》第1册，第60页。

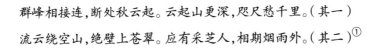
> 群峰相接连,断处秋云起。云起山更深,咫尺愁千里。(其一)
>
> 流云绕空山,绝壁上苍翠。应有采芝人,相期烟雨外。(其二)①

朱熹早年曾出入佛老,不时有远游访禅之行,此诗是他到泉州拜谒无可禅师时,应禅师之邀为其所藏的徐竞画卷题诗。两首诗都采用前两句写画中之景,后两句抒发感慨的写法,前一首想象有人望山巅秋云而思绪绵邈,后一首将应有的"采芝人"添入画中,此"采芝人"即《史记·留侯列传》所言之"商山四皓"。②作者在想象中与山中高士神会于烟雨外,思古之幽情油然而生。朱熹的题画诗不仅能再现画面景色,还能将凝固的画面延伸成可持续的过程,以其所以然之理补画意之不足。如《题米元晖画》:"楚山直丛丛,木落秋云起。向晓一登台,沧江日千里。"③通过想象把自身置于画中,由"登台"动作的描写,将千里江山的辽阔景象展现出来。这种"以我入画"的艺术手法,使题画诗较所题之画更能引人入胜。如题《江月图》诗:"江空秋月明,夜久寒露滴。扁舟何处归?吟啸永佳夕。"④将扁舟中的羁旅之人作为画的焦点,不仅"何处归"的想象之辞有了着落,画面也因"吟啸"具有动感,使人对文人骚客的悲秋感同身受。

朱熹常在题画诗中发议论,以彰显画里蕴藏的理趣。其《观刘氏山馆壁间所画四时景物各有深趣因为六言一绝复以其句为题作五言四咏》⑤云:

> 绝壑云浮冉冉,层岩日隐重重。释子岩中宴坐,行人雪里迷踪。
>
> 头上山泄云,脚下云迷树。不知春浅深,但见云来去。
>
> 夕阳在西峰,晚谷背南岭。烦郁未渠央,仁兹清夜景。
>
> 清秋气萧瑟,遥夜水崩奔。自了岩中趣,无人可共论。
>
> 悲风号万窍,密雪变千林。匹马关山路,谁知客子心?

---

① 《朱熹集》第1册,第69页。

② 胡仔《苕溪渔隐丛话》引晋皇甫谧《高士传》:"四皓见秦政虐,乃逃入蓝田山而作歌曰:'莫莫高山,深谷逶迤,晔晔紫芝,可以疗饥,唐虞世远,吾将安归。驷马高盖,其忧甚大,富贵之畏人,不如贫贱之肆志。'乃共入商洛山。"后世即以"采芝人"为商山四皓的代称。(见《苕溪渔隐丛话》后集卷一,人民文学出版社1984年版,第2页)

③ 《朱熹集》第1册,第172页。

④ 《朱熹集》第2册,第409页。

⑤ 《朱熹集》第1册,第172页。

在观画家所绘四时景物的过程中，想到天地四时生物气象，所谓"不知春浅深"、"烦郁未渠央"、"自了岩中趣"和"谁知客子心"，都与格物穷理的思维方式有关，由观自然物象，会意自己当下的生命情态。朱熹在《米敷文潇湘图卷二题》中说："建阳、崇安之间，有大山横出，峰峦特秀，余尝结茅其颠小平处。每当晴昼，白云坌入窗牖间，辄咫尺不可辨。尝题小诗云：'闲云无四时，散漫此山谷。幸乏霖雨姿，何妨媚幽独。'下山累月，每窃讽此诗，未尝不怅然自失。今观米公所为左侯戏作横卷，隐隐旧题诗处已在第三、四峰间也。"① 将实景与画境相互映衬而有所感发，领悟到自然的流行不殆和生命的周流不息，理得之于天而存之于心。

在朱熹看来，内圣之学须由格物穷理而来，万物莫不有理可格。他说："格物须是到处求。'博学之，审问之，慎思之，明辨之'，皆格物之谓也。"② 如此说，题画时于想象中体验春夏秋冬四季山水景物之变化，亦是探寻天地生生之德和万物本源的过程。对于山水景物画，朱熹认为必须合乎自然的真实，画中景物须与画面反映的地理和季节实际相符。在评王维的《袁安卧雪图》时，他对"雪中芭蕉"画法提出这样的批评：

> 雪里芭蕉，他是会画雪，只是雪中无芭蕉，他自不合画了芭蕉。人却道他会画芭蕉，不知他是误画了芭蕉。③

关于王维的这幅画历来争论不休，对将芭蕉这种热带植物置于冰天雪地中的构图褒贬不一。尚意者以为这种兴会神到的画法如九方皋相马，当以神会，不可以形器求；而尚理求真实者认为王维置芭蕉于雪中实属缪笔。朱熹以为王维的雪景画得十分精彩，他将芭蕉置于雪中实为误画，因为"雪中无芭蕉"乃是当然之理则，王维"自不合画了芭蕉"。可"人却道他会画芭蕉"，说明朱熹对尚意者的神会主张是知道的，不过，对于精于格物穷理的理学家来说，"雪中芭蕉"的构图显然禁不起认真的审问与辨析，于事理没有根据。

---

① 《朱遗集》，朱杰人、严佐之、刘永翔：《朱子全书》第26册，上海古籍出版社、安徽教育出版社2002年版，第774—775页。

② 《朱子语类》卷一八，第2册，第421页。

③ 《朱子语类》卷一三八，第8册，第3287页。

二

寓格物于"游艺"是为了"致知",亦称"知至",属于追求尽心、知性而知天的内圣之学。朱熹在"格物致知"章补传里说:"是以《大学》始教,必使学者即凡天下之物,莫不因其已知之理而益穷之,以求至乎其极。至于用力之久,而一旦豁然贯通焉,则众物之表里精粗无不到,而吾心之全体大用无不明矣。此谓物格,此谓知之至也。"[1] 所谓"豁然贯通"是指心性与物理贯通无间的"自得"状态。朱熹有诗云:

> 天理生生本不穷,要从知觉验流通。若知体用元无间,始笑前来说异同。[2]

如果说"格物"是即事即物去穷究物理,那么"致知"则是有得于内而此心明白透彻。《孟子·尽心章》有言:"尽其心者,知其性也。知其性,则知天矣。"朱熹这样解释:"心者,人之神明,所以具众理而应万事者也。性则心之所具之理,而天又理之所从以出者也。……以《大学》之序言之,知性则物格之谓,尽心则知至之谓也。"[3] 他多次对学生说:"格物,是物物上穷其至理;致知,是吾心无所不知。""格物,以理言也;致知,以心言也。""格物,只是就事上理会;知至,便是此心透彻。"[4] 所谓"此心透彻",指知性而知天的德性之知而言,是与人之道德品格相关的心性修养工夫。

在有关人物画的题画诗创作中,朱熹常将画中肖像与其人格修养联系起来评说,对画境加以补充和生发,要由闻见之知上达德性之知。他在《跋陈光泽家藏东坡竹石》里说:"东坡老人英秀后凋之操,坚确不移之姿,竹君石友,庶几似之。百世之下,观此画者尚可想见也。"[5] 朱熹虽对苏轼的学问和书艺颇多微词,但对其洒

---

[1] 朱熹:《大学章句》,《四书章句集注》,中华书局1983年版,第7页。
[2] 朱熹:《送林熙之诗五首》其三,《朱熹集》第1册,第251页。
[3] 朱熹:《孟子集注》,《四书章句集注》,第349页。
[4] 《朱子语类》卷一五,第291、292、297页。
[5] 《朱熹集》第7册,第4349页。

脱的人格精神和正直品格却很欣赏,以为苏轼与竹石为友,其节操气概自与竹石相似,观画可以此想见其为人。朱熹的画赞多为圣贤人物画像所作,侧重于对画中人物道德品质和人格的颂扬,如其《六先生画像赞》:

《濂溪先生》:道丧千载,圣远言埋。不有先觉,孰开我人?书不尽言,图不尽意。风月无边,庭草交翠。

《明道先生》:扬休山立,玉色金声。元气之会,浑然天成。瑞日祥云,和风甘雨。龙德正中,厥施斯普。

《伊川先生》:规员矩方,绳直准平。允矣君子,展也大成。布帛之文,菽粟之味。知德者希,孰识其贵?

《康节先生》:天挺人豪,英迈盖世。驾风鞭霆,历览无际。手探月窟,足蹑天根。闲中今古,醉里乾坤。

《横渠先生》:早悦孙吴,晚逃佛老。勇撤皋比,一变至道。精思力践,妙契疾书。《订顽》之训,示我广居。

《涑水先生》:笃学力行,清修苦节。有德有言,有功有烈。深衣大带,张拱徐趋。遗象凛然,可肃薄夫。①

这组画像赞侧重表扬六位先生的道德文章和圣贤气象,明确了宋代理学承传的谱系。人物画像为后人想象画中人物之遗风余烈提供了参考,像赞则应充分揭示其内心想法和精神品质。朱熹《吕伯恭画象赞》曰:"以一身而备四气之和,以一心而涵千古之秘。推其有,足以尊主而庇民;出其馀,足以范俗而垂世。然而状貌不踰于中人,衣冠不诡于流俗。迎之而不见其来,随之而莫睹其躅。矧是丹青,孰形心曲?"②丹青难写是精神,画像易写人的形貌而难写其心情,以致圣贤气象往往无迹可寻。朱熹《程正思画象赞》云:"呜呼正思!退然如不胜衣,而自胜有以举乌获之任;言若不出诸口,而卫道有以摧髭衍之锋。俛焉日有孳孳者,吾方未见其止,乃一朝而至此,则天曷为而不假之寿,以成其终?呜呼!此犹未足以见其七分之貌,来者亦姑以是而想象其遗风。"③虽说观画像可瞻仰圣贤遗风,但人物风采亦

---

① 《朱熹集》第7册,第4385—4387页。

② 《朱熹集》第7册,第4388页。

③ 《朱熹集》第7册,第4389页。

有难以画出的地方,故画像赞应侧重表扬画中人物的学问、德性和人品。

朱熹对绘事很感兴趣,曾打算在聚星亭照壁上画东汉陈寔见荀淑事迹,因难寻画手而苦恼,想求助于友人。他在《答巩仲至》里说:"名画想多有之,性甚爱此,而无由多见。他时经由,得尽携以见顾,使获与寓目焉,千万幸也!彼中亦有画手,能以意作古人事迹否?此间门前众人作一小亭,旧名'聚星'。今欲于照壁上画陈太丘见荀朗陵事,而无可属笔者,甚以为挠。今录其事之本文去,幸试为寻访能画者,令作一草卷寄及为幸。"①关于绘画创作与鉴赏,朱熹有自己的一套理论与标准。他说:"聚星阁此亦已令草草为之,市工俗笔,殊不能起人意。亦尝辄为之赞,今谩录去,幸勿示人也。余君之作竟能否?便中并望早寄及也。石林胡僧顷亦见之,盖叶公自有鉴赏。其所使临摹者,必当时之善工也。"②对于仅求形似的画匠之俗笔,朱熹是看不上眼的。他在《送郭拱辰序》里说:

> 世之传神写照者,能稍得其形似,已得称为良工。今郭君拱辰叔瞻乃能并与其精神意趣而尽得之,斯亦奇矣。予顷见友人林择之、游诚之称其为人而招之不至。今岁惠然来自昭武,里中士夫数人欲观其能,或一写而肖,或稍稍损益,卒无不似,而风神气韵,妙得其天。致有可笑者,为予作大小二象,宛然麋鹿之姿,林野之性。持以示人,计虽相闻而不相识者,亦有以知其为予也。③

从郭拱辰的"招之不至"可见其有高人逸士之气骨,有如"解衣般礴"的真画者一般。他能在形似基础上写出人物的精神意趣,寥寥几笔,稍加勾勒,所画人物的神情就跃然纸上,这绝非一般画工所能做到。在朱熹看来,人物肖像画须以形写神,要画出人物的风神性情才算高手。即便是动植物的写生,也以形神兼备为佳。他在《跋唐人暮雨牧牛图》中说:"予老于农圃,日亲犁耙,故虽不识画,而知此画之为真牛也。彼其前者却顾而徐行,后者骧首而腾赴,目光炯然,真若相语以雨而相速以归者。览者未必知也,良工独苦,渠不信然!"④朱熹非常欣赏唐人画的这

---

① 朱熹:《答巩仲至》,《朱熹集》第6册,第3353页。
② 朱熹:《答巩仲至》,《朱熹集》第6册,第3356页。
③ 《朱熹集》第7册,第3963—3964页。
④ 《朱熹集》第7册,第4268页。

幅牧牛图，以为画中牛的四体动作连贯而自然，已能得其形似；而牛的眸子画得灿然有神，似乎牛通人性，能与牧人以目传语，在雨中表现出焦急归家的神态。这是强调超以象外的精神意趣之重要。

格物游艺之学的"致知"，直指人心和人性，是一种内圣的品格涵养工夫。朱熹说："夫古之圣贤，其文可谓盛矣。然初岂有意学为如是之文哉？有是实于中，则必有是文于外。如天有是气，则必有日月星辰之光耀；地有是形，则必有山川草木之行列。圣贤之心既有是精明纯粹之实以旁薄充塞乎其内，则其著见于外者，亦必自然条理分明，光辉发越而不可掩，盖不必托于言语、著于简册而后谓之文。"①如此说，道德文章要合二而一，画家除了在绘画创作时考究史实、想象物象和情态，还须以精思开阔心胸，通过读书明理和居敬涵养，达到心性通明的内圣之境。朱熹在《赠画者张黄二生》里说：

> 乡人新作聚星亭，欲画荀、陈遗事于屏间，而穷乡僻陋，无从得本。友人周元兴、吴和中共称张、黄二生之能，因俾为之。果能考究车服制度，想象人物风采，观者皆叹其工。二生因请为记其事，予以为二生更能远游以广其见闻，精思以开其胸臆，则其所就当不止此。②

让观者赞叹不已的张、黄二生，画技出类拔萃，绘画时能考究车服制度与想象人物风采。但朱熹认为这还只是一个画家的基本素养，要想有进一步的提升，必须"远游以广其见闻，精思以开其胸臆"。远游也是一个格物的过程，能得江山之助；精思则是一个涵养致知的过程，可使襟怀洒落，心性诚明。朱熹重视于自然山川中游历，这与陆游、杨万里等南宋诗人"工夫在诗外"的主张相通，但其落脚点却是由外返内，以精思提升内在的心性修养。画家胸有丘壑，远游时考究物理越多，见识愈广，其所画越能合于情理而达到真实境地。远游的感受除了有助于画艺的提升，亦有助于心性修养。朱熹《题祝生画》云：

> 裴侯爱画老成癖，岁晚倦游家四壁。随身只有万叠山，秘不示人私自惜。俗人教看亦不识，我独摩娑三太息。问君何处得此奇？和璧隋珠

---

① 朱熹：《读唐志》，《朱熹集》第 6 册，第 3653 页。
② 《朱熹集》第 7 册，第 4009—4010 页。

未为敌。答云衢州老祝翁，胸次自有阴阳工。峙山融川取世界，咳云唾雨呼雷风。昨来邂逅衢城东，定交斗酒欢无穷。自然妙处容我识，为我扫此须史中。尔时闻名今识面，回首十年齐掣电。裴侯已死我亦衰，只君虽老身犹健。眼明骨轻须不变，笔下江山转葱蒨。为君多织机中练，更约无事重相见。①

祝生即祝孝友，朱熹多次为其画题诗，如《观祝孝友画卷为赋六言一绝复以其句为题作五言四咏》《祝孝友作枕屏小景以霜余茂树名之因题此诗》等，足见朱熹对其画艺的赏识。他认为祝孝友之所以能创作出美妙的绘画佳作，要归根于其胸次不凡而人品高洁。朱熹《奉题李彦中所藏俞侯墨戏》云："不是胸中饱丘壑，谁能笔下吐云烟？故应只有王摩诘，解写《离骚》极目天。"②胸中自有丘壑，方能感悟山川之美，形之于笔端而自然高妙。米芾是朱熹欣赏的宋代画家，他在《跋米元章下蜀江山图》里说："米老《下蜀江山》尝见数本，大略相似。当是此老胸中丘壑最殊胜处，时一吐出，以寄真赏耳。苏丈粹中鉴赏既精，笔语尤胜。顷岁尝获从游，今观遗墨，为之永叹！"③以为米芾在创作时胸中有丘壑，内心充养深厚，故下笔时自然精妙，《下蜀江山图》是他的代表作品。

画家作画的下笔精妙，当得益于其见闻广博、胸次开阔，能体察物理而曲尽人情。若推究本源，亦在于远游的格物穷理与平时的精思涵养。以远游广见闻，且积养深厚，商量旧学与新知，一旦于心中豁然贯通，发溢为文艺则文从道出，体现为不思不勉而从容中道的大家手笔。朱熹在《跋吴道子画》里说：

顷年见张敬夫家藏吴画昊天观壁草卷，与此绝相类，但人物差大耳。此卷用纸而不设色，又有补画头面手足处，应亦是草本也。张氏所藏本出长安安氏，后有张芸叟题记云："其兄弟析产，分而为二，此特其半耳。顷经临安之火，今不知其存亡。而此卷断裂之余，所谓天龙八部者，亦不免为焦头烂额之客。岂三灾厄会，仙圣所不能逃耶？"是可笑也。吴笔

---

① 《朱熹集》第1册，第130页。
② 《朱熹集》第2册，第392页。
③ 《朱熹集》第7册，第4336页。

之妙,冠绝古今,盖所谓不思不勉而从容中道者,兹其所以为画圣与。①

除表彰吴道子从容不迫的大家风范外,朱熹对其用笔也非常欣赏,他在《题画卷·吴画》里说:"妙绝吴生笔,飞扬信有神。群仙不愁思,步步出风尘。"②以为吴道子的笔法出神入妙,其"蓴菜"线条已达到圆滑流转、敷腴温润的完美地步。朱熹说:"秘书省画得唐五王及黄番绰明皇之类,恐是吴道子画。李某跋之,有云:'画当如蓴菜。'某初晓不得,不知它如何说得数句恁地好。后乃知他是李伯时外甥。盖画须如蓴菜样滑方好,须是圆滑时方妙。"③吴道子人物画的线条有"吴带当风"的美誉,以蓴菜的湿滑来喻笔法的飘逸温润,非常形象而且贴切。

吴道子是朱熹最为推崇的唐代画家,以为其绘画已达到随心所欲而从容中道的境界,他自己的写真画像有受吴道子人物画影响的痕迹。据今人考证,福建共发现四块朱熹对镜写真题词以自警的石刻,其中建瓯文化馆所藏雍正年间石刻当系朱熹对镜写真题词的原型,写真的时间应为"绍熙元年",这也是朱熹存世的唯一画作。画像以流畅飘逸的线条勾勒而成,有吴道子人物白描画法的风格。④朱熹的自警词为:"从容乎礼法之场,沉潜乎仁义之府,是予盖将有意焉,而力莫能与也。佩先师之格言,奉前烈之馀矩。惟暗然而日修,或庶几乎斯语。"⑤从容礼法和沉潜仁义,均是就心性道德、人格修养而言。若干年后,朱熹在题别人为自己画的写真时说:

> 苍颜已是十年前,把镜回看一怅然。履薄临深谅无几,且将余日付残编。⑥

这是朱熹再次见到自己的写真图像时的感慨,容颜的衰老已然令他怅然若失,何况此时正遭遇庆元党禁之祸,而且他有重病缠身。在政治高压与身体痛苦的折磨

---

① 《朱熹集》第7册,第4325页。

② 《朱熹集》第1册,第129页。

③ 《朱子语类》卷一三八,第8册,第3287页。

④ 高令印:《朱熹事迹考》,上海人民出版社1987年版,第304—311页。

⑤ 朱熹:《书画象自警》,《朱熹集》第7册,第4390页。

⑥ 朱熹:《南城吴氏社仓书楼为余写真如此因题其上庆元庚申二月八日沧洲病叟朱熹仲晦父》,《朱熹集》第2册,第406页。

下,朱熹对自己的心态和君子人格进行了深入的理性思考。其《墨梅》诗云:

> 梦里清江醉墨香,蕊寒枝瘦凛冰霜。如今白黑浑休问,且作人间时
> 世装。①

此诗题咏的是汤正仲的墨梅画,不仅以冰霜覆梅寄寓自己的身世心迹,借梅表达自己坚韧超拔的人品与性情,还用墨梅画黑白倒置的倒晕法隐喻党禁时期是非颠倒的政治状态,可谓含意蕴藉而义理深远。汤正仲字叔雅,是南宋著名墨梅画家,他是扬补之的外甥,其墨梅画法深得扬氏画梅的真传,采用以墨渍成花瓣的倒晕法,与华光和尚的圈花不着色之法大不一样。朱熹在《跋汤叔雅墨梅》中说:"墨梅诗自陈简斋以来,类以白黑相形。逮其末流,几若禅家五位正偏图颂矣。故汤君始出新意,为倒晕素质以反之。而伯谟因有'冰雪生面'之句也。然'白黑未分时'一句,毕竟未曾道著。诗社高人,试各为下一转语看。汤君自云得其舅氏扬补之遗法,其小异处则又有所受也。观其酝藉敷腴,诚有青于蓝者,特未知其豪爽超拔之韵视牢之为何如尔。"②朱熹对汤正仲墨梅的倒晕法十分欣赏,尤为看重其"白黑未分时"的象征寓意,以为倒晕之法象征着黑白颠倒的政治现实,画中墨梅耿介高傲的品质,正是君子在严酷环境中毅然保持凛然正气的真实写照。

由于要在游艺的闻见之知里显示自得于心的德性之知,朱熹在绘画评论中强调画品与人品的联系,以为人品决定艺品,追求创作的真实与合理,反对凭空想象和悖理求奇。虽然这种绘画思想是当时写实画风的体现,却与宋代写意文人画的创作思想存在较大分歧。

三

朱熹在格物游艺活动中提倡"中和"之美,以不偏不倚的性理之"中"为大本,以无乖情戾气的"和"为达道。他对人心和性情的理解,源自《中庸》讲的孔门"心法"。《中庸》云:"喜怒哀乐之未发,谓之中;发而皆中节,谓之和。中也者,天下之大本也;和也者,天下之达道也。"朱熹的注解为:"喜、怒、哀、乐,情也。其

---

① 《朱熹集》第2册,第394页。
② 《朱熹集》第7册,第4330页。

未发，则性也，无所偏倚，故谓之中。发皆中节，情之正也，无所乖戾，故谓之和。大本者，天命之性，天下之理皆由此出，道之体也。达道者，循性之谓，天下古今之所共由，道之用也。"①朱熹秉持"心统性情"之说，以为理在气中，性因情显，在强调尽心、尽性、尽理的同时，也承认发而中节之才情、气韵的合理性，关键在于是否具有好心情。具体到书法艺术，他提倡中和平正之书体，推崇劲健浑厚之笔力，出入古法与今法，折衷性理与才情，不仅对儒者先贤书法的道德品格和教化意义大加褒扬，对文人书法极具个性的雄豪气势和萧散风神也予以肯定。

因喜好题大字牓额，朱熹的书迹至今存世者甚多②，被视为南宋书法四大家之一，其书学思想、绘画理论与诗学主张多有相通或相同之处。在游于艺的书法创作中，他虽重义理法度，又贵乎自得于心。"自得"本是儒者为己之学的方法与境界，朱熹将它建立在格物穷理的基础上，由下学的重法尚理豁然贯通后上达自得于内的从容不迫境界。他在《四斋铭·游艺》里说："礼云乐云，御射数书。俯仰自得，心安体舒。是之谓游，以游以居。呜呼游乎！非有得于内，孰能如此其从容而有馀乎？"③孔门的"游艺"在宋代已由传统的礼、乐、御、数、书"六艺"转移到"琴棋书画"上来。在朱熹的书学思想里，"自得"体现为不游离于道而又不被法缚，遵循古法义理又能从心所欲不逾矩。他在《跋十七帖》中说：

> 官本法帖号为佳玩，然其真伪已混淆矣。如刘次庄有能书名，其所刻本亦有中分一字，半居前行之底，半处后行之颠者，极为可笑。唯此《十七帖》相传真的，当时虽已入官帖卷中，而元本故在人间，得不淆乱。此本马庄甫所摹刻也，玩其笔意，从容衍裕而气象超然，不与法缚，不求法脱，真所谓一一从自己胸襟流出者。窃意书家者流虽知其美，而未必知其所以美也。④

《十七帖》是王羲之的草书作品，特点是将章草那种抑左扬右的波磔笔法，改为今

① 朱熹：《四书章句集注》，第18页。
② 参见高令印：《朱熹事迹考》之"墨迹和碑刻"，分别从"游踪""题榜"等十个类目加以考述（上海人民出版社1987年版，第161—301页）；陈荣捷：《朱子新探索》之"朱子墨迹"条（台湾学生书局1988年版，第462—489页）。
③ 《朱熹集》第7册，第4367页。
④ 《朱熹集》第7册，第4321—4322页。

草随起随收、伸缩自如的流畅笔画，用笔寓方于圆而外柔内刚，字势错落有致而气势贯通，状若断却还连，势如斜而反直。朱熹对《十七帖》中"不与法缚，不求法脱"的笔意和超然气象评价极高，这与他称"二王"书为"俗书"截然不同，给人以褒贬不一的印象。究其实，在于朱熹书学思想具有折中色彩，他虽不满意王羲之改变汉魏章草质朴书风而创俊逸流美之今草，但对其从容行笔的超然气象是非常称赞的。王羲之的这份书帖被后人视为"书中龙"，以为其笔法浑然流畅而有篆籀遗意。其实还是朱熹的评价更精准，那就是作者写得从容不迫，如同从自己胸中流出一般，不受法拘束却不游离于道外，透露出中正平和的气象。这是一种能体现中和之美的自得境界。

号称"大字之祖"的摩崖石刻《瘗鹤铭》，黄庭坚以为出自王羲之手笔，该铭文笔势雄逸飞动，但又颇具古朴自然风格，显示出由篆隶转变成楷书的过程。朱熹《答巩仲至》说："焦山《瘗鹤铭》下有《冬日泛舟》诗一篇，句法既高，字体亦胜，与铭文意象大略相似，必是一手。作者自题王姓而名逸，近世好事者亦少称之。独赵德夫《金石录》题识颇详，而以作者为王瓒，必是当时所传本其名尚完也。"① 以为《瘗鹤铭》的作者不是王羲之。朱熹虽很看重古法蕴含的义理，但要求在尊古法的基础上不为法所缚，他这样评价颜真卿书写的《东方朔画赞》碑："平生所见东方生画赞，未有如此本之精神者。笔意大概与《贺捷表》《曹娥碑》相似，不知何人所刻，石在何处，是可宝也。"② 颜碑透露出来的气质风神，与钟繇的《贺捷表》和《曹娥碑》相似，有一种古雅真朴的美。如果能于今法中包蕴古法的美，在俊秀飘逸中保存天真拙朴的力度和气势，也就近于无过与不及的"中和"之美了。

北宋文人追踪唐人之法而欲自成一家，对汉魏书学里的古法义理不甚重视。朱熹常批评苏、黄等人的写意书法有蹈虚放纵的过失，他说："山谷不甚理会得字，故所论皆虚；米老理会得，故所论皆实。嘉祐前前辈如此厚重。胡安定于义理不分明，然是甚气象！"③ 虽然都属于文人书法家，朱熹对黄庭坚与米芾却分别看待。黄庭坚于字之义理不甚重视，提倡自成一家始逼真，自然要遭到"所论皆虚"的批评。米芾虽也是尚意书风的倡导者，可一生对古人书帖用力颇深，对篆籀古法义理甚为重视，这是他被朱熹称赞为"所论皆实"的原因。在批判苏、黄的同时，

---

① 朱熹：《答巩仲至》，《朱熹集》第6册，第3343页。
② 朱熹：《跋东方朔画赞》，《朱熹集》第7册，第4324页。
③ 《朱子语类》卷一四〇，第8册，第3337页。

朱熹对无丝毫放纵的蔡襄书法则赞誉有加,他说:

> 字被苏、黄胡乱写坏了。近见蔡君谟一帖,字字有法度,如端人正
> 士,方是字。①

朱熹对蔡襄书法的重视,在于其尚能遵循古人楷法,有讲究规矩法度的意思在。陶宗仪《书史会要》说:"(朱熹)善正行书,尤工大字。尝评诸家书,以谓蔡忠惠以前,皆有典刑;及至米元章、黄鲁直诸人出来,便自欹斜放纵。世态衰下,其为人亦然。"②朱熹对苏轼及其门人诗文创作的批评,与对其书法的批评一样,归结为信笔无法而又与做正人君子的道理相违。他说:"范淳夫文字纯粹,下一个字,便是合当下一个字,东坡所以伏他。东坡轻文字,不将为事。若做文字时,只是胡乱写去,如后面恰似少后添。"③书法一点一画皆有法度,诗文一言一句亦当有法,世人只见苏轼诗文做得好,只学其气势滚将去,全然忽视苏文有法。朱熹劝导后学:"人有才性者,不可令读东坡等文。有才性人,便须取入规矩;不然,荡将去。"④文人书法重在表现个性才情,而理学家书学讲究遵循理法,二者在创作方法和审美追求上的不同很明显。

在文与道或艺与道的关系问题上,理学家朱熹与苏轼等文士的看法不同。他不赞成文坛流行的"文以载道"和"文以贯道"之说,以为"道者,文之根本;文者,道之枝叶。惟其根本乎道,所以发之于文,皆道也。三代圣贤文章,皆从此心写出,文便是道"。⑤朱熹主张不以工拙论字迹,而重视作者致中和的心性涵养,以为文艺之法如礼法,动容周旋必须中礼,希望通过守礼法而达到心与理一,进入从心所欲而不逾矩的俯仰自得境界。他在《跋张敬夫所书城南书院诗》里说:"敬夫道学之懿,为世醇儒,今乃欲以笔札之工追踪前作,岂其戏耶? 不然,则敬夫之豪放奔逸与西台之温厚靓深,其得失之算,必有能辨之者。"⑥与庄子的逍遥游多神与物游的想象不同,儒家游艺的"自得"属心性的体察工夫。醇儒也可有豪放奔逸的作风,

---

① 朱熹:《朱子语类》卷一四〇,第8册,第3336页。
② 陶宗仪:《书史会要》卷六,《中国书画全书》第3册,第57页。
③ 《朱子语类》卷一三十九,第8册,第3313页。
④ 《朱子语类》卷一三十九,第8册,第3322页。
⑤ 《朱子语类》卷一三十九,第8册,第3319页。
⑥ 朱熹:《跋张敬夫所书城南书院诗》,《朱熹集》第7册,第4163页。

但要有节制和检束，关键在于度的把握，无过与不及。朱熹《跋邵康节检束二大字》云："康节先生自言大笔快意，而其书迹谨严如此，岂所谓从心所欲而自不逾矩者耶？"① 追求从心所欲而又动容周旋中礼，是一个涵养心性的过程。朱熹不但主张以书法涵养德性，并且重视书法有补世教的社会功能，他在《跋司马文正公荐贤帖》中说：

> 熹伏读此书，窃惟文正公荐贤之公，心画之正，皆其盛德之支流馀裔，固不待赞说而人知其可师矣。若乃一时诸贤所以受知于公而获名荐书者，则恐览者未能深观而内省，发愤而思齐也。如庞元英之居丧以礼，盖一事而屡书焉，则公之意可见。而此书之存，其于世教岂小补哉！②

以为司马光的荐贤帖属于体现"心画之正"的书法，为有补世教的作品，这与朱熹以人品论诗品、重视诗教的诗学批评眼光相吻合。他认为端人正士的字端正而有典则，而欹侧或妍媚之字实为各取一端的偏执笔法，易形成狂怪怒张书风，有违中庸之道而造成不良影响。他说："只是黄鲁直书自谓人所莫及，自今观之，亦是有好处；但自家既是写得如此好，何不教他方正？须要得恁欹斜则甚？又他也非不知端楷为是，但自要如此写；亦非不知做人诚实端悫为是，但自要恁地放纵。"③ 指出"恁欹斜"已不只是字之结体的不端，而关系到性情是否乖戾的人品修养问题，若写字恁放纵而带戾气，则是对"诚实端悫"做人原则的背离。也就是说，心正则笔正，心性涵养决定人品气质的优劣，也决定着艺术的高度。

因奉行不偏不倚的中庸之道，朱熹评论书法并不一味以端人正士的字为准则，他也很关注书家笔力的雄健与否，欣赏极具个性的笔势中透露出的纵横豪逸之气。这是有家学渊源的。其父朱松在《次韵答梦得送荆公墨刻》中说："相马评书世未知，要从风骨识权奇。半山妙墨翻风雨，尚有典刑今复谁。"④ 视王安石势若风雨的书写风格为有风骨的典型。朱熹《题荆公帖》云："先君自少好学荆公书，家藏遗墨数纸。……今观此帖，笔势翩翩，大抵与家藏者不异，恨不使先君见

---

① 《朱熹集》第 7 册，第 4299 页。
② 《朱熹集》第 7 册，第 4292 页。
③ 《朱子语类》卷一四○，第 8 册，第 3338 页。
④ 朱松：《韦斋集》卷五，《四部丛刊》续编本。

之。"① 对王安石书法的豪迈笔势表示赞赏。王安石留存的墨迹多随手而书,若不经意之作,而笔势翻腾若疾风骤雨,可见其拗相公的倔强豪迈气质。朱熹言及石延年书法与诗歌的雄豪遒劲风格时说:

> 因举石曼卿诗极有好处,如"仁者虽无敌,王师固有征;无私乃时雨,不杀是天声"长篇。某旧于某人处见曼卿亲书此诗大字,气象方严道劲,极可宝爱,真所谓"颜筋柳骨"!今人喜苏子美字,以曼卿字比之,子美远不及矣!某尝劝其人刻之,不知今安在。曼卿诗极雄豪,而缜密方严,极好。如《筹笔驿》诗:"意中流水远,愁外旧山青。"又"乐意相关禽对语,生香不断树交花"之句极佳,可惜不见其全集,多于小说诗话中略见一二尔。曼卿胸次极高,非诸公所及。其为人豪放,而诗词乃方严缜密,此便是他好处,可惜不曾得用!②

将石延年诗、书之笔力俱赡,归结为胸次极高和性格豪放。文人书法多具这种个性风采和气概。朱熹《跋欧阳文忠公帖》说:"欧阳公作字如其为文,外若优游,中实刚劲,惟观其深者得之。"③ 对欧阳修外柔内刚的劲健笔力予以充分肯定。米芾的个性气质与石延年相似,朱熹《跋米元章帖》云:"米老书如天马脱衔,追风逐电,虽不可范以驰驱之节,要自不妨痛快。朱君所藏此卷尤为奔轶,而所写刘无言诗亦多奇语,信可宝也。"④ 米芾的书法狂放类其为人,但从心所欲不逾矩,学有渊源而不失古法义理,笔力与气势痛快淋漓。

总而言之,好心情很重要,书家不可有乖情戾气,却不妨有豪气、浩气和才气。朱熹在给友人周必大的书信里说:"熹先君子少喜学荆公书,收其墨迹为多。其一纸乃《进郫侯家传》奏草,味其词旨,玩其笔势,直有跨越古今、开阔宇宙之气。"⑤ 朱熹的书法也有追求劲健笔力和浩逸气慨的一面,如其《昼寒诗卷》墨迹:"二十五韵亮节清词,一洗尘俗;而笔法尤遒劲端重,目所罕睹。"⑥ 近人罗振玉说:

---

① 朱熹:《题荆公帖》,《朱熹集》第7册,第4214—4215页。
② 《朱子语类》卷一四〇,第8册,第3329页。
③ 朱熹:《跋欧阳文忠公帖》,《朱熹集》第7册,第4197页。
④ 朱熹:《跋米元章帖》,《朱熹集》第7册,第4222页。
⑤ 朱熹:《与周益公》,《朱熹集》第3册,第1707页。
⑥ 卞永誉:《式古堂书画汇考》,《中国书画全书》第6册,第357页。

"紫阳文公书法尤宏肆博大，其擘窠大书，浩逸之气直可方驾《鹤铭》；即寻常著书草稿，纵横浩荡，扩大有寻丈之势。"① 以为朱熹的大字可与《瘗鹤铭》相媲美。朱熹流传至今的《大字书易系辞》，笔势迅疾，无意于求工，其字势雄强拙朴而不逾矩，不仅有动容周旋中礼的庄重从容，也洋溢着循性而发的充沛才情和浩荡气势，洵为体现好心情而有"中和"之美的佳作。

（本文载《文学遗产》2018年第6期）

———————

① 罗振玉：《朱文公论语集注残稿跋》，《贞松老人遗稿》甲集之一，上海书店1996年版，第31页。

欧阳修在科举变革中的作用

中国人民大学　诸葛忆兵

　　欧阳修科举出身，仁宗天圣八年（1030）以省元中进士第。仁宗庆历二年（1042）为别头试考官，仁宗嘉祐二年（1057）权知贡举，嘉祐四年（1059）充御试进士详定官，仕宦履历中多次与科举发生直接关系。北宋科举制度数次变革，走向完善。宋代官员喜议朝政，科举制度是他们讨论最多的话题之一。欧阳修性格刚直张扬，史称"天资刚劲，见义勇为，虽机井在前，触发之不顾"[1]。在科举变革的讨论中，欧阳修当然是积极的参与者和实践者。欧阳修嘉祐二年权知贡举时，改革文体，引领风气，早就是学术界热议的话题。欧阳修在北宋科举变革进程中的作用是多方面的。

一　科举变革之主张

　　仁宗天圣元年（1023），17 岁的欧阳修首次参加随州发解试，直至 24 岁中第，曾经有过两次落第的经历。对于科场利弊，作为过来者有独到的体验。进入宦途，行政经验不断积累，欧阳修便多次发表对科举的政改意见。

　　欧阳修最早对科举考试发表意见，见于天圣七年（1029）参加国子监发解试之《国学试策》。是年，"欧阳文忠公年二十有三，以《玉不琢不成器赋》魁国子监"[2]。其《国学试策·第一道》云：

---

① 《宋史》卷三一九《欧阳修传》，中华书局1995年版，第10380页。

② 周必大：《跋欧阳文忠公诲学帖》，曾枣庄、刘琳：《全宋文》卷五一三一，上海辞书出版社、安徽教育出版社2006年版，第230册，第400页。

夫近世取士之弊，策试为先，谈无用之空文，角不急之常论。知井田之不能复，妄设沿革之辞；知榷酤之不可除，虚开利害之说。或策之者钩探微细，殆皆游谈；而对之者骩骳曲辞，仅能塞问。弃本求末，舍实得华。①

这一道国学问策，要求考生回答《诗》《书》大义，欧阳修却依据自己科场经历和体验，首先对考试方式和内容发表看法。宋代士人中第之前，皆闭门苦读，两耳不闻窗外事。他们既少生活阅历，对现实政治也缺乏足够或深入的了解。部分已经仕宦而参加"锁厅"试的考生，或未得实际差遣，或混迹下层，积累的从政经验也不多。他们为了应对科举考试，往往是收集以往时文典范之作，学习揣摩，模拟写作。考生仅仅拼凑嫁接，便成应策时文。"谈无用之空文，角不急之常论"，切中时弊。

庆历三年（1043）九月，范仲淹等在仁宗的指令下，提出10条新政措施，其中"精贡举"为重头戏之一。仁宗进一步要求朝廷大臣对此发表意见。庆历四年（1044），欧阳修因此有《论更改贡举事件札子》②，第一次全面提出自己的科举变革主张。欧阳修主张科举变革，"必先知致弊之因，方可言变法之利"。从根本上着眼，企图纲举目张，这样的观点当然是深刻而有眼光的。欧阳修追究科举根本之失，云：

今贡举之失者，患在有司取人先诗赋而后策论。使学者不根经术，不本道理。但能诵诗赋，节抄《六帖》《初学记》之类者，便可剽盗偶俪，以应试格。而童年、新学、全不晓事之人，往往幸而中选。此举子之弊也。今为考官者，非不欲精较能否，务得贤材，而常恨不能如意。大半容于缪滥者，患在诗赋、策论通同杂考，人数既众而文卷又多，使考者心识劳而愈昏，是非纷而益惑，故于取舍往往失之者。此有司之弊也。故臣谓

---

① 欧阳修：《欧阳修全集》卷七一《国学试策三道·第一道》，李逸安点校，中华书局2001年版，第1030页。该问策云："《诗》删风、雅，有一国四方之殊；《书》载典、谟，实二帝三王之道。君臣之制有别，小大之政不伴。然而，《关雎》王者之风，反系于周公之化；《秦誓》诸侯之事，乃附于训诰之余。究其阃纲，必有微旨。且巧言者丘明为耻，传《春秋》蒙诬艳之讥；惠人者子产用心，作丘赋被蚕尾之谤。谓之诬艳，非巧言乎？目之蚕尾，岂惠人也？夫子又何谓之同耻，叹其遗爱者哉？子大夫博识洽闻，强学待问，请谈大义，用释深疑。"

② 《欧阳修全集》卷一〇四，第1590、1591页。以下所引言论，出此文者，不再重复标注。

先宜知此二弊之源，方可言变法之利。今之可变者，知先诗赋为举子之弊，则当重策论；知通考纷多为有司之弊，则当随场去留。

关于"举子之弊"，欧阳修这次的认识，与做举子时不同。当时他反对"策试为先"，这次反对"先诗赋而后策论"。从庆历至熙宁，多数大臣都反对"先诗赋而后策论"，最终，王安石熙宁年间变革朝政，殿试删除诗赋考题，仅考策问，为这一场考试形式和内容的争论画上阶段性的句号。关于诗赋与策论之争，熙宁年间苏轼有独到的见解，云：

> 自文章而言之，则策论为有用，诗赋为无益；自政事言之，则诗赋、策论均为无用矣。……近世士大夫文章华靡者，莫如杨亿。使杨亿尚在，则忠清鲠亮之士也，岂得以华靡少之？通经学古者，莫如孙复、石介，使孙复、石介尚在，则迂阔矫诞之士也，又可施之于政事之间乎？自唐至今，以诗赋为名臣者，不可胜数。何负于天下，而必欲废之？近世士人纂类经史，缀缉时务，谓之策括。待问条目，搜抉略尽。临时剽窃，窜易首尾，以眩有司，有司莫能辨也。且其为文也，无规矩准绳，故学之易成；无声病对偶，故考之难精。以易学之士，付难考之吏，其弊有甚于诗赋者矣。①

刘攽《贡举议》亦云：

> 议者或谓文词之为艺薄陋，不足以待天下之士。臣愚以谓今进士之初仕者，不过得为吏部选人。国家待门荫恩泽者亦为选人，流外小吏亦为选人。选人如此之卑也，而天下之士以文词应此选，岂不固有余裕哉？②

马端临则换一个角度批评欧阳修：

---

① 苏轼：《苏轼文集》卷二五《议学校贡举状》，孔凡礼点校，中华书局1996年版，第724页。
② 《全宋文》卷一四九四，第69册，第30页。

今观欧公所陈，欲先考论策，后考诗赋，盖欲以论策验其能否，而以诗赋定其优劣，是以粗浅视论策，而以精深视诗赋矣。盖场屋之文，论策则蹈袭套括，故汗漫难凭，诗赋则拘以声病对偶，故工拙易见。其有奥学雄文，能以论策自见者，十无一二。[1]

这一场争论很快有了分晓。庆历四年（1044）三月乙亥，朝廷颁布诏令："进士试三场，先策、次论、次诗赋，通考为去取，而罢帖经、墨义。"[2]庆历五年（1045）三月，政令再度改变：

> 诏："礼部贡院进士所试诗赋、诸科多对经义，并如旧制考较。"先是，知制诰杨察言前所更令不便者甚众，其略：以诗赋声病易考，而策论汗漫难知，故祖宗莫能改也。且异时尝得人矣，今乃释前日之利，而为此纷纷，非计之得，宜如故便。上下其议于有司，而有司请今者考校，宜且如旧制。遂降此诏。[3]

即范仲淹、欧阳修倡导的科举变革，不符合实际需求，政令出台后很快被废置。进士考试无非是为吏部选人，考核的仅仅是知识储备、智力才能等等，不可能与日后为官素质直接发生关联。先策论的目的是好的，效果是差的。所以，刘挚追问云："自唐以来，至于今日，名臣巨人致君安民、功业轩天地者，磊落相望，不可一二数，而皆出于诗赋，则诗赋亦何负于天下哉！"[4]熙宁以来进士考试重策论，并没有为朝廷选拔出更多富于从政经验、耿直刚正的官员，事实证明重策论的做法是失败的。苏轼、刘攽、杨察、刘挚多人所论，都在证实欧阳修早年的观点，策论乃"谈无用之空文，角不急之常论"。欧阳修此际所论，反不如为举子时敏锐而深刻，沦为人云亦云之谈。

关于"有司之弊"，欧阳修的对策是"随场去留"，即逐场淘汰制。具体地说，以二千人为例，欧阳修云：

---

[1] 徐松等：《宋会要辑稿·选举三》三之二一引《文献通考》，中华书局1997年版，第4272页。

[2] 李焘：《续资治通鉴长编》卷一四七，中华书局2004年版，第3565页。

[3] 《续资治通鉴长编》卷一五五，第3761页。

[4] 《续资治通鉴长编》卷三六八，第8859页。

今臣所请者，宽其日限，而先试以策而考之。择其文辞鄙恶者、文意颠倒重杂者、不识题者、不知故实略而不对所问者、误引事迹者、虽能成文而理识乖诞者、杂犯旧格不考式者，凡此七等之人先去之，计于二千人可去五六百。以其留者，次试以论，又如前法而考之，又可去其二三百。其留而试诗赋者，不过千人矣。于千人而选五百，则少而易考，不至劳昏。考而精当，则尽善矣。

这种做法貌似合理，在现实中不可操作。北宋真宗以来，每次省试人数一万多人，如果逐场淘汰，就需要如此大量的考生一场考毕，耐心等待一次放榜，一共需要三次放榜。考生如果认为录取不公，集体闹场，下场科考就不能正常进行。宋代科考闹场事件是非常频繁的。① 况且，真宗以来已经实行了弥封、编排、誊录等制度，一份试卷要往返于弥封官、编排官、考官之手，程序复杂。逐场去留，要增加无数的人为的麻烦。尤其是在"人治"社会，防范考试作弊是第一要务，逐场拆封定去留，会给营私舞弊者留出更多的空间。唐朝曾采用"随场去留"的淘汰法，《册府元龟·贡举部》（天宝十一载 752）十二月，敕："帖既通，而后试文、试赋各一篇；文通而后试策，凡五条。三试皆通者为第。"② 唐朝一次考生不到一千人，又没有弥封制，当然可以如此操作。宋人泥古不化，如此空谈最终被束之高阁。欧阳修《议学状》曾云："盖以古今之体不同，而施设之方皆异也。"③ 应该用同样的眼光观察"随场去留"问题。

北宋科举制度变革，至真宗年间基本完成，没有留给欧阳修多大讨论空间。欧阳修以后对科举考试发表意见，大约都是针对枝节问题。

至和二年（1055），欧阳修有《论删去九经正义中谶纬札子》，云：

唐太宗时，始诏名儒撰定九经之疏，号为正义，凡数百篇。自尔以来，著为定论，凡不本正义者谓之异端。则学者之宗师，百世之取信也。

---

① 诸葛忆兵：《宋代科举闹场事件》，载《文史知识》2016 年第 7 期。
② 王钦若等：《册府元龟》卷六四〇《条制第二》，周勋初等校订，凤凰出版社 2006 年版，第7394 页。
③ 《欧阳修全集》卷一一〇，第 1672 页。

然其所载既博，所择不精，多引谶纬之书，以相杂乱，怪奇诡僻，所谓非圣之书，异乎正义之名也。臣欲乞特诏名儒学官，悉取九经之疏，删去谶纬之文，使学者不为怪异之言惑乱，然后经义纯一，无所驳杂。①

欧阳修企图维护儒家经义纯正，对举子起到更好的教化熏陶作用，反对"怪奇诡僻"的态度，与嘉祐二年反对"太学体"是一致的。

欧阳修嘉祐二年权知贡举，几道奏札都是与考试的具体操作有关。考前，欧阳修有《条约举人怀挟文字札子》，称："窃闻近年举人公然怀挟文字，皆是小纸细书，抄节甚备。每写一本，笔工获钱三二十千。亦有十数人共敛钱一二百千，雇倩一人，虚作举人名目，依例下家状，入科场，只令怀挟文字，入至试院，其程试则他人代作。事不败则赖其怀挟，共相传授；事败则不过扶出一人，既本非应举之人，虽败别无刑责，而坐获厚利。"欧阳修的对策是："臣今欲乞增定贡院新制，宽监门之责，重巡捕之赏。盖以入门之时一一搜检，则虑成拥滞。故臣乞自举人入院后，严加巡察。多差内臣及清干京朝官巡捕，每获怀挟者，许与理为劳绩，或免远官，或指射差遣。其监门官与免透漏之责。若搜检觉察得人数多者，令知举官闻奏取旨，重加酬奖。其巡捕官，除只得巡察怀挟及传授文义外，不得非理侮慢举人，庶存事体。"②欧阳修的建议实施之后，带来考场上新的骚扰。允许内臣等搜查怀挟并"理为劳绩"，虽然已经预防"非理侮慢举人"，但是难以抑制巡捕官升官发财的强烈愿望，考场自此纷纷扰扰，不得消停。苏轼元祐三年（1088）权知贡举，汇同其他知举官，向朝廷连上三道奏札，都是批评内臣巡捕官贪图功利、妄自作为。分别罗列于下：

> 贡院今月三日，据巡铺官郑永崇领押到进士王太初、王博雅，称是传义。问得举人，各称被巡铺官诬执。寻令巡铺官、宣德郎王厚将逐人卷子与众官点对，得逐人试卷内有一十九字同，即不成片段。……今来进士尚有两甲，诸利尚有一十五场未曾引试。若信令巡铺官内臣挟情罗织，即举人无由存济。
>
> 贡院今月三日，据巡铺官捉到怀挟进士共三人，依条扶出，逐次巡铺

---

① 《欧阳修全集》卷一一二，第1707页。

② 《欧阳修全集》卷一一一，第1677—1678页。

官并令兵士高声唱叫。至今月十一日扶出进士蒋立时，约有兵士三五十人齐声大叫。在院官吏公人，无不惊骇，在场举人亦皆恐悚不安。寻取到虎翼节级李及等状，称是巡铺内臣陈恺指挥，令众人唱叫。

贡院今月三日，据巡铺官押领到进士卢君修、王灿，称是传义。却问得举人，称是卢君修来就王灿问道，不知耿邓之"洪烈"，为复是"洪烈"，为复是"洪勋"？其王灿别无应对。当院看详：若将问字便作传义，未为允当。①

之所以不厌其烦列出这三道奏札，是要看清楚欧阳修措施落实后给考场带来的纷扰。

欧阳修这一年还有《论保明举人行实札子》，云："臣今欲乞指定举人玷缺事状，如事亲不孝，行止逾滥，冒哀匿服，曾犯刑责，及虽有荫赎而情理重者。以上事节，苟犯其一，并不得收试。"②这是要求规范科举制度内容，明确联保者的责任。

英宗治平元年（1064），针对有人建议进士发解试削减东南名额、增补西北名额，欧阳修有《论逐路取人札子》，反对上述建议，云："王者无外，天下一家。故不问东西南北之人，尽聚诸路贡士，混合为一，而惟材是择。各糊名誊录而考之，使主司莫知为何方之人，谁氏之子，不得有所憎爱薄厚于其间。故议者谓国家科场之制，虽未复古法，而便于今世，其无情如造化，至公如权衡，祖宗以来不可易之制也。"③宋代文化重心向东南转移，欧阳修所云顺应时代潮流。

综上所述，关于科举制度方面，欧阳修除了为举子时的敏锐感觉之外，多书生迂腐之见，没有贡献什么有价值的意见。对科举具体问题的讨论，或不切实际，或回应时代需求，皆细节末梢，不会对科举整体格局产生影响。

二 嘉祐二年排抑"太学体"

欧阳修在科举变革中最大的作为和最杰出的贡献，就是嘉祐二年权知贡举时，竭力排抑"太学体"，倡导平易流畅的文风。这个问题学界的讨论非常多，核心

---

① 《苏轼文集》卷二八《贡院札子四首》，第808—809页。
② 《欧阳修全集》卷一一一，第1679页。
③ 《欧阳修全集》卷一一三，第1716页。

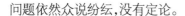

问题依然众说纷纭，没有定论。

所说的核心问题，即何谓"太学体"，欧阳修反对的是什么？

首先来看宋人相关的文献记载：

> 先是，进士益相习为奇僻，钩章棘句，浸失浑淳。修深疾之，遂痛加裁抑，仍严禁挟书者。及试榜出，时所推誉，皆不在选。罢薄之士，候修晨朝，群聚诋斥之，至街司逻吏不能止。或为《祭欧阳修文》投其家，卒不能求其主名置于法。然文体自是亦少变。①

> 是时，进士为文，以诡异相高，号"太学体"。文体大坏，公患之。所取率以词义近古为贵，比以险怪知名者黜去殆尽。榜出，怨议纷然，久之乃服。然文章自是变而复古。②

> 知嘉祐二年贡举。时士子尚为险怪奇涩之文，号"太学体"，修痛排抑之，凡如是者辄黜。毕事，向之罢薄者伺修出，聚噪于马首，街逻不能制；然场屋之习，从是遂变。③

后人对何为"太学体"莫衷一是，当代学者逐渐统一认识，肯定"太学体"指当时流行于太学的古文，其文风自成一体。学者大多引用张方平庆历六年（1046）的奏章，云：

> 自景祐初，有以变体而擢高第者，后进竞相趋习。比来文格，日失其旧，各出新意，相胜为奇。及建太学，而直讲石介课试诸生，因其好尚，遂以成风。以怪诞诋讪为高，以流荡猥烦为赡，逾越规矩，或误后学。朝廷恶其然也，故下诏书，丁宁诫励，而学者乐于放逸，罕能自还。今贡院考所试，赋有至八百字以上，每句有十六、十八字者；论有一千二百字以上；策有置所问而妄肆胸臆、条陈他事者。以为不合格，则辞理粗通；如遂取之，则上违诏书之意。轻乱旧章，重亏雅俗，驱扇浮薄，忽上所令，岂

---

① 《续资治通鉴长编》卷一八五，第4467页。

② 朱熹：《宋名臣言行录》后集卷二，文渊阁四库全书本。

③ 《宋史》卷三一九《欧阳修传》，第10378页。

国家取贤敛材以备治具之意耶？①

因此，学者大都将"太学体"与太学学官联系起来，矛头尤其指向石介。或云："所谓'太学体'，主要是指庆历中以来，因石介、孙复、胡瑗等在太学复古过当所造成的流弊。"②或将他人科场所作与张方平所言做字数上的对比，认为"'太学体'在形式上浮夸不实，在赋与论上则浪费大量无用的笔墨，策则完全不理会出题者意图，是一种非常粗陋的文体。"③或将"规谏"也列为"太学体"特征之一，而且是石介式的过激"规谏"。④学者都是将张方平所言与欧阳修嘉祐二年反对的"太学体"过度紧密地联系在一起，甚至直接等同。所以，有学者追问："庆历'太学新体'是否真是嘉祐'太学体'的前身"？结论是："嘉祐'太学体'，则未必自庆历'太学新体'发展而来，当然就不能指定要石介负责。""像'太学体'这样的'怪诡之词'并不是单独存在的，它应与'异众之行'互为表里，是'奇特之士'的所为。嘉祐年间这种'奇特之士'的崛起，既是庆历士风的合乎逻辑的发展，更是北宋思想文化向'性命之理'的深处挺进时必然经历的阶段。"⑤

欧阳修嘉祐二年所排抑的"太学体"，其涵义究竟是什么，还需立足于宋人的文献解读。"太学体"文章没有一篇流传，是造成后来众说纷纭的主要成因。除了上引三则直接叙说嘉祐二年科考的文献之外，学者还重视以下数则文献：

> 至和、嘉祐间，场屋举子为文尚奇涩，读或不能成句。欧阳文忠公力欲革其弊，既知贡举，凡文涉雕刻者皆黜之。⑥

> 嘉祐中士人刘几，累为国学第一人。骤为怪崄之语，学者翕然效之，遂成风俗。欧阳公深恶之。会公主文，决意痛惩，凡为新文者，一切弃黜。时体为之一变，欧阳之功也。有一举人论曰："天地轧，万物茁，圣人发。"公曰："此必刘几也。"戏续之曰："秀才剌，试官刷。"乃以大朱笔横抹之，自首至尾，谓之"红勒帛"，判"大纰缪"字榜之。既而，果几也。复数

---

① 《宋会要辑稿·选举》三之三〇、三一，第4276—4277页。

② 葛晓音：《欧阳修排抑"太学体"新探》，载《北京大学学报》1983年第5期。

③ 东英寿：《复古与创新——欧阳修散文与古文复兴》，上海古籍出版社2005年版，第139页。

④ 祝尚书：《北宋"太学体"新论》，载《四川大学学报》1999年第3期。

⑤ 朱刚：《"太学体"及其周边诸问题》，载《文学遗产》2007年第5期。

⑥ 叶梦得：《石林诗话》卷下，何文焕：《历代诗话》上册，中华书局1981年版，第429页。

年，公为御试考官，而几在庭，公曰："除恶务力，今必痛斥轻薄子，以除文章之害！"有一士人论曰："主上收精藏明于冕疏之下。"公曰："吾已得刘几矣！"既黜，乃吴人萧稷也。①

二年权知贡举。是时，进士为文以诡异相高，文体大坏。公患之，所取率以词义近古为贵，凡以险怪知名者黜去殆尽。②

嘉祐二年，先公知贡举。时学者为文以新奇相尚，文体大坏。僻涩如"狼子豹孙，林林逐逐"之语，怪诞如"周公伻图，禹操畚锸，傅说负版筑，来筑太平之基"之说。公深革其弊，一时以怪僻知名在高等者，黜落几尽。二苏出于西川，人无知者，一旦拔在高等。榜出，士人纷然，惊怒怨谤。其后，稍稍信服。而五六年间，文格遂变而复古，公之力也。③

综合所引资料，嘉祐年间"太学体"的文风乃是"奇僻""诡异""险怪奇涩""僻涩怪诞"等等，诸家所言涵义大致相同。从文献所例举的数句"狼子豹孙，林林逐逐""周公伻图，禹操畚锸，傅说负版筑，来筑太平之基""天地轧，万物茁，圣人发"来看，确实都属于奇僻怪涩令人无法卒读之作。

至此，可以下一定义：嘉祐年间的"太学体"，指在太学盛行的旨在科举录取的险怪奇涩文风。

太学是国家设立的最高学府之一，古已有之，至西汉昌盛。宋代开国，既有太学。宋太宗曾于端拱元年（988）八月"幸太学，命博士李觉讲《易》，赐帛"④。宋仁宗庆历年间，范仲淹等主持新政。其"精贡举"条目要求从地方到中央兴办学校，教育培养人才。"士须在学习业三百日，乃听预秋赋。"⑤这条措施虽然没有完全落实到位，太学却由此兴盛。庆历四年（1044）四月，"判国子监王拱辰、田况、王洙、余靖等言：'首善当自京师，汉太学二百四十房、千八百余室、生徒三万人。唐学舍亦一千二百间。今取才养士之法盛矣，而国子监才二百楹，制度狭小，不足以容

① 沈括：《梦溪笔谈》卷九，上海书店出版社2009年版，第78页。
② 苏辙：《苏辙集·栾城后集》卷二三《欧阳文忠公神道碑》，陈宏天等点校，中华书局1999年版，第1132页。
③ 《欧阳修全集·附录》卷二欧阳发《先公事迹》，第2636、2637页。
④ 《宋史》卷五，第83页。
⑤ 《续资治通鉴长编》卷一四七，第3564页。

学者，请以锡庆院为太学，葺讲殿，备乘舆临幸，以潞王宫为锡庆院。'从之。"① 太学兴办的目的是为国家培养人才，其最终能否进入仕途，则必须经过科举考试，所谓"听预秋赋"。也就是说，太学的教育目标可以说得冠冕堂皇，其实质必定是应试教育，一切围绕着科举考试的轴心转动。司马光称当时的学校教育，无非"教以钞节经史，剽窃时文，以夜继昼，习赋、诗、论、策，以取科名而已"②，这在宋代是普遍的现象。

明了太学教学的应试实质，就能解释清楚"太学体"的具体内涵。士子在学，学习时文写作，形成太学文风，都是为了通过科举考试，功名有成。科场何种文风兴盛，太学士子就努力模仿写作，这与个人性格、思想志趣、审美喜好毫无关系，也与当代政治动向、社会思潮没有关联。

科场时文，乃至太学模仿学习之作，最突出的特征是没有个性、没有思想，类似于当下的高考模拟作文。首先，士子在学习阶段，没有经历太多的社会生活，更没有仕途经验的积累，他们文章的观点，必然是秉承经典与注疏及学官的讲解，人云亦云。况且，在专制时代，作文不要得罪当政者，也是举子必须注意的焦点问题。③唐代考官就以"庸浅"评价科场文章④，宋人也时时批评科场文章之肤浅。乾道七年（1171），中书舍人留正批评科场文章言："议论肤浅，而以怪语相高。"⑤ 这是每位学子在学习阶段所必须经历的，年轻时学习模仿之作，在思想或观点方面的庸浅肤浅，不足为病。当然，会有极个别的士人，由于经历的特殊，超出常规而有思想，这一定是例外。

既然科场文章不可能有个性有思想，举子们就在写作方式和技巧方面动脑筋，他们用僻典，造怪句，故弄玄虚，尽量向深奥古朴、佶屈聱牙方向发展。所谓"言者务为浮语虚论，徒以惊世高俗，不切于实"⑥。考官一旦为其学识或貌似深奥所折服，功名便手到擒来。科场作文，指定题目、时间和地点，大都千篇一律、平庸

---

① 《续资治通鉴长编》卷一四八，第3589页。

② 司马光：《司马光集》卷三九《议学校贡举状》，李文泽等校点，四川大学出版社2010年版，第892页。

③ 诸葛忆兵：《宋代应策时文概论》，载《复旦学报》2016年第4期。

④ 王溥撰《唐会要》卷七六："调露二年（680）四月，刘思立除考功员外郎。先时，进士但试策而已，思立以其庸浅，奏请帖经及试杂文，自后因以为常式。"（中华书局1998年版，第1379页）

⑤ 《宋会要辑稿·选举》四之四一，第4311页。

⑥ 李清臣：《御试制策一道》，《全宋文》卷一七一〇，第78册，第312页。

肤浅,可以想象考官们的阅读疲劳。偶尔出现如此险怪奇涩的作文,不免让考官精神一振,阅读注意力随之集中。今天的高考作文阅卷老师是最有这方面体会的。而且,不能要求宋代每位考官都有欧阳修、苏轼等人的学识修养和鉴赏水平,他们中相当一部分人都会倾倒于此类貌似深奥的奇僻怪诞之作。也就是说,险怪奇僻的科场时文,永远会有一定的市场。留正所言"议论肤浅、怪语相高"八字,虽然不是指庆历年间的"太学体",却是"太学体"最为精辟扼要的概括。换言之,科场考试必然会产生僻涩怪诞的"太学体",一旦某几科考官欣赏,考生借此获取功名,此种文风自然在太学以及其他举子中盛行起来。欧阳修评说太学作文风习:"苟欲异众,则必为迂僻奇怪以取德行之名,而高谈虚论以求材识之誉。前日庆历之学,其弊是也。"①非常清楚地解释了"太学体"的成因。

唐代科举不实行弥封制,考生试前纳卷、行卷,是否录取还要看考前的"公荐",科场上就不会形成类似"太学体"的文风。但是,中唐以来诗人的"苦吟",其努力方向与"太学体"一致。宋代实行弥封制之后,考生必须在科场上决胜负,所谓"一切以程文为去留"。②如何打磨科场文章,就显得尤为重要,险怪之作随之出现。太平兴国八年,朝廷诏书曾指出:"其进士举人,只务雕刻之工,罕通缃素之学,不晓经义。"③科场险怪文风已露端倪。仁宗天圣七年(1029)正月,朝廷则诏曰:

> 国家稽古御图,设科取士,务求时俊,以助化源。而褒博之流,习尚为弊,观其著撰,多涉浮华。或碟裂陈言,或会粹小说,好奇者遂成于谲怪,矜巧者专事于雕镌。流宕若兹,雅正何在?属方开于贡部,宜申儆于词场:当念文章所宗,必以理实为要。探典经之旨趣,究作者之楷模。用复温纯,无陷偷薄。庶有裨于国教,期增阐于儒风。咨尔多方,咸体朕意。④

"褒博之流,习尚为弊""好奇者遂成于谲怪,矜巧者专事于雕镌",就是"太学体"

---

① 《欧阳修全集》卷一一〇《议学状》,第1673页。
② 陆游:《老学庵笔记》卷五,李剑雄等点校,中华书局1997年版,第69页。
③ 《宋会要辑稿·选举》三之四,第4263页。
④ 《宋会要辑稿·选举》三之一六、一七,第4269—4270页。

的作风。前引张方平权知贡举时批评景祐初年太学和科场文风"以怪诞诋讪为高，以流荡猥烦为赡"，杨杰又称"皇祐、至和间，场屋文章以搜奇抉怪，雕镂相尚，庐陵欧阳公深所疾之"。^①可以看出，真宗时期科举制完善之后，仁宗天圣、景祐、庆历、皇祐、至和、嘉祐年间，科场险怪文风不绝如缕。

时人皆肯定欧阳修嘉祐二年权知贡举时排抑"太学体"的作为，称"场屋之习，从是遂变"。这在一定时段内是可信的，嘉祐二年中第的苏轼、苏辙、曾巩等人，与欧阳修一起，领导着宋代文坛新的创作风气。然而，只要有考场与考生，险怪文风必然卷土重来。哲宗元祐七年（1092）四月，臣僚评价科场文字云："士人各务炫其师学，故争为怪说，以鼓动人听。"^②徽宗崇宁元年（1102）六月，太学博士慕容彦逢言："元符之末，时事纷更，学校官稍非其选。或喜浮靡，或尚怪僻，或进纵横权变之学。其程文与上游者，传播四方，谓之新格。转相袭蹈，以投时好。……臣愿陛下因秋试进士，特诏有司，惩革其弊。"^③徽宗政和元年（1111）十一月，再有大臣奏言："士子程文有引用佛书，或为虚无怪诞之言者，皆黜勿取。"^④可见元祐后期，场屋险怪文风开始回潮，至徽宗年间渐渐流行，一再成为臣僚奏章讨论的话题。

宋室南渡，朝野所关心的是抗敌救亡的时代主题，科场文风随之有所转变。南北和议成，南宋再度进入相对和平的发展时期，场屋险怪习气复炽。高宗绍兴三十一年（1161）五月，臣僚奏章云："比年科举之士，益尚奇怪。"^⑤前引孝宗乾道七年（1171）三月，留正对科场文风亦有"议论肤浅、怪语相高"的评价。孝宗淳熙五年（1178）正月，侍御史谢廓然指责科场文风："虚诞之说行，则日入于险怪；穿凿之说兴，则日趋于破碎。"^⑥曾丰《答任子厚秀才序》云："淳熙十年秋，……试讫，余阅数百卷，其为文不诡谲则腐，不旷荡则拘，不峭崛则弛。求其纯与律合，蔑如也。肆余所见，与其腐也、拘也、弛也者之终必不进，宁若诡谲者、旷荡者、峭崛者之容或可收也。"淳熙十四年（1187）二月，翰林学士知制诰洪迈等人再度奏云："窃见近年举子程文，流弊日甚，固尝深轸宸虑。……至其程文，则或失之支离，或堕于怪僻。考之今式，赋限三百六十字，论限五百字。今经义、策论一道，有至三千

① 杨杰：《故刘之道状元墓志铭》，《全宋文》卷一六四五，第75册，第266页。
② 《续资治通鉴长编》卷四七二，第11261页。
③ 《宋会要辑稿·选举》四之二，第4291页。
④ 《宋会要辑稿·选举》四之六、四之七，第4293、4294页。
⑤ 《宋会要辑稿·选举》四之三四，第4307页。
⑥ 佚名：《宋史全文》卷二六下，李之亮校点，黑龙江人民出版社2005年版，第1822页。

言;赋散句之长者至十五六字,一篇计五六百言。寸晷之下,唯务贪多,累牍连篇,无由精好。"① 这里所描述的科场文风,与张方平批评景祐初年的风气,如出一辙。宁宗庆元二年(1196)省试之前,臣僚要求朝廷诫励考官:"其有诡怪迂僻,肤浅芜陋,狂讪狡讦,阿谀侧媚者,并行黜落。"② 此年权知贡举叶翥等批评科场文风:"观其文理,亦有可采,而怪诞尤甚,深可怜悯。盖由溺习之久,不自知其为非。"③ 宁宗嘉定九年(1216),监察御史李楠批评场屋风习:"簧鼓诪张,自曰至计,初无谋国之忠;险躁诡激,胥动浮言,宁有爱君之诚! 文弊极矣。"李楠再度提及张方平当年的批评,并云:"今日之弊,何以异此?"④ 嘉定十六年(1223)十一月,臣僚又提此事:"乞下礼部,明立取士之制。今后科举,……毋穿凿为奇,毋怪僻为异。"⑤ 理宗端平二年(1235),"贡举敕榜有'不取诡怪'之语"⑥。理宗淳祐元年(1241)省试前,"御笔付知举杜范以下曰:'毋以穿凿缀缉为能,毋以浮薄险怪为尚'。"⑦

这里不惮其烦,详细列举,就是要说明场屋险怪风习,一直持续到南宋后期。一有机会,便卷土重来。欧阳修的排抑,只是一段时间内改变了科场风习,否则就无需以后君臣一再批评或规诫。每次臣僚奏章或御笔申诫,也会有一定作用,终究不能彻底涤荡科场险怪之风。这是伴随应试教育而产生的,源远流长,不绝如缕。2015 年江苏某考生作文,再见险怪风习,居然让批卷老师自称惭愧,投地拜服⑧。此种写作,除了"炫技",毫无用处。由当代此种高考作文现象,可以推知宋代考场"太学体"风气。

北宋太学昌盛,人才聚集。诸多外地考生,省试落榜,也进入太学读书迎考。所谓"阛闤之士始入泮林,英豪之流例趋京兆"⑨。京城文化氛围浓厚,其他考生

---

① 《宋会要辑稿·选举》五之一〇,第4317页。

② 《宋会要辑稿·选举》五之一六,第4320页。

③ 《宋会要辑稿·选举》五之一七,第4321页。

④ 《宋会要辑稿·选举》六之二六,第4342页。

⑤ 《宋会要辑稿·选举》六之五〇,第4354页。

⑥ 刘克庄:《后村先生大全集》卷一四一《丁给事神道碑》,王蓉贵等校点,四川大学出版社2008年版,第3651页。

⑦ 《宋史全文》卷三三,第2240页。

⑧ 此高考作文,一时成为网红,网络上刊载全文。录第一段,以窥一斑:"呱呱小儿,但饮牛溲,至于弱冠,不明楗状。此仳之豚,日食其羓。洎其成立,未识豜豟。每啮毚臑,然竟不知其夋兔。方彼之时,窊诧之态,非闉闍之中所得见也。"

⑨ 孙何:《上真宗请申明太学议》,《宋朝诸臣奏议》卷七八,上海古籍出版社1999年版,第848页。

也云集于此。所以，宋代科举考试，京城考生人数最多。臣僚言："向来开封府、国子监两处应举者，常至数千人。"① 苏轼兄弟，嘉祐初跟随父亲至京城参加科举考试，就是典型的案例。相比之下，太学的发解试分配名额多，录取率高。如庆历四年（1044）十二月，朝廷"诏：'自今解发进士，太学以五百人，开封府以百人为额。'……太学生数多，故省开封解额以益之。"② 甚至"天下发解进士到省，常不下二千余人，南省取者，才及二百。而开封、国学、锁厅预奏名者，殆将太半；其诸路州军所得者，仅百余人尔。惟陕西、河东、河北、荆湖北、广东南西等路州军举人，近年中第者或一二。……国家用人之法，非进士及第者不得美官，非善为赋诗论策者不得及第，非游学京师者不善为赋诗论策"③。京师唯太学马首是瞻。况且，北宋君臣认为："太学者，教化之渊源，所以风劝四方，而示之表则。"④ 各地举子趋尚太学文风，一时形成风气。所以，"太学体"虽然是太学流行的文风，在每年举子中，却极有市场。从这样的角度出发，可以将"太学体"理解为科场流行的文风。

至此已经可以清晰辨明，"太学体"仅仅是为了科举录取，与个人性格、思想志趣、审美喜好毫无关系。还可以举"太学体"领袖人物刘几为例。欧阳修嘉祐二年黜落"太学体"代表人物刘几，嘉祐四年欧阳修再为殿试详定官，"是时，试《尧舜性仁赋》，有曰：'故得静而延年，独高五帝之寿；动而有勇，形为四罪之诛。'公大称赏，擢为第一人。及唱名，乃刘辉。人有识之者，曰：'此刘几也，易名矣。'公愕然久之。"⑤ 杨杰为刘辉作墓志铭，首提此事：

> 嘉祐四年春，仁宗皇帝试礼部贡士为崇政殿，又擢之道为第一。先是，皇祐、至和间，场屋文章以搜奇抉怪，雕镂相尚，庐陵欧阳公深所疾之。及嘉祐二年知贡举，则力革其弊，时之道亦尝被黜。至是，欧阳公预殿廷考校官，得程文一篇，更相激赏，以奏天子。天子称善，乃启其封，即之道之所为也。由是场屋传诵，辞格一变。议者既推欧阳公有力于斯文，而又服之道能精敏于变也。⑥

---

① 金君卿：《仁宗朝言贡举便宜事奏状》，《全宋文》卷一八二四，第84册，第60页。
② 章如愚：《山堂考索》后集卷二九，中华书局1992年版，第630页。
③ 司马光：《司马光集》卷三〇《贡院乞逐路取人状》，李文泽等校点，第725、728页。
④ 章如愚：《山堂考索》后集卷二七，第619页。
⑤ 沈括：《梦溪笔谈》卷九，第78页。
⑥ 杨杰：《故刘之道状元墓志铭》，《全宋文》卷一六四五，第75册，第266页。

刘几改名刘煇，"精敏于变"，两年时间内，文风完全转移，一切围绕科举考试指挥棒转，有何个性可言！苏轼总结科场文风说："利之所在，人无不化。"① 这八个字极其简要准确地说明了科场流行"太学体"之根本原因，刘煇嘉祐四年文风的改变，依然可以追溯到这八个字上。《全宋文》卷一六六一辑录刘煇文章六篇，晓畅通达，完全没有险怪僻涩之弊。由"太学体"代表人物的作为，可以推知众多举子的趋尚，欧阳修嘉祐二年利用权知贡举身份，排抑险怪文风，对当时文坛的影响也得以彰显。

三　余论

此外，欧阳修在科举期间的另一出色贡献就是创作了大量锁院诗。欧阳修云：

> 嘉祐二年，余与端明韩子华、翰长王禹玉、侍读范景仁、龙图梅公仪同知礼部贡举，辟梅圣俞为小试官。凡锁院五十日，六人者相与唱和，为古律歌诗一百七十余篇，集为三卷。禹玉，余为校理时，武成王庙所解进士也，至此新入翰林，与余同院，又同知贡举。故禹玉赠余云"十五年前出门下，最荣今日预东堂。"余答云"昔时叨入武成宫，曾看挥毫气吐虹。梦寐闲思十年事，笑谈今此一尊同。喜君新赐黄金带，顾我宜为白发翁"也。天圣中，余举进士，国学、南省皆忝第一人荐名。其后，景仁相继亦然。故景仁赠余云"淡墨题名第一人，孤生何幸继前尘"也。圣俞自天圣中与余为诗友，余尝赠以《蟠桃诗》，有"韩、孟"之戏。故至此梅赠余云"犹喜共量天下士，亦胜东野亦胜韩。"而子华笔力豪赡，公仪文思温雅而敏捷，皆勍敌也，前此为南省试官者，多窘束条制，不少放怀。余六人者，欢然相得，群居终日，长篇险韵，众制交作，笔吏疲于写录，僮史奔走往来。间以滑稽嘲谑，形于风刺，更相酬酢，往往烘堂绝倒。自谓一时盛事，前此未之有也。b

---

① 《苏轼文集》卷九《拟进士对御试策》，第301页。

② 《欧阳修全集·归田录》卷二，第1937、1938页。

六人之作，描写了科场考官、考生诸多生活情态，并于咏物诗多有探索。同时，此六人都已人到中年，诗风步入成熟阶段。他们利用锁院大量闲暇时间，精心打磨诗艺，对宋诗风貌的形成有独特贡献。以后锁院期间，考官多有唱和诗作，欧阳修等嘉祐二年开风气之先。关于欧阳修等嘉祐二年锁院创作之成绩，笔者已有专门论文讨论，此处不赘言。[①]

同时，嘉祐二年、嘉祐四年进士科考试录取了一大批人才，对北宋后期乃至宋以后之政治、文学、哲学、军事等诸多领域都产生深刻之影响。嘉祐二年录取的著名人物有：王韶、吕惠卿、朱光庭、林希、程颢、曾布、曾巩、蒋之奇、苏轼、苏辙等；嘉祐四年录取的著名人物有：胡宗俞、安焘、蔡确、刘挚、章惇等。嘉祐二年欧阳修省试权知贡举，嘉祐四年为殿试详定官，相比而言，嘉祐二年科场录取欧阳修发挥的作用更大，很明显，嘉祐二年录取的各方面人才也更多、更出色。

总结欧阳修在宋代科举变革中所发挥的作用，在政治方面作为不多，文风转移和文学创作方面贡献最大。因此，将欧阳修定位为宋代杰出的文学家，最符合历史事实。

---

① 诸葛忆兵：《论宋人锁院诗》，载《文学评论》2009年第6期。

附录：

第十届宋代文学国际研讨会论文集总目录

诗歌研究

卞东波：文本阐释与文本旅行：黄庭坚《演雅》的日本古注本及《演雅》在朝鲜汉文学中的流传

陈才智：在形神与身心之间——苏轼之于陶渊明、白居易

陈　斐：构建中国特色哲学社会科学的可能萌蘖——梁昆《宋诗派别论》的学术史意义

陈丽丽：论宋代诗歌总集编纂中的地域意识

陈珀如：王安石半山时期的空间书写

慈　波：遗民之外：诗歌史上的月泉吟社

段莉萍、张龙高：论西昆体对北宋省题诗的影响

巩本栋："作为诗文，寓物托讽，庶几流传上达"——"东坡乌台诗案"新论

顾友泽：吕本中诗歌甄别

管　琴：黄庭坚七古声调考

郭艳华：心学思想与杨万里"性灵"观的双重维度及其文学呈现

侯雅文：宋代尚"奇"诗观的逆流：论刘辰翁以"奇"评诗

蒋　寅：翁方纲宋诗批评的历史意义

李朝军：论宋代的疾疫诗

连国义：二苏"夜雨对床"考述

梁海燕：曹勋《松隐文集》"古乐府"研究

刘锋焘：彬县大佛寺石刻宋京诗二首考释

刘京臣:洗儿、洗禄与洗冤——以宋以降诗歌为中心

刘　蔚:楼璹《耕织图诗》的艺术渊源及其创变

骆晓倩:身份与自称:苏轼诗歌的自我建构

吕肖奂:南宋中后期游士之间诗歌唱和的自身阶层定位与身份认同

马东瑶:论宋代的日记体诗——以陆游为考察中心

马强才:抉隐政见:"宋诗宋注"的一种重要阐释模式

莫砺锋:张耒诗歌三问

内山精也:作为职业的诗人——宋末元初诗坛发生了什么?

庞明启:诗、道、乐三位一体的邵雍诗学

邱美琼:二十世纪以来日本学者对梅尧臣诗歌的研究

沈松勤:简论"宋调"的体性特质及其成因

宋皓琨:宋初"晚唐体"能与白体、西昆体并列吗?——以民国时期的文学史写作为参照

汤江浩:"四灵"名序诸说考辨

王德明:论僧景淳的诗法研究

王开春:科举对南宋诗坛的影响——以诗人"身份自觉"意识为中心的考察

王利民:关学视域中的张载诗歌

王伟勇:宋元两代咏兰诗及其相关问题考述

王友胜:周敦颐诗中的孔颜之乐与林泉之趣

伍晓蔓:陆游记梦诗解析

萧庆伟:论丘葵诗歌创作的"唐音"和"宋调"

肖瑞峰:苏轼诗中的西湖镜像

谢海林:曾国藩"自仆宗涪公,时流颇忻向"说新勘

辛晓娟:汪元量的歌体创作

熊海英:晚宋诗人萧立之的家世生平与仕履考论

徐　涛:欧阳修、梅尧臣"诗骚观"比较论

杨理论:日本江户时代的诗学递变与杨万里接受

姚　华:诗到相嘲雅见知:论宋代交游文化语境中的"戏人之诗"

张春晓:晚宋送谒诗的书写对象及其书写情境

张福清:《梅尧臣集编年校注》补正

张海鸥:偈文体源流和形态

张海沙:论空灵境界之诗学特征

张明华:嘉祐年间使用古人诗文佳句分韵创作考论

张蜀蕙:川洋记忆与日常光景——论宋人盆池诗

张再林:从北宋文人集会看"欧门"的形成

郑永晓:《佩文韵府》与康熙后期唐宋诗之争

曾维刚:百年来宋诗中兴研究的学术史考察

周裕锴:苏轼眼中的杜甫——两个伟大灵魂之间的对话

词学研究

曹辛华:吴潜和姜尧章《暗香》《疏影》词序问题辨——南宋两姜尧章问题蠡测

邓子勉:《宋人词话》与《两宋词人小传》——兼论与《历代词人考略》的关联

范松义:论南渡词人词中自我形象的嬗变——以朱敦儒为个案

符继成:词学批评中的唐宋之辨述略

高　峰:论仲殊的传奇人生与独特词风

顾宝林:清代晏欧三家词影响与传承研究

郭文仪:清中叶后东坡词风的复振——兼论词论统序中苏、辛二家的消长

胡元翎:陈铎对周邦彦词接受的独特性

黄贤忠:论宋人的乐府文体观及其对词体认知的影响——以诗话词话中的称谓为例

李飞跃:诗曲交侵下的词体重构

路成文:论宋代咏物词兴盛的原因

陶友珍、钱锡生:从追和词看唐宋词在清代前中期的传播和接受

尚　艳:周密词作探析

施议对:本色当行话宋词

宋学达:论宋人的词本事考证与词学的生成

孙虹、胡慧聪:张炎吴兴及常州词新考

孙克强:试论况周颐唐宋词赏析的词学意义

田玉琪:《北宋词谱》凡例与例谱

王兆鹏、肖鹏:辛弃疾平定茶商赖文政事件的真相——兼析《菩萨蛮·题江西造口壁》的寓意

叶　晔:第三条道路:词乐式微与格律词的日用之道

郁玉英:清凉世界中的愤懑情怀——试析宋南渡渔隐词的矛盾性特征及其启示

岳　珍:《碧鸡漫志》的词统思想

张含若:试论宋词中性别化的屏风意象及其艺术功能

赵维江:苏轼岭海词考论

朱惠国、石佳彦:论《山谷词》的用调特色

文章研究

董岑仕:论宋代谱录著述的历史变迁

方笑一:论宋代殿试策文的文本形式

侯体健:复调的戏谑:《文房四友除授集》的形式创造与文学史意义

胡传志:论陆游《入蜀记》引据诗文的价值

李萌昀:历史叙述与个人心曲——张齐贤《洛阳搢绅旧闻记》表微

林　岩:北宋科举、党争与古文运动——以庆历六年张方平的科举奏章为中心

刘　培:夷狄行中国之事曰僭:南宋中后期辞赋的华夷之辨

裴云龙:古文传统与理学思想的涵容——曾巩散文经典化历程及学理意义考论(1127—1279年)

谭新红:《十咏图》陈振孙跋考略

汪　超:士人流动与资本流转——论北宋士人赘文的现实际遇与文学影响

王晓骊:宋代题名与题名记

王秀云:论谢绛《游嵩山寄梅殿丞书》的多元表现及影响

王　莹:李清照自传三重女性视角下的三维悼亡

谢佩芬:简刚巧构——周必大碑志特色析论

综合研究

衣若芬:原田悟朗口述苏轼《寒食帖》东售日本之疑谬——文图学视角的理解

张　剑:孔平仲与新旧党之关系

张文利:魏了翁《毛诗要义》综说

张　毅:朱子的"格物游艺"之学与"中和"之美

赵蕊蕊:中国文学批评中的"美人之喻"

赵晓岚:辛弃疾政治思想的墨家渊源

曾祥波:宋代经筵"坐立"之争及其回应之道

诸葛忆兵:欧阳修在科举变革中的作用